W0401918

BASTEI
LÜBBE
TASCHENBUCH

Weitere Titel der Autorin:

Stürmisches Spiel der Herzen
Ein unwiderstehlicher Halunke
Der süße Preis der Sünde
Das süße Lied der Liebe
Das süße Geheimnis der Leidenschaft

Titel in der Regel auch als E-Book erhältlich

Über die Autorin:

Liz Carlyles große Leidenschaft gilt dem England des 19. Jahrhunderts, den rauschenden Bällen und den festlich gewandeten Damen. Auf ihren zahlreichen Reisen nach England hat die Autorin ihr Korsett und ihre Tanzschuhe stets im Gepäck – auf eine Einladung zu einem Ball wartet sie allerdings immer noch. Dafür kennt sie mittlerweile so ziemlich jede dunkle Gasse und jedes zweifelhafte Wirtshaus in London. Liz Carlyle lebt mit ihrem Ehemann und mehreren Katzen in North Carolina, USA.

Auf Liz Carlyles englischsprachiger Homepage www.lizcarlyle.com erhalten Sie weitere Informationen über die Autorin.

Liz Carlyle

ENTFLAMMT VON DEINER LIEBE

Roman

Aus dem amerikanischen Englisch von
Susanne Kregeloh

BASTEI LÜBBE
TASCHENBUCH

BASTEI LÜBBE TASCHENBUCH
Band 16 575

1. Auflage: März 2012

Dieser Titel ist auch als E-Book erschienen

Vollständige Taschenbuchausgabe

Bastei Lübbe Taschenbuch in der Bastei Lübbe GmbH & Co. KG

Deutsche Erstausgabe

Für die Originalausgabe:
Original English language edition Copyright © 2007 by
Susan Woodhouse
Titel der amerikanischen Originalausgabe: »Never Lie to a Lady«
Originalverlag: Pocket Books, a division of
Simon & Schuster, Inc., New York, USA
All rights reserved including the right of reproduction in whole
or in part in any form. This edition published by arrangement
with the original publisher, Pocket Books, a division of
Simon & Schuster, Inc., New York.

Für die deutschsprachige Ausgabe:
German Translation Copyright © 2012 by
Bastei Lübbe GmbH & Co. KG, Köln
Textredaktion: Susanne Bartel, Nürnberg
Titelillustration: © Franco Accorneso via Agentur Schlück GmbH
Umschlaggestaltung: Rainer Schäfer
Satz: Urban SatzKonzept, Düsseldorf
Gesetzt aus der New Caledonian
Druck und Verarbeitung: GGP Media GmbH, Pößneck
Printed in Germany
ISBN 978-3-404-16575-9

Sie finden uns im Internet unter
www.luebbe.de
Bitte beachten Sie auch: www.lesejury.de

Der Preis dieses Bandes versteht sich einschließlich
der gesetzlichen Mehrwertsteuer.

Prolog

Eine Verabredung in Crescent Mews
Januar 1828

In der Bibliothek war es dunkel. Die schweren Samtvorhänge waren geschlossen worden, damit das flackernde Licht der Straßenlaternen nicht durch die Fenster hereinfiel. Der dicke türkische Teppich dämpfte jeden Schritt, und jedes Wispern, wenn denn eines zu hören gewesen wäre, wäre von den Tiefen des Zimmers verschluckt worden. Nur der Schein des Feuers, das im Kamin brannte, spendete ein wenig Helligkeit.

Lord Nash mochte vieles sein, aber keinesfalls naiv. Er wusste, dass die Bühne vorbereitet worden war. Mit dem Rücken zum Kamin sah er zur Tür, die in der Dunkelheit kaum zu erkennen war.

Als sie geöffnet wurde, war kaum ein Laut zu hören. Die Comtesse de Montignac trat auf ihn zu und streckte ihm ihre zartgliedrigen Hände entgegen, als begrüße sie ihren liebsten Freund. Sie trug ein Gewand aus roter Seide, das für ein Schlafzimmer weitaus geeigneter gewesen wäre, ihre üppige goldfarbene Haarmähne ergoss sich verführerisch bis zu ihrer Taille.

»*Bonsoir*, Mylord«, gurrte sie. Der rote Stoff schimmerte im Feuerschein bei jeder ihrer Bewegungen. »Endlich habe ich das Vergnügen, *oui?*«

Als er ihre ausgestreckten Hände ignorierte, ließ die Comtesse sie sinken. »Mein Besuch ist keinesfalls der Höflichkeit geschuldet«, sagte er. »Zeigt mir, weshalb ich gekommen bin.«

Ihr Lächeln wirkte jetzt fast neckisch. »Ich mag es, wenn ein Mann gleich zur Sache kommt«, schnurrte sie. Noch ehe Nash ahnte, was sie vorhatte, streifte sich die Comtesse den Seidenmantel von den Schultern. Für einen Augenblick verfing er sich an ihren Fingerspitzen, dann glitt er zu Boden.

Nash verfluchte den kleinen Stich von Lust, der ihn durchfuhr. Bei Gott, die Frau hatte einen herrlichen Körper, und sie trug nichts als einen Hauch von Negligé, das nur einem einzigen Zweck diente. Unter dem fast transparenten Stoff hoben sich ihre cremeweißen Brüste, als sie erwartungsvoll einatmete. Die Comtesse hob die Hand und berührte eine ihrer harten Brustwarzen.

»Viele Männer haben hierfür schon gut bezahlt«, sagte sie mit rauchiger Stimme, »aber bei Euch, Nash – oh, *mon dieu* –, da wünscht eine Frau ja fast, sich zu verschenken.«

Nash legte seine Hand unter ihre linke Brust und drückte zu – nicht hart, um ihr nicht wehzutun. Nicht *sehr* hart jedenfalls. Ein seltsamer Ausdruck aus Angst und Lust huschte über das Gesicht der Comtesse. »Die Dokumente«, stieß Nash zwischen zusammengebissenen Zähnen hervor. »Holt endlich die Dokumente. Und treibt keine Spielchen mit mir.«

Die Comtesse zuckte zurück und warf ihm einen dunklen Seitenblick zu, als sie einen Schritt nach hinten machte und mit den Schatten verschmolz. Nash hörte, wie eine Schublade geöffnet und wieder geschlossen wurde. Als die Comtesse wieder zu ihm trat, hielt sie einen Stapel zusammengefalteter Papiere in der Hand. Nash griff danach und faltete den ersten Bogen auseinander. Im Schein des Feuers überflog er den Text, dann nahm er sich die anderen Unterlagen vor. Es geschah rasch. »Wie viel?«, fragte er emotionslos.

»Zehntausend.«

Er zögerte.

Die Comtesse stand so dicht vor ihm, dass er den Jasminduft einatmete, der ihrem Haar entströmte. »Die Transaktion war schwierig, Mylord«, sagte sie. »Ich musste all meine weibliche List einsetzen, um Euch alles Gewünschte zu besorgen.«

»Alles, bis auf das eine, so scheint es«, murmelte Nash.

Die Comtesse errötete nicht einmal. »Ich muss Euch nicht erst sagen, Mylord, welche politischen Auswirkungen das haben könnte«, gurrte sie und strich ihm mit ihrer warmen Hand über den Arm. »Zehntausend und das Vergnügen, diese Nacht mit mir zu verbringen?«

Nash versuchte seinen Blick von den Brüsten der Frau loszureißen, die sich hoben und senkten. »Ich glaube nicht, dass Euer Gatte es schätzen würde, unter seinem eigenen Dach betrogen zu werden, *madame*.«

Sie lächelte und drängte sich an ihn. »Pierre ist sehr verständnisvoll, *mon cher*«, murmelte sie. »Und ich habe ... besondere Bedürfnisse. Bedürfnisse, die ich Euch mit Freuden offenbaren werde – wenn ich Euch überreden kann, mein Bett mit mir zu teilen?«

»Das könnt Ihr nicht«, entgegnete er.

Die Comtesse zog ihre Hand zurück – um aufzugeben, wie Nash glaubte, bis er sie fest und warm an einer anderen Stelle seines Körpers spürte. Zu seinem Ärger presste sich sein hartes Glied beharrlich gegen ihre Hand. »Seid Ihr ganz sicher, *mon cher?*«, wisperte die Comtesse. »Ihr fühlt Euch an, als wärt Ihr schon überredet – und, Nash, ich frage mich ständig, ob Ihr tatsächlich halten könnt, was die Gerüchte versprechen.«

Er warf die Papiere zur Seite. »Ihr spielt ein gefährliches Spiel, *madame*.«

»Ich lebe auch ein gefährliches Leben«, entgegnete sie, während sie mit einem leisen Lächeln ihre Hand sinken ließ und einige Schritte zurücktrat.

Nash schwieg und sah sie eine Zeit lang an, beobachtete sie, wie man eine Schlange nicht aus den Augen lässt, die im Gras lauert. Die Comtesse warf ihm einen unsicheren Blick zu. »*Mon dieu*, nun schaut nicht so scheinheilig drein, Nash!«, fauchte sie schließlich. »Wir sind uns ähnlich, Ihr und ich. Wir gehören nicht in diese enge, beschränkte englische Welt. Das werden wir nie, das wisst Ihr. Und jetzt kommt, warum sollten wir nicht lernen, einander Vergnügen zu bereiten?«

Statt zu antworten, beugte Nash sich hinunter und hob den roten Seidenmantel vom Boden auf. »Zieht ihn wieder an, Comtesse«, forderte er sie auf. »Es gibt nur sehr wenig, was jemand einer Frau von Eurer Erfahrung noch lehren könnte.«

Wieder lächelte sie kokett. »*Oui*, Mylord, *c'est vrai*«, stimmte sie zu und nahm den roten Seidenmantel aus seiner ausgestreckten Hand.

Anschließend wickelten sie ihr Geschäft rasch ab, ohne dass die Comtesse weitere Avancen machte, abgesehen von einem gelegentlichen heißen Seitenblick – den sie aber nicht auf sein Gesicht richtete. Nash war erleichtert, als er das Haus verließ und auf die stillen Straßen Belgravias trat. Der Nebel war noch dichter geworden und wehte ihm von der Themse her mit schneidender Januarkälte entgegen. Nash stellte den Mantelkragen hoch und schlug die Richtung zur Upper Belgrave Street ein. Hinter ihm erklang zweimal die neue Kirchenglocke von St. Peter's, der Ton erschien ihm im Nebel seltsam durchdringend.

Die breiten eleganten Straßen waren zu dieser Stunde und zu dieser Jahreszeit menschenleer. Niemand sah Nash, als er fast lautlos durch das Wegelabyrinth von Crescent Mews ging, ein altes Viertel, das von der neuen Vollkommenheit Belgravias einverleibt worden war, um sich darüber zu erheben. Ein Ort, der nicht leicht zu finden war – und deshalb perfekt für das, was Nash plante.

Ein Stück vor sich erblickte Nash einen schwachen Lichtschein, der von einer kleinen Laterne rührte, die über den Stufen hing, die in ein kleines, unauffälliges Haus führten. Als er sich dem Eingang näherte, wankte ein Mann in der bunten Uniform der Guards aus dem Gebüsch gegenüber und knöpfte sich seinen Hosenlatz zu. Sie nickten sich höflich zu, dann ging Nash weiter. Am Fuß der Treppe konnte er lärmendes Gelächter aus dem Haus hören. Er zog sich unter einen Baum zurück, der außerhalb des Lichtscheins der Laterne lag, und richtete sich auf eine längere Wartezeit ein. Schon vor einiger Zeit hatte er gelernt, sich in Geduld zu üben.

Von Zeit zu Zeit verließ ein Soldat oder ein Gentleman das Gasthaus, ging die schmale Treppe hinunter und taumelte durch die engen Gassen davon. Aber schließlich trat ein Mann heraus, der direkt auf den Baum zuging, unter dem Nash wartete. Er war dünn und lief sehr schnell. Sein fester Gang verriet, dass er nüchtern war.

»Guten Abend, Sir.«

»Guten Abend«, erwiderte Nash den Gruß. »Ist jeder betrunkene Soldat der Guards heute Nacht dort drinnen?«

Der Mann, der etwas kleiner als Nash war, lächelte leicht. »So scheint es, Mylord«, erwiderte er. »Swann sagt, Ihr wünscht, meine Dienste in Anspruch zu nehmen?«

Nash zog seine Geldbörse hervor und wies mit einem Kopfnicken zur Wilton Crescent. »Kennt Ihr die Frau, die im dritten Haus auf dieser Seite der Chester Street wohnt?«

»Nun, wer kennt sie nicht?«, antwortete der Gefragte. »Die Comtesse de Montignac.«

»Stimmt«, sagte Nash. »Ist das ihr richtiger Name?«

Der Mann grinste. »Vermutlich nicht. Aber sie hat ranghohe Freunde, und ihr Mann ist Attaché der französischen Botschaft. Was ist Euer Wunsch, Mylord?«

»Drei Mann sollen das Haus Tag und Nacht observieren«, sagte Nash mit emotionsloser Stimme. »Ich will den Namen eines jeden wissen, der kommt oder geht, vom Kaminkehrer bis zu den Dinnergästen. Sollte die Comtesse das Haus verlassen, so wünsche ich zu erfahren, wohin sie geht, wie lange sie dort verweilt und wer sie begleitet. Erstattet Swann einmal wöchentlich Bericht. Ich werde mich von nun an nicht mehr mit Euch treffen.«

Der Mann verbeugte sich. »Es wird alles arrangiert werden.« Dann zögerte er. »Darf ich ganz offen sein, Mylord?«

Nash zog kaum merklich die dunklen Augenbrauen hoch. »Gewiss doch.«

»Seid vorsichtig, Sir«, sagte der Mann leise. »Das Diplomatische Korps ist ein Schlangennest – und die Comtesse de Montignac schlängelt sich genau in seiner Mitte. Wenn der Preis stimmt, würde sie ihre eigene Mutter verraten.«

Voller Bitterkeit verzog Nash den Mund. »Das weiß ich nur allzu gut«, sagte er. »Trotzdem danke für die Warnung.«

Kapitel 1

Ein Ball in der Hanover Street
Frühling 1828

Miss Xanthia Neville zog die Möglichkeit einer Affäre in Betracht. Genau genommen erwog sie die Möglichkeit sogar recht konkret, während sie den Blick über die zahlreichen gut aussehenden und elegant gekleideten Gentlemen gleiten ließ, die ihre Partnerinnen durch die Unwägbarkeiten eines Walzers manövrierten. Cutaways und weite Röcke wirbelten im Schein von Tausenden Kerzen durcheinander. Es wurde mit Champagner angestoßen, Seitenblicke wurden geworfen und verweilten. Alle waren heiter und unbeschwert. Niemand war allein.

Nun, so ganz stimmte das natürlich nicht, denn *sie* war allein. Im hohen Alter von nicht ganz dreißig Jahren – ein drohender Abgrund – war Xanthia eine eingefleischte alte Jungfer. Nichtsdestotrotz trug sie heute Abend Rot; den dunkelsten und verwegensten Ton von bordeauxrotem Samt, der auf der Pall Mall zu finden gewesen war. Sie trug den Farbton, als könnte er ein subtiles Signal innerhalb der zulässigen Grenzen von Lord Sharpes Ballsaal aussenden.

Doch vielleicht machte sie sich auch nur etwas vor und hatte zu viel von Sharpes Champagner getrunken. In diesem Land hatten unverheiratete Damen keine Affären, sondern heirateten. Selbst ihr zynischer Bruder würde einen Skandal nicht tolerieren. Fakt aber blieb, dass Xanthia, die ansonsten so vortreffliche Geschäftsfrau und geschickte Verhandlerin, keine Ahnung davon hatte, wie man *diese* Art von Geschäft anging. Sie konnte die gewieftesten Handelsagenten austricksen, Schiffsfrachten in drei Sprachen versenden und auf fünfzig Schritt Entfernung einen unehrlichen Zahlmeister und seine gefälschte Ladeliste erkennen, aber ihr Privatleben fühlte sich an, als wäre es für sie unberechenbar.

Und genau deshalb war auch der Gedanke an eine Liebesaffäre nichts als nur eine weitere Fantasie. Etwas Unerreichbares, das einen zu hohen Preis von ihr fordern würde, auch wenn sie die Liebe in ihrem Leben schmerzlich vermisste.

Fühlte sie sich einsam? Xanthia wusste es nicht. Sie wusste nur, dass sie in ihrem Leben harte Entscheidungen hatte treffen müssen – und dass sie das, meistens zumindest, sehenden Auges getan hatte. Lord Sharpes Ballsaal war voll von hübschen, jungfräulichen Debütantinnen, keine von ihnen trug Rot. Ihnen standen die vielen Möglichkeiten, die das Leben bot, noch offen. Xanthia beneidete die jungen Mädchen und hätte dennoch selbst mit der Schönsten von ihnen nicht tauschen mögen.

Sie wandte sich von dem Meer attraktiver Männer und schöner Jungfrauen ab und ging auf die Terrasse, um allein zu sein. Die Absätze ihrer Schuhe klackten leise auf den Steinen, bis das Stimmengewirr hinter ihr verstummt und auch die Musik nicht mehr zu hören war. Selbst die mutigsten Paare hatten sich nicht so tief in die Dunkelheit gewagt. Vielleicht sollte auch sie wieder umdrehen – die gehobene englische Gesellschaft schien über die seltsamsten Dinge die Stirn zu runzeln –, aber irgendetwas an der stillen Nacht zog Xanthia an.

Am entferntesten Ende der Terrasse blieb sie stehen und lehnte sich gegen die Hauswand, die noch die Wärme des ungewöhnlich milden Frühlingstages gespeichert hatte. Seit vier Monaten war sie nun schon in London, aber bis jetzt hatte sie keine richtige Wärme gespürt. Sie ließ den Kopf in den Nacken sinken und schloss die Augen, während sie das Gefühl genoss und den Rest ihres Champagners trank.

»Ach, wäre ich doch die Ursache für diesen Gesichtsausdruck«, murmelte plötzlich eine tiefe, wehmütig klingende Stimme. »Selten sehe ich eine Frau so hingerissen – es sei denn, sie ist mit mir im Bett.«

Xanthia zuckte zusammen und riss die Augen auf.

Ein groß gewachsener Mann stand vor ihr. Selbst in der Dunkelheit spürte sie die Hitze seines Blickes, mit dem er sie musterte. Sie erkannte ihn wieder, denn sie hatte ihn schon zuvor bemerkt – gelangweilt zurückgelehnt in einem Sessel im Kartenzimmer sitzend. Auch war ihr nicht entgangen, dass die Blicke der Frauen ihm gefolgt waren, als er das Zimmer verlassen hatte. Er gehörte zu der Art von Mann, die die Aufmerksamkeit einer Frau erregte; nicht unbedingt, weil er gut aussah, sondern weil er etwas ausstrahlte, das weitaus sinnlicher war als bloße Schönheit.

Xanthia hob das Kinn. »Bei Sharpe herrscht heute ein schreckliches Gedränge«, erwiderte sie abweisend. »Ich dachte, meine Flucht wäre unbemerkt geblieben.«

»Vielleicht ist sie das auch.« Seine Stimme klang dunkel. »Ich vermag es nicht zu sagen, da ich mich schon vor einer Viertelstunde hierher verzogen habe.« Er schlug einen leicht verärgerten Ton an, der Xanthia unwillkürlich zum Lachen brachte.

Der Fremde trat in das Mondlicht und betrachtete ihr leeres Champagnerglas. »Sharpe hat unbestreitbar Geschmack, was Champagner angeht, nicht wahr?«, murmelte er. »Und abgesehen von Eurem faszinierenden Gesichtsausdruck, meine Liebe, frage ich mich, ob es nicht vernünftiger von Euch wäre, in den Ballsaal zurückzukehren?«

Xanthia hatte weder seinem Vorschlag noch dessen unterschwelliger Schlussfolgerung zugehört, weil sie ganz und gar in die Betrachtung seines Gesichts vertieft war. Nein, schön war er gewiss nicht. Viel eher wiesen seine Züge eine bemerkenswerte Härte auf – eine scharf geschnittene, gerade Nase, ein strenges Kinn und außergewöhnliche, etwas eng zusammenstehende Augen. Sein Haar war dunkel und viel zu lang, um noch als elegant zu gelten. Doch am verwirrendsten war die Aura von Gefahr, die ihn umgab. Es war Xanthia unerklärlich, warum sie nicht vor ihm zurückschreckte.

»Nein«, sagte sie ruhig, »nein, ich denke, ich werde bleiben.«

Er zuckte mit den breiten Schultern. »Wie Ihr wollt, meine Liebe«, sagte er. »Ihr erinnert mich an eine Katze, die die Wärme genießt. Ist Euch kalt?«

Für einen kurzen Moment schloss Xanthia die Augen und dachte an die Sonne von Barbados zurück. »Mir ist immer kalt«, entgegnete sie. »Schon seit Ewigkeiten ist mir nicht mehr warm gewesen.«

»Wie bedauerlich.« Er beugte sich näher zu ihr und bot ihr seine Hand dar. »Ich glaube, ich hatte noch gar nicht das Vergnügen, Ma'am. Genau genommen bin ich sogar davon überzeugt, dass Ihr neu in der Stadt seid.«

Sie schaute auf seine Hand hinunter, ergriff sie aber nicht. »Und Ihr kennt jeden?«

»Das ist mein Geschäft«, erwiderte er.

»Tatsächlich?« Xanthia stellte ihr Glas auf der breiten Balustrade ab. »Und welches Geschäft betreibt Ihr?«

»Das Geschäft, Leute zu kennen.«

»Ah, Ihr seid also ein Mann der Geheimnisse«, entgegnete sie ironisch. »Und vor wem versteckt Ihr Euch hier draußen, wenn ich fragen darf? Vor einem wütenden Ehemann? Einer betrogenen Frau? Oder vor der Meute von Müttern, die ihre

Töchter unter die Haube bringen will und Euch deshalb so gierig betrachtet?«

Er ließ ein kleines, betrübtes Lächeln aufblitzen. »Das habt Ihr bemerkt? Ich habe es wirklich teuflisch schwer. Man scheint von mir zu erwarten, dass ich – ach, das ist nicht weiter wichtig.«

Sie sah ihn aufmerksam an. »Erwartungen«, murmelte sie. »Ja, genau das ist das Problem, nicht wahr? Den Menschen widerstrebt es, sie zu erfüllen. Von uns wird erwartet, gewisse Dinge zu tun und gewisse Entscheidungen zu treffen – aber wenn wir den Erwartungen nicht entsprechen, nun, dann hält man uns für starrsinnig. Oder exzentrisch. Oder für *schwierig* – die schrecklichste Umschreibung von allen. Warum ist das so, frage ich mich?«

»Ja, warum?«, murmelte er. Sein Blick hielt den ihren stetig gefangen. »Und ich, meine Liebe, ich frage mich, ob Ihr die Art Frau seid, die das Unerwartete tut? Ihr kommt mir vor, als wäret Ihr ... vielleicht ein wenig anders als die anderen im Ballsaal.«

Die anderen.

Mit diesen zwei einfachen Worten schien er eine dunkle und unverrückbare Linie zwischen ihnen beiden und, nun, zwischen allen anderen gezogen zu haben. Auch er war nicht wie diese Leute. Das spürte sie. Der plötzliche Schauer eines unergründlichen Gefühls lief ihr über den Rücken. Einen Augenblick lang war es, als sähe der Mann sie nicht an, sondern betrachtete etwas tief in ihrer Seele. Sein Blick war wachsam. Abwägend. Und doch verstehend.

Aber was stellten ihre Gedanken nur für einen Unsinn an? Was tat sie hier draußen im Dunkeln mit einem vollkommen Fremden?

Er zog seine verwirrend dunklen Augenbrauen kaum merklich in die Höhe. »Ihr seid sehr still geworden, meine Liebe.«

»Ich fürchte, ich habe nichts Interessantes zu sagen.« Xanthia lehnte sich wieder gegen die Hauswand und entspannte sich. »Ich führe ein sehr zurückgezogenes Leben und besuche im Allgemeinen keine Gesellschaften.«

»So wie ich«, bekannte er und senkte die Stimme. »Und doch ... sind wir beide heute hier.«

Er beugte sich so nah zu ihr, dass sie seinen Duft einatmen konnte, eine faszinierende Mischung aus Rauch und Zitrone. Sein Blick, glutvoller jetzt, hielt den ihren gefangen, und Xanthia fühlte sich plötzlich, als würde der Steinboden unter ihren Füßen zu schwanken beginnen. Selbst in der Dunkelheit schienen seine Augen zu funkeln. »Ich bitte um Verzeihung«, sagte sie ein wenig atemlos. »Ihr ... Ihr tragt Ambraöl, nicht wahr?«

Er neigte den Kopf. »Unter anderem.«

»Und Neroli«, sagte sie. »Aber Ambra ... ist ein seltener Duft.«

Er wirkte erfreut. »Ich bin überrascht, dass Ihr ihn kennt.«

»Ich weiß ein wenig über Gewürze und Öle.«

»Tatsächlich?«, murmelte er. »Mein Parfümeur in St. James' importiert das Öl für mich. Mögt Ihr den Duft?«

»Ich bin nicht sicher«, erwiderte sie ehrlich.

»Dann werde ich ihn morgen nicht tragen.«

»Morgen?«

»Wenn ich Euch einen Besuch abstatte«, sagte er. »Übrigens, meine Liebe, hättet Ihr etwas dagegen, mir Euren Namen zu verraten? Auch der Name Eures Gatten würde genügen, dann kann ich mich vergewissern, wann sein Club geöffnet ist und schlussfolgern, wann er höchstwahrscheinlich außer Haus sein wird.«

»Auch ich kenne Euren Namen zwar noch nicht«, entgegnete sie neckend, »aber ich sehe, dass Ihr sehr zielstrebig seid.«

»Nun, Schüchternheit bringt einen nicht weiter, nicht wahr?«, entgegnete er lächelnd.

Xanthia stieß ein bitteres Lachen aus. »Das tut sie wahrlich nicht. Für diese Einsicht musste ich viel Lehrgeld zahlen.«

Er musterte sie einen Moment lang aufmerksam. »Nein, Ihr seht nicht aus wie der schüchterne, zurückhaltende Typ«, sagte er dann nachdenklich. »Sagt mir, meine Liebe, ob Ihr so kühn seid, wie Euer rotes Kleid es vermuten lässt?«

»In gewissen Situationen schon«, gestand Xanthia und erwiderte seinen Blick. »Wenn es etwas gibt, das man unbedingt haben will, dann muss man kühn sein.«

Als er überraschend eine Hand unter ihren Ellbogen legte, war es, als ginge etwas Elektrisierendes zwischen ihnen vor. »Ihr seid eine äußerst faszinierende Frau.« Seine Stimme erklang heiser in der Dämmerung. »Und es ist sehr lange her, seit ich ... nun, das letzte Mal *fasziniert* gewesen bin.«

»Vielleicht verstehe ich Euch«, hörte Xanthia sich sagen. »Ich wünschte, wir könnten ... oh, vergesst es. Ich bin sehr dumm, vielleicht sollte ich jetzt doch gehen.«

Aber seine Hand auf ihrem Arm hielt sie zurück. »Was?«, murmelte er. »Was wünscht Ihr, meine Liebe? Wenn es in meiner Macht steht, Euer Begehren zu erfüllen, würde ich das mit größtem Vergnügen tun.«

Seine Worte ließen sie erzittern. »Nein, es ist nichts«, antwortete sie. »Ihr seid ein gefährlich charmanter Mann, Sir. Ich denke, ich sollte wieder in den Ballsaal zurückkehren.«

»Wartet«, sagte er und zog sie zu sich. »Lasst uns einen Handel abschließen, meine Liebe. Ich werde Euch meinen Namen verraten – und in welcher Art von Geschäft ich tätig bin. Und als Gegenleistung werdet Ihr –« Er hielt inne und ließ seinen Blick erneut über Xanthia gleiten.

Sie zitterte vor Anspannung. »Was?«

»Ihr werdet mich küssen«, befahl er. »Und es wird kein schwesterlicher Kuss sein, bei Gott.«

Xanthias Augen weiteten sich vor Überraschung, aber ihre Neugierde war größer. Schließlich war sie es, die dieses dumme Katz- und Mausspiel begonnen hatte. Aber noch dümmer als das war, dass sie ihn tatsächlich küssen wollte. Sie wollte seinen festen, harten Mund spüren, wie er von ihren Lippen Besitz ergriff und –

Er wartete nicht auf ihre Zustimmung. Seine Hände lagen plötzlich auf ihren Schultern und zogen sie abrupt an sich, während seine Lippen sich fest auf ihre pressten. Er gab nicht vor, sanft zu sein oder höfliche Zurückhaltung zu üben, sondern öffnete stattdessen den Mund über ihrem und strich mit der Zunge hungrig über ihre Lippen. Das Verlangen erwachte in Xanthia, und sie öffnete sich ihm, erlaubte ihm, die Tiefen ihres Mundes mit seinen langsamen, sinnlichen Stößen zu erkunden.

In seinen Armen fühlte sie sich plötzlich lebendig, fast wie losgelöst, so als hätte sie keinen eigenen Willen mehr. Sein Wunsch war der ihre; sein rasch aufflammendes Verlangen hallte in ihr wider. Es war so lange her, seit sie geküsst worden war – und noch nie hatte es sich so wie jetzt angefühlt. Sie schlang die Arme um seinen Nacken und erlaubte seinen Händen, über ihren Körper zu gleiten, ihre Haut zu streicheln. Ihre Zungen umspielten sich, als sie heftiger zu atmen begannen. Er schmeckte nach Champagner und schierer Lust. Der rauchige Duft seines Parfüms war von verwirrender Intensität, als seine Haut sich erhitzte. Xanthia war wie gefangen in seinem Wahnsinn, drängte ihren Körper fast schamlos an seinen und erlaubte seinen forschenden Händen und seinem hungrigen Mund jede Intimität eines Liebhabers.

»Großer Gott, das ist Wahnsinn«, hörte sie sich sagen, doch ihre Stimme klang wie von weit her. Körperlos.

»Ein herrlicher Wahnsinn«, murmelte er.

Seine Hand lag jetzt auf ihrer Hüfte, streichelte sie sinnlich durch den Samt ihres Kleides. Noch einige Zentimeter tiefer, dann hob er sie drängend gegen sich. An der pochenden Härte seines Begehrens oder seiner Absicht bestand kein Zweifel mehr. Xanthia stellte sich auf die Zehenspitzen, presste sich an ihn und sehnte sich danach, mehr zu riskieren.

Irgendwie war es ihm gelungen, ihren Rock hochzuschieben, sodass er nun seine Hand daruntergleiten ließ. Er streichelte die Rundung ihrer Hüften, verwöhnte sie aufreizend. Wieder und wieder. Dann, ohne den Kuss zu lösen, drängte er Xanthia gegen die Wand des Hauses und schob die Hand zwischen sie, schob sie immer tiefer und tiefer.

Xanthia schaffte es, ihren Mund von seinem zu lösen. »Wartet, ich –«

»Wir sind allein, meine Liebe«, versicherte er ihr zwischen zwei kleinen Küssen, die er auf ihr Kinn hauchte. »Ich bin mir sicher. Vertraut mir einfach.«

Seine Worte zerschmolzen in ihr. Närrisch ergab sie sich ihm; sehnte sich nach ihm mit einem Verlangen, wie sie es noch nie gespürt hatte. Das war purer Wahnsinn. Mit einem leisen Laut des sich Ergebens presste Xanthia wieder ihren Mund auf den seinen und ließ den dunkelhaarigen Fremden gewähren, der in diesem wilden, zeitlosen Moment kein Fremder mehr zu sein schien. Er kannte sie, wusste genau, wo er sie berühren musste. Sie spürte seine Handfläche warm durch den dünnen Stoff ihrer Unterhose. Ohne seinen Mund von ihrem zu lösen, stieß er ein tiefes, hungriges Stöhnen aus und streichelte sie an ihrer intimsten Stelle. Wie eine Hure ergab sich Xanthia ihm, und ihre Knie wurden schwach. Sein Streicheln wurde drängender, sie keuchte nach ihm, genoss seine herrlichen Berührungen, während ihre Lust sich steigerte und ihr Körper zu schmerzen begann.

Sie würde explodieren. Sie konnte es nicht mehr aushalten. Die Sehnsucht in ihr war jetzt tief und zitternd. Sie fühlte die Realität davongleiten, fühlte die Dunkelheit der Nacht um sie beide und bekam, plötzlich, Angst. Bei Gott, hatte sie denn den Verstand verloren?

Er presste den Mund auf ihr Ohr und saugte leicht an ihrem Ohrläppchen. »Lass es geschehen, meine Liebe«, murmelte er und zupfte leicht an ihrem Ohr. »Großer Gott, hast du eine Ahnung, wie wunderschön du gerade bist?«

»Ich – ich denke ...« Xanthia zitterte noch immer. »Oh, bitte, ich denke ... wir müssen aufhören.«

Er stöhnte wie unter Schmerzen auf, aber seine Hände hielten inne.

»Aufhören«, sagte sie zu sich wie zu ihm.

Leicht ließ er seine Stirn gegen die ihre sinken. »Müssen wir das, meine Liebe?« Seine Worte kamen schwerfällig über seine Lippen. »Komm, lass uns von hier fortgehen. Verbring die Nacht in meinem Bett. Ich verspreche, dir bis zum Morgen Lust zu bereiten. Wir können alles tun, was deine Fantasie dir eingibt.«

Als sie den Kopf schüttelte, strich ihr Haar über das Mauerwerk. »Ich traue mich nicht«, gestand sie. »Ich weiß nicht, was über mich gekommen ist. Du ... du musst mich für eine Art Hure halten.«

Er war dabei, ihre Röcke glatt zu streichen. Seine Berührungen waren sanft. »Nein. Ich denke nur, dass du eine sinnliche Frau mit einem Brunnen ungestillter Bedürfnisse bist«, sagte er leise und küsste sie auf die Wange. »Und dass du mich diesen bedauerlichen Umstand beheben lassen solltest.«

Sie lachte kurz und hektisch auf. »Oh, lieber Gott, ich muss verrückt sein«, murmelte sie. »Ich habe es wirklich in Betracht gezogen – und ich weiß nicht einmal, wer du bist!«

Seine Augen schimmerten noch immer vor Verlangen, als er zurücktrat und sich überraschend formell vor ihr verbeugte. »Ich werde Nash genannt«, sagte er ruhig. »Spieler und professioneller Genussmensch. Zu Euren Diensten, Ma'am.«

Professioneller Genussmensch?

Die erschreckende Leichtfertigkeit dessen, was sie gerade getan hatte, wurde Xanthia schnell bewusst. Noch immer war sie nicht wieder zu Atem gekommen. Als sie ihren Mund öffnete, um etwas zu erwidern, kam kein Ton über ihre Lippen. Dann tat sie das Dümmste und das Peinlichste, was eine Frau tun konnte: Sie wandte sich ab und lief davon.

Sie floh über die Terrasse, ihre Gedanken waren erfüllt von Panik. Aber nichts Ungewöhnliches passierte. Keine Schritte folgten. Kein Rufen erklang. Der Lichtstrahl, der aus dem Ballsaal fiel, war nur noch wenige Meter entfernt. Kurz bevor Xanthia die Tür erreichte, war sie so geistesgegenwärtig, stehen zu bleiben, ihr Haar zu ordnen und ihr Kleid zu richten. Noch immer kein Laut. Er war ihr nicht gefolgt, Gott sei Dank.

Was hatte sie sich nur dabei gedacht? Xanthias Atem ging noch immer keuchend, als sie die Hand gegen den Fensterrahmen legte und darum kämpfte, dass ihre Beine, die sich weich wie Butter anfühlten, sie wieder tragen würden, um anmutig weiterzugehen. Nun, sie hatte etwas Skandalöses tun wollen, und das hatte sie nun ganz gewiss getan. Sie hatte einem fremden Mann gestattet, sie bis zum Wahnsinn zu küssen – und fast noch weitaus mehr als das. Jetzt, ohne die Nähe seines warmen Körpers, fror sie mehr denn je und fühlte sich zittrig wie noch nie zuvor.

Wütend auf sich selbst straffte Xanthia die Schultern und betrat mit einem künstlichen Lächeln auf dem Gesicht den

Ballsaal. Lieber Gott, was war sie doch für eine Närrin! Ein wenig zu viel Champagner zu trinken und sich in rührseligen Fantasien zu ergehen war das eine, sich so schamlos mit einem Fremden aufzuführen, das andere – oder, wie im Falle von Mr. Nash, einem höchst ungewöhnlichen Fremden. Aber was für eine Faszination er auch auf sie ausübte, es gab nichts Metaphysisches zwischen ihnen. Schon gar nicht hatte er in ihre Augen gesehen und ihr dabei in die Seele geschaut, um Himmels willen! Wie hatte sie nur so etwas denken können? Die lange Zeit der Enthaltsamkeit musste ihren Verstand vernebelt haben.

Nun, für sie blieb nichts zu tun, als zu Gott zu beten, dass dieser Nash ein Gentleman war. Oh, Xanthia fürchtete nicht, dass man über sie klatschte und tratschte, aber da war noch ihr Bruder Kieran, an den sie denken musste. Er hatte gerade erst sein Leben in den Griff bekommen. Außerdem gab es noch Lord und Lady Sharpe, ihre Verwandten, die sie liebte, und deren Tochter Louisa, die heute in die Gesellschaft eingeführt wurde. Xanthias ungebührliches Benehmen konnte sich negativ auf sie alle auswirken.

Mit Anstrengung gelang es ihr, einigen Leuten, die sie kannte, zuzunicken, während sie sich einen Weg durch die Menge bahnte. Sie befürchtete, wie eine benutzte Hure auszusehen, doch niemand, den sie passierte, zog auch nur eine Augenbraue hoch. Ihre Panik legte sich langsam, doch die Erinnerung an die Berührungen des Mannes wollte nicht verblassen. Lieber Himmel, sie musste ihren Bruder finden und ihn bitten, sie nach Hause zu bringen, ehe sie noch etwas unverzeihlich Dummes tat – etwa nach Mr. Nash zu suchen und ihm ihr Strumpfband zuzuwerfen.

Mit noch immer zitternder Hand hielt Xanthia einen vorbeigehenden Diener an, um ihn nach Kierans Verbleib zu fragen.

Der in seiner blauen Livree prächtig anzusehende Mann verbeugte sich. »Lord Rothewell ist im Kartenzimmer, Ma'am.«

Xanthia lächelte höflich. »Sagt ihm bitte, dass ich jetzt gern gehen würde.«

Zwar wollte sie ihren Bruder nicht beim Kartenspielen stören, doch die andere Alternative war, hierzubleiben und zu riskieren, Mr. Nash noch einmal zu begegnen. Plötzlich, inmitten all der Verwirrung, traf sie die Erkenntnis wie ein Schlag. Mr. Nash kannte ihren Namen nicht. Sie war davongelaufen, ehe sie ihn ihm genannt hatte, und er war ihr nicht gefolgt. Es war, als hätte er plötzlich das Interesse an ihr verloren.

Und vielleicht hatte sie mit diesem Gedanken ja recht. Vielleicht war sie ihm im Küssen nicht erfahren genug gewesen? Der Gedanke war einerseits niederschmetternd, andererseits war es vielleicht so das Beste. Mr. Nash kannte ihren Namen nicht und sie ja auch kaum den seinen. Es war so gut wie ausgeschlossen, dass sie sich jemals wiedersahen, denn sie bewegte sich nicht in der Gesellschaft – genau genommen hatte sie kaum die Zeit dazu –, und Mr. Nash hatte die uneingeschränkte Arroganz eines Mannes ausgestrahlt, der seinen Rang unter den oberen Zehntausend kannte. Und wenn Xanthia mit ihrer Vermutung nicht irrte, dann war dieser Rang ein sehr hoher. Ein Gefühl der Erleichterung durchströmte sie, und sie gewann ihre Fassung zurück.

In der Eingangshalle war Lady Sharpe dabei, sich von ihrer Schwägerin zu verabschieden. Mrs. Ambrose küsste Xanthia überschwänglich auf beide Wangen. »Xanthia, meine Liebe, Ihr müsst wirklich häufiger ausgehen«, sagte sie. »Ihr seht ja ganz blass aus.«

»Wie freundlich von Euch, Euch Sorgen um mich zu machen«, entgegnete Xanthia höflich. »Habt Ihr vielleicht Kieran gesehen?«

Mrs. Ambroses Lächeln nahm einen säuerlichen Zug an. »Ich habe ihn im Kartenzimmer zurückgelassen«, antwortete sie. »Er hat wieder eine seiner Launen.«

Lady Sharpe lachte laut auf, sobald ihre Schwägerin gegangen war. »Was ist sie doch für eine Katze, Zee«, wisperte sie, während sie einen Kuss auf Xanthias Wange hauchte. »Und wie geschmeichelt bin ich, dass meine zurückgezogen lebende Verwandtschaft tatsächlich geruht hat, zu meinem kleinen Ball zu erscheinen.«

»Oh, Pamela, wir konnten doch unmöglich Louisas Einführung in die Gesellschaft verpassen.« Xanthia beugte sich vor, um sie zu umarmen. Genau in diesem Moment schwankte Lady Sharpe leicht und fiel fast unmerklich gegen sie.

Beunruhigt legte Xanthia den Arm unter den Ellbogen ihrer Cousine. »Pamela?« Dann sagte sie zu einem der Diener gewandt: »Einen Stuhl, wenn ich bitten darf! Und Lady Sharpes Zofe. Holt sie sofort her.«

Augenblicklich wurde ein Stuhl gebracht, und Lady Sharpe ließ sich dankbar darauf nieder. »Das Gedränge und die Aufregung«, erklärte sie, während Xanthia ihren Fächer öffnete und sich vor sie kniete. »Oh, danke! Die Luft ist sehr belebend. Ich habe mich wohl ein wenig zu sehr angestrengt, aber bitte, sag Sharpe nichts davon.«

In diesem Moment tauchte Xanthias Bruder auf. »Pamela?«, sagte er erschrocken. »Du siehst höchst unwohl aus.«

Lady Sharpe errötete leicht. »Es ist nur die Hitze«, beteuerte sie. »Und vielleicht mein Alter, Kieran. Aber stell mir jetzt bitte keine weiteren Fragen, oder ich schwöre, ich werde sie dir beantworten und dich damit in große Verlegenheit bringen.«

Kieran besaß den Anstand zu erröten und schickte sofort nach seiner Kutsche. Sobald Lady Sharpes Zofe herbeigeeilt war, erhob sich Xanthia. »Mir gefällt deine Blässe nicht, Pamela«, sagte sie und zögerte, ihre Cousine zurückzulassen. »Aber jetzt höre ich mich schon so an wie Mrs. Ambrose, nicht wahr?«

Lady Sharpe schaute verlegen auf. »Nicht ganz ohne Grund«, stieß sie hervor. »Es tut mir leid, dass ich dir einen Schreck eingejagt habe.«

»Das hast du tatsächlich.« Xanthia beugte sich zu ihr und drückte ihre Hand. »Und deshalb wirst du mich morgen wiedersehen. Sagen wir zum Tee, meine Liebe, so gegen drei Uhr?«

Kapitel 2

Eine Auseinandersetzung in der Wapping High Street

Bei Anbruch der Dämmerung war die für das Frühjahr ungewöhnliche Wärme wieder der Trostlosigkeit dunkler Wolken gewichen. Das schlechte Wetter wuchs sich unbarmherzig zu etwas aus, was sich wie sieben Tage Regenwetter anfühlte. In einen Morgenrock aus cremefarbener Tussahseide stand Nash in grimmiger Stimmung am Fenster seines Schlafzimmers und starrte auf die Park Lane hinunter. Dabei nippte er hin und wieder an seinem Morgenkaffee, obwohl der Morgen schon seit Längerem vorüber war.

Nachdem Nash Lord und Lady Sharpe mit einem Dutzend brennender, unbeantworteter Fragen verlassen hatte, war er zu *White's* gegangen, hatte die Stunden nach Mitternacht beim Würfelspiel verbracht – keines seiner üblichen Laster – und anschließend seiner Geliebten einen Besuch abgestattet, die in der Henrietta Street wohnte. Sowohl dieser Besuch als auch das Würfelspiel hatten ihn eher unbefriedigt zurückgelassen. Oh, er hatte Sir Henry Dunnan beim Glücksspiel eine beträchtliche Summe abgenommen, ohne besonders aufmerksam zu sein, und Lisette hatte in einem hauchdünnen Negligé aus Frankreich einfach hinreißend ausgesehen – ein Anblick, der nur von dem Gedanken getrübt worden war, wie viel ihn dieses Kleidungsstück gekostet hatte und wie sehr es in letzter Zeit zu Lisettes Gewohnheit geworden war, zu schmollen und eingeschnappt zu sein, wenn er nicht ständig um sie herumscharwenzelte.

Auch gestern Nacht hatte sie geschmollt, doch das konnte er

ihr kaum verübeln, denn seine Laune war nicht die beste gewesen. Ihr Intermezzo hatte mit Tränen, Blut und drei zerbrochenen Weingläsern geendet. Nash schaute auf seine verletzte Hand und streckte sie versuchsweise. Die Wunde öffnete sich nicht. Dieses Mal war er der Nadel des Chirurgen gerade noch entkommen. Vielleicht war es ja an der Zeit, Lisette endlich den Laufpass zu geben. Doch seine Gedanken waren ganz woanders, auch wenn es ihm nicht gefiel, das zuzugeben. Nicht einmal vor sich selbst.

Nachdem sich der Schleier von Lust und Champagner gehoben hatte, war Nash klar geworden, dass er gestern Nacht etwas äußerst Dummes angestellt hatte – und etwas völlig Unnötiges noch dazu. Wie viel Zeit würde es ihn wohl kosten, den Namen der Frau in Rot herauszufinden und, noch wichtiger, ihre Verhältnisse? Eine halbe Stunde schlug er sich schon mit dem Gedanken herum, genau das zu tun. Aber er hatte es noch nicht in Angriff genommen, und jetzt war er zutiefst wütend – auf sich und vielleicht auch etwas auf sie.

Nichtsdestotrotz gelang es ihm nicht, der Erinnerung an das zu entkommen, was diese Frau und er gestern Abend auf der Terrasse getan hatten. Und welchen Preis würde er gegebenenfalls für diese wenigen Augenblicke köstlicher Versuchung bezahlen müssen? Warum hatte er sich von ihr so stark angezogen gefühlt? Es widerfuhr ihm nur äußerst selten, dass er seine Vorsicht so bereitwillig vergaß. Doch in seinen Armen war sie die Verkörperung wilder weiblicher Leidenschaft gewesen, eine Frau, die unleugbar nach all den Vergnügungen hungerte, nach denen sich auch sein Körper sehnte.

Und doch war sie wie ein unerfahrenes Schulmädchen voller Panik davongelaufen. Im Licht des Tages war es gerade dieser Widerspruch, der ihn so sehr beschäftigte.

Nun, er wollte verdammt sein, würde er sich zurücklehnen

und auf den Ärger warten, der sich eventuell zusammenbraute. Während Nash die Regentropfen beobachtete, die einander die Fensterscheiben hinunterjagten, traf er eine Entscheidung. Wenn irgendwo Unheil lauerte, würde er es aufspüren, bevor es ihn entdeckte. Das Element der Überraschung war aus seiner Sicht ein stark unterschätzter Vorteil.

In diesem Moment eilte sein Kammerdiener geschäftig ins Zimmer. »Guten Morgen, Mylord!« Gibbons ging geradewegs auf das Ankleidezimmer zu. »Ich habe Euer Hemd in kaltem Wasser eingeweicht. Ich denke, der Blutfleck wird sich herauswaschen. Soll ich den Stresemann herauslegen? Oder werdet Ihr ausreiten?«

»Ja, falls der Regen nachlässt«, erwiderte Nash. »Ich habe heute Vormittag eine dringliche Angelegenheit zu erledigen.«

»Und eine unangenehme noch dazu, wie es sich anhört.« Gibbons wagte sich für Nashs Vorstellung zu weit vor. »Darf ich zu hoffen wagen, dass Ihr vorhabt, mit Miss Lyle zu brechen?«

Nash lächelte leicht. »Man wird das Künstlertemperament mit der Zeit leid«, murmelte er. »Habt Ihr überhaupt eine Ahnung, Gibbons, was diese Frau mich bereits gekostet hat?«

»Ein Vermögen. Sagt jedenfalls Mr. Swann.«

»Ah, Mr. Swann!« Nash ließ den Rest seines Kaffees in der Tasse kreisen, wobei er sich fragte, ob das Schicksal tatsächlich aus dem Kaffeesatz herauszulesen sei. Er machte sich nichts aus der englischen Sitte des Teetrinkens. »Sagt, Gibbons, tratschen alle meine Angestellten über mich? Oder tut das nur Ihr und Swann?«

»Eigentlich alle«, erwiderte Gibbons. Er war auf die Rollleiter hinaufgestiegen und machte sich am obersten Regal des Ankleidezimmers zu schaffen. »Leider Gottes führen wir ein sehr ruhiges Leben, Mylord, deshalb müssen wir uns, was die Aufregung betrifft, an Euch halten.«

»Manchmal denke ich, Gibbons, ein ruhiges Leben könnte auch mir gefallen«, sagte Nash nachdenklich. »Oder vielleicht auch nur ein maßvolleres? Vielleicht so eins, wie mein Stiefbruder es führt? Über genügend Geld zu verfügen, um angenehm leben zu können und ohne dass es einen belastet, dazu eine Karriere im Dienste der Nation. Wie wäre das, Gibbons, was meint Ihr?«

»Ich habe keine Ahnung, Sir.« Mit leisem Grummeln hievte Gibbons eine große Hutschachtel vom Regal. »Aber falls Ihr vorhabt, Euer Leben gegen das Eures Bruders zu tauschen, dann informiert uns bitte vierzehn Tage vorher darüber.«

»Was? Könnt Ihr Euch etwa nicht vorstellen, im Dienste eines prominenten Mitglieds des Unterhauses zu stehen?«

»Ihr könntet Euch meinen Dienst dann nicht mehr leisten, Sir«, erwiderte Gibbons.

Natürlich hatte er recht. Im Moment verfügte Nash über jeden Luxus, den das Leben zu bieten hatte. Jeder seiner Wünsche wurde von jemandem vorausgesehen, angefangen bei seinem Stiefelknecht über seinen französischen Koch bis hin zu Swann, seiner rechten Hand in allen geschäftlichen und außergeschäftlichen Dingen. Sie alle mussten mit einem Gehalt entlohnt werden, das ihren Lebensunterhalt deckte.

Zudem waren da noch sein Butler, sein Bankier, sein Stiefelmacher und sein Weinhändler. Sein Herrenausstatter und sein Gemüsehändler. Im Geiste fügte Nash dieser Liste noch seine Stiefmutter und seine beiden Stiefschwestern hinzu, darüber hinaus alle Bediensteten auf allen seinen Besitzungen. Seinen Stiefbruder Tony. Seine beiden Großtanten in Cumbria. Und die Bergleute in jenem Kohlebergwerk in Cornwall, das er beim Kartenspiel von Talbot gewonnen hatte und das in seiner Einfachheit fast mittelalterlich anmutete. Mit jedem Namen verband sich für ihn eine neue Pflicht, denn das bedeutete es, der Marquess of Nash zu sein. Es war ein abscheuliches Joch, das ihm um den Hals gelegt worden war, bei Gott. Und er fragte sich, ob es nicht bald noch schwerer werden würde.

»Ich vermute, Ihr werdet heute die Kutsche brauchen, Mylord.« Gibbons stand jetzt neben ihm und starrte ebenfalls in die nebeltrübe Aussicht, aus der eines Tages vielleicht wieder der Hyde Park auftauchen würde. »Es würde mir nicht gefallen, solltet Ihr Euch eine Lungenentzündung zuziehen.«

»Nun gut«, sagte Nash missmutig. Er wünschte sich, einen Namen zu tragen, der zu der ungestillten Lust passte, unter der sein Körper litt. Es war alles andere als anonym, in einer Kutsche, die ein Wappen auf dem Schlag trug, durch London zu fahren. Aber die Kutsche würde es heute wohl sein müssen. Sie war nur ein weiteres der vielen Vorrechte, die ihm aufgrund seines Titels zustanden.

Im Grunde war seine Situation fast lächerlich. Er war nicht dafür geboren worden, diesen Rang zu bekleiden. Er war lediglich der zweite Sohn eines zweiten Sohnes und hatte keinerlei Perspektive gehabt, einmal abgesehen von einer strapaziösen militärischen Karriere, einem kalten Grab und, höchstwahrscheinlich, einem türkischen Messer in seinem Rücken.

Das wäre das Leben gewesen, für das er geboren und erzogen worden war und worauf seine Mutter immer beharrt hatte. Und seltsamerweise war es das Leben gewesen, das er sich gewünscht hatte. Seine Kindheit war abenteuerlich gewesen, er war in Europa umhergereist – zumindest hatte er die damalige Zeit für abenteuerlich gehalten. Er hatte nicht verstanden, dass sie nur von einem politischen Pulverfass zum nächsten geflohen waren, bis Napoleons Flamme und Zorn den ganzen Kontinent verschlungen hatten.

Sein Bruder Petar hatte kurz davorgestanden, in die Armee Zar Alexanders I. einzutreten – und damit den unsterblichen Neid seiner jüngeren Geschwister auf sich zu ziehen –, als aus dem weit entfernten Hampshire die überraschende Nachricht St. Petersburg erreicht hatte. Ihre englischen Verwandten hätten keinen günstigeren Zeitpunkt zum Sterben wählen können, mochten sie in Frieden ruhen.

Doch leider war Gevatter Tod noch nicht fertig mit seinem Werk gewesen. Die folgenden Jahre waren hart gewesen, und nachdem alle blutigen Schlachten geschlagen und alle Totenlieder gesungen worden waren, war Nash das, was zu sein er sich weder erwartet noch gewünscht hatte.

Die Tür knarzte in ihren Angeln und holte Nash wieder zurück in die Gegenwart. Er wandte sich um und erblickte seinen Stiefbruder in der Tür. »Ah, da bist du ja, Stefan«, sagte er. »Hast du noch eine Tasse übrig? Ich schwöre, ich bin nass bis auf die Unterhosen.«

»Was für ein anschauliches Bild du da heraufbeschwörst, Tony.« Nash winkte Gibbons herbei, der bereits eine weitere Tasse in der Hand hielt. »Draußen sieht es verdammt scheußlich aus. Warum bist du hier?«

Der ehrenwerte Anthony Hayden-Worth lächelte freundlich und setzte sich in den bequemsten Sessel, der dem Tisch mitsamt Kaffeeservice am nächsten stand. »Kann ein netter Bursche nicht einfach nur seinen Bruder besuchen, um zu sehen, wie es ihm geht?«, fragte Tony und füllte seine leere Tasse.

Nash stieß sich vom Fenster ab und gesellte sich zu seinem Bruder. »Natürlich kann er das«, sagte er, »aber falls du irgendetwas brauchst, Tony –?«

Ein unergründlicher Ausdruck glitt über das Gesicht seines Stiefbruders. »Bei mir ist alles in Ordnung«, sagte er. »Trotzdem danke.«

»Jenny ist wohlauf?«, fragte Nash.

Tony zuckte mit einer Schulter. »Sie ist letzte Woche zurück nach Brierwood gefahren«, bemerkte er. »Scheint eine Vorliebe für diesen Ort entwickelt zu haben. Vielleicht vermisst sie ja auch Mamma und die Mädchen. Ich hoffe, du hast nichts dagegen?«

»Sei nicht albern, Tony«, entgegnete Nash. »Brierwood ist auch Jennys Zuhause. Ich möchte, dass sie dort glücklich ist.«

»Oh, Jenny ist glücklich genug, solange ihre Rechnungen bezahlt werden.« Tonys Lächeln erlosch. »Ich vermute, sie will auch nach Frankreich reisen, während sie in Hampshire ist, und dort ein paar weitere Rechnungen produzieren.«

»Ihr Vater hat ihr dieses Mal kein Geld mehr zukommen lassen?«

Tony schüttelte den Kopf. »Ach was, wo denkst du hin. Sie ist eine verwöhnte Prinzessin, unsere Jenny. Ihr Papa droht es zwar immer wieder an, den Geldhahn abzustellen, aber über kurz oder lang flattert immer wieder ein fetter Wechsel herbei.«

»Vielleicht wäre es besser, er würde mal Ernst machen«, meinte Nash.

»Warum?«, fragte Tony gereizt. »Damit letzten Endes du ihre Rechnungen bezahlst und ich weiterhin bei dir in der Kreide stehe? Vielen Dank, nein.«

Nash setzte sich und schenkte sich noch eine Tasse Kaffee ein, wobei er sich bemühte, seinen Ärger im Zaum zu halten. »Ich habe mich nie in deine Ehe eingemischt, Tony«, sagte er schließlich, »und ich habe auch nicht vor, jetzt damit zu beginnen.«

Tony lächelte, und die angespannte Stimmung verflog. »Genau genommen, alter Mann, bin ich nur hergekommen, um zu hören, wie es dir letzte Nacht ergangen ist«, sagte er. »Mir ist zu Ohren gekommen, dass du bei *White's* warst?«

Nash nahm das Friedensangebot an. »Ich bin endlich mit Lord Hastley einig geworden«, sagte er und rührte langsam seinen Kaffee um. »Er hat zugestimmt, sich von dieser Zuchtstute zu trennen – zum richtigen Preis selbstverständlich.«

Auf Tonys Gesicht breitete sich ein Grinsen aus. »Meinen Glückwunsch, Stefan! Wie, zum Teufel, hast du das angestellt?«

Nash lächelte schief. »Es war ein Akt reiner Verzweiflung, das versichere ich dir«, sagte er. »Ich habe ihn letzte Nacht auf Sharpes Ball überrumpelt.«

»Großer Gott, du warst auf einem Debütantinnenball? Dann musst du in der Tat verzweifelt gewesen sein.«

»Das war ich«, stimmte Nash zu.

Tony runzelte die Stirn, als er seinen Stiefbruder über den Tisch hinweg ansah. »Pass auf, was du bei solchen Veranstaltungen tust, Stefan«, warnte er, »oder eine von diesen gerissenen, ehestiftenden Müttern wird dich noch in eine Lage bringen, aus der auch dein Geld dich nicht freikaufen kann.«

Seine Worte jagten Nash einen Schauder über den Rücken, doch äußerlich blieb er unbewegt. »Reichtum kann einem Mann aus nahezu jeder Lage heraushelfen«, sagte er und hoffte, damit recht zu haben. »Und dann gibt es da immer noch meinen schlechten Ruf, auf den ich zurückgreifen kann, nicht wahr? Aber wie dem auch sei, ich habe Hastley in Sharpes Kartenzimmer getroffen. Der arme Teufel steckt tief in der Kreide, denn *er* muss eine Hochzeit finanzieren. Er war ziemlich froh über mein Geld.«

»Sind wir das nicht alle?«, erwiderte Tony lachend.

Bedächtig legte Nash seinen Kaffeelöffel aus der Hand.

»Du hast Anspruch auf einen Teil der Einkünfte des Besitzes, Tony«, sagte er und wählte seine Worte sorgsam. »Vater hat das so geregelt. Ich kann es nicht rückgängig machen, selbst wenn ich es wollte – was ich nicht tue.«

Tony lächelte wieder und wechselte zu seinem Lieblingsthema, der Politik und den wachsenden Spannungen zwischen Wellington und Lord Eldon. Nash beschäftigte sich nicht oft damit, aber er wusste, dass der Konflikt Tony sehr beschäftigte. Höflich murmelte er einige Bemerkungen und nickte an den richtigen Stellen.

»Eines sage ich dir, Stefan, diese verdammte katholische Frage wird noch jemandem den Kopf kosten«, schloss Tony endlich seine Ausführungen. »Bestenfalls begeht der Premierminister langsamen politischen Selbstmord.«

»Und Ärger in der Familie ist niemals gut«, fügte Nash ironisch hinzu.

Tony lachte erneut. »Ach, übrigens, alter Bursche, das erinnert mich an etwas«, sagte er. »Mama feiert nächsten Monat ihren fünfzigsten Geburtstag.«

»Ich weiß«, sagte Nash. »Das habe ich nicht vergessen.«

»Ich glaube, ich werde ein Fest geben«, meinte Tony. »Ein größeres als ihre üblichen Dinnerpartys zum Geburtstag. Vielleicht mit einem Ball und einigen Hausgästen, die eine Woche in Brierwood bleiben werden, wenn du nichts dagegen hast.«

»Natürlich nicht«, erwiderte Nash. »Jenny wird sich über die Abwechslung freuen, nicht wahr? Ich habe gehört, dass Frauen so etwas Spaß macht.«

»Ich bin mir nicht sicher, ob es Jennys Vorstellung von Abwechslung entspricht, eine Hausgesellschaft für Mamas Freunde zu organisieren«, entgegnete Tony. »Wirst du auch kommen, Stefan? Immerhin ist es *dein* Haus – und Mama würde sich sehr freuen.«

Um Nashs Mund lag ein kaum zu bemerkender angespannter Zug. »Wir werden sehen«, sagte er schließlich. »Was sind deine Pläne für den Tag, Tony? Werde ich dich heute Abend bei *White's* sehen?«

»Ich denke nicht«, erwiderte sein Stiefbruder. »Ich habe nach dem Dinner noch eine Verabredung. Wir wollen ein wenig am *Test and Corporation Act* herumnörgeln, aber wenn du mich fragst, vergeuden wir damit nur unsere Zeit. Und anschließend findet ein Treffen statt, um die Strategie für die Zwischenabstimmung festzulegen.«

»Warum nimmst du dein Abendessen dann nicht hier ein?«

»Gern, wenn du mir nachsiehst, dass ich gleich danach fortmuss«, sagte Tony. »Wie es aussieht, werden sich die verdammten Diskussionen bis in die Nacht hinziehen.«

»Aber dein Sitz im Unterhaus ist doch sicher? Du bist doch wiedergewählt worden, was musst du also noch tun?«

Tony schob den Stuhl zurück und erhob sich. »Das ist das Wesen englischer Politik, Stefan. Wahlen kosten nicht einfach nur Unmengen an Geld, sie erfordern auch Engagement. Eine Hand wäscht die andere und dieser ganze Blödsinn. Und schlechte Bezirke kosten nun einmal sehr viel Geld. Du hast Glück, im Oberhaus zu sitzen, wo man sich nicht mit den Meinungen des gemeinen Volkes auseinandersetzen muss – oder mit dessen Fäusten.«

Nash lächelte und trank langsam seinen Kaffee. »Eigentlich denke ich nie über so etwas nach, Tony«, sagte er und starrte seinen Stiefbruder über den Rand der Tasse hinweg an. »Ich bin zu sehr damit beschäftigt, die Vorrechte meiner gehobenen Klasse auszuleben – und deren Laster, versteht sich.«

Sein Stiefbruder schaute finster auf ihn hinunter. »Und genau diese Art zu reden schadet deinem Ruf, Stefan«, tadelte er ihn. »Ich bitte dich, darauf zu achten – denk zumindest an Mama.«

»Ich kann mir nicht vorstellen, dass irgendjemand meine Stiefmutter für meinen Charakter verantwortlich machen würde, Tony«, entgegnete Nash. »Ich mag Edwina, und sie mag mich, aber sie hat mich nicht großgezogen – leider.«

Mit welchem Argument auch immer sein Bruder gekontert hätte, Gibbons kam ihm zuvor, indem er vom Ankleidezimmer zum Fenster ging. »Ein Wunder, Mylord«, verkündete er und schaute auf die Straße hinunter. »Der Regen hat aufgehört. Ich denke, Ihr könnt nun unbeschadet hinausgehen.«

Aber Nash würde nicht einfach nur hinausgehen, er würde vielmehr in die Offensive gehen. »Wunderbar, Gibbons«, sagte er. »Veranlasst, dass mein Einspänner vorgefahren wird, und bringt mir meinen dunkelgrauen Cut.«

In Wapping klarte der Himmel erst am Nachmittag auf. Xanthia stand am Fenster ihres Büros, schaute über das obere Hafenbecken zu den St. Savior's Docks und versuchte sich auf ihre Arbeit zu konzentrieren. Der Londoner Regen hatte wenig dazu beigetragen, den Schiffsverkehr auf der Themse zu beruhigen, denn die Art der Geschäftigkeit wurde von Männern vorangetrieben, die jedem Wetter trotzten.

Die Londoner Docklands stellten noch immer eine ständige Faszination für Xanthia dar. Selbst jetzt, gut vier Monate nach ihrer Ankunft in London, flößte ihr das East End mit seiner Industrie und dem Handel Respekt ein. Für Xanthia war Wapping England. An ihre Kindheit in Lincolnshire hatte sie keine Erinnerung mehr. Genau genommen waren ihre Erinnerungen nie über die Zeit auf den Westindischen Inseln hinausgegangen, bis sie und Kieran vor fünf Jahren London besucht hatten, um ein zweites Büro für Neville Shipping zu eröffnen.

Aber in dem Moment, in dem ihr Schrankkoffer aus dem Schiff gehievt und auf den Kai dieser hektischen Stadt gestellt worden war, hatte Xanthia sich sofort gefühlt, als gehöre sie hierher. Nicht auf das Land oder nach Mayfair, wo ihr Haus stand, sondern hierher, inmitten von all diesem Schmutz und Gestank und der pulsierenden Aktivität. Wenn die Themse Londons Hauptschlagader war, dann war Wapping ganz gewiss dessen Herz.

An sechs Tagen der Woche brachte Kierans Kutsche Xanthia vom luxuriösen Berkeley Square den Strand und die Fleet Street entlang in diese andere Welt. Es war die der Arbeiter, der Mastenbauer und Fassbinder, der Kahnführer und Fährmänner. Der Ort, an dem schwarz gekleidete Zollbeamte mit tintenfleckigen Fingern sich neben Stadträten und Bankiers drängten. An dem die Großhändler des East Ends von ihren luxuriösen Stadthäusern am Wellclose Square heruntergeschlendert kamen, um zu beobachten, wie ihr Glück in die Hafenbecken segelte.

Entlang dieses Teils der Themse waren die Sprachen, die Läden und sogar die Kirchen ebenso englisch wie ausländisch. Die Schweden und Norweger stachen besonders hervor. Die Chinesen und die Afrikaner hatten fremd klingende Musik und exotische Nahrungsmittel eingeführt, und Franzosen und Italiener waren in Wapping genauso zu Hause wie in Cherbourg oder Genua. Es war ein wunderbarer Schmelztiegel der gesamten Menschheit.

Die Bürotür wurde geöffnet und ließ einen weiteren kühlen Luftzug in das Zimmer. Xanthia wandte sich vom Fenster ab und sah Gareth Lloyd, ihren Teilhaber, hereinkommen. Sofort ging er zu seinem Schreibtisch in der Ecke, um den grünen Ordner, den er mitgebracht hatte, dort abzulegen. »Die *Belle Weather* läuft ein«, sagte er. »Sie passiert gerade Limehouse Reach.«

Xanthia sah ihn überrascht an. »Was für eine unglaublich schnelle Fahrt!« Außerordentlich erfreut verließ sie ihren Platz am Fenster und trat an ihren eigenen Schreibtisch, um die Zeitpläne zu studieren. »Es ist doch alles glatt verlaufen? Ist schon jemand an Land gegangen?«

»Der Bootsmann. Er sagt, Captain Stretton habe eine zusätzliche Ladung Elfenbein auf der Fahrt um das Kap an Bord genommen.« Lloyd fuhr sich mit der Hand durch das dichte goldblonde Haar. »Unglücklicherweise sind wohl einige Zitrusfrüchte verdorben. Schwarzer Schimmelbefall. Ein Drittel soll verloren sein.«

Das war beklagenswert, kam aber nicht ganz unerwartet. Xanthia setzte sich auf ihren Stuhl und begann sich geistesabwesend die Arme zu reiben.

Lloyd ging zum Kamin und kniete sich hin. »Du frierst schon wieder.« Er sagte es, ohne sie anzusehen, und stocherte in den Kohlen herum. »Ich werde das Feuer anfachen.«

»Danke.«

Sie sah ihm schweigend zu. Als die Flammen wieder höher schlugen, trat Lloyd zu der großen Karte, die eine Wand des Büros fast ganz bedeckte, und betrachtete die blutroten Linien, in denen gelbe Nadeln steckten, von denen jede eines der Neville-Schiffe auf See darstellte. Die roten Linien waren ihre bevorzugten Handelsrouten. Lloyd hätte sie wahrscheinlich im Schlaf mit seiner Fingerspitze nachfahren können, so genau kannte er sie.

Gareth Lloyd war zu Neville Shipping gekommen, noch bevor ihr älterer Bruder vor zwölf Jahren gestorben war. Luke hatte ihn als Laufburschen für das Kontor eingestellt, aber Lloyd hatte schon bald großes Talent für Finanzen gezeigt, und die Westindischen Inseln wurden nicht gerade von fähigen Mitarbeitern überschwemmt. Jene, die die gefährliche

Überfahrt riskierten, kamen auf die Inseln, um ihr eigenes Eisen zu schmieden, nicht das anderer. Und nur einige wenige von ihnen hatten Erfolg damit – wie zum Beispiel Kieran. Der Handel mit Zucker war ein lukratives Geschäft, oft sogar lukrativer als das Betreiben einer Schifffahrtslinie.

Gareth Lloyd jedoch hatte weiterhin schwer für Neville Shipping und somit im Dienste eines anderen gearbeitet. Nach Lukes Tod hatte sich die Reederei unter der Leitung einer Reihe von Geschäftsführern dahingequält, von denen jeder unehrlicher gewesen war als sein Vorgänger. Kieran hatte dem Geschäft, das ihr Bruder aufgebaut hatte, nie etwas abgewinnen können und sich stattdessen den Rücken auf den Plantagen und in den Mühlen krumm gearbeitet, die den Großteil des Familienvermögens sicherten. Xanthia hingegen hatte Luke regelmäßig und auf Schritt und Tritt begleitet, wenn er in das Büro der Reederei gegangen war. Für ihn war es die beste Lösung gewesen, um seine kleine Schwester zu beschäftigen und Schwierigkeiten zu vermeiden, da es keine weiblichen Verwandten gab, die auf sie hätten aufpassen können.

Xanthia wusste nicht mehr, wann genau sie aufgehört hatte im Büro zu spielen und ernsthaft begonnen hatte zu arbeiten. Sie konnte sich nicht daran erinnern, wann einer der Männer zum ersten Mal mit einem Problem zu ihr gekommen war, das gelöst, oder mit einer Entscheidung, die getroffen werden musste. Wann sie den ersten unfähigen Geschäftsführer entlassen und den Unglauben auf dessen Gesicht gesehen hatte. Aber an irgendeinem Punkt hatten selbst die Bankiers, die Händler und die Kapitäne aufgehört ihr den Kopf zu tätscheln und stattdessen angefangen zu akzeptieren, dass Xanthia eine Größe war, mit der sie zu rechnen hatten.

Mit der Zeit war die Geschäftsführung von Neville Shipping

an Xanthia übergegangen und Gareth Lloyd hatte sich um den Handelsverkehr gekümmert. Kieran hatte nicht allzu sehr dagegen protestiert. Sie lebten auf Barbados; und man tat, was man tun musste mit den Ressourcen, die zur Verfügung standen. Darüber hinaus waren Xanthia und Gareth gut – verdammt gut – in dem, was sie taten. Im Verhandeln und strategischem Planen. Im Investieren und Absichern. Im Schicken von Schiffen, Geld und Waren um die halbe Welt.

Lloyd versetzte die Nadel, um den Standort der *Belle Weather* zu markieren, dann lehnte er sich mit der Schulter gegen den Kaminsims und warf Xanthia einen Blick zu, der ruhig, doch unergründlich war. »Du bist gestern Abend bei Lord Sharpe gewesen?«, fragte er schließlich.

»Widerstrebend, ja.« Xanthia legte den Stift aus der Hand.

»Ein Ball in Mayfair zum Höhepunkt der Saison, besucht von den Größen der Gesellschaft«, murmelte er. »Waren alle versammelt, von denen eine Frau träumen kann?«

»Einige Frauen vielleicht.« Xanthia faltete den Plan zusammen, in dem sie etwas nachgesehen hatte, und stand auf.

Gareth ging zu ihr und legte eine Hand neben sie auf den Schreibtisch. Die Spannung im Zimmer war greifbar. »Du weißt, dass du nicht zwei Leben führen kannst, Xanthia, nicht wahr?«, sagte er kühl. »Du kannst nicht Ballschönheit und Geschäftsfrau zugleich sein. Wir sind hier in England. Die Gesellschaft wird dich so nicht akzeptieren.«

»Dann soll die Gesellschaft eben verdammt sein«, entgegnete sie. Es war nicht das erste Mal in diesen letzten vier Monaten, dass dieses Thema zur Sprache kam. »Wenn meine Entscheidungen dir nicht passen, dann hättest du in Bridgetown bleiben sollen, Gareth.«

»Um was zu tun?«, gab er zurück.

Xanthia sah ihn anklagend an. »Du hattest dort Perspektiven, Gareth. Sehr gute sogar. Hancock's hat dir eine ganze Menge mehr geboten, als Neville's dir zahlt – selbst in Anbetracht deines kleinen Miteigentümeranteils. Hältst du mich etwa für so dumm, das nicht zu wissen? Warum also bist du immer noch hier? Das ist die Frage, die ich mir stelle.«

»Verdammt, Xanthia, du weißt, warum ich hier bin.« Er packte sie an den Schultern, bevor sie ihn wegschieben konnte, und presste seinen Mund rau auf ihren. Fordernd.

Einen Moment lang ließ sie es geschehen, lehnte sich an ihn, gab der Anspannung und der Einsamkeit nach. Er war fest und warm. Gegen ihren Willen erwachte in ihr die Erinnerung an eine lang vergangene Leidenschaft. Gareth spürte ihre Kapitulation und vertiefte den Kuss, erhob damit seinen Anspruch auf sie – so dachte er.

Aber er würde sie niemals besitzen. Was immer auch gewesen war, es war vergangen, und sie traute sich nicht, es wieder zu entfachen. Sie brauchte ihn – brauchte seine Freundschaft, sein Wissen –, aber nein, das hier, das brauchte sie nicht. Verlangen war nichts ohne Liebe. Xanthia stemmte die Hände gegen seine Schultern und zwang ihn mit überraschender Kraft zurück.

Er hob den Kopf, sein wilder heißer Blick hielt ihren fest.

»Ich sollte dich bewusstlos schlagen.« Xanthias Stimme zitterte.

Die leidenschaftliche Flamme erlosch. »Dann tu es, meine Liebe«, sagte er. »Wenn es dir hilft, dich besser damit zu fühlen, dass du eine Frau bist – und die Bedürfnisse einer Frau hast.«

Erbost zog sie ihren Arm zurück. Gareths Blick forderte sie heraus. Ließ sie frösteln. Xanthia besaß die Geistesgegenwart, die Hand sinken zu lassen und sie flach gegen die Rückenlehne ihres Stuhles zu pressen, damit Gareth nicht sehen konnte, wie sehr sie zitterte.

»Geh, Gareth«, sagte sie, ohne ihn anzusehen. »Ich bin es leid. Nimm dir das Gehalt, das dir für das kommende Vierteljahr zusteht und geh. Du bist entlassen.«

»Du kannst mich nicht entlassen, Xanthia«, sagte er, während er sich umwandte und steif davonging. »Nicht ohne die Zustimmung von zwei Drittel der Direktoren. Und die sind du, ich und Rothewell. Willst du seine Meinung einholen, meine Liebe? Willst du ihm den Grund nennen, und willst du ihm sagen, was wir einander einmal bedeutet haben?«

»Ich fange an zu denken, es könnte das wert sein«, fauchte sie und sprach dann zu seinem Rücken. »Manchmal, Gareth, verabscheue ich dich.«

Jetzt war es an ihm, blicklos aus dem Fenster zu starren. »Nein, das tust du nicht«, entgegnete er und stützte eine Hand auf die Hüfte. »Aber ich wünschte fast, Xanthia, es wäre so, denn dann wäre es leichter. Aber manchmal, Gott weiß das, verabscheue ich mich selbst so sehr, dass es für uns beide reicht.«

Innerlich zitterte sie jetzt unkontrollierbar. Du lieber Himmel, sie hatte eine Dummheit begangen! Sie wollte Gareth nicht wirklich verlieren, weder als Freund noch als Mitarbeiter. Es war ein schrecklicher Balanceakt, den sie mit ihrer Reaktion heraufbeschworen hatte.

»Ich muss gehen«, sagte sie und schob ihren Stuhl abrupt an den Schreibtisch. Für den Moment war der Streit beigelegt, doch beide wussten, dass keiner von ihnen ihn gewonnen hatte.

»Wohin?«, fragte Gareth, fast so, als wäre nichts vorgefallen. »Kapitän Stretton und der Zahlmeister werden mit dem Ladungsverzeichnis und der Heuerkasse kommen.«

»Lady Sharpe erwartet mich«, sagte Xanthia, während sie ihre Unterlagen flüchtig zusammenschob.

»Nun gut.« Gareth Lloyd ging zur Tür. »Dann werde ich mich um Stretton kümmern. Soll ich dir eine Kutsche rufen?«

»Ich werde an den Hermitage Stairs ein Boot nehmen«, entgegnete sie knapp. »Das geht schneller. Der Regen hat nachgelassen, und die Flut läuft auf.«

Lloyd wandte sich an der Tür noch einmal mit gerunzelter Stirn um. »In London bist du eine Lady, Xanthia«, sagte er. »Und abgesehen von der Tatsache, dass eine Lady nicht arbeitet, ruft sie sich ganz gewiss nicht ohne Begleitung einen Fährmann.«

»Und was soll ich deiner Meinung nach tun, Gareth?«, fauchte sie. »In Mayfair herumsitzen, Sofakissen klöppeln und dir die Leitung von Neville Shipping überlassen?«

Lloyd zuckte zurück, als hätte sie ihn geschlagen. »Das war unter deinem Niveau, Xanthia«, sagte er. »Das habe ich nicht verdient.«

»Es tut mir leid.« Xanthia ging zurück zum Fenster und verschränkte die Arme vor der Brust, als sei ihr wieder kalt. »Du hast natürlich recht. Meine Bemerkung war unangebracht.«

Er folgte ihr und drehte sie an den Schultern zu sich herum. »Du musst nicht so leben, Xanthia. In England kannst du endlich sein, was du wirklich bist – eine Lady durch Geburt.«

»Im Gegensatz wozu?«, erwiderte sie scharf. »Zum verarmten Mündel von Bridgetowns größtem Tunichtgut?«

Gareth hütete sich sonst immer davor, die Rede auf ihren Onkel zu bringen, den widerwärtigen Mann, der Xanthia und ihre Brüder nur widerwillig aufgenommen hatte. »Du bist die Schwester des Barons Rothewell«, stieß er zwischen zusammengebissenen Zähnen hervor. »Und durch Heirat die Cousine des Earls of Sharpe. Die Nichte der gefürchteten Lady Bledsoe.

Warum kannst du das hier nicht aufgeben, Xanthia? Warum kannst du nicht das sein, zu dem du bestimmt bist?«

»Weil ich niemals vergessen kann, was ich gewesen bin, Gareth.« Ihre Stimme klang jetzt leise und hart. »Ich war nichts als der unerwünschte Abfall meines Onkels. Erst dieses Unternehmen hat mich *zu etwas gemacht*. Mein Bruder hat mir eine Chance gegeben – und jetzt definiert mich Neville Shipping auf eine Art und Weise, wie kein Mann es je verstehen könnte. Ich werde dieses Unternehmen niemals aufgeben, Gareth – für nichts und niemanden auf Gottes Erde –, und wenn du etwas anderes von mir denkst oder erwartest, so hast du eine elend lange Zeit des Wartens vor dir.«

Sein Blick hielt ihren für einen abwartenden Moment fest, dann riss er mit einem heftigen Ruck die Tür auf. »Ich warte auf gar nichts mehr«, sagte er. »Mir haben die Jahre gereicht, die ich bis jetzt gewartet habe. Ich werde Bakely losschicken, um ein Boot für dich zu organisieren.« Dann war er fort.

Wütend und zitternd sammelte Xanthia die Papiere zusammen, die sie am Abend brauchen würde, stopfte sie in ihre Ledertasche und zog sich hastig den Mantel an. Als sie die Treppe in den Bereich der Angestellten hinunterging, war Gareth nirgendwo zu sehen. Sie schob sich die Tasche unter den Arm, wünschte der Belegschaft einen guten Abend und trat in das emsige Treiben des Spätnachmittags auf die Wapping High Street hinaus.

Das rhythmische *Kling!kling!kling!*, das von der Fassbinderei herüberklang, hallte von den aufstrebenden Mauern der Gebäude und Lagerhäuser wider, die beide Seiten der Straße säumten. Der schweflige Geruch von gärendem Hopfen, der von der flussaufwärts gelegenen Brauerei herüberwehte, stieg ihr in die Nase, doch über allem lag der stechende Geruch des Niedrigwassers.

Ein Karren rumpelte vorbei. Er war beladen mit Holzbrettern, die ohne Zweifel für die Fassbinderei bestimmt waren. Xanthia ließ ihn passieren und bog nach wenigen Schritten in die schmale, mit Kopfsteinen gepflasterte Gasse ein, die zu den Hermitage Stairs hinunterführte. Gareth Lloyd erwartete sie am Beginn der Treppe, an deren Fuß ein Boot, das er gerufen hatte, auf den sich kräuselnden Wellen tanzte. Es sah neu und stabil aus, und der Mann darauf trug stolz das Ärmelabzeichen aus Bronze, das ihn offiziell als Fährmann auswies.

Offensichtlich hatte Gareth vor, sie zu begleiten. »Es ist schon spät«, sagte er mit ausdrucksloser Stimme. »Ich habe Bakely zum Dock geschickt. Er wird eine Schute losschicken, sobald die *Belle Weather* vor Anker geht, und Stretton sagen, dass er morgen berichten soll.«

Einen Augenblick lang erwog Xanthia, seine Begleitung abzulehnen, aber sie war ein praktisch denkender Mensch. Es würde weitaus besser aussehen, in Westminster in Begleitung eines Gentleman einzutreffen – oder eines Mannes, der immerhin so aussah – als allein. Schließlich musste sie auch Rücksicht auf Pamela nehmen. Xanthia legte die Hand auf Gareths, wie sie es schon tausendmal zuvor getan hatte. »Du musst das nicht tun.«

»Das weiß ich«, sagte er und führte sie vorsichtig die Stufen hinunter.

Sie nahmen im Boot Platz, der Fährmann stieß es von der Treppe ab und strich mit den Rudern tief und kraftvoll durch das trübe Wasser.

Xanthia versuchte sich auf das Flussufer zu konzentrieren und nicht auf den Mann, der neben ihr saß. Sie liebte diesen Blick auf London. Er zeigte nicht die steife, elegante Welt von Mayfair und Belgravia, sondern die lebendige, atmende des Handels, die von den riesigen Lagerhäusern der East India

Company und den hohen Kranaufbauten auf dem neuen St. Katharine's Dock beherrscht wurde. Mit kahlen Masten dümpelten große Handelsschiffe und schlanke Klipper im Hafenbecken in der auflaufenden Flut. Schuten fuhren hin und her, um die kostbare Fracht der größeren Schiffe zu löschen und sie sicher an Land zu bringen. Und wenn ein Mann sich durch diese beeindruckende, betriebsame Welt eingeschüchtert fühlen konnte, so war eine Frau … nun, ganz offensichtlich fehl am Platze. Gareth hatte nicht unrecht, was diesen Punkt anging.

Aber Xanthia fühlte sich, als gehörte sie hierher – auch wenn ihr gelegentliche Seitenblicke zu verstehen gaben, dass sie nicht für jeden hierherpasste. Natürlich gab es auch andere Frauen im Hafenviertel, aber das waren Ladenbesitzerinnen, Näherinnen oder die Ehefrauen von Kaufleuten. Oder die allgegenwärtigen Prostituierten, die jeden Zentimeter jedes Hafens in Gottes weiter Welt bevölkerten. Sie waren ein Teil des Lebens, vor dem die Ladys von Mayfair zweifellos zurückschreckten. Xanthia hingegen war an ihren Anblick gewöhnt. Gareth irrte sich. Ich bin keine Lady, dachte sie, während sie nach der *Belle Weather* Ausschau hielt. Jedenfalls keine richtige. Aber das bekümmerte sie nicht so sehr, wie es das vielleicht hätte tun sollen.

Als Xanthia in der Hanover Street eintraf, wurde ihr zu ihrer Sorge mitgeteilt, dass Lady Sharpe noch ruhte. Es war Anweisung gegeben worden, Xanthia in das Schlafgemach der Hausherrin zu führen, in das sie ein Diener sofort brachte.

Xanthia betrat das Zimmer und sah, dass Pamela nicht im Bett, sondern eingehüllt in eine Wollstola auf einem langen, samtbezogenen Diwan lag. Ihre Tochter Louisa saß gerade aufgerichtet auf einem Stuhl neben ihr. Lady Louisas hellblonde Locken schienen ein wenig von ihrer Spannkraft verloren zu haben, und die verquollenen Augen und die Nase des Mädchens hatten einen dramatischen Rosaton angenommen.

»Himmel, Pamela!« Xanthia streifte ihre Handschuhe ab. »Und Louisa – ? Was, um alles in der Welt, ist geschehen?«

Sofort brach Louisa in Tränen aus, sprang von ihrem Stuhl auf und lief zur noch offen stehenden Tür hinaus.

»Du meine Güte«, sagte Xanthia, als sie den wehenden Röcken des davoneilenden Mädchens hinterherblickte.

Pamela sah Xanthia mit einem etwas schiefen Lächeln an und bedeutete ihr mit einer Geste, auf dem Stuhl Platz zu nehmen. »Das Kind ist siebzehn. In dem Alter ist einfach alles ein Melodram.«

Xanthia warf ihre Handschuhe zur Seite und ließ sich auf dem Stuhl nieder. »Pamela, was ist los?«, verlangte sie zu wissen und ergriff die Hand ihrer Cousine. »In diesem Haus scheint heute alles drunter und drüber zu gehen. Die Dienstboten sind schreckhaft wie Katzen – und du bist noch zur Teezeit im Morgengewand! Dir ist nicht wohl. Ich kann es dir ansehen.«

Das leise Lächeln kehrte zurück. »Ich fühle mich nur ein wenig schwach, meine Liebe«, beruhigte Pamela sie und drückte Xanthias Hand. »Aber das Gefühl wird nicht lange anhalten. Hör mir jetzt zu, Zee, denn ich werde dir etwas ganz und gar Erstaunliches erzählen. Sharpe ist schon ganz außer sich.«

Xanthias Augen weiteten sich. »Was ist? Nun sag schon, ich bin ganz krank vor Sorge.«

Pamela legte eine Hand auf ihren rundlichen Bauch. »Ich erwarte ein Kind.«

Xanthia keuchte überrascht. »Du lieber Himmel! Bist du ... bist du ganz sicher?«

Mit einem schwachen Lächeln nickte Pamela. »Oh Xanthia,

ist das denn zu glauben? Ich bin so aufgeregt – und gleichzeitig so voller Angst.«

Xanthia ging es genauso. Pamela war an die vierzig, und in zwei Jahrzehnten Ehe und nach immerhin einem halben Dutzend Schwangerschaften hatte sie zwei Kindern das Leben geschenkt. Töchtern. Reizende Mädchen, aber eben nur Töchter.

»Oh Zee, sag, dass du dich für mich freust!«, rief Pamela. »Und denk nicht, was du gerade denkst, meine Liebe! Denk nur an diese wundervolle Chance, die mir gegeben wurde. Eine Chance, Sharpe endlich seinen Erben zu schenken. Oh, mein Leben wäre vollkommen!«

Xanthia lächelte und beugte sich vor, um ihre Cousine auf die Wange zu küssen. »Ich bin hingerissen«, sagte sie, »und könnte mich nicht mehr freuen. Ich kann es kaum erwarten, Kieran davon zu erzählen. Er wird sich so sehr für dich freuen, Pamela. Aber, meine Liebe, du musst auch sehr, sehr vorsichtig sein. Das weißt du doch, nicht wahr?«

»Ja, das weiß ich«, entgegnete Pamela grimmig. »Die Hebammen und die Ärzte waren heute Morgen bereits hier, um mich gründlich zu untersuchen und zu bestätigen, was ich nicht zu hoffen gewagt habe. Und jetzt ist es mir nicht mal mehr erlaubt, irgendetwas zu tun – ich darf nicht einmal mehr die Treppe hinuntergehen! Und die Verbote gelten für die kommenden sechs Monate. Ich werde natürlich verrückt werden, aber es wird es wert sein, wenn ich Sharpe dann einen Sohn schenke.«

Plötzlich tauchte das Bild von Louisas rot verheultem Gesicht vor Xanthias geistigem Auge auf. »Herrje«, sagte sie. »Die arme Louisa!«

Pamelas Augen füllten sich mit Tränen. »Das ist ein schrecklich unglücklicher Zeitpunkt, nicht wahr?«, sagte sie. »Es ist *ihr* Debüt in der Gesellschaft, Zee, ihre erste Saison! Wir haben ein kleines Vermögen für ihre Kleider ausgegeben, sie hat sich recht gut eingeführt, und jetzt bin ich bis zum Michaelistag ans Bett gefesselt!«

»Wie soll das funktionieren, Pamela?«, fragte Xanthia. »Natürlich ist da noch ihr Vater ... aber das ist nicht der springende Punkt, nicht wahr?«

»Sie braucht eine Anstandsdame«, beharrte Pamela. »Natürlich wäre da Christine, schließlich ist sie Sharpes Schwester. Aber man hält sie für ein wenig – nun ja, sie ist ein wenig unkonventionell, nicht wahr? Ich kann sie mir bei bestem Willen nicht als die passende Begleiterin für ein Mädchen von Louisas zartem Alter vorstellen.«

»Nein, ich auch nicht«, murmelte Xanthia.

Die Wahrheit sah so aus, dass Christine Ambrose eine amoralische Katze war – eine, die von Zeit zu Zeit ihre Krallen in Kieran hieb. Aber Kieran sah in ihr die Frau, die sie war, und benutzte sie ebenso wie sie ihn. Manchmal dachte Xanthia, dass die beiden einander verdienten. Aber Christine als Anstandsdame für Louisa? Nein, das war ausgeschlossen. Allmählich dämmerte es Xanthia, dass Pamela ihre Hand mit einem fast tödlichen Griff umschlossen hielt. Sie blickte ihre Cousine an und sah ein unmissverständliches Flehen in deren Augen.

»Oh Xanthia, meine Liebe, darf ich auf dich zählen?«

Xanthia konnte kaum ein überraschtes Einatmen unterdrücken. »Auf mich?«, wiederholte sie. »In ... in welcher Beziehung?«

»Um Louisa durch den Rest dieser Saison zu begleiten.«

»Du meinst, sie ... sie zu Bällen und Gesellschaften zu begleiten?«, fragte Xanthia hohl. »Ach, Pamela. Ich denke nicht ... Nein, ich bin einfach nicht erfahren genug in solchen ... Ich könnte möglicherweise nicht …« Aber die Verzweiflung in den Augen ihrer Cousine war herzerweichend.

Pamela richtete sich auf dem Diwan leicht auf. »Ich werde Einladungen in die besten Häuser der Stadt arrangieren«, versprach sie. »Und natürlich auch zu *Almack's* für jeden Mittwoch.«

Xanthia stieß einen leisen Ton der Verzweiflung aus. »Sei nicht dumm, Pamela«, sagte sie. »Wir haben keine Einladung und werden vermutlich auch nie eine bekommen.«

Pamela lachte. »Oh, Rothewell wird *sofort* aufgenommen werden, liebes Kind«, sagte sie. »Sein Titel ist die Eintrittskarte. Und ich werde verlauten lassen, dass du Louisas Anstandsdame bist, und dafür sorgen, dass man dich so willkommen heißt, wie man mich willkommen geheißen hätte. Schließlich bin ich in London nicht ohne Einfluss. Und – nun, vielleicht wirst du auch Spaß haben! Oh meine Liebe, *sag*, dass du es tun wirst.«

Xanthia zögerte. Du lieber Himmel! Ihre Hoffnung, Mr. Nash nie wiederzusehen, war kurz davor, in sich zusammenzufallen. »Aber ich bin eine unverheiratete Frau«, protestierte sie. »Das ist wirklich nicht ideal. Nicht wahr?«

»Aber du bist eine erwachsene Frau«, stellte Pamela fest. »Entweder übernimmst du Louisas Begleitung oder Christine. Es *muss* jemand aus der Familie sein, und Mama kommt nicht infrage. Außerdem haben sie und Louisa ständig Streit. Nur Kieran oder Sharpe muss mitkommen. Und es wird fast immer ein Kartenzimmer geben, um die Männer mit dieser Pflicht zu versöhnen.«

Xanthia seufzte. Kieran würde dies ebenso wenig behagen wie ihr, andererseits hegte er eine untypische Zuneigung für Cousine Pamela. »Natürlich werden wir glücklich sein, dir zu helfen«, erwiderte sie. »Aber es gibt einige Dinge, die auch du bedenken solltest.«

Pamelas helle Augenbrauen hoben sich. »Welcher Art?«

Xanthia wagte es nicht, ihr von dem faszinierendem Mr. Nash zu erzählen. »Nun, du weißt, dass ich bei Neville Shipping sehr eingebunden bin«, sagte sie stattdessen.

»Oh ja, Liebes. Du sprichst so oft davon.«

»Aber möglicherweise ist dir nicht bewusst, dass ich – nun, ich verbringe dort sehr viel Zeit – buchstäblich *in* der Firma.«

Pamela schien darüber nachzudenken. »Nun, dir gehört ein Drittel davon«, sagte sie nachdenklich. »Ich würde meinen, jeder muss sich um seine Interessen kümmern.«

»Genau genommen besitze ich fünfundzwanzig Prozent«, sagte sie. »Genauso wie Kieran. Meine Nichte Martinique hat ihre fünfundzwanzig Prozent nach Lukes Tod geerbt, und Gareth Lloyd, unser Partner, besitzt die restlichen fünfundzwanzig.«

»Tatsächlich?«, sagte Pamela. »Das wusste ich nicht.«

»Aber das ist auch nebensächlich«, fuhr Xanthia fort. »Die Wahrheit ist, dass ich Neville Shipping mehr oder weniger leite.«

Pamela nickte fröhlich. »Ja, du hast so etwas mal angedeutet.«

Xanthia ergriff wieder die Hand ihrer Cousine. »Pamela, ich fahre jeden Tag in einer Kutsche ins East End zur Arbeit«, erklärte sie mit fester Stimme. »Ich sitze in einem Kontor inmitten von Männern, und zwar in einem heruntergekommenen Haus in einer noch heruntergekommeneren Straße in Wapping – auf der sich einige der verrufensten Leute herumtreiben, die man sich vorstellen kann –, und ich liebe meine Arbeit von ganzem Herzen. Doch die Leute starren mich an, Pamela. Neulich hat ein Mann in der Nähe der London Docks mich angespuckt. Die meisten von ihnen denken, ich würde dort nicht hingehören – und kein Mitglied der guten Gesellschaft wird geneigt sein, dieser Einschätzung entgegenzutreten.«

»Oh. Oh, ich verstehe.« Pamela blinzelte wie eine Eule. »Ist es ... ist es so ähnlich, wie einen Laden zu haben, was denkst du? Mrs. Reynolds hatte einmal ein Geschäft, weißt du. Aber jetzt ist sie Lady Warding.«

»Ich weiß, aber ich werde nie Lady Warding sein oder irgendetwas Ähnliches«, sagte Xanthia sanft. »Ich werde immer Miss Neville sein, der es an jeglichem Benehmen mangelt und die einer Berufstätigkeit nachgeht – die Männerarbeit verrichtet. Das werden jedenfalls deine Freunde sagen, Pamela, wenn sie davon erfahren. Es wird schlimmer klingen, fürchte ich, als nur wie eine Bemerkung über irgendeine Ladeninhaberin.«

Pamela schürzte die Lippen und schüttelte den Kopf. »Du hast ein Recht, dich um dich selbst zu kümmern, Xanthia«, beharrte sie. »Und da Kieran dich in deiner Tätigkeit unterstützt, geht es niemanden sonst etwas an.«

»Das tut es wahrlich nicht«, stimmte Xanthia ihr schroff zu. »Aber wenn es allgemein publik wird – und das wird geschehen –, dann wird der Klatsch mich und meine Arbeit zu einer öffentlichen Angelegenheit machen.«

Pamela entspannte sich auf dem Sofa und tätschelte Xanthias Hand. »Ach was, wenn es tatsächlich herauskommt, wird man dich lediglich für exzentrisch halten«, entgegnete sie. »Wirklich, meine Liebe, vielleicht wirst du mit deinem Charme und deinem Elan auch alle für dich einnehmen und genau das Gegenteil wird geschehen? Vielleicht kommt es ja in Mode, eine eigene Firma zu haben? *Ich* würde mich für einen Hutladen entscheiden. Wie stellt man Hüte her, was denkst du? Auf jeden Fall mache ich mir wegen Louisa keine Sorgen.«

Xanthia lächelte schwach. Einer Arbeit nachzugehen, das war für ihre Cousine in der Tat unbekanntes Terrain. Sie war dazu erzogen worden, durch und durch eine Lady zu sein. »Also gut«, murmelte sie. »Aber ich habe dich gewarnt.«

»Das hast du, und jetzt, da alles geklärt ist, möchte ich, dass du deine Hand hierherlegst«, sagte Pamela und führte Xanthias Hand auf ihren Bauch. »Sag deinem neuen Großcousin Hallo, dem zukünftigen Earl of Sharpe.«

Xanthias Lächeln wurde breiter. »Werde ich etwas spüren?«, fragte sie neugierig. »Wird er … wird er sich bewegen? Oder gegen meine Hand treten?«

Pamela lachte. »Oh Xanthia, du kannst so schockierend naiv sein«, sagte sie. »Nein, er wird noch wochenlang nichts tun. Aber nichtsdestotrotz ist er hier drinnen. Soll ich dir sagen, wenn er anfängt, sich zu bewegen? Würdest du ihn gern spüren?«

Xanthia empfand plötzlich Scheu und war zu ihrer eigenen Überraschung mehr als nur ein wenig neidisch. »Ja, sehr gern«, gestand sie. »Das ist eine solch wundervolle, unfassbare Sache.«

Pamelas Gesicht nahm einen ernsten Ausdruck an. »Du solltest bald eigene Kinder bekommen, Xanthia«, sagte sie ruhig. »Die Zeit vergeht so schnell. Du bist jetzt wie alt? Siebenundzwanzig?«

Xanthia lachte verlegen. »Ach, Pamela, in ein paar Monaten werde ich dreißig«, sagte sie. »Und es gibt einen ernsten Makel in deinem Plan, meine Liebe. Man sollte keine Kinder ohne einen Ehemann in die Welt setzen.«

Pamelas Gesicht erstrahlte. »Nun, dann wirst du eben den Heiratsmarkt unsicher machen!«, erwiderte sie. »Louisa ist entschlossen, sich sorgfältig nach der richtigen Sorte Gentleman umzusehen, und ich würde dir vorschlagen, dass du das Gleiche tust.«

Xanthia schüttelte den Kopf. »Ich habe nicht vor zu heiraten, Pamela.«

»Aber warum denn nicht, um Himmels willen?«, wollte ihre Cousine wissen. »Es ist doch das Natürlichste von der Welt.«

Xanthia wandte den Blick ab und wählte ihre Worte mit Bedacht. »Gentlemen möchten ihre Braut ... nun, jünger und naiver«, entgegnete sie. »Abgesehen davon muss ich an die Reederei denken. Falls ich heirate, wird mein Anteil meinem Gatten gehören. Und selbst, wenn das nicht so wäre, würde kein Ehemann mir erlauben, meine Arbeit fortzusetzen.«

»Dann lass doch Kieran sich um Neville Shipping kümmern«, sagte Pamela ungeduldig. »Was sonst hat er denn zu tun? Er hat seine Plantagen verkauft und all seine Grundstücke verpachtet. Ehrlich, Xanthia, wenn er nichts finden kann, um seine Zeit zu füllen, dann wird er anfangen zu trinken und herumzuhuren und sich sein frühes Grab schaufeln. Sharpe ist der gleichen Meinung.«

Xanthia verkrampfte sich. »Kieran versteht nichts von diesem Geschäft, und er wünscht auch nicht, es zu lernen«, erwiderte sie. »Er würde die Firma einfach an den Meistbietenden verkaufen.«

»So wie er es mit den Besitzungen auf Barbados getan hat«, bemerkte Pamela. »Ich schwöre, dass das für mich keinen Sinn gemacht hat.«

»Er hat nicht an den Meistbietenden verkauft, Pamela«, verbesserte Xanthia sie sanft. »Er hat das Land in Parzellen aufgeteilt und an die Menschen verpachtet, die es Jahr für Jahr bestellt haben. Und wenn du wie ich dein ganzes Leben auf Barbados verbracht hättest, dann könntest du auch verstehen, warum er so gehandelt hat. Die Tage der Sklaverei sind vorbei, Pamela. Es ist an der Zeit, dass wir alle das akzeptieren. Die

Sklaverei ist eine abscheuliche und verwerfliche Sache, auch wenn die Sklaven noch so gut behandelt werden.«

»Es ist schrecklich, ganz gewiss, aber könnte er nicht –«

Ein Geräusch an der Tür unterbrach sie, und Pamelas Zofe betrat das Zimmer. »Das Mädchen aus Madame Claudettes Laden hat Lady Louisas neue Kleider gebracht, Ma'am«, sagte sie, nachdem sie geknickst hatte. »Wünscht Ihr, dass Lady Louisa sie anprobiert, bevor das Mädchen geht?«

Pamela und Xanthia tauschten einen entschuldigenden Blick. Offensichtlich würde es an diesem besonderen Nachmittag kein weiteres Gespräch über das Übel der Sklaverei geben. Es war Zeit, sich um das Übel zu kümmern, das die Ladys von Mayfair weitaus stärker beschäftigte – den unaussprechlichen Horror eines schlecht sitzenden Ballkleides.

Kapitel 3

Ein Besuch in Mayfair

Baron Rothewell genoss einen Brandy und gab sich seiner trüben, scheußlichen Stimmung hin, als er den Türklopfer an der Tür seines Hauses am Berkeley Square hörte. Genau genommen genoss er den Brandy seit der Teezeit und war nicht geneigt, das zu unterbrechen, was bis jetzt ein einsamer Zeitvertreib gewesen war.

Rothewell war die Sorte Mann, die unerschütterlich an das alte Sprichwort glaubte, dass Schweigen der einzige wahre Freund ist, der einen niemals verrät. Nicht oft schloss er Bekanntschaften und pflegte sie noch viel seltener. Überdies war er kein Mann mit einer Vorliebe für belangloses Geschwätz – und soweit Rothewell es einschätzen konnte, war eigentlich alles belanglos.

Aber vermutlich musste er sich gar keine Gedanken machen, tröstete sich der Baron, während er zu der kleinen Kredenz in seinem Arbeitszimmer ging, um sich ein weiteres Gläschen einzuschenken. Er kannte so gut wie keinen Menschen in London, und ganz gewiss hatte er niemanden eingeladen, ihn zu besuchen. Deshalb war er überrascht, als einer seiner vor Kurzem eingestellten Diener eintrat und ihm die Karte eines Gentleman überreichte, dessen Namen Rothewell noch nie zuvor gehört hatte.

»Ich bin nicht zu Hause«, sagte er mürrisch.

Der Diener schien sich unbehaglich zu fühlen. »Ich denke, er wird warten, Mylord«, sagte er. »Immerhin ist es Lord Nash.«

Rothewell runzelte die Stirn. »Und wer, zum Teufel, ist Lord Nash?«, brummte er. »Warum sollte er mich kümmern?«

»Nun, er ist einer der Männer, die normalerweise bekommen, was sie haben wollen«, entgegnete der Diener.

Das genügte, um Rothewells Neugier zu wecken. »Oh, sehr gut«, sagte er. »Dann führt den Burschen eben herein.«

Naturforscher sagen, dass gewisse Fleischfresser, die sich in freier Wildbahn begegnen, einander beschnüffelnd umkreisen und so abzuschätzen versuchen, ob der andere zurückweichen könnte. Rothewell wich niemals vor irgendjemandem zurück, doch seine Nackenhaare sträubten sich in dem Augenblick, als der Besucher über seine Schwelle trat.

Der Mann, der sich Nash nannte, war schlank wie eine Peitschenschnur und bewegte sich mit jener kontrollierten Kraft, die respekteinflößender war als offen zur Schau getragene Muskelstärke. Sein Haar war schwarz wie das Gefieder eines Raben mit dem kleinsten Anflug von Silber an den Schläfen. Er trug ein teuer aussehendes Cape über dem Arm und seine Handschuhe in einer Hand, was den Anschein erweckte, dass er von einem nur kurzen Besuch ausging.

»Guten Abend, Lord Rothewell.« Der Mann hatte Augen wie schwarzes Kristallglas. »Wie freundlich von Euch, mich zu empfangen.«

Schwarze Augen. Teure Kleidung. Eine Stimme, die zu sanft klingt – und deren Muttersprache nicht Englisch ist, dachte Rothewell. Das sollte zumindest doch interessant sein.

Einladend wies er auf einen Stuhl. »Nehmt Platz«, sagte er. »Was kann ich für Euch tun?«

Als wollte er etwas damit zum Ausdruck bringen, schob Nash den Stuhl ein wenig näher an den Schreibtisch. »Ich bin in einer Angelegenheit von persönlicher Natur gekommen.«

»Ich kann mir beim Teufel nicht denken, was das sein könnte. Ich habe Euch noch nie zuvor gesehen.«

Der Besucher lächelte leicht, als glaubte er Rothewell nicht. »Es stimmt, ich hatte noch nicht das Vergnügen, formell vorgestellt zu werden«, erwiderte er gelassen. »Aber ich glaube, ich hatte gestern Abend auf dem Ball Lord Sharpes die Ehre, Eurer Schwester zu begegnen. Miss Xanthia Neville – sie ist doch Eure Schwester, nicht wahr?«

Dieser Mann, entschied Rothewell, sieht aus wie ein Wolf – wie ein hungriger Wolf. »Ich kann mich nicht erinnern, Euch auf dem Ball gesehen zu haben.« Rothewell erwiderte den Blick des Mannes. »Aber ja, Miss Neville ist meine Schwester. Warum fragt Ihr?«

»Ich nehme an, Ihr seid ihr Protektor«, sagte Lord Nash mit einer zu ruhigen Stimme. »Daher möchte ich Eure Erlaubnis einholen, ihr den Hof zu machen.«

»Ihr möchtet *was* –?«

»Ich möchte Miss Neville den Hof machen.« Wenn überhaupt eine Veränderung in seiner Stimme zu bemerken war, dann die, dass sie noch gelassener, noch unheilbringender klang. »Ich bin überzeugt, dass meine Werbung von Euch akzeptiert werden wird.«

Rothewell war nicht im Mindesten eingeschüchtert. »Das wird sie ganz gewiss nicht«, bellte er. »Warum auch? Meine Schwester ist eine außergewöhnliche Frau. Und sie hat keinen Bedarf an einem Ehemann – und auch nicht den *Wunsch* nach einem, soweit ich auf dem Laufenden bin. Darüber hinaus ist es Xanthias Erlaubnis, die Ihr braucht – und wenn Ihr auch nur das Geringste von ihr wüsstet, dann wäre Euch *das* bewusst.«

»Ah, eine junge Lady, die Wert auf Unabhängigkeit legt«, bemerkte Nash. »Wie außerordentlich reizend.«

»Sie legt keinen Wert auf Unabhängigkeit«, berichtigte Rothewell. »Sie *ist* unabhängig. Und dickköpfig. Und fordernd, wenn sie im Recht ist – was öfter der Fall ist, als man es zugeben möchte. Großer Gott, Nash, sie ist fast dreißig. Und außerdem ist sie ... sie ist nicht wie andere Frauen. Habt Ihr überhaupt eine Ahnung, worum Ihr mich da bittet?«

»Um die Erlaubnis, Eurer Schwester den Hof machen zu dürfen.«

»Aber warum?«

»Wie bitte?«

»Warum gerade Xanthia?«, fragte Rothewell ganz direkt. »Wenn Ihr eine Ehefrau wollt, warum sucht Ihr Euch dann nicht eine junge fügsame Miss aus, Nash? Das Leben würde für Euch sehr viel leichter sein, glaubt mir.«

Lord Nash schaute leicht unbehaglich. »Ich schließe daraus, dass Miss Neville eher von bestimmender Art ist?«

»Ja, und in dieser Art ist sie sehr gut«, bestätigte Rothewell. »In der Tat wette ich zehn zu eins, dass sie es mit jedem Mann aufnehmen kann, den ich kenne – aber solltet Ihr Eure Aufmerksamkeit dort aufdrängen, wo sie nicht erwünscht ist, Lord Nash, werdet Ihr *mir* Rede und Antwort stehen.«

Nash wirkte aufrichtig verwirrt. Das Gespräch verlief ganz und gar nicht so, wie er es geplant hatte. Aber was, zum Teufel, hatte er denn erwartet? Plötzlich durchzuckte ein unangenehmer Gedanke Rothewell. Er ließ den Blick über Lord Nashs teure Aufmachung gleiten. »Offen gesagt, Nash«, sagte er schließlich, »jetzt, da ich darüber nachdenke, fällt mir nur ein Grund ein, warum Ihr Interesse an meiner Schwester haben könntet – und der ist nicht gerade schmeichelhaft.«

Nashs Augen glitzerten. »Bitte sprecht offen, Rothewell.«

»Ich spreche von ihrem Vermögen«, sagte Rothewell. »Wie Ihr zweifellos wisst, ist meine Schwester eine recht vermögende Frau. Sie wird ihr Vermögen nicht hergeben wollen, Nash – aber eine Ehe hätte für sie genau das zur Folge.«

Der Marquess zog sich einige Zentimeter zurück, seine erste Verwirrung verwandelte sich zu unverstelltem Hochmut. »Ihr wagt es, mir zu unterstellen, ich sei ein Mitgiftjäger?«, fauchte er. »Großer Gott, ganz gewiss nicht!«

Rothewell legte nachdenklich die Fingerspitzen aneinander. »Dann bitte ich selbstverständlich um Verzeihung«, sagte er höflich. »Ich denke, dass Xanthia nicht gerade das ist, was man ein Filetstück nennen würde, mag sie auch noch so schön sein. Ihre starke Persönlichkeit ... nun, ich möchte sagen, dass ich meine Erfahrungen gemacht habe, was sie betrifft.«

Nashs Haltung war jetzt so starr, dass er aussah, als hätte er einen Schürhaken verschluckt. »Vielleicht bin ich ja einem Missverständnis erlegen«, räumte er schließlich ein. »Ich fange an zu denken, dass Miss Neville vielleicht doch nicht die ideale Ehefrau ist.«

Rothewell lächelte leicht. »Beim richtigen Mann würde Xanthia in der Tat eine bewundernswerte Ehefrau abgeben«, sagte er. »Aber ich bin mir recht sicher, dass Ihr nicht dieser Mann seid. Ich möchte nicht, dass eine so intelligente und schöne Frau sich an jemanden verschwendet, der sie weder liebt noch verdient.«

Nash hob seinen stechenden, unbeirrten Blick und sah seinen Gastgeber an. »So, wie Ihr das sagt, klingt es, als hättet Ihr jemand anderen im Sinn.«

Jetzt war es an Rothewell, unbehaglich auszusehen. »Meiner Schwester wurde ein Antrag gemacht, ja«, gab er zu. »Vor längerer Zeit, von einem Freund der Familie. Ich denke, ich kann sagen, dass sie in Kürze diesen Bund eingehen wird.«

»Ich verstehe.« Nash stand abrupt auf, sein Blick war plötzlich ausdruckslos und unergründlich. »Ich bitte um Entschuldigung, Lord Rothewell. Ich habe Euch ganz unnötigerweise –«

Plötzlich wurde die Tür des Arbeitszimmers aufgestoßen, und ein Wirbelwind mit einer voll gepackten Ledertasche stürmte ins Zimmer. »Kieran, ich habe die *überraschendste* Neuigkeit überhaupt!«, rief seine Schwester. »Die *Belle Weather* ist sechs Wochen früher als erwartet zurückgekommen, deshalb dachte ich, dass wir –« Ihr Blick glitt in die Richtung von Rothewells Gast. »O Gott. Ich ... ich bitte um Entschuldigung.«

Sie war schon halb wieder zur Tür hinaus, als Rothewell sie festhielt. »Nicht so schnell, Xanthia«, sagte er. »Ich nehme an, du kennst unseren neuen Freund Lord Nash?«

»*Lord* Nash?« Xanthia errötete um drei Schattierungen. »Ich – nein, ich kenne ihn nicht. Das heißt ... das heißt, ich habe nicht ganz verstanden, wer ... oder warum ...«

Rothewell konnte sich nicht erinnern, seine Schwester jemals so sprachlos erlebt zu haben. Er ließ den Blick über ihr Gesicht gleiten, um sich zu vergewissern, dass sie nicht etwa Angst vor diesem Mann hatte.

Aber außer tiefer Verlegenheit war nichts auf ihrem Gesicht zu erkennen. »Offensichtlich betrifft die missliche Angelegenheit nicht mich«, sagte er und ließ ihren Arm los. »Also werde ich sie euch überlassen.«

»Uns was überlassen?« Xanthia warf Nash einen argwöhnischen Seitenblick zu.

»Ich will verdammt sein, wenn ich das wüsste.« Rothewell zuckte mit den Schultern und griff nach seinem Brandyglas. Dann, nach kurzem Überlegen, nahm er auch die Flasche mit. Es könnte eine lange Nacht werden.

»Guten Abend, Miss Neville«, sagte Nash, nachdem Rothewell die Tür hinter sich geschlossen hatte. »So treffen wir uns also wieder.«

Nash beobachtete, wie sich Miss Nevilles Argwohn zu Zorn wandelte. »*Lord* Nash, wenn ich es richtig verstanden habe?«

»Bitte behauptet nicht, Ihr hättet das nicht gewusst«, sagte er.

»Ich wusste es tatsächlich nicht.« Sie sprach jedes Wort mit Nachdruck. »Was tut Ihr hier? Wie habt Ihr mich gefunden?«

»Ihr seid mir nicht mehr aus dem Kopf gegangen, meine Liebe, seit Ihr mich letzte Nacht so Hals über Kopf verlassen habt«, entgegnete er. »Also stellte ich einige diskrete Fragen und war ein wenig beunruhigt darüber, was ich herausfand.«

»So, wie ich ein wenig beunruhigt bin, in die Enge getrieben zu werden, als wäre ich eine Art Beute?«, entgegnete sie zornig. »Ich entschuldige mich, Sir, so wie Ihr hoffentlich auch, für das, was gestern Nacht geschehen ist. Wenn eine Dame jedoch einen Gentleman unter derartigen Umständen überstürzt verlässt, so lassen sich daraus eigentlich nur sehr wenige Schlüsse ziehen.«

»Tatsächlich?«, murmelte er. »Ich dachte eigentlich eher nur an einen.«

»Und dennoch habt Ihr mich bis hierher verfolgt?«, fragte sie herausfordernd, indem sie seine Bemerkung überging. »Bis in die Privatsphäre meines Hauses? Das, Sir, ist vollkommen unakzeptabel.«

Nash musterte sie einen Moment lang vorsichtig. Selbst in Anbetracht seiner Verwirrung konnte er nicht anders, als sich ihrer Nähe und ihrer fast greifbaren Anziehungskraft bewusst zu sein. Tatsächlich war sie von eher unkonventioneller Schönheit mit ihrem dunklen kastanienroten Haar, der schmalen Nase und den Augen, die ein wenig zu weit auseinanderstanden – Augen, die unbeirrbar auf ihn gerichtet waren und nach einer Antwort verlangten.

»Ihr müsst mir verzeihen, Miss Neville«, sagte er schließlich. »Ich habe die Situation falsch beurteilt.«

»So ist es«, entgegnete sie. »Was, um alles in der Welt, hat Euch nur veranlasst, meinen Bruder aufzusuchen?«

»Ich dachte, ich wage mich gleich in die Höhle des Löwen«, antwortete er. »Ich gehöre nicht zu den Männern, die darauf warten, dass der Ärger sie findet, und wollte wissen, aus welcher Richtung der Wind bläst.«

»Wie lächerlich!«, antwortete sie. »Was habt Ihr zu ihm gesagt?«

»Sehr wenig, das Sinn gemacht hätte«, gestand Nash.

»Ich wünsche, dass Ihr Euch von ihm fernhaltet«, befahl sie. »Rothewell verspeist Dandys wie Euch zum Frühstück, Lord Nash. Glaubt mir, Ihr wollt ihn nicht erzürnen.«

Nash rang hörbar nach Luft. »Entschuldigung. Sagtet Ihr *Dandys* –?«

Miss Neville errötete. »Nun, dann seid Ihr eben ein Modegeck. Oder ein Stutzer. Oder vielleicht ein übertrieben elegant gekleideter Laffe?« Sie blieb stehen und schürzte die Lippen. »Ich bitte um Entschuldigung. Ich wollte nicht beleidigend sein, doch offensichtlich sind mir die passenden Worte nicht geläufig. Aber was immer Ihr auch seid, hört sofort damit auf, meinen Bruder zu verärgern.«

Nash trat einen Schritt näher und ergriff sie am Arm. »Und über das zu sprechen, was wir auf Sharpes Terrasse getan haben, könnte ihn verärgern?«

»Großer Gott!« Ihre Augen sprühten blaues Feuer. »Das habt Ihr doch wohl nicht gewagt?«

Er legte den Kopf schief und betrachtete sie eingehend, während er sie noch immer am Arm festhielt. »Nein, das habe ich nicht«, entgegnete er nachdenklich. »Sagt, Miss Neville, wie, glaubt Ihr, wäre seine Reaktion gewesen?«

Sie riss sich von ihm los und wich zurück. »Das kann ich nicht sagen«, räumte sie ein. »Vielleicht würde er gar nicht reagieren. Vielleicht würde er Euch aber auch auf der Stelle erschießen. Das ist das Schwierige mit Rothewell, versteht Ihr? Man weiß es nicht. Geht jetzt bitte, Lord Nash. Und bleibt von hier fern. Ich denke, Ihr erspart uns allen damit eine große Menge Ärger.«

Er trat näher. Seltsamerweise war er nicht dazu bereit, so zu gehen. »Sagt mir, Miss Neville, warum habt Ihr mich gestern Nacht geküsst?«, fragte er ruhig. »Und was, in Gottes Namen, habt Ihr überhaupt allein auf dieser Terrasse zu suchen gehabt?«

»England ist ein freies Land«, entgegnete sie. »Ich wollte frische Luft schnappen.«

»Miss Neville, Ihr seid eine unverheiratete Frau«, wandte er ein. »Im Allgemeinen erwartet die Gesellschaft –«

»Bitte, spart Euch Euren Atem«, unterbrach sie ihn. »Weder brauche noch will ich eine weitere Lektion darin, was die englische Gesellschaft erwartet. Ja, ich bin unverheiratet, Sir, aber nicht dumm. Wenn ich frische Luft schnappen möchte, dann tue ich das, und Eure *beau monde* wird mit ihrer lächerlichen Auffassung von Anstand damit zurechtkommen müssen.«

Gegen seinen Willen verzog sich Nashs Mund zu einem Grinsen. »Nun, es scheint, dass unsere Diskussion an diesem Punkt endet«, sagte er, während er nach seinem Cape und seinen Handschuhen griff. »Ihr seid, wenn ich das so sagen darf, Miss Neville, eine außergewöhnlich faszinierende Frau. Ich wünschte bei Gott, Ihr wärt eine bereitwillige Witwe – oder vielleicht auch die bereitwillige Ehefrau irgendeines armen Teufels –, aber das seid Ihr nicht, nicht wahr? Und jetzt muss ich dafür büßen.«

»Um Himmels willen, Lord Nash.« Sie sah ihn verunsichert an. »Niemand muss büßen.«

»Nun denn, es gibt nur einen Weg, das zu vermeiden«, murmelte er, »und der steht ganz und gar nicht zur Debatte. Danke, meine Liebe, für einen bemerkenswerten Abend – zwei Abende, genau genommen.«

Er hörte sie vor Erleichterung seufzen, als sie sich zur Tür wandte. Doch im letzten Moment packte sie ihn am Arm. »Wartet, Lord Nash.« Sie sah ihn wachsam an. »Ich würde gern wissen – was Ihr gefolgert habt?«

»Wie bitte?«

»Auf der Terrasse«, erinnerte sie ihn. »Ihr sagtet, Ihr hättet nur eine Schlussfolgerung daraus ziehen können. Offensichtlich war es die falsche.«

»Ah, das!« Er lächelte leicht. »Als ich erfuhr, dass Ihr unverheiratet seid, dachte ich, dass man mir auf die Terrasse gefolgt wäre, um mir eine Falle zu stellen.«

»Eine Falle?« Sie brauchte einen Augenblick, um zu verstehen. »Eine Falle? Großer Gott, was für eine Beleidigung!«

Er zuckte mit den Schultern. »Für einen Mann in meiner Position ist das eine ständige Bedrohung.«

Sie starrte ihn finster an. »Ihr schmeichelt Euch selbst, Lord Nash. Wäre ich ein Mann, könnte ich Euch für eine solche Kränkung fordern und beidem einen Riegel vorschieben – Euch und Euren selbstbezogenen Bedenken.«

»Und langsam fange ich an, mich zu fragen, warum Ihr das nicht tut«, entgegnete er. »Seid Ihr eine gute Schützin?«

»Ja, aber ein wenig aus der Übung«, sagte sie. »Wahrscheinlich würde ich Euer Herz verfehlen und stattdessen Eure Eingeweide oder andere Körperteile treffen, sodass Euch ein langsamer, schmerzhafter und siechender Tod erwartet.«

Er zuckte zusammen. »Dann ist mir in der Tat ein schreckliches Schicksal erspart geblieben«, sagte er, während er sich vor ihr verbeugte. »Ihr seid eine seltene Schönheit, meine Liebe, aber sie ist es nicht wert, dafür zu sterben – weder langsam noch auf andere Weise. Ich wünsche Euch einen angenehmen Abend, Miss Neville. Und ich wünsche Euch Freude mit Eurer selbst gewählten Ehelosigkeit. Möge dieser Zustand lange währen.«

Xanthia sah Lord Nash misstrauisch an, aber sein Bedauern schien in der Tat aufrichtig zu sein. Sie nickte kaum merklich und führte ihren unerwarteten Besucher zur Tür. Als Nash mit der Hand den Messingknauf der Tür berührte, legte Xanthia einem Impuls folgend ihre Hand auf seine. »Werdet Ihr mir noch eine letzte Frage beantworten?«

Er sah an seiner adlerähnlichen, arroganten Nase auf Xanthia hinunter und zog eine Augenbraue hoch. »Das kann ich nicht sagen«, entgegnete er. »Wird sie denn mit weiteren Drohungen gegen mein Leben oder meine Männlichkeit enden?«

Sie ignorierte seine Bemerkung, weil sie sehen konnte, dass er kämpfen musste, um ein Grinsen zu unterdrücken. »Darf ich Euch fragen – oder, was ich meinte, war –« Sie verstummte und befeuchtete sich unsicher die Lippen. »Ist es möglich, dass Ihr in der Lage sein könntet zu vergessen, was . . . was gestern Abend geschehen ist?«

Seine Augenbraue wanderte noch ein Stück höher. »Oh, nicht in einer Million Jahren«, murmelte er und beugte sich näher zu ihr. »Ich werde die Erinnerung an Euren weichen, sinnlichen Mund bis an mein Lebensende bewahren, meine Liebe. Und dann ist da noch die vollkommene Form Eures hübschen, kleinen Hinterteils in meiner Hand, und die fast versengende Glut Eurer –«

»Es ist nicht nötig, ins Detail zu gehen«, unterbrach sie ihn.

»Ach«, sagte er, während er seinen Blick über sie gleiten ließ. »Aber Ihr werdet doch wohl nichts dagegen haben, Miss Neville, wenn ich gelegentlich ein wenig darüber fantasiere, was hätte sein können? Hier in London können die Nächte verdammt kalt und einsam sein.«

»Lord Nash, ich muss doch bitten.« Xanthia spürte, wie ihr die Hitze ins Gesicht stieg. »Ich habe einen unerfindlichen Mangel an Urteilsvermögen gezeigt und wünschte, Ihr würdet mich nicht daran erinnern.«

»Aber wenn ich es nicht vergessen kann, warum solltet Ihr es dann können?« Seine Stimme streichelte sie wie warmer Samt. »Genau genommen, Miss Neville, habt Ihr mich bis ins Mark getroffen. Ich hatte gehofft, es gäbe vielleicht doch noch einen Rest unseres kleinen Intermezzos, von dem auch Ihr wünschen könntet, ihn zu bewahren.«

Xanthia bemühte sich um Ernsthaftigkeit. »Vergesst es«, sagte sie. »Alles, was ich sage, Sir, ist, dass ... nun, ich werde mich in nächster Zeit ein wenig häufiger in der Gesellschaft aufhalten, als ich es erwartet hatte. Ich bitte Euch also, niemals irgendjemandem gegenüber zu erwähnen, was geschehen ist.«

Er trat einen Schritt zurück. »Großer Gott, Miss Neville!«, antwortete er. »Für welche Art von Mann haltet Ihr mich?«

Sie biss sich auf die Lippen und schaute fragend zu ihm hoch. »Für einen Gentleman?«

»Ein Gentleman, in der Tat«, murmelte er. »Eher würde ich mir von einem französischen Untersuchungsrichter die Fingernägel ausreißen lassen, als jemanden an einer so intimen und geschätzten Erinnerung teilhaben zu lassen.«

Xanthia wandte den Blick ab. »Danke«, sagte sie. »Es fällt mir schwer, darum zu bitten – und ich tue es nicht einmal für mich selbst.«

Er schockierte sie, als er seine Hand sanft unter ihr Kinn

legte und sie auf diese Weise zwang, ihn wieder anzusehen. »Wenn nicht für Euch«, fragte er ruhig, »für wen bittet Ihr dann?«

Sie schlug die Augen nieder, und er ließ seine Hand sinken. »Für Lord und Lady Sharpe«, brachte sie über die Lippen. »Ich werde Lady Louisa für den Rest der Saison als Anstandsdame begleiten. Sogar bei *Almack's* muss ich erscheinen. Ich fürchte, die Gesundheit meiner Cousine hat eine solche Verschlechterung erfahren, dass sie der Aufgabe nicht mehr gewachsen ist.«

»Grundgütiger Gott! *Almack's?*« Seine dunklen Augen lachten. »Und Ihr werdet hingehen?«

Sie schaute ihn direkt an. »Zweifellos findet Ihr das komisch, aber ich hatte keine andere Wahl. Und Ihr könnt mir glauben, wenn ich sage, dass es Tausende Dinge gibt, die ich lieber täte, als mit der oberen Gesellschaftsschicht auf Tuchfühlung zu gehen.«

Als er ihren Blick für einen langen Moment gefangen hielt, lag ein nicht zu benennender Ausdruck auf seinem Gesicht. »Nun dann«, sagte er schließlich, »vielleicht ist es uns ja letztlich doch bestimmt, uns wiederzubegegnen, Miss Neville.«

»Oh, das bezweifle ich.« Sie brachte ein Lächeln zustande. »Für mich seht Ihr nicht aus wie ein Mann, der bei *Almack's* zu Gast ist. Ich würde darauf wetten, dass man Euch schon an der Türe abweist.«

Wieder zuckte er nur leicht mit den Schultern. »Man kann nie wissen«, murmelte er. »Welche Wette bietet Ihr mir denn an?«

Xanthia lachte. »Oh, eine ganz gewöhnliche. Irgendwo im Haus muss noch ein Zwanzigpfundschein herumliegen.«

Nash lächelte angespannt. »Wirklich verlockend, Miss Neville, aber ich denke, der Einsatz müsste schon weitaus höher sein, sollte er es fertigbringen, mich in diese Art von Spielhölle zu locken«, sagte er. »Schon zu viele Männer haben ihren kostbarsten Besitz in *Almack's* vornehmem Entree verloren.«

Xanthia zog die Augenbrauen hoch. »Welche Art von Besitz meint Ihr?«

Lord Nash grinste. »Das unbezahlbare Junggesellendasein«, entgegnete er. »Jetzt wünsche ich Euch aber einen guten Abend, meine Liebe, bis wir uns wiedersehen. Ich glaube, ich finde allein hinaus.«

Während in ihr ein Gefühlssturm tobte, nahm Xanthia ein Bad und kleidete sich für das Dinner an. Was für ein Schock war es gewesen, auf Nash – *Lord* Nash – zu treffen, der lässig im besten Sessel ihres Bruders gesessen und ausgesehen hatte, als fühlte er sich wie zu Hause. Heute war er ihr so dunkel und groß vorgekommen – insgesamt männlicher als in ihrer Erinnerung. Im Eifer des Arbeitstages und der Sorge um Pamelas Gesundheit hatte Xanthia die Erinnerung an die leichtsinnige Eskapade der vergangenen Nacht fast verdrängt.

Nun, sie gab zu, dass das nicht ganz der Wahrheit entsprach, während sie sich im Ankleidespiegel betrachtete und ihren zweiten Ohrring anlegte. Die Erinnerung an Lord Nashs Berührung lauerte in ihrem Unterbewusstsein und erzeugte ein leichtes Gefühl der Verlegenheit – durchsetzt mit mehr als nur einigen Stichen des Bedauerns. Und als sie ihn wiedergesehen hatte und der erste Schock überwunden gewesen war, hatte dieses Bedauern geschmerzt wie eine scharfe Klinge. Bei Tageslicht war es noch offensichtlicher, was für ein eindrucksvoller Mann er war.

Er sah nicht besonders gut aus, das nicht, jedenfalls nicht auf die typisch englische Weise. Aber er war die Eleganz in

Person; schlank und dunkel wie eine Katze, die durch einen mondhellen Wald schleicht. Ihn umgab eine faszinierende Aura der Macht, die einen wünschen ließ, ihn näher kennenzulernen – in jeder Bedeutung dieser Formulierung. Heute hatte Lord Nash sein dichtes, zu langes Haar aus der hohen Stirn zurückgekämmt getragen. Sein Mantel, ein fast altmodisches, aber elegantes Kleidungsstück, hatte ausgesehen, als sei er aus der weichsten und feinsten Wolle gemacht, die man sich vorstellen konnte, und sein dunkelgrauer Gehrock hatte sich wunderbar um seine breiten Schultern geschmiegt.

Auch sein Gesicht war bemerkenswert. Die straffen Ebenen und seine Kanten strahlten eine Härte und etwas Majestätisches aus, das sie am Vorabend nicht bemerkt hatte. Und seine Augen – o Gott, diese nachtschwarzen Augen! Sie sahen fast exotisch aus, und ihre kaum merkliche Schrägstellung weckte die Vermutung, dass in seinen Adern das Blut mongolischer Vorfahren floss.

All das brachte Xanthia zum Grübeln. Was, wenn sie gestern Abend nicht davongelaufen wäre? Was, wenn sie den Mut besessen hätte, ihre Fantasien auszuleben? Was, wenn sie ihm einfach ihren Namen genannt und die kühne Einladung in sein Bett angenommen hätte?

Er hätte sie zurückgewiesen, das wäre passiert. Sobald Lord Nash erfahren hätte, dass sie unverheiratet war, wäre er vor ihr zurückgeschreckt – so sicher, als wenn sie gerade in Flammen aufgegangen wäre. Er machte den Eindruck eines Mannes, der sich schon einmal die Finger verbrannt hatte.

Mit einem Seufzer straffte Xanthia vor dem Spiegel ihren Rücken und musterte sich. Vergiss ihn, sagte sie sich. Es wird niemals geschehen. Nicht mit Nash und auch nicht mit einem anderen Mann. Das hieß, sofern sie nicht Gareth akzeptierte –

doch Gareth wollte weitaus mehr, als Xanthia zu geben bereit war.

Mit ihm hatte sie einst Leidenschaft verbunden, ja. Und auch eine aufrichtige Freundschaft. Aber Xanthia wusste nur zu gut, dass eine Frau, hatte sie erst geheiratet, nichts anderes mehr war als der Besitz ihres Ehemannes. Nicht, dass sie glaubte, Gareth würde ihr die Kontrolle über Neville Shipping abringen, aber allein schon die Tatsache, dass er das gesetzlich verbürgte Recht dazu haben würde, schreckte sie ab. Und es würde nicht mehr *ihre* Entscheidung sein, ihm diese Macht über sich und alles, wofür sie gearbeitet hatte, zu übertragen. Sie liebte ihn, aber nicht genug, um diesen Schritt zu gehen.

Im Esszimmer nutzten sie und Kieran die ersten beiden Gänge des Dinners dazu, nebenbei die Tagespost durchzusehen. Kieran war kein Mann, der gern oberflächliche Konversation betrieb, aber es hatten sie Neuigkeiten von zu Hause in Form eines Briefes von einer Nachbarplantage erreicht. Überdies hatte einer von Kierans Pächtern auf Barbados geschrieben, um eine komplizierte Frage bezüglich der Wasserrechte zu stellen. Es waren alltägliche Geschäfte, aber es war die Essenz ihres Zusammenlebens.

Kieran und Luke und letzten Endes auch Martinique, die von Luke adoptiert worden war, waren die einzige Familie, die Xanthia je gehabt hatte. Und sie waren alles, was sie brauchte. Plötzlich jedoch, als sie gerade dabei war, einen Servierteller mit gebutterten Pastinaken weiterzureichen, sah Xanthia das Bild ihrer Hand auf Pamelas sich sanft rundendem Bauch vor sich. Sie musste unwillkürlich innegehalten haben, denn Kieran griff nach dem Teller und nahm ihn ihr aus der Hand. »Alles in Ordnung, Zee?«, fragte er und musterte sie neugierig.

Xanthia zwang sich zu einem Lächeln. »Der Teller war ein wenig schwer.«

Kieran ließ sich noch Wein nachschenken und schickte den Diener dann aus dem Zimmer. Xanthia wusste, dass nun die zu erwartenden Fragen gestellt werden würden, aber sie fürchtete den Zorn ihres Bruders nicht. Genau genommen verstand sie ihn besser als irgendjemand sonst – sie wusste zwar nicht alles von ihm, aber dennoch genug, um über die eine Wahrheit Bescheid zu wissen, die ansonsten so gut wie niemand kannte. Bei allem, was der große Baron Rothewell tat, bei jeder schonungslosen und unbarmherzigen Entscheidung wurde er von dem fest in ihm verankerten Gefühl geleitet, eine Pflicht erfüllen zu müssen; eine Pflicht, in die er weder hineingeboren, noch auf die er vorbereitet worden war. Eine Pflicht, die er sich selbst auferlegt hatte – oder die er glaubte, erfüllen zu müssen.

Der frühe Tod des älteren Bruders hatte sowohl Xanthia als auch Kieran zutiefst erschüttert, denn in einem entsetzlichen Augenblick waren aus den mutigen drei Waisenkindern nur noch zwei geworden. Weder sie noch Kieran waren darauf vorbereitet gewesen, und deshalb verzieh Xanthia ihrem Bruder auch seine Einmischungen und sein Knurren und ertrug beides mit so viel Stärke, wie sie aufbringen konnte.

Kieran ließ den Wein in seinem Glas kreisen und starrte verloren hinein. »Ich wünsche, alles über diesen Burschen Nash zu erfahren, meine Liebe«, sagte er. »Ich nehme an, du bist ihm bei Pamela begegnet?«

Xanthia senkte den Blick. »Kurz.«

»Nun, du musst einen ziemlichen Eindruck auf ihn gemacht haben, Zee«, fuhr er fort. »Dir ist doch bewusst, dass es Gareth das Herz brechen wird, wenn du diesen Lord Dunkel und Gefährlich heiratest?«

Xanthia hörte auf, die Erbsen von der einen Seite ihres Tellers auf die andere zu schieben. »Wie bitte?«, sagte sie. »Wenn ich *was* tue?«

Kieran sah sie über den Tisch hinweg an. »Wenn du Nash heiratest.«

Xanthias Augen wurden so groß wie ihr Teller. »Wie, um Himmels willen, kommst du darauf?«

»Vielleicht wegen der Tatsache, dass der Mann um mein Einverständnis gebeten hat, dir den Hof machen zu dürfen«, erwiderte Kieran. »Was denn, hat er nichts davon gesagt?«

Xanthia war fassungslos. »Nein, ganz sicher nicht.«

»Gut.« Kieran griff nach seinem Messer und trennte geschickt die Keule seines gegrillten Hühnchens ab. »Ich hatte gehofft, dass er diesen Gedanken fallen lässt.«

»Sicherlich –« Xanthias Stimme enthielt einen seltsam scharfen Ton. »Sicherlich meinst du das nicht ernst, Kieran, oder?«

»Er bat um die Erlaubnis, dir den Hof machen zu dürfen. Und ich habe sie ihm verweigert. Stattdessen habe ich ihm vorgeschlagen, sich jemand Jüngeren zu suchen, jemand Fügsameren. Außerdem weiß er so gut wie gar nichts über dich, Zee, deshalb –« Plötzlich verstummte er. »Ich hoffe, dass ich deine Gefühle für diesen Burschen nicht missinterpretiert habe?«

Xanthia schüttelte den Kopf. »Nein.«

Nein. Die Antwort lautete definitiv: *Nein*. Das einzige Gefühl, das Xanthia in diesem Moment zu schaffen machte, war ein kaum wahrnehmbares Schwindelgefühl. Lord Nash musste ganz und gar verrückt sein. Hatte er wirklich geglaubt, er hätte Xanthias kostbare Tugend befleckt? Mit einem *Kuss?*

Aber es war nicht nur ein Kuss gewesen, nicht wahr? Allein, wenn sie daran zurückdachte, durchlief sie ein schwaches Ziehen des Verlangens und ihr Atem beschleunigte sich. Xanthia schloss die Augen. Großer Gott, wenn sie sich gestattete, daran zu denken, sei es auch nur für einen Moment, dann fühlte sie noch immer dieses süße, schwüle Verlangen in sich, das sein Mund und seine Berührung in ihr geweckt hatten. Es ließ einen an Kerzenlicht denken, an weiche Laken und an …

Nein. Es war nicht einfach nur ein Kuss gewesen. Und Nash hatte recht. Wäre es Lady Louisa gewesen, die er gestern Abend auf der Terrasse so schamlos liebkost hätte, würde Sharpe ihm noch vor dem Mittag die Fußfesseln angelegt haben. Und er hätte es verdient gehabt, denn bei Louisa handelte es sich offensichtlich um eine kindliche Unschuld. Aber nicht so bei Xanthia – und genau darin lag der Unterschied. Sie war erstaunt, dass Nash das nicht bemerkt hatte. Vielleicht aber hatte er es auch. Und vielleicht hatte er deswegen das Zuschnappen einer Mausefalle befürchtet.

Kieran musterte sie mit einem seltsamen Ausdruck.

Xanthia nahm ihre Gabel und zwang sich zu einer verwirrten Miene. »Lord Dunkel und Gefährlich«, murmelte sie. »Warum nennst du ihn so?«

Kieran spießte ein weiteres Stück Hühnchen mit der Gabel auf. »Den Mann umgibt eine grausame Aura«, beantwortete er die Frage, nachdem er den Bissen eine Weile nachdenklich gekaut und schließlich heruntergeschluckt hatte. »Und er ist kein Engländer. Oder vielleicht sollte ich besser sagen, Englisch ist nicht seine Muttersprache. Ist dir das schon aufgefallen?«

Xanthia machte große Augen. »Du könntest recht haben«, entgegnete sie. »Ich habe so oft mit Seeleuten zu tun, dass ich auf einen leichten Akzent schon gar nicht mehr achte.«

»Nun, von wo auch immer er stammen mag, ich bin nicht sicher, ob mir seine Unverfrorenheit gefällt«, sagte Kieran.

»Ich glaube, ich werde Sharpe fragen, ob er mir etwas über den Charakter dieses Mannes sagen kann.«

»Oh, bitte tu das nicht.« Xanthia runzelte die Stirn, als sie ihren Bruder ansah. »Genau genommen verbiete ich es dir.«

»Du verbietest es mir?« Kieran warf ihr einen finsteren Blick über den Tisch zu, dann lenkte er ein. »Nun, wie du willst, Zee. Es ist deine Hochzeit, nicht meine.«

»Es ist niemandes Hochzeit«, beharrte sie.

»Du hast meine Frage hinsichtlich Gareth noch nicht beantwortet, meine Liebe«, fuhr er fort. »Ich hoffe, ich muss dich nicht daran erinnern, dass Gareth noch immer unser Freund ist. Eigentlich ist er für uns unsere Familie.«

»Was willst du mir damit sagen, Kieran?«, verlangte sie zu wissen.

»Nur, dass du ihm nicht unnötig wehtun sollst«, sagte ihr Bruder ruhig. »Wenn du ihn nicht haben willst, dann sag ihm das ganz offen.«

Xanthia legte die Gabel beiseite. »Ich habe es ihm bereits offen gesagt«, entgegnete sie. »Ich sage es ihm schon seit fünf Jahren, Kieran. Und jetzt bitte kein Wort mehr über Gareth, ich habe etwas weitaus Wichtigeres mit dir zu besprechen.«

»Dann schieß los, meine Liebe«, sagte ihr Bruder, und sein Ton klang augenblicklich unbeschwerter. »Aber, um Gottes willen, erzähl mir nichts über die Reederei oder darüber, was Gareth und du den ganzen Tag über gemacht habt. Lieber würde ich mir die Rezitation der Namen aller Steuerpflichtigen Westminsters in alphabetischer Reihenfolge anhören.«

Xanthia sah ihn tadelnd an. »Ich hatte vor, mit dir über Pamela zu sprechen«, sagte sie. »Und bitte, hör zu, Kieran, wenn es dir nichts ausmacht. Es ist wichtig.«

Da sie den Schock über das Wiedersehen mit Nash überwunden hatte, kehrten all ihre Sorgen und die Aufregung über

Pamelas Situation wieder zurück. Sie benötigte eine geschlagene halbe Stunde, um ihrem Bruder alles zu erklären und seine Unterstützung zugesagt zu bekommen. Er erteilte sie widerstrebend, denn Kieran hatte nicht das geringste Interesse an der englischen gehobenen Gesellschaft. Genau genommen hatte er kein Interesse an auch nur irgendetwas gezeigt, seit er seine Mühlen und Pflanzungen aufgegeben hatte und nach England zurückgekehrt war.

Sie beendeten das Essen schweigend. Von Zeit zu Zeit sah Xanthia ihren Bruder über den Tisch hinweg an. Sie machte sich Sorgen. Kieran verbrachte die meiste Zeit des Tages mit Lesen und Trinken, und in den Nächten zog er durch die Bordelle und Clubs von Covent Garden. Er täuschte kein Interesse am höheren Sinn des Lebens oder an höheren Tugenden vor, und bis jetzt hatte er es abgelehnt, selbst die kleinsten Gesellschaften zu besuchen. Ihr Bruder liebte es, für sich zu sein, liebte müßige Stunden und schlechte Frauen. Seine gelegentlichen Rendezvous mit Mrs. Ambrose waren fast eine Erleichterung für Xanthia.

Sie liebte Kieran von ganzem Herzen. So eine lange Zeit hatte es nur sie drei gegeben – sie, Kieran und Luke –, die gemeinsam gegen die Welt gekämpft hatten. Sie hatten füreinander gelebt, hatten füreinander Opfer gebracht. Xanthia konnte die Male nicht an ihren Fingern und Zehen abzählen, die ihre älteren Brüder für sie den Zorn ihres Onkels auf sich genommen hatten für etwas, das sie getan hatte. Oder die vielen Male später, wenn ihre Brüder sie vor den betrunkenen Freunden ihres Onkels versteckt hatten. Kieran hatte immer das Schlimmste abbekommen, denn schon als junger Mann war er unbesonnen und viel zu draufgängerisch gewesen. Luke hatte ein gewisses Maß an Diplomatie besessen, Kieran dagegen eine Seele voll von Leidenschaft und Zorn.

Xanthia war sich nicht sicher, was aus ihrem Bruder werden würde. Er wird sich in sein frühes Grab trinken und huren, so hatte Cousine Pamela gesagt. Xanthia betete zu Gott, dass Pamela sich irren möge. Dennoch hatte es Xanthia beunruhigt, die Worte laut ausgesprochen zu hören. Bisher war sie erfolglos dabei gewesen, Kieran in das Schifffahrtsgeschäft einzubinden, denn er hatte behauptet – und nicht ganz zu Unrecht –, dass sie und Gareth ihn dabei nicht bräuchten. Danach hatte Xanthia versucht ihn zu überzeugen, die Verpachtung seines riesigen Besitzes in Cheshire nicht zu verlängern. Doch er hatte nicht auf sie gehört, hatte gesagt, dass er nicht den Wunsch habe, auf dem Land zu leben und den Schafen und dem Gras beim Wachsen zuzusehen.

Und das war es gewesen. Xanthia war vollauf mit der Reederei beschäftigt, die auf die eine oder andere Art den größten Teil ihrer Zeit in Anspruch nahm. Die Zeit des Dinners war normalerweise die einzige, in der sie sich nicht um ihre Arbeit kümmerte. Im Geiste begann sie die Unterlagen durchzugehen, die sie mit nach Hause gebracht hatte, um noch zu arbeiten. Unter ihnen war eine verdächtig hohe Rechnung vom Proviantamt für sechs der Schiffe von Neville Shipping, die im Januar ausgelaufen waren und im günstigsten Fall erst in vierzehn Tagen in London zurück sein würden. Xanthia tendierte dazu, die Rechnung so lange nicht zu begleichen, bis sie die aufgeführten Posten mit der Liste des Proviants verglichen hatte, der an Bord genommen worden war. Dann gab es noch einen Stapel von Versicherungspapieren von Lloyd's und den Vorschlag eines insolventen Schuldners, ihnen drei heruntergekommene Handelsschiffe zu verkaufen – zu einem Preis, dem Xanthia nur schwer widerstehen konnte. Sie musste ein wenig Rechenarbeit erledigen, um die Zeit im Trockendock für die Wiederaufarbeitung aufzufangen. Diese Investition würde den Profit des Unternehmens in einem nicht unbedeutenden Maße schmälern, denn die Kosten für –

»Ah«, sagte eine ruhige Stimme. »Ich sehe, ich habe dich wieder verloren.«

Xanthia schaute auf. Kieran schenkte sich bereits von dem Portwein ein, den einer der Diener auf einem Tablett serviert hatte.

»Entschuldige«, erwiderte sie automatisch. »Ich war mit meinen Gedanken woanders.«

Kieran zog einen Mundwinkel hoch. »Wahrscheinlich in Wapping.«

Xanthia richtete sich auf und schob ihren Stuhl zurück. »Ich fürchte, du hast recht.« Sie erhob sich, als der Diener herbeieilte, um ihr behilflich zu sein. »Was mich daran erinnert, dass ich heute Abend noch eine Menge Papierkram zu erledigen habe. Du gehst aus, nehme ich an?«

Er lächelte schwach und nahm einen großen Schluck von seinem Portwein. »Ich denke, das werde ich.«

»Dann wünsche ich dir eine gute Nacht.«

»Ja. Gute Nacht, Zee.«

Als sie an ihm vorbeiging, zögerte Xanthia, dann beugte sie sich impulsiv zu ihm hinunter und küsste ihn leicht auf die Wange. »Pass auf dich auf, Kieran«, murmelte sie. »Versprichst du mir das?«

Er schaute mit einem dunklen Seitenblick zu ihr hoch, als wollte er mit einer seiner scharfen Bemerkungen antworten, aber dann veränderte sich seine Miene. »In Ordnung«, sagte er ruhig, »ich werde auf mich aufpassen.«

Auch in der Park Lane neigte sich der Abend seinem Ende entgegen. Die arbeitenden Londoner waren seit Langem zum

Abendessen nach Hause gegangen, und der Verkehr den Hügel hinauf und hinunter hatte sich auf das laute Rumpeln einer gelegentlich vorbeifahrenden Kutsche reduziert. Agnes, das Hausmädchen, machte ihren Gang durch das Haus, säuberte dabei sorgsam die Kamine und schloss die Vorhänge.

In der großen Bibliothek Lord Nashs zögerte sie. Die Kohlen glühten noch auf dem Kaminrost und warfen ein gespenstisch rotes Licht auf den Sims. Das Mädchen begann mithilfe eines langen Stockes aus Kupfer die deckenhohen schweren Samtvorhänge zuzuziehen. Als die letzte Portiere gegen die Abendkühle geschlossen war, legte sie den Stab zur Seite und trat zum Kamin.

»Danke, Agnes«, sagte eine tiefe Stimme aus dem Schatten.

Agnes stieß einen Schrei aus und zuckte zusammen.

»Danke, Agnes«, wiederholte Lord Nash. »Ihr könnt jetzt gehen.«

Agnes knickste unsicher. »Ich b... bitte um Verzeihung, Mylord«, piepste sie. »Ich h... h... hab Euch gar nicht gesehen. W... w... wünscht Ihr kein Licht?«

»Danke, nein.« Als er sein Glas auffüllte, war das Klirren seiner Wodkaflasche zu hören. »Die Dunkelheit kann viele Sünden überdecken, nicht wahr?«

Agnes knickste wieder, sicherheitshalber. »D... das kann sein, Sir«, wisperte sie. »S... soll ich mich jetzt um den Kamin kümmern?«

»Das hat bis morgen Zeit.« Die Stimme des Marquess klang rau in der Finsternis. »Ihr könnt jetzt gehen. Nein – wartet.«

»Ja, Mylord?«

»Ist Mr. Swann zufällig noch im Haus?«

»I... ich weiß nicht, Sir. S... soll ich einen Diener schicken, ihn zu h... holen, Sir?«

»Ja, bitte.«

Das Mädchen schoss aus dem Zimmer und ließ Nash mit seinen Gedanken wieder allein. Er glitt tiefer in seinen Armsessel und drückte das Glas mit *okhotnichya* gegen seine Brust. Seit gut und gern einer Stunde saß er hier – seit seiner Rückkehr aus Rothewells Haus am Berkeley Square. Seine Einsamkeit war einzig vom Dinner unterbrochen worden. Vielleicht hätte er selbst das vergessen, aber dann war Tony vorbeigekommen, war wie ein Gewittersturm im August herein- und wieder davongeeilt.

Nash wünschte sich, er hätte ihn nicht eingeladen. Nicht heute Abend.

Obwohl er und sein Stiefbruder sich immer nahegestanden hatten, waren sie so verschieden wie Tag und Nacht. Tony lebte in der Gegenwart, im Hier und Jetzt, Nash hingegen in der Vergangenheit – oder wenigstens irgendwo dazwischen. Was ihre Persönlichkeit anging, so hatten sie nur wenig, äußerlich hingegen rein gar nichts gemein. Tony war blond und gut aussehend, Nash besaß ein dunkles Äußeres. Tony war schlank und elegant, hatte blaue Augen und eine Erziehung in Oxford aufzuweisen. Ja, Tony war das, was selbst der beste Schneider der Savile Row niemals aus Nash machen könnte – der perfekte englische Gentleman. Aber wie die meisten von ihnen hatte Tony eine eher provinzielle Sicht auf die Welt und Englands Platz darin. Für ihn gab es außerhalb Englands weißen Küsten nichts, das wirklich zählte.

Während also der Kampf und die Finesse Tony überlassen blieben, um die Karriereleiter in der Regierung hinaufzuklettern, gab es auf der anderen Seite Nash ... nun, Nash – ein Titel, so alt und so großartig wie das schöne England selbst, und doch schien er im Gegensatz zu den Gesetzen der Natur zu stehen. Alles schien ... ein wenig ungerecht zu sein. Tony war der Enkel eines Dukes – ein Rang, der in England eine Menge zählte, selbst wenn zwei Dutzend Cousins erst sterben müssten, damit er in Reichweite des Titels käme.

Es ist eine Schande, dachte Nash oft, dass das Marquisat nicht einfach an Tony fallen konnte – und er dadurch das Gefühl loswerden würde, dass sein – Nashs – verstorbener Vater vermutlich das Gleiche gedacht hatte. Der perfekte englische Gentleman für den perfekten englischen Titel. Nash könnte dann, gemäß seiner eigenen Entscheidung, Major in der Palastwache des Zaren werden oder ungestört und in Frieden mit seinem Lieblingswolfshund durch die Hügel streifen.

Aber sein Leben spielte sich jetzt in England ab. Nash war vierzehn gewesen, als sein Vater Edwina geheiratet hatte, eine sehr entfernte und sehr englische Cousine. Die Ehe war von der Familie arrangiert worden und ganz anders als seine erste Ehe gewesen, denn Edwina war ein blasses, hübsches Mädchen, das erst vor Kurzem von einem blaublütigen schwarzen Schaf von Ehemann zur Witwe gemacht worden war. Sie brachte ein kleines Kind mit in die Ehe und kaum zwei Shilling, die man aneinander hätte reiben können.

Nashs Mutter stammte von den Adelsfamilien Russlands und Osteuropas ab. Das Blut der Zaren, *vladikas*, und der großen Khans war heiß und wild durch ihre Adern geflossen – und hatte ihr Temperament bestimmt. Sie war eine dunkle, lebenssprühende Schönheit gewesen, aber auch sehr verwöhnt. Sie hatte zu fürchterlichen Wutanfällen geneigt und war zu sehr von sich überzeugt gewesen. Aber vor allem war sie niemals mit ihrem Leben zufrieden gewesen.

Besonders unzufrieden war sie mit ihrem Dasein in England gewesen und hatte aus ihrem Abscheu keinen Hehl gemacht. Vielleicht war das ja auch der Grund, warum die bessere Gesellschaft Nash so oft schief von der Seite ansah. Vielleicht fragte sie sich, wie ähnlich er wohl seiner sprunghaften Mutter sein mochte.

Nash wurde in seinen Überlegungen gestört, als jemand sich leise räusperte. Er schaute auf und sah Swann in der Dunkelheit vor sich aufragen. Er trug bereits seinen Mantel und hielt seinen hohen Kastorhut in den Händen. »Ihr wünschtet mich zu sehen, Sir?«

»Es ist wieder spät geworden, nicht wahr?« Nicht, dass er dem armen Teufel eine Wahl ließ, erinnerte Nash sich selbst. »Schenkt Euch einen Schluck ein, Swann, und nehmt Platz.«

Sein Sekretär tat, wie ihm geheißen. »Was kann ich für Euch tun, Mylord?«, fragte er, nachdem er sich gesetzt hatte.

Nash schwenkte behutsam den Wodka in seinem Glas. »Was ist Euch über unseren Freund in Belgravia zu Ohren gekommen, Swann?«, fragte er. »Ist die Comtesse de Montignac nach England zurückgekehrt?«

»Noch nicht, Mylord«, sagte Swann. »Sie ist noch immer in Cherbourg, soweit man weiß.«

»Und was ist mit ihrem Mann?«

»Er ist bei ihr«, sagte sein Sekretär. »De Montignac hat sich erneut mit dem französischen Außenminister überworfen – ein Streit zwischen Liebenden, so wird geflüstert. Man glaubt, dass er in Ungnade gefallen ist und fortgeschickt wurde.«

Nash entspannte sich in seinem Sessel. »Ausgezeichnete Nachrichten«, murmelte er. »Vielleicht werden ja beide in Cherbourg bleiben?«

Swann lächelte bedauernd. »Das bezweifle ich, Mylord. Sie lieben das diplomatische Rampenlicht und das Privileg, das es ihnen garantiert, zu sehr.«

»Ganz zu schweigen von den Möglichkeiten, die es ihnen bietet«, sagte Nash säuerlich, verdrängte aber den Gedanken und brachte die Rede auf das Thema, das er unerklärlicherweise für sehr viel dringender hielt. »Die Frau, nach der ich heute Morgen gefragt habe, Swann«, begann er. »Ich möchte noch eine Sache wissen – etwas, das Ihr viel diskreter als ich herausfinden könnt.«

»Ihr sprecht von Miss Neville?«

»In der Tat«, sagte Nash. »Ich habe dem Bruder der Lady heute Nachmittag einen Besuch abgestattet.«

»Tatsächlich?«, sagte Swann leicht überrascht. »Und darf ich fragen, Sir, für welche Art Mann Ihr ihn haltet?«

»Für einen Mann, der schnell und ungezügelt lebt. Jedenfalls macht sein Aussehen diesen Eindruck«, sagte Nash grimmig. »Ein schwerfälliger, eher kantiger Bursche mit den Händen eines Bauern – und doch kein listiger Mann. Wie nennen die Engländer solche Menschen? Ah, ja, *Kolonialisten*.«

»Darüber sollte man nicht überrascht sein, würde ich meinen«, sagte Swann. »Er war erst fünf oder sechs, als er auf die Westindischen Inseln geschickt wurde.«

»Aber findet Ihr es nicht seltsam, dass auch das Mädchen mitgeschickt wurde?«, sagte Nash nachdenklich. »Es muss noch ein Kleinkind gewesen sein. Man hätte doch eine passendere Lösung für die Kleine finden können.«

»Ich habe gehört, dass Lady Bledsoe ihre Tante ist«, sagte Swann. »Nicht gerade die freigiebigste Frau.«

»Wenn ich mich richtig erinnere, ist sie eine alte Streitaxt«, murmelte Nash. »Aber ihre Tochter, Lady Sharpe, gilt als ziemlich umgänglich, oder nicht?«

»So sagt man, ja«, pflichtete Swann bei. »Auf jeden Fall wurden die Kinder zu Lady Bledsoes älterem Bruder geschickt, der als junger Mann von der Familie auf die Westindischen Inseln verbannt wurde.«

»Ins Exil?«

»Er hat einen Mann erschossen, Sir. Nicht in einem Duell,

sondern betrunken in einem Wutanfall. Die Familie musste es vertuschen, und jetzt scheint sich kaum noch jemand an ihn zu erinnern.«

»Rothewell und seine Schwester sind seit ungefähr vier Monaten in England«, sagte Nash fast wie zu sich selbst. »Ich frage mich, was sie hergeführt hat.«

»Ist es das, was Ihr wissen möchtet, Mylord?«

»Eigentlich nicht.« Nash setzte sein Glas mit einem leisen Klirren ab. »Nein. Es heißt, die junge Lady sei verlobt – oder stünde kurz davor. Ich möchte wissen, mit wem.«

»Mit wem sie *verlobt* ist?« Swann starrte ihn an.

»Ja, wenn es diskret in Erfahrung gebracht werden kann«, sagte Nash, plötzlich gereizt. »Was ist damit?«

Trotz der Dunkelheit schien Swann zu erröten. »Ich ... ich bitte um Entschuldigung, Sir«, sagte er rasch. »Ich werde Nachforschungen anstellen. *Diskrete* Nachforschungen.«

»Und zwar verdammt diskrete«, stieß Nash hervor. »Ich werde Euch morgen hier wieder treffen – sagen wir, gegen halb fünf?«

»Morgen, Sir?« Swann rutschte unbehaglich auf seinem Stuhl hin und her.

Nash zog eine Augenbraue hoch. »Habt Ihr ein Problem damit?«

»Meine ... meine Mutter, Sir?«, sagte er verhalten.

Nash fluchte in sich hinein. Gerade heute Morgen war eine Nachricht eingetroffen, dass Swanns Mutter erkrankt sei. Ohne Zweifel war das auch der Grund, warum der Mann heute noch so spät gearbeitet hatte. »Verdammte Hölle«, sagte er. »Swann, ich entschuldige mich. Vergesst meine Dummheit. Um welche Zeit fahrt Ihr?«

Swann schluckte mühsam. »Morgen früh um fünf, Mylord. Mit der Kutsche nach Brighton.«

Nash erhob sich und zwang Swann dadurch, das Gleiche zu tun. »Ich wünsche Euch eine sichere Reise«, sagte er und reichte ihm die Hand. »Und Eurer Frau Mutter eine rasche Genesung. Geht jetzt und seht zu, dass Ihr noch einige Stunden Schlaf bekommt.«

»Danke, Mylord.« Swann hatte bereits nach seinem Hut gegriffen. Sein Wodkaglas war unberührt geblieben.

Nash sah ihm nach, als er ging, kam sich egoistisch vor und fühlte sich mehr als nur ein wenig verlegen. Mit wem sie verlobt war – was hatte er sich nur dabei gedacht! Und welchen Unterschied machte das überhaupt? Die Frau war schlicht und einfach keine Bedrohung für ihn.

Oder etwa doch?

Es gibt viele Arten der Bedrohung, dachte Nash, während er an eins der Fenster trat und den Vorhang zur Seite schob. Er wunderte sich über die Wendung des Schicksals, das es sich anscheinend zu seiner Aufgabe gemacht hatte, sich und seine Familie vor all diesen Bedrohungen zu beschützen – einige davon waren nur verschwommen, andere dafür erschreckend deutlich zu erkennen. Da war Edwinas bedauerliche Angewohnheit, zu viel Wein zu trinken und dann beim Kartenspiel zu hohe Einsätze zu riskieren. Die Marotte seiner ältlichen Tanten, jedem Hallodri und Halunken zu glauben, der eine unglückliche Geschichte zu erzählen wusste und Taschen hatte, die sie ihm füllen konnten. Und dann war da noch Tonys unglückselige Neigung zum –

Lächerlich! Diese Bedrohung fiel doch unter keine dieser Kategorien, oder? Damit konnte er weder den guten Namen seiner Stiefmutter beflecken noch die politische Karriere seines Stiefbruders ruinieren. Nein, das Einzige, was Miss Neville bedrohte, schien Nashs Seelenfrieden zu sein. Aber Seelenfrieden konnte mit genügend Wodka und auch mit Sex erkauft werden.

Nash warf einen letzten Blick auf die flackernden Laternen, die entlang der Park Lane standen, dann ließ er den schweren Vorhang wieder fallen und kehrte in den Schatten des Zimmers und zu seinem Wodka zurück. Das Kaminfeuer war fast ganz heruntergebrannt, die Flammen hatten sich zu einer scharlachroten Glut unter dunkler Asche reduziert. So wie dem Feuer erging es letztlich auch der Welt und allem in ihr. Nash ergriff sein Wodkaglas und beschloss, nicht mehr an Miss Nevilles atemlose Seufzer zu denken. Auch seine Lust würde irgendwann wie das Feuer im Kamin verlöschen.

An diesem Punkt seiner Grübelei hörte er ein leises Geräusch an der Tür der Bibliothek. Er schaute auf und erblickte Vernon. »Entschuldigt, Mylord, aber Mrs. Hayden-Worth möchte mit einem Besuch aufwarten.«

Jenny? Wie äußerst seltsam. »Führt sie herein, Vernon.«

Einen Moment später kam Tonys Frau hereingerauscht. Sie trug ein tiefblaues Reisekostüm, ihr rotes Haar war unter einem kleinen, aber kunstvollen Hut zusammengefasst. »Nash!« Sie beugte sich zu ihm herunter, um ihn auf die Wange zu küssen. »Ich wollte Tony bei dir treffen, aber Vernon sagte mir, dass ich ihn verpasst habe.«

»Er ist schon nach Whitehall zurückgefahren.« Nash wies zum Kamin. »Möchtest du dich zu mir setzen und mir Gesellschaft leisten, meine Liebe? Einen Sherry?«

»Oh nein, ich kann nur einen kurzen Moment bleiben.« Jenny lächelte und ließ sich auf der Sesselkante nieder. »Wie geht es dir, Nash?«

»Recht gut, danke«, sagte er. »Und dir? Ich dachte, du seist in Hampshire.«

»Ich komme soeben aus Brierwood«, sagte sie gut gelaunt. »Du solltest mal Phaedra sehen, Nash. Sie sieht mittlerweile ganz wie eine erwachsene Lady aus.«

»Ich habe sie zu Weihnachten gesehen«, erinnerte Nash sie. »Ja, Phaedra ist eine Schönheit geworden – aber eine kluge Schönheit, Gott sei Dank.«

Jenny sah ihn tadelnd an. »Das ist ja alles schön und gut, Nash, aber sie sollte auch klug genug sein, das zu verbergen. Die Männer wollen kein intelligentes, sondern ein junges und hübsches Mädchen heiraten.«

»Ich glaube nicht, dass das für alle Männer gilt, Jenny«, widersprach Nash.

Jenny blieb unbeirrbar. »Und die Brille muss weg«, fuhr sie fort. »Sie wirkt sich nicht im Mindesten vorteilhaft für sie aus. Du musst mit ihr reden, Nash. Edwina lässt sich von dem jungen Ding völlig einschüchtern.«

»Edwina verlässt sich auf Phae«, sagte Nash. »Daran kann ich nichts Falsches entdecken.«

Jenny zog einen Schmollmund. »Nun, ich werde Phaedra eines Tages nach Paris mitnehmen«, kündigte sie an, »und ihr einige passende Kleider machen lassen. Sie sieht entsetzlich farblos aus.«

»Dafür wäre ich dir zutiefst dankbar, Jenny«, sagte Nash. »Und selbstverständlich kannst du mir dann die Rechnungen schicken.«

Jennys herzliches Lächeln kehrte zurück. »Das werde ich«, sagte sie. »Mit Vergnügen. Danke, Nash.«

Nash klopfte nachdenklich auf die Lehne seines Sessels. »Das erinnert mich an etwas, Jenny«, sagte er. »Die Rechnungen für Edwinas Hausgesellschaft im nächsten Monat – du musst sie ebenfalls an mich schicken. Außerdem dachte ich, weil es ihr fünfzigster Geburtstag ist, sollte sie ein besonders schönes Geschenk bekommen. Ein Diadem vielleicht? Oder ein Brillantkollier? Tony wird wollen, dass du es aussuchst. Dein Geschmack ist, was diese Dinge anbetrifft, einfach unfehlbar.«

Jenny machte eine herablassende Handbewegung. »Gern, aber bis dahin ist ja noch Zeit. Ich werde mir etwas überlegen.« Sie war unruhig geworden.

»Nun«, sagte Nash und legte die Hände auf die Oberschenkel, als wollte er sich erheben. »Ich möchte dich nicht aufhalten. Ich bin sicher, du bist von der Reise erschöpft.«

Augenblicklich war Jenny aufgestanden. »Ein wenig, ja«, gab sie zu. »Es tut mir leid, dass ich dich belästigt habe.«

»Das hast du nicht«, sagte Nash und geleitete sie zur Tür. »Sollte ich Tony später bei *White's* treffen, soll ich ihm etwas ausrichten?«

Jenny lächelte wieder. »Sag ihm nur, dass ich zurück bin und einige Tage in London bleiben werde, das genügt.«

»Natürlich«, sagte er, während sie gemeinsam den Korridor hinuntergingen. »Ich bin sicher, er wird sofort nach Hause kommen.«

»Das muss er nicht«, sagte Jenny, während Vernon ihr den Mantel brachte. »Ich fahre nur nach Hause, um mich umzuziehen. Eine kleine Soiree in Bloomsbury steht noch auf dem Programm.« Sie stellte sich auf die Zehenspitzen und küsste ihn wieder auf die Wange. »Gute Nacht, Nash.«

»Gute Nacht, Jenny.«

Mit einem leichten Gefühl der Traurigkeit im Herzen sah Nash ihr nach, als sie die Stufen hinunterging. Jenny, fürchtete er, war nicht besonders zufrieden in ihrer Ehe – nicht dass sie sich viel Mühe in dieser Hinsicht gegeben hätte. Aber Nash gab die Schuld nicht ihr allein. Tony hatte dieses Debakel ausgelöst. Die Ehe war von Anfang an ein Fehler gewesen. Aber das waren schließlich die meisten Ehen, oder etwa nicht?

Vielleicht lässt sich daraus ja eine Lehre ziehen, dachte Nash, während Jennys Kutsche anfuhr und die Park Lane hinunterrollte. Aber hatte er eine solche Lehre nötig? Sicherlich nicht. Dieser Gedanke war schlichtweg lächerlich.

»Schließt die Tür, Vernon«, sagte er. »Und schickt mir Gibbons. Ich glaube, ich werde heute Abend doch ausgehen.«

Kapitel 4

Eine folgenreiche Unterredung am Berkeley Square

Knapp zwei Wochen nach dem Versprechen, das Xanthia ihrer Cousine Pamela gegeben hatte, stand sie in Kierans Arbeitszimmer und quälte sich durch eine weitere Flut von Einladungen. Bis jetzt hatten sie nur kleine, eher intime Gesellschaften besucht – abgesehen von einem schrecklichen Vorstoß bei *Almack's* –, aber jetzt hatte die Saison ihren Höhepunkt erreicht. Der zurückgezogen lebende Baron Rothewell und seine alter Jungfer von Schwester waren plötzlich zum beliebtesten Paar der Stadt avanciert – so hatte es jedenfalls den Anschein –, und Kieran war darüber alles andere als erbaut.

Heute hatte Xanthia ihr Büro einige Minuten früher als üblich verlassen und sich mit einem Ballen pinkfarbener Shantungseide gewissermaßen davongestohlen, der mit der *Maiden Fair* aus Shanghai eingetroffen war. Xanthia hatte den Stoff beim Löschen der Ladung entdeckt und nicht widerstehen können. Der Rosaton würde Pamela perfekt zu Gesicht stehen und ihr zudem, wäre er zu einem Morgenrock verarbeitet, in den kommenden Monaten der Einschränkung gute Dienste leisten. Als Xanthia die Seide in der Hanover Street präsentierte, zeigte sich ihre Cousine höchst entzückt über das Geschenk und dankte ihr einmal mehr dafür, dass sie sich um Louisa kümmerte.

Am Berkeley Square hingegen standen die Dinge nicht so erfreulich. Kieran befand sich in einer seiner abweisenden Stimmungen und trank wie gewöhnlich zu viel. Mit einer raschen

Handbewegung warf Xanthia den letzten Umschlag auf den »Unvermeidbar«-Stapel, als eine Kutsche am geöffneten Fenster vorbeifuhr. »Noch eine musikalische Soiree«, sagte Xanthia. »Ich weiß, dass du Derartiges verabscheust, aber die Gastgeberin ist Mrs. Fitzhugh, also wird es keine allzu aufwendige Veranstaltung werden.«

Ihr Bruder fluchte leise. »Wieder ein Abend mit irgendwelchen eingebildeten Laffen, die auf ihren Fideln herumkratzen wie ein Paar liebestoller Katzen«, schnarrte er. »Großer Gott, lieber würde ich mich erschießen.«

Mach mich nicht wütend, dachte Xanthia. »Ich habe dafür auch keine Zeit, Kieran«, sagte sie gereizt. »Ich habe jetzt schon das Gefühl, als würde ich Gareth die ganze Arbeit aufbürden, nur damit ich in Satin und Seide durch London ziehen kann. Ich finde kaum noch in den Schlaf, wenn ich daran denke, was alles unerledigt liegen bleibt. Und morgen ist Lady Henslows Picknick, das auch einen ganzen Tag in Anspruch nehmen wird.«

Ihr Bruder fuhr fort, finster vor sich hin zu brüten. In steinernes Schweigen gehüllt saß er da, während vor dem Haus ein Zeitungsjunge marktschreierisch die Schlagzeilen des Tages verkündete – seine schnell gerufenen Worte trieben in der Frühlingsbrise dahin, die über den Berkeley Square wehte. Ein eleganter schwarzer Einspänner fuhr am Fenster vorbei. Er wurde von einem grauen Pferd gezogen, dessen Hufe laut und scharf auf dem Straßenpflaster klapperten.

Als Kieran endlich etwas sagte, klang seine Stimme sanfter. »Vielleicht sollte ich mich doch nach Cheshire zurückziehen, Zee. Ohne meine Begleitung könntest du kaum Gesellschaften besuchen. Würde ich London verlassen, hättest du eine akzeptable Entschuldigung für dein Fernbleiben.«

Einen Augenblick lang erwog Xanthia diesen Gedanken

ernsthaft. »Aber was ist mit deinem Pächter?«, fragte sie. »Und was würde aus der armen Louisa werden? Nein, Kieran, es ist unsere Familienpflicht.«

Er brummte etwas Unverständliches und trank den letzten Schluck von seinem Brandy. »Familienpflicht, so ein Quatsch«, sagte er dann. »Wer, verdammt noch mal, hat denn etwas auf die Familienpflicht gegeben, als wir Kinder waren? Ich denke, es ist verdammt tragischer, die Eltern zu verlieren, als das gesellschaftliche Debüt von jemandem zu versäumen.«

Xanthia schwieg einen Moment. »Du hast natürlich recht«, sagte sie schließlich, »aber Pamela hatte damit nichts zu tun. Sie war damals auch noch ein Kind.«

»Und was ist mit Tante Olivia?«, fauchte er. »Sie könnte doch morgen auf ihrem Besenstiel herbeigeflogen kommen und sich selbst um das Gör kümmern. Aber Tante Olivia hat noch nie viel von Unbequemlichkeiten gehalten.«

»Sie ist Louisas Großmutter«, räumte Xanthia ein. »Und ja, ich stimme dir zu, sie *sollte* genau das tun. Aber wir beide wissen, dass es nie dazu kommen wird, Kieran. Außerdem ist sie alt, weshalb uns die Aufgabe zufällt. Wir müssen unsere Pflicht tun, auch wenn andere sie uns gegenüber gelegentlich versäumt haben. Davon abgesehen ist es nicht so, als hätte man uns hungern lassen. Unser Onkel hat immerhin Essen auf den Tisch gestellt und uns ein Dach über dem Kopf gegeben.«

Kieran sah sie mit einer alten Kränkung in seinem Blick an. »Ich kann nicht glauben, dass du so etwas sagst, Zee. Ausgerechnet du.«

Es gab zu diesem Thema nichts mehr zu sagen. Die langen Jahre auf Barbados waren Vergangenheit, und am besten beließ man sie auch genau dort. Xanthia wandte ihre Aufmerksamkeit wieder dem schwankenden Stapel von Einladungsschreiben zu.

»Hier ist eine für einen Ball am kommenden Dienstag«, sagte sie begütigend. »Es wird sicherlich ein Kartenzimmer geben, in das du dich zurückziehen kannst. Und Louisa wird ganz gewiss lieber tanzen als sitzen. Ich werde Mrs. Fitzhugh mit Bedauern absagen.«

Ihr Bruder schwieg, erhob sich und ging zum Sideboard, um sich Brandy nachzuschenken. Die Flasche klirrte leise auf dem Tablett mit dem hohen Rand, dann wurde die Tür geöffnet und Trammel, der Butler, trat herein. »Ich bitte um Entschuldigung, Mylord, aber zwei Gentlemen bitten darum, empfangen zu werden.«

Kieran wandte sich mit dem Glas in der Hand um. »Um diese Zeit?«

»Ganz recht, Sir. Vom Innenministerium.« Trammel hielt ihm ein kleines ovales Tablett entgegen, auf dem zwei Visitenkarten und ein Brief lagen, der mit rotem Wachs versiegelt war.

»Was denn, sie wollen *mir* einen Besuch abstatten?«

»Wie äußerst seltsam!«, wunderte sich Xanthia und legte die Einladungsschreiben zur Seite. »Was für eine Art Schreiben ist das da, Trammel?«

»Ein Empfehlungsschreiben von Lord Sharpe, nehme ich an«, erwiderte Trammel mit einer Art Seufzer. »Die Besucher sind ein gewisser Lord Vendenheim de – wie auch immer. Ich kann den Namen nicht aussprechen. Und ein Mr. Kemble, der wie ein französischer Geck aussieht – mit Verlaub gesagt, Sir.«

»Das klingt nach einem komischen Paar«, sagte Kieran.

Trammel entspannte sich. »Ich habe die beiden hinauf in den Salon geführt.«

Kieran zog eine Augenbraue hoch, während er den Brief öffnete. »Sharpe bittet mich, den Gentlemen einen Augenblick meiner Zeit zu schenken. In einer Angelegenheit bezüglich ... es geht um eine dringende Regierungsangelegenheit«, murmelte er. »Was bedeutet das, zum Teufel, Zee?«

Xanthia beugte sich in ihrem Sessel vor. »Ich habe keine Ahnung, was diese Männer von dir wollen könnten.«

Kieran schüttelte den Kopf. »Ich will verdammt sein, wenn ich mir einen Reim darauf machen kann«, bemerkte er, während seine Schwester sich erhob, um das Zimmer zu verlassen. »Sharpe drückt sich nur in einem Punkt deutlich aus. Er schreibt, ihr Besuch habe etwas mit dem Seehandel zu tun. Damit, dass etwas transportiert werden soll ... nach *Griechenland?* Zum Teufel! Was weiß denn ich von solchen Dingen?« Er machte Xanthia ein Zeichen, wieder Platz zu nehmen. »Du bleibst am besten hier, Zee.«

Langsam setzte Xanthia sich wieder.

»Führt die Gentlemen zu uns, Trammel«, bat Kieran den Butler, während er in seinem Schreibtischstuhl Platz nahm. »Ich bin nicht geneigt, mich allzu weit von meinem Brandy zu entfernen. Und ich wette mit dir, Zee, dass es wieder um eine sterbenslangweilige Sache geht.«

Doch Lord Rothewell wurde bald eines Besseren belehrt. Die beiden Besucher betraten das Zimmer mit einer unübersehbaren Zielstrebigkeit. Der größere der beiden, ein schlanker, recht finster dreinblickender Mann, ging voran und stellte sich als Vicomte de Vendenheim-Sélestat vor. Überraschender als sein ausländischer Name und seine exotische Erscheinung war allerdings sein Rang.

»Ich sollte Euch wissen lassen, dass ich – im weitesten Sinne des Wortes – dem Stab Mr. Peels im Innenministerium angehöre«, erklärte er, nachdem ihm Xanthia vorgestellt und eine Erfrischung angeboten worden war. »Dies ist mein Mitarbeiter, Mr. Kemble.«

Kieran wandte sich an den zweiten, geckenhafter aussehenden Gentleman. »Und Ihr seid ebenfalls für das Home Office tätig?«, fragte er, während er die dicke elfenbeinfarbene Visitenkarte des Mannes aus der Hand legte.

»Ich arbeite für jeden, der gewillt ist, mir einen angemessenen Preis zu zahlen«, entgegnete Mr. Kemble, der mit bestechender Anmut in einem Sessel neben Xanthia Platz genommen hatte. »Und im Moment ist es zufällig Mr. Peel.«

Lord de Vendenheim, der im gegenüberstehenden Sessel saß, schien ein gewisses Unbehagen zu überkommen. »Mr. Kemble ist – nun, er ist so etwas wie ein Experte auf einem Gebiet, das in letzter Zeit sowohl für den Innenminister als auch den Premier zu einem von großem Interesse geworden ist«, erklärte er.

Kieran sah gelangweilt aus. »Und worum, bitte, handelt es sich?«

Vendenheim sah grimmig aus. »Der Transport und die Einfuhr illegaler, unverzollter und – äh, üblicherweise verbotener Waren.«

»Du lieber Himmel!«, rief Xanthia aus. *»Schmuggel?«*

Kierans Gesichtszüge verspannten sich. »Hört mir zu, de Vendenheim – Neville's ist ein ehrliches Unternehmen«, fauchte er und schob sein Brandyglas so heftig auf dem Tisch herum, dass es das Holz zerkratzte. »Und meine Schwester ist von unanfechtbarem Charak-«

Mr. Kemble hob die Hand und unterbrach ihn. »Lord Rothewell, bitte!«, rief er, sein Gesicht eine Maske des Erschreckens. »Diese Schrammen! Auf Eurem Schreibtisch! Dieses fein gemaserte Mahagoni! Ich darf Euch bitten, das zu bedenken!«

Kieran blieb der Mund offen stehen.

»Auch ich darf Euch bitten«, ergriff Xanthia entschlossen

das Wort. »Worüber, bitte, reden wir hier? Doch gewiss nicht über Möbel?«

De Vendenheim sah Mr. Kemble wieder finster an. Zwischen den beiden Männern herrschte unübersehbar eine gewisse Spannung. »Miss Neville, Lord Sharpe hat darauf hingewiesen, dass das Unternehmen Eurer Familie in der einzigartigen Lage sein könnte, dem Innenministerium bei einer Nachforschung behilflich zu sein«, erklärte er. »Ihr seid Euch zweifellos bewusst, dass Sharpe den Vorsitz in Peels Sonderausschuss führt für –«

Jetzt hob Xanthia Einhalt gebietend die Hand. »Wir wissen natürlich, dass Sharpe dem Oberhaus angehört. Aber ich fürchte, darüber hinaus sind wir nur wenig mit der englischen Politik vertraut. Wir leben erst seit Kurzem hier.«

»Was Euch umso geeigneter sein lässt für Peels Absicht.« Als de Vendenheim seine schmalen Hände sorgsam ineinanderfaltete, blitzte ein Siegelring an einem Finger auf. »Darf ich Euch beide darum bitten, dieses Gespräch höchst vertraulich zu behandeln, wie auch immer Eure Entscheidung ausfällt?«

»Mir war gar nicht bewusst, dass eine Entscheidung getroffen werden muss«, sagte Kieran. »Aber wir sind Patrioten, um Himmels willen, wenn es das ist, worum es Euch geht.«

»In gewisser Weise, ja«, sagte de Vendenheim.

»Dann fahrt bitte fort«, sagte Kieran und machte eine ungeduldige Handbewegung. »Wir werden Euch bis zum Schluss zuhören.«

De Vendenheim und sein Begleiter tauschten einen Blick. »Könnten wir das Fenster schießen?«, bat der Vicomte.

Kieran kam der Bitte sofort nach.

»Ihr wisst von den herrschenden Schwierigkeiten zwischen Griechenland und der Türkei?«, fragte der Vicomte, nachdem Kieran wieder Platz genommen hatte.

»Barbados liegt nicht hinter dem Mond«, bemerkte Kieran trocken. »Ich weiß, dass die Griechen vor einigen Jahren gegen ihre türkischen Besatzer revoltiert haben und sich die Verhältnisse seitdem nicht wesentlich geändert haben. Aber unsere Reederei ist in keinem dieser Länder aktiv – oder, Xanthia?«

»Doch, wir laufen Konstantinopel an«, antwortete sie. »Und gelegentlich auch Athen, wenn das politische Klima es zulässt. Aber was hat das alles mit Neville Shipping zu tun?«

De Vendenheim beugte sich eindringlich vor. »Der Frieden, der der Türkei letztes Jahr von Canning aufgezwungen worden ist, hat sich als so gut wie wertlos erwiesen«, sagte er. »Wieder einmal wurden die griechischen Revolutionäre aufgefordert, sich zusammenzuschließen. Sie wollen Athen und Theben in einem kühnen Schlag einnehmen, und wir vermuten, dass Russland auf seine alten Tricks verfallen und versteckte Unterstützung anbieten wird.«

»Also wird es wieder eine offene Rebellion geben?«, fragte Xanthia.

»Genau das befürchtet Wellington«, bestätigte de Vendenheim. »Und um noch weiteres Öl in das schon schwelende Feuer zu gießen, sind kürzlich Pläne ans Licht gekommen, in denen es darum geht, in Amerika hergestellte Gewehre nach Griechenland zu schmuggeln – eintausend Carlow-Karabiner, eine der zielgenauesten und tödlichsten Waffen dieser Welt.«

Kieran stützte lässig einen Ellbogen auf den Schreibtisch. »Und das sollte gerade *uns* kümmern?«

»Euch mehr als die meisten anderen«, warnte de Vendenheim. »Das Machtgleichgewicht im Nahen Osten ist von Tag zu Tag stärker gefährdet, und zu allem Überfluss haben wir jetzt einen Verräter in unserer Mitte – einen Verräter, dessen Treiben nichts anderes zum Ziele hat, als die Griechen zu ermutigen weiterzukämpfen und eventuell die Russen zu überreden, sich in ihrem eigenen Interesse auch noch in das Getümmel zu stürzen.«

»Aber warum ist das ein Problem?« Xanthia klopfte mit einem Finger nachdenklich auf die Lehne ihres Sessels. »Hegt England denn keine Sympathien für die Griechen?«

De Vendenheim runzelte die Stirn. »Das ist ein beliebtes Vorurteil, Miss Neville«, sagte er grimmig. »Und dann ist da noch die wirtschaftliche und die politische Realität. England kann sich schwerlich ein expandierendes Russland leisten, und Russland will in Wirklichkeit nicht Griechenland helfen, sondern die Kontrolle über den Bosporus und die Dardanellen gewinnen, um unsere Handelsrouten im Mittelmeer bedrohen zu können.«

Kieran runzelte die Stirn. »Aber sind die Russen nicht unsere Verbündeten?«

De Vendenheim zuckte mit den Schultern. »Angeblich, vielleicht. Aber in der Realität hat der Fall von Konstantinopel den Weg für die russische Expansion im Osten geöffnet. Letztendlich könnte vielleicht sogar Indien gefährdet sein. In Anbetracht der Natur Eures Familienunternehmens, Lord Rothewell, könnt Ihr gewiss die Bedeutung einer solchen Seeblockade verstehen?«

Kieran konnte das vielleicht nicht, aber Xanthia begriff mit verstörender Klarheit. Ein Krieg im Mittelmeer könnte sich als ein zerstörender wirtschaftlicher Schlag für Neville Shipping erweisen.

»Es dürfte nur eine Frage der Zeit sein, bis in ganz Europa erneut ein Konflikt ausbricht«, fügte Mr. Kemble hinzu. »Der Kontinent kann einen solchen Aufruhr in kurzer Zeit nicht noch einmal verkraften – weder politisch noch wirtschaftlich.«

»Das weiß ich aus erster Hand«, sagte de Vendenheim mit

Nachdruck. »Und das ist auch der Grund, warum Englands besonderes Interesse darin besteht, die Türkei zu unterstützen, selbst wenn die Sympathien der meisten Engländer allgemein bei den Griechen liegen.«

»Nun, für diesen Unsinn dürft Ihr Euch bei Lord Byron bedanken«, sagte Mr. Kemble mit einem einfältigen Lächeln. »Fügt einfach eine lächerliche Kopfbedeckung und missratene Dichtkunst zusammen, rührt ein gerüttelt Maß politische Intrige und eine Prise von frühzeitigem Tod hinzu – und *voilà!* Ein *cause célèbre!*«

»Sein Handeln war tatsächlich nicht gerade hilfreich«, räumte de Vendenheim ein, »aber lasst uns nicht schlecht über die Toten reden.«

Kieran spielte mit dem Wachsspender auf seinem Schreibtisch. »Ich verstehe nur eines nicht«, sagte er, als spräche er mit sich selbst. »Warum macht sich das Home Office so große Sorgen über den Krieg einer ausländischen Nation?«

De Vendenheim richtete sich in seinem Sessel auf. »Eine exzellente Frage«, sagte er. »Wegen jenen illegalen Waffen. Und wegen einer Verschwörung, die vor Kurzem hier in England aufgedeckt wurde, was die Annahme zulässt, dass noch weitere solcher Schiffstransporte geplant sind. Das Geld wird über diplomatische Kanäle in London gewaschen – wir vermuten von den Franzosen, obgleich das keinen Sinn machen würde. Sicher sind wir jedenfalls, dass eine sehr große Menge an Geschützen den Hafen von Boston verlassen hat und vielleicht auf direktem Weg nach Athen ist oder – was wahrscheinlicher ist – über irgendeinen obskuren Hafen in Osteuropa.«

»Eine interessante Theorie«, sagte Xanthia nachdenklich. »Es gibt dort einige Häfen, die man nutzen könnte, um Konterbande unentdeckt dorthin zu bringen. Was hatte das Schiff, das abgefangen wurde, geladen, Mylord? Die Frage stellt sich mir wegen des Tiefgangs des Schiffes. Der könnte ein Anhaltspunkt für uns dafür sein, welche Häfen am unauffälligsten genutzt werden könnten.«

De Vendenheim sah verlegen aus. »Solche technischen Details entziehen sich meiner Kenntnis, Ma'am.«

»Aber es könnte wichtig sein«, sagte Xanthia, deren Interesse jetzt geweckt war.

De Vendenheim räusperte sich. »Zweifellos«, pflichtete er ihr bei. »Ich werde mich bemühen, die Details für Euch herauszufinden, Miss Neville. Auf jeden Fall hat der Minister Grund zur Vermutung, dass der Täter ein Engländer ist, der aus Profitgründen Waffen schmuggelt – und vielleicht auch aus persönlichen Motiven. Aber die Motive sind unwichtig, denn nach dem britischen Gesetz ist er so oder so ein Verräter.«

»Und was wird mit ihm geschehen, wenn er gefasst wird?«, fragte Xanthia.

»Man wird ihn hängen«, sagte de Vendenheim.

»Und das sehr langsam«, fügte Kemble ein wenig zu heiter hinzu.

»Du liebe Güte«, sagte Kieran. »Was für ein schmutziges Geschäft.«

De Vendenheim sah Kieran unter bewusst niedergeschlagenen Augenlidern hervor an. »Aus diesem Grund würden wir auch Verständnis dafür haben, wenn Ihr nicht Teil dieser ganzen Sache sein wolltet, Lord Rothewell«, sagte er. »Sie ist schmutzig und gefährlich. Aber nachdem wir mit Sharpe gesprochen und von Eurer einzigartigen Situation gehört haben – nun, die Versuchung, sofort hierherzukommen, war einfach zu stark.«

»Aber warum diese Eile?«, fragte Xanthia. »Was ist passiert?«

Wieder tauschten de Vendenheim und Mr. Kemble einen Blick. »Vorgestern Nacht ist in einem Dorfgasthaus südlich von Basingstoke ein Mann mit durchschnittener Kehle aufgefunden worden«, sagte de Vendenheim.

»Von einem Ohr zum anderen«, erläuterte Mr. Kemble und fuhr sich dabei anschaulich mit dem Finger quer über seinen Hals.

»Großer Gott!« Xanthia erzitterte.

»Der Mörder hat nach etwas gesucht«, fuhr Kemble fort. »Etwas, das er aber nicht gefunden hat, denn es war in das Mantelfutter des Opfers eingenäht. Agenten des Home Office haben Dokumente sichergestellt, die vieles von dem belegen, was wir Euch gerade berichtet haben – oder die es Peel zumindest erlauben, es daraus abzuleiten.«

»Das meiste davon war in einem Code verfasst«, ergänzte de Vendenheim. »Experten der Regierung arbeiten jetzt noch, da wir darüber sprechen, an der Dechiffrierung. Auf jeden Fall wurde der ermordete Kurier ganz in der Nähe des Landsitzes eines Adligen von doch eher berüchtigtem Ruf gefunden; eines Gentleman, der nicht ohne Macht und Einfluss ist und viele Kontakte nach Osteuropa und Russland unterhält. Es ist nicht das erste Mal, dass wir mit solchen Zufällen zu tun haben, doch Peel wagt noch nicht, den Mann offen zu überprüfen.«

»Warum nicht?«, fragte Kieran direkt. »Was ist schon ein weiterer verdammter Adliger in diesem Land. England scheint doch von ihnen geradezu überschwemmt zu werden.«

De Vendenheims Augen blitzten ärgerlich auf. »In diesem Fall hat der Betreffende einen Familienangehörigen, der eine exponierte Stellung im Unterhaus bekleidet und innerhalb seiner Partei immer mehr an Einfluss gewinnt«, antwortete er. »Die Familie lebt eher zurückgezogen. Peel kann nicht einfach öffentlich machen, dass dieser Mann ein Verräter ist, weder durch Worte noch durch Handeln – und ganz gewiss kann er das nicht ohne einen unwiderlegbaren Beweis. Sollte Peel sich irren – und ich sage *sollte* –, so würde auf allen Seiten viel Schaden angerichtet werden.«

Kieran schien kein Mitleid zu empfinden. »Auf Barbados würden wir ihn kurzerhand aufknüpfen.«

Xanthia warf Kieran einen missbilligenden Blick zu, ehe sie sich an de Vendenheim wandte. »Der Mann ist auch vermögend, nehme ich an?«

»Sein Marquessat ist ein überaus reiches«, räumte der Vicomte ein. »Er hat das Familienvermögen um ein Vielfaches vergrößert, vorgeblich durch hohe Gewinne beim Spiel. Man sagt, dass er am Spieltisch Nerven wie Drahtseile hat und jeden Zug seines Gegners voraussehen kann. Andererseits könnte er sein Nest ebenso gut durch Schmuggel und illegalen Waffenhandel ausgepolstert haben. Wer kann das schon mit Sicherheit sagen?«

Mr. Kemble machte eine ungeduldige Handbewegung. »Du wirst ihn mit Namen nennen müssen, Max, wenn wir dieses Gespräch fortsetzen wollen«, mahnte er.

De Vendenheim zögerte und sah Kieran direkt an. »Habe ich Euer Wort als Gentleman, dass weder Ihr noch Eure Schwester mit diesem Namen an die Öffentlichkeit gehen werdet?«

»Wem sollten wir ihn denn enthüllen?«, stellte Kieran die Gegenfrage. »Wir kennen kaum jemanden. Aber da mein Cousin Sharpe Euch hergeschickt hat, habt Ihr selbstverständlich unser Wort darauf.«

De Vendenheim hielt inne, um über die Antwort nachzudenken. »Der Name des Mannes ist Stefan Mihailo Northampton«, sagte er dann. »Genannt wird er Nash. Der Marquess of Nash.«

Xanthia unterdrückte ein Keuchen. Kieran stellte den Wachsspender zurück auf den Schreibtisch und sah seine Schwester bedeutungsvoll an. »Lord Dunkel und Geheimnisvoll«, murmelte er.

»Ich bitte um Entschuldigung?«, sagte de Vendenheim.

»Ein kleiner Scherz zwischen uns«, erwiderte Kieran und wandte den Blick ab. »Wir kennen ihn flüchtig. Er ... er war auf Sharpes Ball.«

»Ja, Sharpe hatte ihn nicht ohne Grund eingeladen«, räumte der Vicomte ein. »Er will ein Auge auf den Burschen haben.«

Kieran betrachtete seine Besucher. »Nash ist ein beeindruckender Mann, obwohl er für mich eine Spur zu anmaßend ist. Was wisst Ihr über ihn?«

»Sein Hintergrund ist ungewöhnlich«, sagte der Vicomte. »Er wurde in Montenegro geboren und entstammt einer alten und adligen Familie, in deren Adern zu einem nicht geringen Anteil russisches Blut fließ.«

»Montenegro?«, wiederholte Kieran.

»Der *Schwarze Berg*«, murmelte Xanthia. »Ein schroffer Felsenort zwischen der Adria und den südlichen Karpaten.«

»Kennt Ihr Euch dort aus, Miss Neville?«, fragte Mr. Kemble.

»Nicht gut. Aber ich weiß, dass die Bucht von Kotor die größte der Adria ist – eine Art Fjord, der sehr tief ins Land hineinreicht und äußerst versteckt liegt.«

»Ja, ein Faktum, das auch uns nicht entgangen ist«, sagte Mr. Kemble.

»Das Land war einst bekannt als das Fürstentum Zeta«, erläuterte der Vicomte weiter. »Der Besitz von Nashs Familie befand sich in Danilovgrad – so wie noch immer, nehme ich an. Sein Großvater mütterlicherseits war ein Militärführer von hervorragendem Ruf, der aufseiten Vladika Petars I. kämpfte und geholfen hat, die Türken bei Martinici zu schlagen. Unter den Adligen der Region gilt die Familie sowohl als mächtig als auch als reich – und als mehr als nur ein wenig gefährlich.«

»Gefährlich?«, sagte Kieran. »In welcher Hinsicht?«

»Die Region dort hat eine gewaltvolle Geschichte. Zwischen den Clans herrscht eine tiefe Verbundenheit, die für uns oft nicht zu begreifen ist«, sagte der Vicomte. »Die Familie unterhält enge Beziehungen zu Russland und hegt keinerlei Sympathien für die Türken.«

»Aber steht Lord Nash diesem Zweig der Familie nahe?«, fragte Xanthia ganz direkt.

De Vendenheim zuckte mit den Schultern. »Eine Zeit lang wurde angenommen, dass dies nicht der Fall ist«, räumte er ein. »Aber da nun die Verwicklung Osteuropas in diesen schmutzigen kleinen Krieg droht, können wir uns keine Fehleinschätzungen leisten.«

»Zurzeit hofft Wellington lediglich, das Schlimmste verhindern zu können«, erklärte Mr. Kemble. »Wie Ihr leicht schlussfolgern können, ist das Letzte, was England nun gebrauchen kann, ein Waffenschmuggler in jener Region, dessen Sympathien unbekannt sind.«

»Das alles klingt recht kompliziert«, sagte Xanthia. »Aber auch uns ist Lord Nashs leichter Akzent aufgefallen.«

Mr. Kemble sah sie seltsam an. »Was wisst Ihr über ihn?«

»Wie mein Bruder schon sagte, bin ich ihm auf Sharpes Ball begegnet«, entgegnete sie. »Sein Auftreten war recht dramatisch. Und seine dunklen Augen ... nun ja, sehr exotisch.«

»Und doch ist sein Vater ein Engländer wie der Eure oder meiner«, sagte Mr. Kemble. »Der Vater war der zweitgeborene Sohn – ein auffallend gut aussehender Mann, nach allem, was man hört –, der seine Frau während seiner Kavaliersreise in Prag kennenlernte. Als Familie reisten sie durch Europa und

Russland, bis Nash ungefähr zwölf Jahre alt war und der Titel höchst unerwartet an seinen Vater fiel.«

Kieran stützte einen Ellbogen auf die Sessellehne und machte eine vage Handbewegung. »Und Ihr wünscht von uns, dass wir ... was genau tun? An seine Tür klopfen und ihm anbieten, seine Munition nach Kotor zu transportieren? Verdammt plump, würde ich meinen.«

»Großer Gott, nein«, wehrte de Vendenheim ab. »Macht einfach nur seine Bekanntschaft, Lord Rothewell. Und lasst ihn wissen, immer ganz vage, dass Eure Moralvorstellungen ... nun ja, flexibel sind.«

»Das wäre noch nicht einmal etwas Neues«, murmelte Kieran.

»Und dass Ihr seit vier Monaten in England seid«, sagte Mr. Kemble. »Spielt auf Eure Vergangenheit als Kolonialist an. Beklagt Euch über den König und dessen Steuerpolitik. Fordert, dass Barbados sich von Amerika trennen sollte. Nash wird es kaum seltsam finden, wenn Ihr wenig Ergebenheit für die Krone hegt.«

Kieran starrte nachdenklich vor sich hin, während er mit einer Fingerspitze auf seinen Schreibtisch klopfte. »Das werde ich nicht tun«, sagte er schließlich und fast wie zu sich selbst. »Nash kann zu leicht feststellen, dass ich mit Neville Shipping nicht wirklich etwas zu tun habe. Ich kann stolz von mir behaupten, dass ich die Häfen Europas nicht einmal mit einem Vorschlaghammer auf einer Landkarte treffen würde.«

De Vendenheim und Kemble sahen ihn bestürzt an.

Xanthia richtete sich steif in ihrem Sessel auf. »Ich werde es tun«, sagte sie abrupt.

Die Blicke der drei Männer wandten sich ihr gleichzeitig zu. »Wie bitte?«, fragte der Vicomte. »Ihr werdet was tun?«

Sie brachte einen Ausdruck kühler Sachlichkeit zustande.

»Ich werde Lord Nashs Bekanntschaft suchen«, sagte sie. »Ich weiß über dieses Geschäft sehr viel mehr als mein Bruder.«

Kieran nickte. »Bedauerlich, aber wahr«, gab er zu. »Ich bin nicht sicher, was der arme Sharpe für eine Vorstellung hat, aber ich bin nur der Bauer in der Familie. Es ist Xanthia, die unsere kleine Welt aus Wald und Wasser hegt, und sie wird alles dafür tun, ihre geschäftlichen Interessen zu schützen, sollten sie bedroht sein.«

Nachdem sich ihre anfängliche Verwirrung gelegt hatte, sahen die beiden Gentlemen nicht mehr sonderlich ungläubig aus. »Ich verstehe«, sagte de Vendenheim. »Der Umstand verkompliziert die Angelegenheit allerdings.«

»Oder vielleicht auch nicht«, murmelte Mr. Kemble. »Genau genommen erleichtert er das Ganze.«

Kieran runzelte die Stirn. »Ich halte es für unklug, dass Xanthia sich mit diesem Nash abgibt. Am besten sucht Ihr Euch einen anderen Köder für Euren Angelhaken, Gentlemen.«

»Ach, komm schon, Kieran!«, rief Xanthia. »Lord Nash kann kaum widerwärtiger sein als die Seeleute und Halunken, mit denen ich tagtäglich zu tun habe. Und Mr. Lloyd, unser Geschäftsagent, wird mir helfen.« Sie wandte sich an Mr. Kemble und den Vicomte. »Außerdem habe ich bereits die Bekanntschaft des Gentleman gemacht.«

Bei diesen Worten zog Kieran eine seiner dunklen, arrogant geschwungenen Augenbrauen hoch. »Ja, und das sehr gründlich, fange ich an zu denken«, murmelte er. »Also schlägst du jetzt vor, eine tiefere Bekanntschaft mit ihm einzugehen?«

Xanthia lächelte kühl. »Er war nicht ganz unempfänglich für meinen Charme, Kieran. Und wenn Nash mir auch kaum wie ein Verräter vorkommt, jede Bedrohung von Englands Handelsrouten – genauer gesagt, *unserer* Handelsrouten – darf nicht toleriert werden. Jemand muss die Wahrheit dieses Geschäfts ans Licht bringen, und das schnell.«

De Vendenheim sah sowohl verblüfft als auch hoffnungsvoll aus. »Bei allem Respekt, Miss Neville, Lord Nash ist nicht die Art von – nun, er ist kein Gentleman, mit dem man –«

»Man hält ihn nicht für sehr freundlich, Miss Neville«, warf Mr. Kemble ein. »Unverheirateten Damen scheint es nicht gerade ratsam, seine Bekanntschaft zu machen.«

Xanthia betrachtete ihn skeptisch. »Ich muss wohl ein Dutzend Mütter gesehen haben, die ihre Töchter auf Lord Sharpes Ball in Nashs Richtung geschoben haben«, sagte sie tadelnd. »Ich denke nicht, dass es sie sehr entmutigen wird, wenn er ein oder zwei Worte mit einer überzeugten alten Jungfer wechselt. Gentlemen, ich schlage Euch vor, diese Sache in meine Hände zu legen. Ich werde weder meinen Kopf noch meinen guten Namen oder mein Geschäft riskieren, dessen könnt Ihr Euch sicher sein.«

»Vor allem nicht Letzteres«, bemerkte Kieran trocken.

»Aber, Miss Neville«, protestierte de Vendenheim. »Ihr Ruf –«

»Nein, meine Handelsrouten«, unterbrach sie ihn.

»Er könnte mehr über dich erfahren, als du wünschst, Zee«, warnte ihr Bruder.

»Lord Nash ist kaum die Sorte Mann, die tratscht«, sagte Xanthia.

»Und was ist, wenn Nash eines Tages bei Neville Shipping auftaucht?«, brummte de Vendenheim. »Was dann? Ist Euer Mr. Lloyd immer anwesend?«

»Nein, er ist oft in den Lagerhäusern oder auf den Docks unterwegs«, gab Xanthia zu. »Es ist seine Aufgabe, die Fahrten zu überwachen und die Kosten abzurechnen. Aber das Kontor ist voller Angestellter.«

Lord de Vendenheim sah Kieran an, der leicht den Mund verzog. »Sie ist dickköpfig«, sagte er sachlich. »Aber weit davon entfernt, dumm zu sein.«

Mr. Kemble lächelte ein träges, schalkhaftes Lächeln. »Ich sage, lass es sie machen, alter Bursche«, wandte er sich de Vendenheim zu. »Du kennst den alten Spruch, dass Frauen das schwächere Geschlecht sind? Nun, dieser Spruch ist eine verdammte Lüge.«

»Dann werde ich es dir überlassen, alles dem Premierminister zu erklären«, schnappte der Vicomte.

»Denk daran, alter Freund, dass es nur zwei Dinge gibt, denen Nash nicht widerstehen kann«, warnte Kemble. »Einem gut gemischten Stapel Spielkarten und einer schönen Frau.«

»Bisher habe ich noch nicht gehört, dass man ihn angeklagt hätte, unverheiratete Damen zu verführen«, konterte de Vendenheim.

Xanthia erkannte, dass de Vendenheim nicht ganz unrecht hatte. Sie wünschte, sie hätte vorausgedacht und einen passenden toten Ehemann erfunden, ehe sie an Allerheiligen von Bord der *Merry Widow* gegangen war. Ihr neues Leben in London wäre weitaus einfacher gewesen – in mancherlei Hinsicht.

In diesem Moment schob Kieran seinen Stuhl zurück. »Gentlemen, wir werden Euch helfen, soweit es in unserer Macht steht, aber ich werde es meiner Schwester nicht erlauben, ihre Sicherheit aufs Spiel zu setzen. Ist das klar?«

Das war es, doch auch nach einigen Augenblicken der Debatte hatten die drei Männer keine Übereinstimmung darüber erzielen können, wie am besten vorgegangen werden sollte. De Vendenheim war sichtlich unbehaglich zumute, und er tat seine Absicht kund, den Plan mit Mr. Peel zu diskutieren, während Mr. Kemble bereits abwog, wie man Xanthias Sicherheit am besten gewährleisten konnte. Als sie sich verabschiedeten, waren alle übereingekommen, dass der Vicomte Kieran und Xanthia in zwei Tagen erneut aufsuchen würde, um sie über neue Entwicklungen zu unterrichten.

Mr. Kemble beugte sich tief über Xanthias Hand, bevor er ging. »Kobaltblau, meine Liebe, ist Eure Farbe«, sagte er nachdenklich, während sein bedächtiger, abschätzender Blick über sie glitt. »Unterstrichen von Eisblau, passend zu Euren Augen. Aus zuverlässiger Quelle weiß ich, dass Blau auch Nashs Lieblingsfarbe ist.«

Xanthia lächelte. »Nun, und wir wollen doch nicht, dass Lord Nash enttäuscht wird, nicht wahr?«

»Nein, das wollen wir ganz gewiss nicht.« Mit diesen Worten verbeugte sich Mr. Kemble erneut und verschwand in den schattigen Tiefen des Korridors.

»Kem«, sagte de Vendenheim, sobald sich die Tür hinter ihnen geschlossen hatte. »Wie würde es dir gefallen, Expedient in einer Reederei zu sein?«

»Ganz und gar nicht!« Mit hochgereckter Nase ging Kemble die Stufen von Lord Rothewells Haus hinunter. »Es muss die reinste Plackerei sein. Warum fragst du?«

De Vendenheim schlug einen forschen Schritt in Richtung Whitehall an, wobei er Kem mehr oder weniger mit sich zog. »Nun, die Lage ist die, alter Freund«, sagte er, »du warst der brillante Kopf, der den Vorschlag unterstützt hat, dass Miss Neville uns hilft. Doch ich kann dir jetzt schon sagen, dass Peel uns nicht einfach so durch London laufen lassen wird – mit *ihr* als Köder. Es sei denn, sie wird sorgsam bewacht.«

Kemble blieb abrupt stehen, was einen Fußgänger dazu zwang, erbost vom Bürgersteig auf die Straße auszuweichen, um nicht mit ihm zu kollidieren. »Oh nein, Max«, sagte er. »Nein, nein, nein. Ich bin Geschäftsmann – und ein verdammt beschäftigter noch dazu. Denk nicht einmal daran. Ich war einverstanden, dich bei einigen diskreten Nachforschungen zu unterstützen und ein wenig zu hinterfragen, aber mehr nicht.«

»Nun«, meinte der Vicomte zweideutig, »wir werden ja sehen, wie sich alles entwickeln wird.«

»Oh, ich kann dir sagen, *mon ami*, wie es sich entwickeln wird – ich werde in mein Geschäft am Strand gehen, zu einem Glas Quinta do Noval Jahrgang '18 und einer sehr teuren Zigarre, und du wirst nach Hause zu deiner geplagten Ehefrau und den sabbernden Zwillingen zurückkehren.«

»Um Himmels willen, Kem.« Der Vicomte ging weiter. »Kinder sabbern nun einmal, wenn sie Zähne bekommen. Ihre Spucke ist nicht giftig.«

»Sag das lieber meinem besten blauen Morgenrock«, erwiderte Kemble mit einem Schnauben. »Maurice war außer sich, Max, als er das Malheur gesehen hat! Einfach außer sich!«

»Eine weitere deiner vielfältigen Cheltenham-Tragödien«, knurrte de Vendenheim. »Aber um ein anderes Thema aufzugreifen, Kem, war das nicht ein Landschaftsbild von van Ruisdal, das ich gestern in deinem Hinterstübchen gesehen habe, das gereinigt wurde? So ein schönes Stück. Diese flockigen weißen Wolken über der Windmühle. Und die Bäume, die fast an Turner erinnern. Es ist ein van Ruisdal, richtig?«

Kemble sah seinen Begleiter wachsam von der Seite an. »Du hast ein gutes Auge, Max.«

»Nicht wahr?« De Vendenheim lächelte und verschränkte die Arme auf dem Rücken, während er weiterging. »Und ich habe auch eine Liste von gestohlenem Eigentum aus einem Kunstraub, der sich vor sechs Monaten in Brügge zugetragen hat. Der geschädigte Gentleman ist ein ausgesprochener Sammler von van Ruisdals. Leider ist bisher kein einziges Gemälde wieder aufgetaucht.«

»Wie unglaublich schrecklich für ihn«, sagte Kemble.

Plötzlich blieb der Vicomte erneut abrupt stehen. »Kem, alter Bursche, ich habe eine glänzende Idee!«, sagte er. »Warum schreiben wir dem bedauernswerten Mann nicht einen Brief und berichten ihm von deinem Bild? Er wäre zweifellos interessiert und würde bestimmt gleich mit der nächsten Fähre aus Oostende kommen, um es sich anzusehen.«

Kembles Augen blitzten vor Zorn. »Sei verdammt, Max.«

De Vendenheim presste die Fingerspitzen auf seine Brust. »*Ich?* Aber warum denn?«

Kemble schwieg einen Moment. »Ich kann meinen Laden nicht schließen, Max«, sagte er schließlich. »Und Miss Neville arbeitet wahrscheinlich in Wapping. Bestimmt direkt am Fluss. *Quelles horreurs!* Der Lärm. Und der Gestank. Ich könnte es nicht ertragen.«

»Aber die Themse ist nun mal der Ort, an dem man auf Schmuggler stößt«, sagte der Vicomte ruhig. »Außerdem ist dein Angestellter Jean-Claude absolut fähig, das Geschäft allein zu führen. Maurice kann ein Auge auf ihn haben.«

Kemble gab ein letztes wütendes Schnauben von sich, bevor er sich notgedrungen fügte. »Aber nur als ihr Innenarchitekt«, sagte er. »Nicht als Büroangestellter.«

»Innenarchitekt?« Max stemmte die Hände in die Hüften. »Ich weiß nicht einmal, was genau das ist, Kem, aber ich bin mir ziemlich sicher, dass ein Kontor in Wapping keinen braucht.«

»Wahrscheinlich erfordert es sogar ziemlich dringend einen«, gab Kemble zurück. »Aber gut, dann werde ich eben ... ihr Privatsekretär! Ihre rechte Hand sozusagen. Dann wird es auch absolut logisch sein, wenn man mich sowohl bei ihr zu Hause als auch im Kontor antrifft.«

Der Art von Logik hatte der Vicomte nichts entgegenzusetzen. »Das ist wirklich ein famoser Einfall«, sagte er nachdenklich. »Ungewöhnlich, in der Tat, aber schließlich ist sie auch eine ungewöhnliche Frau.«

»Allerdings kann ich das nicht länger als zwei Wochen machen, Max«, warnte Kemble. »Und du wirst für alle Unkosten aufkommen.«

»In Ordnung, aber dann verlange ich auch, dass du in jedem möglichen Augenblick bei ihr bist«, sagte der Vicomte warnend. »Und, Kem?«

»Was?«

De Vendenheim zögerte nur einen Herzschlag lang. »Wenn Nash ihr Ärger macht – wenn ihr irgendeine unmittelbare Gefahr drohen sollte –, dann töte ihn.«

»Und wie?«, fragte Kemble sachlich.

»Brich ihm das Genick«, schlug der Vicomte vor. »Dann stoß ihn die Treppe hinunter und sag, er sei gefallen.«

»Nun, Stolperer und Stürze sind in der Tat eine Hauptunfallursache«, murmelte Kemble zustimmend.

De Vendenheims Aufmerksamkeit war jetzt auf etwas ein Stück die Straße hinunter gerichtet. »Siehst du dort die Pferdedroschke, die in den Haymarket abbiegt, Kem?«, fragte er. »Wenn wir uns beeilen, können wir sie noch einholen.«

»Aber warum?«, fragte Kemble. »Bis zum Strand kann ich zu Fuß gehen.«

»Du wirst gleich nach Wapping fahren«, entschied der Vicomte. »Und davor werden wir der Polizei noch einen Besuch abstatten. Lass uns schauen, was die *Thames Division* über Waffenschmuggel weiß. Und anschließend, nun, ich denke, anschließend werden wir die Räumlichkeiten von Neville Shipping unter die Lupe nehmen. Es ist an der Zeit, dass du dich mit den örtlichen Gegebenheiten vertraut machst, Kem – und mit dem Fluss, wenn wir schon dabei sind.«

Nachdem die unerwarteten Besucher sich verabschiedet hatten, ging Xanthia sofort auf ihr Zimmer, um nachzudenken. Sie war so versunken in ihre Überlegungen, dass sie es versäumte, trotz der anbrechenden Dämmerung eine Lampe anzuzünden. Vage wurde sie sich bewusst, dass die Zeit des Dinners sich näherte und Kieran zweifellos über den Besuch würde reden wollen – sie vielleicht sogar für ihre Unverfrorenheit tadeln wollen würde. Doch Xanthia wollte sich zuvor darüber im Klaren sein, was sie veranlasst hatte, de Vendenheim und Mr. Kemble ein so kühnes, aber schlecht durchdachtes Angebot zu machen.

Sie hatte de Vendenheim helfen wollen. Im Nachhinein war sie schockiert darüber, dass er ihr Angebot nicht sofort abgelehnt hatte. Vielleicht war es ja ein Maßstab für seine Verzweiflung, dass er es nicht getan hatte. Es war ein sehr ernster Verdacht, der da gegen Lord Nash geäußert worden war – und auch ein ausgesprochen schrecklicher, wenn man bedachte, dass ein Mann ermordet worden war. Xanthia sah Mr. Kemble vor sich, wie er auf so makabre Art mit dem Finger über seine Kehle gefahren war. Das Bild machte es ihr unmöglich, die Anschuldigungen de Vendenheims aus ihren Gedanken zu verbannen.

Konnte Nash ein Verräter sein? Gewiss, er strahlte Reichtum und Macht aus, und er besaß das Charisma eines Mannes, der üblicherweise bekam, was er wollte. Seine Persönlichkeit vereinte eine unverkennbare Gegensätzlichkeit; eine seltsame Mischung aus Schatten und Licht, die beunruhigend war. Xanthia war sich fast sicher, dass der Mann skrupellos sein konnte, sollte es die Situation erfordern. Aber Waffenschmuggel? War er dessen fähig?

Xanthia starrte wie blind in die sich herabsenkende Dunkelheit und kam zu der Überzeugung, dass die Antwort Ja lauten musste. Aber *hatte* er es auch getan? Das war in der Tat eine ganz andere Frage. Würde Nash die Krone verraten, um seine anderweitigen Interessen zu schützen? Oder war Geld sein Motiv? Es war eine wirklich komplizierte Frage.

Xanthia wusste, was sie glauben wollte. Das Beste von ihm – was dumm war, wenn man bedachte, dass sie den Mann kaum kannte. De Vendenheims Anschuldigungen hatten bei ihr das unerklärliche Gefühl ausgelöst, von Lord Nash getäuscht worden zu sein. Wie konnte er … was sein? *Nicht* ihr Ritter in schimmernder Rüstung.

Aber das war lächerlich! Falls Nash eine Rüstung besaß, bestünde sie aus einem Kettenhemd und wäre von metallischem Schwarz. Xanthia schaute an sich hinunter und bemerkte, dass sie angefangen hatte ihr Taschentuch zu verknoten. Verdammt, sie wollte es wissen! Sie musste die Wahrheit über Lord Nashs Charakter erfahren – ein erschreckender Entschluss, wenn man die Folgen eines solch dringenden Wunsches bedachte. Ihr Versprechen de Vendenheim gegenüber hatte wenig mit Patriotismus oder Pflichtbewusstsein zu tun, aber alles mit reiner weiblicher Neugier. Darin lag die Gefahr. Aber Xanthia wusste bereits, dass niemand mehr sie von ihrem Vorhaben würde abbringen können. Auf die eine oder andere Weise wollte sie die Wahrheit über Lord Nash wissen.

Ein leises Geräusch holte sie in die Gegenwart zurück. Sie schaute auf und sah die Silhouette eines der Hausmädchen in der Tür. »Soll ich Eure Lampe anzünden, Miss?«, fragte es. »Es ist fast Zeit für das Dinner.«

Xanthia legte ihr zerknülltes Taschentuch aus der Hand. »Ein wenig Licht wäre gut, ja.«

Kapitel 5

Ein schockierender Vorschlag in Richmond

Lord und Lady Henslow waren selbst in der besseren Gesellschaft ein bedeutendes Paar und wurden vielfach um das Gartenfest beneidet, das sie in jeder Saison auf ihrem Besitz in Richmond gaben. Auch heute sah alles nach einem weiteren großen Erfolg aus, denn die Gäste, die das Buffet umlagerten, waren bereits voller Erwartung. Der französische Koch Ihrer Ladyschaft hatte es – wie auch immer – geschafft, ein Schwein von der Größe eines Bierfasses zu rösten, und war gerade damit beschäftigt, das Tier *al fresco* mit raschen, anmutigen Bewegungen seiner Küchenmesser zu zerlegen.

Als eines der Messer unerwartet auf einen Knochen traf, blitzte es in der Sonne gefährlich auf. Ein kollektiver Ruf des Schreckens erhob sich. Lord Nash ging am Zelt und dem unglücklichen Schwein rasch vorbei. Es wäre nicht gut, seinem Schöpfer schon heute gegenüberstehen zu müssen – erlegt vom Messer eines geltungsbedürftigen Franzosen –, wenn von der Familie erwartet wurde, dass man den Heldentod durch die Hand eines blutdürstigen Sultans starb.

Er schlenderte auf die Treppe zu, die zu den üppig grünen Rasenflächen von Henslow House hinunterführte. Im Sonnenschein schimmerten sie wie Teppiche aus Smaragden, jede der Flächen war ein wenig tiefer angelegt worden als die vorhergehende. Eine der unteren Terrassen bot zu einer Seite der Treppe eine Rasenfläche zum Bowling, während auf der gegenüberliegenden Seite der Stufen in Weiß und Gelb dekorierte Tische und Stühle aufgestellt worden waren. Unterhalb all dessen floss die Themse dahin, die hier noch ein funkelnder, makelloser Wasserweg war und nicht die stinkende, aufgewühlte Schifffahrtsstraße, zu der sie einige wenige Meilen flussabwärts wurde.

Auf einer der unteren Rasenflächen erblickte Nash inmitten einer Schar Damen die Gastgeberin, die wie ein rosafarbener Ballon inmitten eines Meeres aus pastellfarbenem Musselin hin und her schwebte. Lady Henslows beträchtliche Leibesfülle sorgte dafür, dass sie selbst in einer Menschenmenge unübersehbar blieb. Nash machte sich auf den Weg zu ihr. Er mochte Lady Henslow. Sie war die ältere Schwester seiner Stiefmutter und hatte stets ihre schützende Hand über seine beiden jüngeren Schwestern Phaedra und Phoebe gehalten. Sie hatte den Einfluss ihres Mannes, eines glühenden Torys, genutzt, um Tony einen raschen Aufstieg zur Macht zu ermöglichen. Und Edwina hatte sie immer die schwesterliche Schulter geboten, wenn diese sich daran hatte ausweinen wollen. Für all das war Nash Lady Henslow dankbar, auch wenn nichts davon der Grund war, aus dem er zu ihrem Picknick gekommen war, wie er im Stillen zugab.

Auch Lady Henslow hatte ihn jetzt entdeckt und bahnte sich ihren Weg durch die pastellfarbene Gästemenge. Auf ihrem Gesicht lag ein entzücktes Glühen. »Nash! Oder täuschen mich meine Augen?«, sagte sie, während sie ihm, die Arme – sehr weit – nach oben gestreckt, die Hände auf die Wangen legte. »Ich hätte niemals erwartet, dich hier zu sehen!«

Nash ergriff eine Hand und führte sie an seine Lippen. »Meine Liebe, es ist mir eine Freude«, sagte er und verbeugte sich tief. »Ich sehe, Ihr habt vor, die Debütantinnen dieser Saison auszustechen. Das Rosa steht Euch großartig.«

In Lady Henslows Augen funkelte es. »Und wie ich sehe, mein Junge, hältst du an den gewagten europäischen Gewohnheiten fest, die du vom Kontinent mitgebracht hast«, erwiderte sie. »Kein anständiger Engländer würde meine Hand mit seinen Lippen wirklich *berühren*.«

Nash zog beide Augenbrauen hoch. »Nun, Madam, Ihr tragt Handschuhe und habt mich so um ein lang erhofftes Vergnügen betrogen.«

Bei diesen Worten lachte Ihre Ladyschaft – höchst ungehörig – laut auf. »Sei ehrlich zu mir, mein Junge«, sagte sie. »Was veranlasst dich, vor dem Abend das Haus zu verlassen? Gewiss nicht mein kleines Fest?«

Nash lächelte leicht. »Darf ich meine Stieftante nicht besuchen, wenn ich in der Stimmung dazu bin?«

»Gewiss darfst du das«, entgegnete Ihre Ladyschaft. »Aber in den letzten zwanzig Jahren oder noch länger warst du nicht mehr in der Stimmung dazu. Du führst irgendetwas im Schilde, Stefan. Das weiß ich. Aber denk daran – bei meinem Picknick werden keine kleinen Täubchen gerupft. Einige von ihnen kommen direkt von der Schulbank und sind noch grün hinter den Ohren.«

Nash lächelte verhalten. »Ich rupfe Tauben nur, wenn sie alt genug sind, um zu wissen, worauf sie sich einlassen, Ma'am – und außerdem dumm genug sind, es zu verdienen.«

Lady Henslow lachte erneut, dann wurde sie zu einer Art Krise im Buffetzelt gerufen – höchstwahrscheinlich ein abgetrennter Finger. Nash nahm sich einen Drink vom Tablett eines vorbeigehenden Dieners und setzte seinen Spaziergang die Terrassen hinunter fort. Dabei war er sich der nicht gerade seltenen Blicke und des Geflüsters bewusst, das ihm begegnete. Er ignorierte beides und blieb stehen, um mit den wenigen Gentlemen zu sprechen, die er kannte. Aber die Wahrheit war, dass die Londoner Gesellschaft, selbst die angesehensten ihrer Mitglieder, noch immer deutlich in zwei Hälften zerfiel.

Da gab es jene im inneren Kreis der oberen Schicht und dann jene, die sich an ihrem dunkleren Rand bewegten. Nash gehörte zu denen, die sich an die Fransen des Saumes von Letzteren klammerten.

Er ließ seinen Blick über die Gästeschar gleiten und konnte niemanden unter zwanzig entdecken, den er kannte. Nein, die Gentlemen – und die Frauen –, mit denen er verkehrte, waren älter und härter, und sie erkannten einander am Zynismus in ihren Augen und an ihren übersättigten Mienen. Sie neigten nicht dazu, nachmittägliche Picknicks zu besuchen. Genau genommen neigten sie nicht dazu, sich vor Mitternacht auch nur irgendwo zu zeigen.

Nash kam sich ein wenig fehl am Platze vor, schüttelte das Gefühl aber ab und ging weiter. Auf der untersten Terrasse drängten sich die Gäste. Ladys in Pastell drehten ihre zum Kleid passenden Sonnenschirme, während sie am Arm eines jungen, schneidigen Beaus hingen, der sie ans Flussufer geführt hatte, um einen Spaziergang zu machen, während die wachsamen Mütter ihre Augen offen hielten. Plötzlich wünschte sich Nash, fliehen zu können. Er machte auf der Stufe kehrt, als ihn unerwartet jemand am Ellbogen berührte.

»Stefan? Du? Auf einem Picknick?«

Er wandte sich um und sah Tony vor sich.

»Bemerkenswert, nicht wahr?«, murmelte Nash.

»Das kann man wohl sagen«, stimmte Tony ihm zu. »Tante muss ja in heller Aufregung über dein Auftauchen sein. Das wird die Gesellschaft für eine Woche mit Klatsch und Tratsch versorgen.«

Nash lüftete seinen Hut in Richtung der beiden Gentlemen, die seinen Bruder begleiteten. »Mr. Sofford, Lord Ogle«, grüßte er mit einer Verbeugung. »Ich hoffe, es geht Euch gut?«

Tonys politische Kumpane hatten keinen Grund zum Klagen und waren offensichtlich in eine recht angeregte Debatte über den *Civil Rights of Convict Act* vertieft gewesen. Nachdem Höflichkeiten ausgetauscht worden waren, fuhren sie damit fort, über Bankgeschäfte zu diskutieren, über die Jagd und über ein Thema, bei dem es um die Katholiken ging, auch wenn Nash nicht hätte sagen können, was das eine mit dem anderen zu tun hatte. Mit aller Kraft kämpfte er gegen ein Gähnen an, als Mr. Sofford zum oberen Treppenabsatz hinaufdeutete.

»Ah, seht her!«, sagte er. »Dort kommt Sharpe. Er wird wissen, ob die Whigs sich wie erwartet spalten werden.«

»Ohne Zweifel wird er das wissen«, sagte Lord Ogle. »Aber ein weitaus wichtigerer Punkt, Gentlemen, ist doch, wer die beiden Schönheiten am Arm des Burschen sind.«

Tony beschattete mit einer Hand seine Augen. »Die Zuckerpflaume mit den vielen Locken ist Lady Louisa, seine Tochter«, sagte er. »Und die schlanke Lady mit dem dunklen Haar ist eine Cousine, eine Mrs. – Mrs., verdammt, aber ich habe ihren Namen vergessen.«

»*Miss* Neville«, ergänzte Nash. »Sie ist unverheiratet und ist erst vor Kurzem von den Westindischen Inseln nach London gekommen.«

Tony ließ die Hand sinken und sah Nash merkwürdig an. »Ist sie das?«, murmelte er. »Und unverheiratet? In ihrem Alter?«

»Na, kommt schon, Hayden-Worth!«, sagte Mr. Sofford. »Sie ist ja wohl kaum eine Greisin. Außerdem habe ich gehört, dass sie ein riesiges Vermögen ihr Eigen nennt.«

»Himmel!«, murmelte Lord Ogle. »Besteht denn Hoffnung darauf, es ihr zu *ent*eignen?«

»Da wäre ich an Eurer Stelle vorsichtig«, sagte Sofford

ruhig. »Ihr Bruder ist Baron Rothewell. Habt Ihr ihn kennengelernt?«

Ogle schüttelte den Kopf. »Nein.«

»Nun, das wollt Ihr auch gar nicht, glaubt mir«, entgegnete Sofford. Er sah aus, als wollte er noch mehr sagen, aber die Neuankömmlinge schwebten jetzt die Rasenterrassen herunter. Als sie die Stufen oberhalb der kleinen Gruppe erreichten, rief Lord Ogle Sharpe zu, sich zu ihnen zu gesellen.

Nash beobachtete Miss Neville, als diese ihn bemerkte. Zugunsten der Lady sprach, dass sie weder zögerte noch errötete. Als die Honneurs gemacht wurden, fiel ihm auf, dass sie fast erfreut zu sein schien, ihn wiederzusehen. Oder vielleicht war die Formulierung »leicht erfreut« die bessere, denn ein seltsames kleines Lächeln lauerte in einem Winkel ihres eine Spur zu breiten Mundes, und in ihren Augen lag ein Funkeln von etwas Faszinierendem.

Und was für Augen das waren! Wie seltsam, dass sie ihm bis jetzt noch nicht aufgefallen waren. Sie waren von ungewöhnlicher Farbe, einem dunklen Blau, um das ein silbergrauer Kranz lag. Noch seltsamer aber schien zu sein, dass ihr auf ihn gerichteter Blick sehr direkt war – ähnlich dem eines Mannes. Statt in dem lächerlichen Bemühen, demütig zu erscheinen, die Augen niederzuschlagen oder zur Seite zu schauen, blickte Xanthia Neville ihn direkt an; nicht zu kühn, aber Auge in Auge, als wüsste sie genau, was sie wollte.

»Und wie werdet Ihr abstimmen, Lord Nash?«, unterbrach Miss Neville seine Gedanken.

Nash versuchte vorzugeben, zugehört zu haben. »Ich bezweifle, dass ich überhaupt abstimmen werde, Ma'am.«

»Aber das solltet Ihr tun, Nash!«, brummte Lord Sharpe. »Wir könnten Euch ab und an auf unserer Seite brauchen!« Der Earl sah aus, als wollte er so etwas vom Stapel lassen wie *noblesse oblige*, doch Nash wurde von Lady Louisa gerettet, die sanft am Ärmel ihres Vaters zupfte.

»Papa, das Bowling!«, jammerte sie. »Du hast versprochen, dass wir es uns ansehen. Mr. Sofford, spielt Ihr denn gar nicht mit?«

»Du meine Güte!«, rief der Gefragte, während er seine Uhr hervorzog. »Ist es schon Zeit?«

Lord Ogle verbeugte sich. »Dann viel Glück, alter Bursche«, sagte er. »Hayden-Worth und ich sind Lady Henslow versprochen – zum Bogenschießen auf der östlichen Wiese.«

»Miss Neville, mögt Ihr Bowling?«, fragte Nash.

»Ich fürchte, ich weiß nur sehr wenig darüber«, entgegnete sie. »Aber ich bin überzeugt, dass es mir gefallen wird.«

Lord Sharpe lachte. »Ich denke, Xanthia würde lieber auf etwas schießen. Fühle dich ganz frei, meine Liebe, falls das Bogenschießen mehr nach deinem Geschmack sein sollte.«

»Vielleicht würde mir Miss Neville ja stattdessen die Freude eines gemeinsamen Spazierganges am Flussufer machen?«, schlug Nash vor.

Lord Sharpe zögerte.

»Ein Spaziergang wäre schön«, erklärte Miss Neville, ehe Sharpe Einspruch erheben konnte. »Aber ein richtiger Spaziergang, wenn Ihr nichts dagegen habt, kein Herumschlendern. Louisa, wollen wir uns nach dem Spiel am Zelt treffen?«

»Natürlich«, sagte Lady Louisa, der es offensichtlich gefiel, ihre eigenen Wege gehen zu können.

Ihr Vater schien über die Entwicklung der Situation jedoch nicht so erfreut zu sein. »Also schön«, sagte er schließlich. »Du bleibst in der Nähe, Xanthia, nicht wahr? Nur für den Fall – nun, für den Fall, dass du gebraucht wirst?«

Nash argwöhnte, dass Sharpes wahre Sorge eine ganz andere war. Miss Neville errötete leicht. Nash beobachtete, wie die Gruppe auseinanderging, um sich den verschiedenen Unterhaltungsangeboten zu widmen, und fragte sich, was, zum Teufel, er sich nur dabei gedacht hatte, etwas so Närrisches wie einen Spaziergang am Flussufer vorzuschlagen. Großer Gott, die Frau war die Versuchung in Person – und vermutlich nicht gerade darauf erpicht, an seinem Arm gesehen zu werden, nicht einmal bei einer so harmlosen Veranstaltung wie einem Picknick. Aber sie hatte zugestimmt, und sie kam auch nicht direkt von der Schulbank, also könnte er sich ebenso gut amüsieren.

Nash ließ seinen Blick anerkennend über Miss Neville gleiten. Sie trug kein Kleid in Pastell, Gott sei Dank, sondern in üppigen Blau- und Grautönen. Nicht eine Frau unter Tausenden könnte diese Farben tragen, aber das Kleid betonte wunderbar ihre große, schlanke Gestalt. »Ich glaube nicht, dass Euer Cousin mich sonderlich schätzt, meine Liebe«, sagte er. »Vielleicht solltet Ihr doch die Bowling-Partie mit ansehen?«

»Danke, nein«, entgegnete Miss Neville und ging ohne ihn die Stufen hinunter. »Ich möchte gern diesen Spaziergang machen. Kommen Ihr nun mit, oder soll ich allein gehen?«

»Wieder frische Luft schnappen, meine Liebe?«

»Wie bitte?«

»Ich glaube, Ihr sagtet einmal, dass Ihr, wenn Euch der Sinn nach frischer Luft steht, das auch tut, ungeachtet der Konsequenzen.«

Sie schaute zu ihm hoch und kniff die tiefblauen Augen gegen das helle Sonnenlicht zusammen. »Ich kann mir nicht vorstellen, welche großen Konsequenzen es nach sich ziehen kann, am helllichten Nachmittag einen öffentlichen Weg entlangzugehen, Mylord«, entgegnete sie. »Selbst, wenn man dies am Arm eines reuelosen Wüstlings tut.«

»Das sind wahrhaft gute Nachrichten.« Nash lächelte zu ihr hinunter.

»Wie bitte?«, fragte sie wieder.

»Es scheint, dass ich vom Dandy zum Wüstling aufgestiegen bin«, sagte er. »Meine Männlichkeit ist beruhigt.«

Ihr breiter Mund verzog sich vor Erheiterung, und sie streckte ihm die Hand hin. »Kommt, Lord Nash«, sagte sie. »Und treibt bitte keine Scherze mit meinem beschränkten Wortschatz.«

Ihr Wort haltend ging sie in raschem Schritt zum Fluss hinunter, sobald sie den Weg erreicht hatten. Nashs übliche Gemessenheit wurde von ihren langen Schritten untergraben. »Miss Neville, ich dachte, Ihr wolltet an meinem Arm hängen?«, sagte er, als ihnen nur noch wenige andere Spaziergänger begegneten. »Aber Ihr lauft so schnell, als stünde ganz London in Flammen und Ihr würdet dabei zusehen wollen, wie es brennt.«

Sogleich verminderte sie ihr Tempo. »Ich bitte um Verzeihung«, sagte sie und legte ihre Hand auf seine Armbeuge. »Aber hier sind so viele Menschen, und das macht den einsamen Pfad dort vorn umso verlockender.«

»Das gesellschaftliche Treiben stellt keine Attraktion für Euch dar?«, fragte er, während er seine Schritte den ihren anpasste.

»Nicht besonders«, erklärte sie. »Daheim auf Barbados ... nun, die Gesellschaft dort ist nicht so fein wie diese. Ich fühle mich hier ein wenig fehl am Platze.«

»Aber Ihr seht nicht fehl am Platze aus«, sagte er. »Jeder Zoll von Euch sieht wie eine Lady aus, die in dieses Leben hineingeboren wurde.«

Ihr Blick glitt abschätzend über sein Gesicht. »Ihr meint das als Kompliment, nehme ich an«, sagte sie, »aber ...«

»Aber was?«, ermutigte er sie.

»Offen gesagt ziehe ich nur wenig Befriedigung daraus«, sagte sie. »Diese Art von Leben hat so wenig Sinn.«

»Ich verstehe«, sagte er ruhig. »Ihr würdet lieber ... nun, was? Für die Besserstellung der Unterschicht kämpfen? Eine Armenschule leiten? Strümpfe stricken für die Minderbemittelten?«

Sie lachte leise. »Himmel, nein«, sagte sie. »Ich doch nicht!« Aber sie erklärte sich nicht weiter.

Eine Weile lang gingen sie schweigend nebeneinander weiter, ihre Hand lag leicht und warm auf seinem Arm. Nash empfand die Berührung als überraschend angenehm. Auf dem Fluss zu ihrer Linken glitten zwei Boote vorbei. Die breitschultrigen Ruderer bewegten die Ruder in einem perfekt gleichmäßigen Rhythmus, das vordere Boot war dem folgenden um eine halbe Länge voraus.

»Was würdet Ihr denn am liebsten mit Eurem Leben anfangen, Miss Neville?«, drängte er schließlich. »Wollt Ihr Euch aufs Land zurückziehen und eine Schar Kinder großziehen?«

»Nein«, entgegnete sie. »Nein, Lord Nash, ich lebe mein Leben bereits so, wie es mir gefällt.«

Unvermittelt blieb sie stehen und betrachtete die Ruderer, doch er spürte, dass sie sie nicht wirklich beobachtete. Nash warf einen Blick den Weg entlang. Obwohl sie sich noch in Sichtweite des Hauses befanden, waren sie so weit flussabwärts die einzigen Spaziergänger.

Schließlich räusperte sie sich und setzte den Spaziergang fort. »Lord Nash, hat mein Bruder Euch gesagt, dass wir recht vermögend sind?«

»Mir wurde diese Tatsache zur Kenntnis gebracht, ja.«

Sie lächelte verhalten. »Natürlich garantiert die Baronie

meinem Bruder ein gutes Einkommen. Aber wir haben auch anderweitige Interessen.«

»Eure Familie besitzt Plantagen auf Barbados, nicht wahr?«

»Ja, aber die sind jetzt verpachtet, und mein Bruder ist zurzeit ohne Beschäftigung. Wir nennen noch ein Unternehmen unser Eigen – die Neville Shipping Company. Habt Ihr davon gehört?«

»Ich glaube nicht.«

»Ich kann mir auch nicht vorstellen, dass der Seehandel etwas ist, worüber sich ein englischer Gentleman Gedanken macht«, sagte sie nachdenklich. »Aber wir Nevilles haben keine solche Bedenken. Genau genommen könnte man sagen, dass wir mehr oder weniger im Handel tätig sind.«

»Viele Gentlemen investieren in solche Art von Geschäften, Miss Neville. Ich besitze einige Minen; Lord Ogle eine Eisenbahn – oder jedenfalls einen Teil von ihr. Ihr müsst also nicht so tun, als würdet Ihr und Rothewell ein Kurzwarengeschäft betreiben. Wo steckt Euer charmanter Bruder übrigens?«

Sie lächelte schwach. »Sharpe ist im letzten Moment für ihn eingesprungen«, antwortete sie. »Rothewell war darüber sehr erleichtert.«

»Er scheint ein sehr zurückgezogen lebender und verschlossener Mann zu sein. Er wirkt fast ein wenig geheimnisvoll.«

»Ihr habt recht.« Ihr fester blauer Blick wandte sich ihm wieder zu. »Und auch ich habe ein Geheimnis, Mylord«, sagte sie. »Kann ich mich noch einmal darauf verlassen, dass Ihr es bewahrt?«

Er lachte, obwohl er sich fragte, worauf sie hinauswollte. »Bitte, vertraut mir all Eure Geheimnisse an, meine Liebe«, entgegnete er. »Es wird mir gefallen, Euch in meiner Macht zu wissen.«

»Nash, seid bitte ernst«, tadelte sie.

Nash neigte den Kopf. »Natürlich habt Ihr mein Wort, Miss Neville«, sagte er jetzt ernster. »Bitte, was ist Euer Geheimnis?«

Langsam beugte sie sich zu ihm. »Neville Shipping gehört mir«, flüsterte sie. »Die Firma ist im Besitz der Familie – aber mein Bruder hat mir die Leitung überlassen. Es ist ein sehr profitables Unternehmen, wenn man die Tricks des Handels kennt.«

»Ich verstehe«, sagte er ruhig. »Und Ihr ... kennt all diese Tricks, richtig?«

Langsam legte sich ein verschmitztes Lächeln um ihren Mund. »Ich bin sehr gut in allem, was ich tue, Lord Nash. Würde es diese anständigen englischen Ladys nicht schockieren, wenn sie wüssten, dass ich jeden Morgen, während sie noch müßig bis zum Mittag in ihren Betten liegen und darauf warten, dass ihre Dienstmädchen ihnen ihre heiße Schokolade bringen, bereits zusammen mit Seeleuten und Hafenarbeitern in meinem kleinen Büro in Wapping sitze?«

Sie klang absolut ernst. »Sicherlich scherzt Ihr?«

Miss Neville hob eine ihrer dunklen, fein gezeichneten Augenbrauen und sprach mit überraschender Leidenschaft. »Nicht im Mindesten. Und wäre es mir überlassen, darüber zu entscheiden, sollte jeder Mensch einem Broterwerb nachgehen.«

»Gott behüte, Miss Neville.«

»Ich meine es sehr ernst«, beharrte sie. »Diese schreckliche Dekadenz, nur zu leben, um sich von anderen bedienen zu lassen, dieser ... dieser absolute Mangel an Antrieb oder Ehrgeiz – nun, ist es da noch ein Wunder, dass die Hälfte der Damen und Herren der guten Gesellschaft unter chronischer Langeweile leidet? Ihr Leben kennt keine Herausforderung. Keinen Sinn.«

»Und Euer Leben kennt das?«, fragte er. »Ich meine, ich zweifele nicht an Euren Worten, meine Liebe. Aber worin besteht dieser Sinn?«

Trotz der hellen Sonne funkelten ihre Augen vor Aufregung. »Handel zu treiben«, sagte sie. »Unternehmergeist. Der Nervenkitzel und die Herausforderung des Wettbewerbs – finanzieller Konkurrenzkampf. Das sind die Dinge, die die Welt bewegen, Lord Nash, nicht die dummen Intrigen der oberen Zehntausend, oder was Ihr sonst denken möget.«

Er lachte leise. »Sie werden niedergeschmettert sein, das zu hören, meine Liebe.«

Miss Neville zuckte die schmalen Schultern. »Oh, die Gesellschaft wird schon bald genug erkennen, dass die Herrschaft der elitären Oberschicht sich ihrem Ende zuneigt«, sagte sie. »Ein neues Zeitalter bricht an, Nash. Ein Zeitalter des Fortschritts und der Industrialisierung. England wird sich verändern – so wie Amerika sich verändert hat, es wird eine Nation von Selfmademen, Männern und Frauen werden.«

Sie standen sich jetzt gegenüber, Nash sah sie prüfend an. »Großer Gott«, sagte er schließlich. »Ihr seid nicht einfach nur eine hübsche Frau, nicht wahr?«

»Nein, ich bin eine Geschäftsfrau«, sagte sie mit frostiger Gewissheit. »Und meine Loyalität gilt dem, was in Nevilles Finanzbericht unter dem Strich als Profit steht, nicht irgendeinem dummen Ideal von blaublütiger Krone und Vaterland.«

Er nahm ihren Arm und zog sie zu sich. »Vorsicht, meine Liebe«, murmelte er, während sein Blick über ihr Gesicht glitt. »Diese Worte klingen nach Hochverrat.«

Sie hob das Kinn, und ihre Augen funkelten. »Seid Ihr etwa ein kleinkarierter Paragrafenreiter, Nash?«

Er schüttelte den Kopf. »Nein, aber ich bin auch kein unbedachter Dummkopf.«

Miss Neville schien sich ein wenig zu entspannen. »Ihr habt ganz recht damit, vorsichtig zu sein«, entgegnete sie. »Doch manchmal verzweifle ich, weil ich meine Reederei nicht nach Amerika verlegt habe. Englands Steuerpolitik ist lästig geworden, und die politischen Restriktionen, die unserem Unternehmen auferlegt werden, sind ... ah, aber genug davon. Ich langweile Euch auf unverzeihliche Art und Weise.«

»Ich bezweifle, dass Ihr das je könntet, Miss Neville. Eher könnet Ihr mich mit Euren *Laissez-faire*-Überlegungen schockieren. Und Ihr versteht, nicht wahr, dass es für eine Frau Eurer Herkunft als höchst ungewöhnlich gilt, solche Ansichten zu haben, ganz zu schweigen davon, in ein Unternehmen eingebunden zu sein.«

Sie warf einen neugierigen Seitenblick in seine Richtung. »Findet *Ihr* es ungehörig, Lord Nash?«, fragte sie. »Oder fasziniert es Euch? Fühlt Ihr Euch abgestoßen von einer Frau, die sich der traditionellen Rolle als Ehefrau verweigert und persönlicher und wirtschaftlicher Freiheit den Vorzug gibt?«

Ihre deutlichen Worte verblüfften Nash. War sie eine solche Frau? Fühlte er sich abgestoßen? Es war eine zulässige, wenn auch seltsame Frage. »Ich bin mir nicht sicher«, erwiderte er ehrlich. »Mir war nicht bewusst, dass Eure Ansichten so weit gehen, dass Ihr die traditionelle Rollenverteilung verwerft.«

»Kommt schon, Nash, Ihr dürft eine Lady niemals anlügen«, sagte sie spöttisch. »Natürlich war es Euch bewusst. Andernfalls würdet Ihr nicht Arm in Arm mit mir spazieren gehen. Ihr seid wohl kaum auf der Suche nach einer Ehefrau.«

»In der Tat bin ich das nicht. Aber was hat das eine mit dem anderen zu tun?«

»Ihr habt eine alleinstehende, offensichtlich nicht heiratswürdige Frau vor aller Augen eingeladen, mit Euch spazieren zu gehen«, erwiderte sie. »Sicherlich ist Euch die Bedeutung

Eures Handelns bewusst?« Sie blieb stehen und wandte sich ihm zu. »Seht, wir sind jetzt außer Sichtweite der anderen. Aber es kümmert Euch nicht, weil Ihr bereits wisst, Nash, dass Eurem *kostbarsten Besitz* – Eurem geliebten Junggesellenstatus – von mir keine Gefahr droht.«

Nash starrte auf den Fluss hinunter und begriff, dass sie recht hatte. Er machte sich keine Gedanken darüber. Mehr noch – Miss Neville war vielleicht die einzige Frau hier, bei der er ganz er selbst sein konnte. Und abgelenkt von der Hitze ihrer Debatte hatte er vergessen, wachsam zu sein. Sie hatten die Grenzen von Henslow House längst hinter sich gelassen. Widerstrebend erkannte er, dass es an der Zeit war kehrtzumachen.

»Ein kleines Stück Weg zurück habe ich eine Bank unter den Bäumen gesehen«, sagte er. »Warum kehren wir nicht um und lassen uns dort nieder?«

»Eine Umkehr zurück in die Grenzen der Schicklichkeit?«, neckte sie ihn.

»Ich versuche meine Besorgnis um Euren guten Ruf zu zeigen, Miss Neville, so sehr mich das auch selbst überrascht«, entgegnete er trocken. »Euren guten Namen zu ruinieren ist eine Schuld, mit der ich lieber nicht leben möchte.«

»Wie äußerst fürsorglich von Euch, Nash. Aber ich glaube, Ihr habt mir nicht zugehört.«

»Ich habe zugehört«, widersprach er. »Aber Ihr seid sehr jung, meine Liebe. Und zudem ist da noch Lady Louisa, an die es zu denken gilt.«

Miss Nevilles Gesichtsausdruck fiel in sich zusammen. »Ich will zugeben, Nash, dass Ihr recht habt, was meine Cousine angeht«, räumte sie ein. »Ich wünsche nichts zu tun, was sie schlecht beeinflussen oder ihre Chance auf eine gute Partie zunichtemachen könnte. Aber abgesehen davon, Nash, bin ich nicht *sehr jung.* Ich bin fast dreißig.«

»Du meine Güte, tatsächlich?«, sagte er und lächelte auf sie hinunter. »Für dieses hohe Alter seid Ihr aber ein gut erhaltenes Exemplar Eurer Gattung. Besitzt Ihr noch all Eure Zähne?«

»Ihr macht Euch über mich lustig, Sir«, tadelte sie ihn. »Ihr denkt, dass ich schließlich und endlich doch noch vor dem Altar enden werde. Aber bedenkt eines, Nash: Warum sollte ich mich einem Mann unterwerfen, wenn ich absolut dazu in der Lage bin, allein zurechtzukommen?«

»Ihr habt Euren Bruder«, sagte er herausfordernd. »Gesetzlich gesehen ist er für Euch verantwortlich.«

»Ach was, Nash«, sagte sie mit einem leisen Lächeln. »Trotz seiner ruppigen und sehr direkten Art würde es Kieran niemals in den Sinn kommen, dass es seine Pflicht wäre, mich zu reglementieren. Dazu müsstet Ihr verstehen, wie wir aufgewachsen sind. Auf Barbados ist es nicht selten, dass Frauen ein Geschäft besitzen. Zudem reisen sie ohne Begleitung und nehmen sich sogar kurz entschlossen einen Liebhaber, wenn ihnen danach ist.«

»Ach, wirklich, tun sie das?«, murmelte er. Was schlug Miss Neville da eigentlich vor?

Nashs Gedanken wanderten zurück zu seinem Besuch bei Lord Rothewell. Die Ansichten, die Rothewell bei diesem Treffen geäußert hatte, stimmten im Großen und Ganzen mit denen Miss Nevilles überein. Doch Rothewell hatte auch noch etwas anderes gesagt. »Aber Euer Bruder hat angedeutet, dass Ihr bald heiraten werdet.«

Sie blieb abrupt stehen. »Hat er das? Großer Gott. Ich dachte, er hätte diesen Gedanken aufgegeben.«

»Offensichtlich nicht«, sagte Nash. »Gibt es denn einen Gentleman, der danach schmachtet, dass Ihr ihm Eure Hand reicht?«

Miss Neville richtete ihren Blick wieder auf den Fluss.

»Vielleicht war da einmal jemand, aber wir sind übereingekommen, dass wir nicht zusammenpassen. Mein Bruder ist naiv, wenn er glaubt, das würde sich jemals ändern.«

»Nichtsdestotrotz wünscht dieser Mann noch immer, Euch zu heiraten.«

Sie warf ihm einen unsicheren Blick zu. »Woher wollt Ihr das wissen?«

»Ich denke, Miss Neville, dass es einem Mann, der sich einmal in Euch verliebt hat, sehr schwerfallen würde, diesen Zustand wieder zu beenden«, sagte Nash in leicht neckendem Tonfall. »Ich glaube, ich werde mich von Euch fernhalten, meine Liebe. Ich ertrage meine Enttäuschungen jetzt schon nicht gerade in Demut und Grazie.«

»Himmel!«, sagte sie. »Gibt es denn so viele davon?«

»Enttäuschungen?« Er schaute auf sie hinunter und nahm ihr Bild in sich auf – ihr intelligentes Gesicht, die elfenbeinfarbene Haut ihres Dekolletés, das nur den Ansatz von dem enthüllte, von dem er bereits wusste, dass es ein üppiger, verführerischer Busen war. Zur Hölle, ja, er war frustriert. Aber was, zum Teufel, sollte er jetzt dagegen tun? Wenn er Miss Neville verführen wollte, könnte er ihr zumindest die Höflichkeit angedeihen lassen, das unter Ausschluss der Öffentlichkeit zu tun. Gegen seinen Willen fühlte Nash, wie sich sein Mund vor Erheiterung verzog. »Es gibt tatsächlich ein oder zwei Verdrießlichkeiten in meinem Leben, Miss Neville. Und dass Eure Hüfte von Zeit zu Zeit die meine berührt ist in dieser Lage auch nicht sehr hilfreich.«

Xanthia entging die Anspielung nicht. Für nur einen Moment geriet sie ins Stolpern, aber sofort glitt Nashs warme, feste Hand an ihren Ellbogen. Sie warf ihm einen raschen Blick zu. Die Hitze in seinen Augen war unmissverständlich, und wieder einmal war sie überwältigt von dem seltsamen

Gedanken, dass sie in die Augen eines Seelenverwandten schaute. Einer Seele, die ein Leben führte, das sich irgendwie unvollständig anfühlte.

Aber was war das für ein romantisches Geschwafel! Sie vergeudete ihre Chance. Dies war die perfekte Gelegenheit, mehr über Nash zu erfahren. Seinen Charakter einzuschätzen und herauszufinden, ob er der Verräter war, für den de Vendenheim ihn hielt. Es war die Chance, ihm ein Seilende zu überlassen und zu sehen, ob er geneigt war, sich selbst die Schlinge um den Hals zu legen. Sie schaute auf und sah die steinerne Bank vor sich, von der Nash gesprochen hatte. Sie war von Weiden umstanden und bot einen Blick auf den Fluss. Sie stand abgeschieden, ja – aber auch nicht zu versteckt. Sie war perfekt. Nach der nächsten Wegbiegung würden die terrassierten Rasenflächen von Henslow House wieder in Sichtweite sein, und Xanthia konnte bereits das Lachen hören, das vom provisorischen Bogenschießplatz zu ihnen herüberdrang.

Xanthia schwieg, bis sie bequem auf der Bank Platz genommen hatten. »Nun!«, sagte sie, nachdem sie die Falten ihres Rockes sorgsam geordnet hatte. »Hier ist es angenehm abgeschieden, nicht wahr? Man könnte uns vom Rasen aus vielleicht sogar sehen – wenn auch nur unsere Rücken.«

»Eure Worte lassen vermuten, wir hätten etwas zu verbergen«, neckte er sie.

»Haben wir das?« Xanthia ließ den Blick über seinen Schritt und die sichtbare Ausbeulung seiner Hose gleiten. Sie beugte sich vor und legte ihre Hand auf sein Knie.

Seine Augen funkelten von einem unergründlichen Gefühl. »Miss Neville, ich bitte Euch, vorsichtig zu sein.«

Sie schlug die Augen nieder. »Wir können hier nicht gesehen werden«, wisperte sie. »Außerdem seid Ihr es doch gewesen, Nash, der zuerst von Enttäuschungen gesprochen hat, oder irre ich mich?«

Er saß so stoisch da, wie es unter diesen Umständen menschenmöglich war, und hielt den Blick unverwandt auf ihre schlanken, ihn verführenden Finger gerichtet. Zu seiner Qual schob sie ihre Hand noch höher. »Jesus Christus«, stieß er zwischen zusammengebissenen Zähnen hervor. »Ich versuche ein Gentleman zu sein, Miss Neville. Jemand könnte Euch sehen.«

»Großer Gott, Ihr könntet recht haben«, murmelte sie. Aber statt ihre Hand wegzuziehen, schob sie sie noch weiter seinen Oberschenkel hinauf. »In dieser Position kann niemand mehr etwas sehen, denke ich.«

Er sah sie grimmig an. »Das war nicht ganz das, was ich meinte.«

»Nichtsdestotrotz löst es das Problem«, sagte sie. Seine Erektion drückte gegen den feinen Stoff seiner Hose.

Schamlos fragte Xanthia sich, wie es sich anfühlen würde, die heiße, harte Länge von Lord Nashs offensichtlich größer werdender Männlichkeit zu streicheln. Es gelang ihr, die Hand still zu halten, und sie schloss die Augen. Für einen flüchtigen Moment vergaß sie ihren Plan – vergaß, worum de Vendenheim sie gebeten hatte – und dachte nur noch daran, wie es wäre, unter Lord Nash zu liegen. Seinen warmen, würzigen Duft wie eine sinnliche Wolke um sich zu spüren. Seine Hitze und Stärke tief in sich aufzunehmen, und –

»Meine liebe Miss Neville«, murmelte er. »Ich denke, das hier ist weder der Ort noch die Zeit.«

Als sie die Augen aufriss, sah sie, dass ihre Hand sich einer höchst intimen Stelle genähert hatte. »Wann?« Ihre Stimme klang tief und heiser. »Wann, Nash, ist dann der Ort und die Zeit?«

»In einem anderen Leben, fürchte ich«, entgegnete er. »Es

wäre unklug von Euch, mich in diesem in Versuchung zu führen.«

Xanthia lächelte. »Aber zwischen uns ist etwas, das könnt Ihr nicht leugnen, Nash«, murmelte sie. »Eine schwelende Glut, die zum Leben erwacht, wenn wir einander nah sind. Erzählt mir nicht, dass Ihr das nicht auch spürt.«

Sein Lachen klang aufgesetzt und bellend. »Was ich spüre, ist verdammt offensichtlich, so würde ich meinen.« Er legte die Hand auf ihre und drückte sie hart, bevor er sie in ihren eigenen Schoß zurückschob.

Xanthia ignorierte seinen Hinweis. »Seid Ihr ... interessiert, Lord Nash?«, fragte sie.

Irgendetwas flammte heiß in seinen Augen auf. »Ist Euch klar, was Ihr da fragt, Miss Neville?«

Sie hob den Kopf, und ihr Blick hielt ihn fest. »Ich frage Euch, ob Ihr mein Liebhaber werden wollt«, sagte sie. »Für so lange, wie es uns gefällt. Oder habt Ihr einer anderen gegenüber Verpflichtung?«

Nash lächelte sardonisch. »Miss Neville, sehe ich aus, als könnte ich treu sein? Ich mag die Abwechslung, was meine Bettgefährtinnen betrifft, und werde ihrer schnell überdrüssig. Außerdem muss ich Euch ganz offen sagen, meine Liebe, dass das Allerletzte, was ich in meinem Bett will oder brauche, eine Unschuld ist – und schon gar keine wohlerzogene aus gutem Hause.«

»Ich bin nicht gerade unschuldig, Nash«, murmelte sie und gestattete es ihrer Unterlippe, sich leicht zwischen ihre Zähne zu schieben. »Ich würde wohl eher als gebrauchte Ware gelten – keiner Eurer adligen Freunde würde mich in seinem Ehebett haben wollen.«

Er zog sich zurück, und etwas, das wie Zorn aussah, flackerte in seinen Augen auf. »Was Ihr sagt, klingt ein wenig hart.«

»Aber es ist wahr«, sagte sie. »Mindert das Euer Schuldgefühl nicht?«

»Bis jetzt habe ich noch nichts getan, für das ich mich schuldig fühlen müsste«, entgegnete er. »Wenn man diesen dummen Kuss auf Sharpes Terrasse nicht mitzählt. Ich wusste gleich, dass Ihr Ärger bedeuten werdet.«

Xanthia lächelte ihn langsam und aufreizend an. »Nash, wenn Ihr kein Interesse mehr an mir habt, dann müsst Ihr das nur sagen. Ich bin einsam, aber keineswegs verzweifelt. London ist voll von gut aussehenden Gentlemen, und wenn ich auch keine Schönheit bin, so sagt man doch, dass ich über einen gewissen Charme verfüge.«

Für einen langen Moment schwieg er, während seine Miene sich verfinsterte und sein Kinn sich anspannte. »Ich hoffe, Miss Neville, dass Ihr diese Art von Unterhaltung bisher mit keinem anderen Gentleman geführt habt, den Ihr kennt«, sagte er schließlich. Dann stand er unvermittelt auf. »Ich werde darüber nachdenken – genau genommen werde ich wahrscheinlich besessen sein von – Eurem verrückten Vorschlag, meine Liebe. Und ich bete darum, dass ich nicht mehr tun werde, als nur über ihn nachzudenken. Und jetzt gestattet mir bitte, Euch wohlbehalten zu Eurem Cousin zurückzubegleiten.«

Xanthia griff nach seiner Hand. Er beugte sich darüber, und seine dunklen Augen unter den schweren Lidern waren so offensichtlich auf ihren Mund gerichtet, dass sie einen Augenblick lang glaubte, er würde sie wieder küssen. Ihr Herz begann wild zu flattern. Doch Nash beugte sich nicht tiefer, sondern richtete stattdessen seinen Blick auf ihr Gesicht, als würde er darin nach etwas suchen.

Xanthia sah ihn an. »Nash?«

Er zögerte flüchtig. »Nein«, sagte er schließlich. »Nein, das ist einfach unmöglich.«

Wieder lächelte sie. »Natürlich ist es möglich«, sagte sie. »Nichts ist unmöglich, wenn man sich nur traut, es zu tun.«

Seine schwarzen Augen funkelten. Er antwortete nicht, sondern richtete sich auf, zog sie, während er ihren Arm umfasst hielt, hoch und führte sie zum Picknick zurück. »Nash, Ihr renkt mir ja die Schulter aus«, beklagte sie sich.

Er schwieg, bis sie die ersten Gäste des Festes sahen. Dann blieb er abrupt stehen und wandte sich ihr zu. »Miss Neville, Ihr spielt mit dem Feuer«, sagte er fest. »Bitte denkt daran, dass ich, wenn auch kein Wüstling, dann doch ganz gewiss auch weder ein Heiliger noch etwas bin, was diesem im Entferntesten nahekommt.«

»Ich glaube, Ihr sagtet einmal, Ihr wäret ein Genussmensch.«

»Ja, und zwar ein selbstsüchtiger und reueloser. Ein Genießer nimmt sich, was er will, und wirft es weg, wenn er alles Vergnügen aus diesem Etwas herausgepresst hat. Ihr tätet gut daran, meine Worte nicht zu vergessen.«

Damit machte Lord Nash auf dem Absatz kehrt und ging rasch den Weg hinauf.

Xanthia befand sich auf dem Heimweg an diesem Nachmittag in einer schrecklichen Verwirrung. Sie konnte nicht einmal sagen, was sie empfand, nachdem sie ihren Plan auf Lady Henslows Fest in die Tat umgesetzt hatte. Absolute Scham? Sie hatte versucht Lord Nash zu verführen – und fast wäre es ihr gelungen. Wie er schon angedeutet hatte, sah er nicht wie ein Heiliger aus. Eher sah er aus, als wäre er zu all den Dingen fähig, derer de Vendenheim ihn anklagte. Warum also war ihr Verstand nicht in der Lage gewesen, sich an die Tatsache zu halten, dass hinter ihrem Tun ein Grund steckte – ein Anlass, der nichts mit körperlicher Lust zu tun hatte?

Xanthia war ein Mensch, der seine Gegner sorgsam abschätzte, aber bei Nash ließ sie etwas ihre übliche Vorsicht vergessen. Sie dachte weiterhin – war wirklich überzeugt –, dass er sie kannte; dass er sie auf einer Ebene verstand, die den meisten Menschen verborgen blieb. Wenn sie in seiner Nähe war, dann spürte sie diese schreckliche Versuchung, sich einfach gehen zu lassen, nur sie selbst zu sein ... wahrhaftig zu sein. Aber vermutlich machte sie sich etwas vor oder erfand vielleicht auch nur irgendwelche törichten, romantischen Entschuldigungen für das fast überwältigende Verlangen, das sie in seiner Anwesenheit empfand.

Der Mann war höchstwahrscheinlich ein Verräter. Ein Schmuggler. Und jemand war getötet worden, entweder auf sein Geheiß hin oder durch seine Hand. Wenn Xanthia das Verlangen ignorierte, konnte sie sich durchaus an de Vendenheims Warnungen erinnern. Es stand sehr viel auf dem Spiel, politischer und wirtschaftlicher Art. Macht und Geld. Die beiden Dinge, für die Menschen so oft bereit waren, zu töten. Abgesehen davon wäre de Vendenheim entsetzt, wüsste er, dass sie versucht hatte, mit Nash zu schlafen. Sie war ja selbst darüber entsetzt und war sich nicht einmal im Klaren, was sie dazu getrieben hatte. Sie hatte lediglich mit Nash flirten wollen, gerade so, dass er seine Wachsamkeit vergaß.

Ohne etwas wahrzunehmen, starrte sie durch das Fenster der Kutsche auf die kleiner werdende Menschenmenge am Piccadilly und erinnerte sich daran, dass es bei der Sache nicht um sie ging, sondern um größere Dinge. Es ging um eine ernste Angelegenheit, nicht um irgendeine leidenschaftliche Affäre. Und doch, heute Nachmittag neben ihm zu sitzen – ihn fast intim zu berühren und sich danach zu sehnen, dass er die Berührung erwiderte –, machte es Xanthia schwer zu akzeptieren, dass de Vendenheims Behauptungen der Wahrheit entsprachen.

War sie wirklich eine solche Närrin? Nash war berechnender und kontrollierter als jeder Mann, dem sie bis jetzt begegnet war. Im Grunde genommen verstand sie sehr gut, dass sie ihm nicht gewachsen war. Er war kein betrogener und stolzer Mann wie Gareth Lloyd, den sie beherrschen konnte. Nash war unbeherrschbar in jeder Hinsicht, das wusste sie. Und trotzdem war sie nicht zurückgeschreckt. Oh ja. *Närrin* war in der Tat das richtige Wort.

Sie spürte den Ruck, als die Kutsche am Berkeley Square anhielt, und hörte, wie Sharpes Diener die Kutschenstufen hinunterklappte. Xanthia zwang ihre Gedanken zurück in die Gegenwart, küsste Louisa auf die Wange und dankte Sharpe für den angenehmen Nachmittag. Als sie zur Haustür hinaufschritt, sehnte sie sich nur noch nach einem heißen Bad, einem Glas Sherry und der Stille ihres Schlafzimmers, wurde aber stattdessen darüber informiert, dass ein Besucher seit einer Stunde – oder auch schon länger – auf ihre Rückkehr wartete.

Augenscheinlich sah man ihr die Verärgerung an.

»Es ist wieder dieser geckenhafte Gentleman, Miss«, wisperte Trammel ihr zu. »Und er hat eine Hutschachtel dabei. Seine Lordschaft ist ausgegangen, aber dieser aufdringliche Mensch hat ohnehin nach Euch gefragt. Ich habe ihn mit einem Glas vom besten Brandy seiner Lordschaft in den Gelben Salon geführt, aber er wollte ihn nicht trinken. Hat daran gerochen und das Glas wieder weggestellt. Habt Ihr so etwas schon einmal erlebt, Miss?«

Die Miss hatte nicht. Vielleicht sollte sie ja in den Gelben Salon gehen und an seiner statt den Brandy trinken. Gott wusste, dass sie etwas brauchte, das sie wieder aufbaute. Gereizt ging sie die Treppe hinauf und zum Salon.

»Guten Tag, Mr. Kemble«, sagte sie, während sie so munter

in den Raum rauschte, wie sie nur konnte. »Was für eine entzückende Überraschung.«

»Meine liebe Miss Neville.« Der elegante Gentleman machte eine tiefe Verbeugung. »Ich sehe, Ihr seid meinem Rat gefolgt – oder beinahe jedenfalls.«

Sie sah ihn einen Moment lang verständnislos an, bis sie bemerkte, dass er auf ihr Kleid schaute. »Oh, das«, sagte sie und berührte leicht den Stoff. »Es ist von einfachem Blau und Grau.«

»Nichtsdestotrotz wirkt die Farbe sehr schmeichelnd«, entgegnete Mr. Kemble. Seine Worte klangen eher kühl, fast so, als unterhielten sie sich über eine geschäftliche Angelegenheit, und vielleicht taten sie das ja auch. Genau genommen täte Xanthia vermutlich gut daran, sich genau diese Sichtweise zu bewahren. Es war eine geschäftliche Angelegenheit.

»Ich habe Euch ein Geschenk gebracht«, sagte Mr. Kemble und zog eine kleine Hutschachtel hervor.

»Ein Geschenk?« Xanthia nahm sie entgegen und setzte sich. »Das hättet Ihr wirklich nicht tun müssen.«

Mr. Kemble nahm ebenfalls Platz. »Ihr müsst die Schachtel öffnen, meine Liebe. Wir müssen sehen, ob es passt.«

Xanthia spürte, wie ihre Augen sich vor Überraschung weiteten, aber sie tat, worum er sie gebeten hatte. Es war höchst ungehörig für einen Gentleman, einer unverheirateten Lady ein Geschenk zu machen, und sie ahnte bereits, dass dieses in irgendeiner Art und Weise anders sein würde.

Ihre Augen wurden noch größer, als sie den Deckel anhob. Tatsächlich. Ganz entschieden war dieses Geschenk anders. Xanthia schaute auf einen schmalen Ledergurt mit einer Tasche daran, der in eine Lage von Holzspänen gebettet war – in der Tasche steckte eine kleine silberne Pistole. Vorsichtig nahm Xanthia sie heraus.

»Habt Ihr eine Ahnung, wie man sie benutzt?«, fragte Mr. Kemble hoffnungsvoll.

Xanthia legte die Waffe auf ihre Knie. »Eigentlich schon, doch ich bin außer Übung.«

»Sie hat keine große Reichweite«, sagte Mr. Kemble mit einer lässigen Handbewegung. »Ich werde mich jetzt umdrehen, Miss Neville, und wünsche, dass Ihr Eure Röcke lüftet und den Gurt anlegt.«

Sie sah ihn verständnislos an. »*Wo* genau anlegen?«

»An Euren Oberschenkel«, erklärte Mr. Kemble, während er Xanthia den Rücken zukehrte. »Und zieht den Gurt bitte fest. Die Pistole ist schwerer, als sie aussieht.«

Xanthia fühlte sich mehr als nur ein bisschen seltsam, als sie ihren einen Fuß auf eine Fußbank stellte, ihre Röcke hob und tat, worum Mr. Kemble gebeten hatte. Der Ledergurt umschloss ihr Bein, als wäre er für sie gemacht. Sie setzte den Fuß zurück auf den Boden. »Er passt«, sagte sie. »Aber glaubt Ihr wirklich, dass –«

»Absolut«, unterbrach Mr. Kemble sie und wandte sich wieder zu ihr um. Der Mann ist flink wie eine Katze, registrierte sie. »Wir können nicht wissen, in welche missliche Lage Ihr geraten könntet, meine Liebe, oder wie weit entfernt ich dann sein werde.«

Xanthia sah ihn verständnislos an. »Wie weit entfernt wovon?«

»Du meine Güte.« Etwas wie Galgenhumor blitzte in seinen Augen auf. »Hat Max es Euch nicht gesagt?«

»Lord de Vendenheim?« Sie schüttelte den Kopf. »Nein, er hat mir nichts gesagt.«

Mr. Kemble breitete die Arme aus. »Meine Liebe, es scheint, dass wir in der nächsten Zeit unzertrennlich sein werden«, erklärte er. »Ich bin Euer neuer Sekretär.«

»Ich weiß nicht, was Ihr meint.«

Mr. Kemble lächelte angespannt. »Euer Privatsekretär«, erläuterte er. »Euer *aide-de-camp*. Man könnte fast sagen, ich bin Euer Bewacher.«

»Aber ich brauche keinen Sekretär«, protestierte sie. »Ich habe Mr. Lloyd und ein Kontor voller Angestellter. Und davon abgesehen – einen Bewacher? Der Gedanke ist absurd!«

»Cela va sans dire!«, sagte Mr. Kemble, und seine braunen Augen schauten reuig. »Aber Maximilian würde darauf beharren. Deshalb werde ich Euch zu Eurem Büro begleiten und Euch jede Unterstützung zukommen lassen, die in meiner Macht liegt, wenn Ihr zu Hause seid.«

Xanthia schürzte die Lippen. »Ihr könnt Lord de Vendenheim mitteilen, dass ich nie eine Gouvernante hatte und auch nicht vorhabe, jetzt damit anzufangen«, sagte sie schließlich. »Ich bin durchaus vertraut mit den Docklands und bezweifle doch sehr, dass mir dort etwas Gefährlicheres widerfahren könnte als hier in Mayfair.«

Mr. Kemble sah sie tadelnd an. »Das ist alles gut und schön, Miss Neville, aber was ist mit mir?«

Xanthia zog eine Augenbraue hoch. »Was soll mit Euch sein?«

Mr. Kemble seufzte theatralisch. »Nun, es verhält sich so, meine Liebe. Max hat mich in der Hand wegen einer«, hier zögerte er, um einen Finger an seine Wange zu legen, »nun, lasst es uns eine kleine Indiskretion nennen. Eine Art von *affaire d'amour* gewissermaßen. Eine unnatürliche Bindung, die einfach – nun, ein wenig illegal ist. Es ist genau die Art von Angelegenheit, von der ein Mann in meiner Position wünscht, dass die Öffentlichkeit niemals etwas davon erfährt.«

Xanthia zog beide Augenbrauen hoch, dann plötzlich begriff sie. »Oh. Mein Gott.« Sie räusperte sich schicklich. »Ich kann mir nicht denken, dass es irgendjemanden außer Euch etwas angeht, Sir. Und, natürlich, die – die – nun, die Person, mit der Ihr – ach, herrje! Macht Euch keine Gedanken. Aber was hat das alles mit mir zu tun?«

»Max erpresst mich.«

Er dauerte einen Moment, bis Xanthia seine Worte begriffen hatte. »Das ist abscheulich!«

»Das ist es in der Tat, Miss Neville. Und deshalb bitte ich Euch, an mich zu denken. Wenn Ihr mich fortschickt, wird Max denken, dass es meine Entscheidung war. Er wird behaupten, ich hätte es nicht ernsthaft versucht. Dass es mir nicht gelungen wäre, Euch mit meiner Hingabe und meinem Eifer zu beeindrucken.«

Xanthia sah ihn argwöhnisch an. »Eigentlich hatte ich den Eindruck, Euch und Lord de Vendenheim würde eine Art Freundschaft verbinden.«

»Meine Liebe, nichts könnte weiter von der Wahrheit entfernt sein!«, rief Mr. Kemble und machte dabei eine wegwerfende Handbewegung. »Traurigerweise besitzt Max keine Freunde. Er ist ein grimmiger, humorloser und leidenschaftsloser Mann, der nur an sich selbst und an sein kostbares Home Office denkt.«

»Oh, *das* glaube ich nicht einen Augenblick lang.«

Kemble lächelte und faltete die Hände um eines seiner Knie. »Nun, einen Versuch war es wert, nicht wahr?«, sagte er leichthin. »Kommt jetzt, Miss Neville – was kann es schaden, wenn ich Euch für zwei Wochen auf Schritt und Tritt folge? Vielleicht werdet Ihr mich sogar ganz nützlich finden. Ich bin, wenn ich das von mir sagen darf, ein Mann mit vielen Talenten.«

Xanthia bezweifelte das nicht. Er war unterhaltsam, auf eine aufdringliche, aber nur leicht gefährliche Art und Weise, zudem gab es einen unübersehbaren dunklen Schatten in seiner Persönlichkeit. Aber zumindest war er nicht langweilig.

»Also gut«, stimmte sie schließlich zu. »Ihr könnt mich jeden Tag nach Wapping begleiten, und wir werden im Kontor ein wenig Platz für Euch schaffen. Seid Ihr ein sehr organisierter Mensch?«

»Schrecklich, ja.«

»Ausgezeichnet. Ich habe einen großen Lagerraum voll mit Listen und Ladungsverzeichnissen aus Bridgetown, die geordnet und archiviert werden müssen. Darüber hinaus werde ich Euch nicht benötigen, Mr. Kemble, besonders nicht hier im Haus, wo ich meinen Bruder habe, um ... um auf mich aufzupassen – was übrigens ein äußerst dummer Gedanke ist. Und ganz gewiss werde ich nicht diese Pistole an meinem Bein tragen.«

»Aber das solltet Ihr, meine Liebe. Eine Lady sollte niemals unbewaffnet durch Temple Bar gehen. Besonders eine Lady aus Eurem Metier in Anbetracht der Aufgabe, die Ihr übernommen habt. Lord Nash gilt als ein Mann mit sehr gefährlichem Ruf.«

»Oh, dessen bin ich mir sehr bewusst«, murmelte Xanthia. »Aber ganz und gar nicht sicher bin ich mir, dass er ein Verräter ist.«

»Das Home Office ist sich sicher, dass er einer ist«, sagte Kemble. »Man will ihn hinter Gittern sehen.«

»Ohne zuerst die Wahrheit herauszufinden?«, fragte Xanthia. »Warum fange ich nur an zu glauben, dass Ihr vom Home Office Lord Nash bereits verurteilt habt? Ich bin glücklich, helfen zu können, Mr. Kemble, wenn das im Interesse meines Unternehmens liegt, aber ich werde nicht Teil einer Verhöhnung der Justiz sein – egal, was für einen Preis man mir zahlt. Habe ich mich klar ausgedrückt?«

»Sehr klar.« Kemble wirkte ein wenig zerknirscht. »Und vielleicht habt Ihr ja sogar recht.«

»Ich denke, das habe ich«, entgegnete sie. »Aber falls ich mich irre – falls Nash hinter dem Waffenschmuggel steckt –, dann werden wir es schon bald wissen.«

Mr. Kemble lächelte und faltete sorgsam seine Hände. »Doch bis dahin habt Ihr auf jeden Fall immer die Pistole dabei, meine Liebe«, drängte er. »Schließlich kann eine Lady nie zu viel Silberschmuck tragen.«

Sie zog eine Augenbraue hoch. »Und was ist, wenn Lord Nash sie zufällig entdeckt?«, murmelte Xanthia. »Zufälle passieren.«

Mr. Kemble grinste schalkhaft. »Dann besser in Eurem Retikül?«, schlug er vor. »Allerdings werdet Ihr ein recht großes brauchen.«

»Das ist tatsächlich eine praktikablere Lösung.« Xanthia schürzte die Lippen. »Sehr gut. Das werde ich tun.«

Mr. Kemble spreizte seine Finger und lächelte triumphierend.

Nach dem Debakel, das ihm bei Lady Henslows Picknick widerfahren war, ging Lord Nash mit der Absicht nach Hause, zu Abend zu essen und dort zu bleiben, um ungestört seine Wunden oder die Krallenmale zu lecken – oder was auch immer es war, was Miss Xanthia Neville ihm zugefügt hatte. Allein ihre Anwesenheit hatte ein abscheuliches Mal hinterlassen, an dem er sich nicht kratzen konnte, eine tiefe Frustration, die ebenso ärgerlich wie fremd für ihn war.

Er hatte Tony zum Abendessen erwartet, doch sein Bruder tauchte nicht auf. Also aß er allein, kaute schweigend auf seiner Frustration herum und spülte sie mit einer Flasche ungarischen *bikavér* herunter – Stierblut, ein Wein, der kräftig genug war, um ihn unter normalen Umständen alle Probleme vergessen zu lassen.

Doch diesmal verfehlte er seine Wirkung. Wie ein Geist wanderte Nash durch das Haus. Stöberte die Regale der Bibliothek durch. Spielte *Vingt-et-un*, bis ihm die Augen schmerzten. Schon bald trieb ihn seine Unruhe wieder auf die dunklen Straßen, und er fand sich auf halbem Wege zum Berkeley Square wieder, ehe ihm bewusst wurde, was er im Begriff war zu tun. Mitten auf dem Bürgersteig blieb er abrupt stehen, sein Paletot wehte ihm im bleiernen Nachtnebel um die Beine.

Was würde es ihm nützen, dorthin zu gehen? Was wollte er tun, wenn er dort angekommen war? Auf der Straße stehen und zu den Fenstern dieser Frau hinaufstarren wie ein liebestrunkener Wahnsinniger?

Nein. Nein, der Preis dafür war zu hoch. Er würde stattdessen auf das zurückgreifen, für das er bereits bezahlt hatte. Und er war nicht liebestrunken; er war nur ... zum Verrücktwerden fasziniert. Ja, das war die richtige Beschreibung. Nachdem Nash dies beschlossen hatte, schlug er die Richtung nach Covent Garden ein. In Lisettes Bett würde er körperliche Befriedigung finden, so wie schon Hunderte Male zuvor. Und sollte selbst das nicht gelingen, so würde er zu Mother Lucy gehen und nach einer gertenschlanken Brünetten mit unergründlich tiefen blauen Augen fragen. Kein sonderlich ausgefallener Wunsch, auch wenn Lucys Mädchen selbst die verderbtesten Vorlieben befriedigen konnten. Nash war nicht interessiert an Verderbtheit. Alles, was er wollte, waren einige wenige Stunden Frieden in jemandes Armen.

Doch diese Arme sollten nicht die von Lisette sein. Nicht, wenn er sich nach Frieden sehnte. Nash war bei seinem zweiten Glas Wodka angelangt, als sie aus dem Theater heimkam. Ihre

Augen funkelten vor kaum verhüllter Empörung. »Nun, wie nett, dich hier zu sehen«, sagte sie statt einer Begrüßung, während sie ihren Mantel dem sich duckenden Diener zuwarf.

Nash schaute von seinem Glas auf. »Du kommst spät, Lisette.«

Die Schauspielerin zuckte die Schultern und ging zu dem Sekretär aus Mahagoni. Lisette mochte dumm sein, aber sie wusste, wer ihre Rechnungen bezahlte. »Ich habe dich nicht erwartet, *darling«*, sagte sie und zog die Nadeln aus ihrem Hut. »Deine Gewohnheiten haben sich in letzter Zeit geändert.«

»Aber ich bezahle dich dafür, hier zu sein.«

»Nein, mein Lieber, du bezahlst mich, damit ich mit dir schlafe.« Sie schüttelte ihr eisblondes Haar und schaute in den Spiegel, um seine Reaktion zu sehen. »Nach der Vorstellung gab es noch eine kleine Feier. Wären wir verabredet gewesen, hätte ich dich vielleicht dazu eingeladen.«

Er griff nach seinem Glas und stand auf. »Komm nach oben, wenn du mit deiner Toilette fertig bist.«

»Das werde ich. Ich wünsche immer, für dich so gut wie möglich auszusehen, Nash.« Ihr Blick folgte ihm im Spiegel. »Warum nimmst du den Madeira nicht mit hinauf?«

»Ich mache mir nichts aus ihm«, sagte er.

»Ich schon«, erwiderte sie. »Trink also ein Glas davon mit mir, wenn es dir nichts ausmacht.«

Auf dem Tablett war nur noch ein Glas. Nash nahm es, griff nach der Flasche und ging dann die Treppe hinauf. Oben angekommen stellte er beides auf Lisettes Nachttisch und begann sich langsam zu entkleiden.

Als sie schließlich nackt zu ihm unter die Decke schlüpfte, nahm er sie heftig, stieß sofort tief in sie hinein und trieb sich fast wie verrückt in sie in dem vergeblichen Versuch, die

Dämonen, die ihn quälten, zu verdrängen. Lisette reagierte – sie war schließlich eine Schauspielerin –, doch in Wahrheit hatte sie es immer auf diese Weise gemocht. Es war, vielleicht, das, was sie zuerst aneinander angezogen hatte. Das Bedürfnis, ihre Enttäuschungen und ihre Körper miteinander zu teilen. Der Hunger nach sexueller Befriedigung – doch ohne Intimität.

Es hatte eine Zeit gegeben, zu der das alles gewesen war, was Nash gewollt hatte. War das noch immer so? Er war Lisettes überdrüssig, und in diesem Moment war er auch diese Darbietung leid, das war alles. Lisette schaute aus schläfrigen Augen zu ihm hoch, ihr roter Mund war halb geöffnet, und sie keuchte. Es fühlte sich so ... *unzureichend* an. Es war, als würde er sich und sie aus der Distanz und mit den Augen eines Fremden dabei beobachten, wie sie stießen und keuchten und sich aneinanderklammerten. Gleichgültig. Leidenschaftslos.

Nash beobachtete, wie Lisette sich anspannte und unter ihm erbebte, dann brachte er den Akt mechanisch zu Ende, zog sich im letzten möglichen Moment aus ihrem Körper zurück und ließ seinen Samen über ihre milchig weißen Oberschenkel strömen. Es war der vielleicht höflichste, nüchternste Sex seines Lebens gewesen. Lisette lächelte ihn träge an, aber er konnte ihre Unzufriedenheit spüren. Vielleicht hatte auch sie die Befriedigung einfach vorgetäuscht? Vielleicht tat sie das schon lange Zeit? Welch ein grauenvoller Gedanke das war. Hatte er sie beide unglücklich gemacht, indem er in dieser Farce von einer Affäre verharrt war?

In jeder sexuellen Liaison kam eine Zeit, Nash war sich dessen bewusst, in der die Dinge sich entweder zu etwas Tieferem entwickelten oder aber eben nicht. Wenn dieser Punkt erst einmal erreicht war, brachten die Tage und Monate, die ihm folgten, nichts als Feindseligkeit und Schuldzuweisungen.

Nash wollte nichts, was tiefer ging, und der Verdruss – nun, er schmeckte schon jetzt alt und bitter. Für ihn und Lisette war dieser Zeitpunkt jetzt gekommen – wie bei jeder anderen Geliebten, die er bisher gehabt hatte.

Nachdem Nash wieder zu Atem gekommen war, drehte er sich auf die Seite und legte sich einen Arm über die Augen, um das dämmrige Lampenlicht auszublenden. Lisette hatte – wie es ihre Gewohnheit war – den Docht nicht hinuntergedreht. Sie setzte sich im Bett auf, und für einen langen Moment war im Zimmer nur ihr beider Atem zu hören.

»Hast du heute Abend gespielt?«, fragte sie schließlich. »War es ... betrüblich?«

»Nein«, entgegnete er. »Ich war zu Hause.«

Die Wahrheit war, dass er schon seit Tagen nicht mehr am Spieltisch gesessen und Karten gespielt hatte. Er war weder bei *White's* gewesen noch in einer der anderen verruchteren Höllen, die er zu besuchen pflegte – Orte, an denen es von Haien und Betrügern jeder Sorte wimmelte. Orte, die ihn normalerweise reizten. Doch in den letzten Tagen hatte er keinen Spaß mehr an diesem Zeitvertreib gehabt – und er war nicht so dumm zu spielen, wenn ihm der Biss fehlte. Falschspieler waren nichts anderes als Kannibalen; sie suchten nach den Schwachen in der Menge und weideten sie aus. Niemand wusste das besser als er.

»Ich spüre es, Nash, wenn du ins Bett kommst, ob du gewonnen oder verloren hast.« Ihre Stimme klang irgendwie hart. »Heute Abend hast du mich gevögelt, als hättest du verloren.«

»Lisette, um Gottes willen«, knurrte er. »Nicht jetzt, bitte.«

»Irre ich mich, Nash«, sagte sie schließlich, »wenn ich denke, dass du meiner Reize müde bist?«

Er konnte hören, wie sie mit ihrem Fingernagel über die Bettdecke fuhr, fast so hart, wie ein kleines Kind, das sich den

Schorf von einer Wunde abkratzt. Lisette hatte vor, sie beide bluten zu lassen. Nash fühlte es. Seinen Frieden würde er auch hier und jetzt nicht finden. Vielleicht verdiente er es nicht besser.

Nash ergab sich in sein Schicksal, stieg aus dem Bett und ging zum Fenster, von dem aus man auf die Henrietta Street schauen konnte. Mit weit gespreizten Armen stützte er sich gegen den Fensterrahmen und starrte in die Nacht hinaus. Die Glocken von St. Pauls schlugen die Stunde und klangen, als wären sie in Baumwolle gehüllt. Der Nebel war so dicht geworden, dass man wahrscheinlich durch Covent Garden hätte schwimmen können, das Licht der Straßenlaternen war nicht mehr als ölige, gelbe Schmiere.

»Nash, ich habe nachgedacht«, sagte Lisette hinter ihm. »Wir ... wir könnten wieder ein Mädchen dazunehmen, was meinst du? Nur für eine Weile. Helen Manders hat riesige Brüste – und sie schert sich nicht um ihren Ruf.«

Nash hatte das Fenster hochgeschoben und atmete die kalte, schneidende Luft in seine Lungen, weil er hoffte, dadurch seinen Kopf klar zu bekommen. »Ich denke nicht, Lisette.«

»Aber sie spielt in dieser Saison die Titania«, drängte Lisette. »Vielleicht würde sie sogar ihr Kostüm dabei tragen. Sie sieht sehr reizend aus als Fee, das versichere ich dir.«

»Nein, nicht Helen«, sagte er. »Sie ist nicht die Lösung.«

»Dann einen anderen Mann, Nash, wenn du das willst«, schlug sie vor. Ihre Stimme klang tief und verführerisch. »Würde dir das gefallen? Würde es das? Ich kann ein sehr böses Mädchen sein, und danach – nun, du könntest mich bestrafen. Was ist mit Tony? Er sieht sehr gut aus. Ich denke, mir würde ein Versuch mit ihm gefallen.«

Angeekelt von ihrem Vorschlag fuhr Nash herum. »Allmächtiger Gott, zieh Tony nicht in diese Sache hinein«, fauchte er.

»Er hat schon Probleme genug – und eine Frau, wenn ich dich daran erinnern darf.«

Lisette verdrehte die Augen. »Herrgott, Nash! Musst du so schrecklich konventionell sein? Es kümmert mich nicht, ob er eine Frau hat – und ich kann dir versichern, dass es ihm genauso geht. Jedenfalls, wenn all das stimmt, was ich höre.«

»Nun, er sollte sich aber darum kümmern, verdammt noch mal«, sagte Nash. »Also? Was hast du gehört?«

Lisette lächelte ihn vom Bett aus an. »Komm wieder zu mir, Nash«, schnurrte sie. »Komm wieder her und lass mich dich wieder haben, hmmm? Dieses Mal auf die Art, die *mir* gefällt. Und danach werde ich vielleicht deine Frage beantworten.«

Nash wandte ihr erneut den Rücken zu und strich sich mit der Hand durchs Haar. »Nein, ich ... ich muss gehen, Lisette.«

»Nash!«, sagte sie tadelnd. »Es ist drei Uhr morgens.«

»Ich muss«, stieß er hervor und griff nach seinem Hemd.

Lisette schlug mit den Fäusten auf die Bettdecke. »Verdammt, Nash!«, rief sie. »Ich habe genug ... von dieser lustlosen, halbherzigen *affaire*.«

»Ich bitte um Verzeihung«, schaffte er zu sagen, während er die Falten aus seinem Mantel schüttelte. »Du hast vollkommen recht.«

»Nash, ich meine es ernst«, begann sie. Ihre Stimme klang jetzt schrill vor Zorn. »Ich habe wirklich genug. Und ich denke, dir geht es genauso. Ich verlasse dich wegen Lord Cuthert. Hörst du mir zu? Ich meine es absolut ernst.«

Nash nickte, während er sich die Hosen anzog. »Cuthert, ja«, murmelte er. »Von mir aus.«

»Ich werde morgen fort sein, Nash«, schrie sie, »wenn du nicht irgendetwas sagst, was mich wünschen lässt, zu bleiben!«

Nash zog seine Weste an und sah Lisette ausdruckslos an. »Er ist ein feiner Kerl, Cuthert – aber das sagest du schon, nicht wahr? Ich wünsche dir nicht, dass du unglücklich bist, Lisette. Ich wünsche nur – nun, ich wünsche dich fort aus meinem Leben. Und mich fort aus deinem.«

Ehrlichkeit, so schien es, war nicht die klügste Politik. Aus Lisettes Gesichtsausdruck sprach höchste Wut. »Gott, wie ich dich hasse!«, kreischte sie und schnappte sich die Flasche mit dem Rotwein. »Ich hasse dich zutiefst! Absolut!«

Ihr Ziel war klar, aber in genau dem Moment hatte Nash sich nach seinen Strümpfen gebückt. Der Regen aus zersplittertem Glas ließ ihn hochfahren. Als er über die Schulter schaute, sah er den Madeira die mit elfenbeinfarbener Seide bespannten Wände hinunterlaufen.

Einen Moment lang starrte er wie benommen auf das Fiasko. »Hat diese Flasche nicht zu den Gläsern gepasst, die du letzte Woche zerschlagen hast?«, fragte er schließlich.

»Ja«, zischte Lisette und schleuderte das letzte noch verbliebene Glas in den Spiegel. »Und sieh nur! Jetzt passt alles wieder zusammen!«

Kapitel 6

Ein schwüler Nachmittag in Wapping

Xanthia hatte beschlossen, dass es nur ein kurzer Besuch der neuen St. Katharine's Docks sein sollte. Ein kleiner Spaziergang ein Stück das Flussufer hinauf, nicht einmal eine halbe Meile. Moderne Zeiten kamen auf Wapping zu. Vorboten waren größere Kräne, tiefere Hafenbecken und großräumige, hell erleuchtete Lagerhäuser, und Neville Shipping, das hatte sich Xanthia geschworen, würde einer der Vorreiter sein. Aus dieser Überlegung heraus hatte sie drei Monate zuvor ein Vermögen in eine vorläufige Mietvereinbarung für zwölftausend Quadratfuß Lagerraum investiert. Die Verhandlungen waren langwierig und hart gewesen, aber letztlich hatte sie das Geschäft unter Dach und Fach gebracht. Heute bekam sie das erste Mal die Gelegenheit, den Fortschritt des Gebäudes in Augenschein zu nehmen.

Mr. Kemble hatte natürlich Einwände gegen diesen Spaziergang erhoben, aber bis jetzt gab es nichts, was es erforderlich machte, dass er sie davor beschützte, und genau das sagte sie ihm auch. Also ließ sie ihn in dem im ersten Stock gelegenen Büro zurück – mitsamt einer Kiste alter Ladelisten, die neben dem zusätzlichen Schreibtisch stand, den Mr. Blakely für ihn aufgetrieben hatte – und ging die Treppe hinunter, um Gareth Lloyd abzuholen. Xanthia hätte geschworen, dass sie und Gareth nicht länger als zwei Stunden fort gewesen sein konnten, aber als sie von der Wapping High Street wieder in das dämmrige, düstere Kontorhaus der Reederei traten, empfing sie dort ein heilloses Durcheinander. Der erste Hinweis war der saure, kreidige Geruch, der Xanthia in die Nase stieg.

»Guter Gott«, sagte Gareth. Er war stocksteif an der Türschwelle stehen geblieben, sein Blick irrte suchend durch den Raum.

Xanthia stand neben ihm und konnte nur sprachlos auf das Chaos starren. Ihre sechs Kontorangestellten standen zusammengedrängt in einer Ecke des Zimmers. Mr. Blakely stürzte händeringend auf Xanthia zu, seine Brille war ihm auf die Nasenspitze gerutscht. »Ich habe versucht ihn aufzuhalten, Miss Neville«, beteuerte er mit leiser, kläglicher Stimme. »Ich habe ihm gesagt, das würde nicht gehen, aber er wollte nicht auf mich hören!«

Xanthia betrat das Zimmer. »Mr. George«, begann sie und benutzte dabei den Decknamen, auf den sie und Kemble sich geeinigt hatten, »was, bitte, bedeutet diese ... diese *Unordnung* in meinem Kontor?«

In der gegenüberliegenden Ecke fuhr Mr. Kemble zu ihr herum. Sein Gesicht leuchtete vor Freude. Rasch bahnte er sich seinen Weg durch den Pulk zusammengeschobener Schreibtische und Schränke. »Ich nenne es *blasses Melonenrosa*«, sagte er fast vergnügt. »Die Duchess of Devonshire hat letztes Frühjahr ihren Salon in dieser Farbe streichen lassen – und jetzt ist dieser Ton in ganz Mayfair Mode.«

Gareth Lloyd starrte noch immer auf die zwei Arbeiter, die auf Leitern stehend die Wand in einer rosarotorangenen Farbe strichen. Drei der großen Schreibtische waren mit farbbekleckstenTüchern aus Leinen abgedeckt, die übrigen waren auf einer Seite des Raumes zusammengestellt worden. Die Angestellten wirkten wie Schafe, die in einer Ecke ihres Pferchs zusammengetrieben worden waren. An den hinteren Fenstern waren zwei weitere Männer in steifen schwarzen

Anzügen damit beschäftigt, Muster aus buntem Stoff auseinanderzurollen und sie gegen die Fenster zu halten. Dabei diskutierten sie angeregt über Farben und Kontraste.

»Das ist Phillipe mit seinem Assistenten«, sagte Kemble. »Der Stoffhändler drüben in Fenchurch. Warum soll man unbedingt Bond-Street-Preise zahlen, nicht wahr? Ich meine, es ist schließlich *nur* ein Kontor.«

»Ganz recht, Mr. George, dies ist *nur* ein Kontor«, wiederholte Xanthia wütend. »Und zwar eines, das mit dem Profit und dem Verlust, das es jeden Monat macht, steht und fällt. Wir können eine solche Ausgabe nicht gutheißen.«

Mr. Kemble schien sich selbst am Kragen zu packen und um zehn Zentimeter in die Höhe zu ziehen. »Aber Madam, jeder muss dekorieren«, verkündete er. »Hässlichkeit macht so unbeschreiblich depressiv. So müde. Wie könnt Ihr von diesen Leuten nur erwarten, unter solchen Bedingungen zu arbeiten?«

In diesem Moment klopfte es hinter Xanthia laut an der Tür. »He, Georgie!«, rief der Besucher von der Schwelle. »Wir bringen den grünen Teppich. Wo soll er hin?«

»Man nennt die Farbe Pistaziengrün, Mr. Hamm!«, rief Kemble durch die Tür.

Xanthia wandte sich um. Zwei stämmige Männer standen vor der Tür, auf der Straße hinter ihnen war ein Karren zu erkennen. »Einen – einen *Teppich?*«, brachte sie hervor.

Mr. Kemble lächelte sie milde an und tätschelte ihr den Arm. »Keine Sorge, meine Liebe«, flüsterte er. »Mein Freund Max wird für alles aufkommen. Und dann wird es hier doch sehr viel freundlicher aussehen, nicht wahr? Sehr viel einladender und – darf ich es so sagen? – *fröhlicher*. Und Freude ist wichtig bei dem, was einen täglich umgibt, denkt Ihr nicht auch?«

»Ich ...«, Xanthia schluckte mühsam, »ich ... ich weiß es nicht.«

Gareth Lloyd hatte sich mit offensichtlichem Widerwillen einen Überblick über die Situation verschafft. »Nun, ich kann Euch sagen, was *ich* gern wüsste«, brummte er. »Ich würde gern wissen, welche Art von – von *Privatsekretär* seinen Arbeitgeber *meine Liebe* nennt. Und ich würde mich erdreisten, weiterhin zu sagen, dass Ihr drauf und dran seid, Euch ohne Anstellung wiederzufinden, Mr. George – wobei mir der Grund gänzlich unerklärlich ist, warum Ihr überhaupt eingestellt wurdet.«

Lloyd ging die Treppe hinauf, seine Schritte donnerten auf den Stufen. Er war von Anfang an gegen Kembles Anwesenheit gewesen und nun offensichtlich der Meinung, dass Xanthia ihren Verstand verloren hatte.

Kemble lächelte und tätschelte wieder Xanthias Hand. »Meine Liebe, ist Euer Mr. Lloyd immer so gereizt? Oh, macht Euch nichts daraus! Ich bin sicher, er wird seine Meinung ändern – besonders wenn er die lavendelfarbene Moiré-Seide sieht, die ich oben aufhängen lassen werde.«

In diesem Augenblick wurde ein weiteres Mal an die Tür geklopft.

»Großer Gott, was ist denn noch?« Xanthia fuhr herum.

Zu ihrem Entsetzen stand der Marquess of Nash auf der Türschwelle. Hinter ihm waren Mr. Hamm und sein Gehilfe dabei, den aufgerollten Teppich von ihrem Karren zu wuchten. Kemble verschwand sofort in den Tiefen des Zimmers, während Xanthia Unsicherheit überkam. »Lord Nash«, schaffte sie zu sagen, »was tut Ihr hier, um alles in der Welt?«

Nash hielt den Hut in seiner Hand. »Ich war gerade in der Nähe und dachte, ich würde gern genau sehen, wie ein *kleines Büro* in Wapping aussieht. Darf ich eintreten?«

Xanthia machte einen Schritt zur Seite. »Wie Ihr wollt«, sagte sie. »Alle anderen sind ja auch eingetreten.«

Kemble hörte dem Gespräch aufmerksam zu, wenn auch aus der Ferne. Er zupfte die Stoffplanen für die Maler zurecht, doch Xanthia spürte, dass der Mann Nash aus dem Augenwinkel beobachtete und dabei wie ein Jagdhund auf der Pirsch vor Anspannung erzitterte. Sogar die eingeschüchterten Angestellten schauten von ihren Büchern auf.

Nash ließ seinen Blick durch den großen Raum schweifen. »Wie ich sehe, dekoriert Ihr neu.«

»Nicht *neu*.« Im hinteren Teil des Zimmers breitete Kemble den nächsten Schonbezug wie ein frisch gestärktes Bettlaken aus. »Dieser Ort war ein Albtraum. Senffarbene Wände, mit Fliegendreck gesprenkelte Fenster, abgewetzte Böden aus unbehandeltem Holz – äußerst trostlos.«

Xanthia warf ein unterdrücktes Lächeln in Nashs Richtung. »Einige unserer Angestellten sind sehr eigensinnig«, murmelte sie.

»Miss Neville, soll ich jetzt den Tee bringen?« Kemble hatte sich hingekniet und zog die Stoffhüllen sorgsam über die Ecken eines Schreibtisches. »Und bitte sagt Mr. Lloyd, dass ich seine Meinung bezüglich dieses Rosenmusters für die Vorhänge brauche – wenn er so freundlich wäre, wieder herunterzukommen?«

Xanthia blinzelte unsicher. »Mr. George, ich denke nicht, dass Lloyd sich sonderlich dafür inter-«

»Trotzdem«, fiel Kemble ihr ins Wort, »möchte ich, dass er *herunterkommt*.«

Plötzlich begriff Xanthia. Kemble wollte, dass sie Lord Nash nach oben führte. Allein. Was in der Tat absolut logisch war. Es konnte nur zwei Gründe für Nashs Besuch geben – und keiner davon konnte vor Angestellten erörtert werden. Nash war inzwischen zu mehreren Hogarth-Drucken gegangen, die in billigen Rahmen steckten und mehr schlecht als recht an der Wand neben der Tür aufgehängt worden waren, und betrachtete sie.

Kemble griff sich ein Rechnungsbuch von Mr. Blakelys Schreibtisch. »Und, Miss Neville, bitte nehmt das mit, wenn Ihr hinaufgeht.«

Blakely setzte zu einem Protest an, doch Kemble trat ihm diskret auf den Fuß. Als er selbst keine Anstalten machte, ihr das Buch zu bringen, durchquerte Xanthia ungeduldig das Zimmer und riss es ihm aus der Hand. »Meine Güte, was seid Ihr nur für eine schnelle Arbeiterin«, murmelte er. »Meinen Respekt.«

»Danke«, murmelte sie und trat zur Seite. »Tee wäre jetzt wundervoll.«

»Sofort, Ma'am.«

»Oh, und Mr. George?«, sagte sie ruhig.

»Ja, Miss Neville?«

»Das blasse Melonenrosa muss wieder verschwinden«, sagte sie. »Es tut mir leid, aber ich kann es nicht ausstehen. Und keinen Teppich. Was das betrifft, bin ich unnachgiebig. Es gibt zu viele Besucher mit schmutzigen Stiefeln. Er würde schon bald ruiniert sein.«

Kembles Augen funkelten vor Temperament. »Und die Vorhänge?«

»Darüber müsst Ihr und Lloyd entscheiden«, erwiderte sie. »Aber keine Rüschen, keine Kräusel, kein Schnickschnack. Verstehen wir uns?«

»Eigentlich nicht«, sagte Mr. Kemble beleidigt. »Aber Ihr trefft die Entscheidungen.«

Verärgert kehrte Xanthia zur Tür und zu ihrem unerwarteten Besucher zurück. »Möchtet Ihr in mein luxuriöses Büro hinaufkommen, Lord Nash?«, fragte sie trocken. »Von dort hat man einen Blick auf die St. Savior's Docks, der Euch schlichtweg den Atem rauben wird.«

»Und Gott weiß, dass ich nichts mehr liebe als den Anblick einer malerischen Schiffswerft«, sagte Nash. »Wage dich voran, Macduff.«

»Wahren«, korrigierte Xanthia ihn, während sie die Treppe hinaufstieg.

»Wie bitte?«

»Es heißt *wahren. Nun magst dich wahren, Macduff*. Macbeth fordert Macduff zum Kampf auf. Zu kämpfen und anzugreifen. Also wirklich, Lord Nash, habt Ihr in Eton Euren Shakespeare nicht gründlich studiert?«

»Ich fürchte, ich habe ihn überhaupt nicht gelesen«, entgegnete Nash ruhig.

Sie schaute über die Schulter zurück. »Bitte?«

»Als die Jungen meines Alters Eton besuchten, habe ich mich abgemüht, Englisch zu lernen«, sagte er. »Ich glaube noch immer nicht, dass ich fit darin bin.«

Etwas in seinem Tonfall ließ Xanthia zögern. Wieder war da dieses plötzliche Aufblitzen von Verstehen; von Seelenverwandtschaft. Ja, sie wusste nur allzu gut, was er empfunden haben musste. »Vergebt mir«, sagte sie. »Ich – ich wollte Euch nur aufziehen, aber nicht beleidigen.«

»Es war keine Beleidigung«, sagte Nash. »Ich habe jede Mühe auf mich genommen, wie ein wahrhaft englischer Adliger auszusehen, Miss Neville, aber das alles ist nur Teil einer Fassade, versteht Ihr? Tief im Innern bin ich nur den Ellbogen gebrauchender, kontinentaler Pöbel.«

Xanthia brachte ein Lächeln zustande. »Kontinentaler Pöbel? Das klingt aufregend.«

Er lachte und beugte sich vor, um ihr die Tür zu öffnen.

»Oh nein, die nächste«, sagte sie. »Durch diese Tür geht es in unseren ziemlich unordentlichen Lagerraum. Ich würde vor Verlegenheit sterben, solltet Ihr ihn zu sehen bekommen.«

Lord Nash lächelte und hielt ihr die nächste Tür auf. Gareth Lloyd, der an seinem Schreibtisch gesessen hatte, sprang auf. Rasch übernahm es Xanthia, die beiden Gentlemen miteinander bekannt zu machen, dann bat sie Lloyd, hinunterzugehen und sich der Auswahl der Vorhänge zu widmen. Einige Worte des Protestes waren die Antwort, aber letzten Endes verließ Lloyd das Zimmer.

Xanthia war mit Nash allein. Die Erinnerung an ihr recht riskantes Benehmen beim Picknick beunruhigte sie. Was musste der Mann nur von ihr denken?

Nash schlenderte im unordentlichen Arbeitsraum umher, in dem drei Schreibtische, eine geöffnete Kiste und ein langer Arbeitstisch standen und eine Landkarte eine Wand zierte. Vor dem kalten, sauber gefegten Kamin gab es noch zwei Armsessel und einen kleinen Teetisch.

»Wollt Ihr Euch nicht setzen?«, bat sie höflich.

»Nicht, bevor ich die herrliche Aussicht genossen habe.« Nash hielt noch immer seinen Hut in der Hand.

»Vergebt meinem Personal, Mylord.« Xanthia nahm ihm den Hut ab und legte ihn auf ihren Schreibtisch. »Sie sind nicht besonders geübt in der Kunst der Büroetikette.« Dann führte sie Nash an das tiefe Flügelfenster. »Seht«, sagte sie und deutete auf das gegenüberliegende Ufer, »dort ist Rotherhite Wall und dort der Eingang zu St. Savior's. Und seht Mill Stairs, gleich da drüben? Und den Hof mit den Fässern und dem Holzlager? Oh, und das Gebäude dort, ich glaube, das war die Fassmacherei – bevor das Dach eingestürzt ist und die Ratten dort eingezogen sind.«

»Großer Gott.«

»Und an all dem fließt natürlich die Themse vorbei, aufgewühlt von Schlamm und Gott weiß noch was«, schloss sie. »Malerisch, nicht wahr?«

Nash beugte sich weiter vor; so weit, dass Xanthia seine Wärme an ihrer Schulter spüren konnte. Sie fühlte, wie ihr Unbehagen wuchs und ihr Puls zu rasen begann. »Äußerst idyllisch«, bestätigte er. »Ich frage mich, wie Ihr Euch bei diesem Ausblick auf die Arbeit konzentrieren könnt.«

Sie lachte und wollte sich vom Fenster abwenden, doch Nash wich nicht von der Stelle. »Außerdem frage ich mich«, murmelte er, während sein Blick über ihr Gesicht glitt, »ja, ich frage mich, was, zum Teufel, mich geritten hat hierherzukommen.«

Für einen Moment rang Xanthia um Luft. Als sie schließlich wieder atmen konnte, nahm sie Nashs warmen, dunklen, männlichen Duft wahr. »Vielleicht habt Ihr etwas, was Ihr mit dem Schiff transportieren lassen möchtet?«, sagte sie mit aufgesetzter Munterkeit. »Ihr könntet selbstverständlich all Eure Handelsgeschäfte Neville's anvertrauen. Wir sind die Besten in dem Gewerbe.«

Der seltsame Bann zwischen ihnen war gebrochen. Nash lachte leise und ließ Xanthia vorbeigehen. »Ich werde daran denken, meine Liebe, wenn ich das nächste Mal etwas versenden muss, nach – oh, wohin fahren Eure Schiffe überhaupt?«

»Zur Hölle und zurück, Lord Nash, wenn damit Geld zu verdienen ist.« Sie wies auf die Sessel vor dem Kamin. »Aber was auch immer Euch hierhergeführt hat – trinkt erst einmal einen Tee mit mir.«

Das Timing war hervorragend. Einer der Angestellten klopfte leise an die Tür, bevor er sie mit der Schulter aufstieß und ein Tablett mit dem schon recht mitgenommenen, alten

Teegeschirr aus Zinn hereintrug. »Mr. George ist empört, weil wir kein Teegebäck haben, Ma'am«, sagte er. »Soll ich zur Bäckerei gehen und welches holen?«

Xanthia verneinte und schickte ihn wieder hinaus. Während sie den Tee eingoss, tauschte sie mit Nash einige Bemerkungen über das Wetter aus. Nash hielt es für möglich, dass es regnete, sie nicht.

Es fühlte sich seltsam an, nach allem, was zwischen ihnen geschehen war, über so alltägliche Dinge zu sprechen. Xanthia wusste, dass sie sich auf das konzentrieren sollte, worum de Vendenheim sie gebeten hatte, aber sie kam einfach nicht über die Tatsache hinweg, dass Nash in ihrem Büro war, dass er wie ein eingesperrter Panther hin und her lief und in ihre alltägliche Welt auf eine Art eindrang, die ihre Sinne verschwimmen ließ.

Er war ein Mann, von dem die Frauen träumten; ein Mann, der einen an atemlose Seufzer und zerwühlte Laken denken ließ. Aber nicht die Art von Mann, die mitten an einem Arbeitsnachmittag auftauchte, um eine Tasse Tee zu trinken. Doch jetzt war er hier und benahm sich mit zurückhaltender Artigkeit – auch wenn sein dunkles, zu langes Haar und die schwarzen Augen ihn ein wenig ungezähmt aussehen ließen. Xanthias Blick glitt über seine eng anliegenden Hosen und die hohen schwarzen Reitstiefel, die seine Größe und seine schlanke Gestalt betonten. Sein Reitmantel saß eng an seinen breiten Schultern und war entschieden nach kontinentalem Schnitt gearbeitet.

Xanthias gute Manieren gewannen die Oberhand und hielten sie davon ab, ihn weiterhin so direkt und eindringlich zu betrachten, wie sie es gern getan hätte. »Ihr seid zu Pferd unterwegs, vermute ich?«

»Ja, ich wollte ein wenig frische Luft schnappen«, sagte er.

»In Wapping?«, fragte sie lachend. »Oh, schon gut! Erzählt mir von Eurem Hintergrund, Mylord. Englisch war also nicht Eure Muttersprache?«

Er lächelte bescheiden. »Nein, es war nicht die meiner Mutter«, sagte er. »Sie verabscheute England und alles, was damit zusammenhing.«

»Ah«, erwiderte Xanthia. »Und woher stammte sie? Vom Kontinent, würde ich meinen, bei dieser Art von Verhalten.«

Er lachte wieder. »Ihr habt ganz recht. Sie stammte aus Montenegro. Kennt Ihr es?«

Xanthia nickte. »Oh, aber ja, vom Erzählen«, antwortete sie und stellte ihre Teetasse ab. »Mir wurde gesagt, dass es ein atemberaubend schönes Land ist. Ich kann mir vorstellen, dass Ihr es sehr vermisst.«

»Ihr könnt Euch nicht vorstellen, wie wunderschön es in Wirklichkeit ist, Miss Neville, bevor Ihr es gesehen habt«, entgegnete er. »Das lebhafte Blau der Adria vor der Kulisse dunkler, üppig bewaldeter Berge. Als Kind habe ich gedacht, Montenegro wäre ein fast magischer Ort.«

»Ihr seid dort aufgewachsen?«

Der Marquess zuckte mit den Schultern. »Mutter war eine Vagabundin«, sagte er. »Sie war zur Hälfte russischen Blutes und bewegte sich nur in den vornehmsten Kreisen. Wir waren ständig unterwegs. Wien. Prag. St. Petersburg. Aber falls wir so etwas wie ein Zuhause hatten – ja, dann war es Montenegro.«

»Und Montenegro liegt nördlich von«, nachdenklich legte sie die Stirn in Falten, »Albanien, richtig? Und Griechenland?«

Nash lächelte. »In Eurer Branche braucht man vermutlich einen ausgeprägten Sinn für Geografie.«

»In der Tat. Und auch einen für die Politik. Zum Beispiel

können wir in Athen nicht immer unsere Schiffe überholen, wenn wir es eigentlich gern täten. Eine Revolution kann schreckliche Unbequemlichkeiten im Handel zur Folge haben.«

»Ich kann Euch versichern, meine Liebe, dass niemand mehr Unbequemlichkeiten durch die Revolution hat als die Griechen selbst«, sagte er ruhig. »Doch am Ende werden sie siegen.«

»Ist das Euer Wunsch?«, fragte sie leichthin.

Nash verspannte sich sichtlich. »Ich bin kein Freund der Türken«, gab er zu. »Meine Familie kämpft seit Jahrhunderten gegen sie. So wenig es auch bedeuten mag, aber ja, bei Gott, ich hoffe, die Griechen werden die Ägäis rot mit türkischem Blut färben.«

Es schien, als hätte Xanthia einen Nerv getroffen. Doch es wäre unklug, bei diesem Thema zu verharren. »Vermisst Ihr Eure Heimat sehr?«

Nash nickte, als sie die Teekanne anhob. »Ich habe sie sehr vermisst, anfangs jedenfalls«, antwortete er, während sie ihm Tee nachschenkte. »Aber der Krieg wütete, und mein Vater hatte einen englischen Titel geerbt. Er musste hier Verantwortungen wahrnehmen.«

»Eure Linie der Familie hatte die Erbschaft nicht erwartet?«, fragte sie.

Nash schüttelte den Kopf. »Niemals. Mein Bruder und ich waren von Kindesbeinen an Zar Peter versprochen – seiner Herrschaftlichen Garde –, sobald wir alt genug dafür gewesen wären. Das sollte unsere Bestimmung sein, versteht Ihr? Aber dann kamen Vaters Bruder und dessen Sohn bei einem Segelunfall ums Leben«, Nash hob die Hände in einer bemerkenswert kontinentalen Geste, »das Schicksal änderte seine Meinung, so schien es jedenfalls, und brachte uns nach Brierwood, dem Familiensitz in Hampshire.«

Xanthia versuchte sich in ihrem Sessel zu entspannen. Hampshire! Der Mann, der ermordet worden war, hatte sich in Hampshire aufgehalten. »Wie aufregend das für Euch gewesen sein muss«, brachte sie heraus. »Wie war es, zum ersten Mal Euren Familienbesitz zu sehen und zu wissen, dass eines Tages alles Euch gehören würde?«

»Zu der Zeit war nicht ich der Erbe.« Er machte eine Pause, um höflich an seiner Teetasse zu nippen. »Mein Bruder Petar war der Älteste von uns. Bedauerlicherweise ist er jung verstorben.«

Davon hatte Xanthia nichts gewusst. »Das tut mir sehr leid«, sagte sie. »Ich nehme an, Eure Mutter mochte England vom ersten Augenblick an nicht?«

Nash lächelte sardonisch. »Meine Mutter lebte nur kurze Zeit in Hampshire, bevor sie sich entschloss, in ihr altes Leben zurückzukehren. Mein Vater ... nun, alles war sehr turbulent zu dieser Zeit. Ich denke, damals hat es ihm nicht leidgetan, sie gehen zu sehen.«

»Wie traurig das klingt.«

Nash zuckte die Schultern, als würde ihm das kaum etwas ausmachen. »Mein Vater hatte ein neues Leben; ein Leben voller Reichtum und Privilegien. Und natürlich auch Pflichten. Aber diese Dinge haben meiner Mutter nichts bedeutet; sie war abgeschnitten von ihrer Welt. Sie sagte, sie könne in England nicht atmen. Also ist sie fortgegangen – und kurz darauf gestorben.«

Xanthia entging die Trauer in seiner Stimme nicht. »Wie tragisch«, murmelte sie. »Aber es war niemandes Schuld, nicht wahr?«

Nash zog eine Augenbraue hoch. »Nein, niemand war schuld«, erwiderte er und stellte seine Teetasse ab. »Sagt mir, Miss Neville, wie geht Euer Geschäft voran?«

Xanthia sah ihn über den Tisch hinweg an. Offensichtlich war das Gespräch über seine Familie zu Ende. »Recht gut, danke. Wir haben unsere Fahrten um fünfunddreißig Prozent gesteigert und unsere Gewinne um fast zehn, seit wir in England sind.«

»Guter Gott.« Er sah sie überrascht an. »Ihr müsst das Geld im Keller prägen und Schiffe zu einem außerordentlichen Preis kaufen.«

Xanthia nickte zustimmend. »Ein weiterer Grund, um hier zu leben«, sagte sie. »Man kann fast alles leicht und schnell kaufen – oder mieten.«

»Und trotz dieser Aufwendung von Kapital macht Ihr noch große Gewinne?«, wollte er wissen. »Ich frage mich, warum Ihr nicht schon früher hergezogen seid.«

Xanthia richtete den Blick zum Fenster und auf den dahinter vorbeifließenden Fluss. Sie versuchte sich nicht auf den tiefen, verführerischen Klang von Lord Nashs Stimme zu konzentrieren, sondern auf die Aufgabe, die de Vendenheim ihr auferlegt hatte. Sie musste herausfinden, ob er schuldig war, durfte es nicht hinausschieben – aus vielerlei Gründen.

»Unglücklicherweise hat London auch seine Nachteile«, sagte sie schließlich. »Wo sich Möglichkeiten bieten, Lord Nash, droht auch immer Gefahr. Ist das nicht eine alte chinesische Weisheit?«

»Gefahr? Welcher Art?«

Sie lächelte angespannt. »Zum Beispiel gibt es überall Zollbeamte, die sehr kleinlich bei der Auslegung der Gesetze sind.«

Ein rätselhafter Ausdruck legte sich auf sein Gesicht. »Miss Neville, Ihr schockiert mich.«

»Ach, jetzt kommt schon, Nash«, sagte sie. »Habt Ihr denn noch nie unversteuerten Whisky getrunken?«

»Gott, nein«, sagte er mit einem leichten Schaudern. »Ich trinke dieses Zeug gar nicht.«

Sie sah ihn leicht überrascht an. »Und was, bitte, trinkt Ihr dann?«

Er zögerte. »Gelegentlich ein Glas Rotwein«, sagte er. »Und *okhotnichya*.«

Xanthia zog die Stirn in Falten. »Was ist das?«

Er lächelte ein wenig. »Ein Branntwein, der aus Roggen gewonnen wird.«

»Aus Roggen?« Xanthia kräuselte die Nase. »So wie ... was sagen die Russen dazu? Wie Wodka?«

Er legte den Kopf schief und betrachtete sie. »Ja, wie ein sehr starker Wodka«, sagte er. »Ihr kennt ihn?«

Xanthia lachte. »Lord Nash, wenn er in Flaschen oder Fässer abgefüllt werden kann, habe ich vermutlich davon gehört – und ihn vermutlich auch schon transportiert«, sagte sie. »Ich weiß auch, dass er nichts für Menschen mit schwacher Konstitution ist.«

Als er lachte, hatte seine Stimme einen reichen, wenn auch leicht bitteren Klang. »Täuschenderweise, Miss Neville, bedeutet das Wort *vodka* ›kleines Wasser‹. Die Russen sind Meister in der Untertreibung.«

»Und wie unterscheidet sich *okhotnichya* von Wodka?«

»*Okhotnichya* bedeutet, dass der Alkohol mit starken Kräutern destilliert wird«, erklärte er. »Zum Beispiel mit Nelken und Zitronenschale – oder sogar mit Anis.«

»Anis?«, sagte Xanthia scharf. »Wie beim Absinth?«

Lord Nash warf ihr einen seltsamen Blick zu. »Ah, das französische Laster«, sagte er. »Ihr habt doch gewiss nicht davon gekostet, Miss Neville? Absinth ist eine gefährliche Angelegenheit.«

Sie schüttelte den Kopf. »Ich habe ihn bis jetzt weder gesehen noch probiert«, gab sie zu. »Doch ich würde raten, Ihr schon.«

Er lächelte ein wenig. »Ja, ein oder zwei Mal, in meiner verschwendeten Jugend«, bekannte er. Dann schien seine Stimme eine Oktave tiefer zu werden. »Aber exzessiv genossen, meine Liebe, ist Absinth ein Gift, eine Droge. Ich bin ein Mann, der es vorzieht, seine Laster stets bis zum Exzess zu genießen – doch wenn jemand schon Zuckungen bekommt, ziehe ich es vor, dass diese ergötzlicher Art sind.«

Sie wandte rasch den Blick ab. An der Bedeutung seiner Worte war nichts misszuverstehen, und falls es seine Absicht war, ihr Herz zum Flattern und ihren Magen zum Kribbeln zu bringen, so war er damit erfolgreich gewesen. Lieber Himmel! Es war nur allzu leicht, sich die Arten von Sünden vorzustellen, an denen Lord Nash sein Vergnügen hatte, sie bis zum Exzess auszukosten – und zwar, daran hegte sie keinen Zweifel, mit dem Können eines Genießers. Irgendwie fand Xanthia den Mut, ihn wieder anzusehen und ein spitzbübisches Lächeln vorzutäuschen.

»Eure übermäßig genossenen Laster einmal außen vor gelassen, Mylord, kann ich also davon ausgehen, dass Euer Wodka immer eine Steuerbanderole trägt?«, sagte sie neckend. »Und was ist mit Euren Zigarren? Euer Tabakhändler importiert seine Waren von wo? Virginia? North Carolina? Und zahlt pflichtbewusst seine Steuern, nicht wahr?«

Nash sah leicht indigniert aus. »Genau genommen beziehe ich meinen Wodka über einen recht angesehenen Burschen in Whitechapel und meine Zigarren durch einen Kurier aus Sevilla«, sagte er. »Ich bin sehr eigen, wenn es um Geschmack geht.«

»Ah!«, sagte Xanthia. »In der Tat müsst Ihr das sein. Spanischer Tabak stammt meist aus Kuba oder Venezuela. Oh, oh, Nash! Ich glaube nicht, dass der König das gutheißen würde.«

»Wollt Ihr mich etwa als Sünder und Steuerbetrüger hinstellen, meine Liebe?«, fragte er. »Also wirklich, was ist denn schon an etwas unversteuertem Tabak dabei? Und Wodka – er ist hier kaum zu bekommen, versteuert oder nicht. Aber Ihr, Miss Neville, redet darüber, etwas zu tun, was weitaus gefährlicher ist.«

»Ich habe nicht gesagt, dass ich solche Dinge tue, sondern nur, dass ich weiß, dass sie geschehen.« Getrieben von Ruhelosigkeit war Xanthia aufgestanden und schritt jetzt im Zimmer auf und ab. »Es ist nicht schwer, Nash, einen Zollagenten zu überlisten oder auch Schmuggelware in einem fremden Hafen an Bord zu nehmen. Ein wenig Schmiergeld in die richtige Hand gedrückt reicht normalerweise schon – aber diese Hand muss man mit großer Umsicht auswählen. Es ist kein Geschäft für Amateure.«

Er räusperte sich diskret. »Meine Liebe, Ihr schockiert mich«, sagte er.

Doch Xanthia konnte sehen, dass sie das nicht tat. Nicht wirklich. In Nashs Augen lag ein nachdenklicher Ausdruck, aber ob aus gewöhnlicher Neugier oder einem spekulativeren Grund, vermochte sie nicht zu sagen.

Auf jeden Fall hatte sie das Thema weit genug vorangetrieben. Wäre Nash der Mann, für den de Vendenheim ihn hielt, so könnte jedes weitere Wort seinen Argwohn wecken. Sie wandte sich um und lachte unbeschwert. »Aber warum reden wir überhaupt über diesen Unsinn?«, sagte sie. »Es muss Euch doch langweilen. Sagt mir lieber, Nash, warum Ihr heute Nachmittag hergekommen seid? Wahrscheinlich nicht, um über Zollbeamte zu reden, nicht wahr?«

Wie die Etikette es erforderte, hatte mittlerweile auch er

sich erhoben. »Ich wünschte nur, dies alles hier zu sehen«, sagte er und machte eine weit ausholende, das Zimmer umschließende Geste.

Xanthia öffnete die Hände. »Um was zu sehen?«, verlangte sie zu wissen. »Eine Frau, die ihrer täglichen ehrlichen Arbeit nachgeht? Habt Ihr keine Dienstboten, die Ihr überwachen könnt, Mylord?«

Er trat näher und betrachtete ihr Gesicht unter seinen schwarzen Augenbrauen hervor. »Ich denke, Ihr habt das Zeug zu einem zänkischen Weib, Miss Neville.«

»Danke.« Sie lächelte. »Ich dachte, Ihr hättet mich vielleicht aufgesucht, um auf mein Angebot zurückzukommen?«

Er zögerte, als überraschte es ihn, dass sie das ansprach. »Ich fürchte, nein, meine Liebe.«

»Nun«, sagte sie forsch und ging zu der Landkarte an der Wand, »dann werde ich mich nicht dadurch demütigen, dass ich es wiederhole.«

»Aber ich wünschte, Ihr würdet es tun«, erwiderte er mit seiner tiefen, vollen Stimme. »Nichts nährt die Psyche eines Mannes mehr als eine wunderschöne Frau, die um seine sexuelle Gunst fleht.«

Xanthia zog eine der gelben Nadeln aus der Landkarte – die die *Mae Rose* symbolisiert hatte – und stach sie zwei Zentimeter näher der Straße von Gibraltar wieder in die Landkarte. »Ich flehe nicht, Nash«, korrigierte sie ihn kühl. »Und ich bin auch nicht besonders schön –«

»Nein, nicht im herkömmlichen Sinne«, unterbrach er sie.

Verdammte Hölle! Sie schätzte ihn ob seiner Ehrlichkeit nur noch mehr. » – und falls Ihr mich wollt, Nash«, sprach sie unter Anstrengungen weiter, »dann werdet Ihr es sein, der mir nun ein Angebot machen muss. Ich habe nicht den Wunsch, mich weiterhin einem Mann an den Hals zu werfen, der dem konventionellen Denken über Erziehung und Benehmen und ... und Jungfräulichkeit den Vorrang einräumt vor dem, was eine ganz und gar natürliche Sache ist.«

Xanthia steckte noch immer die Nadeln um, wenn auch in manchen Fällen nur wegen des befriedigenden Gefühls, sie wieder in die Wand stechen zu können. Dass Nash dicht bei ihr stand, bemerkte sie erst, als sie die Wärme seines Körpers hinter sich spürte. »Wisst Ihr«, sagte er, und sein Atem strich über das Haar nahe ihrem Ohr, »ich glaube, ich bin fertig mit dem Reden.«

Xanthias Arm erstarrte in der Bewegung. Sie spürte die Hitze seines Atems an ihrem Nacken, fühlte seine warmen Hände um ihre Taille gleiten. »Miss Neville«, murmelte er, »wie sehr Ihr mich doch fasziniert.« Dann legten sich seine Lippen auf ihren Nacken, sengend heiß und fest.

»Mmmm.« Ein Laut purer Lust entwich ihr.

Nash löste seinen Mund nicht von ihr, als er fortfuhr, ihre Kehle, ihr Ohr und ihr Kinn zu küssen. Als sein Mund über die pulsierende Stelle unter ihrem Ohr strich, schmolz Xanthia regelrecht dahin. Sie ließ die Nadel fallen, die über den Fußboden davonrollte, und ließ ihren Körper gegen Nashs muskulöse Brust sinken. Ihr Kopf fiel gegen seine Schulter zurück und gab ihm jede Möglichkeit, sie zu berühren.

Seine Hände bewegten sich ruhelos über sie, streichelten ihre Taille, ihre Rippen, dann glitten sie höher. Er umschloss ihre Brüste, rieb mit den Daumen ihre Brustwarzen, die sich vor Verlangen aufgerichtet hatten. Im schräg hereinfallenden Licht des Nachmittags sprach keiner von beiden ein Wort – vielleicht fürchteten sie, den seltsamen Zauber zu zerstören. Stattdessen liebkoste er ihre Kehle, streichelte sie mit heißen Küssen bis hin zu ihrer Schulter, während Xanthias Atemzüge immer rascher wurden.

Als Nash ihr Ohrläppchen mit der warmen Spitze seiner Zunge berührte, löste sich ein Seufzer von ihren Lippen. Sofort sog Nash hart den Atem ein und legte seine Hand auf ihren Bauch, während die andere tiefer glitt. Und tiefer – bis Xanthia verzweifelt wünschte, sich ihre Kleider herunterzureißen, damit seiner Hand nichts mehr im Weg war, um die Hitze und die Leidenschaft seines Mundes auf anderen, verborgeneren Stellen zu fühlen.

Offensichtlich hatten sie beide denselben Gedanken. Xanthia zitterte, als kalte Luft über ihre Knöchel strich. Zentimeter um Zentimeter schob Nash ihre Röcke hoch, ließ sie über ihre Knie und ihre Schenkel hinaufgleiten. Ein lustvolles Zittern durchströmte Xanthia, und sie wurde schwach.

Sie stützte ihre Hände flach gegen die Wand, um Halt zu finden, und dann war sein Mund auch schon auf ihrem Nacken, biss sie gerade hart genug, um ihr Bewusstsein zu schärfen. Und seine Hand – *o Gott, seine Hand!* Die Spitzen ihres Unterrocks und der feine Stoff ihrer Unterhosen waren kein Hindernis. Schon glitt Nashs Finger in ihrer feuchten, seidigen Hitze vor und zurück. Der Mann war ein wahrer Meister, verrucht und quälend, während er den feinen Faden ihres Begehrens bis kurz vor dem Zerreißen spannte.

Xanthias Atem fing an zu stolpern, sie stieß kleine Lustseufzer aus. Nash spürte ihr Bedürfnis, schob seinen Finger höher, streichelte und reizte federleicht den geschwollenen Kern ihres Verlangens. Als die Intensität sich verstärkte, ließ Xanthia sich gegen die Wand fallen, legte ihre erhitzte Wange gegen die Kühle der Landkarte, ihre Hände weit gespreizt. Sie war durch Nashs Körper gefangen, der sie gegen die Wand presste, die harte Länge seines Gliedes drückte sich fest und fordernd in die Spalte ihres Pos.

»Gott«, keuchte er gegen ihren Nacken. »Großer Gott, was

würde ich darum geben, diese Hosen herunterzureißen und dich zu nehmen –«

Aber es war zu spät. Xanthias keuchender Atem war zu einem leisen rhythmischen Schluchzen geworden. Sie konnte nicht warten. Er zog sie an sich, ließ sie beben und pulsieren vor Lust und Schmerz. Ihr Körper zuckte. Sie spreizte ihre Finger noch weiter, ließ noch mehr Nadeln auf den Boden regnen, dann, flach gegen die Wand gepresst, mit seiner Hand, die sie um den Verstand brachte, fühlte Xanthia ihre Welt davontaumeln. Fühlte, wie alles um sie herum sich zu drehen begann, um in Bruchstücken aus weißem Licht zu explodieren. Das Zittern floss über sie und ließ hinter sich alles rein und vollkommen zurück.

Als sie wieder zu Sinnen kam, bebte sie noch immer. Nash hatte sie in seinen Armen zu sich herumgedreht und schluckte ihren stoßweise gehenden Atem mit seinen Küssen. »Schscht, schscht«, murmelte er, während sein Mund über ihre Augenbraue strich. »Vorsicht, Liebes.«

Dann traf die Realität sie mit aller Macht. Das Büro. Die Angestellten. Großer Gott, Gareth!

Xanthia versuchte zu nicken, doch Nash wählte den Moment, um seinen eigenen Rat zu ignorieren und ihren Mund mit einem gequälten Stöhnen in Besitz zu nehmen. Noch immer gierig öffnete sie sich ihm sofort und fühlte seine Zunge tief in ihren Mund gleiten und dessen Geheimnisse erkunden. Wieder packte Nash ihre Röcke und zog Xanthia an sich, als wäre er ein Ertrinkender und sie seine einzige Hoffnung. Wieder und wieder küsste er sie, seine Nasenlöcher geweitet, sein Atem rau und eine Hand fest um ihren Po geschlossen. Er hob ihren Körper fest gegen seinen, und als er seinen Mund von ihr löste, waren seine Augen gefüllt von etwas, was aussah wie eine Mischung aus Ärger und Bedauern.

Unfähig, ihn anzusehen, lehnte Xanthia sich an ihn und ließ ihre Stirn an seine Schulter sinken. »Ich dachte, Ihr seid ein Genussmensch, Mylord«, flüsterte sie. »Ich dachte, Ihr seid nur auf Euer eigenes Vergnügen bedacht.«

»Es war mir genug Vergnügen, dich dabei anzusehen, meine Liebe«, murmelte er in ihr Haar.

»Lügner«, sagte sie mit einem leisen Lachen. Die Verlegenheit war verflogen. Sie hob den Kopf und erwiderte seinen Blick. »Ich denke, ich könnte es durchaus mögen, Liebe mit einem Genießer zu machen. Gestreichelt zu werden von den Händen eines Mannes, der nur an sein Vergnügen denkt – und an meines.«

»Ist das eine Einladung?« Er flüsterte die Worte in ihr Ohr.

Xanthia schluckte wieder und schloss die Augen. »Nein«, keuchte sie. »Ich ... ich werde nicht noch einmal fragen, Nash. Du weißt, was ich will.«

Er lächelte. »Ganz offensichtlich weiß ich, was du *brauchst*«, gab er zu und strich ihr eine vorwitzige Haarlocke hinter das Ohr. »Und ob du es auch bekommst, oder ob –«

Jemand klopfte laut an die Tür.

Sie fuhren auseinander wie die Verschwörer, die sie waren. Gareth Lloyd betrat das Büro und ließ einen Stapel mit grünem Stoff bezogener Rechnungsbücher auf seinen Schreibtisch fallen. Er richtete kein Wort an Nash, der zum Fenster zurückgegangen war und auf die Themse starrte. Mit einem knappen Kopfnicken in Xanthias Richtung ging Gareth zur Landkarte und runzelte die Stirn, als er einen Blick darauf warf. »Ich habe nach deiner Kutsche geschickt, Zee«, sagte er, ohne sie anzusehen. »Du musst dich beeilen, wenn du nicht zu spät kommen willst.«

Xanthia ging an ihren Schreibtisch und fuhr mit dem Finger

ihre Kalendereinträge entlang. »O Gott! Meine Anprobe für Lady Cartselles Maskenball! Wie viel Uhr ist es?«

»Halb vier.«

Nash wandte sich vom Fenster ab. »Ihr habt vor, zu Lady Cartselles Maskenball nächste Woche zu gehen?«

Xanthia schob einige Papiere in ihre ohnehin schon prall gefüllte Ledertasche. »Ja, Lady Louisa glaubt verzweifelt, in Cartselles Erben verliebt zu sein.« Sie sah abrupt auf. »Warum? Werdet Ihr auch dort sein?«

Nash lächelte unterdrückt. »Ich gehe niemals zu solch albernen Veranstaltungen. Aber verzeiht mir, Miss Neville. Ich halte Euch von Eurer Arbeit ab.« Er wandte sich um und verbeugte sich kurz in Gareths Richtung. »Mr. Lloyd, es war mir ein Vergnügen.«

Gareths unverständliche Antwort klang abweisend. Er begann die gelben Nadeln vom Boden aufzusammeln, die Xanthia hatte fallen lassen. Fast rabiat stach er sie in das Arabische Meer, als hätte Neville Shipping eine ganze Flotte entlang der indischen Küste positioniert.

Nash nahm seinen Hut von Xanthias Schreibtisch. »Guten Tag, meine Liebe«, sagte er gelassen. »Und danke noch einmal für die schöne ... Aussicht.«

Die Tür schloss sich leise hinter ihm und hinterließ eine schreckliche Leere im Zimmer.

Gareths Haltung war starr, ein sicheres Zeichen seiner Verärgerung. Schließlich wandte er sich von der Karte ab und kehrte zu seinem Schreibtisch zurück.

»Erklären wir Bombay gerade den Krieg?«, fragte Xanthia leichthin.

Etwas in Gareth schien die Kontrolle zu verlieren. »Verdammt, Xanthia!« Er griff nach einem der Kassenbücher und schlug damit so heftig auf den Tisch, dass die Seiten flogen.

Eine Strähne seines dichten goldfarbenen Haars war ihm in die Stirn und sein Gesicht gefallen. »Was glaubst du eigentlich, was du da treibst? *Was?*«

»Verzeihung«, sagte sie und ging steif auf den Schreibtisch zu, »aber wovon sprichst du?«

»Davon, dass du dich wie eine dahergelaufene Straßenschlampe aufführst«, fauchte er. »Um Gottes willen, weißt du eigentlich, wer dieser Mann ist?«

Ehe ihr bewusst wurde, was sie tat, hatte Xanthia mit der Hand ausgeholt und ihm ins Gesicht geschlagen. »Ja, ich weiß, wer er ist.« Ihre Stimme war leise und zittrig. »Wie kannst du es wagen, Gareth? Wie kannst du es wagen, so mit mir zu reden?«

»Du weißt, warum ich es wage.« Seine Worte waren schmerzerfüllt. »Weil du mir gehören solltest, Xanthia. Und das weißt du.«

Xanthia beugte sich über seinen Schreibtisch. »Verstehe ich das also richtig: Wenn ich dir gewisse Freiheiten zugestehe, gehöre ich dir?«, sagte sie. »Aber wenn ich sie einem anderen Mann zugestehe, dann bin ich eine Schlampe? Habe ich dich richtig verstanden, Gareth?«

Er schaute zur Seite. Sie war entsetzt, als sie den Abdruck sah, den ihre Hand auf seiner Wange hinterlassen hatte. »Ich habe dich nicht eine Schlampe genannt, Zee«, erwiderte er leise. »Ich habe gesagt ... oder was ich damit meinte, war –«

»Es ist egal, was du gemeint hast.«

Xanthia ging zu ihrem Schreibtisch zurück und hievte die vollgestopfte Tasche von ihrem Stuhl. »Und noch etwas, Gareth. Ich hatte Grund zu glauben, Lord Nash könnte unsere Dienste in Anspruch nehmen wollen. Es ging um ein Geschäft – zumindest anfangs. Und wenn es als etwas anderes endete, dann ... dann geht dich das nichts an, verstanden?«

Der Ausdruck in seinen Augen ließ erahnen, wie verletzt er sich fühlte. »Ja«, sagte er kühl, »ja, ganz offensichtlich tut es das nicht.«

»Dann werde ich dir jetzt noch einen guten Tag wünschen, Gareth. Es tut mir leid, dass ich dich geschlagen habe. Es ist ebenso wenig zu entschuldigen wie deine Worte, und ich schäme mich dafür wie du hoffentlich auch.«

Damit verließ Xanthia das Büro und ging die Treppe hinunter. Sie schien am ganzen Körper von unterdrückten Emotionen zu zittern. Im Erdgeschoss waren die Maler noch an der Arbeit – dieses Mal strichen sie die Wand in einem blassen Gelb. Die Angestellten saßen über ihre Arbeit gebeugt, Federn kratzten eifrig über Papier, und Mr. Kemble war nirgendwo zu sehen. Sie trat in das letzte goldene Nachmittagslicht hinaus, und als sie in die wartende Kutsche stieg, musste sie sich seltsamerweise anstrengen, um die Tränen zurückzuhalten.

Lieber Gott, sie war so wütend und durcheinander! Sie wollte weder mit Gareth streiten noch ihm wehtun. So oft schon hatte sie sich gewünscht, ihn lieben zu können, ihn genug zu lieben, um das zu sein, was sie für ihn sein sollte – eine gute Ehefrau, die Mutter seiner Kinder und eben keine Geschäftsfrau mit einem aufbrausenden Temperament. Aber sie liebte ihn nicht genug, und das war schade. Er war ein guter Mann, ein gewitzter Geschäftspartner, und in seinen Augen war das, was sie gerade getan hatte, vielleicht tatsächlich inakzeptabel. Xanthia überdachte ihre Alternativen, während der Kutscher seine Peitsche knallen ließ und der Wagen anfuhr.

Nein, sie hatte nicht vor, Gareth vom Verdacht de Vendenheims zu erzählen. Es gab keinen Grund, Lord Nashs Namen zu beschmutzen, wenn er vielleicht keines schlimmeren Vergehens schuldig war, als einen ausschweifenden Lebensstil zu führen. Und er war nichts Schlimmerem schuldig. Plötzlich war sie sich dessen mit absoluter Überzeugung sicher.

Ja, Nash liebte seine Heimat und war erfüllt von nationalem Stolz, aber war das nicht etwas Ehrenhaftes? Er wünschte sich glühend, dass die Griechen ihren Kampf gewannen – so wie es sich auch die überwältigende Mehrheit der Engländer wünschte. Er war ein unverbesserlicher Spieler und ein Wüstling – und obwohl er offensichtlich die Dekadenz zu einer Kunstform erhoben hatte, war sein Benehmen für London nicht gerade ungewöhnlich.

War er also ein Verräter gegenüber dem Land, das ihn aufgenommen hatte? Nein. Er hatte kein Interesse daran gezeigt, nach ihrem Köder zu schnappen – und das, obwohl sie ihn recht großzügig ausgelegt hatte. Oh, sie hatte sein Interesse gereizt, ja, aber es war das Interesse an ihr gewesen, das hätte sie jetzt schwören können. Xanthia hatte gesehen, dass er über ihr Angebot nachgedacht hatte. Er hatte ihr Gesicht genauestens betrachtet, hatte ihren Charakter zu ergründen versucht und sich immer wieder gefragt, ob er es wagen sollte, ihr Angebot anzunehmen.

Falls irgendetwas Schändlicheres als diese Frage Lord Nash durch den Sinn gegangen sein sollte, dann war Xanthia nicht die Menschenkennerin, für die sie sich hielt – und sie hatte das halbe Vermögen ihrer Familie aufs Spiel gesetzt und darauf gesetzt, genau das zu sein. Aber würde de Vendenheim ihr das glauben?

Nein. Das würde er natürlich nicht, und er konnte es sich auch kaum leisten. Das Home Office hatte zu viel zu verlieren, und dieser Umstand ließ nur eine Möglichkeit offen: Xanthia musste den Beweis für Nashs Unschuld erbringen. Wenn sie es für möglich gehalten hatten, Beweise für seine Schuld zu finden, warum sollte dann nicht auch das Gegenteil möglich sein? Oder war sie nichts als eine Närrin? Hatte sie seinen Lippen, seinen Berührungen und seinen geflüsterten Worten erlaubt, sie um den Verstand zu bringen?

Himmel, aber so war es doch nicht, oder? Xanthia ließ sich gegen die gepolsterte Bank von Kierans Kutsche sinken. Plötzlich schien alles zu viel zu sein. Sie fühlte sich erschöpft. Sie musste ein Unternehmen leiten; sie hatte keine Zeit, ihr Leben zu leben. Und ganz sicher hatte sie keine Zeit für de Vendenheims Intrigen. Und heute musste sie nicht nur zur Kostümanprobe, nein, es war schon wieder Mittwoch – und das bedeutete, dass sie und Kieran Lady Louisa zu *Almack's* begleiten mussten.

Während sie die Männer im Allgemeinen und Nash im Besonderen verfluchte und darum betete, *Almack's* möge auf der Stelle von einem Blitz getroffen werden, schloss Xanthia die Augen und ließ zu, dass ihre Müdigkeit, ihre Sorgen und der Rhythmus der schaukelnden Kutsche sie in einen unruhigen Schlaf fallen ließen.

Kapitel 7

Ein Aufeinandertreffen in der Park Lane

Swann hat einen Brief geschickt, Mylord.« Gibbons stand am Fenster von Nashs Schlafzimmer und bürstete den Gehrock aus, den sein Herr am Vorabend getragen hatte – genauer gesagt klopfte er ihn aus. »Ich fürchte, es gibt keine guten Neuigkeiten.«

Noch im Morgenrock und Pantoffeln schaute Nash von seiner Zeitung auf. »Was ist denn jetzt schon wieder?«

»Es geht um seine Mutter«, sagte Gibbons und schüttelte den Gehrock heftig am offenen Fenster aus.

»Ich weiß von seiner Mutter«, brummelte Nash. »Großer Gott, Mann – was tut Ihr da mit meinem Rock?«

Als Gibbons sich aufrichtete, stieß er sich den Kopf am Fensterrahmen. »Ich unternehme einen vergeblichen Versuch, den Geruch nach Tabakrauch und billigem *Eau de Toilette* herauszubekommen«, sagte er über die Schulter. »Er *riecht* in höchstem Maße. Wo wart Ihr gestern Abend nur, in Gottes Namen?«

Nash stieß einen empörten Seufzer aus. »Ich habe mit Struthers in irgendeinem Höllenloch in Soho Macao gespielt«, erwiderte er und wandte sich wieder seiner Zeitung zu. »Und jetzt hört endlich auf, mit meinem Gehrock zum Hyde Park hinüberzuwinken, bevor Ihr noch ein Pferd damit erschreckt.«

»Mylord, der Rock *stinkt*.«

»Dann bringt ihn nach unten in die Speisekammer.«

Gibbons warf ihm einen gereizten Blick zu. »Das kann ich nicht«, sagte er. »Agnes leidet unter Asthma. Wenn ich den

Rock mit nach unten nehme, wird sie eine ganze Woche lang schnaufen.«

Ärgerlich legte Nash die Zeitung zur Seite. »Wie lange bürstet Ihr jetzt schon meine Kleider in meinem Schlafzimmer aus, Gibbons?«, beklagte er sich. »Und wann genau sind meine Dienstboten zu meinen Herren und ich zu deren Sklave mutiert?«

Gibbons brachte den Gehrock zurück ins Zimmer. »Nun, Mylord«, entgegnete er. »Wenn Euch die arme Agnes egal ist, dann werde ich den Rock sofort hinunterbringen.«

»Um Gottes willen!« Nash hob abwehrend die Hand. »Sie ist mir nicht egal. Ihr wisst, dass es das nicht ist, was mich aufregt. Ich bin nur ... ein wenig außer mir.«

Gibbons sah übermäßig selbstzufrieden aus. »Das weiß ich, Mylord«, entgegnete er, jetzt beflissener als zuvor. »Das haben wir alle bemerkt.«

»Natürlich, und habt auch endlos darüber getratscht, nehme ich an«, knurrte Nash, während er nach seiner Zeitung griff und die Seiten glatt strich. »Was wolltet Ihr eben noch sagen?«

»Sie ist gestorben«, sagte Gibbons.

Nash fühlte einen weiteren Ausbruch von Ungeduld nahen. »Wer ist gestorben?«

»Swanns Mutter.« Gibbons runzelte tadelnd die Stirn. »Er wird mindestens noch eine weitere Woche fortbleiben, um die Beerdigung zu arrangieren und das Cottage zu vermieten. Er schickt eine wortreiche Entschuldigung und hofft, dass Ihr seine Dienste nicht dringend benötigt.«

Nash starrte finster in seinen Kaffee. Die Wahrheit war, dass er durchaus eine weitere Woche ohne Swann zurechtkommen konnte, auch wenn es ihm nicht sonderlich gefiel. Er musste wissen, was die Comtesse de Montignac bis heute getrieben hatte, aber er hatte vergessen, mit Swann ein Treffen zu vereinbaren, bevor der die Stadt verlassen hatte. Außerdem stapelte sich noch der Papierkram auf seinem Schreibtisch, der sich anschickte, rasch zu einem gefährlich wankenden Berg anzuwachsen.

Doch der Tod der Mutter war immer ein schwerer Schlag, und schätzungsweise hing Swann ebenso sehr an seiner, wie Nash an seiner gehangen hatte – also sehr, das konnte man mit Fug und Recht behaupten. Wie viele Frauen, die schöner waren, als es ihnen guttat, war seine Mutter manchmal grausam und immer egoistisch gewesen, aber er hatte sie trotzdem geliebt. Ihr Tod war das Ende seiner Unschuld und der Beginn seines neuen Lebens gewesen. Sein Leben als englischer Erbe. Sein Leben ohne Petar. Bis zu dem Tag, an dem seine Mutter ihn in England zurückgelassen hatte, hatte Nash in dem Glauben gelebt, nur ein Besucher in diesem Land zu sein.

Er räusperte sich und legte die Zeitung aus der Hand. »Habt Ihr Swanns Adresse, Gibbons?«, fragte er und ging zu seinem Mahagoni-Sekretär. »Ich werde ihm mein tiefstes Beileid ausdrücken und versichern, dass es hier für ihn nichts Dringendes zu erledigen gibt.«

Eine kleine Sache hat Swann allerdings doch unerledigt zurückgelassen, dachte Nash, während Gibbons davoneilte, um den Brief zu holen. Doch während Nashs Besuch in Miss Nevilles Kontor am vergangenen Mittwoch hatte sich diese eine, noch offene Frage selbst beantwortet. Ihr früherer Verlobter war – wenn sie denn überhaupt verlobt gewesen waren – Mr. Gareth Lloyd. Dessen war sich Nash nun ganz sicher.

Ein Antrag vor längerer Zeit von einem Freund der Familie, so hatte Lord Rothewell es formuliert. Wie viele Menschen in London hatten Miss Neville von den Westindischen Inseln her gekannt? Nur sehr wenige, vermutete Nash. Aber das bedeutete kaum etwas. Lloyd hatte sich durch seinen kalten, harten

Blick und sein rüdes Benehmen verraten. Er hatte Nash auf den ersten Blick abgelehnt, und jede einzelne seiner Gesten gegenüber Xanthia hatte von Beschützerinstinkten und, wenn auch weniger spürbar, Besitzanspruch gezeugt.

Nash wunderte sich, wie Xanthia mit der Situation zurechtkam. Vielleicht empfand sie noch immer Zuneigung für diesen Burschen? Der Gedanke sandte ein unbehagliches Frösteln über Nashs Rücken. Sofort zog er sich von diesem emotionalen und gedanklichen Abgrund zurück. Die Vergangenheit dieser Frau ging ihn nichts an – und ebenso wenig ihre Zukunft. Sollte sie irgendetwas miteinander verbinden, was er bezweifelte, dann im Hier und Jetzt.

Nash hatte sich in den vergangenen Tagen von Xanthia ferngehalten und insoweit wieder frei bekommen, dass er wieder ein oder zwei Runden Karten spielen konnte. Er hatte sogar angefangen sich nach einem Ersatz für Lisette umzusehen, auch wenn sich in seinen Augen keine Frau mit der faszinierenden Miss Neville messen konnte. Was sie betraf, war er unentschlossen, was er als Nächstes tun sollte – oder was er tun *wollte*. Die Frau war – und dieser Umstand stellte eine nicht zu leugnende Gefahr dar – noch unverheiratet. Es würde eine schwierige Aufgabe sein, ihren ... nun, ihren Charakter zu ergründen. Wie seltsam, sich damit zu beschäftigen! Denn eigentlich wollte er mit aller Macht nur eines: Xanthia Neville in sein Bett bekommen. Der Charakter war ihm bisher noch nie wichtig gewesen, wenn es darum ging, sich eine Frau zum Vögeln auszusuchen.

Verdammt. Ihm gefiel nicht einmal dieses Wort. Nicht, wenn es im selben Satz mit ihrem Namen gebraucht wurde. Woher nur kamen diese Empfindlichkeiten? Sie waren verdammt lästig, und er wurde den Verdacht nicht los, dass ihm solche Dinge wahrscheinlich wichtiger waren als ihr. Denn wenn man all das glaubte, was die Lady gesagt hatte, dann war ihre Moral entschieden zweifelhaft.

Es war nicht nur ihre offensichtliche Bereitwilligkeit, Sex ohne den Segen der Kirche zu haben – ein Gedanke, der an sich schon schockierte –, sondern auch die Art, mit der sie ihr Unternehmen führte. Sie schien mehr als nur ein wenig skrupellos zu sein, was ihn zu dem Gedanken veranlasste, dass sie ... nun, wie jeder andere Unternehmer auch handelte.

Ärgerlich legte Nash den Stift auf den Schreibtisch. Wie kam ausgerechnet er dazu, die Moral eines anderen Menschen infrage zu stellen? Er hatte eine Karriere damit gemacht, leichtsinnige Narren zum Vergnügen in den Bankrott zu treiben. Er war nicht darüber erhaben gewesen, mit den Ehefrauen anderer Männer zu schlafen und, wenn auch nur indirekt, deren Kinder zu Opfern zu machen. Er hatte sich sehr erfahrene Kurtisanen ausgesucht, um mit ihnen seine niederen Bedürfnisse zu befriedigen. In den vergangenen Jahren hatte er die unzüchtigsten Unterhaltungsmöglichkeiten, die vorstellbar waren, wahrgenommen, sowohl mit hochgestellten als auch mit gemeinen Frauen – und manchmal auch mit beiden gleichzeitig. Saß er auf einem höheren Ross als Miss Neville? Was war der Unterschied zwischen ihnen beiden?

Nun, vom gesellschaftlichen Standpunkt aus war diese Frage leicht zu beantworten. Sie war eine wohlerzogene, unverheiratete Frau, also sollte sie sich sittsam und höflich verhalten und wenn auch nicht gerade keusch, so aber doch immerhin naiv. Ihre Unschuld musste auf jeden Fall bewahrt werden, denn sie war das Vehikel, mit dem blaublütige Vorrechte an die nächste Generation weitergegeben wurden. War sie dann verheiratet und hatte diese edle Aufgabe erfüllt, könnte Miss Neville herumhuren, soviel wie es ihr Spaß machte. Darin bestand das schmutzige kleine Geheimnis der britischen Aristokratie. Doch der Gedanke, dass sie ... grundgütiger Gott!

Er betete, dass Rothewell gemeint hatte, was er gesagt hatte. Er hoffte, niemand würde dieses lebenssprühende Geschöpf in eine arrangierte Ehe drängen. Für eine so sinnliche Frau würde es sein, als würde man einen exotischen Vogel in einen Käfig sperren und ein dunkles Tuch darüberwerfen. Die Hölle. Aber sie war fast dreißig. Sie war wirklich eine alte Jungfer – und das vor allem durch ihre eigene Entscheidung.

All diese Überlegungen ließen Nash mit zu vielen unbeantworteten Fragen zurück. Wer war Xanthia Neville wirklich? War sie die durchtriebene, vielleicht ein wenig scheinheilige Geschäftsfrau? Oder die sinnliche, atemlose Fast-Unschuld, die er in seinen Armen gehalten hatte? Die Ambivalenz ihres Wesens verunsicherte ihn. Da war etwas ... irgendetwas, das jenseits seines mentalen Begreifens lauerte. Etwas, das nicht glaubhaft klang – aber er würde es schon noch herausfinden.

Gibbons kehrte mit einem gefalteten Papier in der Hand zurück. »Hier ist er, Mylord«, sagte er und legte Swanns Brief auf den Sekretär.

Nash dankte ihm und griff danach. »Gibbons, Ihr habt Euch ja in Swanns Abwesenheit um meine Einladungen gekümmert«, murmelte er, »sagt – was ist aus der zu Lady Cartselles Maskenball geworden?«

»Sie liegt noch immer unten auf Eurem Schreibtisch.« Der Kammerdiener hatte wieder angefangen den Gehrock auszuklopfen. »Ich nehme an, ich soll mit Bedauern absagen?«

Nash ließ den Rand von Swanns Brief nachdenklich über die Tischfläche gleiten. »Eigentlich dachte ich, dass ich hingehen werde.«

»Aber Mylord, es ist Lady Cartselle!«, warnte Gibbons. »Ich

fürchte, die Sache wird ein wenig zu zahm sein für Euren – ähm, für Euren Geschmack.«

Nash lächelte schief. »Vielleicht hat sich mein Geschmack ja geändert?«, schlug er vor. »Oder vielleicht macht sich endlich mein hohes Alter bemerkbar? In jedem Fall werde ich hingehen und ein Kostüm brauchen – eins, das nicht die völlige Vernichtung meiner Würde zur Folge haben wird.«

»In der Tat, Sir.« Ein Hauch von Aufregung lag in der Stimme des Kammerdieners. »Vielleicht etwas, das mit Eurem Charakter korrespondiert?«

»Genau das«, sagte Nash. »Habt Ihr eine Idee?«

Gibbons hatte den Gehrock auf das Bett geworfen und machte sich jetzt im Ankleidezimmer zu schaffen. »Begebt Euch nur voll und ganz in meine Hände, Sir«, sagte er durch die Tür. »Ich werde genau das Richtige für Euch vorbereiten.«

»Nun, Xanthia, du bist in der Tat sehr kreativ.« Lord Sharpe stand im Salon seiner Frau und betrachtete sich von allen Seiten in ihrem vergoldeten Drehspiegel.

Xanthia und Lady Louisa umrundeten ihn musternd. Lady Sharpe, die auf dem Diwan ruhte, klatschte in die Hände. »Oh, Sharpe, rosa Flanell steht dir wirklich gut!«, rief sie. »Und deine Glatze – nun, sie erinnert wirklich an ein Schwein, wenn erst die kleinen Ohren angebracht sind.«

Louisa kniete sich hinter ihren Vater. »Halt still, Papa«, sagte sie. »Ich werde jetzt den Schwanz anstecken.«

»Einen Schwanz?« Sharpe verrenkte sich den Hals, um etwas sehen zu können. »Du lieber Gott, muss das denn sein?«

»Er wird ganz bezaubernd aussehen«, sagte seine Frau.

»Fertig!«, rief seine Tochter und erhob sich.

»Denk auch immer an deine Schwanzfedern, Louisa«, sagte Xanthia und beugte sich vor, um Louisas Kostüm zu entwirren. »Sie haben sich in meiner Schleppe verfangen.«

Pamela lachte. »Meine Lieben, ich hoffe, ihr schafft es, unbeschadet auf Lady Cartselles Ball aufzutauchen«, sagte sie. »Circe und die Sirenen! Und Circes Schwein! Was für ein sagenhaftes Trio ihr doch abgebt. Louisa, welche Sirene bist du doch gleich?«

»Peisinoe«, erwiderte Lady Louisa. »Die mit der Leier, oder? Sie schien am passendsten, weil mein Gesang niemanden zu irgendetwas verführen kann – außer vielleicht dazu, die Flucht zu ergreifen.«

Xanthia schaute sie bewundernd an. »Nichtsdestotrotz gibst du eine ganz wunderschöne Vogelfrau ab. Deine Flügel und deine Schwanzfedern – nun, Lord Cartselles Sohn wird heute Abend gar nicht umhinkönnen, dich zu bemerken, da bin ich sicher.«

»Dann lasst uns beten, dass er sich damit nicht allzu viel Zeit lässt«, bemerkte Sharpe ein wenig verdrießlich. »Die Bemerkungen über meine Verkleidung werde ich mir im Oberhaus bis in alle Ewigkeit anhören dürfen.«

»Aber es braucht einen äußerst mutigen, selbstbewussten Mann, um ein Schweinekostüm zu tragen, mein Lieber«, sagte seine Frau feierlich. »Außerdem wirst du maskiert sein. Ach, ich wünschte so sehr, ich könnte dabei sein.«

Lady Louisas Lächeln erlosch, und sie beugte sich hinunter, um ihre Mutter auf die Wange zu küssen. In diesem Moment tauchte Sharpes Diener auf. »Eure Kutsche ist vorgefahren, Mylord.«

»Oh, wartet! Wartet!« Pamela wedelte mit etwas in ihrer Hand herum. »Vergesst Circes Schale mit den Zauberkräutern nicht. Und hier ist Sharpes Leine!«

Xanthia nahm die lange goldene Kette und die elegante Schale mit dem breiten Fuß, die Pamelas Köchin mit etwas, das wahrscheinlich Lorbeerblätter und Thymian war, gefüllt hatte. Sharpe beugte sich hinunter, um Pamela zu küssen. »Danke, meine Liebe«, sagte er schroff. »Aber ich denke, ich werde Belgravia sicher erreichen, ohne an der Leine geführt zu werden.«

Unter viel Lachen gingen sie die Treppe hinunter und stiegen in Sharpes Kutsche. Als sie am Belgravia Square vorfuhren, drängten sich dort bereits die eleganten Kutschen. Alle Arten von fiktiven und historischen Figuren entstiegen ihnen und sammelten sich auf dem roten Teppich, der die Stufen bedeckte, die zum Eingang von Lord Cartselles Haus hinaufführten.

Lady Louisa drückte ihre Nase am Fenster platt. »Seht doch, eine Marie Antoinette!«, rief sie. »Und ein Robespierre! Aber wer ist der Mann dort, der Äpfel verteilt?«

»Vielleicht Sir Isaac Newton?«, vermutete Xanthia. »Komm jetzt, Louisa, setz dich gerade hin und lass mich deine Flügel richten. Wir werden gleich aussteigen.«

Nash traf mit den letzten Gästen Lady Cartselles ein und betrat die Eingangshalle unter vielen Knicksen und Kichern der Töchter der anwesenden Damen. Lady Cartselle wirkte gleichermaßen erstaunt als auch zufrieden ob seines Besuchs. Wie Gibbons gesagt hatte, war der Ball ein relativ vornehmes Ereignis, und bis auf seine Ausflüge zu *White's* wurde Nash nur selten auf derartigen Gesellschaften gesehen. Er war recht sicher, dass ihm sein Ruf auch heute Abend vorausgeeilt war, doch offensichtlich zählte der nur wenig. Ein reicher, ungebundener Marquess war stets ein gern gesehener Gast.

Im großen Ballsaal spielte Lady Cartselles Orchester zu einem Walzer auf. Nash richtete noch einmal seine Maske und mischte sich dann unter die Menschenmenge, während er zugleich nach einem guten Aussichtspunkt suchte. Eine Handvoll Gäste stieg die Stufen auf die schmale Galerie hinauf, die den Saal umlief. Ein ausgezeichneter Platz, um zu beobachten, ohne selbst gesehen zu werden. Nach der Begrüßung Lady Cartselles hatte Nash nicht die Absicht, sich noch einmal zu erkennen zu geben oder an jemanden heranzutreten – nicht, solange er diese verdammenswerte Takelage trug, die Gibbons ihm aufgezwungen hatte. Passend zu seinem Charakter, selbstverständlich! Nash kam sich so verdammt lächerlich vor, dass er nicht sicher war, ob er sich Miss Neville würde nähern können, wenn er sie erkennen sollte.

Während er in Gedanken war, war ihm entgangen, dass Marie Antoinette ihm auf dem roten Teppich und ins Haus gefolgt war. Genau genommen folgte sie ihm immer noch. Nash bemerkte sie schließlich doch, da der Duft ihres Parfüms stark und ihm unangenehm vertraut war. Am Fuß der Treppe zur Galerie ergriff sie seinen Arm.

»*Alors*, wenn man vom Teufel spricht!«, sagte die Frau mit französischem Akzent. »*Bonsoir*, Monsieur Teufel. Ihr seht hinreißend aus in Eurem schwarzen Seidenumhang. Und diese Hörner! *Oui*, ich war schon immer der Meinung, dass Ihr welche verbergt.«

Trotz ihres weiß gepuderten Gesichts und des aufgemalten Schönheitsflecks war die Comtesse de Montignac leicht zu erkennen. »*Bonsoir, madame*«, begrüßte Nash sie kühl.

Sie hatte seinen Arm nicht losgelassen, ihre Hand zitterte leicht. »Kommt, Mylord, und tanzt diesen Walzer mit mir zu Ende, *s'il vous plait?*«

»Danke, nein.« Seine Stimme klang kalt.

Die Comtesse lächelte zu ihm hoch, es war ein gefährlicher, verschlagener Blick. »Ah, Monsieur, ich denke, Ihr müsst es tun«, sagte sie und hielt ihn noch immer am Arm fest. »Denn ich besitze etwas, das Ihr sehen solltet. Etwas, worüber man besser auf der Tanzfläche spricht als hier, *oui?*«

Eine Szene zu machen war das Letzte, was Nash wollte. »Also gut«, sagte er und zog die schlanke Gestalt der Comtesse in seine Arme. »Wie viel wird es mich kosten?«

»Vielleicht können wir etwas zu unserer beider Zufriedenheit aushandeln«, erwiderte sie, während sie die erste Drehung tanzten. »Ich wünsche nur, Euch behilflich zu sein, Nash. Sagt, werden wir Euren attraktiven Stiefbruder heute Abend hier antreffen?«

»Ich habe keine Ahnung«, erwiderte er und zog sie tiefer in die Menge der Tanzenden hinein. »Es geht mich nichts an, wo mein Bruder sich aufhält.«

Bei diesen Worten lachte sie auf. »Jetzt kommt schon, Nash«, sagte sie. »Wir wissen beide, dass es sich nicht so verhält.«

Er leitete die nächste Drehung ein, ihre Blicke waren ineinander verfangen. Mit einigem Erschrecken erkannte er, dass er sich getäuscht hatte und sie keinen Puder trug. Ihre Haut war weiß wie Pergament, ihr Hals schwanengleicher denn je. Ja, die Comtesse wirkte eher zerbrechlich denn schön.

Sie bemerkte, dass er sie anstarrte, und befeuchtete sich lasziv die Lippen. »Ich möchte Euch treffen, Nash.« Ihre Stimme klang plötzlich tief und verführerisch. »Für mehr als nur … eine geschäftliche Unterhaltung.«

»Ich fürchte, das wird nicht möglich sein.«

Die Comtesse zog ihn näher und legte ihren Mund dicht an sein Ohr. »Ich habe ein paar Freunde eingeladen, *mon cher* – sehr enge Freunde –, mich später am Abend zu besuchen«, flüsterte sie. »Und Pierre hat mir einen sehr guten Absinth aus

Paris mitgebracht – seine Art, um für seine Sünden um Vergebung zu bitten. Meine Freunde haben gewisse ... Vorlieben. Kommt dazu, Monsieur Teufel. Ich denke, Ihr versteht, was ich sage?«

Die Comtesse hatte sich unschicklich eng an ihn gedrückt. Er sah sie mit kaum verhüllter Abscheu an. »Und als Gegenleistung für mein ... *Kommen* werdet Ihr was tun? Mich mit weiteren Schätzen belohnen?«

»*Oui,* ich könnte ohne Zweifel dazu überredet werden.« Sie drehten sich erneut, und die Comtesse berührte mit ihrem Bauch sehr absichtlich den seinen. »Ist es wahr, Nash, dass Ihr der liebreizenden Lisette müde geworden seid?«

»Ganz gewiss nicht«, entgegnete er. »Miss Lyle ist meiner überdrüssig.«

Die Comtesse lachte so schrill, dass sie die Blicke auf sich zog. »Hier ist nicht einer von hundert Männern, der so etwas zugeben würde«, sagte sie. »Selbst wenn es wahr wäre – Eurer müde werden? Das ist unvorstellbar.«

Nash hatte ihren süßlichen Duft und ihren hageren, drängenden Körper satt. Er wünschte, er wäre ihren Ränken nie zum Opfer gefallen. »*Madame*«, sagte er ruhig, »Ihr würdet die Wahrheit nicht erkennen, selbst wenn sie Euch in Euren niedlichen Hintern beißen würde, so wenig seid Ihr mit ihr vertraut.«

Ihre Miene erstarrte. »Ich bitte um Entschuldigung?«

Er verhielt sich unverzeihlich, blieb stehen und ließ ihre Hand los. »Nein, ich bin es, der um Eure bittet«, sagte er spröde. »Ich habe beschlossen, dass ich nicht länger wünsche, nach Eurer Pfeife zu tanzen, Comtesse de Montignac. Was immer es mich auch kosten mag.« Er nickte höflich und trat einen Schritt zurück. »Ich wünsche Euch einen guten Abend, *madame.*«

»Nash«, zischte sie mit angehaltenem Atem, »Nash, das werdet Ihr bereuen. Das schwöre ich bei Gott.«

Vermutlich werde ich das, dachte er, während er sich abwandte. Aber in seinem Zorn und in seiner Abscheu kümmerte ihn das nicht. Die Tanzenden in ihrer Nähe starrten bereits zu ihnen herüber. Der einzige Wunsch, den er gehegt hatte – auf dem Ball unbemerkt zu bleiben –, war ihm nicht erfüllt worden. Guter Gott, am liebsten hätte er dieser Hexe den Hals umgedreht.

Er ging die Stufen zur Galerie hinauf, um den größtmöglichen Abstand zwischen die Comtesse und sich zu bringen. In diesem Augenblick bemerkte er sie. Nicht Xanthia Neville, nein, die erste Person, die ihm ins Auge fiel – ein zierliches Ding von einem Mädchen –, sah verdächtig aus wie Sharpes kleines Gör, dem er allerdings erst ein Mal begegnet war. Wer immer das Mädchen auch war, es war ganz in Weiß gekleidet, trug weiße Schminke anstelle einer Maske, eine goldene Leier sowie übermäßig viele Federn.

Aber die Frau neben ihr – ah, da war er sich weniger sicher. Sie war sehr groß und gertenschlank, ein Eindruck, der durch ihr eng anliegendes griechisches Gewand noch verstärkt wurde. Das weiße Mieder war fast bis zu ihren Brustwarzen ausgeschnitten, darüber trug sie einen glänzenden purpurroten Überwurf, dessen Schleppe sie über eins ihrer Handgelenke geschlagen hatte. Das Kleid und der Überwurf wurden von einem hochsitzenden goldenen Gürtel geschmückt, der ihre vollen Brüste höchst verlockend anhob. Das dunkle Haar der Frau, in das goldene Bänder eingeflochten waren, reichte ihr in üppigen Wellen bis zur Taille. In einer Hand trug sie eine goldene Schale, in der anderen hielt sie eine lange goldene Kette, an der sie … *ein rosafarbenes Schwein* führte!

Tatsächlich, es war ein sehr großer und wagemutiger Mann, der unmissverständlich als Schwein kostümiert war.

In diesem Moment streifte jemand Nash im Vorbeigehen auf der Treppe. »Ein beeindruckender Auftritt, nicht wahr?«, sagte Napoleon Bonaparte zu ihm. »Dieser Bursche im Schweinekostüm muss Eier in der Größe Brasiliens haben.«

»Möglich, ja, aber diese Frau dort –« Bis zu diesem Moment war Nash nicht bewusst gewesen, dass er stehen geblieben war. »Wer zum Teufel ist sie? Oder *was*, zum Teufel?«

»Circe, die Zauberin, meinte irgendjemand«, entgegnete Napoleon beiläufig. »Und, bei Gott, sie könnte mich verzaubern, wenn sie wollte. Zu ihrer Linken stehen eine der Sirenen und einer von Odysseus' Seeleuten. Circe hat sie in Schweine verzaubert und anschließend an ihren Rüsseln herumgeführt, oder nicht?«

»So sagt es die Legende«, murmelte Nash.

Er wandte sich um und folgte Napoleon die Treppe hinunter, um sich wieder unter die Menge zu mischen. Als er den Eingang des Ballsaals erreichte, waren das Schwein, der Vogel und die Frau in Purpur verschwunden. Vielleicht auch gut so, dachte er. Dass die Frau Xanthia gewesen war, dessen war er sich unerklärlicherweise sicher. Nash beschloss, auf die Galerie zurückzugehen und Ausschau zu halten. Der Abend war bereits vorangeschritten. Würde sie nicht binnen einer Stunde wieder auftauchen, so würde er sein dramatisches schwarzes Kostüm und das lächerliche Beiwerk ablegen und sich anschließend zu *White's* begeben, um sich auf die Suche nach Tony zu machen.

Das Orchester hatte einen fröhlichen Ländler angestimmt, und die Klänge der Geigen schwebten die Treppe hinauf. Unten wirbelten die Tanzenden über das Parkett, klatschten und umkreisten einander mit schnellen Schritten, sodass die

Farben der Gewänder immer wieder kurz aufblitzten. Nash schlenderte an der Balustrade entlang und nahm das heitere Stimmengewirr der Menschen in sich auf. Er beobachtete alles aus der Ferne – und auf mehr als eine Weise. Manchmal dachte er, dass es genau das war, was ihn mit Xanthia Neville verband; das, was ihn auf so unerklärliche Weise zu ihr hinzog. Auf ihre eigene Art waren sie beide Außenseiter. Sie würden nie richtig dazugehören.

Verdammt, er wünschte sich, sie wäre nun hier. Dann könnte er sie einfach fragen, welchen Zauber sie auf ihn gelegt hatte. Vielleicht war sie ja die leibhaftige Circe? Gott wusste, dass sie ihn quälte. Ihretwegen begann er bereits zu fürchten, er könnte sogar bereit sein, ihre goldene Leine zu tragen.

Doch dieses Gefühl würde vorübergehen. Während er auf das Unvermeidliche wartete, verfolgte ihn der Gedanke an Miss Xanthia Neville, ihre dunkelblauen Augen flehten ihn an, quälten ihn – und ja, sie trösteten ihn in seinen Träumen und manchmal auch, wenn er wach war. Er wünschte, die Frau wäre nicht so ... vernünftig. So gefasst und verlässlich. Sie ist eine Frau, dachte er, der ein Mann vertrauen kann – und Vertrauen gab es in Nashs Leben bisher allzu wenig.

In diesem Augenblick stürmten zwei Korsaren-Piraten an Nash vorbei, deren lautes Lachen ihn aus seinen Träumereien riss. Er schaute wieder zur Tanzfläche und konnte keine Spur von der Frau in Purpurrot entdecken. Doch aus dem Augenwinkel erspähte er Queen Elizabeth in dunkelgrünem Satin. Ihr helles, flammend rotes Haar war so unübersehbar wie die schweren Perlenketten, die sie trug.

Großer Gott, es war Jenny. Die Perlen waren sein Hochzeitsgeschenk an sie gewesen. Er fragte sich flüchtig, ob auch Tony hier sei, verwarf diesen Gedanken jedoch wieder. Die Ehepartner führten weitgehend unabhängige Leben voneinander, ein Arrangement, das offensichtlich beiden passte. Nash hieß das nicht gut, auch wenn er den Grund dafür nicht hätte sagen können. Es war nicht so, dass er die Unantastbarkeit der Ehe sonderlich hochhielt – er hatte zu viele Frauen dazu gebracht, sie zu missachten.

Tony hatte, wie Nash vermutete, aus politischen Gründen geheiratet. Jenny war eine reiche Erbin, deren Geld geholfen hatte, die Karriere ihres Gatten voranzubringen. Doch Nash kam das alles ein wenig vor wie ein Handel mit dem Teufel. Und er fürchtete, dass dort unten im Ballsaal in diesem Moment ein gleichermaßen teuflischer Pakt geschlossen wurde, denn die Comtesse de Montignac flüsterte Jenny etwas ins Ohr. Neben der farbenfrohen Jenny sah die Comtesse blasser und gespenstischer aus denn je. Sie sah ... überirdisch aus. Und gefährlich.

Jenny und die Comtesse waren einmal gute Freundinnen gewesen – eine doppelte Zweideutigkeit, wenn es so etwas gab –, aber seit einigen Wochen war, wie Nash bemerkt zu haben glaubte, diese Freundschaft abgekühlt. War es nur eine kleine Unterbrechung gewesen, ging sie jetzt weiter? Und falls ja, wann hatte sich das wieder geändert? Nashs Hände schlossen sich fest um die Balustrade, als könnte sie in Splitter zerfallen. Verdammte Hölle, es war ein ungünstiger Zeitpunkt für Swann, abwesend zu sein. Die beiden Frauen hakten sich höchst kameradschaftlich unter und gingen durch den Ballsaal auf eine Gruppe junger Männer zu, die müßig am Champagnerbrunnen standen. In Nashs Kopf begannen die Alarmglocken zu schrillen.

Guter Gott, das durfte einfach nicht sein. Er würde mit Tony sprechen müssen.

Als es auf Mitternacht zuging, stellte Xanthia fest, dass sie sich selbst überlassen worden war. Lady Louisa hatte sich einer Schar junger Leute angeschlossen, über die das strenge Auge von Lady Cartselles Schwester wachte. Sharpe hatte sich, nachdem er von der Leine gelassen worden war, in das Billardzimmer des Lords begeben, um dort Zigarren zu rauchen und über Politik zu diskutieren.

Xanthia schlenderte am Rand des Ballsaals entlang und fühlte sich allein. Sie kannte fast niemanden hier und konnte sich nur schwer motivieren, neue Bekanntschaften zu schließen. Nachdem sie den Raum zum dritten Mal umrundet hatte, beschloss sie, auf die Veranda zu gehen. Sie hob ihre Schleppe an und verschwand durch die nächstbeste Tür, wobei sie sich dessen nur allzu bewusst war, was das letzte Mal geschehen war, als sie so etwas getan hatte.

Es scheint eine Ewigkeit her zu sein, dachte sie, während der Wind durch ihr Haar strich. Sie wusste, dass ihr unüberlegtes Verhalten Lord Nash gegenüber in jener Nacht ungewöhnlich dumm gewesen war. Doch im Nachhinein war sie ganz und gar nicht sicher, ob sie es bedauerte. Sie war einem Mann begegnet, den sie sonst wahrscheinlich nie kennengelernt hätte, einem Mann, der sie auf eine Weise erregte, wie es noch nichts zuvor getan hatte, nicht einmal ihre Arbeit. Zudem hatte sie durch diese Begegnung einiges über sich gelernt – und über ihr Verlangen.

Die Luft war kühl, doch Xanthia störte sich nicht daran. Sie lehnte sich mit dem Rücken gegen eine der dicken Säulen und dachte an Nashs Kuss in jener Nacht zurück – und an seine Berührungen vor einigen Tagen. Bei der Erinnerung daran, was sie zusammen getan hatten, spürte sie eine leichte Hitze vom Hals in die Wangen steigen, und einen Schauer sinnlicher Empfindungen lief ihr den Rücken hinunter. Sie schämte sich nicht. Vielmehr sehnte sie sich danach, wieder mit ihm zusammen zu sein. Wenn er doch nur hier wäre –

Ein Geräusch vom anderen Ende der Terrasse schreckte sie auf. »Ihr seid Circe, vermute ich?«, sagte eine tiefe, feste Stimme.

Xanthia fuhr mit auf ihre Lippen gepressten Fingerspitzen herum. Für einen Moment setzte ihr Herz aus. Konnte es möglich sein, dass –? Nein. Er war es nicht. Seine Stimme war unverwechselbar.

»Es gibt nicht viele Frauen, die so groß sind wie Ihr, Miss Neville«, sagte der Vicomte de Vendenheim aus den Tiefen der Kapuze seiner Mönchskutte. »Oder von Eurer eleganten Haltung.«

»Guten Abend, Mylord«, murmelte sie. »Ihr seid dem Franziskanerorden beigetreten, wie ich sehe?«

»Nicht ganz, Madam, den Jesuiten«, stellte er richtig. »Deren Denkweise ist eher nach meinem Geschmack.«

Xanthia lächelte verstehend. »Ja, das glaube ich«, erwiderte sie. »Wie kann ich Euch dienlich sein, Sir?«

De Vendenheim beugte sich so weit vor, dass ihre Schultern sich berührten. »Indem Ihr stets auf Eure Sicherheit achtet«, sagte er so leise, dass seine Worte kaum zu verstehen waren. »Nach allem, was Mr. Kemble berichtet, seid Ihr etwas übereifrig, was Eure Aufgabe betrifft.«

Sie schüttelte den Kopf. »Nein, ich versichere Euch –«

»Seht Ihr den Gentleman dort drüben«, unterbrach der Vicomte sie, »den Hofnarren gleich am Fenster?«

Xanthia nickte. Man konnte seine mit Glöckchen verzierte Narrenkappe und die grünen Strumpfhosen nicht ignorieren. Niemand schien seine Identität zu kennen, nichtsdestotrotz hatte er den ganzen Abend mit seinen leicht derben Witzen und einfachen Zaubertricks für viel Lachen gesorgt.

»Das ist Mr. Kemble«, sagte der Vicomte. »Lord Sharpe ist im Billardzimmer. Entfernt Euch nicht zu weit von uns, Miss Neville, ich beschwöre Euch.«

»Dann habt Ihr Lord Nash gesehen?«, fragte sie ein wenig atemlos.

De Vendenheim schüttelte den Kopf. »Nein, und ich halte es auch für unwahrscheinlich, dass er bei einer solchen Veranstaltung in Erscheinung tritt. Doch sein Bruder, Mr. Hayden-Worth, ist hier – seine Anwesenheit bereitet mir unerklärlicherweise ein leichtes Unbehagen.«

»Sein Bruder?« Xanthia sah in verständnislos an. »Oh ja! Das hatte ich fast vergessen. Das Parlamentsmitglied, das Ihr Euch nicht zum Feind zu machen wünscht.«

Unter seiner Kapuze sah de Vendenheim verdrießlich drein. »Die Wahrscheinlichkeit dafür wird mit jedem Tag geringer«, entgegnete er. »Es haben sich gewisse Entwicklungen ergeben. Unsere Kryptografen haben einen Teil des Codes entschlüsselt, aber ich kann hier nicht offen darüber sprechen.« Er verbeugte sich rasch und küsste die Luft über ihrer bloßen Hand. »Guten Abend, Miss Neville. Ich werde Euch so bald wie möglich am Berkeley Square aufsuchen.«

Xanthia sah ihm mit einer gewissen Besorgnis nach, als er davonging. Seine Vermutungen, so machte es den Anschein, waren bestärkt worden, und der Vicomte schien ein Mann von bemerkenswerter Entschlossenheit zu sein. Es würde nicht einfach sein, ihn davon zu überzeugen, dass seine Schlussfolgerungen falsch waren. Xanthia musste ihm also einen Beweis liefern, doch um das zu tun, musste sie diesen Beweis zuerst einmal finden – was es erforderlich machte, dass sie sich Zugang zu Nashs Haus verschaffte. Doch bis jetzt hatte es sich schon als Herausforderung erwiesen, überhaupt Zugang zu Nash selbst zu bekommen – auf welche Weise auch immer.

Aber die Lage wurde beständig dringlicher. De Vendenheim kochte vor Frustration und würde nicht lange damit warten, bevor er zuschlug. Sie musste sich einen Weg ausdenken, dem Marquess of Nash nahe zu kommen – sehr nahe.

Zu guter Letzt war es der Erfrischungsraum der Herren, der zu Tonys Verhängnis wurde. Nachdem Nash einen Burschen in einem Kostüm aus der Zeit Elizabeths erspäht hatte, der ihm irgendwie vertraut vorkam, war er ihm unbemerkt bis hierher gefolgt. Er traf Tony dabei an, wie dieser sich mit einer reißenden Flut erleichterte. Beim Anblick Nashs pinkelte er sich fast auf seinen Schuh.

»Guter Gott!« Tonys Blick glitt über Nashs Kostüm. »Was, zum Teufel …?«

Nash lächelte gequält. »Ja, ich bin es. Der Fürst der Hölle höchstpersönlich.«

Sein Stiefbruder schüttelte den Kopf. »Du tauchst wirklich an den unpassendsten Orten auf«, sagte er, »und bist in dieser roten Seidenweste und dem wehenden schwarzen Umhang auch kaum zu übersehen.«

»So ist es«, sagte Nash feierlich. »Deshalb möchte ich auch eine Erklärung abgeben.«

»Und diese wäre?«

»Dass mein Kammerdiener ein sadistischer Idiot ist.« Nash betrachtete Tonys Kostüm. »Weiße Schenkel, alter Bursche? Wenigstens hast du die Knie dafür. Wen, zur Hölle, stellst du dar?«

»Den Earl of Leicester«, sagte Tony. »Er war Queen Elizabeths Liebhaber.«

»Das weiß ich auch. Ein wenig von eurer englischen Geschichte habe ich doch gelernt.«

»Richtig, entschuldige.« Tony ließ ein verlegenes Lächeln aufblitzen, dann hielt er seinem Bruder die Tür auf. »Wie dem auch sei, Jenny hat darauf bestanden. Sie ist Elizabeth – mit den roten Haaren.«

»Ich habe sie gesehen.«

Tony bemerkte nicht die Besorgnis in Nashs Stimme. »Übrigens, Nash, ich hoffe, du hast Mamas Geburtstagsparty nicht vergessen?«, sagte er, während sie Richtung Ballsaal gingen.

Im Durchgang zögerte Nash.

»Nash!«, tadelte Tony. »Lass dich zumindest kurz blicken. Phaedra und Phoebe werden entzückt sein.«

Nashs schlechtes Gewissen machte sich bemerkbar. Er war der Vormund seiner Halbschwestern und sollte wirklich öfter nach ihnen sehen. »Entzückt?«, murmelte er. »Wann fährst du runter?«

»Wahrscheinlich am nächsten Donnerstag«, erwiderte Tony. »Die Gäste werden am Sonnabend zur großen Dinnergesellschaft kommen, und einige von ihnen werden einen Tag oder auch zwei bleiben. An einem Abend werden wir ein wenig tanzen, wir werden Cricket spielen und vielleicht ein Picknick in den alten Ruinen veranstalten.«

Innerlich stöhnte Nash laut auf. Das war ganz entschieden nicht seine übliche Art, sich zu amüsieren. Aber es war Edwinas Geburtstag – und auch, wenn sie sich oft töricht verhielt und gelegentlich unbedacht, mochte er sie. Er sah es ungern, wenn man ihr wehtat. »Ich werde versuchen dich dort zu treffen«, wich Nash aus und schaute sich im Ballsaal um. »Sag mir, Tony, wo ist Jenny jetzt?«

Tonys Miene verfinsterte sich unmerklich. »Gott, wie soll ich das wissen, zum Teufel?«

Nash beugte sich nah zu ihm. »Du solltest es wissen, weil du ihr Ehemann bist«, sagte er mit fester Stimme. »Denk daran, wie es sich auf deine politische Karriere auswirken kann, wenn du dich nicht um deine Frau kümmerst.«

Tonys Miene entspannte sich. »Du hast recht«, gab er zu.

»Was läuft schief, Tony?«

Der zögerte einen Moment lang. »Es ist nur diese schnelllebige Meute, an die sie sich ranhängt«, sagte er schließlich. »Zuletzt habe ich sie im Kartenzimmer gesehen, und nur Gott weiß, wie viel sie verlieren wird, bevor die Nacht vorüber ist. Was erwartet sie von mir, Nash? Dass ich mir eine Ader aufschneide und Goldstücke blute?«

In diesem einen der eher unkontrollierten Momente seines Stiefbruders war Nash nicht ohne Mitgefühl. »Ich habe sie vorhin mit der Comtesse de Montignac lachen sehen«, sagte er. »Ich bin mir ziemlich sicher, dass es Jenny war – ich habe bisher keine andere Queen Elizabeth gesehen.«

Sein Stiefbruder lächelte schwach. »Ich auch nicht.«

»Mir gefällt diese Freundschaft nicht, Tony«, warnte Nash. »Du solltest doch am besten wissen, wie gefährlich diese Frau ist.«

»Du überbewertest diese Sache, Nash«, wehrte Tony ab. »Sie sind Bekannte, nichts weiter.«

Nash spürte, wie sein Ärger hochkochte. »Guter Gott, Tony, lüg mich nicht an – ausgerechnet du«, fauchte er. »Ich bin dein Bruder. Ich bin auf deiner Seite. Du musst Jenny verbieten, sich mit dieser Frau zu treffen.«

»Es ihr verbieten?«, wiederholte Tony. »Das ist leichter gesagt als getan, Nash. Wir sehen die Comtesse immer wieder auf Gesellschaften. Außerdem muss ich mit ihrem Mann auf gutem Fuß stehen.«

»Mit de Montignac?«, spie Nash. »Die Hölle wirst du tun! Sei kein Narr, Tony. Jeder weiß, dass sie hinterhältige, gefährliche Menschen sind.«

»Aber meine Stellung erfordert es«, entgegnete Tony kalt. »Und ich werde den Teufel tun, meiner Gattin zu erklären, warum sie letztlich die Freundschaft mit der Frau dieses Mannes aufgeben sollte.«

Nash fühlte Wut in sich brodeln. »Ich habe einmal gesagt, ich werde mich nie in deine Ehe einmischen, Tony«, fauchte er, »aber in diesem Fall werde ich eine Ausnahme machen. Entweder sagst du es ihr – oder ich werde es tun. Ihr beide müsst euch, so weit es geht, von der Comtesse und ihrem Mann fernhalten – beziehungsweise bleib, so weit es möglich ist, dem gesamten diplomatischen Korps Frankreichs fern.«

Trotz seines schwarzen Dominos hatte Tony einen beträchtlichen Teil seiner Farbe verloren. »Also gut, Nash, wenn du es verlangst«, sagte er steif. »Ich würde sagen, zumindest das schulde ich dir.«

»Ja, Tony«, sagte der Marquess und wandte sich zum Gehen, »ich würde auch sagen, dass du mir das schuldest.«

Nash bemühte sich, seinen Zorn zu zügeln, als er wenig später von der Terrasse zurückkam. Der Tanz, der sich unmittelbar an das Essen angeschlossen hatte, ging gerade zu Ende. Er hatte den Ballsaal zur Hälfte durchquert, als er sie sah – die Frau, die in Purpurrot und Weiß gekleidet durch die geringer werdende Zahl der Tänzer auf einen der hinteren Ausgänge zusteuerte. Sein Instinkt sagte ihm, dass sie es sein musste. Die Art, wie sie sich bewegte – ihre elegante, königliche Anmut –, war unverwechselbar. Und sie war allein.

Einem Impuls folgend ging Nash auf den zweiten Ausgang zu. Die hinteren Türen des Ballsaals führten auf einen schwach beleuchteten Korridor, dem privateren Teil des Hauses. Er fragte sich, wohin Xanthia wollte.

Binnen eines Moments erreichten sie nacheinander den Flur. Sie wandte sich in seine Richtung, und er trat aus dem Schatten, um sich ihr in den Weg zu stellen. »Haltet Ihr nach Eurem Odysseus Ausschau, Madame Circe?«

Die Frau in Purpurrot schaute ihn kühn von oben bis unten an. »Oh, aber Odysseus war immun gegen Circes Zauber, nicht wahr?« Ihre Stimme klang sinnlich. »Ich ziehe einen Mann vor, der von meiner Magie gefesselt werden kann.«

»Sehr klug, Madame Circe«, sagte Nash. »Habt Ihr jemand Bestimmten im Sinn?«

»Das habe ich«, murmelte sie und senkte den Blick. »Aber der Mann, den ich suche, hält nichts von solch närrischen Gesellschaften.«

»Dann ist er Eurer nicht würdig, schöne Zauberin. Könnte Euch vielleicht ein anderer Mann an seiner statt in Versuchung führen?«

»Nun, der Teufel könnte eine Frau in der Tat dazu verleiten, sich schamlos zu verhalten.« Madame Circe ließ den Blick wieder über sein Kostüm gleiten, und ein kleines Lächeln huschte über ihre Lippen. »Ich bin beeindruckt von Euren schönen Hörnern, Lord Luzifer, und von Eurer wehenden schwarzen Robe. Aber sagt, habt Ihr Euren Teufelsstab nicht mitgebracht? Ich würde ihn nur zu gern sehen – als Beweis Eurer Macht, eine Frau verführen zu können.«

Sie war es. Niemand sonst konnte so geistreich und zugleich so kühn sein.

»Komm mit mir, meine Zauberin«, sagte er leise und griff nach ihrem Arm, »und ich werde dir meinen Stab zeigen, damit du beurteilen kannst, ob er deiner würdig ist.«

Bei Gott, er war es leid, geneckt zu werden. War es leid, ehrenhaft zu sein, wenn er nichts dergleichen war. Und leid, sich um die Probleme anderer zu kümmern. Vielleicht war es an der Zeit, dass er sich selbst ein kleines Problem schuf.

Xanthia folgte Nash schweigend, ihre goldene Schale in der Hand. Während er in eiliger, hitziger Neugier neben ihr ging, brannte vereitelte Lust in seinen Lenden. Am Ende des Ganges befand sich ein einfacher, schmaler Treppenabgang. Ohne Zögern gingen sie hinunter, der feine Stoff ihres Kleides blähte sich wie ein Nebelschleier.

Kalte Luft wehte ihnen entgegen, als sie die Treppe hinunterschritten, schaffte es aber nicht, seine seltsamen Gefühle abzukühlen. Am Fuß der Treppe brannte ein einziger Wandleuchter in einem langen, steingepflasterten Gang. Die Unterkünfte der Dienstboten. Das musste reichen. Nash stieß die erste Tür auf, an der sie vorbeikamen.

Ein kleines Zimmer – vielleicht das der Haushälterin. Ein weiterer flackernder Wandleuchter erhellte den Raum mit den sauberen, mit Chintz bezogenen Stühlen, dem abgenutzten Spinnrad und einem kleinen gemauerten Kamin, der erkaltet war. Auf dem Tisch stand ein Nähkorb, dessen Deckel aus Weidengeflecht auf einer Seite hochgeklappt war. Nash warf die Tür zu, ließ Madame Circe los, griff sich einen Stuhl mit hoher Rückenlehne und klemmte ihn unter den Türknauf.

»Und jetzt«, sagte er, »lass uns mit dem Zauber beginnen.«

Circe stellte ihre Schale mit den Kräutern ab und flog auf Nash zu. Er konnte wirklich glauben, dass sie eine Zauberin war. Seine Augen glitten über das enge Gewand aus weißer Seide, das fast ihren ganzen Busen entblößte, und die goldene Kordel, die ihn umschloss und ihre Brüste nach oben zu üppigen, köstlichen Schwellungen zusammenpresste – Brüste, die sich von der Anstrengung des raschen Gehens merklich hoben und senkten. Xanthias Maske war aus purpurrotem Satin, auf dem Goldsprengsel schimmerten. Goldreifen umschlossen ihre Handgelenke, und um den Hals trug sie eine schwere Goldkette, deren Amethystanhänger fast in das Tal zwischen ihren Brüsten fiel. Wenn das Ensemble dazu gedacht war, Blicke auf sich zu ziehen, dann hatte es dieses Ziel erreicht.

Nash nahm ihre Hand und zog Xanthia zu sich. Sie kam ihm entgegen, schmiegte ihren Körper an seinen und hob den Mund, damit er ihn nahm. Er gehorchte ihr, küsste sie tief und träge für einen langen Moment, bis sie sich schließlich ein Stück von ihm löste. Ihr Atem ging bereits rau und schnell. »Was ist, wenn die Dienstboten zurückkommen?«

Sein Mund hatte ihre Kehle gefunden und verweilte dort. »Sie haben zu tun«, sagte er, und seine Zunge strich leicht über die Stelle, wo ihr Puls schlug. »Und selbst, wenn sie zurückkommen. Die Tür ist blockiert, und wir sind maskiert. Wir sind … anonym, Madame Circe. Unserer Identität ist ein Geheimnis – auch für uns.«

Sie zitterte in seinen Armen.

Er presste die Lippen auf ihr Ohr. »Weißt du, wer ich bin?«

Einen Moment lang zögerte sie. »Ja«, keuchte sie.

Er zog sich zurück und lächelte verrucht. »Aber was, wenn du dich irrst?«, flüsterte er. »Bist du noch immer bereit?«

Xanthia stellte sich auf die Zehenspitzen, legte eine Hand auf seine Brust und ihre Lippen auf seine Halsbeuge. »Verführe mich, damit ich bereit bin«, forderte sie ihn leise heraus. »Bist du nicht der Teufel selbst?«

Er schloss sie fester in seine Arme und presste seinen Mund wieder auf ihren. Ihre Maske und ihre Worte wirkten auf ihn unbeschreiblich erotisch. Und das, obwohl er schon viele Frauen geküsst und mit ihnen noch weitaus mehr angestellt hatte, ohne deren Gesichter gesehen oder deren Namen gekannt zu haben. Die Frauen der guten Gesellschaft zogen es meist vor, ihre Orgien inkognito zu feiern. Die Anonymität diente dazu, die sexuelle Lust zu steigern.

Circe hatte den Kopf in den Nacken fallen lassen und bot ihm ihren langen, schlanken Hals und den Ansatz ihres Busens dar. Er legte die Hände unter den goldenen Gürtel und hob ihre Brüste in seinen Händen. Wie er vermutet hatte, trug sie nichts darunter. Die cremeweißen Schwellungen ließen sich aus der weißen Seide heraus in seinen hungrigen Mund heben wie reife Früchte, die köstlichen rosabraunen Brustwarzen drängten sich hart gegen das glatte Purpurrot des Stoffes.

Nash senkte den Kopf und zog eine der Knospen zwischen seine Zähne, knabberte durch den Stoff hindurch an ihr. Mit einem leisen Schrei vergrub Xanthia die Finger in seinem Haar, streifte fast seine Hörner herunter. Er zog ihr Gewand von den Schultern, ließ seine Hände dann unter ihren Po gleiten und hob sie hoch, als wollte er sie auf den Tisch setzen.

Zu seiner Überraschung entglitt sie seinem Griff. »Ungeduldiger Dämon«, tadelte sie. »Zuerst müsst Ihr etwas beweisen, Lord Luzifer. Seid Ihr meiner denn wert?«

Für einen Moment wusste er nicht, was sie meinte. Sie trat wieder näher, so nah, dass er ihre Haut riechen konnte. Sie schob die Hand zwischen die Falten seines Umhangs. »Hmmm«, sagte sie, als sie ihre warme Hand gegen seine Erektion presste. »Sehr verlockend – bis jetzt.« Bei den letzten Worten glitten ihre flinken Finger zum Verschluss seiner schwarzen Hose und öffneten geschickt einen Knopf.

Großer Gott, sie war so kühn! Nash machte eine Bewegung, als wollte er helfen, aber sie schob seine Hand zur Seite und vollendete selbst, was sie begonnen hatte. Ungeduldig zerrte sie schwarze Wolle und weißes Leinen zur Seite, bis sein Glied zwischen den Falten des Umhangs hervorragte.

Sie stieß einen tiefen, kehligen Laut aus, dann nahm sie ihn fast ehrfürchtig in ihre Hände, strich fest über seine Länge. »Nun, das ist wahrlich ein Stab, um Schamlosigkeit zu wecken«, murmelte sie. »Ich denke, wir können mit dem Zauber weitermachen.« Sie schockierte Nash, indem sie sich auf ein Knie niederließ und sein Glied ganz mit einer Hand umschloss.

Nash stockte der Atem. Als Xanthia das Gesicht zur Seite wandte und ihre weiche Wange gegen die heiße Härte seines Fleisches legte, explodierte er fast. Er hatte schon tausend Mal geliebt, aber das hier war – intim. Ein Gefühl durchzuckte ihn, heiß und verzehrend. Nicht Lust, sondern etwas, das weit verwirrender war.

Sie musste seine Gefühlsregung gespürt, aber missverstanden haben, denn sie hob ihr Gesicht an seines. »Darf ich ...?« Sie zögerte. »Würde es dir gefallen, wenn ich ...?«

»Mir wird alles gefallen, was du tun willst, meine Zauberin«, sagte er heiser und wagte kaum zu hoffen. »Solange du nur das tust, was du tun *möchtest*.« Als sie die Wurzel seines Gliedes mit einer Hand umfasste und ihr Mund sich um dessen Spitze schloss, versagte Nash der Atem. Zitternd wie ein Schuljunge streckte er die Hand nach etwas aus, um Halt zu finden. Seine Finger ertasteten eine Truhe.

Ihre Lider flatterten unsicher. »Mache ich ... ist es richtig so, Lord Luzifer?«, fragte sie, während sie innehielt. »Ich fürchte, ich bin unerfahren in diesem besonderen ... Zauber.«

»Du verzauberst mich verdammt gut«, keuchte er und klammerte sich an die Truhe.

Sie nahm ihre erotische Fürsorge wieder auf, und die seidige Wärme ihres Mundes verschlang ihn Zentimeter um pulsierenden Zentimeter. Mit einer Hand, die seinen Schaft fest umschlossen hielt, und der anderen, die ihn sanft darunter streichelte, kümmerte sich Circe um ihn, bis Nashs Atem hart ging und jeder seiner Muskeln sich anspannte, bis er sie wirklich für eine Zauberin hielt. Und bis er wusste, dass er hoffnungslos verloren war.

Sie zog an ihm, ihr großer, üppiger Mund saugte an ihm, ihre Liebkosungen waren erotisch und sanft zugleich. Er warf den Kopf zurück, genoss das unbeschreibliche Vergnügen und betete, es möge niemals aufhören, bis sein Fleisch heiß und nass war und seine Hoden sich zusammenzogen. Er war ganz nah. Oh, so nah.

Sanft schob er seine freie Hand in ihr Haar und zog ihr Gesicht hoch. Er küsste sie, heiß und mit offenem Mund, tauchte wieder und wieder in die Süße ihres Mundes ein, verband seine Zunge mit der ihren. Er brannte darauf, ihr die Maske vom Gesicht zu streifen – doch er wagte nicht, den Zauber zu brechen.

»Ich will dich«, sagte er und löste seinen Mund nur ein Stück weit von ihrem.

»Ja«, wisperte sie. Das Wort klang hungrig. Drängend.

Jetzt erlaubte sie ihm, sie auf den Tisch zu heben. Ihr langes dunkles Haar war über eine ihrer Schultern gefallen und streichelte eine ihrer Brustwarzen. Er schob es zurück und schloss seinen Mund wieder um ihre Knospe. Gott, sie war so wunderschön, mit hohen, vollen Brüsten, die für den Mund eines Mannes wie geschaffen waren. Er saugte daran, erst die eine Brust, dann die andere, bis sie die Zeit vergaßen und es nur noch sie beide gab, ihr Atem ging heiß und schnell in dem dämmrigen Raum.

Als Nash es nicht mehr ertragen konnte, schob er den Rock ihres weißen Seidenkleides hoch und streifte ihr die Unterwäsche über die milchig weißen Schenkel. Guter Gott, so unendlich lange Beine, die sich um einen Mann schlingen konnten, ihn zum Wahnsinn und zur Selbstzerstörung verführen konnten. Eine Zauberin.

Er drängte Xanthia, sich zurückzulehnen. Ihr langes Haar breitete sich auf der Tischfläche aus wie ein Mantel aus dunkler Seide. Dann legte er die Hände an die Innenseiten ihrer Oberschenkel und schob sie weit auseinander. Sie schrie auf, als er sie mit dem Mund nahm, ein zittriger, unsicherer Ton. Fast ängstlich flog ihre Hand zu ihrem Schenkel. Er spürte, dass sie noch nie so geliebt worden war.

»Schscht, Liebes«, flüsterte er, griff nach ihrer Hand und legte sie flach auf den Tisch. »Lass auch mich dich verzaubern, süße Circe.«

Er tauchte in ihre geheimen Plätze ein, quälte und neckte sie mit einem Können, das er in Jahren der Übung verfeinert hatte. Wieder schrie sie auf, und ihr Körper bebte. Er spürte das Risiko, zog seine Zunge zurück und schob einen Finger in ihre feste, cremige Scheide. Gierig ritt sie auf seiner Hand, und er ließ einen weiteren Finger in sie gleiten. Sie war mehr als bereit.

Unfähig zu warten, zog er sich auf den Tisch und schob sich auf sie wie eine Raubkatze. Unter der Maske sahen ihre Augen wild und unsicher aus. Er küsste sie wieder, suchte ihren Blick und sagte ihr, was er als Nächstes tun würde.

»Gut.« Sie keuchte das Wort und schluckte hart. Dann, sicherer: »Ja.«

Nash legte die Hand um sein Glied und schob es in die feuchte Hitze ihrer Lust. Xanthia keuchte bei seinem Eindringen auf, stellte aber einen Fuß auf die Tischkante und hob ihre Hüften ein wenig an, um seinen nächsten Stoß zu empfangen. Er ermahnte sich, langsamer als sonst zu sein, aber die süße Einfachheit ihrer Bewegung, ihr Entgegenkommen, überwältigte ihn. Und ließ sein Herz höher schlagen. Er konnte nicht warten. Nicht denken. Sein Instinkt hielt ihn im Griff. Mit einem triumphierenden Stöhnen trieb er sich tief in sie hinein.

Verdammt. Wenn sie keine Jungfrau war, so war sie doch eng genug, einem Mann einen Heidenschrecken einzujagen. Sie erstarrte bei seinem Stoß.

»Bist du – ist alles – in Ordnung?«, brachte er fertig zu fragen.

Als sie nickte, glitt ihr Haar über den Tisch. »Ja. Alles ist gut.«

Er hielt sich vollkommen still und biss sich auf die Lippen, um seinen Drang zu bezähmen, wieder voller Lust in sie zu stoßen. Als er fühlte, dass sie sich entspannte, spürte, wie die Enge ihrer Weiblichkeit ihn wieder zu locken begann, antwortete er, indem er sich vorsichtig vor und zurück bewegte.

»Ah«, sagte sie und atmete tief aus. »Lord Luzifer, das ... ah, das ist wundervoll.«

Wieder bewegte er sich, hob sich hoch und drang in sie mit einem, wie er hoffte, perfekten Stoß ein. Sie begegnete jeder seiner Bewegung, nahm ihn tief in sich auf.

Ihr Schoß umschloss ihn, umschmeichelte ihn, verführte ihn auf jede erdenkliche Weise. Ihre kleinen fähigen Hände ruhten auf seinen Schultern, glitten dann zu seiner Taille. Es war ein unmissverständliches Drängen in ihren Bewegungen, ein Hunger, den er erkannte und befriedigte. Sie schlang ein Bein um seine Taille. Der Nähkorb fiel vom Tisch. Die Laute ihres Liebesaktes – die leisen Seufzer und die seidige Nässe – waren herrlich im Dämmerlicht. Als Nash ihr Zittern fühlte, wusste er, dass sie den Gipfel erreicht hatte.

Er verlor sich in ihr, trieb sich in sie mit einer körperlichen Raserei, die er noch nie zuvor erlebt hatte. Dann schrie sie auf, leise und klagend, und er hielt sie an sich gedrückt, als sie unter ihm erzitterte und bebte. Das Letzte, was er fühlte, war ein Blitz aus purer Lust. Ein gefährliches, süchtig machendes Gefühl.

Sprachlos und nach Atem ringend lag Xanthia in den Armen ihres Liebhabers, so lange, dass es ihr wie eine Ewigkeit und dennoch nur wie ein winzig kurzer Augenblick vorkam. Langsam kam sie wieder zu Atem, und als sie schließlich voll und ganz wieder im Hier und Jetzt angekommen war – und bei der schockierenden Erkenntnis, dass sie gerade mit dem Mann ihrer Träume auf dem Arbeitstisch einer Haushälterin geschlafen hatte –, fühlte sie sich genötigt, ein Stöhnen der Demütigung auszustoßen.

In diesem Moment ertönten Schritte auf der Steintreppe. Die Stimmen von Dienstboten hallten über den Gang, riefen Befehle, in denen es um Hummer, Champagner und Pasteten ging; Dinge, die offensichtlich im Speisezimmer gebraucht wurden.

Nash hatte sich vom Tisch hinuntergerollt und Xanthia auf die Füße gezogen, ehe die Stimmen verhallten. »Großer Gott, das war Wahnsinn«, stieß er hervor, während er rasch ihre Kleider ordnete. »Es war nur eine Frage der Zeit, bis einer der Diener hereinkommt, um nach sauberer Tischwäsche oder sonst irgendwas zu sehen.«

»Mach dir keine Gedanken«, flüsterte sie und zupfte seine rote Weste zurecht. »Wie du schon gesagt hast: Wir sind maskiert.«

Sein Blick verfing sich in ihrem, heftig und hart. »Gott, ich bin ein solcher Narr«, wisperte er – bevor er sie wieder küsste. Sein Mund lag hungrig auf ihrem, er drückte sie gegen die Tür und küsste sie tief und leidenschaftlich, als wäre sein Verlangen durch ihren Liebesakt in keinster Weise befriedigt worden.

Sie trennten sich atemlos und keuchend. Für einen Augenblick zögerte er, dann sagte er rau: »Geh«, und schob sie entschlossen von sich. »Du musst ohne mich hinausgehen.« Er zog den Stuhl unter dem Messingknauf hervor, öffnete vorsichtig die Tür und spähte hinaus.

»Ist jemand zu sehen?«, fragte sie leise.

»Sie müssen alle nach unten in die Küche gegangen sein«, erwiderte er. »Geh schnell zurück nach oben in den Ballsaal. Sollte irgendjemand dich sehen, sagst du, du hättest dich verirrt.«

Xanthia sah ihn ernst an. »Ich fürchte tatsächlich, das könnte mir geschehen«, murmelte sie. »Danke, Lord Luzifer, für einen höchst sündigen Abend.«

Als wäre es ihm peinlich, schaute er zur Seite und riss die Tür auf. »Geh«, sagte er. »Ich werde dir mit Abstand folgen.«

Aber er würde es nicht tun, und sie wusste es.

Xanthia betrat den Gang mit dem Wissen, dass sie ihren dunklen Prinzen heute Nacht nicht wiedersehen würde. Der Mann in Schwarz würde in der Dämmerung ebenso rasch verschwinden, wie er aufgetaucht war – nichts zwischen ihnen hatte sich wirklich geändert.

Sie hörte, dass die schwere Holztür hinter ihr sanft geschlossen wurde. Der Zauber und die verführerische Anonymität des Abends waren verflogen. Im flackernden Licht des Leuchters lagen die Steinstufen vor ihr, die hinauf zum Ballsaal führten.

Xanthia begann die Treppe hinaufzusteigen – allein.

Kapitel 8

Eine Verabredung an der Horseferry Wharf

Der Mai hielt Einzug am Berkeley Square und brachte eine Zeit der Ruhe mit sich. Lady Louisa und ihr Vater waren von Freunden eingeladen worden, einige Tage in Brighton zu verbringen. Für Xanthia bedeutete das eine Pause von den gesellschaftlichen Verpflichtungen, wenn auch nicht von den Anforderungen des täglichen Lebens. Lord Nash hatte nichts mehr von sich hören lassen, und Xanthia geißelte sich selbst an die ein Dutzend Mal täglich dafür, dass sie darauf hoffte – und vielleicht sogar darauf wartete.

Dennoch ließ sie keine Niedergeschlagenheit zu und arbeitete viel, um die Aufgaben zu erfüllen, die sie bis jetzt vor sich hergeschoben hatte. Gareth wurde mit jedem Tag schweigsamer und launischer – Rothewell hingegen immer zügelloser. Man konnte die tiefen Falten um seine Augen und die ständig gefurchte Stirn nicht länger übersehen, die seinem Gesicht Charakter, aber sonst nichts verliehen.

Nichts von alldem entging Mr. Kemble, der es zu seinem Geschäft gemacht zu haben schien, sich in jedermanns Angelegenheiten einzumischen. Eines Tages, als Xanthia spät zum Essen herunterkam, sah sich Rothewell mit dem ganzen Ausmaß von Kembles Übereifer konfrontiert. Er traf im Arbeitszimmer auf den Herrn, wo dieser dabei war, den Inhalt von Xanthias Ledermappe neu zu ordnen.

»Ein hoffnungsloses Unterfangen, Mr. Kemble«, warnte Rothewell und ging zur Kredenz, um sich einen Brandy einzuschenken. »Sie wird die Tasche ohnehin wieder vollstopfen, sobald Ihr gegangen seid – *wann* wird das übrigens sein?«

»Sobald Max es anordnet«, erwiderte Kemble gereizt. Nachdem er alle Papiere aus der Mappe genommen hatte, kostete es ihn jetzt ungleich mehr Mühe, alle wieder darin zu verstauen.

Rothewell schüttete einen großzügigen Schluck Brandy seine Kehle hinunter. »Wenn Nash dabei ist, irgendwelche Geschäfte abzuwickeln, hätte es inzwischen doch einen Hinweis darauf gegeben«, bemerkte er und starrte in die Tiefen der bernsteinfarbenen Flüssigkeit. »Xanthia hat ihm ausreichend Gelegenheit dazu gegeben, nicht wahr?«

»Oh, das hat sie durchaus«, pflichtete ihm Kemble bei. »Aber ausreichend Gelegenheit, um was genau zu tun? Das, so denke ich, ist die entscheidende Frage.«

Rothewell stellte sein Brandyglas mit einem vernehmlichen Laut ab. »Wie bitte?«

»Oh, schon gut.« Kemble legte die Mappe auf den Schreibtisch und setzte sich mit einer anmutigen Bewegung darauf. »Sieg!«, rief er, als er die Mappe mit seinem Gewicht einige Zentimeter weiter zusammendrückte.

»Ihr seid ein gescheiter Bursche, Mr. Kemble«, sagte Rothewell über den Rand seines Glases hinweg. »Das gestehe ich Euch zu. Euer Taktgefühl hingegen –«

»Daran mangelt es mir sehr, nicht wahr?«, unterbrach Kemble ihn. »Nun, das ist der Fluch meines Daseins. Ich kann oft nicht anders, als zu sagen, was ich denke. Es ist die Mission meines Lebens, so scheint es mir manchmal, anderen dabei zu helfen, die Wahrheit und die Dummheit als das zu erkennen, was sie sind.«

»Wie bitte?«, fragte Rothewell noch einmal.

»Nun, nehmt zum Beispiel Euch selbst, Mylord.« Kemble

hatte sich von der Ledermappe erhoben und schloss jetzt konzentriert die beiden Schnallen. »Wie ich höre, verbringt Ihr eine Menge Zeit im *Satyr's Club*.«

Rothewell starrte ihn verblüfft an. »Das geht Euch nichts an, verdammt noch mal.«

Kemble zuckte elegant mit den Schultern. »Vielleicht tut es das nicht«, stimmte er zu. »Aber der *Satyr's Club* ist ein schändlicher, sündhafter Ort, Lord Rothewell. Ihr tätet gut daran, Euch ein anderes Etablissement zu suchen, in dem Ihr Eure ... äh, Eure Unterhaltung sucht. Ich kann Euch einige recht neue Bordelle empfehlen, falls Ihr interessiert seid, sie auszuprobieren?«

Rothewell spürte, dass hinter seinen Schläfen ein schmerzhaftes Pochen einsetzte. »Wer seid Ihr, zum Teufel, dass Ihr mir Ratschläge zu erteilen wagt?«

»Ein Mann mit einer großen Erfahrung in dieser Stadt«, entgegnete Kemble ruhig, »sowohl was die guten als auch die schlechten Seiten angeht. Es gibt keine Bordellwirtin, keinen Betrüger und nicht den miesesten kleinen Taschendieb, den ich nicht vom Ansehen her kenne. Ich kann auf einer Karte jedes Hurenhaus, jedes überfüllte Mietshaus und jeden Zaun von Stepney bis nach Chelsea markieren.«

»Herrgott, Mann. Kommt endlich zum Punkt!«

»Ich schlage meine Zähne sozusagen in die Eingeweide dieser Stadt, Mylord«, sagte Kemble. »Ihr hingegen seid wie lange hier? Vier, fünf Monate? Vergebt mir, Rothewell, aber in London seid Ihr so hilflos wie ein Neugeborenes.«

Rothewell stellte sein Brandyglas ab und ging auf Kemble zu. »Hört mal zu, Sie aufgeblasener kleiner Scheißkerl«, knurrte er. »Wie könnt Ihr es wagen –«

Kemble hob einen Finger, und Rothewell blieb unerklärlicherweise sofort stehen. »Außerdem bin ich der Mann, dessen

Aufgabe es ist, Eure Schwester vor allem Schaden zu bewahren. Ein toter Bruder würde, meiner Meinung nach, Schaden heraufbeschwören, weil die Lady unerklärlicherweise an Euch zu hängen scheint. Normalerweise ist sie in ihrem Geschmack ja anspruchsvoller.«

Um dem Ganzen die Krone aufzusetzen, schien dieser Kerl auch noch Humor zu haben. Und trotz seines geckenhaften Auftretens war er nicht leicht einzuschüchtern. Rothewell entspannte sich und stieß ein abschätziges Knurren aus. »Ihr habt etwas von einem Dramatiker, richtig?«, sagte er und ging zu seinem Schreibtisch. »Doch ich kann selbst auf mich aufpassen, wo auch immer ich meine Unterhaltungen zu suchen pflege. Ich glaube nicht, dass mir Gevatter Tod auf den Fersen ist.«

»Wisst Ihr überhaupt, Mylord«, sagte Kemble, »wie viele Menschen im vergangenen Monat in London am Opiumkonsum gestorben sind?«

»Ich habe keine verdammte Ahnung.«

»Sechs, Mylord. Sechs, die gefunden wurden. Drei hat man bei Limehouse Reach aus dem Wasser gezogen, die anderen drei ein Stück weiter flussabwärts. Und von diesen sechs Männern wurden vier zuletzt im *Satyr's Club* gesehen. Außerdem hinterlassen Euch die französischen Mädchen, die man dort anbietet, gern ein Andenken. Und zwar ohne ein Wort der Vorwarnung. Das Etablissement ist von Krankheitserregern nur so verseucht, und niemand wagt es, darüber zu sprechen – ich rede hier von Syphilis, Rothewell, nicht vom normalen Tripper. Die Syphilis raubt einem Menschen den Verstand, wisst Ihr das nicht? Ganz langsam, damit man auch Zeit hat, den Schrecken zu genießen.«

Rothewell stürzte den Rest des Brandys in einem Schluck hinunter. »Ihr seid der reinste Schwarzmaler aus der Hölle«, knurrte er. »Das Leben ist voller Risiken, Kemble. Und sterben müssen wir alle.«

»Aber einige früher als andere«, entgegnete Kemble. »Ihr fleht ja geradezu darum.«

»Was habt Ihr da gesagt?«

Kemble stellte die Ledermappe auf den Boden und fuhr herum. »Ich habe gesagt, Mylord, dass Ihr Eure Attraktivität verliert. Ihr seht aus wie der wandelnde Tod. Mal ehrlich, habt Ihr Euch in letzter Zeit im Spiegel angesehen? Euer Gesicht besitzt keine Farbe mehr, Eure Augen sind blutunterlaufen, und die Falten in Eurem Gesicht sehen aus, als hätte ein betrunkener Steinmetz sie mit Hammer und Meißel hineingehauen.«

»Falten?« Unbewusst strich Rothewell über seine Bartstoppeln. »Meine Gesichtsfarbe?«

Kemble beugte sich über den Tisch, kniff mit Daumen und Zeigefinger in Rothewells Wange und ließ sie dann wieder los. »Seht Ihr das? Das da?«

»Nein. Das ist meine Haut.«

»Ja, und sie hat keine Spannkraft mehr«, sagte Kemble. »Keine Elastizität! Und diese Blässe! Würdet Ihr nicht noch ein wenig von Eurer Inselbräune zehren, so würde ich meinen, Ihr hättet überhaupt keine Farbe mehr. Aber was, bitte, werdet Ihr in sechs Monaten tun?«

»Mich aufhängen?«, schlug Rothewell vor. »Ich meine, wenn einem Mann erst einmal das gute Aussehen abhandengekommen ist, welchen Grund hat er dann noch, um zu leben? Maßanzüge und ein enges Korsett sind schließlich nicht alles.«

»Ganz genau!«, stimmte Kemble zu, der den Sarkasmus bewusst überhörte.

Eine Bewegung an der Tür erregte Rothewells Aufmerksamkeit. Als er sich umwandte, hatte Xanthia das Zimmer betreten. »Du lieber Himmel, Mr. Kemble, Ihr seid noch da?«

Kemble verbeugte sich steif. »Wenn Ihr heute Abend im Hause bleibt, Miss Neville, werde ich mich jetzt verabschieden.«

»Ich werde nicht mehr ausgehen«, versicherte sie ihm. »Aber möchtet Ihr nicht noch das Abendessen mit uns einnehmen?«

»Danke, nein«, lehnte er ab. »Einen guten Abend Euch. Ich finde selbst hinaus.«

»Den wären wir los«, brummte Rothewell und füllte sein Glas nach.

Xanthia berührte ihn leicht am Arm. »Muss das sein, Kieran?« Ihr Blick richtete sich auf die Brandyflasche. »Ich denke, wir sollten erst einmal essen.«

Sie beobachtete, wie ihr Bruder verkrampft lächelte. »Unter allen Umständen«, sagte er, »ich würde eine Dame doch nie warten lassen.«

Xanthia zwang sich zu einem leichten Lachen. »Nicht einmal, wenn die Dame dich hat warten lassen?«, fragte sie. »Und dich durch ihre Abwesenheit den Ratschlägen und der Fürsorge Mr. Kembles ausgeliefert hat?«

»Oh, dafür wirst du bezahlen, Schwesterchen«, warnte er und bot ihr seinen Arm.

Xanthia warf ihm einen mitfühlenden Blick zu. »War es sehr schlimm?«

»Ja, offensichtlich bin ich ein alternder Lüstling«, sagte Kieran und führte Xanthia ins Speisezimmer. »Ein Trunkenbold, der sein gutes Aussehen verloren hat und jetzt an türkischem Opium und der gekauften Zuneigung syphilisverseuchter Prostituierter zugrunde gehen wird.«

»Du liebe Güte! Ich bin sehr froh, dass ich die Unterhaltung verpasst habe.«

Sie aßen in einträglichem Schweigen. Xanthia fragte sich, was Mr. Kemble wirklich zu Kieran gesagt hatte, denn was immer es gewesen war, ihr Bruder schien darüber nachzugrübeln. Doch vielleicht quälten ihn auch nur wieder die blauen Teufel, die Nachwehen seiner Trinkerei. Sie seufzte innerlich und bedeutete dem Diener, ihr Wein nachzufüllen. Kieran würde heute Nacht allein mit seinen Dämonen fertig werden müssen. Xanthia hatte nicht die Kraft, ihm dabei zu helfen.

Der Tag in Wapping war eine lange, harte Plackerei gewesen. In der Hektik der üblichen Arbeit hatte sie nicht nur eine, sondern gleich zwei Nachrichten an Nash geschrieben – und sie natürlich sofort wieder zerrissen. Dann waren sie und Gareth einmal mehr wegen Terminplanungen aneinandergeraten, was damit geendet hatte, dass sie einige seiner Entscheidungen widerrufen hatte, etwas, was sie eigentlich zu vermeiden suchte. Aber die Anforderungen, die Gareth an die Schiffe und deren Kapitäne stellte, waren nicht mehr zu tolerieren. Es war wirklich unmenschlich, die Seeleute nach so kurzer Zeit an Land schon wieder auf Fahrt zu schicken und sich zu benehmen, als wären alle anderen ebensolche gefühllosen Maschinen wie die, zu der er selbst offensichtlich geworden war.

Oh, Xanthia mochte Gareth. Auf ihre Art liebte sie ihn sogar, doch diese Zuneigung hatte sie ihn auch so sehen lassen, wie er war: ein intelligenter, manchmal arroganter Mann, der übertrieben ehrlich war und besser aussah, als gut für ihn war. Kieran hielt sie für eine Närrin, weil sie Gareth nicht heiratete, doch Xanthia wusste, dass ihr etwas an ihm fehlte. Sie wollte von ganzem Herzen lieben – denn wenn sie das tat, würden die Opfer, die eine Ehe von ihr fordern würde, vielleicht kein zu hoher Preis sein.

Sie hatte oft erwogen, Gareths Antrag anzunehmen, aber ihr

war klar geworden, dass das nicht möglich war, solange sie den Gedanken nicht loswurde, welche Auswirkung eine solche Ehe auf Neville Shipping hätte. Würde Gareth darauf bestehen, die Leitung zu übernehmen, wären sie erst verheiratet? Vermutlich. Gareth hatte einmal angedeutet, dass er glaubte, Xanthia wäre glücklicher, wenn sie ein Heim und Kinder hätte, um die sie sich kümmern müsste. Er könnte darauf beharren. Aber wenn sie weiterhin zusammenarbeiteten, jahrelang und Seite an Seite, würde das nicht vielleicht dahin führen, dass sie einander langweilig fanden?

Das Risiko war zu groß, das hatte Xanthia bald erkannt. Der anhaltende Erfolg des Unternehmens musste Priorität haben. Und wenn es ihr möglich war, das Geschäft als vorrangig zu betrachten – es als die Sache zu sehen, um die sich ihre Ehe drehen musste –, dann war Gareth nicht der richtige Mann für sie. Zudem verdiente er etwas Besseres als eine Ehefrau, die ihn nicht genügend liebte, um ihn zu ihrer obersten Priorität zu machen.

Lord Nash war mittlerweile zu einer schrecklichen Ablenkung in ihrem Arbeitsalltag geworden. Doch abgesehen davon bezweifelte Xanthia, dass er sich je selbst Probleme dadurch schaffen würde, indem er sich absichtlich in ihre Arbeit einmischte. Manchmal fühlte es sich an, als kreisten all ihre Gedanken bereits um ihn. Wenn er im selben Zimmer wie sie war, war sie bereits unfähig, klar zu denken – ein schlechtes Zeichen, so fürchtete sie. Als Nash sie geküsst hatte, war ihr zumute gewesen, als verlöre sie den Boden unter den Füßen. Sie hatte nur noch eins gewollt: von ihm berührt zu werden. Neville's konnte ihr gestohlen bleiben, wenn sie in seinen Armen lag, und das war ein Risiko einer ganz anderen Art.

Plötzlich drang Kierans Stimme in ihr Bewusstsein. »Was ist

denn jetzt mit Nash?«, fragte er völlig unerwartet. »Was genau geht da vor sich, Zee?«

»Was da vor sich geht?« Xanthia schluckte angestrengt. Ihr Bruder sah missgestimmt aus. »Mit ... Lord Nash?«

»Ja, mit Nash«, sagte Kieran. »Ist auf diesem Maskenball letzte Woche irgendetwas ... geschehen?«

Xanthia täuschte Überraschung vor. »Nun, ich habe Lord Nash nur gesehen«, erwiderte sie, »und wir haben uns unterhalten. Er war sehr ... freundlich. Genau, ich denke, das ist das richtige Wort. Aber er hat mir kein Bündel Geldscheine in die Hand gedrückt und mich nicht gebeten, eine Ladung Gewehre nach Kotor zu verschiffen. Und wenn du mich fragst, wird er es auch nie tun.«

»Hmmm«, stieß Kieran hervor, »er besitzt also keine Aktien in diesem Spiel?«

»Das würde ich so nicht sagen. Ich denke, er würde sich darauf einlassen, würde man mit einer entsprechenden Bitte an ihn herantreten. Aber bisher hat er nichts in der Art getan. Dessen bin ich ganz sicher.«

»Bist du das?«

»Auf jeden Fall«, bekräftigte Xanthia. »Ich denke, Nashs Vorstellung davon, sein Heimatland zu unterstützen, wäre, fortzugehen und sich der Leibgarde des russischen Zaren anzuschließen. Irgendwie muss ich de Vendenheim und Peel dazu bringen, das zu glauben.«

»Wenn du sagst, dass Nash unschuldig ist, glaube ich dir«, sagte ihr Bruder. »Also vergiss den verdammten Peel und de Vendenheim. Was sind sie denn für uns? Oder auch Nash, um genau zu sein.«

Xanthia setzte ihr Weinglas ab und runzelte die Stirn. »Achte auf deine Worte, Kieran. Wir sind hier in unserem Zuhause, nicht auf einem Zuckerrohrfeld.«

»Ich bitte um Entschuldigung«, sagte ihr Bruder steif. »Vermutlich musst du tun, was am besten für dich ist. Aber was diesen Laffen Kemble angeht, so würde ich ihn gern loswerden. Vielleicht könnte ich ihn ja umbringen?«

»Du hast zu viel getrunken, Kieran.«

Er schob seinen Stuhl zurück und sprang auf. »Nein, meine Liebe. Ich habe noch nicht annähernd genug getrunken. Und genau *das* ist mein Problem.«

Xanthia zerknüllte ihre Serviette mit beiden Händen. »Kieran, hör auf«, flüsterte sie.

»Aufhören womit?«, fragte er herausfordernd.

Sie hob den Kopf und erwiderte seinen Blick. »Kieran, siehst du es denn nicht?«, flehte sie. »Du bist alles, was ich noch habe. Aber du ... du wirst unserem Onkel mit jedem Tag ähnlicher.«

Abrupt schlug er mit den Fäusten auf den Tisch. »Bei Gott, Zee, das brauche ich mir jetzt wirklich nicht anzuhören!«, brüllte er, während die Gläser und die Bestecke klirrten. »Nicht von diesem Parvenü Kemble und ganz besonders nicht von dir. Wie unser Onkel, fürwahr! Bis jetzt habe ich dir noch nicht mit meiner Reitpeitsche den Hintern versohlt, oder etwa doch? Oder dich zu den Ratten in den Keller gesperrt? Oder dich von meinen zügellosen Freunden um den Esstisch jagen lassen?« Sein Gesicht war schwarz vor Wut.

»Das habe ich nicht gemeint«, sagte Xanthia, die nicht bereit war einzulenken. »Und das weißt du auch.«

Kieran stützte sich mit beiden Händen auf die Tischkante und senkte den Kopf. Xanthia spürte, wie sehr er um Fassung rang. »Ich weiß nur, dass ich deine Ratschläge nicht brauche, verdammt noch mal«, stieß er schließlich hervor und ließ sich auf seinen Stuhl fallen. »Ich bin nichts, worum du dich kümmern oder was du bestimmen musst, Zee. Ich bin nicht Neville

Shipping. Ich bin nur ein Mann, ich lebe mein Leben, wie ich es für richtig halte, und ich wäre dir sehr verbunden, wenn du dich da raushältst.«

Xanthia zwang ihre Hände, sich zu entspannen. »Du lässt mir kaum eine Wahl«, erwiderte sie. Die Serviette entglitt ihren Händen und fiel zu Boden.

Kieran hatte das Gesicht abgewandt. »Nein, ich lasse dir *überhaupt keine* Wahl«, sagte er, als einer der Diener das Zimmer betrat, um einen weiteren Dekanter mit Rotwein zu bringen. »Mit mir ist alles in Ordnung, Zee. Lass es gut sein.«

Xanthia lehnte den Rotwein ab und entschuldigte sich vom Tisch. Sie holte ihre Ledermappe aus dem Arbeitszimmer, dann ging sie ins Obergeschoss. Doch als sie allein in ihrem Zimmer war, wurde sie von einer Ruhelosigkeit erfasst und wanderte eine gute Stunde lang in ihrem Zimmer auf und ab. Schließlich beschloss sie, sich einige Schriftwechsel anzusehen, die sie aus dem Kontor mit nach Hause genommen hatte. Bald hatte sie vier der Briefe gelesen – ohne auch nur ein Wort mitzubekommen.

Frustriert schloss sie die Mappe und warf sie auf ihr Bett. Würde Kieran versuchen, darauf zu bestehen, dass sie dieses Ränkespiel um Nash beendete? Trotz seiner *Laissez-faire*-Einstellung hatte für ihren Bruder ihr Glück – und ihre Sicherheit – immer Priorität gehabt. Offensichtlich war er zu dem Schluss gekommen, dass sie ihre Zeit mit Nash vergeudete. Xanthia wünschte bei Gott, sie würde dasselbe fühlen. Aber langsam, in quälend kleinen Schritten, war sie zu der Überzeugung gelangt, dass kein Augenblick in Nashs Gesellschaft Verschwendung war.

Allerdings war der Mann gefährlich. Ein abgebrühter Spieler und über die Maßen erfahrener Frauenheld. Vielleicht sogar noch Schlimmeres. Aber er war kein Landesverräter.

Wieder fragte sich Xanthia, wie dicht de Vendenheim davorstand, ihn festnehmen zu lassen. Sicherlich würde er dafür einen Beweis haben müssen? Vielleicht aber auch nicht. Vielleicht hatte de Vendenheim beschlossen, dass allein schon der Verdacht des Verrats genug Licht auf die Schmuggelaffäre warf, um sie zu beenden? Noch beunruhigender war aber die Tatsache, dass er auf Lady Cartselles Maskenball angedeutet hatte, nicht länger besorgt zu sein, was Mr. Hayden-Worths Einfluss im Parlament anging.

Doch je länger de Vendenheims Jagdhunde den falschen Fuchs verfolgten, umso größer wurde für Nash das Risiko – und umso größer die Möglichkeit, dass der wahre Schmuggler unentdeckt blieb. Das prekäre Gleichgewicht der Macht im Mittelmeerraum könnte leicht in ein Chaos abgleiten. An ihren Händen zählte Xanthia ab, wie viele Schiffe von Neville's innerhalb der kommenden zwei Wochen die Straße von Gibraltar passieren würden. Sie besaß nicht genug Finger, sie zu zählen.

Spontan, aber mit einer überraschenden Entschlossenheit ging Xanthia an ihren Schreibtisch, brachte rasch einige fast unleserliche Zeilen zustande und verschloss die Nachricht mit rotem Siegelwachs. Bevor sie es sich noch anders überlegen konnte, warf sie sich ihren wollenen Umhang über und suchte in ihrem Schrank nach einem Hut, der ihr Gesicht ausreichend verbarg.

Im Erdgeschoss des Hauses war es ruhig. Kieran war offensichtlich ausgegangen, denn die Lampe in seinem Arbeitszimmer brannte nicht. Xanthia wäre sich nicht zu schade gewesen, aus der Hintertür zu schlüpfen, aber offensichtlich war das nicht erforderlich. Die Dienstboten saßen im Souterrain beim Essen. Xanthia verließ das Haus und schloss die Tür hinter sich. Sie versuchte nicht an die Unbesonnenheit ihres Tuns zu denken und ging raschen Schrittes die Upper Brook Street entlang, dankbar dafür, dass der abendliche Nebel das restliche Tageslicht verschluckte.

Der Marquess of Nash wohnte in der Park Lane Nummer sechs. So viel hatte Xanthia von Mr. Kemble erfahren, und bis dorthin war es nur ein Spaziergang von einigen Minuten. Wie seltsam, dass das Objekt ihrer Begierde kaum einen Steinwurf weit entfernt wohnte.

Der Frühlingsnebel legte sich wie feuchte Baumwolle auf ihr Gesicht, und der metallische Geruch von Kohlenrauch kroch ätzend in die Schleimhäute ihrer Nase. Zitternd zog Xanthia den Umhang fester um sich und bog schließlich in die Park Lane ein. Auf der Straße war alles ruhig. Xanthia ging sie einige Meter weit hinunter, dann wieder hinauf. Nach ungefähr fünf Minuten ihrer Nachtwache kam ein Junge in einem abgetragenen braunen Mantel um die Ecke gerannt. Er pfiff eine fröhliche Melodie vor sich hin.

Sie rief ihn zu sich und zog ihren Geldbeutel hervor. »Ich möchte, dass du einen Botengang für mich erledigst«, sagte sie. »Tust du das?«

»Was krieg ich dafür?« Er beäugte ihre Geldbörse lüstern.

Xanthia nahm ein Sixpencestück heraus und drückte es dem Jungen zusammen mit dem versiegelten Brief in die Hand. »Bring das zur Nummer sechs«, wies sie ihn an. »Zur Vordertür, nicht an den Hintereingang. Wenn du zurückkommst, werde ich dir einen Shilling für deine Mühe geben.«

»Geht klar, Ma'am!« Er machte große Augen und zupfte an seiner Stirnlocke, bevor er die Straße hinunterlief.

In der Dämmerung konnte sie ihn kaum noch erkennen. Seine vorgebeugte Gestalt verharrte, wie es ihr vorkam, eine Ewigkeit auf der Eingangstreppe. Schließlich musste die Tür geöffnet worden sein, denn Xanthia hörte, dass sie mit einem dumpfen Geräusch wieder geschlossen wurde. Der Junge sprang die Stufen hinunter und lief die Straße hinauf.

»Wem hast du den Brief gegeben?«, fragte Xanthia.

Er zuckte die Schultern. »Irgendeinem trantütigen Diener.«

»Achte auf deine Worte«, ermahnte Xanthia ihn sanft. »Und jetzt geh heim zu deiner Mutter, junger Mann. Es ist schon sehr spät am Abend.«

Der Junge grinste, schnappte sich den versprochenen Shilling und schoss in den Nebel davon.

Xanthia wandte sich um, ging die Park Lane zurück und suchte sich ihren Weg durch einige weniger belebte Gassen, über den Piccadilly und durch die Parks. In Westminster, auf der anderen Seite des St. James's Park, war es ruhig, aber alles andere als menschenleer. Elegante Kutschen fuhren hinein und heraus, in ihnen ohne Zweifel wichtige Mitglieder des Parlaments. Xanthia zog es vor, zu Fuß zu gehen – in die Richtung, die Mayfair entgegengesetzt lag. Hier kannte man sie nicht, hier war sie anonym. Sie konnte den nahen Fluss riechen, als sie ihren Weg durch die schmalen Straßen fortsetzte, ohne von jemandem angesprochen zu werden.

Am Fuß von Queen Anne's Gate konnte sie die Wandleuchter sehen, die den Eingang zum *Two Chairmen* flankierten. Sie flackerten unruhig und tauchten die Straßenecke in gespenstisches Licht. Während sie näher trat, wurde die Tür weit aufgestoßen und lautes Lachen drang durch den Nebel. Zwei untergehakte Gestalten, die lauthals sangen, verließen den Pub und wankten in Richtung Park. Xanthia zog ihren Hut ein wenig tiefer ins Gesicht und verharrte einen Moment im Schatten, dann eilte sie weiter, auf den Fluss zu.

Es dauerte nur wenige Momente, bis sie die Kais von Westminster erreichte. Hier wurden riesige Mengen von Steinen und Holz angelandet und mit Karren in die City befördert, um die neuen Häuser und Geschäfte der Reichen zu bauen. Paletten mit Ziegelsteinen und Karren mit Kohle säumten die schmale Straße, die am Wasser entlangführte. Der Fluss war still heute Nacht, die Flut am Auflaufen. Eine Barge trieb vorüber, nutzte die Flut, um flussabwärts zu fahren, um dort morgen Ladung aufzunehmen.

Xanthia wandte sich um und ging auf und ab. Er würde nicht kommen. Sie biss sich auf die Lippen. Wahrscheinlich war er gar nicht zu Hause gewesen. Sie atmete tief durch, um sich zu beruhigen. Der Geruch von Schlick und Morast war entlang des Flusses streng, aber sie war daran gewöhnt, also zog sie sich den Umhang fester um den Oberkörper und ging zum Rand des Piers. Leichte Wellen schlugen unablässig gegen die Steinstufen, die in die trübe Strömung hinunterführten. In der Ferne sah man die Lichter von Lambeth, die in der Finsternis wie kleine gelbe Wattebällchen schimmerten.

Es musste jetzt kurz vor Mitternacht sein. Kein Mann mit Selbstachtung würde diese Nachtstunde allein verbringen. Wahrscheinlich saß Nash in Covent Garden beim Würfelspiel – oder lag in den Armen irgendeiner Frau. Bei dem Gedanken schloss Xanthia die Augen. Was für eine erbärmliche Närrin sie doch war! Natürlich hatte der Mann Geliebte. Viele Geliebte sogar – denn er wurde ihrer stets schnell müde. Das hatte er ihr gesagt, klar und deutlich. Er hatte es gewiss nicht nötig, sich mitten in der Nacht aufzuraffen, um sich zu einer heimlichen Romanze ans Ufer der Themse zu begeben – oder was immer es war, was Xanthia ihm anzubieten gedachte.

Nein, er würde nicht kommen. Und das war wohl auch gut so. Sie hielt sich nur selbst zum Narren, wenn sie glaubte, dass es bei dieser nächtlichen Eskapade um nichts anderes als um die Sicherheit der Seerouten ging, die die Schiffe von Neville's befuhren. Es ging um Nash – um ihre Faszination für ihn. Aber auch sie hatte ihren Stolz, und außerdem fror sie sich in der feuchten Luft fast zu Tode.

Von der Abingdon Street her, die oberhalb ihres Standpunktes verlief, hörte Xanthia einen Nachtwächter die Stunde ausrufen, seine Stimme klang im Nebel seltsam körperlos. Fast eine Stunde war vergangen, seit sie sich zu diesem schlecht durchdachten Plan entschlossen hatte. Sie fühlte sich an wie eine Ewigkeit.

Xanthia ordnete ihren Umhang, bevor sie sich auf den Rückweg machte, als sie Schritte auf dem Kopfsteinpflaster hörte, die ebenso geisterhaft klangen wie der Ruf des Nachtwächters. Sie war sich unsicher, aus welcher Richtung die Schritte kamen, bis eine dunkle Gestalt aus dem Nebel auftauchte und forsch an ihr vorüberging. Ihre Größe und ihre schlanke Anmut waren unverwechselbar. Xanthia streckte den Arm aus und berührte den Marquess of Nash am Arm.

Er erstarrte und wandte sich um, während sie den Rand ihres Hutes zurückschob. »Meine liebe Miss Neville.« Trotz der Kälte nahm er den Hut ab. »Wieder einmal habt Ihr mich erschreckt.«

In ihrer Aufregung bemerkte Xanthia nicht den besorgten Klang seiner Stimme. Sie zog ihn zwischen einen Turm aufgestapelter Steine und einen Karren, der mit Kohlen beladen war. »Ihr habt meine Nachricht bekommen?«

»Nein, ich bin gekommen, um mich frühzeitig für die nächste Kohlenschute anzustellen«, sagte er. »In der Park Lane sind uns die Kohlen ausgegangen.«

Ihre Schultern sackten hinunter. »Ich habe Euch gestört«, sagte sie tonlos. »Bitte entschuldigt.«

»Nein.« Er legte eine Hand auf ihren Arm und senkte die Stimme. »Nein, meine Liebe, Ihr habt mich nicht gestört.

Aber es ist nicht sicher für eine Dame, spätnachts auf der Straße zu sein. Ich würde Euch auf der Stelle nach Hause bringen, könnte ich das tun, ohne Eurem Ruf zu schaden.«

»Lasst meinen Ruf nur meine Sorge sein«, erwiderte sie. »Ich wollte Euch sehen – und ich wusste, dass Ihr nicht zu mir kommen würdet.«

»Oh, meine Liebe«, sagte er sanft. »Wozu auch?«

Xanthia schüttelte den Kopf, unsicher, was sie antworten sollte. »Nach letzter Woche«, begann sie, hielt dann aber inne. »Nach dem, was wir zusammen getan haben ... Ich, nun, ich habe nicht klar denken können.«

»Letzte Woche.« Seine Stimme war ruhig geworden.

Die Anspannung brach aus Xanthia hervor. »Wagt es bloß nicht«, sagte sie. »Wir werden nicht so tun, als sei nichts geschehen, Nash.«

Er schwieg eine ganze Weile in der Dunkelheit, dann atmete er hörbar aus. »Nein, das ist unmöglich, nicht wahr?«, sagte er wie zu sich selbst. »Es ist geschehen. Und in Anbetracht unserer Natur fürchte ich sehr, dass es wieder geschehen wird.«

»Das klingt, als würdet Ihr es bedauern«, flüsterte Xanthia und schüttelte den Kopf. »Tut uns das nicht an, Nash. Das ist schlimmer, als vorzugeben, es sei niemals passiert. Es ist wie ... wie zu wünschen, wir würden uns nicht kennen. Aber dazu ist es jetzt zu spät.«

Sein Griff um ihren Arm wurde fester. »Aber genau das ist der Punkt.« In seiner rauen Stimme schwang ein starkes Gefühl mit. »Ihr kennt mich nicht. Und ich – nun, ich hätte an jenem Tag nicht Euer Kontor aufsuchen sollen. Sicherlich hätte ich Euch auch auf Lady Cartselles Maskenball nicht folgen sollen. Meine Absichten waren alles andere als ehrenhaft. Und, bei Gott, sie sind es noch immer nicht.«

Aus einem wilden, verrückten Impuls heraus stellte sich Xanthia auf die Zehenspitzen und küsste ihn hart auf den Mund. Sein Körper verspannte sich, aber seine Lippen wurden weich. Seine Finger gruben sich in den Wollstoff ihres Umhangs, dann loderte das Feuer zwischen ihnen wieder heiß und heftig auf.

Heiser stöhnend strich Nash mit der Zunge über den Saum ihrer Lippen. Xanthia öffnete den Mund sofort, entzückt, ihn zu schmecken. Ihre Hände fanden seine Taille, fanden ihren Weg in seinen Mantel und glitten auf seinen Rücken. Sein eleganter Hut fiel auf das Straßenpflaster. Mit einem Arm hielt er sie fest und entschlossen umschlungen, während die andere Hand ihren Nacken streichelte und er sie mit einem Kuss liebkoste, der in seiner Süße grenzenlos war. Und unmissverständlich in seiner Verzweiflung.

Sie trennten sich mit kleinen, zaudernden Küssen, Liebende, die sich nur mit fortdauerndem Zögern voneinander lösten. »Meine Liebe, du bist gefährlich verführerisch«, flüsterte er.

»Ich will dich wiedersehen, Nash«, sagte sie leidenschaftlich. »Allein. Lass mich zu dir kommen. Wer wird es schon erfahren?«

Er richtete sich auf und sah sie an. »Ich bin ein zu großer Schuft, um Nein zu sagen«, murmelte er. »Aber ich will dich zumindest daran erinnern, dass du Besseres verdienst. Oder mindestens mehr.«

Sie sah ihn entschlossen an. »Mehr, als du geben kannst?«, wisperte sie. »Ich weiß, dass du das damit meinst. Aber wäre es nicht gerechter, *mich* entscheiden zu lassen, was genug ist und was nicht?«

Er beugte sich zu ihr und legte die Stirn an ihre. »Ich fange an zu glauben, meine Liebe, dass du in der Tat sehr tollkühn bist«, murmelte er. »Also gut. Wie du willst. Du kennst die Adresse. Park Lane Nummer sechs.«

Sie strich mit den Lippen über sein Kinn, und er zog sie fester an sich. »Mein Mädchen, komm her. Du zitterst ja.«

»Es ist diese schreckliche englische Kälte«, sagte sie mit einem kleinen Lachen. »Ich hätte nie gedacht, dass man so viel Heimweh haben kann nach einem Ort, den man eigentlich nie wirklich gemocht hat.«

Er legte den Mund an ihre Stirn. »Ich dachte, auf Barbados explodieren die Blüten der tropischen Pflanzen? Die Tage sind länger, und die Sonne brennt heißer als hier«, murmelte er. »Aber ich weiß, wie es ist, Heimweh nach etwas zu haben, nach etwas, das ganz anders ist als das hier, meine Liebe. Du hast mein Mitgefühl.«

Sie zog sich zurück und lächelte. »Aber auf Barbados sind die Männer nicht annähernd so gut aussehend«, sagte sie. »Oder so erfahren. Ich glaube, ich werde mich für eine Weile mit diesem abscheulichen Wetter abfinden müssen.«

»Ich hoffe, dass du das wirst, Xanthia.« Er küsste sie wieder heftig und noch immer verzweifelt. »Und jetzt geh nach Hause, um Gottes willen.«

»Dann also morgen Abend?«, flüsterte sie. »Ich werde Kopfschmerzen vorschützen und deshalb früh zu Bett gehen – und ich werde einen Schleier tragen. Damit wird mich niemand erkennen.«

»Du wirst einen Schleier tragen«, wiederholte er, »und ich werde meine Dienstboten fortschicken.«

»Das würdest du für mich tun?«

»Ich werde tun, was immer ich muss, um mit der Schuld zu leben«, sagte er.

»Wo werde ich dich treffen?«, fragte sie atemlos. »Um welche Zeit?«

»Geh durch die King Street Mews, falls dein gesunder Menschenverstand nicht doch noch vorher siegt«, sagte er. »Im Hof gibt es eine Pforte, über der Hintertür brennt immer ein Licht. Dort werde ich auf dich warten. Wenn du bis acht Uhr nicht gekommen bist, werde ich annehmen, dass du zur Vernunft gekommen bist – und werde versuchen mich darüber zu freuen.«

»Ich fürchte, von dieser Vernunft habe ich mich bereits in Lady Cartselles Dienstbotenkammer verabschiedet«, sagte Xanthia aufrichtig. »Ich werde kommen.«

Sein Blick wurde weich und verweilte auf ihrem Gesicht. »Ich werde auf dich warten«, sagte er. »Und jetzt beruhige freundlicherweise die weniger Mutigen unter uns, indem du nach Hause gehst. Ich verspreche dir, du wirst es nicht bereuen, wenn wir uns morgen Abend sehen.«

Xanthia zitterte, teils vor Kälte, teils vor Erwartung. »Dann gute Nacht«, sagte sie leise, stellte sich spontan erneut auf die Zehenspitzen und küsste ihn rasch. »Bis morgen.«

»Gute Nacht ... Zee.« Nash wandte sich um, hob seinen Hut auf und verschmolz, nach einem letzten bedauernden Blick, mit dem Nebel.

Er wünschte, sie nach Hause begleiten zu können, das spürte sie. Doch es wäre nicht gut für sie, nach Mitternacht am Arm eines Mannes gesehen zu werden – und ganz gewiss nicht an dem Nashs. Eine Schande, dass sie nicht eher an einen Schleier gedacht hatte. Sie zog ihren Umhang wieder enger, verließ den Pier und ging mit raschen Schritten in Richtung St. James's Park. In ihrem Kopf tobte ein Sturm aus Plänen und Möglichkeiten. Sie hatte es getan. Sie hatte ihn überzeugt.

Sie wollte seine Unschuld beweisen. Sich. Und de Vendenheim. Wenn sie erst in Nashs Haus war, würde sie dort mit Sicherheit etwas finden – zumindest irgendeine Art von Zeichen –, das die Theorie der Regierung anzweifelbar erschienen ließ. Ihre Schultern sackten nach unten. Aber was, wenn sie keine Gelegenheit dazu hatte? Oder was, wenn sie sie hatte – aber nichts fand? Würde es ihr etwas ausmachen? Nein, nur sehr wenig, räumte sie ein. De Vendenheim hatte bei Weitem die leichtere Aufgabe. Denn Schuld war so viel einfacher zu beweisen als Unschuld.

An der Ecke zur Great George Street wandte Xanthia sich nach links. Der Nebel schien in der letzten Stunde noch dichter geworden zu sein, denn selbst das Licht der Gaslaternen drang kaum noch hindurch. Während sie ihren Blick aufmerksam auf den Bürgersteig gerichtet hielt, ging Xanthia schneller. Dann drang ein Geräusch hinter ihr an ihr Ohr. Schritte. Sie hallten hohl zwischen den hohen Häusern wider.

Leichtsinnig ging sie langsamer. War das Nash? Vielleicht hatte er beschlossen, ihr zu folgen? Oder vielleicht ging auch nur ihre Fantasie mit ihr durch?

Nein. Die Schritte kamen näher. Xanthia ging weiter, ihre Absätze klapperten laut und schnell auf dem Bürgersteig. Sie konnte spüren, dass der St. James's Park vor ihr lag. Nur noch wenige Minuten, und sie hätte den Berkeley Square erreicht. In ihrem Schlafzimmer würde ein munteres Feuer im Kamin brennen, eine Flasche Sherry würde auf dem Nachttisch stehen. Wärme. Sicherheit. Behaglichkeit.

Plötzlich packte etwas – jemand – sie am Arm und riss sie grob herum. »Geld her, oder du bist tot!«, keuchte eine raue, kaum menschlich klingende Stimme. »Ein Laut, und ich schneid dir die Kehle durch.«

»Lasst mich los«, befahl Xanthia und versuchte sich loszureißen. »Loslassen!«

Der Mann zerrte nur noch fester an ihr. Sein Atem roch säuerlich und nach Zwiebeln. »Mach schon«, befahl er und presste etwas Kaltes, Bedrohliches an ihre Kehle. »Die kleine Lederbörse mit den Münzen! Wirf sie auf den Boden, Mylady, bevor deinen schönen Mantel noch Blutflecken zieren.«

Das Blut schien Xanthia in den Adern zu gefrieren. Die Klinge an ihrer Kehle war kalt wie Eis. Wie der Tod. »Lasst mich los«, wisperte sie, »und ich werde in meine Ta-«

Plötzlich wurde der Arm des Mannes hochgerissen, als hätte Gott selbst ihn gepackt. Er schrie auf und fasste nach seinem Ellbogen, während das Messer klirrend zu Boden fiel. »Verdammt, was –?«

Die Frage wurde nie zu Ende gestellt. Etwas glänzend Schwarzes – ein Stiefel? – blitzte in der Dunkelheit auf und traf den Mann quer an der Kehle. Sein Kopf flog zurück wie der einer zerbrochenen Puppe, dann glitt er zu Boden.

»Großer Gott«, sagte eine dunkle, tief verärgerte Stimme. »Wo ist Eure Pistole, Miss Neville?«

Xanthia sackte vor Erleichterung in sich zusammen, als Mr. Kemble aus dem Nebel hervortrat. »Oh, dem Himmel sei Dank!«, sagte sie. »Meine Pistole? Oh. Die habe ich wohl zu Hause gelassen.«

»Etwa zusammen mit Eurem Verstand, damit er ihr Gesellschaft leistet?«, fauchte Kemble. Der höfliche Laffe, den er sonst darstellte, war verschwunden. »Zückt nie wieder auf der Straße Eure Geldbörse, Miss Neville. Besonders nicht mitten in der Nacht. Ihr solltet es wirklich besser wissen.«

Xanthia hatte Halt suchend nach einem Laternenmast gegriffen. »Aber ... aber ich habe sie nicht gezückt.«

Der Mann auf dem Bürgersteig begann zu stöhnen. Ohne zu zögern, setzte Kemble seinen Fuß hart auf dessen Kehle. »Der Junge, den Ihr bezahlt habt«, sagte er gereizt. »Er hat nicht einfach nur um Mitternacht einen Spaziergang gemacht, Miss Neville. Er hat die Lage ausgekundschaftet.«

»Die Lage … ausgekundschaftet?«

»Nach Opfern Ausschau gehalten, um sie zu überfallen«, erklärte Kemble. »Er arbeitet für eine Bande. Taschendiebe, Safeknacker, gemeine Schläger. Sie alle kommen nachts heraus, Miss Neville – und übrigens auch bei Tage. Wie, um Gottes willen, habt Ihr bloß bisher dort unten in Wapping überlebt?«

Sie errötete. »Meine Gedanken … Ich war heute Abend mit meinen Gedanken woanders.«

»Das habe ich gesehen«, bestätigte Kemble trocken.

»Ihr … Ihr seid mir gefolgt?« Xanthia hatte endlich aufgehört zu zittern, und ihre Angst wich Empörung. *»Ihr spioniert mir nach?«*

»Ich passe auf Euch auf«, korrigierte Kemble. »Und das aus gutem Grund, wie sich gerade gezeigt hat.«

»Aber … aber wie könnt Ihr es wagen?«, spie Xanthia.

»Geht jetzt nach Hause, Miss Neville«, sagte Kemble fast müde. »Geht nach Hause, sucht Eure Pistole und legt sie in ihren Retikül. Und holt auf der Straße nie wieder Eure Geldbörse hervor. Verbrennt diese lächerliche Entschuldigung eines Hutes, sobald Ihr zu Hause seid, und wendet dem Marquess of Nash niemals den Rücken zu, um Gottes willen. Peel wünscht lediglich, dass Ihr Eurem Land einen Gefallen tut – nicht aber, dass Ihr dafür den Tod in Kauf nehmt.«

»Folgt Ihr mir überallhin?«, verlangte sie zu wissen.

»Irgendjemand folgt Euch immer, ja«, sagte er. »Max kümmert sich darum.«

Einen Moment lang schüttelte sich Xanthia vor Wut. »Dann kann sich irgendjemand darauf vorbereiten, mir morgen Abend zur Park Lane zu folgen«, zischte sie. »Denn ich werde dorthin gehen – und ich werde ein für alle Mal beweisen, dass Nash nichts mit diesem Waffenschmuggel zu tun hat.«

»Miss Neville, ich flehe Euch an, vorsichtig zu sein.«

»So, wie de Vendenheim vorsichtig ist?«, erwiderte Xanthia gereizt. »Er hat Nash doch schon fast verurteilt.«

Auf der anderen Straßenseite hatte sich ein Schatten bewegt, jetzt wurde hinter einem der Fenster eine Lampe entzündet. Der Mann auf dem Bürgersteig stöhnte wieder, und seine Augen öffneten sich flatternd. Er schaute hoch, sah Kemble, und pure Furcht legte sich auf sein Gesicht.

»Guten Abend, Mr. Tomkins«, sagte Kemble und zerrte den Mann auf die Füße. »Arbeiten wir mal wieder nachts?«

»Georgie Kemble!«, stieß der Mann hervor. »Du sollst verrotten, du hinterhältiger, petzender Bastard!«

Kemble lächelte. »Ich habe dich auch vermisst, Tommy«, sagte er und drehte dem Mann geschickt den Arm auf den Rücken. »Was hältst du von einem kleinen Spaziergang zum Queen's Square ins Magistratsrevier? Das Wetter ist so mild heute Nacht.«

Der Mann wand sich. »Du kannst mich mal, du Hurensohn.«

»Welch nette Aufforderung«, entgegnete Kemble, »aber du bist nicht ganz mein Typ. Und jetzt geh endlich!«

Der Mann setzte sich in Bewegung und schaute dabei über die Schulter zurück. Seine Augen huschten hin und her wie die eines nervösen Pferdes. Ganz offensichtlich fürchtete er seinen Überwältiger. Doch Mr. Kemble schien die Entspannung in Person zu sein. Höflich plauderte er über das Wetter, während er Xanthias Angreifer abführte und mit ihm in der Dunkelheit verschwand.

Xanthia starrte ihnen verblüfft hinterher und presste ihren Retikül an die Brust. »Mr. Kemble«, sagte sie in den wabernden Nebel hinein, »Ihr seid ein wahrlich seltsamer Mann.«

Kapitel 9

Eine Tasse Kaffee in der Park Lane

Über Westminster zog ein wunderschöner Tag herauf. Die Morgensonne vertrieb rasch die Nebelreste der Nacht und tauchte die grünen Hügel des Hyde Parks in Wellen von Licht, die sich sanft verschoben, als die Wolken über den Himmel zogen. Lord Nash war heute schon in der Morgendämmerung aufgestanden – sehr zur Überraschung seines Personals –, denn er hatte einige Besorgungen zu erledigen. Am späten Nachmittag kehrte er in die Park Lane zurück, um sich für den Abend umzuziehen und sich seinem Schicksal zu stellen.

Ein leichter Wind bauschte von Zeit zu Zeit die Vorhänge um Nashs Schultern und badete ihn in kühler Luft, als er aus dem Fenster schaute und die Hände gegen den Fensterrahmen stützte. Die Strahlen der späten Nachmittagssonne erinnerten ihn an ein Gemälde in einer John-Constable-Ausstellung, das er in der Royal Academy bewundert hatte. Flüchtig verspürte er den seltsamen Wunsch, mit Miss Neville dorthinzugehen und es ihr zu zeigen.

Großer Gott. Was für ein Gedanke!

»So«, sagte Gibbons und zupfte ein letztes Mal Nashs Kragen im Nacken zurecht, »Ihr seht fabelhaft aus, Sir, wenn ich das bemerken darf. Seid Ihr ganz sicher, dass Ihr Euch ohne meine Hilfe aus dieser Pracht befreien könnt?«

»Ich werde es schon schaffen.« Nash wandte sich um und musterte sich ein letztes Mal im Wandspiegel, dann griff er nach seiner Tasse Kaffee. Es war seine dritte, doch er vergaß, den Kaffee zu trinken.

Gibbons sah ihn lauernd an. »Es würde keinesfalls Mühe machen, Mylord, zu gegebener Zeit herzukommen, um Euch beim Auskleiden behilflich zu sein.«

Über die Tasse mit kaltem Kaffee hinweg blickte Nash seinen Kammerdiener finster an. »Ich sagte, Ihr habt den Abend frei. Lasst es mich deutlicher ausdrücken: Verzieht Euch – und kommt bloß nicht vor morgen Mittag zurück.«

Gibbons zitterte in vorgetäuschter Entrüstung. »Nun«, bemerkte der schließlich, »welch Undankbarkeit!«

Nash gab ihm die Tasse. »Aber da Ihr jetzt noch da seid, seid so gut, dies wegzuschütten«, sagte er. »Der Kaffee ist kalt geworden.«

Mit einem angespannten Lächeln ging Gibbons zum Fenster und kippte den Kaffee kurzerhand hinaus.

Auf dem Bürgersteig schrie jemand auf.

Nash starrte den Kammerdiener finster an. »Verdammte Hölle!«, sagte er, während er zum Fenster eilte. »Entschuldigung! Ich bitte um Entschuldigung!«, rief er hinaus.

»Ja, *gardyloo!*«, rief Gibbons und wackelte mit dem Finger. »Und noch einen schönen Tag!«

Nash zog sich vom Fenster zurück. »Ihr müsst Euren Frust nicht an unschuldigen Passanten auslassen«, sagte er. »Wenn Ihr jemandes Kleidung ruinieren wollt, dann lasst es wenigstens die übliche sein – *meine*.«

Gibbons verschränkte die Arme vor der Brust. »Oh, das alles ist wegen Eurer verbrannten Krawatte, nicht wahr?«, sagte er. »Nun, dafür könnt Ihr Euch bei Mr. Vernon bedanken! Er war es, der die Eisen überhitzt und sie dann auf den Arbeitstisch gestellt hat, unschuldig wie ein kleines Lamm!«

»Vernon hat heute Abend auch frei«, erinnerte Nash ihn. »Und er ist dafür verdammt dankbar.« Er war zum Wandspiegel zurückgegangen und starrte auf das Revers seines Gehrocks. »Was denkt Ihr? Hätte ich doch den flaschengrünen wählen sollen?«

»Das hängt davon ab«, sagte Gibbons, »ob Ihr nüchtern genug sein werdet, um zu bemerken, welche Farbe Ihr tragt, Mylord.«

Nash wandte sich vom Spiegel ab, und dieses Mal ließ sein Blick Gibbons erbleichen. »Sie ist nicht *diese* Sorte von Frau«, sagte er kalt.

Der Kammerdiener klatschte in die Hände. »Oh, ich wusste es doch! Ja, ich wusste es! Ihr habt ein Schäferstündchen geplant!«

»Natürlich habe ich das«, fauchte Nash ihn an. »Warum sonst würde ich diese Unbequemlichkeiten auf mich nehmen?«

Gibbons' Hochgefühl wich der Neugierde. »Seid Ihr das Haus in der Henrietta Street leid geworden?«

»Nein.« Nash spürte eine leichte Hitze in sein Gesicht steigen. »Sie ist genauso wenig diese Art von Frau.«

Gibbons Miene veränderte sich. »Du lieber Gott!«, sagte er. »Himmel!«

»Was ist?«

»Monsieur René wird das gar nicht gutheißen.«

»Es war nicht meine Absicht, ihn um Erlaubnis zu bitten«, entgegnete Nash und wandte den Kopf, um sich mit den Fingerknöcheln abwägend über das frisch rasierte Kinn zu fahren.

»Das ist egal«, erwiderte Gibbons. »Er hat für Frauen nichts übrig.«

»Er ist nur der verdammte Koch in diesem Haus«, sagte Nash. »Warum sollte ihn das etwas angehen?«

»Er wird kündigen«, warnte Gibbons.

»Ich bin sein Dienstherr«, erinnerte Nash ihn. »Eher werfe

ich ihn hinaus. Das erinnert mich wieder an etwas, Gibbons – warum werfe ich *Euch* eigentlich nicht hinaus?«

»Weil Eure drei letzten Kammerdiener auch schon gekündigt haben«, erwiderte er. »Es ist nicht leicht, für Euch zu arbeiten. Ihr habt Launen, Sir. Und seltsame Lebensgewohnheiten. Und wenn Ihr heimkommt, seid Ihr wie auch Eure Kleidung meistens ganz durcheinander. Ihr denkt ganz gewiss nicht ans Hinauswerfen, was René betrifft.«

»Er wird nichts hiervon erfahren, Gibbons, es sei denn, Ihr macht Euren vorlauten Mund auf.«

Der Diener lachte. »Oh, Sir, Ihr macht Euch selbst etwas vor. Es wird damit nicht aufhören.«

Nash sah ihn ungläubig an. »*Was* wird *womit* nicht aufhören?«

»Mit einer Frau im Haus.« Gibbons erhob jetzt seinen Finger. »Wenn Ihr *diese Sorte* einmal ins Haus gelassen habt, Mylord, werdet Ihr sie nie wieder loswerden. Nicht wirklich.«

»Was für eine *Sorte?*«, verlangte Nash zu wissen. »Ich habe Euch doch schon gesagt, dass sie höchst respektabel ist.«

»Und genau das, Sir, ist das Problem«, erklärte Gibbons. »Ihr habt ein Tête-à-tête mit einer ehrenwerten Lady. Und das Nächste, dessen Ihr Euch gewahr werdet, ist, dass Ihr gefangen in der Mausefalle des Pfarrers sitzt – und absolut darüber erfreut sein werdet, fürchte ich. Aber René wird nicht erfreut sein. Er wird auf dem ersten Postschiff sein, das Dover verlässt.«

»René wird sich um nichts sorgen müssen«, wiederholte Nash und wandte sich wieder dem Spiegel zu. »Es wird keine Mausefalle geben – niemand wird niemandem eine Falle stellen.«

Gibbons holte hörbar Luft. »Mylord! Ich bin schockiert. Zutiefst schockiert.«

»Ihr wart noch keinen Tag Eures Lebens schockiert«, brummte Nash und fragte sich, ob vielleicht Breeches und Stiefel besser – nun, schneidiger aussehen würden als normale Hosen. »Worüber jammert Ihr überhaupt, zum Teufel?«

»Ich bin schockiert, dass Ihr eine *Lady* in unehrenhafter Absicht in Euer Haus einladet.«

»Ihr wisst rein gar nichts über meine Absichten, Gibbons«, fauchte er. »Wir werden Piquet spielen, mehr hat Euch nicht zu interessieren.«

»Nun, das bezweifle ich sehr«, erwiderte der Kammerdiener. »Hat sie einen Ehemann?«

»Nun … nein«, gab er zu. »Jene mit Ehemann sind die, die ich in der Tat in die Henrietta Street mitnehme.«

»Aber dann ist das ein Skandal!«, sagte der Kammerdiener. »Sir, ich muss darauf bestehen, dass Ihr eine ehrbare Frau aus dieser wohlerzogenen jungen Lady machen werdet.«

»Ihr wisst doch überhaupt nicht, ob sie jung oder wohlerzogen ist oder zwei Köpfe hat, Gibbons, also kümmert Euch um Eure eigenen Angelegenheiten.«

Doch bei den Worten seines Kammerdieners hatte Nash sich verdammt unbehaglich gefühlt. War das nicht genau das Argument, das er in der letzten Woche wohl ein Dutzend Mal vor sich her gebetet hatte? Und keine der beiden Seiten in ihm hatte gewonnen. Stattdessen hatte er zugelassen, dass Miss Neville ihre Klauen wieder in sein Fell – in sein willenloses, närrisches Fell – geschlagen und er sich dem Verlangen hingegeben hatte.

Nun, willenlos mochte er sein, aber seine Überlegungen waren abgeschlossen. Nash ging zum Stuhl neben der Tür, die ins Ankleidezimmer führte, und griff nach Gibbons' Handkoffer. In diesem Augenblick betrat Vernon, der Hausdiener, das

Zimmer. »Ich bitte um Verzeihung, Mylord, aber am Hintereingang ist ein Mann.«

»Ein Mann?«

»Ja, Mylord. Er sagt, er sei vorne vorgefahren, wie man es ihm aufgetragen hatte, aber irgendjemand habe ihm kalten Kaffee über den Kopf geschüttet.«

Nash warf Gibbons einen finsteren Blick zu.

»Auf jeden Fall ist er jetzt am Hintereingang und lädt Kisten von seinem Wagen ab«, fuhr Vernon fort. »Er sagt, sie seien für Euch.«

»Kisten?«, fragte Gibbons, nachdem Vernon gegangen war. »Was für Kisten?«

»Verdammt, die Treibhäuser!«, fluchte Nash.

Gibbons sah ihn ungläubig an. »Wie bitte? Sagtet Ihr *Treibhäuser?*«

Nash wandte sich ihm zu. »Das könnte ich in der Tat gesagt haben. Und?«

»Treibhäuser in *Kisten?*«

Nash zuckte verlegen mit den Schultern. »Ich habe mich irgendwie dazu hinreißen lassen. Aber der Bursche ist eine Stunde zu früh hier aufgetaucht.«

»Ich fürchte, dass Ihr nun wirklich den Verstand verloren habt, Mylord.«

Nash verzichtete auf eine Antwort, denn er fürchtete, dass er vielleicht *tatsächlich* den Verstand verloren hatte. Heute schien alles, was er tat – und alles, was er dachte –, ihm ganz und gar nicht ähnlich zu sehen. Der ganze Plan roch nach Skandal und Gefahr – ganz zu schweigen von Absurdität. Jetzt waren auch noch die Blumen geliefert worden. Was, in Gottes Namen, hatte ihn nur geritten, sie zu bestellen? Vielleicht hatte Gibbons ja recht? Vielleicht stand er mit einem Fuß bereits an einem gefährlichen, rutschigen Abgrund.

Ach, was sollte es denn noch! Es war zu spät, sich jetzt noch darüber zu sorgen.

»Hier«, sagte er und drückte Gibbons den Koffer in die Hand. »Und grüßt Eure Schwester von mir.«

Xanthia kehrte am Abend aus dem Büro heim und ging sofort in ihr Schlafzimmer. »Sagt meinem Bruder, dass ich Kopfschmerzen habe und heute Abend nicht mit ihm essen werde«, wies sie das Hausmädchen an, das auf ihr Klingeln hin erschienen war. »Und seid so gut und schickt mir heißes Wasser für ein Bad hinauf – viel heißes Wasser, bitte.«

Das Mädchen nickte mitfühlend. »Ein heißes Bad wird Euch guttun, Miss, ganz gewiss.«

Als die alte Kupferwanne aus dem Ankleidezimmer herbeigeschafft und mit Wasser gefüllt worden war, schickte Xanthia die Dienstboten fort. Sie erklärte, sie würde sofort nach dem Bad ins Bett gehen und wünsche daher nicht, noch einmal gestört zu werden. Dann glitt sie in das heiße Wasser und versuchte ihre Nerven zu beruhigen – oder ihre Erwartungen zu dämpfen, was die bessere Formulierung war.

Heute Nacht würde sie mit Nash schlafen, und es würde kein impulsiver, verbotener Akt in Eile und Verzweiflung sein, sondern ein langsames und absichtliches Einander-Genießen. Nash war ein Mann, der dieses Genusses wert war. Mit einem tiefen Einatmen lehnte Xanthia den Kopf gegen den hohen Wannenrand und ließ sich dann tiefer in das Wasser gleiten.

Vielleicht sollte sie sich beklommener fühlen. Nash war ein Frauenkenner. Zweifellos hatte er bereits viele Frauen geliebt; Frauen, die erfahren waren in der Kunst des Erregens und der Befriedigung. Xanthia hingegen wusste nur wenig von beidem, hatte aber seltsamerweise das Gefühl, Nash zu kennen. Und er war fasziniert von ihr, daran hatte Xanthia kaum Zweifel. Ob aus dieser Faszination jedoch etwas werden würde, das beständiger war, blieb abzuwarten. Xanthia akzeptierte, dass das Leben voller Unsicherheiten war, und sie hatte gelernt, für ihr Vergnügen selbst zu sorgen – genauso wie für ihren Trost –, wann und wo es sich anbot. Sie würde alles nehmen, was Lord Nash ihr bieten konnte, und glücklich damit sein. Sie würde nicht weiter denken als bis zu dieser Nacht.

Derart entschlossen griff Xanthia nach Seife und Bürste und wusch sich von Kopf bis Fuß, während sie unablässig an Nash dachte. Im warmen, schaumigen Wasser legte sie die Hände unter ihre Brüste und hob sie an. Ich bin keine Schönheit, aber üppig genug gebaut, dachte sie. Sie hatte die Art von kraftvollem, vitalem Körper, den manche Männer schätzten – und Nash gehörte offensichtlich dazu. Gestern Nacht war die schwelende Hitze in seinem Blick trotz seines offensichtlichen Zorns und seiner Frustration unmissverständlich gewesen.

Und heute Nacht ... Würde er sie wieder auf diese Weise ansehen? Würden seine dunklen Augen vor Bewunderung dahinschmelzen, wenn er ihr die Kleider vom Leib streifte? Allein bei diesem Gedanken tat sich etwas in Xanthias Bauch; es war ein süßes, prickelndes Gefühl, das durch ihren Körper floss, sie Sehnsucht empfinden ließ nach etwas, das noch unklar war. Nash würde genau wissen, was sie brauchte, das begriff Xanthia instinktiv. Sie berührte sich dort, wo sein Mund sie vor einigen Tagen berührt hatte – und zitterte vor Erwartung.

Großer Gott, es war Zeit, dass sie sich ankleidete.

Sie trocknete sich ab und zog eine ihrer wenigen Extravaganzen an – absurd teure Seidenunterwäsche. Bald waren ein Dutzend Kleider aus dem Schrank genommen und nicht für gut befunden worden. Xanthia, die normalerweise kaum einen Gedanken an ihre Garderobe verschwendete, wurde plötzlich von Zweifeln heimgesucht. Sie nahm zwei Kleider und betrachtete sich damit im Spiegel. Was trug eine Frau, die auf ihr Aussehen Wert legte, zu einer Verabredung? Rot? Sie zog die Nase kraus und warf das Kleid zur Seite. Dunkelblaue Seide? Xanthia hob das Kleid höher und erinnerte sich an Mr. Kembles Rat. Der Farbton wirkte in der Tat Wunder in Bezug auf ihre Augen.

Als sie angekleidet war, sich den dunklen Umhang übergeworfen und einen Schleier umgelegt hatte, schlich sich Xanthia die Hintertreppe hinunter und zum Hinterausgang hinaus. Sie lief durch Mayfair, das wieder einmal in Nebel gehüllt war, der an diesem Abend jedoch nicht ganz so dicht war wie am gestrigen. Flüchtig fragte sie sich, ob Mr. Kemble ihr wohl folgte. Irgendjemand tat es vermutlich – andererseits bezweifelte sie es stark, dass Kemble die Aufgabe jemand anderem übertragen hatte.

Aber sie würde weder daran noch an das denken, worum de Vendenheim sie gebeten hatte. Die Ränkespiele der Männer interessierten Xanthia nicht mehr; sie wünschte nur, Nashs Unschuld zu beweisen und ihr eigenes Leben weiterzuleben. Die Identität von de Vendenheims geheimnisvollen Schurken blieb am besten denen überlassen, die erfahrener – und betroffener – waren als sie.

Es war ein mehr als leichtes Unterfangen, durch die abgeschiedenen Straßen zu Nashs Haus zu finden. Seine Tür war die einzige, über der eine Lampe brannte. Xanthia ging durch die Dunkelheit auf das Licht zu und stieg die drei Treppenstufen hinauf. Als sie die Hand hob, um anzuklopfen, wurde die Tür bereits geöffnet. Nash stand auf der Schwelle, seine breiten Schultern verdeckten fast das dämmrige Licht, das den Gang hinter ihm erhellte.

»Du bist gekommen«, sagte er.

»Ja.« Sie trat ein und nahm Hut und Schleier ab, wobei sie Nash von der Seite her ansah. Heute Abend hatte er sich nicht zum Ausgehen gekleidet. Er trug keinen Rock, nur eine Weste aus mattschwarzem Brokat. Die Ärmel seines Hemdes blähten sich leicht um seine Arme, sein Haar hatte er mit einem schwarzen Seidenband zurückgebunden – auf eine Weise, die unmodisch war, bei ihm jedoch faszinierend aussah.

Er nahm ihr den Umhang ab, und einen Augenblick lang standen sie sich stumm gegenüber. Dann legte Xanthia die Hände um sein Gesicht, stellte sich auf die Zehenspitzen und schmiegte ihre Wange an seine. »Ich bin gekommen.«

Ein fester, starker Arm schlang sich um ihre Taille, während die andere Hand sich fast tröstend zwischen ihre Schulterblätter legte. Er barg sein Gesicht in ihrem locker aufgesteckten Haar. »Ist es falsch von mir, dass ich mir so verzweifelt gewünscht habe, dich zu sehen?«, flüsterte er.

Xanthia lachte ein wenig nervös. »Welche andere Wahl hattest du denn?«, gab sie zurück. »Ich habe mich dir ja an den Hals geworfen.«

Nash hörte den Bruch in Xanthias Stimme. Er ließ sie los und schloss seine warmen Hände um ihr Gesicht. »So darfst du nicht denken«, sagte er, während sein Blick über ihr Gesicht glitt. »Ich will dich wie verrückt, Zee.« Nichtsdestotrotz zweifelte Nash in diesem Augenblick an seinem Verstand und fragte sich, ob es nicht doch einen Weg gab, die innere Stärke aufzubringen, um Xanthia rasch einen Kuss zu geben und sie dann wieder fortzuschicken.

Nein. Er wusste es in der Sekunde, als er ihre vollen Brüste spürte, die sich gegen seine Brust pressten. Ihre Lippen hatten sich nicht berührt, und doch pochte der heiße Strom des Verlangens bereits schwer in seinen Lenden. Sie musste es gespürt haben, denn sie hob das Gesicht und öffnete verführerisch die Lippen. Ihre großen blauen Augen schimmerten im Dämmerlicht des Korridors weich und einladend. Nash nahm ihre Lippen in einem Kuss, der in seiner Süße unendlich wurde. Wieder und wieder küsste er sie, strich mit seinem Mund über den ihren mit einer Zärtlichkeit, die sie beide zittrig und mit weichen Knien zurückließ.

»Zee, komm nach oben.« Er flüsterte die Worte an ihren Lippen. »Ich sollte geduldig sein, aber Geduld ist mir unmöglich.«

Ihre dunklen Wimpern senkten sich, legten sich wie Fächer auf ihre elfenbeinfarbenen Wangen. »Ich möchte, dass du mich liebst, Nash«, sagte sie heiser. »Langsam – als hätten wir alle Zeit der Welt. Nicht nur ein paar gestohlene Augenblicke. Nicht nur diese eine Nacht.«

Diese eine Nacht. War es das, was es für sie bedeutete?

Es wäre klug von ihr, aber Nash konnte es nicht ertragen, daran zu denken. Obwohl es eine romantische, fast dumme Geste war, schlang er die Arme fester um Xanthia und hob sie hoch. Als sie ihre Wange gegen den weichen Stoff seiner Weste schmiegte, fühlte es sich plötzlich gar nicht mehr dumm an. Sie schwieg, als er sie die Treppen in sein Zimmer hinauftrug.

»Ich habe eine Überraschung für dich«, murmelte er.

Er legte sie in die Mitte seines Bettes und kniete sich mit einem Bein neben sie. Die Hälfte ihres langen schweren Haars hatte sich bereits aus dem lockeren Knoten gelöst und flutete wie ein Wasserfall aus dunkler Seide über den Brokat seiner Bettdecke. Ihre Hände lagen neben ihrem Kopf, ihre Finger waren leicht nach innen gekrümmt. Eine fast demütige Haltung. Nash war überwältigt von dem fast primitiven Drang, Xanthia zu nehmen – sie auf der Stelle heftig zu nehmen, ohne noch ein Wort zu sagen, um sie an sich zu binden.

In diesem Augenblick bemerkte sie die Blumen. Sie richtete

sich leicht auf und sah sich in offensichtlichem Staunen um. »Du lieber Himmel!«, murmelte sie. »Hibiskusblüten? Nash, wie um alles in der Welt ...?«

Er stützte eine Hand gegen das Kopfbrett des Bettes und beugte sich über Xanthia. »Ich dachte, sie würden dich an dein Zuhause erinnern.«

Vasen voller tropischer Hibiskusblüten standen überall im Zimmer verteilt – in Rosa, Pfirsichfarben und sogar in Purpurrot –, das Bett, auf dem sie lag, war mit Blütenblättern bestreut. Nash nahm eine rosafarbene Blüte aus einer Vase neben dem Bett, eine große, doppelblütige Schönheit, und reichte sie ihr.

Xanthia hob sie an die Nase, um den vertrauten Duft einzuatmen. »Oh, das tun sie, sie erinnern mich an mein Zuhause«, murmelte sie. »Eine ganze Hecke davon umgab unser Haus. Meine Güte, Nash, wo hast du so viele davon herbekommen?«

»Ich habe jedes Treibhaus Südenglands geplündert«, bekannte er.

Ihre Augen wurden noch größer, und sie lachte. »Das ist nicht wahr, oder?«

»Nun, meine Boten mussten wahrscheinlich ihre ganze Überredungskunst anwenden, aber es ist ihnen gelungen.« Er nahm ihre freie Hand in seine. »Du bist für mich eine Frau, die auf einem Bett aus Blütenblättern geliebt werden sollte – und welche wären besser geeignet als diese?«

Sie strich mit der Blüte über seine Wange. »Es scheint also, dass ich dich in meiner Gewalt habe«, sagte sie. »Du musst dir wirklich sehr wünschen, mir Vergnügen zu bereiten.«

Nash stieß ein heiseres Lachen aus. »Meine Liebe, ich denke, ich sollte dich dafür hassen, dass du weißt, wie sehr.«

Xanthia strich mit der Blüte über seine Kehle. »Dann zieh dich für mich aus«, wisperte sie. »Ich möchte etwas Schönes sehen.«

»Aber dafür sind doch die Hibiskusblüten da«, neckte er sie. »Haben meine bedauernswerten Floristen denn vergeblich gelitten?«

»Oh, Nash, du Schuft!« Sie stieß die Worte mit einem Laut aus, der halb Lachen, halb Schluchzen war. »Verdammt sollst du sein, solch ein … Romantiker zu sein! Sie sind schön – viel zu schön. Was für eine Art Casanova bist du eigentlich, dass du ein Bett mit Hibiskusblüten schmückst?«

Er hob ihre Hand an seine Lippen. »Ich umwerbe dich, du praktisch denkendes, zänkisches Weib«, sagte er und küsste ihren Handrücken. »Sei endlich still und lass mich dich anständig verführen.«

»Anständig verführen war nicht das, was ich im Sinn hatte«, versicherte sie ihm, während sie inmitten der Blütenblätter saß und sich die Schuhe abstreifte. »Zieh dich für mich aus, Nash. Bitte. Ich will, dass meine Augen sich an etwas erfreuen, das schön und sündhaft zugleich ist.«

Nash fühlte sich plötzlich verunsichert. Oh, er hatte sich schon tausendmal für eine Frau ausgezogen, aber das, worum sie ihn bat, das war mehr als nur das. Doch ihre Hände waren schon an seiner Krawatte und hatten binnen Sekunden den Knoten geöffnet und sie ihm abgenommen.

Er schaute auf sie hinunter und zog erstaunt eine Augenbraue hoch.

»Zwei Brüder«, erklärte sie trocken. »Brüder, die oft völlig geschafft nach Hause kamen, nur um auf der Stelle einzuschlafen. Kammerdiener waren knapp – aber ich habe sie, wenn ich das von mir sagen darf, ganz gut vertreten.«

Ihre geschickten Finger öffneten schon die Knöpfe seiner Weste. Sie streifte sie über seine Schultern, wobei sie die Hosenträger gleich mit hinunterzog. Nash zupfte sein Hemd aus der Hose und zerrte es sich über den Kopf. Es wurde ihm mit einem scharfen Einatmen gedankt – dem unmissverständlichen Laut weiblicher Wertschätzung.

Xanthia beugte sich über ihn und legte ihren Mund auf den seinen. Als ihre schon geschwollenen Lippen ihn berührten, begann sie geschickt seine Hose zu öffnen. Doch Nash küsste sie genüsslich weiter, verweigerte es ihr, sich zu beeilen, als ihr Atem schneller und drängender wurde.

Bei Gott, die Frau würde ihn nicht drängen, dieses Verlangen, das in ihm brannte, schnell zu befriedigen. Er würde sich viel Zeit nehmen – und wenn er mit ihr fertig war, das schwor sich Nash, würde sie auf den Knien liegen und Tränen einer zutiefst dankbaren Frau vergießen. Er drückte sie in die weichen Kissen zurück, stützte sich neben ihren Schultern auf und sprach seine Gedanken aus.

Xanthias Augen wurden groß, und ihre Brust hob und senkte sich in schnellen, erwartungsvollen Atemzügen. Nash richtete sich auf und zog sich die Schuhe aus, dann streifte er Hose, Strümpfe und Unterhose in einer einzigen Bewegung ab.

Xanthia schluckte. Hart. »Oh, du meine Güte!«, flüsterte sie, und ihr Blick glitt tiefer. Und tiefer. »Du bist wirklich … herrlich.«

Nash war sich nicht länger sicher, dass er das war – vor langer Zeit hatte er aufgehört, ein hübscher Junge zu sein, sondern war stattdessen zu einem Mann geworden – er stand noch in seiner Blüte, ja, aber ihn zierten auch all die dazugehörigen Narben verschiedener Schlachten. Doch er akzeptierte ihr Kompliment und zog sie vom Bett.

»Und jetzt, du Hexe, bist du an der Reihe.« Rasch knöpfte er ihr Kleid am Rücken auf. Als es hinunterfiel, enthüllte es ein elegantes Hemd aus feiner weißer Seide und schmale Schultern, die seinen Mund seltsam trocken werden ließen.

Es waren doch nur Schultern, großer Gott! Er zog die Nadeln aus ihrem Haar, dann setzte er sich und zerrte Xanthia ein wenig grob zwischen seine Beine. Fast teilnahmslos sah Xanthia zu, als er ihr die meisten ihrer Kleidungsstücke abstreifte, bis er ihr zum Schluss die Strümpfe hinunterrollte. Als sie nichts mehr am Leibe trug als ihre Unterhosen, verschränkte sie verlegen die Arme über ihren nackten Brüsten und wandte den Blick ab.

»Oh nein«, murmelte er und zog ihre Hände zu ihren Hüften hinunter.

Lieber Gott, dachte er, sie ist so wunderschön. Ihre Hüften waren sanft, ihr Bauch war weich und wunderschön gerundet, und ihr Bauchnabel zog sich auf eine Weise nach innen, die einen Mann wünschen ließ, ihn mit seiner Zunge zu necken. Doch das Dreieck dunkler Haare zwischen ihren Beinen – oh, das konnte einen Mann fast wahnsinnig machen. Er atmete ihren Duft ein, dann, einem wilden, unbezähmbaren Impuls folgend, glitten seine Hände um ihren Po. Leise keuchte sie auf, doch er zog ihren Schoß an seinen Mund und stieß seine Zunge ohne Vorspiel tief hinein.

Xanthia schrie auf, schwach und bebend. Ein Blitz der Lust durchzuckte sie. Ihre Hände lagen leicht auf seinen Schultern, als hielten sie sie im Gleichgewicht. Wieder stieß seine Zunge in sie, streichelte sie so tief, wie seine Stellung es zuließ. Ihr Duft berauschte ihn. Wieder und wieder strich seine Zunge durch die Hitze, fühlte ihren Po in seiner Hand zittern, fühlte, wie ihre Fingernägel sich in seine Schultern gruben.

Doch es war nicht genug. Er legte die Lippen auf ihren Bauch und schloss die Augen. Lieber Gott, wann würde er bloß genug haben? Er könnte sie auf diese Weise die ganze Nacht lieben, so fürchtete er, ohne diesen sehnsüchtigen Hunger gestillt zu haben.

»Leg dich hin.« Seine Stimme war belegt.

Xanthia tat, was er gesagt hatte. Er legte sich auf sie und schob ihre Beine mit seinem Knie weit auseinander. Lange Momente küsste er sie, seine Finger vergruben sich in ihrem Haar, sein Glied pochte heiß und drängend gegen ihren warmen, samtigen Schenkel. Nash küsste sie so tief, so intim, dass er begann den Bezug zur Gegenwart zu verlieren, dass er sich selbst in seinem unersättlichen Verlangen verlor, während er hoffnungslos und unerklärlich auf den grellen sinnlichen Abgrund zuglitt, den er so gut kannte.

Xanthias Atem ging ungleichmäßig, als seine Lippen die ihren freigaben. Nash setzte sich auf und ließ seine Augen über sie gleiten – genoss sie, genau wie sie gesagt hatte. Ihre Brüste hoben sich schnell, die großen Warzenhöfe kontrastierten dunkelrosa mit dem Elfenbein ihrer Haut, Haut, die so hell war, dass er die blauen Venen unter der cremefarbenen Oberfläche erkennen konnte. Ihre Brustwarzen waren zu harten Knospen geworden, ihre Haut kribbelte vor sinnlichen Empfindungen.

Nash legte den Mund auf ihre Brust und zog die Brustwarze zwischen seine Zähne, biss gerade so hart zu, dass Xanthia aufkeuchen musste. Ihre Hüften bewegten sich instinktiv unter ihm, ein deutliches Zeichen dafür, wonach ihr Körper verlangte. Lange Minuten leckte Nash ihre Brustwarze, kostete und nippte, bis Xanthias Zittern und Atem sich zu einer erregten Melange mischten.

Als Nash sich aufstützte, war ihr Mund leicht geöffnet, ihr Kopf halb abgewandt. Ihre Brüste hoben und senkten sich, als sie keuchte. Sanft drehte er ihr Gesicht zu sich und erwiderte ihren Blick.

»Habe ich dir Angst gemacht?« Seine Worte klangen abgehackt und heiser.

»Ja«, kam die geflüsterte Antwort. »Wir beide machen mir Angst.«

Und auch sie machte ihm ein wenig Angst. Obwohl er es niemals zugegeben hätte, befand sich Nash auf unsicherem Terrain, und er wusste es. Aber das Beste war, nicht zu sehr darüber nachzudenken. Stattdessen schob er ihre Schenkel weiter auseinander und ließ einen Daumen durch ihre schimmernde Nässe gleiten. Sie keuchte zwei Mal wie eine Frau kurz vor der Erlösung – und ja, als hätte sie ein wenig Angst vor sich selbst.

Spontan nahm Nash eine rosafarbene Hibiskusblüte und strich Xanthia damit über die Brust. Die starren grünen Blätter schimmerten fast schwarz auf ihrer hellen Haut, der Kontrast war unbeschreiblich erotisch. Langsam strich er die Blume über ihre linke Brustwarze, die unter der Berührung noch härter wurde. Wieder und wieder streichelte er sie mit der schweren rosa Blüte. Xanthia zitterte, als die rauen Blätter leicht über ihre Haut strichen, bevor die großen, milchig weichen Blütenblätter folgten und das heiße Kribbeln besänftigten. Nash strich mit der Blüte über ihre Kehle, ihre Brüste, ihre Arme, tastete sich langsam zur süßen Schwellung ihres Bauches vor.

Er spielte mit ihrem vollkommenen Nabel, mit der sanften Kurve ihres Beckens. Dann strich er über ihre zitternde Haut hinunter zu ihrem Schoß. Ihr Atem ging unregelmäßig, als würde sie schluchzen. Xanthia sah ihn nicht mehr an, auch nicht die Blüte, sondern nur noch seine Hand. Mit dem Finger teilte er sie sanft, dann zog er die Blüte durch ihr nasses, cremiges Fleisch. Sie schrie auf, ein zitternder, unsicherer Laut.

Wieder streichelte er sie. Und wieder, bis sie bebte. Bis das Beben zu mehr wurde. »Komm für mich, Xanthia«, lockte er sie. »Lass es geschehen.«

»Ich ... ich ... kann nicht«, keuchte sie. »Ich will ... ich will ... dich in mir.«

Er wusste nicht, warum er sie drängte. »Fühle, Zee«, wisperte er, »fühle die weiche Berührung der Blüte auf deiner süßen, harten ... dort, spürst du sie?«

»Ja«, keuchte sie, »oh! Aber ich will ... oh Nash!«

»Du willst *das hier*, Zee«, wisperte er und quälte sie weiter mit der Hibiskusblüte. »Komm für mich, meine exotische Blume. Lass es zu. Und lass mich zusehen. Hier ... nimm deine Hand und –«

Sie zog die Hand zurück. »Nein, ich brauche ... mehr«, sagte sie. »Ich will dich.«

»Das bin ich«, erwiderte er heiser. »Und du brauchst nicht mehr, Zee. Im Innersten bist du ein so wildes, sinnliches Geschöpf. Denk an die seidene Unterwäsche, die du getragen hast ... so glatt, so sinnlich. Du trägst sie, Zee, weil du die seidige Glätte auf deiner Haut magst.«

»Ja«, keuchte sie, »ich ... ich mag sie.«

Er zog die Blüte ein kleines Stück tiefer. »Das nächste Mal ziehst du sie über deine Schenkel, Zee«, wisperte er. »Ich will, dass du an diese Blüte denkst. An mich ... wie ich dich mit dieser Blüte liebe. Dich dazu bringe, laut aufzuschreien, wie die wunderschöne, sinnliche Frau, die du –«

Und dann schrie sie tatsächlich – und erbebte bis in ihr Innerstes. Ihre Hände umklammerten die Blütenblätter auf dem Bett und die weiche Decke. Als ihre Schreie verebbten, ließ Nash die Blüte fallen und legte sich auf Xanthia, um ihren bebenden Körper mit seinem zu bedecken. Er fühlte sich ... *zutiefst befriedigt*. Verwirrt. Beseelt. Xanthia war wunderschön – wunderschön in ihrer Leidenschaft –, sowohl im Bett als auch im normalen Leben. Er hielt sie fest, hauchte kleine, federleichte Küsse auf ihren schwanengleichen Hals.

Als Xanthia in die Realität zurückkehrte, fand sie sich selbst unentwirrbar mit Nash verbunden – im wortwörtlichen und übertragenen Sinne, wie sie fürchtete. Ihre Arme umschlangen seine Taille, und einer seiner steinharten Schenkel hatte sich zwischen ihre Beine geschoben. Doch ihr Herz – oh, das hielt er in seiner Hand. In diesem vollkommenen Augenblick stand die Zeit still, ihr späteres Leben – nach diesem Zimmer, nach dieser Nacht, nach diesem Mann – schien keine Bedeutung mehr zu haben.

Nash zu lieben, fürchtete sie, würde wohl immer so sein. Es würde die Welt ausschließen und nur sie beide zurücklassen.

Sie fühlte sein Gewicht sich geschmeidig nach oben bewegen, das dunkle Haar auf seiner Brust kratzte an ihren Brüsten, als er sich bewegte. Xanthia zitterte noch immer. Instinktiv griff sie nach seiner harten Männlichkeit. Nash stieß ein wildes, drängendes Stöhnen aus, dann bestieg er sie. Im Kerzenschein zeichneten sich seine starken Schenkel ab, seine Schultern schienen unmöglich breit. Fasziniert ließ sie eine Hand unter seinen Hodensack gleiten und umschloss ihn, dann führte sie sein hartes, heißes Glied langsam zwischen ihre Beine.

»Jetzt, Nash«, flüsterte sie. »Nimm mich … nimm mich jetzt.«

Fast ehrfürchtig drang er in sie ein, stieß langsam tiefer, während sein Atem heftiger wurde. Schließlich hob Xanthia die Hüften, um ihn weiter in sich aufzunehmen. Mit einem triumphierenden Stöhnen glitt Nash tief in sie hinein. Er stützte die Hände neben ihrem Kopf auf, schloss die Augen, zog sich aus ihr zurück und stieß wieder in sie hinein. »Großer Gott, Zee«, keuchte er. »Du … du machst mich verrückt. Verhext mich.«

Wieder hob sie die Hüften, und ihre Hände glitten über die

harten Muskeln seines Brustkorbs und über seine Schenkel. »Liebe mich, Nash«, flehte sie.

Er brauchte keine zweite Einladung. Schnell wurden seine Stöße tiefer und härter. Seine großen Hände waren überall – auf ihren Schultern, an ihren Hüften. Sie hielten ihren Po fest, während er sich mit wilden, harten Stößen in sie trieb. Seine Hände griffen nach den ihren, zogen sie hoch über ihren Kopf. Xanthia bäumte sich auf und schlang ein Bein um seine Taille. Sein langes Haar hatte sich aus dem Zopf gelöst und fiel ihm in die Stirn, während der schimmernde Schein der Anstrengung seine Haut glitzern ließ. Als ihre Körper übereinanderglitten, lag in Nashs dunklem Blick etwas Wildes, Unbezähmbares.

Lange Augenblicke stießen und atmeten und verschmolzen sie miteinander, dann steigerte sich der Rhythmus zu einem fast schwindelerregenden Punkt, bis Xanthia ihr Herz wie eine Trommel in ihren Ohren schlagen hörte. Sie fühlte, wie ihr Körper erneut zu beben begann; fühlte ihre Lust, die sich wie eine Bogensehne spannte, dann gruben sich seine Finger tiefer in das Fleisch ihrer Hüften, und Nash schrie auf. Ein tiefer, fast gequälter Schrei. Xanthia glitt mit ihm über den schwarzen Abgrund, ihre Hände verwoben sich mit seinen, ihr Bein war noch immer um seine schmale, harte Taille geschlungen.

Als sie wieder zu sich kam, nahm sie nur das Geräusch ihrer bebenden, raschen Atemzüge wahr. Nachdem lange, wortlose Augenblicke vergangen waren, rollte sich Nash von ihr hinunter und legte sich neben sie auf die Seite. Xanthia drehte sich zu ihm, und er zog sie beschützend in die Arme. Xanthias letzter Gedanke, bevor sie in einen tiefen traumlosen Schlaf fiel, war der an Nashs Hand, die sich besitzergreifend an ihre rechte Brust gelegt hatte.

Kapitel 10

Ein langer Weg von Yorkshire

Schlafen. Den wunderbaren Schlaf schlafen, der belebt und erquickt! Nash hatte zwanzig Jahre oder länger nicht mehr so entspannt geschlafen, doch jetzt nahm er im Unterbewusstsein wahr, dass jemand – etwas – gerade dabei war, ihn aus diesem Schlaf zu reißen. Er barg das Gesicht an Xanthias Schulter, wollte den Lärm ignorieren und wieder einschlafen. Aber der Krach begann von Neuem.

Das ist Gibbons, soll ihn der Teufel holen. Niemand sonst konnte so laut klopfen. Oder so unbarmherzig. Nash versuchte sich aus Morpheus' Armen zu lösen. Xanthia murmelte etwas Unverständliches und drehte sich herum. Er spürte ihre warmen Finger, die sein Gesicht berührten und an sein Kinn glitten.

»Nash?«

Er öffnete die Augen.

»Nash, ist ... jemand unten im Haus?«

Wieder ertönte das unbarmherzige Klopfen, hallte wie ein Trommelwirbel durch das leere Haus.

Ein Schreck durchzuckte ihn. Es konnte nicht Gibbons sein. »Verdammte Hölle!« Nash fuhr hoch und rieb sich mit den Händen das Gesicht. Jemand stand vor der Haustür, und es war kein Diener im Haus.

»Sie ... sie werden wieder fortgehen, nicht wahr?«, sagte Xanthia voller Hoffnung.

Doch Nash war bereits dabei, in seine Hosen zu steigen. »Offensichtlich nicht«, entgegnete er grimmig. »Es könnte

Rothewell sein. Er könnte herausgefunden haben, dass du hier bist. Und falls er es tatsächlich sein sollte, wird es nichts nützen, ihn zu ignorieren.«

Xanthia setzte sich mit weit aufgerissenen Augen auf. »Oh!«, sagte sie und hielt sich das Laken vor die Brust. »Oh nein, Nash, das kann nicht sein. Er ist zu dieser Zeit nie zu Hause. Wie viel Uhr ist es?«

Das Klopfen war erneut zu hören, noch heftiger jetzt. Drängender.

»Fast elf.« Nash stopfte sich das Hemd in die Hose. Er war zutiefst versucht den Lärm zu ignorieren, aber tausend beunruhigende Gedanken schossen ihm durch den Kopf. Ein Unfall. Eine Erkrankung. Tony. Edwina. Die Mädchen.

»Großer Gott, die Mädchen«, sagte er laut.

»Welche Mädchen?«, fragte sie vom Bett her.

»Meine Schwestern.« Nash schlüpfte in seine Weste. »Es könnte etwas passiert sein.«

Xanthia sah besorgt aus. »Vielleicht ist es ja nur ein später Besucher? Ein – ein Freund? Oder dein Bruder?«

»Ich denke nicht. Dieser Jemand da unten klopft jetzt schon seit einer ganzen Weile gegen die Tür. Tony würde das nicht wagen – es sei denn, jemand läge im Sterben.« Er beugte sich über das Bett und küsste Xanthia rasch. »Aber falls es Rothewell ist, Liebes, und falls er mich auf der Schwelle meines Hauses erschießt – dann warst du es mir absolut wert.«

Xanthia konnte ihm nur hinterherstarren. Er hatte seine Worte vollkommen ernst gemeint.

Ihr war mehr als nur beklommen zumute, als sie aus dem Bett sprang, während die Tür sich hinter Nash schloss. Ohne die Wärme seiner Nähe fühlte sie sich kalt bis in ihr Innerstes. Xanthia schaute auf das Bett und auf die Hibiskusblüten, die überall verstreut lagen. Wie romantisch und unwirklich das alles jetzt schien. Und wie schrecklich kalt es plötzlich geworden war.

Einen Moment lang erwog sie, die Bettdecke auszubreiten, aber dann kam ihr das ... seltsam anmaßend vor. Sie stieß ein kurzes, leicht hysterisch klingendes Lachen aus und ging in sein Ankleidezimmer. An einem Messinghaken hing ein Morgenmantel aus cremefarbener Seide. Xanthia warf ihn sich über und wickelte sich in dessen üppige Falten. Sie schlich zur Tür und lauschte – nichts war zu hören. Sie war versucht, sich auf Zehenspitzen die Treppe hinunterzuschleichen, aber nein, das wäre nicht gut. Ihr Blick schweifte durch das Zimmer zu dem Mahagoni-Schreibtisch.

Eine bessere Gelegenheit konnte es kaum geben, um das zu tun, was sie sich geschworen hatte. Sie fühlte sich schrecklich schuldig, als sie den Docht von Nashs Lampe höher drehte und sie durch das Zimmer trug. Sie begann die kleinen Schubladen des Schreibtischs eine nach der anderen zu öffnen.

Nash empfand Unbehagen, als er in die Eingangshalle hinunterging. Im Gehen strich er sich durch das Haar, um es zu glätten. Er war jetzt hellwach, und sein Zorn wuchs mit jeder Sekunde. Bei Gott, es sollte besser etwas Schreckliches geschehen sein, um diese Art der Störung zu rechtfertigen. Und verdammt, wenn der Ruhestörer Tony war, dann –

Er riss die Tür auf. Es war nicht Tony.

Eine schmale, zierliche Gestalt stand vor ihm, nass vom Nebel. Sie trug einen schlaffen grauen Umhang und einen großen Regenschirm, der schon bessere Tage gesehen hatte – vermutlich sogar bessere Jahrzehnte. Als die Person ins Lampenlicht trat, konnte er nicht umhin, die aufrichtige Empörung in ihren Augen zu sehen.

Verdammt. Noch ein weiblicher Moralapostel? Und ein verdammt entschlossener zudem, wie es schien.

»Keine Reformatoren«, sagte er und warf die Tür zu.

Die zierliche Gestalt rammte ihren Schirm mit solcher Kraft in den Türspalt, dass dessen feine Verstrebungen zersplitterten. »Mein Name ist Mrs. Wescot«, sagte sie über das schrecklich knirschende Geräusch hinweg. »Ich bin gekommen, um den Marquess of Nash zu sprechen.«

Wescot? Kannte er einen Wescot?

Mrs. Wescot schob ihren Schirm einige Zentimeter weiter durch den Spalt. »Bitte, Sir. Wenn Ihr einen Funken christlicher Nächstenliebe in Euch habt, dann lasst mich herein.«

Christliche Nächstenliebe? Närrisches Frauenzimmer. Der Marquess of Nash kannte so etwas nicht. Und doch wusste er, während er auf die zwanzig Zentimeter aus schwarzem Öltuch und zersplittertem Bambus hinunterschaute, die jetzt in die geheiligte Ruhe seines Heims ragten, dass er später bedauern würde, was er gleich tun würde. Warum musste er ausgerechnet heute Abend, von allen Nächten, diesen einen Funken der Nächstenliebe spüren – denn mehr gab es davon sicherlich nicht in seinem Herzen.

Aber die Frau war nass und die Nacht kalt. Nash riss die Tür auf und trat einen Schritt zur Seite.

Die Besucherin neigte scheu den Kopf und stellte ihren tropfnassen Schirm vorsichtig auf die Seite. Sie war überraschend jung, vielleicht gerade einmal achtzehn, und schien sich nicht daran zu stören, von einem Mann in Hemdsärmeln und Weste begrüßt zu werden. »Ich muss den Marquess of Nash sprechen«, sagte sie wieder. »Ich fürchte, ich habe keine Karte. Würdet Ihr so gut sein und ihn wissen lassen, dass ich hier bin?«

»Es ist eine ziemlich seltsame Zeit für einen Höflichkeitsbesuch«, sagte Nash, während er ihr vorsichtig den nassen Umhang abnahm. »Welcher Natur ist Euer Anliegen?«

»Es ist eine sehr persönliche Angelegenheit«, erklärte sie und wandte sich ihm leicht zu. »Er wird meinen Namen zweifellos kennen.«

Nash erstarrte, während er den Umhang wie etwas Giftiges hochhielt. Er blickte auf den Bauch der jungen Frau, und für einen Moment schien sich der Erdboden unter ihm aufzutun. Guter Gott, gewiss das nicht?

Doch ohne den schweren Umhang war nichts an der hohen, runden Schwellung misszuverstehen, und trotzdem erkannte er sie nicht. Er würde doch ... er *würde* sie doch wiedererkennen, oder etwa nicht? Oder war es jetzt tatsächlich so weit gekommen? Hatte er begonnen die Gesichter ebenso zu vergessen wie die Namen?

Nein. Das war nicht möglich. Er war fast lächerlich vorsichtig in solchen Dingen. Und sie war ebenso wenig eine Hure wie eine Lady. Sie war ... irgendetwas dazwischen. Zerbrechlich und grazil und fast erschreckend allein. Dann traf ihn die Erkenntnis, dass *sie ihn* ebenso wenig erkannte. Erleichterung durchströmte ihn und riss einen Großteil seines Zorns mit sich.

Behutsam legte er ihren Umhang über seinen Arm und griff nach der Lampe, die neben der Tür stand. »Kommt in den Salon, Kind«, sagte er. »Ich bin der Marquess of Nash.«

Er hörte sie scharf einatmen, schaute sich aber nicht um.

Nash hatte keine Ahnung, was man mit dem feuchten Umhang eines Gastes gemeinhin anstellte, also legte er ihn über einen Stuhl. »Nehmt doch Platz«, sagte er, dann drehte er den Lampendocht höher und zündete einige Kerzen in einem Leuchter an. Jetzt konnte er die Frau besser sehen und auch die Sorgenfalten, die sich in ihr Gesicht gegraben hatten, das ohne die tiefen Linien bemerkenswert hübsch gewesen wäre.

»Also«, sagte er, als er vor ihr stand, »wie kann ich Euch zu Diensten sein, Mrs. ... Wescot, nicht wahr? Eure Angelegenheit muss dringend sein, wenn Ihr mich zu so später Stunde aus meinem Bett holt.«

»Eurem B...bett?« Die junge Frau verlor jetzt auch den letzten Rest von Farbe. »Ich bitte um Entschuldigung. M... man hat mir gesagt ...«

»Was?«

Sie schien verlegen zu sein. »D... dass Ihr üblicherweise nicht schlaft«, bekannte sie. »Dass Ihr die Nacht zum Tag macht und ... schlechten Gewohnheiten nachgeht.«

Nash sah sie eindringlich an. »Vielleicht habe ich ja nicht geschlafen, Mrs. Wescot«, schlug er vor, »und war vielmehr dabei, einer von meinen schlechten Gewohnheiten nachzugehen. Habt Ihr schon einmal daran gedacht?«

Sie errötete heftig, was Nash augenblicklich dazu brachte, sich wie der Flegel zu fühlen, der er war.

Er verschränkte die Hände auf dem Rücken und betrachtete sie. »Ich bitte um Entschuldigung«, sagte er. »Das war taktlos. Warum erklärt Ihr mir Euer Anliegen nicht, Ma'am? Es ist wirklich sehr spät für eine Dame, um allein unterwegs zu sein, was mich, jetzt, da ich darüber nachdenke, zu der Frage bringt: Wo steckt Mr. Wescot?«

Sie brach in Tränen aus. Nein, das waren keine Tränen mehr, eher Sturzbäche. Großartig! Die Schluchzer ließen ihn wünschen, irgendeine heldenhafte Tat zu vollbringen – aber welche bloß? Nash wühlte verzweifelt in seinen Taschen, bis er ein Taschentuch fand.

»Ihr ... Ihr seid Witwe?«, fragte er zögernd.

»N... n... nein«, schniefte sie in das feine weiße Leinen.

»M… Matthew ist in … ist in … *o Gott!* … in Schuldarrest!«

»Du lieber Himmel.« Er verschränkte die Hände wieder auf dem Rücken und begann vor dem Sofa hin und her zu gehen. »Ma'am, ich muss Euch das fragen: Kenne ich Mr. Wescot?«

Bei dieser Frage weiteten sich die Augen der Frau ungläubig. »Ob Ihr ihn kennt?«, rief sie. »Natürlich kennt Ihr ihn, Lord Nash. Ihr habt ihn an den Rand des Bankrotts gebracht. Wie könnt Ihr jetzt nur dastehen, Sir, und mich so etwas fragen?«

Ja, wie konnte er das? Wescot? Wescot!

In den dunklen Tiefen seiner Erinnerung begann sich etwas zu regen. Vor einigen Tagen hatte er in einer sehr heruntergekommenen Hölle in der Fetter Lane eine Runde Pharao gespielt – ganz in der Nähe des Schuldturms, was für einige Teilnehmer sehr bequem war. Nash war in schlechter Stimmung gewesen, wütend auf sich selbst, weil er die Gedanken an Xanthia nicht verdrängen konnte und demzufolge nicht wirklich Lust auf das Spiel hatte. Doch dann hatte Mr. Mainsell einen Bekannten mitgebracht – einen Burschen von vielleicht fünfundzwanzig Jahren mit einem großen Mundwerk und selbstbewusstem Auftreten. Seine Arroganz hatte Nash sehr gestört, und seine Prahlereien hatten sich als teurer Fehler erwiesen. Der Bursche hatte etwas von hohem Wert verloren – Nash kramte in seinem Gedächtnis – ja, eine Fabrik!

»Eine Art Fabrik?«, sagte er, sich kaum bewusst, dass er laut gesprochen hatte. »In – guter Gott! – in Yorkshire? Geht es darum?«

Die Frau schrie laut auf. »Ein Eisenwalzwerk! Es gehörte seinem Großvater.«

Nash wusste kaum, wo Yorkshire lag – und ganz sicher hatte er nicht die geringste Ahnung, was ein Eisenwalzwerk war. An dem besagten Abend war er nach Hause gekommen, hatte seine Handschuhe abgestreift, sich ein gerüttelt Maß *okhotnichya* eingeschenkt und Wescots Schuldschein auf den schwankenden Stapel unerledigter Dinge gelegt, der auf Swanns Rückkehr wartete. Dort, soweit Nash wusste, lag der Schuldschein auch in diesem Augenblick noch. Swann würde die Abtretung abschließen, das Werk dann verkaufen oder eintauschen – oder damit tun, was auch immer er mit Objekten dieser Art normalerweise tat.

Doch in jener Nacht – ah, ja, in jener Nacht! Wäre er nicht wegen seines eigenen Benehmens wütend auf sich gewesen, so hätte er sich vielleicht wenig um das von Mr. Wescot geschert. Vielleicht hätte er sich ja geweigert, mit ihm zu spielen, schließlich war früh klar gewesen, dass der Junge ein Landei und der Sache nicht gewachsen war.

Nash wurde sich flüchtig bewusst, dass seine Besucherin noch immer über Yorkshire jammerte.

»– und deshalb, versteht Ihr, war sein Großvater der tiefen Überzeugung, dass Matthew das Werk haben sollte«, erklärte sie. »Und kurz darauf ist er gestorben. Aber dann hat Matthew von dem Baby erfahren«, hier machte sie eine Pause und legte eine Hand auf ihren geschwollenen Bauch, »und ich bin überzeugt, dass er nur das Beste für das Kind will.«

»Seid Ihr das wirklich?«, fragte Nash trocken.

Die junge Frau blinzelte die neu aufsteigenden Tränen fort und nickte. »Das ist auch der Grund dafür, weshalb wir nach London gekommen sind«, sagte sie. »Matthew will, dass wir hier wohnen – um unseren Platz in der Gesellschaft einzunehmen, versteht Ihr? Um des Kindes willen. Er schwört, dass er nicht einen einzigen Dime verschwenden wird, ganz egal, was sein Vater auch befürchtet, und dass er mit den Einkünften aus der Fabrik seine Schulden bezahlen und uns ein schönes

Stadthaus kaufen wird ... a... aber dann hat er die Fabrik verloren!«

Guter Gott, was für ein Albtraum! Eine frühe Witwenschaft, fürchtete Nash, war das Beste, was das Mädchen sich erhoffen konnte – und falls Wescots großes Mundwerk ein Hinweis sein sollte, dann lag dieser Tag nicht mehr in allzu weiter Ferne. Aber was sollte bis dahin aus ihr werden? Und aus dem Kind?

Verdammt, warum war das überhaupt sein Problem? Bei Gott, er hatte ehrlich gespielt – wie er es immer tat. Und wenn Wescots Familie jetzt auf der Straße saß und hungerte, warum musste er damit behelligt werden? Nash biss die Zähne zusammen. »Und Ihr hofft nun, dass ich die Fabrik einfach zurückgebe, habe ich recht?«, sagte er. »Ist es so?«

Irgendwie schaffte es die Frau zu nicken. Sie weinte jetzt leise vor sich hin, schluchzte nicht mehr tief wie noch vor wenigen Augenblicken, sondern weinte voller hoffnungsloser Resignation. Nash setzte sich. Er fühlte sich so mitgenommen, wie sie aussah – was eine verdammte Schande war, weil er noch vor Kurzem in der größten Lust seines Lebens geschwelgt hatte. Über den Teetisch hinweg starrte er die junge Frau an, dann stützte er die Ellbogen auf die Knie. »Seht, Mrs. Wescot, ich werde Euch den Gefallen tun, ganz ehrlich zu sein«, begann er.

Sie schaute auf und sah ihn anklagend an. »Aber Ihr seid kein ehrlicher Mann, nicht wahr?«, sagte sie. »Man sagt sogar, dass Ihr durch und durch schlecht seid.«

»Ich bin weitaus ehrlicher als die meisten«, entgegnete er. »Und mögt Ihr auch eine Menge Dinge über mich gehört haben – von denen die meisten wahr sein werden –, so werdet Ihr doch niemanden finden, der mich einen Betrüger, einen Falschspieler oder einen Lügner nennt. Also, meine Liebe, ich sage Euch nun die schreckliche Wahrheit: Ihr habt ein Kind in Eurem Bauch und einen arroganten jungen Dummkopf zum Ehemann.«

»Wie bitte?«

Aber in seinem Zorn und seiner Frustration hatte Nash nicht die Absicht zu schweigen. »Was Euer Gatte verloren hat, Mrs. Wescot, hat er durch seine Arroganz verloren. Was ich ihm genommen habe, war um, verdammt, einiges weniger, als ich mir hätte nehmen können. Der Mann hat Karten gespielt, als hätte er ein Dutzend Fabriken übrig, aber dafür keine Familie, die er durchfüttern muss. Ihr müsst ihn aus London fortschaffen – morgen ist nicht früh genug – und ihn von dieser Stadt fernhalten. Fabrikbesitzer aus Yorkshire, Mrs. Wescot, finden ihren Platz in der Gesellschaft nur sehr selten – und würde es Euch gelingen, so wäre es das Letzte, was Ihr Euch für Euer Kind wünschen würdet.«

Sie zerknüllte ihr Taschentuch, und ihre Miene fiel in sich zusammen. »Oh, ich wusste es!«, jammerte sie. »Ich habe versucht, es ihm zu sagen. Wir gehören nicht hierher.«

»Wann kommt das Kind?«, fragte Nash direkt.

Sie blinzelte ein wenig befangen. »Nun, Ende nächsten Monats.«

»Habt Ihr überhaupt Verwandtschaft hier in London?«

Sie nickte. »Mein Cousin Harold ist Gemüsehändler in Spitalfields.« Ihre Stimme klang jetzt fast verlegen. »Ich habe nach oben geheiratet, müsst Ihr wissen.«

Doch Nash war sich dessen ganz und gar nicht sicher. »Ist er ein anständiger Mann, Euer Cousin?«

Das Mädchen nickte. »Er ist geradeheraus«, sagte sie, »aber freundlich – und ehrlich.«

»Dann müsst Ihr Harold zu mir schicken, Mrs. Wescot, wenn das Baby auf der Welt ist«, befahl er. »Er wird mir den vollständigen gesetzlichen Namen des Kindes nennen – mag es männlich oder weiblich sein –, und ich werde Euch dann die Fabrik zurückgeben.«

»Das … wollt Ihr tun?«

»Eurem Kind«, stellte Nash klar. »Nicht Eurem Mann. Mit Harold, dem Gemüsehändler, als Treuhänder. Habt Ihr mich verstanden, Mrs. Wescot?«

»Oh«, sagte sie. »Ach, du meine Güte.«

Nash hob beide Hände. »Ihr könnt das Angebot annehmen oder es ausschlagen, aber es ist die beste Offerte, die ich Euch machen kann – und eine verdammt großzügige noch dazu.«

»Das ist wirklich großzügig«, sagte sie, »und sehr freundlich. Aber Matthew … es könnte ihm nicht gefallen.«

»Dann könnt Ihr Matthew zu mir schicken, Ma'am, und ich werde ihm den Sachverhalt in Worten erklären, die auch ein Dummkopf versteht.«

»Ja. Ja, natürlich. Vielen Dank, Lord Nash.«

Nash kehrte zu dem Stuhl zurück und griff nach dem durchnässten Mantel. »Kommt mit, Mrs. Wescot. Ich werde versuchen Euch eine Droschke zu rufen.«

»Nein, vielen Dank«, protestierte sie, während sie sich erhob. »Ich habe nicht das Geld dafür.«

»Ich werde die Fahrt bezahlen«, sagte er ruhig. »Ihr werdet Euch den Tod holen, mein Kind, wenn Ihr in einem nassen Mantel durch London lauft – und zudem fürchte ich, dass Euer ziemlich beeindruckender Regenschirm seinen letzten Atemzug getan hat.«

Sie senkte den Blick. »Danke, Mylord.«

Nash sah sie unverwandt an. »Habt Ihr denn eine Unterkunft, Ma'am? Das Frühlingswetter kann sehr abscheulich sein.«

»Unser Gepäck ist noch im *George*«, sagte sie. »Aber … aber sie haben uns hinausgeworfen.«

»Wird Euer Cousin Harold Euch aufnehmen?«

Sie nickte.

»Dann werde ich den Fahrer bezahlen, dass er Euch zum *George* bringt, dort Eure Sachen einlädt und Euch dann nach Spitalfields fährt.«

»Aber ... aber das ist ein sehr langer Weg, nicht wahr?«

»Gar nicht weit«, versicherte er ihr. »Und, Mrs. Wescot, darf ich Euch noch einen Rat geben?«

Sie hob den Kopf, sah Nash an und nickte.

Er legte ihr die Hand auf die Schulter. »Ihr werdet bald ein Kind haben, meine Liebe«, sagte er. »Deshalb schlage ich vor, Ihr fasst Euch ein Herz und macht Eurem Mann Beine. So schrecklich es auch scheinen mag, aber das Wohl Eures Kindes wird von Eurer Fähigkeit abhängen, genau das zu tun.«

Ihre schön geschwungenen Augenbrauen zogen sich zusammen. »Aber ... aber wie?«

Nash legte den Kopf schief. »Ihr seid ein verdammt gut aussehendes Mädchen, Mrs. Wescot«, sagte er. »Muss ich das wirklich näher erklären? Nutzt die Gaben, die Gott Euch gegeben hat, und bringt ihn zur Vernunft. Vergesst niemals, dass ein Mann fast alles tun würde – für die richtige Frau.«

»Ja.« Mrs. Wescot drückte den Rücken durch. »Ja, Mylord. Ich werde mich bemühen, immer daran zu denken.«

Xanthia stand über einen Stuhl gebeugt und ordnete die Falten des Morgenmantels, als Nash in das Schlafzimmer zurückkehrte. Sofort richtete sie sich auf und sah aus, als wäre ihr sein Eintreten unbehaglich. Sie ließ die letzte Falte fallen und ging mit ausgestreckten Armen auf ihn zu. »Nash?«, sagte sie. »Ist alles in Ordnung?«

Er setzte sich auf die Bettkante und berichtete ihr, was geschehen war. Als er zu Ende erzählt hatte, lagen sie wieder auf dem Bett, sein Kopf ruhte an Xanthias Schulter, und sein Arm umschlang ihre Taille. Es war fast beunruhigend angenehm und – tröstend.

»Ich weiß nicht, warum mir das so zusetzt, Zee«, murmelte er. »Ich meine, ich bin nicht gefühllos, aber so läuft es nun einmal, wenn um hohe Einsätze gespielt wird. Würden wir alle damit anfangen, das zurückzugeben, was wir ehrlich gewonnen haben, nun, welchen Sinn hätte das Spiel dann noch? Dann würden wir alle schon bald beim Penny-Loo mit unseren Großmüttern zusammensitzen.«

Xanthia strich ihm durch das Haar. »Ein Teil der Schuld liegt bei Mr. Mainsell«, sagte sie. »Er hat einen Mann mit an den Spieltisch gebracht, der dort nichts zu suchen hatte.«

Nash schwieg lange. »Sie erwartet ein Kind«, sagte er dann. »Es wird bald zur Welt kommen. Hatte ich das erwähnt?«

»Nein.« Sie strich wieder durch sein Haar. »Nein, das hast du nicht.«

Nash rutschte ein wenig näher. »Ich denke, das ist es, was mich aus der Fassung bringt«, gab er zu. »Der Gedanke an dieses Kind, das von einem Mann aufgezogen werden wird, der vermutlich noch nicht einmal den Verstand hat, sich unterzustellen, wenn es regnet. Oder, schlimmer noch, dass ein Kind in andauernde Armut hineingeboren wird, dass sein Vater im Schuldturm sitzt ...« Seine Worte erstarben.

»Du denkst, es sei deine Schuld?«

»In gewissem Maße schon.« Nash schwieg eine Zeit lang. »Ich habe heute Nacht einen schrecklichen Fehler begangen, Zee«, sagte er schließlich. »Als wir ... als wir uns geliebt haben.«

Sie spannte sich in seiner Umarmung sofort an. »Für mich

hat es sich nicht wie ein Fehler angefühlt«, murmelte sie. »Wenn ich ehrlich bin, hoffte ich sogar, wir würden es wieder tun.«

Nash zog sie an sich. »Nein, ich meinte damit, dass ich mich nicht vorher aus dir zurückgezogen habe. Das riskiere ich normalerweise nicht – und bei dir bin ich das Risiko nun schon zum zweiten Mal eingegangen. Es war äußerst leichtsinnig von mir, und ich denke ... ja, ich denke, das ist ein Teil dessen, was mich heute Nacht so beunruhigt. Mrs. Wescot wird ein Kind bekommen – aber welches Sagen, wenn überhaupt, hatte sie wohl in dieser Sache?«

»Die meisten Frauen wollen Kinder«, bemerkte Xanthia.

»Nun, aber sie sollte keines haben«, erwiderte er heftig. »Ihr Mann ist ein Idiot.«

»Nash!«, tadelte sie ihn. »Du bist in einer sehr seltsamen Stimmung.«

»Das kann man so sagen«, murmelte er.

Er spreizte die Hand auf ihrem Bauch, als könnte die Geste Xanthia vor dem Schlimmsten bewahren. Er dachte an das Risiko, das er heute Nacht eingegangen war, und wusste, dass er entsetzt sein sollte. Panisch. Oder doch zumindest zutiefst beunruhigt. Doch er war nichts von alledem. Für ihn waren die Chancen einer Schwangerschaft nur etwas kalkulierbarer als die Chance, dass Rothewell mit einem Paar Duellpistolen auf seiner Türschwelle auftauchte. Es war das Risiko, das ein Spieler einging, eines, das zu tragen er vorbereitet sein musste. Denn die Alternative – nicht mit Xanthia zu schlafen – stellte nach allem, was geschehen war, einfach keine Option mehr da. Aber war auch sie bereit, dieses Risiko auf sich zu nehmen?

Die meisten Frauen wollen Kinder.

Xanthia hatte natürlich recht. Aber wollte *sie* Kinder? Auf Lady Henslows Picknick hatte sie angedeutet, dass sie die Ehe und die Mutterschaft für sich ablehnte. Und jetzt, da er sie besser kannte, begann er zu glauben, dass sie es tatsächlich tat. Zumindest einen Heiratsantrag hatte sie bereits klar abgelehnt. Sie führte ein unkonventionelles Leben und war ganz offensichtlich auch nicht geneigt, es aufzugeben. Darüber hinaus war Neville's die einzige Sache, um die sich bisher ihre Welt drehte. Könnte eine Frau ein Unternehmen leiten *und* eine Familie haben?

Aber viele Frauen taten das. Vielleicht nicht gerade aus seiner gesellschaftlichen Schicht, aber selbst in Englands Oberschicht kam es gelegentlich vor, dass Frauen riesige Besitztümer verwalteten. Andere leisteten eine fast überwältigende Menge an karitativer Arbeit. Sollte Xanthia ein Kind empfangen haben, was würden sie dann tun?

Das, was die meisten in einer solchen Zwangslage taten – heiraten. Er würde darauf bestehen – und täte er es nicht, so würde es ihr Bruder tun. Bei all seiner liberalen Einstellung seiner Schwester gegenüber war Rothewell doch ganz offensichtlich ein Mann von unnachgiebiger Entschlossenheit.

Sie hatte auch recht, was seine Stimmung anging. Sie war sehr seltsam heute Nacht. Xanthia könnte ebenso gut entscheiden, ihn nicht wiedersehen zu wollen. Sie war hergekommen, um seine Gesellschaft und seinen Körper zu genießen, nicht, um ihn aus einer seiner melancholischen Launen herauszuholen. Nash zwang den Gedanken beiseite und hob den Kopf, um sie zu küssen. Doch dieses Mal lag darin eine ganz andere Art von Verzweiflung – eine, die ihm völlig fremd war. Es wäre nicht gut, das Gefühl genauer zu analysieren.

»Ich mag den Morgenmantel an dir«, sagte er, als ihre Lippen sich trennten. »An mir sieht er nicht halb so aufregend aus.«

Sie zupfte ein wenig nervös an dem Kleidungsstück herum.

»Ich dachte, ich sollte mir etwas anziehen«, murmelte sie, dann zögerte sie, als gäbe es noch mehr, was sie sagen wollte.

Nash entschied, dass sie für einen romantischen Abend genug ernsthafte Gespräche geführt hatten. Außerdem befürchtete er, was Xanthia sagen könnte, hätte sie Zeit, über ihre seltsame Liaison eingehender nachzudenken. Er stützte sich auf den Ellbogen. »Hast du zu Abend gegessen?«, fragte er, während seine Finger mit ihrem Haar spielten. »Im Esszimmer steht ein kalter Imbiss bereit. Kommst du mit mir hinunter?«

»Ich sterbe vor Hunger.« Sie lächelte strahlend. »Meine Kopfschmerzen von heute Abend scheinen auf wundersame Weise verschwunden zu sein. Ich könnte jetzt ein halbes Pferd verspeisen.«

»Ich glaube, es ist nur kaltes Roastbeef. Genügt dir das? Und wünscht Ihr, in Eurem Morgenrock zu dinieren, Madam?«

Sie lachten gemeinsam über die Absurdität der Situation, während sie Hand in Hand die Treppe hinunterliefen. Nash fühlte sich plötzlich seltsam jung und mehr als nur ein wenig närrisch. Und es scherte ihn verdammt wenig.

Impulsiv entschied er, auf jedem Treppenabsatz stehen zu bleiben und Xanthia eine kurze Führung durch die Räume zu geben. Northampton House war eins der imposantesten Privatresidenzen Londons und für den siebten Marquess of Nash gebaut worden, als Mayfair kaum mehr als eine Kuhweide war. Nash wusste, dass es häufig und viel bestaunt wurde, aber zum ersten Mal fühlte er, dass er sich sein eigenes Haus wirklich anschaute – und es bewunderte. Es war ein unbeschreibliches Vergnügen, es mit Xanthias Augen zu sehen.

Angesichts der kostbaren Ausstattung und der vergoldeten Holzschnitzereien im Gesellschaftszimmer rief sie anerkennend »Ahh!« und »Ohh!«. Über jede Deckenmalerei, jede

Säule und jeden Wandfries machte sie eine Bemerkung, bewunderte ausgiebig die Mahagoni-Möbel und die kostbaren Vorhänge in der Bibliothek. Sie hielten sich noch immer an der Hand, als sie das Speisezimmer erreichten. Xanthia sog überrascht die Luft ein, als sie den langen, schimmernden Esstisch erblickte, der mit Northamptons massivem Tafelaufsatz aus Silber mitsamt einer großen Flotille passenden Geschirrs eingedeckt war.

Aber Nashs Miene wandelte sich, als sein Blick auf das Tischende fiel. Bei all dem Glanz, mit dem der Tisch geschmückt worden war, stand dort – natürlich – nur ein Gedeck. Er nahm das hohe Weinglas in die Hand. »Wir könnten uns den Imbiss teilen?«

»Hast du noch eine Gabel?«, fragte sie.

»Hunderte, wenn ich richtig schätze. Aber ich weiß nicht, wo sie sind.«

Sie lachte wieder. »Du lebst wirklich ein Leben voller Privilegien, nicht wahr? Schenk den Wein ein, während ich in den Schränken nach einer Gabel suche.«

»Das klingt richtiggehend aufregend.«

Ihre Augen wandten sich nur widerstrebend von seinem Gesicht ab, als Xanthia langsam seine Hand losließ. Nash zündete die Kerzen an, und Xanthia betrat mit einer von ihnen den dämmrigen Gang, der das Speisezimmer mit dem opulenten, goldgeschmückten Zimmer verband. Wie sie vermutet hatte, gab es hier die kleine Pantry des Butlers – doch wie es sich gehörte, war alles fest verschlossen. Vergeblich zog Xanthia an den Schubladen, dann hob sie die Kerze, um sich umzusehen. Die Pantry war blitzsauber, der Marmorboden und die Theken aus gleichem Material blitzten nur so, und hinter den Glastüren schimmerten die Teller.

»Du wirst mich füttern müssen, Nash«, sagte sie, als sie zum

Tisch zurückkehrte. »Nein, warte – die Kredenz.« Sie begann deren Türen und Schubladen zu öffnen. Hinter der linken Tür entdeckte sie Teller, in der obersten Schublade lag eine winzige Menge von überschüssigem Besteck. »Übrigens«, sagte sie, als sie zum Tisch zurückging, »hast du wirklich vorbildliches Personal.«

Nash starrte sie an, einen leidenschaftlichen, wenn auch unlesbaren Ausdruck in seinen Augen.

»Was ist?«, fragte Xanthia und ließ den Blick über den Morgenrock gleiten. »Habe ich irgendwo einen Fleck?«

»Nein, es ist nur –« Er rückte einen Stuhl zurück, damit sie sich setzen konnte. »Es ist nur, dass ich es nicht gewöhnt bin, dass eine Frau sich im Haus umsieht.«

»Entschuldige«, sagte sie ruhig, »ich muss dir sehr aufdringlich erscheinen.«

Nash schüttelte den Kopf und ging zu seinem Stuhl. »Nein, es fühlt sich – anders an. Angenehm.«

Xanthia lehnte sich zurück und betrachtete ihn. »Bist du nach dem Tod deiner Mutter allein aufgewachsen? Nur mit deinem Vater?«

»Was?« Nashs Miene hellte sich auf, als er den Deckel der Platte hob, die ihm am nächsten stand. »Oh nein. Vater hat sofort wieder geheiratet. Meine Stiefmutter lebt noch immer in Brierwood.«

»Natürlich«, sagte sie und nahm eine Scheibe Rindfleisch von dem Teller, den er ihr darbot. »Du hast deine Schwestern erwähnt, und ich bin deinem Stiefbruder bei Lady Henslows Picknick begegnet, nicht wahr?«

»Ja, Anthony Hayden-Worth«, sagte er. »Lady Henslow ist seine Tante.«

»Er war sehr charmant«, bemerkte Xanthia. »Steht ihr euch nah?«

Nash räusperte sich. »Nun, wir sind sehr verschieden«, sagte er, während er ihr eine Schale mit kalten Kartoffeln reichte. »Aber ich mag ihn sehr. Tony war sieben, als unsere Eltern geheiratet haben, ich war mit meinen dreizehn Jahren schon fast erwachsen. Es war gut für mich, dass es außer mir und meinem Elend etwas beziehungsweise jemanden gab, über den ich mir Gedanken machen konnte.«

»Du warst ihm ein richtiger Bruder?«

Nash lächelte, wenn auch nur leicht. »Ich wollte es sein«, gab er zu. »Ich hatte mit meinem Bruder Petar ja selbst ein wunderbares Vorbild. Aber Tony ...«

»Ja?«, ermutigte Xanthia ihn. »Erzähl weiter.«

Wieder schien er zu zögern. »Ich hatte immer das Gefühl, dass Tony mir etwas übel nimmt«, erklärte Nash, »obwohl er das nie gesagt hat. Ich sah so dunkel und so fremdländisch aus und war so schrecklich unwissend, was alles Englische anging. Tony hat mich immer ausgelacht und gesagt: ›Nun, wenn du ein englischer Lord werden willst, musst du das und das und das noch lernen.‹ Natürlich wusste ich gar nichts, egal, um was auch immer es ging, also musste ich kämpfen, um aufzuholen.«

»Aber du hast es gelernt«, sagte Xanthia, »und vermutlich weißt du heute mehr als ich.«

Nash warf ihr einen zärtlichen Blick zu. »Oh, das bezweifle ich, meine Liebe. In jenem ersten Jahr teilten Tony und ich uns dieselben Bücher und dieselben Lehrer, denn ich kämpfte noch mit der englischen Sprache und wusste so gut wie nichts über die englische Geschichte. Es war ... ein wenig demütigend. Hast du eine Ahnung, meine Liebe, wie lange es dauert, einen osteuropäischen Akzent loszuwerden? Wahrscheinlich kann ich mich glücklich schätzen, dass mein Vater ihn mir nicht mit seinem Streichriemen aus dem Leib geprügelt hat.«

Wie traurig sein Leben gewesen war. Vielleicht hätte sie keine alten und schmerzlichen Erinnerungen wecken sollen? Xanthia legte die Gabel aus der Hand und stützte ihr Kinn in die Hand. »Ich habe eine Frage«, sagte sie, während sie ihn ansah. »Wie nennt dich Tony?«

»Nash«, erwiderte er, als wäre das doch offensichtlich.

Sie schüttelte den Kopf. »Nein, ich meine, bevor du Nash geworden bist. Wie lautet dein Taufname?«

»Oh«, sagte er ruhig. »Stefan.«

»Stefan«, wiederholte sie. »Das hast du bisher nie gesagt.«

»Du hast nie gefragt.«

Ja, und dafür hat es auch einen Grund gegeben, gestand sie sich ein. De Vendenheim hatte ihr damals seinen vollen Namen genannt, doch unerklärlicherweise wünschte sie sich jetzt, ihn aus Nashs Mund zu hören. Er hatte ihn mit einer eleganten, fast quälenden Weichheit der Vokale ausgesprochen. »Es ist ein schöner Name«, sagte sie.

Er zuckte mit den Schultern, als wäre das ohne Bedeutung. »Er wird mit ›f‹ geschrieben«, erklärte er. »Mein Vater wollte, dass ich das ändere, damit er englischer aussieht, doch ich habe mich geweigert. Es wäre nicht mein Name gewesen.«

»Es war eine grundlose Forderung«, sagte sie. »War er enttäuscht?«

Nash brach ein Stück von dem Brot ab. »Ich habe ihn oft enttäuscht. Manchmal absichtlich, so denke ich heute. Ich fühlte, dass er den Teil von mir nicht wollte, der nicht englisch war. Nach den vielen Jahren, in denen er England ignoriert hatte, zählte plötzlich nur noch dieses Land für ihn. Ich war verwirrt.«

»Du warst jung und bist in ein fremdes Umfeld verpflanzt worden, mit einer fremden Sprache und Sitten, die ganz anders waren als jene im fernen Europa. Du hast dir gewünscht, dich an etwas Vertrautes klammern zu können.«

»Wie klug du dich anhörst.«

»Weil es das Gleiche für meine Brüder war«, erwiderte sie. »Als unsere Eltern starben, war niemand hier bereit, uns aufzunehmen, deshalb wurden wir nach Barbados geschickt, um dort beim älteren Bruder meines Vaters zu leben.«

»Das ist eine lange Reise an einen unbekannten Ort – besonders für drei Kinder.«

Sie lächelte leicht. »Ja, in der Tat. Und ich erkenne jetzt, wie schrecklich traumatisierend es für meine Brüder gewesen sein muss. Sie hatten die Erinnerung an England und an das glückliche Leben, das wir als Familie geführt haben. Ich nicht.«

»Ich frage mich, was schlimmer ist«, sagte er nachdenklich.

Es war eine Frage, über die Xanthia schon oft nachgedacht hatte, aber es schien keine eindeutige Antwort darauf zu geben. Und ganz sicher hatte es keinen Sinn, heute Nacht weiter darüber nachzugrübeln. Sie griff nach einer Kristallschale mit eingelegtem Gemüse. »Erzähl mir von deiner Mutter«, sagte sie beiläufig. »War sie sehr schön?«

Er schaute überrascht von seinem Teller auf. »Außerordentlich schön sogar. Warum?«

Xanthia zog eine Augenbraue hoch. »Nun, auch du bist attraktiv«, sagte sie, spießte ein Stück Gurke auf ihre Gabel und bot es ihm an. »Und zwar nicht auf die englische Art.« Sie beobachtete, wie Nash den Bissen von ihrer Gabel nahm, und dachte wieder, wie sündhaft verführerisch sein Mund war.

»Meine Mutter hatte nichts annähernd Englisches an sich«, sagte er nachdenklich. »Vermutlich war sie deshalb hier auch so unglücklich. Und auch, wenn ich glaube, dass es selbstsüchtig von ihr war, uns zu verlassen, verstehe ich doch, wie sie sich hier gefühlt haben muss.«

»Sie hatte Heimweh?«

»Mehr als nur das.« Er beugte sich vor, um ihr das Weinglas anzubieten, und der warme, sinnliche Duft von Neroliöl streichelte Xanthias Nase. »Auch ich habe mich stets zwischen zwei Kulturen hin- und hergerissen gefühlt«, fuhr er fort. »Fast mein halbes Leben lang wurde mir sowohl von meinem Vater als auch von meiner Mutter klargemacht, dass nur zwei Dinge zählen: unsere montenegrinische Nationalität und unsere Allianz mit Mütterchen Russland.«

»Und dann ...«

»Dann wurde alles auf den Kopf gestellt. Nachdem mein Onkel und mein Cousin ertrunken waren, änderten sich Vaters Ambitionen völlig, und auch mein Leben wandelte sich von Grund auf.«

»Auch das Leben meiner älteren Brüder hat sich einschneidend verändert.«

»Wie das?«

»Durch den Tod unserer Eltern wurde Luke zum Erben meines Onkels«, sagte sie. »Die Besitzungen waren damals kaum etwas wert – es waren nur eine heruntergekommene Plantage auf der Insel und ein vernachlässigter Besitz in England –, deshalb war es mehr eine Last denn eine glückliche Fügung des Schicksals.«

Er sah sie mitfühlend an. »Ich würde dieses Leben und diesen Reichtum gern verschenken – würde alles Petar geben –, wenn das nur möglich wäre. Ein Titel bringt viele Verpflichtungen mit sich, wie du zu verstehen scheinst.«

»Auch mein Bruder Kieran hat das lernen müssen. Er ist wie du der Zweitgeborene. Er hat niemals erwartet oder es sich gewünscht zu erben. Aber das Schicksal meint es oft anders mit einem, nicht wahr? Mein älterer Bruder starb bei einem Feuer – einem Sklavenaufstand. Es war ... entsetzlich. Für uns alle.«

Nash war zusammengezuckt. »Eine Revolte? Wie grauenvoll.«

Jetzt war es an Xanthia, mit den Schultern zu zucken. »Ich glaube nicht, dass Luke getötet werden sollte«, sagte sie. »Aber er geriet mitten in das Kreuzfeuer und wurde auf einem brennenden Zuckerrohrfeld buchstäblich von den Flammen eingeschlossen. Diese Dinge geschehen. Wir waren nicht die einzige Familie, die an jenem Tag von einer Tragödie heimgesucht wurde.«

»Und so fiel deinem jüngeren Bruder die Aufgabe zu, mit den Folgen zurechtzukommen«, sagte Nash. »Großer Gott, plötzlich empfinde ich Mitgefühl für Rothewell. Aber mach dir keine Gedanken, ich bezweifle, dass es andauern wird.«

»Das tut es selten«, sagte sie mit einem Lachen. »Er ist kein Mensch, der normalerweise Mitgefühl weckt. Aber ich liebe ihn. Wir ... wir stehen uns auf eine Weise nahe, die schwer zu erklären ist.«

Sie aßen schweigend. Xanthia empfand die Stille als angenehm und hatte nicht das Bedürfnis, das Schweigen mit unnötigen Worten zu füllen. Von Zeit zu Zeit sah Nash sie lächelnd an. Seine dunklen, ungewöhnlichen Augen waren heute Nacht besonders geheimnisvoll, als hätte das Reden über seine Heimat und seine Familie den exotischen Teil in ihm verstärkt.

»Du hast deinen Duft geändert«, sagte sie schließlich und schaute ihn an. »Als wir uns das erste Mal begegneten, hast du einen Hauch von Amberöl getragen.«

Seine schmalen schwarzen Brauen hoben sich. »Eine wunderschöne Frau hat mir erklärt, dass es ihr nicht gefällt«, erklärte er und legte eine weitere Scheibe Fleisch auf ihren

Teller. »Eine wunderschöne Frau, der ich verzweifelt zu gefallen wünsche. Deshalb habe ich meinen Parfümeur gebeten, das Öl nicht mehr hineinzumischen.«

Xanthia fühlte sich von seinen Worten berührt. Nash erhob sich vom Tisch und ging zur Kredenz, um Wein nachzufüllen. Sie liebte die Art, wie er sich bewegte, mit lässiger, fließender Grazie – so wie er sie liebte. Ein Schauer der Sinnlichkeit lief ihr den Rücken hinunter, als sie ihn beobachtete. Ja, heute Nacht konnte man gut glauben, dass das Blut Byzanz' durch seine Adern floss und seine stolze Haltung von den Horden der Mongolen geerbt war.

»Du musst die Augen deiner Mutter haben.« Sie hatte gesprochen, ohne nachzudenken.

Er ließ ein schiefes Lächeln aufblitzen und ging zu seinem Stuhl zurück. »Ja«, murmelte er. »Noch etwas an mir, das niemals fälschlicherweise für englisch gehalten werden wird.«

Xanthia legte ihre Hand auf die seine. »Wenn ich in deine Augen schaue, bleibt mir mein Herz stehen«, flüsterte sie.

Seine Miene wurde weich. »Ich möchte nur, dass es ein, zwei Schläge lang aussetzt, das reicht mir, meine Liebe.«

Xanthia lehnte sich auf ihrem Stuhl zurück und legte die Gabel aus der Hand. Sie schaute zu, wie sich seine große schmale Hand zusammen mit dem kristallenen Dekanter über das Glas neigte, das sie miteinander teilten.

»Wenn ich nicht zu indiskret bin«, sagte sie schließlich, »wie ist deine Mutter gestorben?«

Die exotischen Augen blickten kühler. »Darüber sind wir uns niemals ganz sicher geworden«, sagte er und stellte den Dekanter ruckartig ab. »Während sie sich darauf vorbereitete, England zu verlassen, bat sie mich, sie nach Danilovgrad zu begleiten. Ich war ein groß gewachsener, starker Junge für mein Alter und ans Reisen gewöhnt, doch Vater sagte, ich sei zu jung. Also bestand Petar darauf mitzureisen, auch wenn er damit Vaters Befehl missachtete. Wenige Tage nach ihrer Abreise, gerieten auch sie – wie hast du es genannt? – in ein *Kreuzfeuer.*«

Xanthia nickte.

»Nun, es war Napoleons Kreuzfeuer.« Der Schmerz in seinen Augen war unmissverständlich. »Sie hatten die Absicht, um Spanien herumzufahren und dann durch Italien zu reisen, aber sie haben es nicht getan. Wir haben nie sicher erfahren, welchen Weg sie genommen haben. Sie starben in Barcelona, als die Franzosen die Stadt einnahmen.«

»Was für eine Tragödie«, murmelte Xanthia. »Auf Barbados hat sich der Krieg so gut wie gar nicht ausgewirkt.«

»Dann hattest du zumindest damit Glück.«

Xanthia sah ihn vorsichtig an. »Warst du wütend auf sie? Auf deine Mutter, meine ich?«

Abrupt hob er den Kopf. »Ich verstehe nicht, wie eine Mutter ihre Kinder verlassen kann«, sagte er ruhig. »Petar war schon ein junger Mann, in gewissem Maße konnte er seine eigenen Entscheidungen treffen. Aber wir waren hier nicht glücklicher, als meine Mutter es war. Und doch hat sie keinen Versuch unternommen, uns nach Hause zu bringen.«

Uns nach Hause zu bringen …

Vielleicht war der Kontinent für ihn noch immer sein Zuhause. Sie hoffte, dass de Vendenheim das niemals vermutete. Impulsiv beugte sie sich vor und bedeckte seine Hand mit der ihren.

»Nash, du kannst nicht wissen, was deine Mutter vielleicht versucht hat zu tun. Und wer kann schon sagen, was sich vielleicht zwischen deinen Eltern zugetragen hat?«

Er sah sie verständnislos an. »Was meinst du damit?«

»Die Gesetze in England sind sehr streng«, sagte Xanthia.

»Eine Mutter kann nicht bestimmen, wo oder bei wem ihre Kinder leben sollen. Es ist gut möglich, dass sie dich mitnehmen wollte. Vielleicht war ihre Bitte, dass du sie begleitest, eine List. Vielleicht war ihr eigentliches Ziel, dich aus England fortzubringen? Wie alt war dein Bruder?«

»Achtzehn«, sagte Nash hohl, »er hatte sich schon seine Armeeuniform anfertigen lassen.«

»Du warst also viel jünger«, sagte Xanthia nachdenklich. »Wahrscheinlich war das der Grund, warum sie zuerst dich gefragt hat: um dich fortzubringen.«

Nash hatte die Geschehnisse noch nie von dieser Seite aus betrachtet. »Meine Mutter schien immer so etwas wie eine Naturgewalt zu sein«, sagte er. »Sie war so stolz. Und hatte einen so starken Willen. Ich kann mir nicht vorstellen, dass sie sich den englischen Gesetzen unterworfen haben sollte – oder denen eines anderen Landes.«

»Ihr Stolz und ihr Willen dürften hier wenig gezählt haben«, sagte Xanthia grimmig. »Sie konnte den Sohn von einem englischen Marquess nicht gegen dessen ausdrücklichen Wunsch außer Landes bringen. Vermutlich ist das sogar ein Verbrechen, für das man gehängt werden kann.«

Nash dachte darüber nach, dann zuckte er mit den Achseln. »Nun, das macht jetzt kaum noch einen Unterschied. Ich bin hier in England, bin der Marquess of Nash und übe die Pflichten aus, die mit diesem Titel verbunden sind – zumindest geringfügig.«

Sie zog ihre Hand zurück und schwieg. Als wollte er das Thema abschließen, wählte Nash ein Stück Obst aus einer Schale. Er entschied sich für einen besonders saftig aussehenden Apfel, zerschnitt ihn und bot Xanthia ein Stück an.

»Wie war er, Zee, dein Onkel?«, fragte er. »War er wie dein Bruder? Eine Art abgebrühter Kolonialist?«

Xanthia lachte. »Dafür hältst du Kieran?«, fragte sie, nachdem sie ein Stück Apfel abgebissen und es heruntergeschluckt hatte. »Nein, mein Onkel war das, was man, höflich formuliert, einen Tunichtgut nennt. Ein Gewohnheitstrinker – und ein gewalttätiger dazu.«

Nash zuckte zusammen. »Wie schrecklich für dich, meine Liebe.«

Xanthia starrte in die dunkle Tiefe des Raumes. »Ich habe versucht ihn mit mehr Mitgefühl zu sehen, als ich älter wurde«, sagte sie ein wenig schwermütig. »Er war Junggeselle und fast vierzig, als wir ihm aufgehalst wurden. Obwohl er die Plantage vernachlässigte, brachte sie ihm genug Geld für Rum, Würfelspiel und Frauen ein. Er mochte sein Leben, wie es war.«

»Er hätte euch doch auch zurückschicken können«, wandte Nash ein. »Auf jeden Fall wäre das besser gewesen, als anzudeuten, dass ihr unerwünscht seid.«

»Es anzudeuten?«, wiederholte Xanthia. »Da gab es keine Andeutungen. Einen Haufen jammernder und stinkender Welpen, so pflegte er uns zu nennen. Auch war er sehr flink mit seiner Reitpeitsche, wenn er sich über uns geärgert hatte. Aber er hat uns nicht zurückgeschickt. Ich denke, Tante Olivia hat ihm mit irgendetwas gedroht.«

»Ihm gedroht?«

Xanthia zuckte mit den Schultern. »Er hatte irgendwie Ärger mit dem Gesetz in England. Jedenfalls haben wir überlebt. Was man von unserem Onkel nicht behaupten kann; er hat nicht einmal mehr zehn Jahre überstanden. Kieran pflegte darüber zu lachen und zu sagen, dass das Entsetzen darüber, uns geerbt zu haben, ihn umgebracht hätte – aber in Wirklichkeit war er so abgefüllt mit Rum, dass es kein Jahrzehnt mehr brauchte, bis er tot umfiel.«

»Das ist eine bittere Art von Humor.«

»Es ist die einzige Art von Humor, die Kieran besitzt«, erwiderte Xanthia. »Wie auch immer, Luke erbte also den Titel und den Besitz in Cheshire.«

»Cheshire?«

»Eine Grafschaft nördlich von Merseyside.«

Nash grinste. »Ich habe die Landkarte noch, die Tonys Lehrer mir damals gegeben hat«, neckte er sie. »Aber ich wusste nicht, dass Rothewell Besitz in Cheshire hat.«

»Nun, er verhält sich ja auch so, als ginge es ihn nichts an«, sagte Xanthia. »Auf jeden Fall war alles damals nicht viel wert, denn unser Onkel hatte es verkommen lassen. Die Plantage gehörte nicht zum Familienbesitz und ging daher zu gleichen Teilen an uns drei.«

»Ich verstehe«, sagte Nash. »Und wie hast du dein Unternehmen gegründet?«

»Die Reederei? Oh, Luke hat damit begonnen. Einige Jahre nach Onkels Tod heiratete er eine Frau, der einige heruntergekommene Schiffe gehörten – das war der Anfang von Neville's.«

Nash hob das Weinglas zu einem Toast. »Und hat das Unternehmen euch alle augenblicklich reich gemacht?«

»Mehr oder weniger«, bekannte Xanthia. »Luke kümmerte sich um die Reederei, und Kieran kaufte, so schnell er konnte, neue Fabriken und neues Land. Es hat nicht lange gedauert, bis wir Onkels Schulden zurückzahlen konnten und anfingen zu prosperieren.«

»Dein Bruder sieht tatsächlich nicht aus wie ein fauler Mann«, murmelte Nash. »Was fängt er jetzt nur mit sich an?«

Xanthia zuckte mit den Schultern und wandte den Blick ab. »Er trinkt und lebt in der Vergangenheit. Sein Leben – nun, es ist nie glücklich gewesen. In England vermisst er die Fabriken und die Zuckerrohrplantagen. Aber unser Leben auf Barbados ist vorbei – oder sollte es zumindest sein. Kieran ist klug genug, das zu wissen und auch zu akzeptieren. Viele auf den Westindischen Inseln tun das nicht.«

»Gibt es denn keine Frau in seinem Leben?«, fragte Nash. »War er nie verheiratet?«

Xanthia schüttelte den Kopf. »Er war einmal verliebt, aber ist sehr schlecht mit der Situation umgegangen«, gab sie zu. »Und jetzt gibt es nur Christine, soviel ich weiß. Das ist Lord Sharpes Halbschwester. Sie haben eine Affäre – wenn man es denn so nennen kann.«

Nash zog die Augenbrauen hoch. »Ach«, murmelte er, »die reizende Mrs. Ambrose.«

»Du kennst sie?«

Er warf einen seltsamen Blick in ihre Richtung. »Es gibt nur wenige reiche Männer in London, die sie nicht kennen.«

»Kennst du sie gut?«, forschte Xanthia weiter.

»Gut genug«, wich Nash aus.

»Hast du mit ihr geschlafen?«

Nash sah sie tadelnd an. »Zee, habe ich dir solche Fragen gestellt?«, fragte er. »Möchtest du, dass ich eine Liste mit Namen anfertige? Du wirst lange dafür brauchen, sie zu lesen, das kann ich dir versichern. Aber wenn du es unbedingt wissen willst: Nein, ich habe nicht mit ihr geschlafen.«

Mit einem mutwilligen Lächeln lehnte sich Xanthia auf ihrem Stuhl zurück und verschränkte die Arme vor der Brust. »Aber du kennst sie gut«, murmelte sie. »Eigentlich sollte ich nicht überrascht sein. Ich denke, sie ist eine zutiefst sündhafte Frau.«

Nash zerteilte methodisch weitere Äpfel und legte die Stücke zurück in die Obstschale. »Das hängt von deiner Definition von sündhaft ab.«

Xanthia beugte sich verschwörerisch zu ihm hinüber. »Mrs. Ambrose und Kieran gehen zusammen in Clubs«, wisperte sie. »Vulgäre Etablissements in Covent Garden. Ich habe gehört, wie die Dienstboten darüber gelästert haben.«

Als Nash antwortete, klang seine Stimme bedächtig. »Mrs. Ambrose scheint manchmal, nun, man könnte sagen, gewisse Dienste zu erweisen«, stimmte er zu. »Dienstleistungen für Männer mit ... ungewöhnlichen Wünschen.«

Xanthia spürte, dass sie erstaunt die Augen aufriss. »Ungewöhnliche Wünsche?«

Nash zögerte. »Mrs. Ambrose kennt viele Leute und hat Zutritt zu gewissen Arten von Häusern in der Stadt«, sagte er. »Häusern des erotischen Vergnügens. Sie selbst ist, sagen wir es mal so, eine Frau mit sehr offenen und freizügigen Gewohnheiten.«

»Aha«, sagte Xanthia und nahm einen weiteren stärkenden Schluck Wein, »das erklärt es.«

Nash schaute vom Apfel auf, den er schälte. »Das erklärt was?«

Xanthia wandte den Blick ab. »Eines Abends kam Mrs. Ambrose zum Dinner zu uns. Und als sie ihre Handschuhe auszog, nun, ich konnte ... rote Druckstellen erkennen. An ihren Handgelenken, meine ich. Sie trug Armbänder, doch wenn man genauer hinschaute, waren die Stellen unübersehbar.«

Nash zögerte. »Falls Mrs. Ambrose solche Male aufwies, meine Liebe, dann ist etwas aus dem Ruder gelaufen«, sagte er. »Fesselung ist das eine, aber –«

»Ist es das?«

Er ignorierte sie. »– aber Verletzungen – nun, lass mich dir sagen, dass sogar Mrs. Ambrose nicht derart ausschweifend ist, nicht jedenfalls, soweit ich es weiß.«

Xanthia nahm einen Apfelschnitz aus der Schale. »Du

verstümmelst die Früchte noch, Nash«, bemerkte sie. »Man bekommt fast das Gefühl, dass dir unsere Unterhaltung unangenehm ist.«

Er schnitt einen weiteren Apfel in Stücke. »Ich bin nicht ganz sicher, dass diese Unterhaltung für deine Ohren angemessen ist«, räumte er ein.

Xanthia aß den Apfelschnitz halb auf. »Nash, weißt du, wie viele Prostituierte in einer Hafenstadt wie Bridgetown leben? Oder von mir aus auch in Wapping? Hast du überhaupt eine Ahnung von den Dingen, die ich in meinem Leben bereits gesehen und gehört habe?«

»Mich schaudert es, daran auch nur zu denken, meine Liebe. Aber worüber wir sprechen, ist ... eine seltene Form sexueller Experimentierfreudigkeit, nicht ein schneller Beischlaf, für den man zwei Pfund zahlt. Die Fesselung ist ein Können, das man nicht leicht erwirbt, und die Frauen und Männer, die darin Experten sind, können einen stolzen Preis dafür verlangen – wenn sie das möchten.«

»Und möchte Mrs. Ambrose das?«

Nash zuckte die Schultern. »Mrs. Ambrose mag es auf beide Arten«, sagte er.

»Beide Arten?«

»Vergiss es, Zee«, sagte er. »Hier, nimm noch ein Stück.«

Xanthia griff zu. »Denkst du, dass Kieran sie fesselt, bevor er mit ihr schläft?«, fragte sie, bevor sie in das Apfelstück biss. »Oder vielleicht tut sie ihm ja etwas Unanständiges an? Vielleicht – ja, vielleicht schlägt sie ihn? Ich könnte mir vorstellen, dass sie sich wie eine Gouvernante kleidet und ihn dann auf seine –«

»Großer Gott, Zee!« Nash sah sie in echter Verzweiflung an. »Ich weiß es nicht, wirklich! Außerdem ist es wahrscheinlicher, dass es andersherum ist.«

»Andersherum?«

»Mrs. Ambrose mag ihre Männer ... dominant.«

Xanthia sah ihn vorsichtig über das gemeinsame Weinglas hinweg an. »Dann hat Mrs. Ambrose sich mit Kieran den richtigen Partner ausgesucht«, erwiderte sie. »Und abgesehen davon – welche Frau will schon einen langweiligen, einfallslosen Mann in ihrem Bett?«

Dieses Mal war der Blick, den er ihr zuwarf, finster und – abwägend.

Xanthia lächelte. »Auf jeden Fall habe ich einige Male gehört, wie sie Dinge zu ihm sagte. Seltsam suggestive Dinge – wenn sie dachte, dass niemand es hört.«

»Mrs. Ambrose und dein Bruder geben ein gefährliches Paar ab«, sagte Nash.

Xanthia hatte sich von ihrem Stuhl erhoben und war hinter Nash getreten. »Denkst du, wir geben auch ein gefährliches Paar ab?«, fragte sie ihn und beugte sich weit über seine Schulter.

Misstrauisch schaute er zu ihr hoch. »Im Augenblick, meine Liebe, verblüffst du mich als die gefährlichste Frau, die ich kenne.«

Xanthia strich mit den Händen über seine Schultern und über seine Brust. Der feine Stoff seines Hemdes war weich, die Muskeln darunter waren warm und fest. »Ich muss bald gehen«, sagte sie und fuhr ihm mit der Zunge leicht um seine Ohrmuschel. »Aber ich würde es hassen, wenn wir die Äpfel vergeudeten. Warum nehmen wir sie nicht mit ins Schlafzimmer?«

Wortlos stand er auf und griff nach der Schale.

Stunden später erwachte Xanthia in Nashs Armen, gesättigt und wund von seinem langsamen Liebesspiel. Die Äpfel waren gegessen, die meisten der Hibiskusblüten verwelkt. Nur die überquellenden Vasen erinnerten noch an die romantische Geste.

Nash lag auf dem Rücken und atmete tief und ruhig. Xanthia fragte sich, wie spät es wohl sein mochte. Spät – sehr spät, dessen war sie sich sicher, doch der Lampendocht war so kurz eingestellt, dass sie die Uhr auf dem Kamin nicht erkennen konnte. Vorsichtig löste sie sich aus Nashs Umarmung und setzte sich auf die Bettkante. Sie strich sich das Haar aus dem Gesicht und schaute auf den ungeordneten Kleiderhaufen, den sie auf seinem Stuhl hinterlassen hatte. Es war unumgänglich, dass sie zu Hause war, bevor die Dienstboten sich an die Arbeit machten.

Während sie das Bett nicht aus den Augen ließ, kleidete Xanthia sich an, dann steckte sie vorsichtig zwei Briefe in ihre Tasche, die sie in Nashs Schreibtisch gefunden hatte. Sie waren nicht frankiert, doch die angedunkelten Falze ließen vermuten, dass sie weit gereist waren. Xanthia hoffte, sie würden nicht vermisst werden – und dass sie bald die Möglichkeit haben würde, sie zurückzulegen.

In der Bibliothek hatte sie einen weiteren, größeren Schreibtisch entdeckt. Wenn sie hinunterging, würde sie auch dessen Inhalt vorsichtig untersuchen. Wenn es nichts gab, was Nashs Unschuld bewies, dann war die Sache erledigt. Dann war sie damit fertig. Sie hatte vor, Mr. Kemble das bei der ersten, sich bietenden Gelegenheit zu sagen, heute Nacht noch, sollte sie ihn dabei ertappen, dass er ihr wieder nachschlich.

Xanthia begann zu bereuen, dass sie de Vendenheim ihre Verschwiegenheit geschworen hatte. Zum jetzigen Zeitpunkt war ihr Ehrenwort das Einzige, was sie davon abhielt, Nash die Wahrheit zu sagen – dass die Regierung ihn des Verrats verdächtigte. Du lieber Gott, wie schrecklich sich das anhörte! Wie könnte sie sich nur selbst dazu bringen, diese Worte auszusprechen? Und was würde er darauf erwidern?

Von Anfang an war sie von Nash fasziniert gewesen, und Lord de Vendenheims Mantel-und-Degen-Geschichte hatte nur dazu gedient, diese Faszination anzufachen. Das Chaos, das de Vendenheim mit seinen Worten heraufbeschworen hatte – den Zusammenbruch der englischen Handelswege und den wirtschaftlichen Ruin, der folgen könnte –, hatte in ihr eine tiefe Besorgnis ausgelöst. Aber vielleicht, in den hintersten Winkeln ihres Bewusstseins, hatte sie einfach nur nach einem Vorwand gesucht, um Nash näherzukommen.

Auf jeden Fall hatte sich ihr Argwohn über seine mögliche Schuld langsam zu der Gewissheit gewandelt, dass er unschuldig war. Und Xanthia hatte zu glauben begonnen, seine Unschuld wäre leicht zu beweisen – aber der Gedanke war naiv von ihr gewesen, das erkannte sie jetzt in Anbetracht der Komplexität des Falles. Hatte sie, dumm, wie sie gewesen war, etwa gedacht, dass sie de Vendenheim einfach einige Brösel der Entlastung übergeben könnte und er sich sofort ein anderes Opfer für seinen Verdacht suchen würde? Was sie sich ganz gewiss nicht vorgestellt hatte, war, dass sie sich so verzweifelt in Lord Nash verlieben würde.

Du lieber Himmel! Hatte sie das denn? Hatte sie sich in ihn verliebt?

Xanthia schloss die Augen. Was für eine Närrin sie doch war. In was für eine riskante Intrige hatte sie sich nur hineinziehen lassen?

Sie konnte nicht widerstehen, einen letzten Blick über die Schulter zu werfen, bevor sie durch die Tür schlüpfte. Nash hatte sich das Bettlaken über ein Bein geworfen, aber im flackernden Lampenlicht war der Rest von ihm in all seiner herrlichen Männlichkeit zu erkennen. Sie konnte das ruhige Heben und Senken seines Brustkorbs sehen, das dunkle Gewirr von Locken um seine halb erigiertes Glied und die Bartstoppeln, die einen Schatten auf seine schmalen Wangen warfen. Er war wunderschön, lebensstrotzend männlich – und Xanthia war dankbar, dass er sich entschieden hatte, sie in sein Bett zu nehmen.

Leise schloss sie die Tür und tastete sich die Treppe hinunter. Die Wandleuchter waren seit Langem erloschen, und in der Bibliothek herrschte Dunkelheit. Mit zitternden Händen gelang es ihr, eine Lampe auf einem der Lesetische anzuzünden und sie ohne Zwischenfall zum Schreibtisch hinüberzutragen. Vorsichtig zog sie die oberste Schublade auf. Nichts war verschlossen. Die Lächerlichkeit dessen verblüffte sie aufs Neue. Würde ein Waffenschmuggler und Verräter seinen Schreibtisch denn unverschlossen lassen?

Natürlich nicht. Xanthia schluckte ihre Nervosität hinunter, durchsuchte den Inhalt der Lade hastig, fand aber nichts Interessantes, abgesehen von einem hohen Stapel geschäftlicher Korrespondenz, die acht Schuldscheine enthielt – vermutlich hatten sie etwas mit der Einlösung von Spielschulden zu tun. Doch nichts davon war versteckt, alles lag aufgestapelt in einer Holzschachtel auf dem Schreibtisch.

Sie beugte sich hinunter, um die letzte Schublade aufzuziehen, als ein Lichtstrahl auf die Tischfläche fiel. Das Herz klopfte ihr bis zum Hals, als sie hochfuhr und in die Helligkeit blinzelte, die von der Tür zu ihr herüberschien. »Xanthia?«

»Ja?« Sie schob die herausgezogene Lade schnell mit dem Zehenspitzen zu. »Nash? Bist du das?«

Er kam zum Schreibtisch, hatte sich den elfenbeinfarbenen Morgenrock übergeworfen und trug in der Hand eine Lampe. »Xanthia, was tust du da?«

»Was ich tue?«, wiederholte sie. »Ich – nun – ich schreibe dir eine Nachricht. Oder genauer gesagt wollte ich dir eine Nachricht schreiben, ... um ... um dir zu sagen, dass ich gehen musste. Nach Hause. Aber es scheint hier kein Briefpapier zu geben.«

Nashs Augen ließen die ihren nicht los, als er sich vorbeugte und dann langsam die oberste Schublade aufzog. Ein Stapel weißen Briefpapiers schimmerte blass im Lichtschein.

»Oh!«, sagte sie. »Wie dumm von mir. Da ist es ja.«

Nash stellte die Lampe geräuschvoll ab. Die Flamme warf gespenstische Schatten auf sein Gesicht, betonte sein hartes Kinn und die Vertiefungen seines Gesichts. »Xanthia«, sagte er ruhig. »Xanthia, wie konntest du nur?«

Übelkeit stieg in ihr auf. »Nun, ich d... dachte, hier würde es Briefpapier geben«, log sie. »Ehrlich, Nash.«

»Und das nach dem Abend, den wir geteilt haben ...«, begann er, bevor er verstummte.

»Nash. Oh, Nash, es tut mir leid. Ich ... ich kann es dir erklären. Wirklich.«

»Nun, ich denke, das Mindeste, was du hättest tun können«, sagte er bitter, »wäre gewesen, mich zu wecken und zum Abschied zu küssen.«

»Dich ... zu küssen?«

»Was würdest *du* denn denken, meine Liebe, wenn du aufgewacht wärest und festgestellt hättest, dass *ich* nicht mehr in deinem Bett liege? Und zwar nach einer Nacht voll noch nie zuvor erlebter Leidenschaft? Würdest du dann denken: ›Oh, wahrscheinlich hat er mir eine Nachricht in der Bibliothek hinterlassen! Das genügt ja vollauf!‹? Und würdest du dich dann auf die andere Seite drehen und weiterschlafen?«

»N... nein.« Sie verschränkte die Hände ineinander und biss sich auf die Lippen.

Er legte seine Hände auf ihre Unterarme. »Xanthia, das hier ... das ist nur eine Affäre«, sagte er. »Das weiß ich. Aber irgendwie ist es auch mehr als das, nicht wahr? Haben wir nicht ... eine Freundschaft? Zumindest die?«

Sie schmiegte sich in seine Arme. »Ja, natürlich«, sagte sie und legte ihre Schläfe an seine starke Schulter. Aber wichtiger war, dass ich deine privaten Dokumente durchsuchen musste. Lieber Gott, wie schrecklich das klang! Was hatte sie sich nur dabei gedacht? Was für ein Mensch war sie?

Sie richtete sich auf und ließ den Blick über sein herbes, schönes Gesicht gleiten. »Nash, mein Lieber«, sagte sie. »Es war gedankenlos von mir. Ich ... ich bete dich an. Habe ich nicht einen Narren aus mir gemacht, das zu beweisen? Aber du hast zwanzig Frauen, aus denen du wählen kannst. Sicherlich ... sicherlich wirst du meinetwegen keine schlaflosen Nächte haben?«

Er fasste sie grob an den Schultern. »Ich habe *eine* Frau«, sagte er rau. Dann stockte und zögerte er – so als würde er in diesem Moment darüber nachdenken. »Eine Frau, zurzeit, und das bist du, Zee. Und solange diese ... diese sehr wunderbare Affäre andauert, wird es für uns beide keine anderen Liebhaber geben. Ist das klar?«

»Ja, Mylord«, sagte sie leise.

Er neigte den Kopf und kniff ein Auge zu. »Und solltest du jemals wieder einfach so verschwinden wollen, Zee, dann ... bei Gott, dann –«

Sie bedeckte seinen Mund mit ihrem, schnitt ihm das Wort ab.

»Das werde ich nicht«, sagte sie, als sie den Kuss einige Augenblicke später lösten. »Das verspreche ich. Ich werde es nie wieder tun.«

Er trat zurück, hob ihre Hand und küsste diese auf elegante, altmodische Art. »Zee, ich möchte, dass du noch etwas für mich tust«, sagte er.

»Ich würde alles tun«, sagte sie.

Er lächelte. »Es ist etwas ganz Einfaches.«

»Dann werde ich es sicherlich tun.«

Er zögerte einen Moment. »Ich wünsche mir von dir, dass du mich mit meinem Namen ansprichst«, sagte er schließlich. »Einfach ... Stefan. Niemand tut das mehr – nun, fast niemand. Aber hin und wieder höre ich ihn ganz gern. Er erinnert mich daran, dass ich auch noch etwas anderes bin als nur ein englischer Titel.«

Sie lächelte und schlang die Arme um seinen Nacken. »Dann also Stefan«, murmelte sie. »Und jetzt musst du auch etwas für mich tun.«

»Alles, was du willst.«

»Gib mir noch einen Gutenachtkuss ... Stefan.«

Kapitel 11

Zipperlein & Schießpulver in den Docklands

»Nun, nun«, säuselte Mr. Kemble heiter, als er am darauffolgenden Morgen Xanthias Büro betrat. »Es scheint, da hatte jemand eine lange Nacht.«

Xanthia war nicht in der Stimmung, tolerant zu sein. Zu ihrem Überdruss hatte auch Gareth bereits Bemerkungen über ihr übernächtigtes Aussehen gemacht. »Seid still, mein Kopf tut weh«, murrte sie. »Habt Ihr Mr. Lloyd unten gesehen?«

»Er wollte zum West-India-Dock«, sagte er und legte ihr die Morgenpost auf den Schreibtisch. »Ihr habt wieder einen Brief von diesem Lieferanten bekommen. Meine Güte, er wird langsam lästig. Wünscht Ihr, dass ich mich um ihn kümmere?«

Xanthia blickte ihn argwöhnisch an. »Sich wie um ihn kümmern?«

Kemble zuckte unschuldig mit den Schultern. »Nun, nur ein höfliches Gespräch unter Männern«, entgegnete er. »Was dachtet Ihr denn, was ich gemeint habe?«

»Ein höfliches Gespräch also.« Xanthia schob angewidert ihre Teetasse von sich. »Dieser Schuft verdient es, gevierteilt zu werden.«

»Offen gesagt habe ich die Erfahrung gemacht, dass diese Methode dazu angetan ist, Zuschauer anzuziehen.« Kemble war dabei, Gareths Post durchzusehen und zu stapeln. »Aber ich kenne in Stepney ein paar Burschen, die ihn an Händen und Füßen gefesselt bei Greenwich Reach in die Themse werfen könnten.«

Xanthia sah ihn finster an. »Niemandem wird wegen dieser Proviantrechnung Schaden zugefügt.«

»Ihr könntet ihn auch an Händen und Füßen fesseln und dann nackt in Mother Pendershotts Badehaus bringen«, schlug Mr. Kemble vor und wackelte mit den Augenbrauen. »Er wird eine Woche lang nicht gerade laufen können, wenn man dort mit ihm fertig ist.«

Xanthia sah von ihrem Schreibtisch auf. »Das wäre tatsächlich schrecklich verlockend.«

Kemble beendete die Durchsicht der Post und kehrte an ihren Schreibtisch zurück. »Nun, lasst uns übers Geschäft reden«, sagte er direkt. »Was hat Nash gesagt? Habt Ihr neue Informationen über ihn?«

»Es gibt keine Informationen, Mr. Kemble.« Xanthia beugte sich vor und zog die entwendeten Briefe aus ihrer Ledermappe. »Abgesehen hiervon war nichts zu finden, und ich kann mit ihnen nichts anfangen.«

Er öffnete den ersten Brief. »Oh, Nash ist sehr clever«, murmelte Kemble. »Wenn es um die Dinge geht, die er herumliegen lässt, wird er vermutlich sehr vorsichtig sein.«

»Oder sehr unschuldig«, wandte Xanthia ein und stand auf.

Kemble schaute auf. »Wie bitte?«

Xanthia ging ans Fenster und starrte über das Hafenbecken. »Mr. Kemble, ich wünschte, ich hätte mich nie auf all das eingelassen. Ich hätte Euch niemals mein Ehrenwort geben dürfen, darüber zu schweigen. Lord Nash verdient es zu wissen, wessen man ihn verdächtigt.«

»Aber Miss Neville, was sagt Ihr da?«

Sie wandte sich frustriert vom Fenster ab. »Dass es an der Zeit ist zu akzeptieren, dass dieser Mann unschuldig ist«, fauchte sie. »Nash weiß nichts über die Schmuggelsache. Würdet Ihr das bitte Lord de Vendenheim erklären? Er muss den

Verdacht fallen lassen und kann von nun an meinetwegen den Namen eines anderen mit Anspielungen und Verdächtigungen in den Schmutz ziehen.«

»Du liebe Güte!« Kemble begann sich mit den Briefen Luft zuzufächeln. »Da hat wohl jemand zu wenig Schlaf bekommen.«

»Nein, da hat jemand keine Geduld mehr.« Xanthia lief mit in die Hüften gestemmten Händen hin und her. »Ich habe wirklich alles getan, außer anzubieten, Nashs Karabiner auf eins meiner Schiffe zu verladen und es selbst nach Kotor zu steuern. Ich sage Euch, er ist nicht schuldig.«

»Vielleicht traut er Euch nur nicht?« Kemble hatte den zweiten Brief geöffnet und überflog ihn.

»Oh, er vertraut mir«, sagte Xanthia. »Der Mann besitzt die Instinkte einer Straßenkatze. Er weiß, wer seine Feinde sind.«

»Und dennoch verdächtigt er Euch nicht«, wies Kemble hin. »Ein Spion unter seinem eigenen Dach – sogar in seinem eigenen – nun, vergesst das. Aber wenn er so verdammt schlau ist, warum vertraut er dann Euch, gerade *der* Frau, die Max geschickt hat, um ihn auszuspionieren?«

Xanthia fühlte die Schuld, die sie niederdrückte. »Weil ich ihm nichts Böses will, Mr. Kemble«, sagte sie. »Ich war fast von Anfang an überzeugt, dass er mit diesem Verbrechen nichts zu tun hat.«

»Mein Gott«, sagte Kemble leise. »Unsere kleine Mission ist also gefährdet.«

Sie sah ihn müde an. »Nein, nein, ich bin offenen Auges an die Sache herangegangen. Gott weiß, dass Nash kein Unschuldsengel ist. Er könnte durchaus eine Schiffsladung Gewehre an die Griechen verkaufen – wenn ihm der Sinn danach stünde. Aber das tut er einfach nicht.«

Kemble schien darüber nachzudenken. »Nun, sagt jetzt

nichts mehr«, erwiderte er und steckte die Briefe in seinen Mantel. »Ich werde diese Schreiben nach Whitehall bringen, damit die Leute dort sie sich ansehen können.«

»Die verdammten Dinger sind in Russisch geschrieben, nicht wahr?«

»In der Tat«, bestätigte Kemble. »Es sind Briefe von Nashs Cousin Vladislav. Er leidet an der Gicht und ist daher sehr übellaunig.«

»Woher wisst Ihr das?«

»Ich vermute, Ihr hattet noch nie die Gicht, meine Liebe, sonst würdet Ihr nicht fragen.«

»Nein, ich meine – könnt Ihr die Briefe lesen?«

»Oh, meine Sprachkenntnisse reichen gerade so«, entgegnete er und machte eine wegwerfende Handbewegung. »Aber man kann nicht wissen, was zwischen den Zeilen steht. Vielleicht ist Gicht ja nur ein Codewort für Schießpulver, für Kanone oder für eine andere Art von Schmuggelware. Spione kennen Tausende solcher Tricks. Peel wird die Briefe jemandem geben, der alle Feinheiten herausfinden wird.«

Er ging zur Tür, als Xanthia ihn am Arm ergriff. »Eines noch, Mr. Kemble«, sagte sie. »Ich wünsche hiermit Euer Arbeitsverhältnis zu beenden. Bitte informiert Lord de Vendenheim. Ich bin nicht in Gefahr, und ich werde ganz sicher nicht mehr hinter Lord Nash herspionieren.«

»Ich werde es ihn wissen lassen, aber es wird ihm nicht gefallen.«

»Nichtsdestotrotz wird er sich damit abfinden müssen«, sagte Xanthia, deren Stimmung sich etwas aufgehellt hatte. »Ich werde mein Ehrenwort nicht widerrufen, Mr. Kemble, aber von jetzt an gilt meine Loyalität Lord Nash. Ich lasse de Vendenheim hiermit die Höflichkeit einer klaren Warnung angedeihen.«

»Ihr seid sehr kühn, Miss Neville«, sagte er. »Ich hoffe, Ihr habt Euch alles gründlich überlegt.«

»Oh, das habe ich«, erwiderte sie. »Wird de Vendenheim Euch irgendwelche Schwierigkeiten machen?«

»Er macht mir nie etwas anderes«, erwiderte Kemble.

»Na schön. Dann werde ich Euch einen Brief mitgeben, in dem ich ihm klarmache, dass es meine Entscheidung war.« Sie ging zu ihrem Schreibtisch. »Und was jene Briefe betrifft, Mr. Kemble, Ihr könnt sie gern mitnehmen, aber ich muss sie heute Nachmittag zurückhaben.«

Kemble sah sie ungläubig an. »Heute Nachmittag?«, wiederholte er. »Aber wir reden hier von Regierungsdingen, Miss Neville. Es gibt Vorschriften. Festgelegte Abläufe. Vielleicht sogar ein oder zwei Komitees.«

Xanthia starrte ihn an. »Ich muss diese Briefe zurückhaben, Kemble«, beharrte sie. »Ich muss sie spätestens bis Mitternacht zu Nash zurückbringen. Wenn Ihr mir das nicht zusagen könnt – nun, vielleicht werde ich mich dann als von meiner Pflicht entbunden betrachten und Lord Nash erklären, wo seine Briefe sind und warum.«

Kemble zog eine Augenbraue hoch. »Ihr wollt sie wirklich zurückbringen«, bemerkte er. »Wie? Wann?«

»Das weiß ich noch nicht«, gestand Xanthia. »Aber ich werde schon irgendwie in das Haus hineinkommen. Ich muss es tun.« Ihre Stimme brach verräterisch bei dem letzten Wort.

Kemble nahm ihre Hand und drückte sie. »Oh, mein armes, armes Mädchen«, sagte er. »Oh, meine liebe Miss Neville!«

»Was?«

Kemble schüttelte mitfühlend den Kopf. »Ihr seid sehr durcheinander und mit Euren Entschlüssen schnell bei der Hand, nicht wahr?«, murmelte er. »Lord Nash ist bequemerweise unschuldig, Ihr seid schrecklich verliebt, und Max wird mir die Schuld geben – an allem!«

Um zwei Uhr nachmittags saß Lord Nash noch immer in seinem Morgenrock bei seinem Morgenkaffee. Es war, dachte er, seine dritte Kanne, aber ganz sicher war er sich nicht. Die erste hatte er selbst zuzubereiten versucht. Einer der Diener hatte freundlicherweise am Tag zuvor die Bohnen gemahlen, den Topf auf den Herd gestellt und ein Zündholz danebengelegt. Sogar Nash war fähig, ein Feuer anzuzünden.

Das Haus schien heute seltsam leer. Nash wusste nicht, warum. Alle Dienstboten waren pünktlich um zwölf Uhr mittags zurückgekommen, mit unbewegter Miene und untertänig – bis auf Gibbons. Der Kammerdiener machte sich jetzt im Ankleidezimmer zu schaffen, nachdem es ein großes Palaver darum gegeben hatte, was in seiner Abwesenheit an Arbeit angefallen war, und um die Unordnung, die es zu beseitigen galt. Die welken Hibiskusblüten hatte er zwar sofort zusammengefegt, doch die Neugierde war geblieben.

Nun, wegen ihm konnte sich diese Neugier ruhig ins Unermessliche steigern. Nash hatte nicht die Absicht, auch nur den kleinsten Hinweis auf das zu geben, was ihm letzte Nacht widerfahren war. Er schloss die Augen, hielt die warme Kaffeetasse in den Händen und dachte wieder an Xanthia, wie sie nackt und mit Hibiskusblüten im Haar auf seinem Bett gelegen hatte. Der vergangene Abend kam ihm fast unwirklich vor. Eine Zeit außerhalb aller Zeit. Eine Stimmung – ein Gefühl von Heiterkeit, das wahrscheinlich nie wieder zurückgeholt werden konnte.

Oder doch? Einen Moment lang gestattete Nash es sich, den Gedanken zu erwägen. Xanthia schien ihn sehr zu mögen – um seiner selbst wegen und nicht nur für das, was er ihr geben könnte. Vom Sex einmal abgesehen. Von Anfang an hatte sie eine Art Ruhe ausgestrahlt, die er als zutiefst trostreich empfand, dennoch war sie keine ruhige Frau, jedenfalls nicht im engsten Sinne des Wortes. Nein, sie vibrierte vor Leben. Sie war wunderschön und selbstsicher. Sanft, aber auch klug, und –

Gibbons kam mit Nashs bestem Abendanzug über dem Arm aus dem Ankleidezimmer geschlendert. Er pfiff eine fröhliche Melodie vor sich hin – was immer ein schlechtes Zeichen war.

»Was habt Ihr damit vor?«, fragte Nash argwöhnisch.

»Ihn auf Mottenbefall zu untersuchen«, erwiderte der Kammerdiener mürrisch. »Wir fahren nächste Woche nach Brierwood, wenn Ihr Euch erinnert.«

»Aber nicht mit dieser Kluft.«

»Es wird dort ein Ball stattfinden«, schnaubte Gibbons. »Ich habe es von Mr. Hayden-Worth erfahren. Würde ich immer darauf warten, dass Ihr mich über etwas unterrichtet, dann –«

»*Nächste* Woche«, unterbrach Nash ihn. »Genau das, Gibbons, ist das entscheidende Wort.«

»Und wenn Motten darin sind?«, gab der Kammerdiener herausfordernd zurück. »Habt Ihr eine Ahnung, wie lange es dauert, einen neuen Abendanzug anfertigen zu lassen?«

Nash zuckte die Schultern. »Ich muss doch noch ein Dutzend weitere besitzen«, sagte er und trank von seinem Kaffee. »Packt einfach zwei alte ein.«

»Sie dürften nicht mehr passen«, entgegnete Gibbons mit einem weiteren Schnauben. »Niemand von uns, fürchte ich, ist noch der, der er einmal war.«

Nash stellte seine Tasse ab und wandte sich in seinem Sessel mit einem Ruck um. »Was, zum Teufel, soll das heißen?«

Gibbons lächelte leicht. »Ihr seid fast fünfunddreißig, Sir«, sagte er. »Dinge beginnen sich zu ändern – oder breiter zu werden –, vielleicht sogar herunterzusacken.«

»Ich will verdammt sein!«, rief Nash, sprang auf, öffnete den Morgenrock und riss ihn sich hinunter.

»Also wirklich, Mylord!« Gibbons verdrehte die Augen.

»Das Maßband!«, knurrte Nash, während er sich das Hemd abstreifte und es auf den Boden schleuderte. »Bringt mir das verdammte Maßband!«

Gibbons seufzte, ging ins Ankleidezimmer und kam mit dem Maßband zurück. Aufgerollt wie eine kleine Schlange lag es in seiner Hand.

Nash öffnete seinen Hosenlatz und streckte die Arme in die Luft. »Los«, sagte er, »messt nach.«

»Sir, das ist wirklich nicht nö-«

»Ich sagte: Messt nach.«

Gibbons zog die Nase kraus und schlang das schwere Band um Nashs Taille.

»Aha!«, sagte Nash. »Zweiunddreißig Inches, habe ich recht?«

»Ts, ts«, sagte Gibbons.

»Was ist?«, fragte Nash.

»Ein Sprichwort besagt, dass man manches erst auf den zweiten Blick erkennt«, erklärte Gibbons betrübt. »Dieses Band zeigt schlicht und einfach dreiunddreißig Inches an.«

Nash keuchte entsetzt auf. »Ihr lügt.« Er spähte hinunter. In der Tat, Gibbons hatte gelogen. Das Band zeigte eindeutig vierunddreißig an.

»O Gott!«, sagte Nash.

»Macht Euch keine Sorgen, Sir«, beruhigte Gibbons ihn. »Bevor Ihr vor Entsetzen gekeucht habt, waren es glatte dreiunddreißig.«

Das war der Beginn von Nashs neuer Wirklichkeit.

Die beiden folgenden Tage verbrachte er damit, mit sich zu ringen – obwohl er bereits im zähen Sumpf all seiner aufsteigenden Emotionen stecken geblieben war. Zwei Tage der Seelenerforschung; zwei Tage, um die Tatsache zu überdenken, dass sein Leben sich erbarmungslos veränderte. Für einen Mann wie ihn, der ein Leben in Genuss führte und in seinen Gewohnheiten erstarrt war, war das viel, was es auf einmal zu ertragen galt, etwas zu viel. Aber vor der Wahrheit gab es kein Entrinnen. Er war nicht länger jung, sondern näherte sich dem mittleren Alter. In seinen Schläfen versteckten sich bereits ein oder zwei graue Haare, Hosen, die er seit Jahren nicht getragen hatte, waren um einen Inch zu eng. Dazu gezwungen, auf seine verlorene Jugend zurückzuschauen, begann Nash sich zu fragen, was er in seinem Leben eigentlich zustande gebracht hatte – wenn es denn überhaupt irgendetwas gab.

Und zur Krönung all dessen hatte er auch noch große Angst davor – und das zum ersten Mal in seinem Leben –, sich verliebt zu haben. Der Gedanke beunruhigte ihn nicht, vielmehr versetzte er ihn in Panik. Er hatte keine Ahnung, was er deswegen unternehmen sollte. In letzter Zeit wurden seine Nächte immer wieder von ihn quälenden Bildern Xanthias gestört. Nicht von Bildern der erregenden Art, an die er in seinem Leben gewöhnt war – obwohl es sicherlich auch einige davon gab. Nein, die quälenderen Bilder von Xanthia waren jene der höchst prosaischen – und weitaus beunruhigenderen – Art. Xanthia, die die Kredenz durchsuchte und dabei sehr häuslich aussah. Xanthia in seinem Morgenmantel. Xanthia, die ihn mit Gurkenscheiben fütterte.

Nun. Die Situation war eindeutig. Er hatte das Pech gehabt, sich in vielleicht die einzige Frau in ganz London verliebt zu haben, die ihn nicht haben wollte. Sein Titel und sein Geld bedeuteten ihr nichts, dessen war er sich ganz sicher. Nichtsdestotrotz gab es eine Vielzahl Dinge, die sie gemeinsam hatten. Eine wenig glückliche Kindheit, das ständige Gefühl, anders, ein Außenseiter zu sein. Und, so glaubte er, eine aufrichtige Zuneigung für den anderen. Sicherlich waren das Dinge, auf die man aufbauen könnte?

Am dritten Tag nach seinem leidenschaftlichen Stelldichein mit Xanthia wurde Nash bewusst, dass man ihn in Kürze in Brierwood erwartete. Herrgott, wie er es hasste, abreisen zu müssen, ohne sie vorher noch einmal gesehen zu haben. Halbwegs hatte er auf eine weitere geschmuggelte Nachricht von ihr gehofft, auch wenn ihm das Risiko dessen bewusst war. Vielleicht hatte auch sie diese Gefährlichkeit inzwischen erkannt?

»Übrigens, Mylord«, sagte Gibbons, der gerade den letzten Griff an Nashs Krawattentuch legte, »es ist noch ein Brief von Swann gekommen.«

Nash zog die Stirn kraus. »Ich denke, es ist höchste Zeit, dass wir etwas mehr von ihm sehen als nur einen Brief.«

Gibbons tat, als habe Nash nichts gesagt. »Es sind höchst unangenehme Neuigkeiten«, fuhr er fort und zupfte ein allerletztes Mal an dem Krawattentuch. »Er ist vom Dach des Cottages seiner Mutter gefallen.«

Nash senkte das Kinn. »Er ist gefallen?«, wiederholte er ungläubig. »Guter Gott, was sucht ein Privatsekretär denn auf einem Dach – auf welchem auch immer?«

Gibbons lächelte gezwungen. »Ihr werdet Euch erinnern, dass er das Cottage vermieten wollte, Mylord, aber das Dach war ziemlich undicht. Im Brief versichert er, dass der Bruch nicht schlimm ist, aber –«

»Bruch? Was für ein Bruch?«

»Der Bruch seiner Schulter«, erklärte der Kammerdiener. »Nun, oder vielleicht des Schlüsselbeins? Ich glaube, das wäre etwas weniger schrecklich. Auf jeden Fall kann er sich in diesem Zustand weder von einem Pferd noch von einer Kutsche durchschütteln lassen – für ungefähr eine weitere Woche.«

»Mir gefällt diese Fernbeziehung nicht, die wir mit Mr. Swann führen«, klagte Nash. »Ich brauche ihn hier.«

»Das bezweifle ich nicht, Mylord. Aber die Postkutsche ist eine äußerst unbequeme Art des Reisens. Diese Dinger können einem die Knochen im Leib durcheinanderrütteln.«

»Ich weiß, ich weiß«, grummelte Nash. »Und es tut mir auch verdammt leid, dass er sich verletzt hat, aber auf meinem Schreibtisch stapeln sich bereits die Dokumente. Ich habe bereits angefangen zu vergessen, was auch nur mit der Hälfte davon gemacht werden soll.«

Gibbons lächelte eifrig. »Ja, Ihr habt andere Dinge im Kopf, nicht wahr?«, murmelte er. »Darf ich vorschlagen, dass wir gemeinsam mit Mr. Hayden-Worth nach Brierwood reisen? Wir werden nicht allzu beengt sitzen – und Ihr könntet Eure gut gefederte Reisekutsche schicken, um Mr. Swann abzuholen – damit er auf bequeme Weise transportiert werden kann.«

»Oh, sehr gut«, sagte Nash. »Der arme Teufel! Wo ist der Brief?«

»Auf Eurem Sekretär, Mylord.«

Nash warf einen letzten Blick in den Spiegel, dann ging er zu dem kleinen Schreibtisch. »Ich werde ihm mitteilen, dass er die Kutsche am Sonnabend erwarten kann«, sagte er. »Wird das zu bald sein, um –«

Gibbons trat näher. »Mylord?«, fragte er. »Stimmt etwas nicht?«

Nash wandte sich vom Sekretär ab. »Gibbons, hier lagen einige Briefe, gleich vorn in dieser Schublade. Von meinem Cousin Vladislav. Habt Ihr eine Ahnung, was mit ihnen geschehen ist?«

Gibbons schüttelte den Kopf. »Keine Ahnung, Sir.«

Nash runzelte die Stirn. »Seht ihr? Genau das passiert, wenn Swann nicht da ist.«

»Waren sie wichtig, Mylord?«

Nash zuckte mit den Schultern. »Eigentlich nicht. Aber mein Cousin ist alt und leidet an Gicht – und ich bin ihm noch einen langen Antwortbrief schuldig.«

»Und sein Brief sollte Euch daran erinnern?«, fragte Gibbons. »Keine Sorge, Sir. Ich werde für Euch daran denken.«

»Danke, Gibbons«, sagte Nash ernst. »Ich weiß das wirklich zu schätzen.«

Ein Geräusch an der Tür veranlasste beide, sich umzudrehen. Vernon, der Hausdiener, stand auf der Schwelle. »Mylord, unten ist ein Besucher für Euch«, sagte er. »Ein junger Mann namens Wescot.«

»Wescot? Wescot! Oh, zur Hölle!« Nash zog seine Taschenuhr hervor. »Vernon, in einer Stunde bin ich mit meinem Stiefbruder bei *White's* verabredet. Was will der Bursche hier, zum Teufel? Hat er etwas gesagt?«

»Nein, Mylord.« Vernon trat unbehaglich von einem Fuß auf den anderen. »Aber er sieht ... unwohl aus.«

»Unwohl?«

»Als hätte er ... nun, als hätte er geweint, Mylord.«

»Geweint?« Das Letzte, was Nash wünschte, war, weitere Zeit mit einem der jammernden Wescots zu verbringen. Er sandte einen Blick gen Himmel. »Wisst Ihr, Vernon – wenn das Gottes Art ist, mir zu sagen, dass ich mit dem Spielen aufhören soll, dann könnte sie durchaus erfolgreich sein.«

»Er erbittet nur zehn Minuten Eurer Zeit, Sir«, wiederholte der Diener. »Er sieht wirklich ... unwohl aus.«

»Ja, unwohl«, sagte Nash trocken. »Das habe ich schon verstanden. Also gut, Vernon. Führt ihn in die Bibliothek und lasst

Tee bringen – und vielleicht auch etwas Stärkenderes, nur für den Fall.«

Nash folgte Vernon die Treppe hinunter. Einen Augenblick später wurde Matthew Wescot in die Bibliothek geführt. Seine rot geschrubbten Bauernwangen wurden von etwas überlagert, was wie Todesblässe wirkte, zudem hatte er sich in der letzten Zeit nicht rasiert. Wie er aussah, kam er direkt aus dem Schuldgefängnis.

Nash reichte ihm die Hand, aber seine Begrüßung war kühl. Wenn der Mann hier war, um die Übertragung seiner Fabrik an sein Kind anzufechten, würde er es schnell bereuen.

»Ich bin gekommen, mich bei Euch zu bedanken, Lord Nash«, sagte Wescot, kaum dass sie sich begrüßt hatten.

»Setzt Euch«, bot ihm der Marquess einen Platz an. »Und wofür wollt Ihr Euch bei mir bedanken?«

»Für Eure Freundlichkeit Anna gegenüber.« Wescot nahm auf der Sofakante Platz. Er sah aus, als könnte er jeden Moment wieder aufspringen. »Anna, meine Frau. Sie hat Euch in der vergangenen Woche aufgesucht.«

Nash blieb stehen. »Ich erinnere mich«, sagte er. »Doch es war nicht nötig, zu mir zu kommen. Ich werde mein Versprechen, das ich Eurer Frau gegeben habe, halten.«

Wescot schaute auf und sammelte sich. »Nein, das müsst Ihr eben nicht«, sagte er leise. »Deshalb bin ich heute hergekommen, versteht Ihr?«

»Nein, ich verstehe nicht«, entgegnete Nash kühl. »Wenn Ihr die Absicht habt, mich zu bitten, die Fabrik an Euch zurückzugeben, dann, so fürchte ich, werde ich dem nicht zustim-«

»Nein!«, rief Mr. Wescot heftig. »Bei Gott, nein! Euer Angebot war großzügiger, als ich es verdient habe. Aber … aber ich fürchte … es wird kein Kind geben.«

»Es wird kein Kind geben?«, sagte Nash.

»Anna ist sehr krank«, flüsterte Mr. Wescot. »Und das ist ganz allein meine Schuld. Hätte ich nicht alles verspielt, was wir besaßen, so hätte sie sich nicht veranlasst gefühlt, im Regen und im Nebel herumzulaufen, als sie mich ins Schuldgefängnis abgeführt haben.«

Du lieber Gott. Nash erinnerte sich, wie sehr die junge Frau auf seiner Türschwelle in ihrem nassen Umhang gezittert hatte. Er hatte sich Sorgen um sie gemacht, immerhin genug, um sie in einer Droschke heimzuschicken, doch jetzt wünschte er, er hätte ihr einen warmen Ziegelstein mitgegeben oder ihr einen Brandy eingeflößt.

In diesem Augenblick kam Vernon mit dem Teetablett herein, auf das er umsichtig, wie er war, eine Flasche von Letzterem gestellt hatte. Wescot sah aus, als könnte er einen Schluck gebrauchen, doch Nash dachte immer noch über die junge Frau nach. »Sie hat ... sie hat das Baby verloren?«, fragte er. »Wollt Ihr mir das sagen?«

»Ja, durch ein Fieber. Die Hebamme hat gesagt, es hat ihren Körper völlig ausgezehrt.« Wescot zog ein Taschentuch hervor und schnäuzte sich. »Aber ich danke Euch, Nash, dass Ihr ihr eine Droschke gerufen habt und die Umsicht hattet, sie zu Harold zu schicken. Hättet Ihr das nicht getan, so hätte ich Anna wohl auch noch verloren.«

»Sie verloren?« Nash fühlte sich wie betäubt. »Sie muss schrecklich krank sein.«

Wescot nickte. »In den beiden vergangenen Tagen stand sie an der Schwelle des Todes. Niemand glaubte, dass sie überleben würde, bis heute Morgen, als das Fieber sank, Gott sei Dank. Aber wir ... wir haben ihr noch nichts von dem Kind gesagt.«

»Es tut mir so sehr leid«, murmelte Nash. »Das Kind – es sollte doch bald kommen, nicht wahr?«

»Ja, es war ein wunderschöner Junge«, sagte Wescot traurig. »Wir haben ihn Harold genannt, nach Annas Cousin. Wir haben gebetet, dass er überlebt, aber seine Chancen waren –« Wescot brach in Schluchzen aus.

Nash setzte sich und goss Brandy in eine der Teetassen. »Am besten trinkt Ihr erst mal das hier, alter Freund«, sagte er. »Ihr müsst Euch zusammenreißen. Es bringt Eurer Frau nichts, wenn Ihr weint.«

Wescot nickte, holte Luft und trank. »Ihr habt natürlich recht«, sagte er. »Ich wollte sagen, dass seine Chancen nicht gut standen.«

»Nein, das taten sie wohl nicht.«

»Aber seht Ihr denn nicht die schreckliche Ironie in diesem Wort, Lord Nash?«, fragte er klagend. »Chancen? Ich schwöre, müsste ich das Wort nie wieder hören, so ich wäre dankbar dafür. Ich habe gelernt, dass ich weder die Nerven noch das Glück zum Spielen habe.«

Nash lehnte sich in seinem Sessel zurück. »Nun, es ist kaum die Art Leben, die ich empfehlen würde«, sagte er. Dann wurde ihm schlagartig bewusst, dass er jedes seiner Worte wirklich so meinte. »Es ist ein Leben, das sich auf der Schwäche anderer Männer aufbaut«, fuhr er fort. »Eure Schwäche hat Euch aufs Schlimmste geschadet, Wescot, und zudem Eure Frau in eine höchst gefährliche Lage gebracht. Jetzt müsst Ihr stark sein, wenn sie es nicht sein kann.«

Wescot lächelte mühsam. »Ihr seid kein Mann, der ein Blatt vor den Mund nimmt, nicht wahr?«

»Wozu wäre das auch gut?«, fragte Nash ehrlich. »Ihr sitzt verdammt tief in der Patsche.«

»Nein, Mylord, das tue ich nicht.« Abrupt stand Wescot auf, und Nash tat es ihm sofort gleich. »Ich bin der glücklichste Mann der Welt, denn ich habe noch meine Frau«, sprach er aufrichtig weiter. »Ich weine für sie, Mylord, nicht um mich. Und vielleicht wird es ja andere Kinder geben. Wenn Anna bereit ist, mir zuzuhören, werde ich ihr das sagen.«

»Sehr klug«, murmelte Nash. »Trotz ihrer zierlichen Gestalt fehlt es Eurer Frau nicht an Mut oder Verstand. Für die Zukunft tut Ihr gut daran, auf ihren Rat zu hören.«

Wescot bot ihm die Hand. »Danke, Lord Nash«, sagte er, »das werde ich. Wenn Ihr mich jetzt entschuldigt, würde ich gern an Annas Krankenbett zurückeilen.«

Sie gingen zur Tür. Wescot schien darauf bedacht, sich schnell zu verabschieden. »Was geschieht jetzt?«, fragte Nash. »Kehrt Ihr nach Yorkshire zurück, wenn es Eurer Frau wieder bessergeht?«

Wescot sah verlegen aus. »Nein, ich habe nicht den Mut, zurückzugehen und den Zorn meines Vaters über mich ergehen zu lassen. Er hat immer schon befürchtet, dass ich etwas Dummes mit der Fabrik anstelle. Ich schäme mich, dass ich seine Befürchtungen bestätigt habe.«

Nash zog die Augenbrauen zusammen. »Wohin werdet Ihr dann gehen?«

»Zurück nach Spitalfields.« Wescot lächelte leicht. »Harold hat freundlicherweise angeboten, mich in das Gemüsehändlergeschäft aufzunehmen – und dafür bin ich ihm zutiefst dankbar.«

Das Gemüsehändlergeschäft? Guter Gott! Nash rieb sich eine lange Minute den Nasenrücken, während Wescot ihn seltsam ansah. Nash ließ seine Nase los. »Wartet einen Moment«, sagte er.

Er ging zum Schreibtisch, plötzlich dankbar für Swanns lange Abwesenheit. In dem Wissen, dass er es später bereuen könnte, suchte Nash rasch den Papierstapel durch, bis er, fast in der Mitte, auf Wescots Schuldschein stieß. Mit ihm in der

Hand kehrte er zur Tür zurück. »Hier«, sagte er und gab ihn dem jungen Mann.

Wescot starrte den Schuldschein ungläubig an. »Nein«, sagte er fest. »Nein, das will ich nicht.«

»Ich hoffe, dass Ihr das nicht wollt«, sagte Nash. »Es wäre ein wahrhaftiges Zeichen der Reue.«

Mit sturem Gesichtsausdruck steckte Wescot den Schein in Nashs Gehrocktasche.

Nash zog ihn wieder heraus. »Nehmt ihn«, sagte er ruhig. »Nehmt ihn für Eure Frau. Seid kein zweites Mal ein stolzer Narr, Wescot. Wollt Ihr, dass Anna ihr Leben als Frau eines Gemüsehändlers verbringt, wenn Ihr doch verdammt gut wisst, dass sie Besseres verdient?«

Wescot ließ den Kopf hängen.

»Nehmt ihn«, drängte Nash wieder. »Nehmt ihn um Annas willen. Aber falls Ihr wieder Mist baut, Wescot, werde ich Euch mit Wonne zur Strecke bringen und Euch das Fell gerben – wenn meine Drohung hilft, Euch besser zu fühlen.«

»Nun ... das tut sie, ziemlich.« Wescot schaute auf den Schuldschein, dann ergriff er Nashs ausgestreckte Hand. »Danke, Sir. Auch Anna dankt Euch. Ich – ich werde nicht noch einmal alles kaputt machen. Das verspreche ich.«

Nash sah Wescot nach, als dieser ging, und spürte ein bedrückendes Gefühl in seinem Herzen. Das arme, arme Mädchen. So zart und reizend – und so voller Hoffnung nach ihrem Besuch. Lieber Gott, wie schrecklich sich ein kleiner Fehler – oder ein kleiner Irrtum in einer Einschätzung – auf das Glück eines Menschen auswirken konnte. Und wie verdammt kurz das Leben sein konnte. Er empfand tiefes Mitgefühl für Anna Wescot, doch ebenso trauerte er um sich selbst und all die Tage seines Lebens, die er vergeudet hatte.

Aber er musste nicht noch mehr verschwenden – er konnte

etwas Sinnvolles tun, das von ihm bleiben würde, und natürlich wusste er schon, was dieses Sinnvolle sein würde. Es war ihm mit einer Klarheit bewusst geworden, als hätte man ihm einen Eimer kaltes Wasser über den Kopf gegossen. Er wollte Xanthia Neville heiraten – oder wollte es zumindest *versuchen*.

Guter Gott. Das war Wahnsinn.

Er sollte gründlicher darüber nachdenken. Er setzte sich auf das Sofa und schenkte sich eine zweite Tasse Brandy ein. Er war nicht ganz so geschmacklos, wie er ihn in Erinnerung hatte. Abschätzend betrachtete er die Flasche. Es könnte noch genug darin übrig sein, um ihn von seinem Jammer zu befreien. Und wenn er anschließend wieder aufwachte, würde dieser seltsame Wunsch vielleicht verschwunden sein.

Aber nein. Natürlich würde er nicht verschwunden sein. Weil es eben kein Wunsch war, sondern eine Gewissheit, die während der letzten Tage in ihm herangereift war. Auch wenn er eine Flasche bis zum Boden leerte, würde das daran nichts ändern. Außerdem – was, außer der persönlichen Demütigung, hatte er zu befürchten? Xanthia Neville würde ihn nicht haben wollen, sein Verstand hatte ihm bereits alle Gründe genannt. Aber der schwerwiegendste Grund von allen war, dass Xanthia bereits zurückgewiesen hatte, was er an Wenigem ihr zu bieten hatte.

Was, also, würdet Ihr gern mit Eurem Leben anfangen, Miss Neville?, hatte er sie einmal gefragt. Vielleicht sich aufs Land zurückziehen und eine Schar Kinder großziehen?

Nein, hatte sie geantwortet. Nein, Lord Nash, ich tue bereits das, was ich gern mit meinem Leben anfange.

Und sie genoss dieses Leben. Er sah es daran, wie ihre Augen funkelten, wenn sie von ihrem Geschäft, ihrer Arbeit sprach.

Doch ihre Augen funkelten auch, wenn sie mit ihm zusammen war. Sie hatte sogar zugegeben, dass sie ihn bewunderte. Sie zitterte vor Lust, wenn er sie liebte. Und, ja, sie mochte ihn. Vermutlich bestand gar keine Gefahr, sie ganz zu verlieren. Vielleicht war es ja nicht im Mindesten so schlimm wie die Katastrophe, die der arme Wescot nun ertragen musste. Nein, er könnte Xanthia behalten, dachte er – zumindest in seinem Bett. Bis jemand Verdacht schöpfte und sie gezwungen wäre, sich zu entscheiden.

Aber war das genug? Und wenn er abwartete, würde er ihrer irgendwann müde werden? Nash starrte in den Brandy und schüttelte den Kopf. Ihm blieb nur eine Option – und die war nichts als ein dünner Grashalm. Xanthia war eine Geschäftsfrau. Sie verstand sich auf die Kunst des Handelns wie jeder Geschäftsmann, den er kannte. Also musste er ihr etwas Besseres anbieten. Etwas, mit dem sie ebenso erfolgreich sein konnte, wie sie es mit Neville Shipping war.

Brierwood. Es war einer der schönsten Landsitze Englands – und möglicherweise der profitabelste. Tausende und Abertausende Morgen fruchtbares Ackerland und Holzbestand. Ein halbes Dutzend Dörfer. Zwei Meilen Küste. Eine Kalkmine. Ein Kohlebergwerk. Getreidemühlen. Ein Steinbruch. Brierwood könnte ein Vermögen abwerfen, hätte er sich je darum gekümmert. Stattdessen hatte er es vorgezogen, es unter der Leitung eines alten Verwalters dahindümpeln zu lassen, während er sein Gewissen damit beruhigte, sich zu sagen, dass die Verantwortung eines Tages an einen entfernten Cousin fallen würde – an jemanden, der sich einen Dreck darum scheren würde. Doch Brierwood könnte Xanthia gehören. Sie könnte es leiten, aufbauen und es – letztlich – ihren gemeinsamen Kindern hinterlassen.

Oder ... sie könnte einfach ihren alten Beruf behalten.

Würde er sich etwa einen Dreck darum scheren, was man in

der Gesellschaft über seine Frau dachte? Nein. Sie könnte weiterhin nach Wapping fahren, bis diese abscheulichen Fischweiber bei *Almack's* ihm ihre verdammten Türen vor der Nase zuschlugen – er war sowieso nie dort gewesen, und trotz seiner lang zurückliegenden Wette mit Xanthia würde er dort wohl auch in Zukunft nie Gast sein.

Doch Brierwood war ein verdammt gutes Ass und Grund genug für einen Kerl, die Ärmel hochzukrempeln. Dennoch würde es einige Zeit dauern und manch vorsichtiges Manöver erfordern, Xanthia von seinem Plan zu überzeugen. Genau genommen wäre es das Beste, ihr sofort den Mund wässrig zu machen.

Nash schob die Tasse mit dem Brandy zur Seite und ging zur Treppe. »Gibbons!«, bellte er. »Den dunkelsten Fetzen, den ich habe! Den dunkelblauen – oh, und ein frisches Hemd.«

Gibbons ging pflichtbewusst ins Ankleidezimmer. Der Mann verfügte über eine überraschende Fähigkeit zu wissen, wann er seinen Mund zu halten hatte. Nach dem Gehrock musste über die Stiefel entschieden werden, bevor Nash zu dem Schluss kam, dass seine Krawatte letztlich doch eine Spur zu langweilig war. Doch schließlich war er fertig angekleidet, sein bestes Pferd war von der Wiese geholt worden, und er machte sich auf, seine Zukunft in die Hand zu nehmen.

Einige Minuten später fand er sich wartend in Lord Rothewells Arbeitszimmer wieder, fühlte sich ein wenig dumm und mehr als ein wenig enttäuscht. Xanthia war nicht zu Hause. Wie hatte er auch etwas anderes erwarten können? Sie war nicht wie die anderen Frauen seines Bekanntenkreises, die um zwölf Uhr mittags aufstanden und anschließend nur noch wenig taten. Xanthia musste ein Unternehmen leiten. Immerhin war Lord Rothewell daheim, hatte der Diener gesagt, der glücklich darüber wäre, ihn zu empfangen.

Nash hinterfragte noch das Wort *glücklich*, als Rothewell wie üblich entschlossenen Schrittes eintrat. Seine Augen waren blutunterlaufen, und sein gebräuntes Gesicht konnte man höflich nur als ausgezehrt bezeichnen.

»Guten Tag, Nash«, begrüßte ihn der Baron und ging zur Kredenz. »Wollt Ihr etwas trinken?«

»Nein danke, es ist noch zu früh für mich. Ich bin erst vor ein, zwei Stunden aufgestanden.«

»Ich bin noch gar nicht im Bett gewesen«, bemerkte der Baron und nahm sich ein Glas Brandy mit zu seinem Schreibtisch. »Nehmt Platz, Nash. Ich vermute, dass es sich um keinen Höflichkeitsbesuch handelt?«

Nash sah ihn neugierig an. »Und welch anderer Art sollte mein Besuch sonst sein?«

Rothewell zögerte, dann lächelte er leicht. »Das kann man nie wissen«, murmelte er vage. »Ich hätte eher angenommen – ach, vergesst es. Was führt Euch her?«

»Offen gesagt kam ich her, um sowohl Euch als auch Eure Schwester zu besuchen«, gestand Nash. »Ich vergaß, dass sie vermutlich nicht im Hause sein würde.«

Rothewell setzte sein Brandyglas ab. »Nein, mein lieber Freund, um Xanthia hier zu erwischen, müsst Ihr beim ersten Hahnenschrei aufstehen.«

Nash fehlten plötzlich die Worte. Niemals hatte etwas, das so unbedeutend schien, so viel bedeutet – und er war abgeneigt, Lord Rothewell überhaupt um etwas zu bitten. Doch er musste es tun. »Ich gebe am Wochenende eine Gesellschaft.« Seine Stimme klang überraschend gelassen, sogar leicht gelangweilt. »Sie findet auf meinem Besitz in Süd-Hampshire statt. Ich weiß, es ist ein wenig kurzfristig, aber ich fragte mich, ob ... nun, ob Ihr und Eure Schwester sich uns nicht anschließen möchtet?«

Rothewells Miene verriet keine Regung. »Wir kennen einander kaum, Lord Nash.«

»Lasst mich ganz offen sein, Rothewell. Ich möchte, dass Eure Schwester kommt – ich kenne sie gut genug, denke ich, um darum bitten zu können. Aber ich denke auch, sie sollte die Einladung nicht allein annehmen. Es wäre unziemlich, besonders in Anbetracht meines ... meines Rufes, wenn Ihr so wollt.«

Rothewell hatte angefangen mit den Dingen auf seinem Schreibtisch zu spielen. »Nash, ich danke Euch dafür, dass Ihr den guten Namen meiner Schwester zu Eurem wichtigsten Anliegen macht. Doch lasst mich Euch daran erinnern, dass Ihr mich vor einiger Zeit um meine Erlaubnis gebeten habt, ihr den Hof machen zu dürfen. Ich hatte Euch abgeraten. Sie hat mich darin unterstützt. Habt Ihr einen Grund, um anzunehmen, dass sie ihre Meinung über Euch geändert hat?«

»Nein, aber bei den Gelegenheiten, bei denen wir uns kurz begegnet sind, habe ich ihre Gesellschaft sehr genossen«, sagte Nash. »Und ich denke, es würde ihr guttun, für ein oder zwei Tage London den Rücken zu kehren. Wir geben eine Gesellschaft für meine Stiefmutter, um ihren Geburtstag zu feiern. Ich habe zwei jüngere Schwestern, die ich Miss Neville bei der Gelegenheit gern vorstellen würde.«

»Das klingt alles sehr gesetzt«, murmelte der Baron.

»Nein, es ist das reinste Vergnügen, das versichere ich Euch«, sagte Nash und täuschte Gelassenheit vor. »Es wird ein Abendessen geben, etwas Tanz und ... ein Picknick, glaube ich. Die meisten Gäste werden nicht vor Sonnabend eintreffen. Ich würde es als eine persönliche Ehre betrachten, wenn Ihr und Eure Schwester schon einen oder zwei Tage früher eintreffen würdet – vielleicht am Donnerstag?«

Rothewell legte den Stift aus der Hand, mit dem er gespielt hatte, und richtete einen bohrenden Blick auf Nash. »Danke,

Lord Nash«, sagte er sanft. »Ich werde mich bemühen, die Wünsche meiner Schwester in dieser Hinsicht festzustellen. Aber um Euch gegenüber fair zu sein, sollte ich vielleicht auch meine Position deutlich machen.«

»Ich bitte darum.«

»Xanthia ist für mich das Wertvollste auf dieser Erde«, sagte Rothewell ruhig. »Ich kann den wahren Grund, warum Ihr diese Einladung aussprecht, nicht erraten, Nash, aber wenn Ihr mit den Gefühlen meiner Schwester spielt – wenn Ihr ihr das Herz brecht oder auch nur den Nagel an ihrem kleinen Finger –, dann werde ich Euch ausweiden wie ein Schwein während der Erntezeit.«

Nash fürchtete sich normalerweise nicht so schnell, doch jetzt spürte er, wie ihn ein leichtes Frösteln überlief.

Rothewell lächelte. »Da Ihr das jetzt wisst, Nash – wünscht Ihr, Eure Einladung zurückzunehmen?«

»Nicht im Mindesten.«

»Nun gut«, murmelte Rothewell und trank noch einen Schluck Brandy. »Dann müssen wir nur herausfinden, wie die Pläne Lord Sharpes aussehen. Wie Ihr wisst, hat Xanthia Lady Louisa unter ihre Fittiche genommen.«

Nashs Blick war fest und unerschütterlich. »Ich denke, Eure Schwester verdient ihr eigenes gesellschaftliches Leben, Rothewell«, sagte er. »Vielleicht solltet Ihr dafür sorgen?«

Ein dunkler Schatten glitt über Rothewells Gesicht, dann hellte es sich wieder auf. »Ja, vielleicht sollte ich das tun. Meine Schwester wird nach fünf Uhr nach Hause kommen, ich werde Euch unsere Antwort dann umgehend zukommen lassen.«

Nash erhob sich, dankte Rothewell mit etwas weniger Enthusiasmus, als er ihn begrüßt hatte, und ging.

Nachdem sein Gast fort war, gingen Lord Rothewell und sein Freund, das Brandyglas, eine Weile im Arbeitszimmer hin und her. Nachdem an die dreißig Minuten vergangen waren, setzte er sich an den Schreibtisch und schrieb in großer, entschlossener Schrift einige Sätze auf einen Bogen seines besten Briefpapiers. Dann ging er zum Klingelzug und läutete nach Trammel.

»Ich möchte, dass meine Kutsche für eine Fahrt nach Suffolk vorbereitet wird«, sagte er.

»Jawohl, Mylord. Wünscht Ihr das Coupé oder die Reisekutsche?«

»Das Coupé, aber nicht ich werde damit fahren«, erwiderte er. »Die große Kutsche benötige ich am Donnerstag.«

»Sehr wohl, Mylord«, sagte der Diener. »Und wohin soll das Coupé fahren?«

»Zum Haus meiner Tante. Der Kutscher soll diesen Brief Lady Bledsoe persönlich übergeben. Er soll auf meine Tante warten, während sie packt, und Ihre Ladyschaft anschließend zum Haus ihrer Tochter in der Grosvenor Street fahren.«

»Zu . . . zu Lady Sharpe, Mylord?«

»Genau«, bestätigte Rothewell mit einiger Befriedigung. »Zu Lady Sharpe.«

»Aber . . . aber was ist, wenn Lady Bledsoe nicht kooperiert, Mylord?«, fragte Trammel.

»Oh, keine Sorge, sie wird kooperieren«, murmelte Rothewell und griff wieder nach seinem Brandyglas. »Ja, ich denke, dass Tante Olivia dieses Mal ausnahmsweise das Richtige tun wird – statt ihrer üblichen Dummheiten.«

Kapitel 12

Ein Rendezvous in Hampshire

Xanthia lehnte den Kopf gegen die Scheibe der Kutsche und schaute auf die sorgsam geweißten Häuser von Old Basing, die an ihnen vorüberglitten. Das Rütteln der Kutsche war mehr als unangenehm. Xanthia richtete sich auf und versuchte sich auf die Welt draußen zu konzentrieren. Es war schwer, denn sie brannte vor Ungeduld – und auch vor Neugier.

Drei Tage waren zwischen dem Morgen, an dem sie Nashs Bett verlassen hatte, und dem Nachmittag vergangen, an dem er unerwartet am Berkeley Square aufgetaucht war. Drei Tage reinster Qual. Drei Tage, an denen sie nicht fähig gewesen war, sich auf ihre Arbeit oder andere Dinge zu konzentrieren. Oh, sie hatte alles getan, was von ihr erwartet worden war, hatte Louisa zu einem Ball begleitet, zu einer Teegesellschaft und in zwei Konzerte. Nichtsdestotrotz hätte sie nicht sagen können, mit wem sie sich unterhalten oder welche Kleider sie zu den Anlässen getragen hatte. Selbst ihre Tage in Wapping waren wie in einen Dunstschleier gehüllt gewesen. Alles, einschließlich ihres nächsten Atemzuges, schien an einem seidenen Faden zu hängen und auf Nashs nächsten Schritt zu warten – wenn er denn einen machen würde.

Nun, er hatte ihn getan. Und jetzt war sie auf dem Weg zu seinem Landsitz – und das nicht im Dunkel der Nacht, verborgen unter einem Schleier, sondern als offizieller Gast. Zur Geburtstagsfeier seiner Stiefmutter. Es schien die Art von Feierlichkeit zu sein, zu denen man normalerweise nur die engsten und wichtigsten Freunde einlud. Schätzte Nash sie so ein? Ihren Bruder kannte er hingegen kaum, doch Kieran hatte darauf bestanden, dass sie fuhren – was in der Tat seltsam war, je länger sie darüber nachdachte. Er hatte alle Vorbereitungen in die Hand genommen, hatte sogar einen Brief an Tante Olivia geschrieben, auch wenn er nichts über dessen Inhalt verlauten hatte lassen. Und heute würde sie in Brierwood eintreffen.

Sie waren bereits seit fünf Stunden unterwegs, trotzdem fühlte es sich so an, als wären sie Nash nicht näher gekommen. Xanthia saß wie auf glühenden Kohlen – und wurde zugleich von Furcht erfüllt. Würde Nash derselbe sein, wenn sie sich in der Gesellschaft anderer Menschen begegneten? Wie würde seine Stiefmutter ihr gegenübertreten? Oder seine Schwestern? Würden sie sie mögen? Und war das wichtig? Lieber Himmel, würden die Leute sagen, er mache ihr den Hof?

Es war alles zu viel. Xanthia lehnte sich wieder gegen das Fenster und hielt Ausschau nach etwas, das sie ablenken würde. Etwas entfernt sah sie eine alte Kirche, deren quadratischer Turm sich deutlich vor einem fast wolkenlosen Himmel abhob. Schwarz gekleidete Menschen strömten durch das breite Portal ins Freie, und hinter dem Gebäude hielten zwei Gentlemen das Friedhofstor auf. Traurig schauten sie den grünen Hügel hinunter den Sargträgern entgegen, die eine Holzkiste auf ihren Schultern trugen. Also eine Beerdigung. Kierans Kutscher fuhr aus Respekt vor dem Verstorbenen langsamer.

»Du siehst traurig aus, Zee.« Ihr Bruder blätterte geistesabwesend in einem der Magazine, die er mitgenommen hatte. »Ich hoffe, ich habe keinen Fehler gemacht, indem ich auf diese Reise bestand?«

Sie lächelte leicht. »Nein, da drüben findet eine Beerdigung statt«, sagte sie und wies aus dem Fenster. »Deshalb sind wir langsamer gefahren.«

»Ah.« Kieran beugte den Kopf, um besser sehen zu können, doch der Kirchhof war schon wieder außer Sichtweite. »Davon einmal abgesehen zappelst du seit der letzten Stunde, wenn nicht gar schon länger, wie ein ungeduldiges Kind herum«, bemerkte er. »Ich musste an die vergangenen Tage zurückdenken, als Luke wollte, dass wir uns herausputzen. Dann hat er uns nach Bridgetown zum Gottesdienst geschleift – und versucht, uns ein Vater zu sein.«

Xanthia seufzte. »Es fühlt sich an, als wären wir seit Wochen unterwegs«, klagte sie. »Warum muss England so groß sein? Und warum muss es immer so kalt sein, wenn man reist?«

Kieran wandte den Blick vom Fenster ab und lachte. »Zee, England ist ein sehr kleines Land, und du bist nur an die Entfernungen und Temperaturen auf Barbados gewöhnt. Vielleicht bist du auch ein kleines bisschen angespannt?«

Xanthia zog sich den Kaschmirschal ein wenig enger um die Schultern und schaute wieder in die Landschaft hinaus, dieses Mal zogen die fruchtbaren, hügeligen Felder Hampshires vorüber. »Was hast du Tante Olivia in dem Brief geschrieben, Kieran?«, fragte sie. »Warum willst du es mir nicht sagen?«

Dieses Mal gab er ihr eine Antwort. »Ich habe ihr schlicht mitgeteilt, dass es an der Zeit für sie ist, nach London zu kommen und die Pflichten wahrzunehmen, die sie Louisa gegenüber hat.« Seine Augen blickten plötzlich dunkel und hart. »Und auch gegenüber Pamela. Sie trägt das Enkelkind dieser Frau unter dem Herzen, um Gottes willen. Es wird Olivia nicht töten, eine Woche in London zu verbringen.«

»Und sie wird tatsächlich kommen?«, fragte Xanthia ruhig. »Wir haben die arme Louisa also nicht im Stich gelassen?«

»Sie kommt tatsächlich«, versicherte Kieran ihr, während er seine Taschenuhr hervorzog und nach der Zeit sah. »Genau genommen ist sie wahrscheinlich jetzt schon eingetroffen. Für sie ist es keine weite Reise.«

In der Enge der Kutsche versuchte Xanthia sich zu strecken. »Ich denke noch immer, dass du sie erpresst hast«, sagte sie mit einem Gähnen.

Kieran zögerte. »Erpresst?«, wiederholte er. »Wie denn das?«

Xanthia ließ sich gegen die Rückenlehne sinken und beobachtete ihren Bruder. »Ich habe keine Ahnung, aber ich weiß, dass für Tante Olivia nur sie selbst wichtig ist. Sie einfach so mitten in der Saison nach London zu beordern ... oh ja, ich denke, du hast irgendein Ass aus deinem Ärmel gezogen, lieber Bruder.«

Kierans Mund verzog sich vor Erheiterung, dann widmete er sich wieder der Lektüre seines Magazins. Xanthia faltete die Reisedecke zusammen, die sie über die Knie gebreitet hatte, stopfte sie gegen das Fenster und lehnte ihre Wange dagegen. Das Schaukeln der Kutsche ließ sie eindösen, und sie glitt in einen verschwommenen Traum. In ihm führte Nash, der wie auf Lady Cartselles Maskenball einen schwarzen Umhang und Teufelshörner trug, sie durch eine Art dunklen, gewundenen Gang.

Als Xanthia einige Zeit später erwachte, legte sich die Kutsche in eine Linkskurve, um zwischen zwei beeindruckenden Torpfosten hindurchzufahren. Auf jeder der mächtigen Steinsäulen thronte ein schimmernder Falke, der eine goldene Sternenkugel in den Klauen hielt.

Kieran starrte durch das Kutschenfenster zu ihnen hinauf. »Ich frage mich, ob Nash dort heraufklettern und diesen lächerlichen Zierrat eigenhändig polieren muss«, bemerkte er trocken.

Xanthia sah ihren Bruder an und blinzelte. »Wir ... wir sind da?«

Kieran nickte. »Wir sind da«, bestätigte er. »Und bald wirst du Lord Nash in natura sehen und mit all deiner brennenden Ungeduld ihm entgegenfliegen.«

Doch leider sollte dem nicht so sein.

»Es tut mir *schrecklich* leid, dass Nash sich verspäten wird«, sagte Lady Nash mit fröhlicher, piepsiger Stimme. Sie geleitete Xanthia und Kieran die geschwungene Steintreppe hinauf und in eine große, von Goldornamenten funkelnde Eingangshalle mit Marmorboden. »Wisst Ihr, Tony wusste bis zum *allerletzten Augenblick* nicht, dass Jeffers *gestorben* ist.«

Kierans Stirn furchte sich. »Und Mr. Jeffers war wer, Ma'am?«

Lady Nash lächelte und klatschte in einer fast gebetsähnlichen Geste in die Hände. »Der Lehrer, den sie als Jungen hatten«, zirpte sie. »Ein *reizender* und höchst gelehrter Mann. Er hatte sich nach Basingstoke zurückgezogen, und dann ist er gestorben. Mir ist aufgefallen, dass das sehr oft geschieht.«

»Ich bitte um Entschuldigung«, sagte Kieran, »aber was geschieht sehr oft?«

»Dienstleute scheiden aus dem Dienst aus – und dann *sterben* sie.« Lady Nash schien die Todesfälle als persönlichen Affront zu betrachten. »Ich denke, die Ärzte sollten sich mit diesem Problem beschäftigen. Es ist so ein fürchterlich seltsamer Zufall, und dann muss man sich auch noch mit der *Beerdigung* befassen, nicht wahr? Eine *schreckliche* Unbequemlichkeit, aber Tony und Stefan – Nash, meine ich –, nun, sie konnten wohl kaum am Friedhof *vorbeifahren*, wenn er zufällig auf ihrem Weg hierher liegt. Natürlich konnten sie das nicht.«

»Gewiss nicht, Ma'am«, pflichtete Kieran ihr bei, obwohl es kaum nötig zu sein schien. Bis jetzt hatte Lady Nash alle ihre Fragen selbst beantwortet – und das überdies sehr gründlich.

Xanthia konnte bereits ahnen, dass ihre Gastgeberin und Kieran sich nicht allzu gut verstehen würden. Sie war von der Art übertrieben fröhlicher, angenehm langweiliger Frauen, die vor sich hin plapperte und jedes zweite Wort betonte, als sei es ihr letztes – und ihr bedeutendstes. Doch naturgemäß war es keins davon. Fünf Minuten nach Antritt ihres Besuches war Xanthia überzeugt, dass Lady Nash noch aus ihrem Grab heraus reden würde. Die Frau hatte nicht eine Pause eingelegt, seit sie von ihr begrüßt worden waren.

»Nun«, sagte Ihre Ladyschaft munter, »Ihr müsst *völlig* erschöpft sein. Warum zeige ich Euch nicht Eure Zimmer? Und dann würden die Mädchen *so gern* den Tee mit Euch einnehmen, Miss Neville – und auch mit Euch, Lord Rothewell.«

Diener eilten geschäftig durch die Halle und trugen die diversen Gepäckstücke die Flügeltreppe hinauf, und das trotz der Tatsache, dass ihnen niemand eine Anweisung dazu gegeben hatte. Xanthia sah ihren Kleiderkoffer in den niederen Regionen Brierwoods verschwinden und fragte sich, ob sie ihn je wiedersehen würde. Ein anderer Stapel Gepäck, ein Koffer und zwei Handkoffer in zueinander passendem braunem Leder, blieben vom Personal unangetastet.

»Ich sehe, dass jemand vor uns eingetroffen ist«, sagte Kieran. »Weist doch die Diener an, sich zuerst um dieses Gepäck zu kümmern. Wir haben es nicht eilig.«

Ein Schatten glitt über Lady Nashs Gesicht. »Oh, das Gepäck gehört Jenny«, sagte sie leichthin. »Sie hat es schon vor Stunden herunterbringen lassen, ich meine, sie ist solch ein *liebes* Ding – aber so schrecklich ungeduldig und voller Energie. Wahrscheinlich ist sie bereits zu den Ställen gegangen, um nach ihrer Kutsche zu sehen. Sie *mag es*, wenn die Dinge *geordnet* sind, und die Diener machen niemals etwas wirklich perfekt, nicht wahr?«

Da Lady Nash eine Pause machte, um Luft zu holen, ergriff Xanthia die Gelegenheit, um eine Frage loszuwerden. »Ich bitte um Entschuldigung, Ma'am, aber wer ist Jenny?«

Wieder das engelsgleiche Händeklatschen. »Meine *liebe* Schwiegertochter«, zwitscherte sie. »Sie ist das schönste Geschöpf, das man sich vorstellen kann! Seid Ihr ihr noch nicht begegnet? Oh nein, natürlich nicht. Den größten Teil der Saison ist sie entweder hier oder in Frankreich. Jenny findet Tonys Engagement in der Politik schrecklich langweilig, und sie *bewundert* Paris. Sie legt sehr viel Wert auf Mode und erregt immer *sehr viel* Aufsehen, wenn sie in London ist! Liebt Ihr elegante Mode, Miss Neville? Aber ja, ich sehe, dass Ihr das tut. Ihr müsst Jenny nach den besten Geschäften fragen.«

Selbst als Lady Nash Kieran in sein Zimmer führte, das sich einen elegant eingerichteten Salon mit Xanthias Schlafzimmer teilte, ging das Geplapper weiter. Taillen, so schien es, rutschten höher – zumindest sagte das die modekundige Jenny. Die Ärmel würden sozusagen von Minute zu Minute voluminöser, Hüte hingegen, so warnte Lady Nash, schrumpften auf nicht mehr als Teetassengröße zusammen, natürlich mit Federn daran. Gefielen Miss Neville sehr kleine Hüte? Nein, natürlich nicht. Ihr Haar war zu lang dafür, nicht wahr?

Nickend und – wenn nötig – lächelnd ging Xanthia durch ihre elegante Suite, schaute aus den Fenstern und bewunderte die exquisiten Möbel, während Lady Nash weiterhin ihre Fragen stellte, deren Antworten sie sich selbst gab, bis schließlich alles Gepäck verstaut war und die Diener – wieder unaufgefordert – begannen heißes Wasser in die Zimmer zu bringen. Mitten in einer Ausführung darüber, wie viele neue Retiküls sich Jenny während ihrer letzten Reise auf dem Kontinent gekauft hatte, hielt Lady Nash kurz inne.

»Oh, oh«, zirpte sie und schaute sich um, als hätte sie einen ihrer Schuhe verloren. »Wo haben die Diener denn Eure *Zofe* gelassen?«

Xanthia fühlte, wie ihr die Hitze in die Wangen stieg. »Ich habe kein eigenes Dienstmädchen«, gestand sie. »Ich greife mir üblicherweise eines unserer Hausmädchen. Hätte ich eines mitbringen sollen?«

Lady Nashs Augen hatten sich ungläubig geweitet. »Oh, Himmel, nein! Wir müssen zehn oder zwanzig davon haben!«

»Zehn oder zwanzig?« Wenn Xanthia die Größe des Hauses und das makellos saubere Innere bedachte, dann hatte sie keinen Grund, die Zahl anzuzweifeln.

Lady Nash lächelte. »Ich werde Mrs. Garth bitten, Euch einige zu schicken, dann könnt Ihr Euch die aussuchen, die Euch gefällt. Sie heißen alle Polly – und sie haben alle *schrecklich* raue Hände, also lasst sie nicht Eure Strümpfe anfassen.«

»Oh, bitte schickt nur eine zu mir«, protestierte Xanthia. »Oder gar keine. Ehrlich, es ist nicht wichtig.«

»Also gut«, sagte Lady Nash. »Wir werden den Tee gleich im Chinesischen Salon einnehmen, links von der Halle. Werdet Ihr uns Gesellschaft leisten, wenn es Euch beliebt?«

»Danke, gern«, sagte Xanthia.

Sie fragte sich, ob Lady Nash irgendwann aufhören würde zu lächeln. Schließlich begab sich die Lady zur Tür und bat Xanthia, sich beim Erfrischen und Einkleiden Zeit zu lassen. Die Tür zum Zimmer ihres Bruders ging in dem Moment auf, als Lady Nash Xanthias schloss.

»Himmel, ich brauche etwas zu trinken«, sagte er, während er das Zimmer betrat und in der Mitte des Salons stehen blieb. »Gibt es Brandy in der Kredenz?«

»Das musst du allein herausfinden, Kieran«, sagte sie und ließ sich in den nächstbesten Sessel fallen. »Lady Nash hat mich total erschöpft.«

»Mein Gott, was für ein Geplapper!«, bemerkte er und schaute in die Kredenz. »Aber dabei so harmlos – und kurz davor, vor Neugier umzukommen. Ich schätze, man muss sie dafür bewundern, dass sie nicht direkt nach den skandalösen Details gefragt hat.«

Xanthia sah ihn seltsam an. »Welchen skandalösen Details?«

Kieran schaute sie über die Schulter hinweg an und grinste. »Sie zerbricht sich den Kopf über deine Beziehung zu ihrem Stiefsohn. Ich wette zwanzig Pfund darauf, dass du die erste Frau bist, die er hierher eingeladen hat. Vielleicht erschreckt sie der Gedanke an eine zweite Lady Nash?«

Xanthias Herzschlag machte einen Sprung. »Kieran, sei bitte ernst.«

Aber ihr Bruder blieb bei dem Thema. »Nein, denk darüber nach, Zee«, neckte er sie. »Ich würde sagen, die Frau ist unter normalen Umständen still wie eine Maus. Du hast sie höchstwahrscheinlich erschreckt.«

»Sie hat keinen Grund, erschrocken oder sonst etwas in der Art zu sein«, erwiderte Xanthia verärgert. Sie streifte sich die Schuhe ab und ließ sich tiefer in den Sessel sinken. Sie fragte sich, ob ihr Bruder zu guter Letzt den Verstand verloren hatte. Aber was, wenn er recht hatte? Du lieber Himmel! »Wird jeder hier Spekulationen über meine Beziehung zu Nash anstellen?«, murrte sie.

»Gibt es denn eine?«, schoss er zurück.

Xanthia schaute auf. »Ich glaube nicht, dass ich darauf antworten muss.«

Kieran sah sie ein wenig grimmig an. »Nein, ich denke, das musst du nicht – wenigstens *jetzt noch nicht*.« Er hatte seinen Wunsch nach einem Brandy offensichtlich vergessen und schaute jetzt aus einem der großen Fenster. »Mein Gott, ich habe noch nie ein Haus wie dieses gesehen«, sagte er, während er den Blick über die Aussicht gleiten ließ. »Allein im vorderen Garten kann ich sechs Brunnen zählen! Wie heißt dieser Ort in Indien doch gleich, Zee? Dieses wunderschöne weiße Mausoleum?«

»Das Taj Mahal?«

»Ja, genau das.« Kieran wandte sich um und betrachtete die freskengeschmückten Wände. »Dort muss es ein wenig so aussehen wie hier, denkst du nicht auch?«

Xanthia lachte. »Ja, aber mit mehr Türmen – und weniger Engeln«, sagte sie und schaute nach oben. »Und wenn wir wieder zu Hause sind, lieber Bruder, dann erinnere mich bitte daran, dass ich keinen Pudding mehr essen darf. Ich würde es hassen, diesem dicken, rosafarbenen Burschen da oben zu gleichen, der nichts als eine weiße Schärpe um seinen Bauch trägt.«

Kieran senkte den Blick und sah sie an. »Was für ein Unsinn, Zee«, sagte er. »Du bist gertenschlank und warst es schon immer.«

Xanthia blickte zu Boden. »Aber in ein paar Monaten werde ich dreißig, Kieran. Und ich fange an, mich zu fühlen, als ob das Leben –« Sie verstummte und schüttelte den Kopf.

Kieran trat zu ihr. »Es ist Nash, nicht wahr, Zee? Du kannst es ruhig zugeben.«

Xanthia schluckte. »Ich ... ja, ich denke schon«, murmelte sie. »Kieran, ich ... ich könnte dieses Mal zu tief drinstecken.«

Sein Gesicht zeigte Besorgnis. »Nun, ich bin kaum derjenige, der dir in solch einer Situation einen Rat geben kann, meine Liebe. Aber ich kenne dieses Gefühl – wenn du jemanden findest, den du liebst, musst du diese Liebe mit beiden Händen festhalten. Kämpfe darum, Zee, wenn es sein muss.«

Xanthia sah ihn an und lächelte leicht. Dann sprang sie aus dem Sessel. »Komm, altes Haus, lass uns nicht mehr darüber reden, in Ordnung? Und in einer Viertelstunde bin ich fertig, um zum Tee zu erscheinen.«

»Ich kann mir kaum etwas Schlimmeres vorstellen als einen Salon voll von plappernden Frauen«, sagte Kieran und stimmte damit stillschweigend zu, das Thema fallen zu lassen. »Aber der Besuch war meine Idee, nicht wahr? Und deshalb muss ich meine Strafe mit Würde ertragen.«

Unglücklicherweise verzögerte das Erscheinen von Polly – die eigentlich Rose hieß – länger als erwartet Xanthias Aufbruch. Rose war ein angenehmes Mädchen mit Händen, die nicht rauer als Xanthias eigene waren, und erwies sich als große Hilfe dabei, Xanthias Koffer auszupacken, war aber unerfahren, was das Frisieren einer Lady anging. Xanthia musste warten, bis das Mädchen fertig war, ehe sie sich selbst noch einmal ihrer Frisur widmete. Als sie schließlich den Chinesischen Salon betrat, mit einem strahlenden Lächeln im Gesicht und in ihrem besten blauen Kleid, stellte sie fest, dass Kieran bereits einen Weg gefunden hatte, die »plappernden Frauen« zu meiden. Sie konnte ihn durch die hohen Fenster durch den Garten schlendern sehen, während einer von Brierwoods Dienern hin und wieder auf die eine, dann auf eine andere Pflanze wies.

Lady Nash empfing Xanthia an der Schwelle. »Euer Bruder bekundete eine *solche* Liebe für Rosen«, zwitscherte sie. »Ich konnte sehen, dass er begierig darauf war, in den Garten zu gehen und sie in Augenschein zu nehmen.«

»Ja, Kieran liebt nichts mehr als einen Rosengarten«, schwindelte Xanthia. »Wie freundlich von Euch, seiner Exzentrik gegenüber so nachsichtig zu sein.«

Gemeinsam gingen sie in das Zimmer, in dem sie von zwei

jungen Damen an einem niedrigen, elegant geschnitzten Tisch erwartet wurden. Darauf stand ein silbernes Teeservice von epischen Proportionen. Beide Mädchen machten einen anmutigen Knicks, als Xanthia ihnen vorgestellt wurde.

Lady Phaedra Northampton war sehr schlank, von dunklem Teint und trug eine goldene Brille. Sie mochte Anfang zwanzig zu sein, aber vielleicht lag diese Einschätzung auch nur an ihrem ernsten Auftreten. Phaedras Schwester, Lady Phoebe, war vielleicht fünfzehn oder sechzehn und von einer kindlichen Lebhaftigkeit, die ihr Alter Lügen strafte. »Es ist mir ein Vergnügen, Euch kennenzulernen«, sagte Xanthia.

Eine Zeit lang tauschten sie Bemerkungen über die Fahrt von London nach Brierwood aus, aber das Thema war bald erschöpft, und Lady Nash zeigte sich deutlich interessierter an den Festlichkeiten, die bevorstanden. Sofort begann sie über die Gäste zu sprechen, die erwartet wurden, an welchem Tag sie eintreffen und welchen Klatsch sie wohl aus London mitbringen würden. Dann beschrieb sie ihre letzten sechs Geburtstagsdinners; wer dabei gewesen war und welche Kleider getragen worden waren. Mittendrin erhob sie sich, um Tee auszuschenken, und erklärte, sie erwarte nicht, dass sich Kieran schon bald von seinen geliebten Rosen trennen würde.

»Deshalb können wir genauso gut fortfahren, denkt Ihr nicht auch?« Ohne eine Pause zu machen, um Atem zu schöpfen, neigte sie die unglaublich große Teekanne. »Ich denke sowieso, dass Männer den Tee nicht *wirklich* schätzen. Was denkt Ihr, Miss Neville? Mein verstorbener Mann – Stefans Vater natürlich – pflegte zu sagen, dass Tee etwas für Ladys sei und Männer nur so täten, als –«

»Bei Gott, ist das Wetter heute nicht wunderschön?«, fiel Lady Phaedra ihr ins Wort. »Denkt Ihr, dass es morgen regnen wird, Miss Neville?«

Xanthia schaute auf. »Nun, das könnte schon sein.«

»Jenny sagt, dass es Regen geben wird«, fügte Lady Phoebe hinzu. »Sie sagt, die Straßen werden morgen Nachmittag nur noch aus Schlamm bestehen, deshalb muss sie heute schon nach Southampton aufbrechen.«

»Nun, zumindest könnte sie uns Gesellschaft leisten und Miss Neville begrüßen, ehe sie uns verlässt«, sagte Phaedra.

»Es tut mir sehr leid, dass ich Eurer Schwägerin noch nicht begegnet bin«, sagte Xanthia. »Ich denke, sie ist hinreißend.«

»Mama hält jeden für hinreißend, solange er ihr nur zuhört.«

Lady Nash nutzte die Stille, die folgte, um wieder das Wort zu ergreifen. »Jenny *ist* hinreißend, du kleines Luder«, sagte sie. »Und sie wird *sehr bald* hier sein. Sie hat es mir versprochen.« Lady Nash begann zu beschreiben, wie ihr Sohn seine Frau kennengelernt hatte, wie lange er ihr den Hof gemacht hatte sowie jedes Detail ihres Hochzeitskleides.

Laut rechnete sie die Zentimeter der Alençon-Spitze nach, die für das Kleid verarbeitet worden war, als Phaedra sie erneut unterbrach. »Ich denke, das Wetter wird morgen Nachmittag schön sein, Miss Neville«, sagte sie. »Falls meine Vermutung zutrifft, hättet Ihr Lust auszureiten?«

»Das würde ich gern«, sagte Xanthia. »Was ist mit Euch, Phoebe? Reitet Ihr?«

Das Mädchen schob die Unterlippe vor. »Nicht so gut wie Phaedra. Jeder mag es, darauf hinzuweisen.«

Phaedra richtete sich ein Stück auf. »Mir Komplimente zu machen und dich zu beleidigen, das ist nicht dasselbe, Phoebe«, sagte sie. »Darf es mir nicht gestattet sein, wenigstens in einer Sache gut zu sein?«

»Aber du machst alles perfekt«, erwiderte ihre Schwester scharf. »Und jeder liebt es, das zu sagen.«

Lady Nash runzelte die Stirn. »Dies ist ein Tee für Erwachsene, Phoebe. Wenn du dich nicht benehmen kannst, musst du nach oben ins Schulzimmer gehen.« Es war der erste vernünftige Satz, den die Hausherrin bis jetzt gesagt hatte. »Miss Neville kann sich unmöglich wünschen, dich streiten zu hören.«

Phoebe ließ sich in ihren Sessel zurückfallen. »Ich habe nicht gestritten. Aber ich werde nichts mehr sagen, wenn es das ist, was du wünschst, Mama.«

»Ich wünsche nichts dergleichen, aber –«, begann sie.

In diesem Augenblick öffnete der Butler die Tür, und eine wunderschöne junge Frau mit leuchtend roten Haaren betrat den Salon. Sie trug ein in dunklen Grüntönen gestreiftes Reisekostüm und hielt einen dunkelgrünen Umhang über dem Arm sowie ein Paar farblich dazu passender Handschuhe in der rechten Hand.

»Das ist Jenny«, flüsterte Phoebe.

Der Butler folgte ihr, als wollte er ihr den Umhang abnehmen, doch sie schickte ihn fort. »Danke, nein, Fedders«, sagte sie. »Ich werde nur einen Moment bleiben.« Dann wandte sie sich um und schenkte Lady Nash ein strahlendes Lächeln. »Schwiegermama!«

»Jenny, Liebes, setz dich und leiste uns Gesellschaft.«

Jenny ging sofort zu Lady Nash und küsste sie auf die Wange. »Hallo!«, sagte sie dann atemlos. »Ihr müsst Miss Neville sein. Wie angenehm, Euch kennenzulernen.«

Lady Nash übernahm es rasch, sie miteinander bekannt zu machen.

»Ich habe Euren Gatten, Mr. Hayden-Worth, vor einigen Wochen kennengelernt«, sagte Xanthia. »Er ist ein großartiger Mensch.«

Ein Schleier schien sich über Jennys Augen zu legen. »Oh,

ganz gewiss doch«, murmelte sie. »Außerordentlich großartig.« Sie nahm neben Phoebe auf dem äußersten Rand des Sessels Platz.

»Hier ist dein Tee, Jenny.« Lady Nash reichte ihrer Schwiegertochter die Tasse. »Ich habe deinen Extra-Zucker schon hineingetan.«

»Oh, danke.«

Xanthia stellte ihre Teetasse ab. »Lady Nash hat uns gerade von Eurem Hochzeitskleid erzählt«, begann sie das Gespräch. »Ihr seid erst seit Kurzem verheiratet, nehme ich an?«

»Was?« Mrs. Hayden-Worth schaute von der Platte mit Teegebäck auf, die sie betrachtet hatte. »O Gott, nein. Wir sind schon ewig verheiratet.«

»Im Juli sind es fünf Jahre«, sagte Lady Nash, dann glitt für einen kurzen Moment ein Schatten über ihr Gesicht. »Jenny wird heute Nachmittag nach Frankreich aufbrechen. Eine vordringliche Verpflichtung.«

Mrs. Hayden-Worth sah verlegen aus. »Eine vordringliche Verpflichtung, die ich vergessen hatte«, erklärte sie und nahm sich einen Keks. »Ich kann sie einfach nicht absagen. Ist das nicht absolut schrecklich? Schwiegermama wird mir das nie verzeihen.«

Xanthia verbarg ihre Überraschung. »Werdet Ihr rechtzeitig zum Fest zurück sein?«

»Ich werde mich sehr bemühen«, sagte sie und sah Lady Nash über den Teetisch hinweg an. Doch selbst Xanthia konnte sehen, dass sie nicht im Geringsten die Absicht hatte, das zu tun – genau genommen würde eine schnelle Rückkehr kaum möglich sein, es sei denn, Mrs. Hayden-Worth würden Flügel wachsen.

Lady Nash räusperte sich unvermittelt. »Jenny hat sehr viele Freunde auf dem Kontinent«, sagte sie. »Die Reise von Frankreich hierher geht sehr schnell, wisst Ihr? Und nein, natürlich werde ich nicht jammern, Jenny. Ich hatte doch jetzt bereits einige Wochen lang das Vergnügen deiner Gesellschaft.«

»Danke, Schwiegermama. Du bist immer sehr verständnisvoll«, sagte Jenny inbrünstig.

Über den Tisch hinweg sah Xanthia, dass Phaedra die Augen verdrehte.

Gut eine halbe Stunde lang betrieben sie bei Tee und Keksen höfliche Konversation. Jedes Mal, wenn Lady Nash abschweifte, machte Lady Phaedra eine harmlose, aber im Ton scharfe Bemerkung über das Wetter. Ihre Mutter verstummte daraufhin sofort. Es dauerte nicht lange, bis Xanthia verstanden hatte, wer auf Brierwood das Sagen hatte – es war nicht Lady Nash.

Kieran seinerseits kam gerade lange genug in den Salon, um sich höflich vor Mrs. Hayden-Worth zu verbeugen und die Damen um Nachsicht zu bitten. »Xanthia, draußen an der Terrasse steht die höchst faszinierende Gallica-Rose«, sagte er in einem Tonfall, der seiner üblichen Art zu sprechen höchst unähnlich war. »Du musst sie dir später unbedingt ansehen. Es ist eine ... eine ... eine ... ach, verflixt, ich habe den Namen vergessen. Aber sie ist eine wahre Schönheit.«

»La belle sultane«, murmelte Lady Phaedra und sah Kieran an. »Die neueste Errungenschaft des Obergärtners. Ich persönlich ziehe die *Rosa damascena bifera* vor. Welche der Damaszener ist Euch die liebste, Mylord?«

Kieran schwankte. »Der – der Damaszener?«, fragte er. »Ich bin keinesfalls ein Experte, was die Damaszener anbetrifft, aber ich ziehe die, äh, die rote vor, so würde ich meinen.« Er verstummte und schaute in den Garten hinaus. »Ich fürchte, ich habe auch deren Namen vergessen.«

Lady Phaedra zog ein Paar dunkler, fein geschwungener Augenbrauen hoch. »Die *Celsiana* vielleicht?«

»Ja, bei Gott«, stimmte Kieran zu, »natürlich, die *Celsiana!*«

»Nun«, sagte Mrs. Hayden-Worth, »das alles ist wirklich äußerst interessant, aber ich denke, ich sollte jetzt aufbrechen.«

»Oh Jenny! Jetzt schon?« Lady Nash sah betrübt aus.

Kieran nutzte die Gelegenheit, um wieder zu verschwinden. Jenny war bereits dabei, ihre Handschuhe anzuziehen. »Fedders, steht die Kutsche bereit?«

»Ja, Ma'am«, sagte der Butler. »Euer Gepäck ist bereits aufgeladen worden.«

Jenny strahlte und beugte sich hinunter, um Lady Nash erneut zu küssen. »Hab eine schöne Geburtstagsfeier, Schwiegermama«, sagte sie. »Sollte ich sie versäumen, werde ich mir das nie vergeben.«

»Und ich dir auch nicht«, entgegnete Lady Nash halb im Scherz.

»Warum musst du schon jetzt aufbrechen, Jenny?«, fragte Lady Phaedra ganz direkt. »Vor morgen früh geht sowieso keine Fähre, das weißt du.«

Jenny lachte. »Ich muss auch an meinen Kutscher denken, Phaedra. Er ist nicht mehr so jung, wie er mal war. Außerdem zieht Regen heran. Schlammlöcher könnten unsere Fahrt behindern. Ich denke wirklich, ich sollte jetzt aufbrechen.«

»Vielleicht solltest du noch auf Nash warten?«, warf Lady Phoebe ein und schürzte die Lippen. »Mama sagt, es ist sein Haus. Wir müssen die sich ziemende Rücksicht zeigen. Ich halte es nicht für sehr rücksichtsvoll von dir abzureisen, ehe er überhaupt eingetroffen ist – ganz zu schweigen von Tony.«

Lady Nash lächelte nervös. »Sei still, Phoebe. Nash wird es

natürlich leidtun, dich verpasst zu haben, Jenny, aber mehr nicht.«

»Er wird gar nicht bemerken, dass ich fort bin«, versicherte ihr Jenny.

»Vielleicht auch das«, sagte Lady Nash. »Nun, hast du einen heißen Ziegelstein für deine Füße, Jenny?«

»Schwiegermama, wir haben Mai«, erwiderte Jenny und küsste sie ein letztes Mal. »Ich muss jetzt fahren. Miss Neville, es war mir ein Vergnügen.«

Sie sahen zu, wie Mrs. Hayden-Worth den Salon mit kleinen, raschen Schritten durchschritt. »Wie reizend sie ist«, sagte Xanthia, nachdem Jenny fort war. »Und ihre Stimme – sie ist Amerikanerin, nicht wahr?«

»Ja, das ist sie«, bestätigte Ihre Ladyschaft. »Hat Nash das nicht erwähnt?«

»Das Thema kam nie zur Sprache.«

Lady Nash lachte. »Nein, Nash kümmert das nicht«, sagte sie wie zu sich selbst. »Jennys Vater ist ein reicher Industrieller. Er hat sie nach London gebracht, damit sie hier einen Mann mit Titel heiratet.«

Phoebe beugte sich verschwörerisch vor. »Sie brachte eine geradezu monströse Mitgift mit. Und dann ist sie Tony begegnet, nicht wahr, Mama?«

»Was soll ich sagen?« Lady Nash zuckte mit den Schultern. »Mein Sohn ist Politiker, Miss Neville. Er könnte die Vögel von den Bäumen locken, wenn er wollte.«

»Ich bin sicher, das könnte er«, sagte Xanthia. »Welche Art von Unternehmen besitzt denn Mrs. Hayden-Worths Vater?«

»Oh, ich kann mich nicht erinnern.« Lady Nash machte eine vage Handbewegung. »Metall? Stahl oder Eisen? Eine Schmelzerei oder so etwas.«

»Ich glaube, er schmilzt Eisen«, meinte Phoebe. »Das kann man, wie auch immer das funktionieren soll.«

Phaedra zuckte mit den Schultern. »Auf jeden Fall hat er nicht nur eine Fabrik, sondern unzählige.«

»Ja, in Connecticut«, sagte Lady Nash unbeirrt. »Oder war es in Massachusetts?«

Die Mädchen sahen einander unsicher an. Offensichtlich war der geheimnisvolle Industrielle in Brierwood von keinem Interesse. »Und wohin wird sie von Southampton fahren?«, erkundigte sich Xanthia. »Nach Calais?«

»Ich bin nicht ganz sicher«, erwiderte Lady Nash vage. »Sie hat überall Freunde.«

»Ich verstehe.« Xanthia wollte nach einem weiteren Keks greifen, dachte dann aber an den Cherubim an ihrer Zimmerdecke und verzichtete. Es war seltsam, in der Tat hatte sie sich zuvor nie viele Gedanken um ihre Figur gemacht.

Lady Nash sprach noch immer über Mrs. Hayden-Worths Freunde. »Natürlich habe ich Jenny gesagt, dass es wünschenswert ist, *Freunde* zu haben«, sagte sie jetzt, »doch einige von ihnen sind, wie ich fürchte, ein wenig unpassend. Sie geben *schrecklich* viel Geld für ihre Kleider und für überflüssige Vergnügungen aus.«

»Oh, ich bin sicher, irgendwann versiegt der Geldstrom für jeden«, bemerkte Lady Phaedra. »Sogar für reiche amerikanische Industrielle.«

»Aber nicht für Jennys Papa«, wandte ihre Schwester ein. »Er verwöhnt sie schamlos.«

Lady Nash tadelte ihre Töchter dafür, dass sie klatschten, und nahm das Thema ihrer Geburtstagsfeier wieder auf. Lady Phaedra sah sich vier oder fünf weitere Male genötigt, die Rede auf das Wetter und die Regenwarnung zu bringen, bis der Tee schließlich getrunken war.

»Ach, herrje!«, sagte Lady Nash, als sie sich erhoben. »Nash und Tony sind noch immer nicht zurückgekommen, nicht wahr?«

»Doch, Mama, sie sind inmitten deiner Ausführungen über die Menüfolgen für die Dinners der kommenden fünf Tage hereingekommen«, sagte Lady Phaedra trocken. »Du hast es nur nicht bemerkt.«

»Oh, du Göre!« Lady Nash runzelte missbilligend die Stirn. »Das sind sie nicht – oh! Das Menü!«

»Was ist damit?«, fragte Lady Phaedra.

»Ich habe vergessen, der Köchin zu sagen, dass wir Spargel möchten und nicht den Rosenkohl!« Lady Nash hatte dramatisch die Hand an die Stirn gelegt. »Nash *hasst* Rosenkohl. Er wird mir ganz gewiss *niemals* vergeben.«

»O Gott, von nun an werden wir auf der Straße leben müssen«, sagte Phoebe. »Phae, zieh dein Zigeunerkleid an und hol dein Tamburin. Wir werden ins Dorf gehen, um dort für unser Abendbrot zu singen.«

Phaedra legte ihrer Mutter die Hand auf die Schulter. »Mama, geh einfach in die Küche und sag der Köchin, dass sie den Rosenkohl bis Sonnabend zurücklegen soll. Rosenkohl hält sich sehr gut, und bei deinem Geburtstagsessen werden wir eine so große Auswahl an Gerichten haben, dass Nash ihn gar nicht bemerken wird.«

Lady Nash nickte heftig. »Ja, ganz genau, ganz genau«, sagte sie. »Meine liebe Miss Neville, würdet Ihr mich entschuldigen? Phaedra wird Euch zu Eurem Zimmer begleiten. Ich werde jetzt in die Küche hinuntergehen.«

Sie trennten sich am Fuß der breiten Treppe, Lady Phaedra blieb an Xanthias Seite.

»Nun, das war interessant«, sagte Xanthia, während sie die Stufen hinaufgingen.

Lady Phaedra lachte. »Das ist es immer«, sagte sie. »Mama ist sehr lieb, aber sie hört niemals auf zu reden.«

»Ich finde sie sehr liebenswürdig«, sagte Xanthia. »Aber ich habe noch eine brennende Frage.«

Lady Phaedra sah sie auffordernd an. »Ja?«

»Welche Farbe hat die Rose wirklich? Die *Celsiana*, meine ich.«

Die junge Lady grinste. »Oh, die Rose!«, sagte sie. »Wenn ich die beeindruckenden botanischen Kenntnisse Eures Bruders einmal außer Betracht lasse, so fürchte ich, dass die *Damascena celsiana* blassrosa blüht.«

Xanthia lachte und hakte sich bei Lady Phaedra unter. »Meine Liebe, Ihr seid grausam«, sagte sie. »Ich denke, Ihr habt den gleichen schwarzen Humor wie Euer Bruder.«

»Nun, wenn Ihr das sagt«, entgegnete Phaedra zweideutig. »Ein scharfer Verstand ist eine gefährliche Waffe.«

Als sie Xanthias Suite erreichten, lachten sie wie alte Freundinnen. Phaedra ging geradewegs zu der Tür, die in Xanthias Schlafzimmer führte, und öffnete sie. »Uh!«, rief sie und wich entsetzt zurück. »Der Geruch muss Euch ja verrückt machen!«

Xanthia folgte ihr in das Zimmer und sog die Luft ein. Der moschusartige Geruch, der bei Xanthias Ankunft kaum wahrnehmbar gewesen war, hatte sich in der Tat verstärkt. Die Sonne des späten Nachmittags schien jetzt durch die lange Fensterfront und erwärmte die Luft. Phaedra nieste heftig und ging zu den Fenstern.

»Ich fühle mich durch den Geruch nicht sehr gestört«, versicherte Xanthia ihr.

Phaedra stimmte ihr offensichtlich nicht zu, denn sie war schon dabei, die Schiebefenster zu öffnen. »Ich kann ihn nicht ertragen.«

Xanthia half ihr. »Was ist das für ein Geruch?«

»Muskatblüte«, erwiderte Phaedra, während sie das Fenster rumpelnd hochschob. »Und eine Art von Moschus.«

»Das ist sehr ungewöhnlich«, bemerkte Xanthia.

Phaedra schaute sich im Zimmer um, als wittere sie Ungeziefer. Sie ging auf den schweren Mahagoni-Schrank zu, öffnete beide Türen und schob Xanthias Kleider zur Seite. »Entschuldigt meine Vertraulichkeit, Miss Neville, aber Ihr werdet mir dafür dankbar sein.«

»Gewiss«, murmelte Xanthia und sah ihr abwartend zu.

Lady Phaedra durchsuchte den Inhalt des Schrankes. »Aha!«, sagte sie schließlich und wandte sich um. Ein runder Ball aus Netzgeflecht baumelte an einem rosafarbenen Band von der Spitze ihres Zeigefingers.

»Was ist das?«, fragte Xanthia. »Eine Art Duftkugel?«

»Sie gehört Jenny«, sagte Phaedra mit missbilligender Stimme. »Sie bekommt den Duft in Paris. Schlimm genug, dass sie ihn durch das ganze Haus trägt! Ich wünschte wirklich, sie würde diese Kugeln während ihrer Abwesenheit nicht hier liegen lassen. Der Geruch ist einfach abstoßend.« Als wollte sie ihren Worten Nachdruck verleihen, nieste sie erneut.

»Herrje«, sagte Xanthia, »ich hoffe, ich habe Mrs. Hayden-Worth nicht das Zimmer weggenommen?«

Phaedra zögerte. »Nein, sie und Tony haben ein großes Schlafzimmer neben seinem privaten Arbeitszimmer im Ostflügel. Aber Jenny benutzt auch dieses Zimmer ziemlich oft. Sie sagt, sie mag es, in den vorderen Garten zu blicken.«

»Ich kann gern in ein anderes Zimmer umziehen.«

Phaedras Miene verfinsterte sich. »Nun, das ist nicht Euer Problem, so würde ich meinen, wenn sie es nicht wünscht, in einem Zimmer mit ihrem Ehemann zu schlafen.«

Xanthia wusste kaum, was sie erwidern sollte. »Ich bin überzeugt, Lady Phaedra, dass mich das nichts angeht«, brachte sie fertig zu sagen.

Aber das Mädchen benahm sich, als hätte Xanthia nichts erwidert. »Außerdem wird Jenny für mindestens eine Woche nicht hier sein. Sie findet Mamas Freunde langweilig, und was Nash angeht – nun, lasst es mich so sagen –, er und Jenny sind starke Persönlichkeiten. Ich bin nicht überrascht, dass sie einen Vorwand gefunden hat, um abzureisen.«

Phaedras Andeutungen deckten sich mit dem Eindruck, den Xanthia von Mrs. Hayden-Worth gewonnen hatte, aber sie schwieg und entschied, dass es besser war, das Thema zu wechseln. »Nun, solange wir den Schrank auslüften lassen, Lady Phaedra, kommt mit und schaut Euch mein Lieblingskleid an«, sagte sie. »Ihr müsst mir sagen, ob es für die Dinnerparty am Sonnabend angemessen ist.«

Phaedra begann sofort zu strahlen. »Oh, wie wunderbar! Niemand fragt mich sonst nach meiner Meinung über Kleider.«

Plötzlich jedoch waren das Getrappel von Pferdehufen und das Klirren von Zaumzeug von den vorderen Gärten her zu hören. Auf Phaedras Gesicht erschien ein breites Lächeln, und sie lief zu einem der offenen Fenster. »Nash!«, rief sie und lehnte sich weit hinaus. »Nash ist da! Und Tony auch! Beeilt Euch, Miss Neville. Lasst uns hinuntergehen.«

Xanthia empfand einen Augenblick lang Panik und eilte zum Frisiertisch. Wie üblich hatte sich ihr schweres Haar aus der Frisur gelöst, und ihre Wangen waren durch die Wärme im Zimmer leicht gerötet.

»Jetzt kommt schon, Ihr seht entzückend aus«, sagte Phaedra und nahm Xanthia am Arm. »Nash hätte Euch niemals eingeladen, wenn er nicht der gleichen Meinung wäre.«

Xanthia zog sich zurück und warf dem Mädchen einen

tadelnden Blick zu. »Lady Phaedra, macht nicht mehr daraus, als es –«

»Ich mache genau das daraus, was es ist«, erklärte Phaedra rundheraus.

»Wie bitte?«, sagte Xanthia.

Phaedra sah sie an, als fürchtete sie, Xanthia wäre naiv. »Miss Neville, Ihr seid die erste und einzige ledige Frau, die mein Bruder je nach Brierwood eingeladen hat«, sagte sie. »Und Nash – nun, was soll man sagen? Man kennt seinen Ruf als Connaisseur.«

»Oh«, sagte Xanthia. »Oh, Lady Phaedra, ich fürchte, Ihr habt die Situation ganz und gar missverstanden. Wir sind nur gute Freunde, nicht mehr.«

Phaedra lächelte sie strahlend an. »Ja, und ich bin die Königin von Saba. Und nun kommt, Miss Neville, lasst uns hinuntergehen. Ihr möchtet doch Euren guten Freund begrüßen – oder etwa nicht?«

Kapitel 13

Versuchung im Garten der irdischen Freuden

Am Ende ritt Xanthia am darauffolgenden Tag dann doch nicht mit Lady Phaedra aus. Kieran tat es an ihrer statt, begleitet von dem gut gelaunten Mr. Hayden-Worth und Lady Phoebe, die einen Ausflug ins Dorf plante, um Kieran die Dorfkirche sehen zu lassen und Mr. Hayden-Worth zu erlauben, einen dringenden Brief zur Post zu bringen. Letzterer war untröstlich, dass Xanthia sie nicht begleitete. Falls er seine Frau vermisste, so merkte man es ihm nicht an.

Xanthia hatte zu ihrer Überraschung festgestellt, dass sie Nashs Stiefbruder sehr mochte, obwohl sie ihn als das erkannte, was er war – charmant und attraktiv, aber durch und durch Politiker. Doch er hatte freundliche Augen und verehrte seine Mutter sehr, was nach Xanthias Meinung für einen guten Mann sprach. Aber mochte Mr. Hayden-Worth auch noch so charmant sein, an diesem Nachmittag wurde Xanthias Gesellschaft von Nash eingefordert, der ihr statt des Ausritts einen Spaziergang durch Brierwoods herrliche Gärten in Aussicht gestellt hatte.

Zugegebenermaßen war dieser Schachzug von ihm sehr geschickt, denn in den Gärten waren sie – scheinbar – noch unter der Beobachtung seiner Mutter, aber doch eigentlich so gut wie allein, denn die Gärten waren weitaus größer als Lady Nashs Aufmerksamkeitsspanne. Xanthias und Nashs Schritte waren auf den Steinplatten des Weges, der zur Rückseite des Hauses führte, kaum zu hören.

Die vorderen Gärten waren formell angelegt, mit mehreren Brunnen und einer Vielzahl gestutzter Hecken, deren geometrische Verläufe man am besten von den oberen Etagen des Hauses aus bewundern konnte. Auf der Rückseite des Landsitzes waren die Gärten von herrlich englischer Art, mit sich windenden Wegen, die mit Steinplatten gepflastert oder gekiest waren, und mit Steinmauern, die hin und wieder von schmiedeeisernen Rundbögen unterbrochen wurden, die dem Betrachter einen faszinierenden Blick von einem Gartenbereich in den nächsten gewährten. Hinter jedem dieser Bögen könnte ein Brunnen auftauchen, eine rosenberankte Pergola oder vielleicht eine kunstvoll in Form gestutzte Hecke.

Bei Nash untergehakt duckte sich Xanthia ein wenig, als er mit der Hand einen üppig blühenden Zweig aus dem Weg schob. »Wie grün alles ist«, sagte sie und bewunderte eine lange Reihe von Sträuchern. »Flieder, nicht wahr?«

»Meine Liebe, ich habe keine Ahnung«, sagte er, zog sie ein wenig enger zu sich und legte seine Hand auf ihre, die auf seinem Arm ruhte. »Ich kann eine englische Eiche kaum von einer englischen Rose unterscheiden.«

»Dieser Gartenspaziergang war also nur ein Vorwand?«, neckte Xanthia ihn. »Eine List, um mich von der Seite deiner Stiefmutter fortzulocken?«

»Bitte, erwarte von Edwina nicht, dass sie über deine Tugend wacht, meine Liebe«, erwiderte Nash trocken. »Kannst du dir vorstellen, wie es sein wird, wenn Phae und Phoebe in die Gesellschaft eingeführt werden? Ich werde Bow Street-Läufer anheuern müssen, um die beiden im Auge zu behalten.«

»Wir sind also ganz allein im Garten?« Xanthias Stimme klang tief und verheißend.

»Das würde ich doch meinen. Die Gärtner ziehen sich immer respektvoll zurück, wenn ich hierherkomme – was vielleicht ein Mal im Jahr der Fall ist. Keine allzu große Zumutung, nicht wahr?«

Xanthia schaute auf und betrachtete sein Gesicht. »Es ist so wunderschön hier. Und Brierwood ist sicherlich das herrlichste Haus, das ich je gesehen habe. Findest du es hier unerträglich langweilig?«

Nash schaute nachdenklich zu Boden. »Vielleicht beginne ich gerade es zu mögen, Zee. Ich empfinde ... es irgendwie anders. Aber komm, lass uns nicht über so ernste Dinge reden.« Er blieb stehen und strich mit dem Handrücken über ihre Wange. »Ich würde lieber darüber reden, wie wir es heute Abend anstellen, dass ich in dein Bett komme – ohne dabei von deinem Bruder ertappt zu werden.«

Xanthia lachte. »Ich denke, das wird ganz einfach sein. Zwischen seinem und meinem Schlafzimmer liegt ein recht großer Salon, und meine Tür zum Korridor hat ein höchst unzuverlässig aussehendes Schloss.« Sie blickte ihn wieder an. »Ich könnte auch zu dir kommen.«

Nash lächelte zu ihr hinunter und schien darüber nachzudenken. Sie spürte, dass ihm noch etwas anderes durch den Kopf ging. Gestern Abend, während des Essens, dem Kaffee und der Partie Whist, die sich angeschlossen hatte, war Nash außerordentlich gastfreundlich gewesen, hatte aber doch ein wenig distanziert gewirkt. Er hatte wie ein Mann ausgesehen, der nicht ganz dazugehört – wie jemand, der sich in sich zurückgezogen hatte, um über etwas Ernsthaftes nachzudenken. Sogar Kieran hatte eine Bemerkung darüber verloren.

Du lieber Himmel, sie hoffte, dass Nash nicht über die fehlenden Briefe nachgrübelte! Xanthia hatte Mr. Kemble nicht mehr gesehen, seit sie ihn in Wapping fortgeschickt hatte. Ungeachtet ihrer hitzigen Drohungen würde sie die Briefe vermutlich nie zurückbekommen. Sie spürte, wie das stechende Gefühl von Schuld zurückkehrte. Ein Teil von ihr wollte Nash alles erzählen, aber sie hatte Lord de Vendenheim ihr Wort gegeben. Zumindest schien die Korrespondenz, die sie gestohlen hatte, harmlos zu sein – selbst Mr. Kemble hatte das indirekt zugegeben. Und vielleicht war inzwischen auch de Vendenheim davon überzeugt. Möglicherweise hatte er seinen Verdacht gegen Nash fallen lassen und war nun dabei, voller Eifer einen anderen unglückseligen Engländer zu verfolgen. Der Gedanke daran erleichterte ihr Bewusstsein ein wenig.

Arm in Arm schlenderten sie und Nash durch ein von zwei Steinsäulen gesäumtes Tor, das den Flieder- vom Obstgarten trennte. Abrupt blieb Nash stehen und zog Xanthia an sich. Sein dichtes schwarzes Haar fiel ihm in die Stirn, seine exotischen dunklen Augen glitten über ihr Gesicht, als suchten sie nach etwas Unausgesprochenem.

»Küss mich, Zee«, sagte er heiser.

Einen Augenblick lang zögerte Xanthia, aber dann berührten seine Lippen ihren Mund, so zart und doch so leidenschaftlich, dass ihr der Atem stockte. Dann roch sie seinen verwirrenden, sinnlichen Duft, und sie war verloren. Sanft drückte Nash sie gegen die Steinsäule und öffnete leicht seinen Mund. Unfähig zu widerstehen, hob Xanthia das Gesicht dem seinen entgegen und erwiderte seinen Kuss hemmungslos.

Wie immer verband sich der faszinierende Duft nach Zitronenöl mit dem sinnlichen von frischem Leinen und feinem Tabak. Darunter lag seine männliche Hitze, an die Xanthia sich nur allzu gut erinnerte. Die faszinierende Mischung verschwor sich dazu, sie in eine andere Zeit zu tragen, an einen anderen Ort – zurück an den dunklen, gefährlichen Abend, als sie Nash auf Sharpes Terrasse zum ersten Mal ihre Lippen dargeboten hatte. Wie damals eroberte Nashs Zunge auch in diesem Moment ihren Mund und ließ ihre Knie schwach werden. Xanthia sank gegen die Steinsäule. Die Furcht, gesehen zu werden, war dahingeschmolzen und hatte ihre Bedenken mit sich fortgenommen. Sie zog Nash an sich und verband ihre Zunge mit seiner in einem köstlichen Tanz der Versuchung – und des Versprechens.

Ja, deshalb war sie hergekommen. Anderen gegenüber mochte sie die Tiefe ihrer Gefühle leugnen – doch ihr Körper ließ sich nicht betrügen. Xanthia richtete sich auf und lehnte sich an Nash, erlaubte ihm, den Kuss zu vertiefen, während ihre Hände über seinen Rücken glitten. Die weiche Wolle seines Revers strich über die Seide ihres Kleides, und ihr Kaschmirschal glitt unbeachtet ins Gras. Schon schien Nash ihren Körper zu kennen wie seinen eigenen. Xanthia spürte seine Hand auf ihrem Po, warm und schwer, als er ihn umfasste. Und als er sie hochhob, sie gegen die unmissverständliche Härte seiner Erektion drückte und stöhnte, schien dieser Laut aus der Tiefe seiner Seele zu kommen.

Heute Nacht, dachte sie verträumt, heute Nacht würde er sie wieder lieben. Er musste es tun – oder sie würde vor Sehnsucht sterben. Und diese Sehnsucht bestand nicht länger nur aus purer Lust. Schon vor langer Zeit hatte sie aufgehört, ausschließlich daraus zu bestehen, hätte Xanthia es sich damals schon gestattet, das zu erkennen. Jetzt sehnte sie sich danach, ihm Lust zu bereiten, sich auf jede mögliche Weise mit diesem Mann zu verbinden, den sie gegen ihren Willen begonnen hatte zu verehren. Bei dem Gedanken durchströmte sie eine überwältigende Zärtlichkeit.

Nash küsste sie erneut, reizte ihre Haut mit den feinen Bartstoppeln, und Xanthia begann zu zittern. Sie zog ihren Kopf zurück und starrte ihm in die Augen, während sie sich an ihn klammerte. »Heute Nacht«, wisperte sie. »Ich werde heute Nacht zu dir kommen, sobald ich kann.«

Nash lächelte und strich den Stoff ihres Rockes zurück über ihre Hüfte. »Und was, wenn wir entdeckt werden, meine

Liebe?«, murmelte er. »Wir würden eine schwere Entscheidung treffen müssen.«

Xanthia senkte den Blick. Er fragte sie, ob sie ihn dazu zwingen würde, sich als ehrenhaft zu erweisen. Er fürchtete sich davor, und sie hatte es von Anfang an gewusst. War nicht genau das der Grund, warum er an jenem Nachmittag zu Kieran gekommen war?

»Wir werden nicht ertappt«, erwiderte sie. »Und falls doch, so wird die Entscheidung in unserer Hand liegen, genau wie du sagst. Niemand kann uns zwingen, zu –«

Er schnitt ihr das Wort mit einem weiteren Kuss ab, rasch und kurz. »Komm«, sagte er und zog ihre Hand unter seinen Arm. »Gleich hinter dem Obstgarten liegt ein hübscher Teich mit einem kleinen Pavillon am Ufer. Ich denke, wir können es wagen, die Grenzen des Anstands bis dorthin auszudehnen.«

Xanthia lachte und folgte ihm bereitwillig. »Ich kann nicht glauben, dass wir uns so große Gedanken darüber machen, deine Stiefmutter nicht zu beunruhigen.«

»Es geht nicht um sie«, sagte er ernst. »Wir wahren deinen guten Namen.«

»Aber ich wage mich regelmäßig an Orte, die keine Lady je aufsuchen würde, und das zudem noch oft in einer Begleitung, die keine Lady je akzeptieren würde.«

Nash runzelte leicht die Stirn. »Aber das ist nicht dasselbe, wie mit mir allein zu sein«, erklärte er. »Was du in Wapping tust ... nun, man könnte fast sagen, es geschieht außerhalb der Sichtweite, außerhalb des Bewusstseins der Gesellschaft. Aber eine Affäre mit einem Mann wie mir zu haben, das ist eine ganz andere Sache.«

Xanthia ging die Stufen des Pavillons hinauf und setzte sich auf die halbrunde Bank. »Und deshalb soll ich dich einfach aufgeben?«, fragte sie und sah ihn direkt an. »Ist es das, was du mir vorschlägst?«

Zu ihrer Überraschung wandte Nash den Blick ab. »Nein«, erwiderte er ruhig, »nicht ... ganz.«

»Was dann?«, wollte sie wissen.

Nash schwieg eine Weile. »Ich weiß es nicht genau«, gestand er schließlich. »Ich denke sehr viel an dich, meine Liebe. Denke daran, wie es zwischen uns angefangen hat.«

»Stefan!«, sagte sie tadelnd, schlang den Arm um seine Taille und legte die Wange an seine Schulter. »Es war Verlangen auf den ersten Blick. Manchmal passiert so etwas einfach. Auch ich denke an dich – denke an dich zu Zeiten, an denen ich nicht an dich denken sollte.«

Er schaute schweigend in den Obstgarten, der hinter ihnen lag. Dann, als hätte er sich vergewissert, dass sie wirklich allein waren, legte er einen Arm um Xanthias Schultern. Es war ein wunderbarer, tröstlicher Augenblick. Eine lange Weile saßen sie einfach da, lauschten dem Zwitschern der Vögel und betrachteten die ruhige, funkelnde Oberfläche des Teiches. Xanthia fühlte eine Richtigkeit in seiner Umarmung, ein Einssein mit Nash, das sie zuvor mit noch keinem anderen Mann empfunden hatte. Außerdem war da eine Freude – eine Freude, von der sie fürchtete, sie könnte bald wieder verschwinden.

Nach einer Weile holte sie tief und zitternd Luft. »Es gibt eine Frage, Stefan, die du mir nie gestellt hast«, sagte sie. »Ich dachte, du würdest es nach unserer kleinen Eskapade auf Lady Cartselles Ball tun.«

»Und die Frage wäre, meine Liebe?«, murmelte er und neigte den Kopf, um sie anzusehen.

Einen langen Moment schwieg sie. »Es ist wegen meiner Jungfräulichkeit«, sagte sie schließlich. »Warum ich ... keine Jungfrau mehr war.«

Verspannte er sich, oder bildete sie sich das nur ein? »Eine Jungfrau?«, wiederholte er, und seine Stimme klang gelassen. »Nun, was das betrifft, Zee, so fürchte ich, habe auch ich ein kleines Geständnis zu machen.«

Sie sah ihn fragend an. »Welcher Art?«

»Du musst jetzt sehr stark sein, meine Liebe.« Er beugte den Kopf und legte den Mund nah an ihr Ohr. »Auch ich war keine Jungfrau mehr.«

Sie brach in Lachen aus und streckte den Rücken durch. »Ja, ich habe die Gerüchte gehört«, erwiderte sie. »Aber kannst du jetzt bitte ernst sein, Nash?«

»Ich bin völlig ernst. Was geht es mich an, wenn du vor mir Liebhaber hattest? Ich hatte mehr Frauen, als ich zählen kann. Aber – nun gut, ja, ich gebe es zu – ich habe mich das natürlich schon gefragt. Ich bin ein Mann, und wir sind schwache, neugierige Kreaturen. Nichtsdestotrotz denke ich, dass es mir gelungen ist, mir selbst eine Antwort darauf zu geben.«

Xanthia zog eine Augenbraue hoch. »Tatsächlich?«

Er lächelte träge, beugte sich leicht vor und küsste sie auf die Nasenspitze. »Ich kam zu dem Schluss, dass du vor langer Zeit geglaubt hast, in diesen zornigen jungen Mann in deinem Büro verliebt zu sein – Mr. Lloyd, so heißt er doch, nicht wahr? Der Bursche ist recht attraktiv, und er sieht dich mit diesem ... nun, mit diesem gewissen Blick an.«

Sie lachte und legte die Fingerspitzen auf ihre Brust. »Und was für ein Blick ist das?«

Nash zuckte mit den Schultern. »Ein besitzergreifender«, sagte er. »Der Blick eines wütenden Liebhabers. Sag mir nicht, dass du ihn nicht bemerkt hast, Zee?«

Xanthia seufzte. »Ich habe es vermutet«, gab sie zu. »Es ... ist schwer zu erklären.«

»Du musst es nicht.«

Sie legte die Hand an seine Wange. »Aber ich sollte es vielleicht«, sagte sie ehrlich. »Oder zumindest möchte ich, dass du verstehst, wie unser Leben auf den Westindischen Inseln gewesen ist.«

Er zögerte einen Moment. »Dann würde ich gern hören, was du zu sagen hast.«

Xanthia wählte ihre Worte sorgsam. »Barbados ist eine geschlossene Gesellschaft«, sagte sie. »Eine kleine Insel, auf der sehr wenige privilegierte Weiße leben. Als Gareth als Junge auf die Insel kam und für Luke zu arbeiten begann, haben wir viel Zeit miteinander verbracht. Zwischen uns entstand eine Art Freundschaft. Man könnte sagen, wir sind zusammen aufgewachsen. Keiner von uns wurde übermäßig stark beaufsichtigt.«

»Ich denke, ich verstehe«, sagte Nash. »Wie alt warst du damals?«

Xanthia zuckte mit den Schultern. »Vierzehn vielleicht?«, erwiderte sie. »In jenen Tagen bin ich Luke im Büro ein wenig zur Hand gegangen, habe Tee gekocht, die Böden gewischt – alles, um in der Nähe meines Bruders zu sein, den ich angebetet habe.«

»Ich habe das Gleiche für Petar empfunden«, bekannte Nash.

Sie lächelte ein wenig traurig. »Luke fand Gareth an den Docks. Er sah ziemlich verloren aus«, sagte sie. »Er war nur wenige Monate älter als ich. Wir haben ihn erst als Laufburschen und bald im Büro angestellt. Er hat Verträge kopiert und solche Dinge.«

»Wo war seine Familie?«

»Ich weiß es nicht. Er hat nie wirklich darüber gesprochen. Aber ich weiß, dass seine Eltern tot sind. Er war eine Waise – wie wir. Jahrelang waren wir ... nun, die besten Freunde. Aber wir wurden älter und begannen getrennte Leben zu führen.

Eines Abends, wir hatten noch bis spät gearbeitet, zog ein schrecklicher Sturm auf – fast schon ein Hurrikan. Ich hatte die Angestellten nach Hause geschickt, und Kieran war im Inselinnern bei einer der Mühlen. Gareth und ich saßen allein im Büro fest.«

»Du liebe Güte.« Nash nahm ihre Hand und drückte sie. »Du musst schreckliche Angst gehabt haben. Wie alt warst du?«

»Oh, ich war eine erwachsene Frau – fast zwanzig.« Ihre Stimme war leise, durchdrungen von Erinnerungen. »Wir hatten beide Angst. Nur selten ziehen derartige Stürme über Barbados hinweg. Das Meer tobte, sogar die Careenage war sturmumtost. Wir waren in einem Wirbelwind aus Trümmern gefangen, Dachschindel, zerrissene Segel und Palmwedel flogen am Fenster vorbei. Dann zerschlug etwas Metallenes die Fensterscheibe – ich glaube, es war ein Teil von einer Ankerwinde – und verfehlte meinen Kopf um nur wenige Zentimeter.«

Nash zuckte zusammen. »Du hättest getötet werden können.«

Sie nickte. »Das war uns nur allzu bewusst. Wir schoben Möbelstücke an die Wand, gegen die der Wind drückte, und suchten dahinter Schutz. Und dann … Nun, wir haben uns aneinandergeklammert. Im Nachhinein betrachtet kann ich sagen, dass wir davon überzeugt waren, sterben zu müssen.«

»Du hast Glück gehabt, überlebt zu haben.«

»Es gab einige, die es nicht hatten«, sagte sie grimmig. »Aber was ich mit Gareth an jenem Tag getan habe – es kommt mir heute so dumm vor. Aber es war nicht nur dieses eine Mal, Nash. Danach ging es noch Monate weiter.«

»Vielleicht war es ein wenig dumm, Liebes«, murmelte Nash und strich ihr eine Haarsträhne hinter das Ohr, »aber du mochtest ihn, und solche Dinge geschehen. Nichtsdestotrotz war es falsch von Lloyd, weiterhin Nutzen aus der Zuneigung einer Lady zu ziehen.«

Sie wandte rasch den Kopf ab. »Er hat meine Zuneigung nicht ausgenutzt. Ich ... ich denke, dass es eher umgekehrt war. Er wünschte sich sehr, mich zu heiraten. Er hatte schon zu Beginn der Liaison vorausgesetzt, dass wir heiraten würden – und als ich ablehnte, versuchte er mich zu überreden. Da ich mich weiterhin weigerte, ging Gareth zu Kieran und bat ihn um meine Hand. Er glaubte, dass ... dass ich ihm gehören würde, weil er mir meine Jungfräulichkeit genommen hatte. Aber ich halte dieses Denken für mittelalterlich.«

Nash legte eine Fingerspitze unter ihr Kinn und drehte ihr Gesicht zu sich. »Das zählt jetzt nicht mehr, Zee. Ich kann mir vorstellen, dass Barbados ganz anders ist als England.«

»Auf tausend verschiedene kleine Arten, ja«, stimmte sie zu. »Wir haben keine *Almack's*-Anstandsdamen, die unsere gesellschaftliche Hierarchie beherrschen. Auf Barbados gibt es ein Gefühl von Zeitlosigkeit, das schwer zu erklären ist. Jeder Tag scheint nahezu hypnotisch dem anderen zu gleichen – wunderschön, natürlich –, doch nach einer Weile kann man kaum noch die Welt jenseits des Horizonts sehen oder gar in die Zukunft denken. Sehr oft gibt es nur das Hier und Jetzt.«

Nash schwieg einen Moment. »Ich kann mir nur vorstellen, wie das Leben auf einer so kleinen Insel ist. Aber auch auf die Gefahr hin, mich zu wiederholen, Zee, du musst wissen, dass das, was wir miteinander haben, eine ziemlich *gefährliche* Affäre ist. England ist nicht Barbados. Was du hier tust – mit irgendeinem Mann, ganz zu schweigen von einem mit meinem Ruf –, würde deinen Namen unwiderruflich ruinieren, sollte es bekannt werden. Es würde keine Hoffnung mehr für dich geben, heiraten zu können, und wenig Hoffnung, dir deinen Platz in der Gesellschaft zu bewahren. Das hast du verstanden, ja?«

»Es wird nicht publik werden«, beharrte sie.

»Ich hoffe, deine Zuversicht wird belohnt werden. Ich nehme an, du hast niemals den Wunsch gehabt zu heiraten?«

»Kein Ehemann würde mir gestatten, das Leben zu führen, das ich habe. Das weißt du, Nash. Ich wäre nichts als ein Stück Eigentum und würde vermutlich die Leitung der Reederei verlieren. Sie würde in den Besitz meines Mannes übergehen – genau wie ich.«

»Du hast das Unglück, als Frau deiner Zeit voraus zu sein«, räumte er ein. »Vielleicht wird deine Art zu leben eines Tages nicht mehr ungewöhnlich sein, aber ist das dein einziger Einwand gegen die Ehe? Deine Arbeit? Der Verlust von Autorität? Bedeutet sie denn wirklich so viel?«

»Natürlich bedeutet sie viel!«, erwiderte sie heftig. »Neville's ist das, was mich ausmacht, Nash. Es ist alles, was ich kenne, mein ganzes Erwachsenenleben lang – und einen großen Teil meiner Kindheit noch dazu. Neville Shipping ist der Grund, warum ich Gareth nicht geheiratet habe, obwohl ich ... ja, obwohl ich ihn geliebt habe, auf meine Art.«

Nash saß eine Weile schweigend da. »Ich verstehe«, sagte er schließlich, »und ich glaube, meine Liebe, dass dein Mr. Lloyd mein tiefstes Mitgefühl hat.«

»Hat er das?«, fragte Xanthia neckend.

Ohne zu antworten, hob Nash den Kopf und kniff die Augen gegen das Sonnenlicht zusammen. »Nun, ich denke, wir sollten jetzt besser gehen«, sagte er. »Die anderen werden bald zum Essen zurückkommen, meinst du nicht?«

»Ja, das denke ich auch.«

Das Gespräch war zu einem seltsamen und plötzlichen Ende gekommen. Doch Xanthia hatte lange genug mit ihrem Bruder zusammengelebt, um zu wissen, dass es zu keinem Ergebnis führte, einem Mann Fragen zu stellen, wenn er in einer angespannten, grüblerischen Stimmung war. Nash half ihr beim Aufstehen, legte ihre Hand wieder auf seinen Arm, und gemeinsam begannen sie ihren gemächlichen Spaziergang zurück zum Haus.

Dort angekommen stellten sie fest, dass die Reitergruppe in der Tat wieder mit Lord und Lady Henslow im Schlepptau auf Brierwood eingetroffen war, auf deren Kutsche sie im Dorf getroffen waren. Lady Henslow begrüßte Xanthia mit offenkundiger Neugier und erklärte, wie überaus entzückt sie sei, Kieran kennenzulernen. Dann kehrte sie an die Seite ihrer Schwester zurück, wo sie fast die ganze Zeit über blieb. Gutmütig erlaubte sie Lady Nash, die Unterhaltung zu führen, und tat nicht mehr, als hin und wieder die Hand ihrer Schwester zu tätscheln. Es wurde immer deutlicher, dass Lady Nash daran gewöhnt war, von ihrer Familie umsorgt zu werden.

Nach einem Essen in angenehmer Atmosphäre, das aus kaltem Huhn und Roastbeef bestand, zerstreute sich die Gruppe, wobei Lady Nash darauf bestand, dass die Neuankömmlinge ihre Mittagsruhe genießen müssten. Lady Phaedra begleitete Xanthia die Treppe hinauf.

»Werdet Ihr Euch auch ausruhen?«, fragte Phaedra, als sie vor Xanthias Tür standen. »Falls nicht, würdet Ihr Euch vielleicht die alten Ruinen ansehen wollen? Es ist ein sehr schöner Spaziergang.«

Xanthia lächelte und drückte die Hand des Mädchens. »Ich fürchte, nicht heute«, sagte sie und fühlte die Last der Pflicht. »Es tut mir sehr leid, aber ich habe noch einige Briefe zu schreiben, was den größten Teil des Nachmittags in Anspruch nehmen wird.«

»Das klingt nach viel Arbeit«, sagte Phaedra bedauernd.

»Arbeit, ja«, bestätigte Xanthia. »Aber wir können uns die Ruinen ein andermal ansehen.«

Phaedra lächelte. »Ja, natürlich.«

Xanthia ging in ihr Zimmer, holte ihre Mappe mit den Geschäftsunterlagen und setzte sich an den kleinen Sekretär aus Rosenholz, der im Wohnzimmer zwischen zwei Fenstern stand. Sie hatte Gareth zugesagt, sich um einige Dinge während dieses Ausflugs zu kümmern, und sie hatte vor, ihr Versprechen zu halten, ganz egal, wie verlockend andere Aktivitäten sein mochten. Darüber hinaus würde die Arbeit ihr helfen, nicht an Nash zu denken, und sie davon abhalten, über die seltsame Stimmung nachzugrübeln, in die er verfallen war – eine Stimmung, die sich während des Mittagessens noch verstärkt hatte, bis er so kühl und distanziert wie Kieran gewirkt hatte.

Mit diesem Gedanken öffnete Xanthia die Frontklappe des Sekretärs und begann zu beten, dass sie ein Tintenfass darin finden würde, da sie ihr Schreibset in London vergessen hatte. Zu ihrer Überraschung herrschte im Sekretär ein schreckliches Durcheinander, als wäre er in großer Eile geschlossen worden. Ohne Zweifel von Mrs. Hayden-Worth. Xanthia nahm ein zerknülltes Stück Briefpapier heraus und roch daran. Es verströmte den Hauch des seltsamen Duftes nach Muskat und Moschus. Vielleicht hatten die Dienstboten in der Eile, das Zimmer säubern zu müssen, versäumt, den Sekretär zu öffnen. Auf jeden Fall schienen die Notizen von langweiliger Art zu sein, enthielten sie doch überwiegend Listen hingekritzelter Dinge, die zu tun und zu kaufen waren, sowie Mahnungen von verschiedenen Ladeninhabern.

Ungeduldig begann Xanthia, die wirr durcheinanderliegenden Bögen sauber aufeinanderzustapeln. Inmitten des Durcheinanders fand sie ein abgegriffenes Gebetsbuch, in dessen Einband in Gold die Initialen J. E. C. geprägt waren. Mit einem innerlichen Schulterzucken nahm Xanthia das Buch am Rücken auf, um es zur Seite zu legen. Da sie nicht richtig zugriff, entglitt es ihrer Hand, und ein weiteres halbes Dutzend beschriebener Blätter fiel heraus.

»Verdammt!«, fluchte Xanthia.

Sie begann alles in das Buch zurückzuschieben, so gut sie konnte. Doch ein Bogen, ein zusammengefalteter elfenbeinfarbener Bogen Briefpapier, erregte ihre Aufmerksamkeit. Das Papier war dick und sah aus, als habe es ein kleines Vermögen gekostet. Xanthia drehte es um. Der Brief war an Mrs. Hayden-Worth auf Brierwood adressiert und war offensichtlich aus Amerika geschickt worden. Ungewöhnlich neugierig faltete Xanthia den Bogen auseinander und überflog die Zeilen, die ebenso langweilig wie zuvor die Einkaufslisten waren:

26. März

Geliebte Tochter,
ich habe deinen Brief vom letzten Monat erhalten und hoffe, dass du wohlauf bist. Wie froh bin ich zu hören, dass du am 20. Mai in Cherbourg sein wirst. Ich hoffe, du hast schönes Wetter. Es werden dort zweitausend Pfund auf dich warten. Bitte gib nicht alles auf einmal aus und schreibe mir sofort nach deiner Rückkehr aus Frankreich.

In Liebe,
dein nachgiebiger Papa

PS: Ich gebe die Perlen, um die du gebeten hast, Captain Tobias Bruner von der Pride of Fairhaven *mit. Bitte, zähle und vernähe sie sorgfältig, um sicherzustellen, dass keine auf dem Transport verloren gegangen ist. Ich bin sicher, dass sie dich wunderbar kleiden werden.*

Nach Xanthias Ermessen war es ein seltsamer Brief, auch wenn sie nicht sagen konnte, was genau die Gründe für diesen Eindruck waren. Jennys Vater schien ein Mann von wenigen Worten zu sein. Er erkundigte sich so gut wie gar nicht nach der Gesundheit seiner Tochter oder teilte ihr Neuigkeiten von zu Hause mit. Doch es war offensichtlich, dass Phaedra recht mit ihren Andeutungen hatte. Jennys Vater verwöhnte sie maßlos – und vielleicht ohne das Wissen ihres Ehemannes. Jetzt konnte Xanthia auch verstehen, warum Jenny es so eilig gehabt hatte, nach Frankreich zu reisen. Zweitausend Pfund von Papas Geld würden für einen ausschweifenden Großeinkauf reichen.

Ein wenig beschämt steckte Xanthia den Brief zurück in das Gebetbuch. Mrs. Hayden-Worth war ihr gleichgültig, doch das war keine Entschuldigung. Sie hätte die fremde Korrespondenz nicht lesen dürfen. So weit wie möglich schob sie den unordentlichen Papierstapel zur Seite und begann ihre Unterlagen auszubreiten.

Als Kieran einige Stunden später ins Zimmer kam, saß Xanthia noch immer am Sekretär. »Willst du dich nicht zum Dinner umziehen, Zee?«, fragte er.

Xanthia schaute überrascht auf und legte den Stift aus der Hand. Das Sonnenlicht fiel durch die Fenster schräg ins Zimmer. »Oh«, murmelte sie.

Kieran kam zu ihr an den Sekretär und zog sie vom Stuhl. »Hoch mit dir, Schwester«, befahl er. »Auch, wenn das alles hier meine Idee war – an den Esstisch wage ich mich dennoch nicht ganz allein.«

Kapitel 14

Ein gewagtes Rendezvous auf Brierwood

Im Dunkel der fast mondlosen Nacht schlich Xanthia über die Korridore von Brierwood und setzte dabei vorsichtig einen Fuß vor den anderen. Ihre Pantoffeln spitzten unter dem Saum ihres Morgenrocks hervor, als sie die erste Treppenflucht hinaufstieg. Aufregung und ein köstliches Vorgefühl trieben sie voran, zogen sie in Nashs Arme.

Ihr Körper bebte vor Erwartung. Sie erinnerte sich an seinen Kuss an diesem Nachmittag – so erfahren, so voll sinnlicher Verheißung. Nein, sie würde nicht umkehren, sie würde zu ihm gehen.

Was, wenn wir entdeckt werden, meine Liebe?, hatte er gefragt. Wir würden eine schwere Entscheidung zu treffen haben.

Sie hatte darauf beharrt, dass man sie nicht entdecken würde. Doch im Nachhinein schien Nash gar nicht besonders besorgt darüber gewesen zu sein. Manchmal ertappte sie sich dabei, sich zu fragen, ob er fast ... aber nein. Das war unmöglich. Es würde nicht gut gehen. Sie waren beide zu sehr in ihrem eigenen Leben verhaftet, um eine solche Hoffnung hegen zu können. Nash war ein Schürzenjäger, und sie, nun, sie genoss lediglich die Vorteile, die seine Schürzenjägerei ihr bot. In dieser Hinsicht – genau genommen in jeder Hinsicht – war er für sie der perfekte Liebhaber.

Aber sie würden nicht entdeckt werden. Xanthia tat jeden Schritt mit äußerster Behutsamkeit. Von Zeit zu Zeit blitzte ein Lichtschein unter einer Tür auf, aber niemand rührte sich. Auf dem letzten Treppenabsatz ließ eine knarrende Diele sie erstarren. Sie lauschte. Nichts. Noch einige wenige Schritte, dann erreichte sie die Tür zu seinem Schlafzimmer.

Leise klopfte Xanthia an, und als hätte er hinter der Tür auf sie gewartet, wurde ihr sofort geöffnet. Nash trug einen Morgenrock aus schwarzer Rohseide mit in Gold gefassten Säumen, sein Haar wurde wieder von einem schwarzen Seidenband zurückgehalten. Doch sie hatte wenig Zeit, seinen Anblick zu genießen, denn binnen eines Augenblicks hatte er sie in seine Arme gezogen und barg sein Gesicht in ihrem Haar.

»Du bist gekommen«, murmelte er. »Du verrückte Person.«

»Ich bin verrückt nach dir«, gestand sie.

Er schob sie ein Stück weit von sich und sah ihr in die Augen. Einen Moment lang raubte ihr sein Blick den Atem. Es war zu viel; sie musste die Augen senken. Ein großes, mittelalterlich aussehendes Bett stand in der Mitte des Zimmers, das Holz schwarz vom Alter, der Baldachin üppig und bogenförmig. Er bestand aus dunkelblauer Seide, die dazu passende Bettdecke war bereits zurückgeschlagen, die Laken verführerisch zerwühlt. Ein kleines Feuer brannte im Kamin und spendete das einzige Licht im Raum. Auf dem Nachttisch stand eine Karaffe mit Rotwein, daneben ein Glas.

»Was für ein herrliches Bett«, murmelte sie. »Ich hoffe, du hast vor, es auch ausgiebig zu nutzen?«

Er lachte leise auf und strich ihr durch das Haar. »Bei Gott, ich hatte schon befürchtet, dass du seit heute Morgen zur Vernunft gekommen bist. Wo ist Rothewell?«

Sie schüttelte den Kopf. »Im Bett – hoffe ich jedenfalls. Aber sicher bin ich mir natürlich nicht. Er kann oft nicht schlafen.«

Nash musterte ihr Gesicht mit seinen exotisch schwarzen Augen. »Wie lange können wir so weitermachen, Zee?«, flüsterte er.

Wieder einmal war sie nicht sicher, wonach er fragte. »So lange wir es möchten, Stefan. Bis … bis wir einander überdrüssig sind.«

In seinen Augen flackerte etwas auf – eine starke, aber unergründliche Regung. Er beugte sich über Xanthia und zog sie sanft an sich. »Und was, wenn das nicht geschieht?«, murmelte er. »Was, wenn es … schlimmer wird?«

Sie versuchte zu lachen. »Meine Güte, du wechselst die Frauen wie andere Männer ihre Socken«, sagte sie und schob ihn sanft von sich weg. »Und ich bin nur eine Frau wie jede andere auch.«

»Stoß mich nicht zurück, Zee, wenn ich es völlig ernst meine. Und du bist keine Frau wie jede andere. Du bist *meine* Frau. Zumindest für heute Nacht – ja?«

Sie nickte und schwieg. Wohl eine Ewigkeit lang hielt er ihren Blick gefangen, dann senkte er langsam seinen Mund auf den ihren. Ihre Lippen verschmolzen miteinander, die seinen reizten ihr Verlangen und riefen die köstlichsten Gefühle in den Tiefen ihres Schoßes hervor. Die Lust wand sich wie eine Flamme in ihr empor, bis sie zitternd an seiner Brust lehnte und sein warmer, vertrauter Duft sie umhüllte.

Irgendwie beendete sie den Kuss. »Liebe mich, Stefan«, flüsterte sie fieberhaft. »Die ganze Zeit habe ich an nichts anderes gedacht als an deine Berührungen. Dich zu sehen und dich nicht berühren zu dürfen – oh, das hat mich halb wahnsinnig gemacht.«

Er zog sie zum Bett. Xanthia setzte sich und schaute erwartungsvoll zu ihm hoch. Seine Hände wanderten zum Gürtel seines Morgenrockes. »Sag mir, wie ich dir heute Nacht Lust bereiten kann, Xanthia«, murmelte er, ohne den Blick von ihr zu nehmen.

Wieder erzitterte sie, diesmal auch für ihn sichtbar. Sie wandte den Blick ab, als die Seide an seinem Körper hinunterglitt. »Besitze mich«, sagte sie heiser. »Nimm mich, Stefan. Ich will mich fühlen, als würdest du meine Seele besitzen. Manchmal … manchmal frage ich mich, ob du das nicht bereits tust.«

Etwas Wildes und Primitives blitzte in seinem Blick auf, als er sich nackt vor sie kniete. Langsam öffnete er das Band ihres Morgenrockes, warf es aufs Bett und schob den Stoff von ihren Schultern. Sie trug ein schlichtes Nachthemd, das dünnste, das sie besaß, sodass ihre Brustwarzen durch den Stoff schimmerten. Er nahm eine dunkle Spitze zwischen seine Lippen und saugte hart daran, zog sie ganz in seinen Mund. Sie keuchte vor Intensität des Gefühls, während seine andere Hand offen und warm über ihren Bauch glitt. Er streichelte ihre Rippen, glitt an ihrem Körper hinauf, bis er ihre andere Brust streichelte.

Xanthia spreizte die Finger in seinem Haar und warf mit einem leisen Stöhnen den Kopf in den Nacken. Deshalb war sie hergekommen. Ohne das, was er ihr gab, konnte sie nicht mehr sein. Er war ihre Bestimmung. Ihr einziges sündhaftes Vergnügen. Sie öffnete den Mund, um ihre Gedanken laut auszusprechen, aber kein Laut kam über ihre Lippen. Sie war verloren, verloren in seinem süßen, sinnlichen Angriff.

Nashs Mund glitt von ihrer Brust über ihre Kehle. Seine Lippen streichelten ihre Halsbeuge, ihr Kinn, bevor er sie wieder küsste, langsam. »Zieh das aus«, sagte er tonlos.

Er stand auf, und sie folgte ihm. Er schob ihr Nachthemd hoch, streifte es ihr ab und warf es achtlos beiseite, während sein Blick voller Verlangen über ihren Körper glitt. »Bei Gott,

Zee, du bist eine Schönheit«, wisperte er. »Ich will dich, deinen Körper und deine Seele. Ich will dich jetzt, und ich will, dass du mir zu Willen bist.«

Sie hob die Arme und schlang sie ihm um den Nacken. »Vielleicht bin ich das«, murmelte sie, zog ihn zu sich herunter und küsste ihn sinnlich und mit geöffnetem Mund. »Befehle mir«, forderte sie ihn heraus, als ihre Lippen sich trennten. »Halte nichts zurück, Stefan. Ich bin keine schüchterne Jungfrau.«

Als er sie auf das Bett drückte, schmiegten sich die zerwühlten Laken kühl an ihre heiße Haut. Nash schob sich wie eine Raubkatze auf das Bett, bis er mit gespreizten Beinen über Xanthia kniete. Seine Erektion war hart und heiß. Xanthia schloss die Hände um sie und strich langsam an ihr hinunter.

Nash warf den Kopf zurück, sein Gesicht eine Maske süßer Qual. Wieder und wieder streichelte Xanthia ihn, quälte ihn, bis er zu zittern begann, ganz leicht nur, und sich die Muskeln seines Nackens anspannten. Er öffnete die Augen, und seine Hände umfingen ihre, damit sie innehielt. »Genug, du Hexe«, knurrte er und zog ihre Hände über ihren Kopf. »Du bist hier, um mir zu Willen zu sein, oder nicht?«

Sie lachte leise. »Aber ich liebe es, dich zu quälen.«

Mit einem missbilligenden Schnauben griff Nash nach etwas, das neben Xanthias Schulter lag. Sie fühlte mehr, als dass sie es sah, wie er das kühle Seidenband seines Morgenrocks um ihr Handgelenk wand. Leichte Panik ließ sie zusammenzucken, aber er zog das Band mit einem weiteren Laut der Befriedigung noch fester. Ihre Panik nahm ab und wurde zu einem anderen Gefühl.

»Stefan?«, murmelte sie unsicher.

»Wenn heute Nacht jemand jemanden quält, mein Liebes«, sagte er rau, »dann werde *ich* es sein, der dich quält.«

Er hatte das Band jetzt auch um ihr anderes Handgelenk geschlungen und verknotete es. Xanthia versuchte daran zu ziehen, aber der Stoff gab nicht nach, hielt ihre beiden Hände gefangen. Noch immer fixierte Nash ihre Arme an den Handgelenken über ihrem Kopf, als er sich vorbeugte, ihre Brust mit den Lippen streifte und sie dann in seinen Mund zog. Xanthia stöhnte, ihr Körper bäumte sich ungewollt auf. Nash reagierte, indem er die Fessel noch enger zog, als wollte er ihr zeigen, wer von ihnen machtvoller war.

Als sie sich unkontrollierbar unter ihm zu winden begann, richtete Nash sich auf, und ein mutwilliges Leuchten funkelte in seinen Augen, als er auf ihren nackten Körper hinunterschaute. »Setz dich auf, Liebes«, befahl er leise. »Setz dich auf deine wunderschönen Knie.«

Bereitwillig tat sie, was er verlangte. Zu ihrem Schrecken ergriff Nash ihre Arme und zog sie ihr hoch über den Kopf. Leicht hätte sie den Knoten ihrer Fesseln lösen können, doch unerklärlicherweise verspürte sie nicht den Drang danach. Stattdessen schaute sie hoch und beobachtete, wie er das Seidenband um die höchste Verstrebung des Baldachins legte und sie festband. Sie war fasziniert. Und seltsam erregt.

»Stefan?«, sagte sie wieder.

Er zog das Band fester, bis ihre Arme lang ausgestreckt waren. Xanthias Atem ging schneller. Sie fühlte sich dargeboten. Zur Schau gestellt. Wieder prüfte sie die Knoten mit einem leichten Ruck. Das Band gab nach, wenn auch nur geringfügig, dennoch war ihre Stellung nicht unbequem. Noch immer war sie in der knienden Position gefangen. Nackt. Mitten auf Nashs Bett.

Nash ließ einen Finger in das lockige Dreieck zwischen ihren Schenkeln gleiten. »Jetzt bist du wirklich in meiner Gewalt, meine Liebe«, murmelte er und zog seinen Finger langsam durch ihre Locken, über ihren Bauch, ihren Bauchnabel, bis hinauf zwischen ihre Brüste.

»Ja«, sagte sie schwach und beobachtete seine Hand, »jetzt scheine ich deine Gefangene zu sein.«

Er beugte sich zu ihr und öffnete den Mund für einen Kuss, der fordernd und besitzergreifend war. »Möchtest du von deinen Fesseln befreit werden, Süße?«, fragte er, als er seine Lippen von ihren löste.

»Nein«, sagte sie rasch. »Nein ... noch nicht.«

Sein Lachen kam tief aus seiner Brust. »Findest du es faszinierend?«

Xanthia fühlte die Hitze in ihrem Gesicht. »Ich ... ich weiß es nicht.«

Er ließ seine Lippen auf ihrem Nacken spielen. »Du bist eine sehr sinnliche Frau, Zee«, murmelte. »Und neugierig. Ich habe die Neugierde schon einmal in deinen Augen gesehen.«

»Ja ... vielleicht«, gab sie zu.

»An erotischen Spielen ist nichts Schlechtes«, sagte er beruhigend. »Nicht, wenn beide Partner damit einverstanden sind. Und es ist ganz sicher nichts Schlechtes an deiner Neugierde.«

Xanthias Atem ging heftiger. »Und du ... möchtest du spielen?«

»Ich möchte dir Vergnügen bereiten«, erwiderte er. »Selbst der einfachste Liebesakt würde mir gefallen, solange du meine Partnerin bist.«

»W... würde er das?«

»Ich denke, das weißt du.« Seine Zähne glitten über ihre Kehle. »Aber ich vermute, dass du einen starken Mann in deinem Bett brauchst«, flüsterte er verführerisch. »Dass du es magst, ein wenig, sagen wir, unterworfen zu werden?«

»Ja.« Das Wort entwich ihr in einem Seufzer, ehe Xanthia es zurückhalten konnte.

Er beugte den Kopf und leckte leicht die harte, rosafarbene Spitze ihrer Brust. »Und weißt du, warum du das willst, Zee?«, murmelte er.

»N... nein.« Aber sie wollte es tatsächlich, und seine Worte erhitzten ihr Blut, wie es sonst nur edler Cognac konnte.

Wieder ließ er einen Finger durch ihre Locken gleiten, tiefer dieses Mal. »Weil starke Frauen starke Männer brauchen«, sagte er leise und bewegte seine Finger in der seidigen Hitze zwischen ihren Beinen vor und zurück. »Du sehnst dich nach einem Mann, der dich beherrschen kann, der weiß, wonach es dich verlangt – und der es dir geben kann.«

»Und wirst du es tun?« Ihre Stimme kam leise und dünn. »Mir geben, ... wonach es mich verlangt?«

»Wenn du mich lässt«, antwortete er ehrlich. »Wirst du?«

Xanthia schaute auf das verknotete Band. »Ja«, wisperte sie und schloss die Augen. »Du kannst alles machen.«

Er kniff ihr sanft in die Brustwarze. »Sag ›Bitte‹, meine Liebe.«

»Bitte.« Sie hauchte das Wort in das dämmrige Licht des Zimmers.

»Vertraust du mir?«

»Ja.«

»Gut.« Sie spürte seine Zähne an ihrer anderen Brust und riss die Augen auf. »Aber was ... was wirst du tun? Wird es ... wird es ... etwas Schamloses sein?«

»Etwas Schamloses?«, murmelte er. »Oh, das hoffe ich doch.«

»Nein, ich meine ... ich meine in der Art der Dinge, von denen du mir erzählt hast«, flüsterte sie. »Wirst du mich ... bestrafen?«

Seine Hände glitten an ihren Po, spreizten ihn, während er sie anhob. »Das hängt ganz davon ab«, murmelte er. »Bist du denn ein unartiges Mädchen gewesen?«

Xanthia schloss die Augen und nickte. »Ich habe sehr schlechte Gedanken«, gestand sie atemlos. »Seit ich dir begegnet bin, Stefan, stelle ich mir ... sündige Dinge vor. Will ich sündige Dinge tun. Dinge, die keine Lady wollen sollte.«

Plötzlich fühlte sie den Schlag seiner Hand auf ihrem Po. »Oh!«, rief sie und zuckte zusammen.

Aber Nash hatte schon begonnen ihren Po zu massieren, um den Schmerz zu mildern. »Vielleicht erinnert dich das daran, brav zu sein«, murmelte er und rieb ihren Po mit beiden Händen. »Wirst du von nun an brav sein, meine Liebe?«

Sie knieten voreinander, ihre Körper aneinandergepresst, sein erigiertes Glied drängte ungeduldig gegen ihre Schenkel. Als Xanthia seinen Schlag gespürt hatte, hatte sie ein seltsames Entzücken durchströmt. Sie erzitterte innerlich. Voller Erwartung. Neugierig. Mit der Zungenspitze fuhr sie sich über die Lippen. »Ich denke ... ich denke, dass ich vielleicht unartiger war, als du denkst.«

Nash presste die Hitze seines Körpers gegen ihren, während seine Hände verlangend über ihren Rücken strichen. »Ist das so, meine Süße?«, murmelte er. »Vielleicht sollte ich dich losbinden, dich einfach über die Kissen legen und dir eine Tracht Prügel verabreichen?«

»Nein«, sagte sie rasch.

»Nein?« Das Wort war voller Neugierde.

»Ich mag es so«, wisperte sie. »Ich mag es, wenn du über mir stehst. Aber ich war nur ein wenig schlecht. Wie heute Abend. Beim Essen.«

Mit einem kleinen Lächeln sah er sie an. »Beim Abendessen?«

Xanthia schloss wieder die Augen. »Ich habe dich angesehen … und mich an jenen ersten Abend erinnert«, gestand sie, und ihre Stimme klang verträumt. »Wie wir uns begegnet sind. Wie wir uns geküsst haben. Ich habe an deine Hand gedacht, an deine Hand zwischen meinen – nun, an deine Hand … Sie hat mich in der Dunkelheit gestreichelt, während die anderen getanzt haben, nicht gewusst haben, was wir zusammen tun. Und ich habe daran gedacht, wie … wie hart sich dein Glied angefühlt hat, als du dich an mich gedrängt hast. Wie hart es sich in deiner Hose angefühlt hat.«

»Oh, das waren in der Tat sehr unartige Gedanken. Am besten bestrafe ich dich, indem ich dich quäle, bis du um Gnade flehst.«

»Oh«, flüsterte sie und zitterte. »O Gott!«

Er küsste sie jetzt, leichte, sanfte Küsse auf ihre Wange, wobei er ihren Po umfasst hielt und ihn sanft drückte. Sie hob das Gesicht von seiner Schulter und sah ihm in die Augen.

»Ich mag das«, sagte sie wieder, »dass du … dass du die Kontrolle hast.«

Etwas in seinem Blick wurde sanft, und er beugte sich zu ihr, um ihr einen zarten Kuss zu geben. »Oh, meine Liebe«, sagte er leise, »du musst es manchmal so müde sein. Es so müde sein, immer die Starke und die Führende zu sein. Es müde sein, niemanden zu haben, mit dem du … ganz du selbst sein kannst.«

»Du verstehst mich«, murmelte sie verträumt.

»Ja«, erwiderte er leise. »Das tue ich.« Seine Hände schlossen sich um ihr Gesicht, und er küsste sie mit köstlicher Zärtlichkeit. Sein Streicheln war erfüllt von sinnlichem Versprechen und von etwas anderem. Von Dankbarkeit? Jedenfalls war es nicht weniger erotisch. Der Kuss vertiefte sich, wurde zu mehr. Zu einem Band. Einem Versprechen. Ihr Körper schien zu schmelzen und sich mit seinem zu vereinen. Eine starke sinnliche Hitze umhüllte sie, und es gab nur noch sie beide. Sie beide, verbunden in einem Einssein, das niemand sonst verstehen konnte.

Atemlos trennten sie sich, hielten sich aber mit Blicken gefangen, als fragten sie sich, was sie heraufbeschworen hatten. Zumindest Xanthia stellte sich die Frage tatsächlich. Ihre Situation war unglaublich bizarr: Sie war auf eine solche Weise gefesselt, dass sie sich nicht bewegen konnte, war völlig der Gnade ihres Liebhabers ausgeliefert – und wollte es so. Nash setzte sich zurück auf seine Fersen und ließ den Blick wieder über ihre Nacktheit gleiten.

Vertraust du mir?, hatte er geflüstert.

Und das war es doch, worum es ging, oder etwa nicht? Vertrauten sie als Liebende einander? Xanthia sah ihn an, nahm sein Bild in sich auf. Die kräftigen, muskulösen Oberschenkel und die breiten Schultern, deren Konturen sich vor dem flackernden Lichtschein des Kaminfeuers abhoben. Das dichte, glatte, zu lange Haar und die geraden schwarzen Augenbrauen. Die fast einschüchternde Größe seiner Erektion. *Ein starker Mann.* Oh ja. Das war er ganz gewiss.

Nash griff an ihr vorbei nach seinem Glas Wein. Während er sie beobachtete, nahm er mit Genuss einen Schluck, dann schlang er einen Arm um ihre Taille und küsste sie tief. Xanthia war überrascht, als der üppige Geschmack des Weines ihren Mund flutete. Die süße schwere Flüssigkeit ergoss sich sinnlich in ihren Mund, während seine Zunge tief hineinstieß. Xanthia schluckte ob der schwindelerregenden, erotischen Erfahrung.

Nash richtete sich auf, seine Augen brannten von Intensität. »Guter Gott, du bist das sinnlichste Geschöpf, das mir je begegnet ist«, stieß er hervor. Zu ihrer Verblüffung neigte er das Glas und ließ ein wenig von dem Wein in das Tal zwischen ihren Brüsten fließen. Ihre Brustwarzen wurden zu steinharten Knospen, als der Wein tiefer rann, über ihren Bauch, und noch weiter, während er ihre Haut streichelte.

Im letzten Moment beugte Nash sich vor, ließ seine Zunge in ihren Locken verschwinden und leckte. Xanthia erbebte, und Nash stieß einen leisen heiseren Ton aus. Wieder streichelte seine Zunge sie, drängte tiefer, und dann glitt die nasse Wärme seiner Zunge ihren Bauch herauf. Tauchte in ihren Nabel ein, strich über ihr Brustbein, leckte dabei jede Spur auf, die der süße Rotwein hinterlassen hatte.

Gefangen auf ihren Knien, die Arme hochgebunden: Xanthia konnte nicht anders, als vor Lust zu erbeben. Nash strich mit seinen Lippen über ihr Kinn. »Möchtest du, dass ich aufhöre, meine Liebe?«

»Nein«, wisperte sie. »Hör nicht auf. Bitte … noch einmal.«

Er lachte leise. »Noch einmal, Liebes?«

Xanthia schluckte mühsam. »Noch einmal … dort unten. Bitte.«

Zwei seiner Finger glitten tief in ihren Schoß, berührten federleicht ihren Venushügel. »Gefällt dir das? Möchtest du es noch einmal spüren?«

Xanthia nickte mit geschlossenen Augen.

»Sag mir, was ich tun soll. Sei ein gutes Mädchen und sag mir, was du willst.«

»Koste mich«, wisperte sie kaum hörbar. »Mit deiner Zunge … und … mit deinen Fingern. Berühre mich. Oh, bitte, Stefan. Berühre mich. Du weißt, wie du es machen sollst. Wie sehr ich es will.«

Einen Moment lang zögerte er und quälte sie mit seiner Hand. Dabei beobachtete er ihr Gesicht – sie wusste es, obwohl sie die Augen geschlossen hielt. Der Klang ihres Verlangens war nass und erotisch, ihr Duft von purer Lust. Xanthia fragte sich, wie er sich beherrschen konnte, wenn sie vor Verlangen fast barst.

Dann beugte er sich tiefer, und das raue Haar seiner Brust strich über ihre Schenkel. Als seine Zunge über sie glitt, schrie Xanthia mit weit geöffneten Augen auf. Sie konnte sich nicht bewegen. Das Seidenband hielt sie für seinen heißen, plündernden Mund in Positur. Sie keuchte. Sein Finger glitt in ihre nasse Höhle, als sich jeder ihrer Muskeln zusammenzuziehen schien. Nash spielte meisterlich mit seiner Zunge, trieb sie damit in den Wahnsinn, bis sie keuchte und darum kämpfte, einen Schrei der Erleichterung zu unterdrücken. Die Lustwellen spülten über sie hinweg, ließen sie an dem seidenen Band zerren, das ihren Körper spannte.

»Oh, lass mich frei«, wimmerte sie, als er seinen Körper an sie presste, sie umgab. Er küsste sie wieder – ihre Kehle, ihre Brüste, ihre Schultern. Es war nicht genug. »Oh Stefan. Bitte. Lass mich frei. Ich will – ah!«

Der Stoß war hart. Herrlich hart. Tief und unerwartet. Er hatte einen Arm um ihre Taille geschlungen, sie hochgehoben und auf die heiße Länge seines Gliedes gesetzt. Wieder hob er sie an und ließ mit einem männlichen Stöhnen der Befriedigung ihren Körper an seinem entlanggleiten, während er sich tief in sie hineintrieb. Er war so erbarmungslos groß und sie so schmal, er hielt sie mühelos, als Xanthia an ihm hinunterglitt. Für einen langen, unmöglichen Moment war sie von seinen Armen und dem Seidenband gefangen, eine Gefangene seiner Lust.

»Noch einmal«, flehte sie. »Stefan, noch einmal.«

Nash ließ seine Hände ihren Rücken hinuntergleiten, bis sie ihren Po umschlossen. Dann tat er, wonach sie verlangte, hob sie nur einige Zentimeter hoch, während er sie weit spreizte, damit sie seinen Stoß tief in sich aufnahm. »Ah!«, schrie sie. »O Gott. So vollkommen.«

»Vollkommen«, wiederholte er. »Ja, Geliebte. Du bist vollkommen.«

Xanthia hatte den Kopf zurückfallen lassen. Sie fühlte ihn wieder an ihrer Brust lecken, fühlte, wie er sie hochhob und tief in sie eindrang. Und wieder. Ihre Körper wurden feucht, als sie sich aneinanderrieben und ineinanderstießen. Sie erzeugten einen sinnlich sündigen Laut, einen Laut von Körpern, die sich streichelten. Der Laut köstlicher, vollkommener Lust.

Ihre Bewegungen wurden heftiger. Drängender. Xanthia verzehrte sich nach ihm. Ein Schluchzen entrang sich ihr, tief und bebend. Ein Stück Kohle im Kamin zerbrach und sandte Funken in die Luft. Sie konnte seinen Namen hören, leise und wie gesungen. Ihre Stimme. Ihr Verlangen. Wieder hob er sie hoch. Öffnete sie. Nahm sie tief. Immer wieder und wieder, bis Xanthia vor Lust schluchzte. Sie schluchzte in seinen Mund, rief seinen Namen. Die Wellen schwindelerregender Lust überrollten sie, bis Nash an ihrem ausgestreckten Körper mit solch urgewaltiger Kraft erzitterte, dass das Bett davon erbebte.

Xanthia kehrte in die Gegenwart zurück, noch immer völlig aufgelöst. Nashs Kopf lag an ihrem Hals, auf ihrer Schulter spürte sie eine warme Nässe. Sie wandte den Kopf und küsste ihn, doch er reagierte nicht. Als er schließlich den Kopf hob, sah sie, dass seine Augen feucht glänzten.

»Ich bin verloren, Zee«, flüsterte er. »O Gott. Ich bin so tief darin verloren. Ich ...«

»Was ist mit dir?« Sie hielt seinen Blick gefangen. »Sag es mir. Vertrau mir.«

»Ich liebe dich. Mit einer schrecklichen, schmerzenden Liebe, die einen Hals über Kopf packt – möge Gott uns beiden helfen.«

Sie wandte den Blick nicht ab. »Du bist nicht der Einzige«, sagte sie schließlich. »Du bist nicht der Einzige in diesem Bett, der ... nun, der Angst hat.«

Geschickt löste er die Knoten des Bandes. Xanthia ließ die Arme sinken, und die Seide fiel über ihre Handgelenke. Schweigend hob er Xanthia in die federleichte Weichheit des Bettes. Mit seinen Lippen auf ihrer warmen Halsbeuge atmete er ihren Duft ein. Es war, als hätten sie gemeinsam beschlossen, nicht darüber zu sprechen; als wäre das, was zwischen ihnen aufgeflammt war, noch zu sehr im Entstehen begriffen, noch zu zerbrechlich.

»Ist dir warm genug, meine Liebe?«, murmelte er.

»Ja.« Sie hauchte das Wort voller Lust. »Es ist wunderbar so.«

Er lächelte leicht. »Du hast einmal zu mir gesagt – es war in der Nacht unserer ersten Begegnung –, dass dir schon seit ewigen Zeiten nicht mehr warm gewesen ist. Ich dachte – ja, genau in jenem Moment –, wie sehr es mir gefallen würde, es mir zu meiner Lebensaufgabe zu machen, das zu ändern.«

Meine Lebensaufgabe.

Xanthia lag still neben ihm, doch Nash hatte wieder begonnen ihren Nacken zu streicheln. Er schien nicht mehr so ernst zu sein wie noch vor wenigen Momenten. Sie entspannte sich und legte die Hände auf seinen festen, muskulösen Po.

»Ihr habt Eure Mission erfüllt, Sir«, sagte sie leichthin. »Und jetzt bewegt Euch freundlicherweise bitte nicht mehr. Ich werde in angenehmer Wärme und mit Behagen ein wenig schlafen und mich sehr bemühen, nicht zu schnarchen.«

»Du meine Güte«, sagte er. »Du schnarchst?«

Sie kicherte. »Normalerweise nicht«, gab sie zu. »Aber du hast mich ausgelaugt – wenn auch auf eine vollkommene und wunderbare Weise.«

Er drehte sich auf die Seite und strich ihr mit der Fingerspitze über die Wange. »Gefällt es dir hier, Zee?«, fragte er. »Gefällt dir Hampshire? Und Brierwood?«

»Die Landschaft hier ist wunderschön«, sagte sie und wunderte sich über seine Frage. »Und der Besitz – nun, gibt es einen prachtvolleren in ganz England? Ich habe bisher keinen gesehen.«

Er wickelte sich eine ihrer Locken um den Finger. »Ich wünschte, nur wir beide wären hier, Zee«, sagte er leise. »Wir müssen so viel über einander lernen. Ich mag all diese Menschen um uns herum nicht.«

»Es sind deine Gäste und deine Familie, und sie alle sind reizend. Und was die Dienstboten angeht, so fürchte ich, dass dieses Haus zu groß ist, um sie alle in die Ferien zu schicken.«

»Dann gibt es nur eine Lösung.« Er sah sie verschmitzt an. »Wir müssen durchbrennen.«

Sie lachte. »Und wohin, bitte, würden wir durchbrennen?«

»Auf die Scilly-Inseln«, schlug er vor.

»Das klingt schön. Aber … nein, das ist zu nah. Dort würde man uns aufspüren.«

»Dann vielleicht nach Marokko? Oder Kreta?«

»Kreta«, bestimmte sie. »Alles, was wir brauchen, ist ein Schiff. Warum habe ich nur nie eines zur Hand, wenn ich es brauche?«

»Ah, aber du bist nicht die Einzige von uns, die eine Flotte befehligt, meine Liebe.«

Sie sah ihn leicht überrascht an. »Nicht?«

»Meine Jacht liegt in Southampton vor Anker«, sagte Nash

und streckte den Arm aus, als wollte er ihr den Weg dorthin weisen. »Mylady, die *Dangerous Wager* erwartet Euch.«

Xanthia lachte so laut, dass sie gezwungen war, sich die Hand vor den Mund zu schlagen. »Die *Dangerous Wager*?«

»So habe ich sie gewonnen«, sagte er. »Irgendein Narr bei *Brooks's* hat eines Abends um sie gewettet und nicht auf den Rat seiner Freunde gehört.«

»Und du hast die Jacht von ihm gewonnen?«

»So ist es, und zu Ehren dieser Narretei habe ich ihren Namen geändert. *Mary Jane* hatte nicht ganz die richtige Wirkung.«

»Nein, wirklich nicht«, sagte sie. »Ich werde dich um Rat fragen, mein Lieber, wenn wir demnächst wieder ein Schiff zu taufen haben.«

»Ah, endlich eine kleine Möglichkeit, wie ich deinen Geschäftsinteressen dienen kann«, sagte er lächelnd. »Nur leider beschränken sich meine Fähigkeiten auch darauf, so fürchte ich. Du wirst dir also keine Gedanken darüber machen müssen, dass ich mich je in deine Arbeit einmische.«

»Oh, ich denke, du besitzt andere Fähigkeiten, die ich nutzen kann«, murmelte sie.

»Besitze ich die tatsächlich? Ich frage mich, welche das wohl sind?«

Grinsend zog er Xanthia an sich. Instinktiv drehte sie sich herum und schmiegte sich mit dem Rücken an seine Brust. Sein Arm umfing sie, fest und stark, und seine Hand legte sich warm auf ihren Bauch. Xanthia hatte noch nie eine solche Geborgenheit empfunden – oder solches Glück. In ihrem sinnentrunkenen, befriedigten Zustand wunderte sie sich nur flüchtig über einiges, was Nash gesagt hatte. Er hatte mit solcher Hoffnung und solcher Gewissheit gesprochen – fast, als wüsste er etwas, von dem sie noch keine Ahnung hatte. Ganz sicher klang er nicht wie ein Schürzenjäger, der ihr das Herz brechen wollte, bevor er weiterzog. Doch Xanthia war durch seine Liebe körperlich so befriedigt, dass sie kaum zusammenhängend denken konnte.

Sie ergab sich der süßen Lethargie und entspannte sich in seiner Umarmung. Kurz darauf verlangsamte sich Nashs Atem zu den gleichmäßigen Atemzügen eines tiefen Schlafes. Xanthia lag still bei ihm und ließ ihre Gedanken treiben. Es war eine wunderbare, fast magische Nacht gewesen. Sie war ganz und gar nicht sicher, wohin diese seltsame Liaison führen würde, doch sie begann zu glauben, dass alles so sein sollte. Sie begann zu glauben, dass sie und Nash fähig waren, gemeinsam jedes Hindernis zu überwinden. Welche andere Wahl hätte sie denn jetzt noch? Auch sie hatte sich verliebt. Und Nash, das wusste sie, würde diese Liebe wert sein.

Kapitel 15

Großer Ärger in Hampshire

Am Mittag des Sonnabends waren alle Mitglieder der weitverzweigten Familie Lady Nashs auf Brierwood eingetroffen. Xanthia konnte absehen, dass die Geburtstagsfeier sehr viel größer werden würde, als sie erwartet hatte. Allein Lady Henslows Enkelkinder waren zahlreich genug, um eine Cricket-Mannschaft zu bilden – was sie dann auch mit der freundlichen Unterstützung von Mr. Hayden-Worth taten. Am frühen Nachmittag führte er eine Gruppe von ihnen auf eine der Rasenflächen in den vorderen Gärten Brierwoods und stellte die Tore auf.

Angesteckt von der Spontaneität wies Lady Nash die Dienerschaft an, entlang dem provisorischen Spielfeld ein weißes Zelt und einige Tische aufzubauen, denn der Tag wartete mit herrlichem Wetter auf. Die Damen schwärmten in den Garten. Sie trugen leichte Sommerkleider und hielten spitzengesäumte Sonnenschirme in ihren Händen, während Diener durch den Garten mit den zu Skulpturen gestutzten Hecken gingen und auf großen Tabletts Limonade anboten. Xanthia spazierte ein wenig abseits der Gesellschaft am Spielfeldrand entlang und fühlte sich weder als Teil der Festlichkeiten noch als Außenseiter.

Sie kannte viele der Gäste flüchtig, da sie ihnen auf Lady Henslows Gartenfest begegnet war. Alle verhielten sich ihr gegenüber recht freundlich, doch der kurzen Vorstellung Xanthias waren verstohlene Blicke und unvermeidbares Getuschel gefolgt. Offensichtlich verbreiteten sich die Spekulationen darüber, warum sie eingeladen worden war. Xanthia wusste nicht, ob sie Kieran verfluchen oder ihn küssen sollte, weil er den Mut aufgebracht hatte, diesem Besuch zuzustimmen.

In diesem Moment schwang der älteste Enkel Lady Henslows, ein schlaksiger junger Mann namens Frederick, den Schläger mit einem besonders beeindruckenden Schwung. Xanthia schaute auf und sah einen roten Blitz durch die Luft fliegen. Er steuerte direkt auf einen etwas entfernt gelegenen Brunnen zu. Die Menge stieß einen lauten Jubelruf aus, während Frederick und sein zweiter Schlagmann über das Feld und wieder zurückliefen – nicht nur ein Mal, sondern zwei Mal! Einen Augenblick später landete der Ball, traf das Tor, während die beiden jungen Männer vorbeiliefen, doch es war zu spät. Der Punkt war gewonnen.

»Oh, bravo!«, rief Xanthia anerkennend.

»Ein beeindruckender Bursche, nicht wahr?«, sagte eine ruhige Stimme neben ihr.

Als sie aufschaute, stand Nash neben ihr. Er trug noch seine Reitstiefel und Reithosen, sah imposant in seinem eng sitzenden braunen Reitrock und den schimmernden schwarzen Stiefeln aus, die wie angegossen saßen.

Xanthia spürte, dass eine leichte Röte ihr Gesicht überzog. »Guten Tag«, sagte sie und lächelte, als er ihr seinen Arm anbot. »Ich habe dich vermisst.«

»Und ich dich, meine Liebe.« Er tätschelte ihr sanft die Hand.

»Ich höre, du besuchst heute die Pächter«, sagte sie leichthin. »Kennt dich einer von ihnen?«

Nash lachte reumütig. »Kaum, so würde ich meinen.« Er wirkte seltsam ernst bei dieser Antwort.

»Wie kommen sie zurecht?«, fragte sie auch etwas ernster. »Das Getreide lässt sich gut an, hoffe ich?«

Nash zuckte mit den Schultern. »Die Oldfields haben letzte Woche ihren Ältesten verloren«, sagte er. »Eine schrecklich dumme Sache – der Junge ist von einem Apfelbaum gefallen und hat sich den Schädel gebrochen. Sie sind am Boden zerstört. Jetzt haben sie nur noch Töchter. Oldfield ist ganz krank vor Sorge um die Zukunft der Familie.«

Xanthia zog eine Augenbraue hoch. »Kann nicht letzten Endes eine der Töchter die Farm übernehmen?«

»Ich wüsste nicht, wie. Schon allein die körperliche Kraft, die nötig ist – nun, ich weiß es nicht, Zee. Es ist auch nicht an mir, das zu entscheiden.«

»Aber die Oldfields *befürchten*, du könntest es entscheiden«, wandte Xanthia ein. Sie entfernten sich langsam von dem sich in einer leichten Brise blähenden weißen Zelt und schlenderten am Spielfeldrand entlang. »Du könntest entscheiden, die Pacht nicht zu verlängern und dich nach einem längerfristigen Pächter umsehen, wenn es an der Zeit dafür ist.«

»Das würde ich nicht tun«, erwiderte er. »Oldfield ist ein guter Pächter, und Brierwood ist profitabel genug, ohne dass ich auf den Rücken meiner Pächter herumtrampeln muss.«

»Dann solltest du ihm das vielleicht sagen«, schlug Xanthia vor. »Bei Neville's zahlen wir manchmal eine Prämie, um einen erfahrenen Kapitän für eine bestimmte Fahrt zu gewinnen. Letztlich ist es das Beste, auch wenn der Mann deswegen vielleicht ein paar Wochen länger untätig herumsitzt, als er es sonst getan hätte. Vielleicht sollte Mr. Oldfield Ausschau nach einem guten, starken Ehemann für eine seiner Töchter halten? Und vielleicht würde er das sogar tun, hätte er die Garantie, dass seine Pacht verlängert wird.«

Nash lachte und legte seine Hand höchst beschützend auf ihre. »Du musst immer planen und Strategien zurechtlegen, nicht wahr, meine Liebe?« Seine Stimmung schien sich beträchtlich gehoben zu haben. »Und wie üblich hast du nicht unrecht. Ich werde mit meinem Verwalter sprechen, und dann werden wir sehen, was wir für Oldfield arrangieren können.«

»Ich denke, es wird zu deinem Vorteil sein«, sagte sie. »Eine Farm ist wie jedes andere Unternehmen auch. Man muss immer langfristig denken.«

Er zog sie enger an sich und festigte den Griff um ihre Hand. »Weißt du, wie sehr es mir gefällt, dich hier zu haben, Xanthia?«, fragte er ruhig. »Ich schätze deinen Rat und deine Ideen. Dein Enthusiasmus ist ansteckend.«

Ein weiteres lautes Schlaggeräusch drang vom Spielfeld herüber, bevor ein zweiter Jubelschrei aufbrandete. Xanthia hörte es kaum. Als hätten sie es verabredet, blieben sie und Nash stehen. Sie hatte sich ihm zugewandt und betrachtete sein schmales, hageres Gesicht. Er senkte die dichten schwarzen Wimpern, und etwas in ihrem Herzen machte einen Sprung. Ihr Herz zog sich in einem Schmerz zusammen, der nichts mit sexuellem Verlangen zu tun hatte, sondern mit etwas, das tiefer ging – und ihr Angst machte. Es war eine Sehnsucht – ein Wunsch, jeden Tag ihres Lebens so wie diesen zu verbringen. Mit diesem Mann. Einfach ihren Arm unter seinen zu haken und über die Ereignisse eines gemeinsam verbrachten Tages zu reden.

Sie legte eine Hand auf seine Brust, eine intime und instinktive Geste, ließ sie sofort wieder sinken, als sie sich daran erinnerte, wo sie waren. Nashs dunkle Augen weiteten sich, und sein Blick glitt über sie, suchte ihr Gesicht ab.

Welche Frage stellt er mir?, dachte sie wieder. Wohin führt das? Da war irgendetwas ... eine ungestellte Frage. Ein Zögern. Irgendetwas. Aber vielleicht war es auch nur ihr Wunschdenken. Xanthia errötete und wandte sich ab.

In diesem Augenblick war Hufgetrappel zu vernehmen. Sie schaute an Nash vorbei und sah eine schwarze Barouche die Auffahrt heraufkommen, die von vier schimmernden, schwarzen Pferden gezogen wurde. Eine Erinnerung regte sich und dann . . . Ungewissheit. Mit leicht zitternder Hand wies sie auf die Kutsche. »Stefan, wer ist das?«

Nash schaute über die Schulter und lächelte. »Wahrscheinlich nur ein weiterer von Edwinas Freunden.«

Aber es war kein Freund Lady Nashs. Xanthia spürte es. Ein wenig benommen wandte sie sich um und beobachtete, wie die Kutsche vor der breiten Flügeltreppe hielt. Mit einem fröhlichen Winken kam Lady Nash aus dem weißen Zelt herbeigeeilt und lief durch den Garten. Sie erwartete neue Gäste. Gepäck. Geselligkeit.

Aber dies hier waren keine Gäste. Plötzlich erinnerte sich Xanthia, wo sie diese Kutsche schon einmal gesehen hatte. Sie schloss die Augen, als eine Welle der Übelkeit über ihr zusammenbrach. Nashs Hände streckten sich aus, um nach ihren Schultern zu greifen.

»Meine Liebe, geht es dir gut?«

Sie legte sich den Handrücken an die Stirn. »Ja, ich – ich denke . . . es ist nur die Sonne.«

»Wie gedankenlos von mir«, entschuldigte er sich, festigte seinen Griff und führte sie zu einer Bank in der Nähe. »Ich wünschte, ich könnte dich für einen Moment ganz für mich allein haben«, sagte er und fächelte ihr mit seinem Hut Luft zu. »Aber wenn du dich wieder besser fühlst, werde ich ins Zelt zu Edwina gehen müssen.«

Sie nickte. Binnen Augenblicken hörte sie Schritte auf dem Kiesweg näher kommen. Einer der Hausdiener Brierwoods. »Ich bitte um Entschuldigung, Mylord. Zwei Gentlemen sind aus London eingetroffen, die Euch dringend zu sprechen wünschen.«

Nashs Miene verfinsterte sich. »Ich habe Gäste.«

»Gewiss, Sir«, pflichtete der Diener ihm bei, »aber sie sagen, es sei ein Notfall, Mylord. Sie sind in aller Eile aus Whitehall hierhergekommen.«

»Großer Gott, aus Whitehall?« Nash schüttelte den Kopf. »Dann habt Ihr sie sicherlich missverstanden, und sie wollen meinen Stiefbruder sprechen.«

Der Diener schüttelte den Kopf. »Nein, Mylord«, erwiderte er. »Sie waren nicht misszuverstehen. Soll ich ... soll ich sie bitten, wieder zu gehen, Sir?«

Nash schaute auf Xanthia hinunter, die noch immer gegen einen Würgereiz ankämpfte. Sie ließ die Hand von seinem Arm gleiten. »Du solltest besser gehen«, sagte sie so ruhig wie möglich.

»Komm mit mir ins Haus zurück.« Sein Gesicht war sorgenvoll.

Xanthia wich ihm aus. »Nein, ich ... ich fühle mich schon wieder besser«, murmelte sie. »Ich werde zu meinem Bruder gehen. Die Leute starren schon herüber. Bitte geh.«

Nash nickte kurz und verließ sie.

Xanthia sah ihm nach, wie er mit großen Schritten durch den Garten davonging. Tränen stiegen in ihren Augen auf, heiß und verzweifelt. All ihre Instinkte riefen ihr zu, ihm zu folgen. Seine Unschuld kundzutun – wenn es wirklich eine Anklage war, die de Vendenheim von London hierhergeführt hatte.

Aber natürlich war es eine Anklage. Und sobald Nash sie gehört hatte – wenn er begriff, was im Vorfeld alles geschehen war –, wäre sie die allerletzte Person, dessen Unterstützung oder Zuspruch er wünschen würde. Ihre einzige Hoffnung war, dass er den ursprünglichen Plan in seiner Gänze nicht durchschaute, dass er niemals erfahren würde, was vorgegangen war oder wer darin verwickelt gewesen war. Aber das war nur eine schwache Hoffnung. Xanthia presste die Hand auf ihr Zwerchfell und versuchte die Übelkeit zurückzudrängen. Dann machte sie sich auf die Suche nach Kieran.

Nash führte die unerwarteten Gäste in den Chinesischen Salon, der der Großen Halle am nächsten lag, und bat sie, Platz zu nehmen. Er betrachtete die Visitenkarten, die die Gentlemen ihm übergeben hatten. »Ich hoffe, Ihr werdet Verständnis dafür haben, Lord de Vendenheim-Sélestat, aber ich habe das Haus voller Gäste«, sagte der Marquess, ohne sich zu setzen.

»Einfach nur de Vendenheim, das genügt«, erwiderte der Besucher.

Der Mann war schlanker und sogar größer als Nash, Letzteres war höchst ungewöhnlich. Halb gesenkte schwere Lider bedeckten seine dunklen Augen, und seine olivfarbene Haut, so bemerkte Nash, war gewiss nicht die eines Engländers.

Der bohrende Blick des Mannes begegnete dem seinen. »Italienisch«, sagte er. »Und elsässisch.«

»Bitte?«

»Ihr habt über meine Abstammung nachgedacht«, sagte der Mann gelassen. »Nein, ich bin nicht englischer Herkunft.«

»Ich denke, das geht außer Euch selbst niemanden etwas an«, entgegnete Nash.

»Nichtsdestotrotz ist es manchmal einfacher, die Neugierde zu befriedigen.

»Wie Ihr meint.« Nash lächelte leicht, dann schaute er wieder auf die Visitenkarten. »Und ... Mr. Kemble, nicht wahr? Kennen wir uns, Sir?«

»Vielleicht sind wir uns bereits irgendwo begegnet«, sagte der Mann ausweichend.

»Nun«, Nash legte die Karten beiseite und setzte sich, »ich kann mir nicht denken, was die Regierung von mir will. Mich interessiert Politik nicht besonders. Aber trotzdem – wie kann ich behilflich sein?«

Der Mann, der sich de Vendenheim nannte, blickte plötzlich unbehaglich drein und räusperte sich vernehmlich. »Das Innenministerium hat gewisse Nachforschungen angestellt, Lord Nash, hinsichtlich einiger Unregelmäßigkeiten in diplomatischen Kreisen«, begann er. »Wir würden Euch im Zusammenhang mit diesen Unregelmäßigkeiten gern gewisse Fragen stellen.«

»Ich kenne niemand nennenswerten innerhalb des diplomatischen Corps«, bemerkte Nash.

Etwas wie Befriedigung flackerte in de Vendenheims Augen auf. »Oh, wir sind da anderer Meinung«, entgegnete er. »Der Comte de Montignac, ein Attaché an der Botschaft Frankreichs, ist der Empfänger einer sehr großen Geldsumme gewesen – Eures Geldes, um es direkt zu sagen.«

Lord Nash schwieg. Seine Alarmglocken schrillten, doch es gelang ihm, sie zu ignorieren. Die Erinnerung an jene geschmacklose Szene in Belgravia kam ihm in den Sinn – und die Drohung, die einige Wochen später auf Lady Cartselles Maskenball ausgesprochen worden war. Andererseits war es die Comtesse de Montignac gewesen, von der die Drohung stammte, nicht ihr Mann. Und was scherte sich das Home Office um etwas, was kaum mehr als ein Fall subtiler Erpressung gewesen war?

»Lord Nash?«, sagte de Vendenheim.

Der Marquess räusperte sich. »Welche Lügen auch immer die Comtesse de Montignac erzählt hat – sie sind genau das«, entgegnete er ruhig. »Lügen.«

»Aber Ihr habt ihr Geld gegeben, um es an ihren Mann weiterzuleiten, oder nicht?«, hakte Mr. Kemble nach. »Eine große Summe Geld. Wir würden einfach nur gern wissen, warum Ihr das getan habt.«

Nash starrte den Mann finster an und wünschte, er würde sich zum Teufel scheren. »Das geht Euch nichts an, Sir«, sagte er kühl. »Ich schulde Euch keine Erklärung und, um deutlich zu werden, ich werde Euch auch keine geben. Ganz egal, von welcher Seite man es betrachtet, die Sache ist kaum Angelegenheit des Innenministeriums.«

De Vendenheims Stirnrunzeln verstärkte sich. »Diplomaten ist es verboten, Bestechungsgelder von den Bürgern des Landes anzunehmen, in dem sie akkreditiert sind.«

Bei diesen Worten warf Nash den Kopf in den Nacken und lachte. »Verboten von wem, de Vendenheim?«, fragte er ungläubig. »Von deren Heimatland? Sicherlich seid Ihr nicht so naiv? Das Home Office sollte sich lieber um die englischen Gesetze kümmern – von denen ich übrigens keines gebrochen habe. Und was das französische Recht betrifft, nun, die Regierung Frankreichs würde zusammenbrechen, gäbe es keine Schmiergelder und Erpressung mehr.«

Er konnte sehen, dass sich de Vendenheims Frustration verstärkte. »Ihr scheint die Angelegenheit nicht mit der nötigen Ernsthaftigkeit zu betrachten, Lord Nash«, schnappte er. »Ich kann Euch versichern, dass Verrat in England noch immer ein Verbrechen ist, für das man gehängt wird.«

»Verrat?«, sagte Nash äußerst ruhig. »Bei Gott, das ist ein zu gefährliches Wort, um damit hausieren zu gehen, Sir. Euer Leben kann Euch nicht viel wert sein, wenn Ihr es wagt, in mein Haus zu kommen und es mir an den Kopf zu werfen.«

De Vendenheim sah nicht besonders besorgt aus. »Ich werde Euch keine Satisfaktion geben, Nash, wenn es das ist, worauf Ihr aus seid«, erwiderte er und machte eine wegwerfende Geste. »Ich bin kein Gentleman, und ich fühle mich auch nicht gezwungen, so dumm zu handeln, wie einige von ihnen es tun.«

Nash sprang hinter seinem Schreibtisch auf. »Ich hingegen würde schon große Genugtuung dabei empfinden, Euch einfach aus meinem Haus zu werfen und –«

»Bitte, Lord Nash!« Mr. Kemble hob mahnend die Hand. »Darf ich vorschlagen, dass wir alle uns einen Moment Zeit nehmen, um uns zu sammeln? Mein Freund hier hat sich so sehr von seiner Besorgnis leiten lassen, dass er seine Zunge nicht unter Kontrolle hatte.«

»Genauso wenig wie seinen Verstand«, sagte Nash. »Wenn er den denn überhaupt besitzt.«

»Aber gewisse Fakten bleiben, Mylord«, sprach Mr. Kemble ruhig weiter. »Und einige davon sind, ihrem Anschein nach, ziemlich verräterisch. Geheime französische und englische Kuriere werden seit mehr als acht Monaten in der Nähe dieses Hauses beobachtet, und –«

»Was, Eure Leute haben *Spione* auf mich angesetzt?«, brüllte Nash. »Ihr *beobachtet* mein Haus? Ich beginne mich zu fragen, was Ihr sonst noch alles getan habt?«

Einen Moment lang zögerte Kemble. »Nur die notwendig erachteten Maßnahmen, Mylord«, sagte er schließlich. »Vor einigen Wochen wurde einer der Kuriere im *White Lion Inn* ermordet, das sich gerade einmal fünf Meilen südlich von hier befindet. Er trug, wie vermutlich die meisten von ihnen, sehr interessante Informationen bei sich, die überwiegende Zahl davon codiert.«

Ein großes Unbehagen beschlich Nash, doch er kämpfte es nieder. »Aber Ihr habt gesagt, in der Nähe dieses Hauses«, wiederholte er, »nicht *in* diesem Haus.«

»Wir haben keinen Zeugen, der einen dieser Kuriere mit

jemandem innerhalb der Mauern dieses Hauses in Verbindung bringen kann, nein«, gab Kemble zu.

»Dann betrachte ich dieses Gespräch als beendet, Gentlemen.«

Mr. Kemble sah de Vendenheim mit einem Ich-habe-es-dir-doch-gesagt-Blick an.

De Vendenheim wandte sich wieder Nash zu. »Es hat einige Zeit in Anspruch genommen, die Unterlagen zu dechiffrieren, die der Tote bei sich hatte«, sagte er. »Doch nachdem es uns gelungen war, sind wir auf eine Liste mit Waffen gestoßen, die geschmuggelt werden sollten, sowie eine Landkarte, die dieses Haus kennzeichnet. Auch die Adresse war darauf notiert worden. Ich glaube also nicht, dass wir einen Zeugen brauchen werden, Lord Nash.«

»Waffen, die geschmuggelt werden sollten?« Nash spürte, wie ihm das Blut buchstäblich aus dem Gesicht wich. »Großer Gott. Waffen von wo? Und an wen?«

»Wir sind nicht befugt, darüber zu reden«, erklärte de Vendenheim.

Nash sprang auf. »Bei Gott, das ist eine schwere Anklage, die Ihr gegen mich erhebt«, sagte er. »Ich denke, die Ehre erfordert es von Euch, den Vorwurf zu erklären.«

Einen Augenblick lang dachte de Vendenheim darüber nach. »Nun gut«, gab er schließlich nach. »Amerikanische Waffen. Karabiner, um genau zu sein. Vermutlich werden sie über Frankreich an griechische Revolutionäre verschickt. Klingt das auf irgendeine Weise vertraut?«

»Karabiner?« Du lieber Gott.

Nash stockte der Atem. Er ging zum Fenster und betete um Klarheit. Um Beherrschung. Er musste nachdenken; sich darauf konzentrieren, was das alles zu bedeuten hatte. Er wusste, dass er sich vor de Vendenheim keine Unsicherheit anmerken lassen durfte. Er stemmte eine Hand in die Hüfte und starrte in den strahlenden Frühlingstag hinaus, betrachtete die Unschuld und Fröhlichkeit, mit denen das Treiben auf dem Rasen weiterging. Wie sorglos alle aussahen. Und wie brutal die Welt doch sein konnte. Geschmuggelte Waffen! Man hatte ihm einen harten Schlag versetzt, vor dem er seine Familie bewahren musste – wenn irgendetwas von diesen Anschuldigungen wahr war.

»Lord Nash, diese Waffen werden selbst in diesem Moment verschoben, da wir darüber sprechen«, fuhr de Vendenheim fort. »Ich warne Euch – unsere Regierung wird nicht zulassen, dass sie Griechenland erreichen. Wir müssen wissen, wo sich dieses Schiff in genau diesem Augenblick befindet, damit die Royal Navy es vielleicht noch aufhalten kann. Es stehen Menschenleben auf dem Spiel.«

Der Marquess fuhr herum. »Und Ihr denkt, dass *ich* weiß, wo dieses verdammte Schiff ist?«

»Irgendjemand in diesem Haus weiß es mit Sicherheit«, beharrte de Vendenheim. »Und wir haben herausgefunden, Lord Nash, dass Ihr Beziehungen nach Russland unterhaltet. Wir wissen, dass die Antipathie Eurer Familie in der Vergangenheit den Türken gegolten hat.«

»Meine Familie wurde in der Vergangenheit von den Türken *ermordet*«, spie Nash aus. »Ebenso wie die Griechen. Ebenso wie die Albaner. Sagt mir, de Vendenheim, habt Ihr jeden verdammten Ausländer in diesem Land befragt? Weil Ihr das nämlich tun müsstet, um die Antwort zu bekommen, nach der Ihr so lechzt.«

De Vendenheim sah aus, als würde er jeden Moment von seinem Stuhl aufspringen. Mr. Kemble musste das gespürt haben, denn er erhob sich, ging zu seinem Begleiter und legte ihm die Hand auf die Schulter, um ihn zu besänftigen. »Lord Nash, die

Landkarte trug die Adresse dieses Hauses«, sagte er ruhig. »Diese Tatsache ist nicht wegzudiskutieren. Und jetzt, wenn Ihr vielleicht mit uns zusammenarbeiten würdet, dann –«

»Wer seid Ihr?«, fauchte Nash.

»Wie bitte?«

»Wer, zum Teufel, seid Ihr?« Nash ging auf Kemble zu. »Bei Gott, ich weiß, dass ich Euch irgendwo schon einmal gesehen habe – und das erst vor Kurzem.«

Mr. Kemble ließ schweigend die Hand sinken.

Nash fühlte seine Erinnerung sich verfinstern, als würde er in Ohnmacht fallen. Oder einen Mord begehen. »In Wapping«, murmelte er. »Ihr wart in Wapping, richtig? Bei Neville Shipping. Dort habe ich Euch gesehen.«

Mr. Kemble lächelte schwach. »Vermutlich habe ich zu sehr gehofft, Ihr würdet Euch nicht erinnern. Die meisten Menschen tun das. Sie sehen nie die Dienstboten, die sich im Hintergrund plagen.«

Ein Dienstbote? Dieser Mann war kein Dienstbote.

»Was habt Ihr dort gemacht?«, fragte Nash rau und fürchtete schon die Antwort. »Was? Sagt es mir, bei Gott!«

Wieder wechselten die beiden Männer beredte Blicke. De Vendenheim sprach als Erster. »Ihr dürft Lord Rothewell oder seiner Schwester nicht die Schuld geben«, sagte er ruhig.

Nash versuchte die Worte aufzunehmen, aber ihnen eine andere Bedeutung zu geben. Er konnte es nicht. Seine Wut verwandelte sich in ein seltsames Gefühl der Vorahnung und etwas noch Schlimmeres. Eine krankmachende Angst. In diesem Moment klopfte es an der Tür. Nash ging durch den Salon und riss die Tür auf. Mit einem Blick überschaute er den Halbkreis von Dienern mit blassen Gesichtern und Tony, der hinter ihnen stand. Auch Xanthia und Rothewell befanden sich in der großen Halle. Rothewell sah ernst aus. Xanthia flüsterte ihm etwas ins Ohr, ihr Gesicht war bleich, ihre Miene beschwörend

Xanthia. Sein Blick begegnete ihrem, bittend. Flehend. Sie wandte ihr Gesicht ab.

Nashs Knie fühlten sich an, als würden sie nachgeben. Ein Holzpflock war ihm soeben mitten ins Herz getrieben worden. Es war, als würden unbezwingbare Wellen von Leid und Zorn über ihm zusammenschlagen, als würde sein Schiff untergehen, unter seinen Füßen zu Treibgut zersplittern, als würde er sich an ein Trümmerteil klammern, während er sich fragte, ob er gerettet werden oder ertrinken würde.

Allmächtiger Gott. Xanthia. Es war unmöglich. Das konnte nicht sein.

Tony betrat den Salon. Zitternd holte Nash Atem und zwang sich, seine Aufmerksamkeit auf seinen Stiefbruder zu richten, der noch seine weiße Cricketkleidung trug. »Stefan, du siehst krank aus«, sagte Tony sehr ruhig. »Mama sagt, aus dem Salon seien wütende Schreie zu hören gewesen. Ist alles in Ordnung?«

Nash packte Tony am Arm. »Ihr werdet mich jetzt entschuldigen«, sagte er über die Schulter hinweg zu de Vendenheim. »Ich wünsche, einen Moment allein mit meinem Bruder zu sprechen.«

Nash führte Tony in den gegenüberliegenden Korridor. Er musste sich zwingen zu gehen, zu denken. Auch seine Hände zitterten jetzt. Er wollte zu Xanthia laufen und die Wahrheit einfordern. Aber die Wahrheit würde ihn umbringen. Genau genommen hatte sie es schon getan.

»Wohin gehen wir?« Tonys Stimme klang beunruhigt. »Und wer, zum Teufel, sind diese Männer?«

»Sie sind dein schlimmster Albtraum, Tony«, knurrte Nash und stieß die Tür zur Bibliothek auf. »Wir müssen entscheiden, was zu tun ist – und zwar sofort.«

Nachdem er die Tür geschlossen hatte, fuhr Nash sich mit beiden Händen durch das Haar. Aber es war nicht an Tony, die Entscheidung zu treffen, nicht wahr? Es war sein Leben, das in Trümmern lag, während Tonys noch gerettet werden konnte. Nash wollte schluchzen, seine Fäuste erheben und jemanden schlagen – Tony, Kemble, de Vendenheim, irgendjemanden, irgendjemanden außer *ihr* – und ihn ernsthaft verletzen. Er war ausspioniert worden. Der Mann mit Namen Kemble war ihm nicht zufällig bei Neville Shipping begegnet. Und Xanthia war genauso wenig zufällig mit ihm ins Bett gegangen. Der unausweichliche Horror dieser Erkenntnis traf ihn wie ein Schlag.

»Was habe ich getan, Nash?«, fragte Tony ruhig. »Und was kann ich tun, um zu helfen?«

»Tony«, sagte Nash grimmig, »hättest du getan, um was ich dich in den letzten fünf Jahren immer wieder gebeten habe – auf deine Frau zu achten, ein Auge auf sie zu haben –, dann würdest du jetzt nicht handeln müssen.«

Tonys Gesicht wurde blass, bis es so weiß war wie seine Cricketkleidung. »Lieber Gott«, keuchte er, »was hat Jenny diesmal angestellt?«

»Ich kann es nur vermuten«, stieß Nash hervor, »nicht beweisen. Aber wir haben keine Zeit, Tony. Ich möchte, dass du auf dein Zimmer gehst und deine Sachen packst. Wir müssen aufbrechen. Jetzt.«

»Aufbrechen?«, fragte sein Stiefbruder ungläubig. »Aber was ist mit Mamas Geburtstagsfeier?«

»Es tut mir leid«, erwiderte Nash knapp, »aber wir reden hier über deine politische Karriere, Tony. Ich denke, ich weiß, wie unter diesem Gesichtspunkt deine Entscheidung ausfällt. Also geh jetzt, schnapp dir Gibbons und sag ihm, er soll ein paar Sachen für mich packen – und meine Geldkassette mitnehmen. Ich will alles in fünf Minuten hier unten haben. Ich werde währenddessen zu den Ställen gehen, damit man deine Kutsche fertig macht und vorfährt.«

Er hatte jetzt Tonys ungeteilte Aufmerksamkeit. »In zwei Minuten«, sagte er. »Aber wohin fahren wir, Nash?«

»Nach Frankreich«, sagte Nash angespannt. »Wir folgen Jenny nach Cherbourg. Meine Jacht liegt in Southampton vor Anker. Wenn wir uns beeilen, können wir bei Einbruch der Dämmerung dort sein.«

Xanthias Magen brannte noch vor Übelkeit, als sie sah, wie Nash Mr. Hayden-Worth mit sich den Korridor entlang und in die Bibliothek zog. Die schmerzliche Anklage in seinen Augen war unübersehbar. Lieber Gott. Er wusste es. Es war vorbei.

Ohne darüber nachzudenken, verließ sie ihren Bruder und ging mit unsicheren Schritten in den Chinesischen Salon. »Wie konntet Ihr das tun?«, zischte sie de Vendenheim zu. »Wie konntet Ihr mir das antun?«

»Euch, Miss Neville?«

»Ja, und Lord Nash, um Himmels willen! Wie könnt Ihr es wagen, die Unantastbarkeit des Hauses eines Mannes auf diese Weise zu missachten – und zudem noch unter diesen Umständen? Er hat das Haus voller Gäste, wichtige Gäste. Was sollen die Leute denken?«

»Es ist höchst bedauerlich, Miss Neville«, sagte de Vendenheim ruhig, »aber wir haben eine dringende Information erhalten. Eine Ladung amerikanischer Gewehre soll sich auf dem Weg nach Cherbourg befinden, aber wir wissen nicht genau, wann oder unter welcher Flagge das Schiff fährt.«

»Und Eure Befragung konnte nicht warten?«, verlangte sie zu wissen.

»Nein, das konnte sie nicht«, entgegnete der Vicomte grimmig. »Dieses Schiff muss gestoppt werden. Die Lage in Griechenland wird mit jedem Tag gefährlicher. Und ich denke, Miss Neville, dass Ihr um Euretwillen nicht in diesem Zimmer sein solltet.«

Sie spürte, dass Kieran sie am Arm berührte. »Er hat recht«, sagte er warnend. »Wenn du bleibst, wird Nash wissen, dass du mit dieser Sache zu tun hast, meine Liebe.«

Xanthia fuhr zu ihm herum. »Er weiß es bereits!«, rief sie. »Weil *er* Mr. Kemble mitgebracht hat!« Sie deutete mit dem Finger auf de Vendenheim. »Nash hat Kemble gesehen, Kieran – vor Wochen. Nur für einen Moment und von Weitem, aber ja, er hat den Mann in meinem Büro gesehen. Nash kennt die Wahrheit schon, und das ist seine Schuld.«

»Miss Neville, wie sollte Max denn wissen können, dass wir Euch hier auf Brierwood antreffen würden?«, sagte Kemble beruhigend. »Da er Euch und mich nun hier gesehen hat – ja, Lord Nash wird vermutlich eins und eins zusammenzählen können. Ehrlich gesagt denke ich, er hat es bereits getan. Es tut mir aufrichtig leid.«

Xanthia wollte vor Verzweiflung weinen. »Ihr seid Euch so sicher, dass er schuldig ist!«, rief sie. »Doch Ihr beide habt nicht weiter gesehen, als Eure Nasen lang sind.«

»Xanthia, mäßige dich«, fuhr ihr Bruder dazwischen. »Allerdings denke ich, dass sie recht hat«, sagte er dann zu de Vendenheim. »Auch ich habe einige Fragen in dieser Sache gestellt, und Nash weiß nicht das Geringste. Dessen bin ich mir ganz sicher.«

»Bedauerlicherweise, Mylord, sprechen die Fakten deutlich gegen ihn«, entgegnete de Vendenheim.

Xanthia sprang ihm fast an den Hals. »Hier leben auch noch andere Menschen!«, warf sie ein. »Mr. Hayden-Worth zum

Beispiel! Was ist mit ihm? Habt Ihr seinen Hintergrund genauso gründlich überprüft?«

»Das haben wir nicht.«

»Nein, weil er ganz und gar englisch ist – und ein Politiker«, sagte sie höhnisch und begann zu weinen. »Ihr verdächtigt Lord Nash, weil ausländisches Blut in seinen Adern fließt. Das ist geradezu widerlich. Es ist schlicht und einfach Bigotterie.«

Der Mund de Vendenheims verzog sich zu einem höhnischen Grinsen. »Ich versichere Euch, Miss Neville, dass niemand sich der Schwierigkeiten, denen sich ein Ausländer in diesem Land gegenübersieht, stärker bewusst ist als ich«, sagte er. »Mein Verdacht gegen Lord Nash basiert auf Fakten. Er hat regionale Verbindungen nach Osteuropa, und seine Familie ist dafür bekannt, die Türken zu hassen. Auf jeden Fall aber hat er eine große Geldsumme den französischen Diplomaten übergeben, die als Verbindung zu den Griechen dienen. Und Brierwood gehört ihm, ganz egal, wer hier noch wohnen mag.«

Später war Xanthia sich nicht mehr sicher, was sie dazu getrieben hatte. Instinkt vielleicht? Sie riss sich von Kieran los. »Ihr bleibt hier – alle drei«, befahl sie und fuhr sich mit der Hand über die Augen, um ihre Tränen zu trocknen. »Es gibt etwas, das ich Euch zeigen möchte.«

Wütend lief Xanthia die Treppe hinauf und begegnete dabei Mr. Hayden-Worth, dem zwei Diener auf dem Fuße folgten. Beschämt fühlte sich Xanthia gezwungen, den Blick abzuwenden, weshalb sie weder die Reisetaschen wahrnahm, welche die Diener trugen, noch den starren, blutlosen Ausdruck auf Mr. Hayden-Worths Gesicht.

Als Nash durch den Westflügel Brierwoods in die Eingangshalle zurückkehrte, waren seine Gedanken in Aufruhr. Er hatte die Pferdeknechte in Panik versetzt, aber er wollte – bei Gott –, dass seine Kutsche ihm binnen Augenblicken zur Verfügung gestellt wurde, dessen war er sich sicher. Was alles andere betraf, so war er es nicht. Aber er lief weiter, mechanisch wie eine Maschine, teils, weil er Angst davor hatte zusammenzubrechen, teils, weil er Angst hatte zu denken. Angst vor der schrecklichen Erkenntnis, die jetzt schon niederschmetternd war.

Aber es gab kein Entrinnen. Die bittersüßen Bilder kehrten in seine Gedanken zurück. Xanthia, die so beiläufig über den Aufstand in Griechenland sprach. Die ihm leichthin von Zollgebühren und Steuern erzählte. Die subtil andeutete, dass es Möglichkeiten gab, diese Dinge zu umgehen. Damals hatte er sich darüber gewundert, da ihre Worte so gar nicht zu ihr zu passen schienen. Aber ganz offensichtlich war die Frau gut darin ausgebildet, Menschen zu täuschen. All das erklärte auch, warum sie ihm in jener ersten Nacht bei den Sharpes auf die Terrasse gefolgt war.

Sie war in der Tat sehr geschickt vorgegangen. Sie könnte mühelos den besten Schauspielerinnen der Drury Lane das Wasser reichen. Er erinnerte sich daran, wie er sie über seinen Schreibtisch gebeugt in der Bibliothek gefunden hatte. Sie war vorgeblich auf der Suche nach dem Briefpapier gewesen, das offen in der obersten Schublade gelegen hatte. Dann die Sache mit Vladislavs fehlenden Briefen. Vermutlich hatte sie sie genommen. Aber warum? Gab es denn kein Ende für die Dreistigkeit dieser Frau? Wie hatte ihm das nicht auffallen können? Hätte er heute nicht zufällig Mr. Kemble wiedererkannt, hätte nicht irgendetwas im Gesicht des Mannes ihn zur Raserei getrieben, dann … allmächtiger Gott. Was für einen Narren hätte er aus sich gemacht?

Sein Leben – das Leben, von dem er lange nicht gewusst hatte, dass er es wollte – war vorbei. Er schämte sich, heiße Tränen in seinen Augen zu spüren. Er ballte die Hände zu Fäusten, während er seine Gefühlsaufwallung zurückzwang – und während der Schmerz langsam zu einem unbändigen Zorn hochkochte, einem einfacheren, sichereren Gefühl, das er kannte.

Nash ging in die große Halle und traf dort auf seinen Stiefbruder, der ihn bereits erwartete. Noch immer trug Tony seine weiße Cricketkleidung, neben ihm standen Gibbons und Tonys Kammerdiener bereit – die Reisetaschen in der Hand und frische Kleider über den Armen. Beide Diener sahen entschlossen aus.

»Ich entschuldige mich für die Eile«, sagte Nash zu den drei Männern. »Die Kutsche wird gleich vorfahren. Bis zum Abend sollten wir es zur Küste schaffen.«

In diesem Augenblick trat de Vendenheim aus den Schatten des Salons. Seine Schritte hallten auf dem Marmorboden wider. »Ich hoffe, Lord Nash, dass Ihr nicht vorhabt, das Land zu verlassen«, sagte er leise.

»Das ist genau das, was ich vorhabe«, entgegnete Nash. »Habt Ihr genügend Beweise, um mich festzuhalten?«

De Vendenheim zögerte. »Keine ausreichenden.«

»Dann tretet beiseite, Sir«, befahl Tony und mischte sich in das Gespräch ein. »Ich weiß kaum, wer Ihr seid, aber ich denke, Ihr wisst, wer ich bin.«

»Ja, Mr. Hayden-Worth.« De Vendenheim klang ungewöhnlich erschöpft. »Ich bin mir dessen nur allzu sehr bewusst.«

»Dann stellt Euch auf eigenes Risiko uns in den Weg«, fauchte Tony. »Und erinnert Euch freundlicherweise daran, dass ich in Whitehall nicht ohne Einfluss bin.«

»Auch dessen bin ich mir durchaus bewusst«, sagte der

Vicomte trocken. Er wandte seine Aufmerksamkeit wieder Nash zu. »Mylord, ich muss Euch noch einmal auffordern, in England zu bleiben – bei Eurer Ehre als Gentleman.«

»Aber mein lieber Freund, genauso wie Ihr bin ich wohl kaum ein Gentleman«, entgegnete Nash. »Genau genommen bin ich kaum ein Engländer.«

De Vendenheim runzelte die Stirn. »Lord Nash, ich denke wirklich –«

»Und ich denke, dass Ihr äußerst unverfroren gehandelt habt, indem Ihr in die Unantastbarkeit meines Heims eingedrungen seid«, unterbrach Nash ihn kalt. »Ich werde nach Frankreich fahren, Gentlemen – nach Cherbourg, um präzise zu sein –, wo ich die französische Polizei das erledigen lassen werde, dessen man hier unfähig zu sein scheint. Und wenn ich zurückkomme – und mich dann eventuell in nachsichtiger Stimmung befinde –, dann werde ich Euch vielleicht sogar Euren ausländischen Spion übergeben, de Vendenheim.«

De Vendenheims Lippen wurden vor Ärger schmal, und er trat zur Seite. In diesem Moment bemerkte Nash Xanthias Bruder im Schatten des Salons.

»Lord Rothewell«, sagte er knapp, »Ihr und Eure Schwester werden so freundlich sein, mein Haus zu verlassen – heute Abend noch, wenn es möglich ist. Spätestens aber morgen früh. Habe ich mich klar ausgedrückt?«

Lord Rothewell stand gelassen im Schatten, sein Gesicht war ebenso undurchdringlich wie sein Charakter. »Ihr macht einen schwerwiegenden Fehler, Nash«, sagte er.

»Nein, Gott sei Dank, den mache ich nicht«, gab der zurück, und seine Stimme klang gefährlich sanft. »Aber ich war knapp davor.«

Von der Tür her, die noch immer offen stand, war eine vorfahrende Kutsche zu hören. Nash warf de Vendenheim einen letzten Blick zu, während er die Freitreppe hinunterging. Mr. Hayden-Worth und die beiden Kammerdiener folgten ihm. Dann ließ der Kutscher die Peitsche knallen, und sie fuhren davon.

»*Maledizione!*«, fluchte de Vendenheim und schlug mit der Faust gegen den Türrahmen.

»Nun«, sagte Kemble mit falscher Heiterkeit, »das hätte wohl kaum schlechter laufen können.«

Lord Rothewell und de Vendenheim starrten ihn finster an, doch Kemble wurde von Xanthia gerettet. Die Kutsche war noch nicht ganz verschwunden, als sie die Treppe hinunterkam, zur offenen Tür lief und eine Hand auf den Türknauf legte. Verzweifelt sah sie zu, wie die Staubwolke sich langsam legte.

Als Kutsche samt Staub verschwunden waren, wandte Xanthia sich langsam um. »Er fährt nach Frankreich, nicht wahr?«

Mr. Kemble sah sie seltsam an. »Ja. Woher wisst Ihr das?«

Xanthia ließ den Kopf sinken und drängte das zurück, was an Tränen noch übrig war. »Kommt mit in den Salon«, sagte sie. »Ich werde Euch Lord Nashs Unschuld beweisen.«

Mr. Kemble legte seine Hand auf ihre. »Miss Neville, es ist nicht nötig, das jetzt zu tun.«

Xanthia riss sich von ihm los. »Aber ich muss es jetzt tun, versteht Ihr das denn nicht?«, rief sie. »Hört mir zu, Mr. Kemble – erinnert Ihr Euch, dass Ihr mir einmal etwas darüber gesagt habt, dass ganz normale Dinge, geschrieben in einem Brief, eine besondere Bedeutung haben können?«

Kemble folgte ihr in den Salon. »Ja, aber die Beteiligten müssen wissen, welche Worte was bedeuten. Es ist die einfachste Art eines Codes, die es gibt – und mehr oder weniger unmöglich zu dechiffrieren.«

Rothewell legte eine Hand unter Xanthias Ellbogen. »Nash

hat uns aufgefordert abzureisen, Zee«, sagte er leise. »Vielleicht sollten wir seiner Aufforderung sofort Folge leisten?«

»Nein.« Xanthia setzte sich in einen Sessel vor einem der Fenster und zog den Brief von Mrs. Hayden-Worth aus dem Gebetbuch. Sie reichte ihn Kemble. »Ich möchte, dass Mr. Kemble ihn als Erster liest.«

»Was ist das?«, fragte de Vendenheim und spähte Kemble über die Schulter.

Xanthia biss sich auf die Lippen. »Es ist ein Brief an Mrs. Hayden-Worth von ihrem Vater«, erwiderte sie. »Sie ist Amerikanerin. Wusstet Ihr das?«

De Vendenheim und Kemble tauschten beunruhigte Blicke.

»Nun, das dachte ich mir«, sagte sie scharf. »Ihr Vater ist ein reicher amerikanischer Industrieller. Er lebt in Connecticut, so glaube ich. Connecticut liegt ziemlich nah bei Boston – genau dort, von wo aus Eure Waffen geschmuggelt worden sind, nicht wahr?«

»Ja«, gab de Vendenheim zu.

Kembles Augen flogen rasch über die Worte. »Der Brief ist seltsam knapp«, sagte er und reichte ihn Xanthia zurück. »Aber abgesehen davon – was soll ich darin lesen?«

Xanthia hielt den Brief in einer Hand, das Gebetbuch in der anderen. »Habt Ihr nicht den Eindruck, dass der Tenor des Briefes merkwürdig steif klingt?«, fragte sie. »Und die Erwähnung eines speziellen Datums – wie konnte Mrs. Hayden-Worth wissen, dass sie an dem besagten Tag in Cherbourg sein würde, so viele Monate vorher?«

»Ich habe keine Ahnung.«

»Es muss eine sehr wichtige Verabredung sein«, sagte Xanthia. »Und doch, als ich hier eintraf, hat sie behauptet, vergessen zu haben, dass sie nach Frankreich müsste. Vor zwei Tagen ist sie in einem sehr unaufmerksamen Zustand von hier abgereist – fast am Vorabend der großen Geburtstagsgesellschaft ihrer Schwiegermutter.«

»Worauf wollt Ihr hinaus?«, fragte de Vendenheim.

»Wie lange braucht die Post nach Amerika und dann wieder zurück nach England?«, fragte Xanthia. »Diese Verabredung war immerhin wichtig genug, dass Mrs. Hayden-Worth ihrem Vater schrieb und sie erwähnte. Und wichtig genug, dass er zurückschrieb und das Datum sogar wiederholte. Und unter diesen Umständen soll sie es *vergessen* haben?«

»Oder vielleicht auch nicht«, sagte Kemble halblaut. »Ihr meint also, dass Mrs. Hayden-Worth möglicherweise durch diesen Brief zum ersten Mal von diesem Datum erfahren hat? Dass der Brief eigentlich eine Art Anweisung ist?«

»Absprache oder Anweisung – beides ist möglich.« Xanthia seufzte. »Oder keines von beidem. Vielleicht klammere ich mich auch nur an einen Strohhalm.«

»Vermutlich«, sagte de Vendenheim, beugte sich jedoch über Xanthias Schulter. In seiner Stimme lag eine Spur Hoffnung.

Xanthia gab ihm den Brief. »Ihr seid verheiratet, Lord de Vendenheim?«, fragte sie unvermittelt.

Der Vicomte zog die dunklen Augenbrauen hoch. »Ja, und das sehr glücklich.«

Ihre Augen glitten über seine offensichtlich teure Kleidung. »Ich würde meinen, Eure Frau ist sehr reizend und kleidet sich elegant«, sagte Xanthia. »Hat sie je die kleine Art von Perlen getragen, mit denen manchmal Kleider bestickt werden?«

De Vendenheim nickte. »Catherine trägt sie oft auf ihren Abendkleidern.«

»Und woher bezieht sie die Perlen?«

De Vendenheim sah sie merkwürdig an. »Sie kommen von

der Schneiderin«, sagte er. »Aber wartet, ich verstehe, was Ihr mir sagen wollt. Catherine hat immer eine kleine Schachtel davon für Reparaturen und Ähnliches in Reserve. Sie näht sie selbst an, aber ich habe keine Ahnung, woher sie sie bekommt.«

»Aus der Oxford Street wahrscheinlich«, sagte Xanthia. »Dort sind sie jederzeit zu bekommen und auch nicht schrecklich teuer.«

»Warum also sollte Mrs. Hayden-Worth ihrem Vater schreiben und ihn um diese Perlen bitten?«, murmelte Mr. Kemble. »Jede Frau weiß, dass sie ohne Schwierigkeiten in London zu bekommen sind.«

Xanthia sah Mr. Kemble an. »Als ich Mrs. Hayden-Worth begegnete, schien sie geistesabwesend zu sein«, sagte sie nachdenklich.

»Und sie ist nach Cherbourg gefahren«, murmelte Kieran. »Was für ein seltsamer Zufall.«

De Vendenheims olivfarbene Haut hatte sich zu einem seltsamen Aschgrau verfärbt. »So etwas wie Zufall gibt es nicht«, sagte er grimmig. Ohne ein weiteres Wort steckte er den Brief in die Tasche seines Mantels.

»Cherbourg«, stieß Mr. Kemble hervor. »Der Hafen würde Sinn für amerikanische Handelsschiffe machen, um auf dieser Seite des Atlantiks überholt zu werden, nicht wahr?«

»Wahrscheinlich nicht der günstigste«, sagte Xanthia, »aber sinnvoll, ja, das durchaus.«

Kemble sah Max de Vendenheim an. »Vielleicht haben wir den falschen Bruder erwischt, alter Freund«, sagte er. »Vielleicht sollten wir uns tatsächlich in Mrs. Hayden-Worths Umfeld ein wenig genauer umsehen. Es wäre nicht das erste Mal, dass ein Parlamentsmitglied seine Hand in fremde Taschen steckt.«

»Oder er hat von all dem ebenso wenig Ahnung wie sein Stiefbruder«, warf Rothewell ein.

In diesem Moment wurde die Tür des Salons aufgestoßen und Lady Nash kam hereingerauscht. Phaedra folgte ihr auf dem Fuße. »Oh! Oh! Was ist geschehen?«, rief sie und rang die Hände. »Wohin ist Nash so eilig aufgebrochen? Und wo ist mein Tony?«

Xanthia eilte zu ihr und nahm ihre Hand. »Macht Euch keine Sorgen, Lady Nash«, sagte sie, und ihre Stimme klang überraschend ruhig. »Sie mussten nach Frankreich. Ein kleiner Notfall – aber es wird alles gut, das versichere ich Euch.«

»Ein Notfall?« Lady Nash legte eine Hand an ihre Wange. »Oh, mein Gott! Was ist geschehen?«

Xanthia suchte nach einer guten Lüge, als Mr. Kemble näher trat. »Mrs. Hayden-Worth ist erkrankt«, sagte er.

»Krank?«, rief Lady Nash.

Kemble nahm ihre andere Hand und tätschelte sie. »Sie *war* krank«, korrigierte er sich. »Aber jetzt geht es ihr wieder besser. Nur eine kleine *mal de mer*. Dennoch war Mr. Hayden-Worth untröstlich.«

»Das sollte er auch!«, rief Ihre Ladyschaft.

»Und Ihr wisst ja, wie sehr er sich um sie kümmert«, sagte Mr. Kemble.

»Ja. Ja. Das tut er wirklich!«, bestätigte Ihre Ladyschaft. »Tony ist ein hingebungsvoller Ehemann.«

»Was für ein Unsinn!« Phaedra sah Kemble argwöhnisch an.

»Wir alle zeigen unsere Zuneigung auf unsere eigene Weise«, sagte Mr. Kemble ein wenig abfällig. »Mr. Hayden-Worth ist krank vor Sorge.«

Phaedra wich zurück. »Wer seid Ihr?«, verlangte sie zu wissen. »Und was tut Ihr in unserem Haus?«

Lord de Vendenheim trat einen Schritt vor. »Wir sind vom Home Office.« Ruhig stellte der Vicomte sich und Kemble vor. »Wir arbeiten für Mr. Peel.«

»Oh!«, sagte Lady Nash. »Mr. Peel ist ein sehr wichtiger Mann, nicht wahr? Und Tony ist bei der Regierung hoch angesehen. Also hat Euch die Regierung geschickt?«

Kemble tätschelte ihr noch immer die Hand. »Lord Wellington höchstpersönlich hat darauf bestanden, Ma'am«, sagte er. »Er wünschte, dass Mr. Hayden-Worth die Neuigkeiten sofort erfährt.«

»Oh?« Phaedra stemmte demonstrativ die Hände in die Hüften. »Und wie genau hat Lord Wellington von dieser schrecklichen Tragödie erfahren?«

Xanthia fing Phaedras Blick auf und legte den Finger an die Lippen.

Phaedras Augenbrauen zogen sich verwirrt zusammen, aber Mr. Kemble nutzte den Moment. »Der Premierminister hörte durch seine wichtigen geheimen Kanäle davon«, teilte er den Damen mit. »Einer seiner Spione reiste auf derselben Fähre. Und auch, wenn Mrs. Hayden-Worth sich jetzt bereits viel besser fühlt, so wusste er, dass ihr Ehemann nicht ruhen würde, bis er an ihrer Seite sein und sich von der Gesundheit seiner Frau überzeugen könnte.«

Phaedra verschränkte die Arme vor der Brust. »Und Nash musste ihn begleiten, um sich zu überzeugen?«

Kemble lächelte auf Phaedra hinunter, als sei sie ein Wunderkind. »Mr. Hayden-Worth war nicht in der Verfassung, allein zu reisen.«

»Und das nur, weil sich Jenny auf einer Fähre übergeben hat?«, wollte Phaedra wissen.

»So ist es.«

»Jetzt macht alles wieder Sinn.« Lady Nash betupfte sich

mit einem weißen Spitzentaschentuch die Augen. »Nash ist immer so fürsorglich. Arme, arme Jenny! Bestimmt wünscht sie sich jetzt, sie wäre zu meiner Geburtstagsfeier geblieben!«

»Ja«, murmelte Lord de Vendenheim trocken, »ich denke, das wird sie sich wohl bald wünschen.«

Xanthia trat durch den Salon auf Phaedra zu. »Ich bin nach oben gegangen, um dies hier zu holen«, sagte sie und gab Phaedra das Gebetbuch. »Ich dachte, es könnte ihr Trost geben, aber sie sind abgefahren, bevor ich zurück war. Es gehört Jenny, nicht wahr?«

Phaedra nahm es. »Ja, wo habt Ihr es gefunden?«

»Im Sekretär im Salon«, sagte Xanthia und berührte leicht die goldenen Initialen. »Es muss Jenny schon gehört haben, bevor sie geheiratet hat.«

»Oh ja, sie hat es aus Amerika mitgebracht«, bestätigte das Mädchen. »Seht Ihr hier? J. E. C., Jennifer Elizabeth Carlow.«

Mr. Kembles Kopf fuhr hoch, und sein Blick traf den von Xanthia. »Carlow?«

Phaedra sah ihn unbeeindruckt an »Ja. Was ist mit dem Namen?«

De Vendenheim trat näher. »Ihr Vater ist ein reicher amerikanischer Industrieller«, murmelte er wie zu sich selbst. »Wie bemerkenswert. Ich hätte nicht vermutet ...«

»Ja?«, fragte Phaedra ungeduldig.

De Vendenheim sah die junge Frau an. »Doch nicht Carlow von der Carlow Arms Manufacturing, oder? Der Waffenfabrik in Connecticut?«

»Doch, genau von der!«, rief Lady Nash. »Gewehre! Jetzt weiß ich endlich wieder, was er herstellt. Auf jeden Fall ist Mr. Carlow ein ausgesprochen lieber Mensch – und er *vergöttert* Jenny.«

Mr. Kemble und Lord de Vendenheim tauschten finstere Blicke aus und gingen zur Tür.

Phaedra dämmerte es. »Ach, du meine Güte«, murmelte sie Xanthia zu. »Jenny hat wieder etwas angestellt, nicht wahr?«

»Wir müssen hoffen, dass sie es nicht getan hat«, entgegnete Xanthia. »Und falls doch, müssen wir darauf vertrauen, dass Lord Nash es regeln kann.«

Phaedra trat ans Fenster und betrachtete die beiden Gentlemen in Schwarz, die wieder in ihre Kutsche stiegen. »Nun, ich habe keine Ahnung, wie Nash das regeln kann«, sagte sie grimmig, »aber irgendwie habe ich das Gefühl, dass die gute Jenny ein paar Gebete sprechen sollte – mit oder ohne diesem Buch.«

Kapitel 16

Das Ende der Geschichte in Paris

Der Sommer legte sich wie eine feuchte Decke über das Tal der Seine und überzog das Land mit einer ungewöhnlich schwülen Wärme. Auch in Paris war es auf den Straßen stickig, aber noch erträglich. Im *Hospice de la Salpêtrière* hingegen waren die Schwüle und der Gestank fast übermächtig. Lord Nash stand neben einem der schmalen Fenster, von dem aus man über die trügerisch grünen Wiesen blicken konnte. Er rieb sich den Nasenrücken und tat sein Bestes, das Stöhnen und die Schreie zu ignorieren, die durch das alte Gebäude hallten.

Er hatte kaum wahrgenommen, dass die Tür hinter ihm geöffnet worden war – aber er hatte seinen Namen gehört –, als ein ferner, schauriger Schrei wieder und wieder ertönte wie der eines verwundeten Tieres. Er hallte von den Wänden wider, dann gnädigerweise nur noch gedämpft, als eine Tür mit einem dumpfen Laut geschlossen wurde. Die Hand, die ihn berührte, war kalt.

Nash betrachtete das schmale Handgelenk, das unter dem Ärmel einer gestärkten weißen Albe hervorschaute. Langsam wandte er sich vom Fenster ab. *»Bonjour, mon Père.«*

Vater Michael betrachtete Nashs Gesicht. »Mein Sohn, wie geht es Euch?«, murmelte er. »Ihr seid vermutlich müde?«

Nash senkte den Kopf. *»Je vais bien, mon Père«*, sagte er. »Aber ja, müde. Die Comtesse kann sich an meinen Namen erinnern, wie ich höre?«

Der Priester lächelte matt. »*Oui*, und sie wird ihn von jetzt an auch eine Weile lang nicht vergessen.« Er schlug das Kreuz vor sich. »Aber sie ist jetzt – wie sagt man? An den Armen gefangen?«

»Gebunden?«

»*Oui*, gebunden – damit sie sich keinen Schaden zufügen kann. Doch ihr Gemüt wird sich bald beruhigen.«

Nash empfand einen Moment des Grams. »Betet für sie, *mon Père*.«

»Das tue ich, mein Sohn«, sagte dieser ernst. »Genauso wie für die andere Frau, Eure amerikanische Schwägerin.«

»*Merci, mon Père.*«

Der Priester lächelte wieder leicht. »Kommt jetzt, Mylord, und geht mit mir zurück zur Kapelle. Ich glaube, Euch geht im Moment vieles durch den Kopf.«

Vater Michael verschränkte die Arme auf dem Rücken und schlug einen gemächlichen Schritt an, während sie den Korridor hinuntergingen, der endlos lang schien. Falls das gelegentlich zu hörende Stöhnen und die Schreie ihm zu schaffen machten, so ließ er es sich nicht anmerken. Vielleicht war er schon so lange in *la Salpêtrière*, dass er an diesen Schrecken gewöhnt war. Oder vielleicht hatte Gott ihm gnädig die Gabe verliehen, es ertragen zu können.

»*Le commissaire de police* hat Eure Schwägerin freigelassen, so hörte ich«, begann der Priester das Gespräch.

»Ja, *mon Père*. Sie ist meiner Aufsicht unterstellt worden – mit gewissen Auflagen.«

Der Priester war überrascht. »Dann hat Eure Familie großes Glück gehabt, Lord Nash. Frankreich hat sich Euch gegenüber äußerst gnädig gezeigt.«

»Das stimmt«, sagte Nash trocken. »Aber die Gnade hatte auch einen entsprechenden Preis.«

Vater Michael schaute Nash rasch und prüfend an. »Ah! *Je comprends!*«

Nash überlegte seine nächsten Worte sorgfältig. »*Mon Père*, die Comtesse ... glaubt Ihr wirklich, dass sie wahnsinnig ist? Nach allem, was ich gesehen habe, hat sie ihre Sinne noch beisammen.«

Der Priester blähte nachdenklich die Wangen auf. »Manch einer würde sagen, dass es bereits Wahnsinn ist, dass sie ihren Namen und ihre Stellung dazu benutzt hat, die Gesetze ihres Landes zu beugen – ganz zu schweigen von dem Schaden der wirtschaftlichen Interessen, den sie angerichtet hat. Aber wahnsinnig durch ihre Krankheit? Nein, ich würde meinen, dass ist sie noch nicht.«

»Und doch haben die Ärzte sie eingesperrt.«

Der Priester lächelte. »*Oui*«, sagte er. »Gegen einen entsprechenden Preis.«

»Ah!«, sagte Nash. »Das Werk ihres Mannes? Hat er das veranlasst?«

»Es ist weitaus besser für sie, hier als im Gefängnis zu sein«, sagte der Priester, während sie die Treppe hinuntergingen. »Die Ratten hier sind kleiner.«

Nash war sich nicht ganz sicher, ob er dem Priester glauben sollte. In den vergangenen zwei Wochen hatte er mehr von den berüchtigten Nagetieren in *La Salpêtrière* gesehen, als er hätte zählen können.

Sie erreichten den Fuß der Treppe, und Vater Michael trat durch die Tür in den Sonnenschein – und in eine Luft, die bedeutend klarer und frischer war. Auf den Wegen waren unzählige Menschen unterwegs – Ärzte in ihren schwarzen Gehröcken, einfach gekleidete Angestellte, die von Gebäude zu Gebäude eilten, und Hausmädchen mit ihren weißen Schürzen, die Eimer hin und her trugen, deren Inhalt Nash lieber nicht kennen wollte.

Mitten auf dem Weg blieb er stehen. »Danke, dass Ihr zugestimmt habt, ein Auge auf die Comtesse zu haben, *mon Père*. Darf ich … Euch Eure Unkosten erstatten?«

Nash wollte ihn bestechen, und beide Männer wussten es. Doch der Priester lächelte nur still. »Ich übernehme oft derartige Pflichten, mein Sohn, und das nur zu Ehren Gottes«, fuhr er fort. »Er wird mich belohnen. Ihr habt keine solche Pflicht.«

Nash kniff die Augen im hellen Sonnenlicht zusammen. »Wie lange wird es dauern, *mon Père?*«

Der Priester zuckte mit den Schultern. »Die Syphilis ist eine Krankheit, bei der keine Vorhersagen gemacht werden können, mein Sohn«, sagte er. »Aber sie ist eine ebenso gute Entschuldigung wie jede andere auch, um die Comtesse vor der Gefängniszelle zu bewahren, *non?*«

»Ich denke, Ihr habt recht«, erwiderte Nash ruhig.

Der Priester tätschelte ihm beruhigend den Arm. »Aber wenn ich eine Schätzung abgeben sollte, Mylord, so würde ich sagen, dass *la comtesse* um die Weihnachtszeit herum ihren eigenen Namen nicht mehr wissen wird. Ein Anzeichen dafür ist, dass sie bereits sehr dünn geworden ist. Und ihre blasse Haut. Die Anfänge von *la démence* – dem Irrsinn. Es wird bald mit ihr zu Ende gehen.«

»Wird sie Schmerzen spüren?«

»Nein, mein Sohn«, sagte der Priester. »Nur den Schmerz des Fegefeuers. Ich werde sicherstellen, dass die Ärzte sich darum kümmern. De Montignac hat gut dafür bezahlt, dass sie die angemessenen Medikamente erhält.«

»Ihr Mann – er scheint nicht sehr bekümmert zu sein?«

Wieder ein Schulterzucken und ein typisch französisches Heben der Hände. »Es ist eine dienliche Lösung für *le comte*, wenn auch eine tödliche Gefahr für seine Seele. Ich vermute, Ihr kennt die Sünde, von der ich spreche?«

Nash nickte. »Ja, Vater.«

Der Priester machte eine ernste Miene, als er sich nah zu Nash beugte. »De Montignac ist ein verdorbener Mensch, Mylord«, murmelte er. »Seine unheiligen Begehren sind eine Schwäche des Fleisches, die sich wie Gift verhält. In Zukunft müsst Ihr Euren Bruder von ihm fernhalten.«

Nashs Mund verzog sich mürrisch. »Ah, die Comtesse hat also bereits Geschichten erzählt. Geschichten, die für sich zu behalten sie gut bezahlt worden ist.«

»*Oui, oui*, es gab da einige *lettres d'amour*, wenn ich es richtig verstanden habe«, murmelte der Priester mitfühlend. »Für einen Politiker eine sehr gefährliche Sache, sich in solche Angelegenheiten verwickeln zu lassen, Mylord. In England wird ein solch unnatürliches Tun zwischen Männern noch immer mit dem Tod bestraft, nicht wahr?«

»Welche Gefühle auch immer mein Stiefbruder für de Montignac gehabt haben mag, er hätte sie niemals niederschreiben dürfen«, sagte Nash grimmig.

»Und Ihr, als guter Bruder, habt sehr tiefe Taschen, da bin ich sicher«, sagte der Priester. »Macht Euch keine Sorgen. Es wird kein Gerede mehr geben, denn ich habe *la comtesse* die Absolution erteilt. Immerhin hat sie die Syphilis, also ist es nur logisch, dass sie Dinge sagen wird, die nicht wahr sein müssen, *n'est-ce pas?* Aber wem sollte sie hier an diesem Ort schon davon erzählen?«

Nash schloss die Augen und versuchte sich auf die Zunge zu beißen. Doch wenn er jemandem vertrauen konnte, dann einem Priester, wer sonst war ihm geblieben? »Die Comtesse hat darum gebeten, für ihr Risiko großzügig entschädigt zu werden«, sagte Nash ruhig. »Sie hat behauptet, ihr Mann würde vor Wut verrückt sein, nachdem er den Diebstahl seiner Liebesbriefe durch sie bemerkt hat. Aber ihr Wunsch sei es gewesen, mir zu helfen, Tony zu schützen. Natürlich war es Erpressung – aber eine von höchst höflicher Art.«

»Eh bien«, murmelte Vater Michael. »Wir Franzosen sind bekannt für unsere *politesse*. Nichtsdestotrotz weiß die eine Hand üblicherweise, was die andere tut. Ich bezweifle, dass *le comte* unschuldig war.«

»Ich fürchte, dem ist so.« Nash schob die Hände in die Taschen und starrte auf den gekiesten Weg. »Vor einigen Wochen hat sie angedeutet, dass de Montignac noch mehr Briefe besitzt. Wir werden abwarten müssen, ob er so dreist ist, selbst den Erpresser zu geben – und dieses Mal ganz offen gegenüber meinem Bruder.«

»Euer Bruder hat ... diese verbotene Liaison mit dem Comte beendet, *j'espère?*«

»Er hat es mir geschworen«, sagte Nash. »Und falls er es nicht getan hat, werde ich es das nächste Mal ihm allein überlassen, mit den Folgen zurechtzukommen.«

»Ein Narr muss aus der Erfahrung lernen«, sagte der Priester traurig. »Nur ein kluger Mann nimmt einen Rat an. Ich hoffe, mein Sohn, dass Euer Bruder bereut und sich von diesen Sünden des Fleisches abgewandt hat. Die Rettung seiner Seele wird davon abhängen.«

Nash schwieg. Er wollte sich hüten, über Tony herzuziehen, denn er selbst hatte zu viele Todsünden begangen. Zudem gab Nash de Montignac die Schuld an allem – und Tony traf darüber hinaus seine eigenen Entscheidungen. »Danke, *mon Père*, dass Ihr Euch um die Comtesse kümmert«, sagte er. »Ich muss Euch jetzt verlassen, denn ich werde morgen früh in See stechen.«

Der Priester hob die Hand und legte sie Lord Nash auf die Schulter. »Dann *bon voyage et bonne chance*, mein Sohn. Ich werde mich so gut um *la comtesse* kümmern, wie ich kann, bis ihre Zeit gekommen ist.«

»Merci, mon Père.«

Vater Michael lächelte und festigte seinen Griff. »Und für Euch, mein Sohn«, sagte er ruhig, »ist es an der Zeit, nach Hause zurückzukehren und Euer eigenes Leben weiterzuleben.«

Die *Dangerous Wager* fuhr an einem nassen, stürmischen Tag auf ihrem Weg zu den exklusiveren Anlegestellen von Westminster mit der Flut in den Londoner Hafen ein. Der Wind zerzauste Nash die Haare, als er trotz des unangenehmen Sprühregens am Bug stand und zur Steuerbordseite schaute. Bittersüße Erinnerungen stiegen in ihm auf, als die Jacht Wapping passierte. Er hatte sich nur knapp einen Monat in Paris aufgehalten, um das Chaos zu beseitigen, das Jenny ihnen hinterlassen hatte, aber jetzt kam es ihm wie eine Ewigkeit vor.

Trotzdem hatte der Schmerz nicht nachgelassen. Ebenso wenig das quälende Gefühl des Verlustes, das in diesem Moment noch stärker wurde, als er glaubte, das Fenster zu erkennen, das zu Xanthia Nevilles Kontor gehörte. Einen Augenblick lang war ihm, als würde er sie am Fenster stehen und in den Regen hinausstarren sehen, während ihre Fingerspitzen leicht das Glas berührten. In seiner Vorstellung hatte die Geste etwas Mädchenhaftes, Wehmütiges an sich – als hoffte sie auf etwas.

Nash hoffte auf nichts. Nicht mehr. Er hatte nur noch eine Pflicht zu erfüllen, dann würde sein Leben wieder so sein, wie er es gewohnt gewesen war. Er redete sich ein, dass er sich darauf freute. Noch einmal wandte er sich um und schaute zu dem Fenster hinüber. Aber nein. Dort war niemand. Dort war nie jemand gewesen.

Nash hatte Tony in Southampton an Land gehen lassen und

ihn angewiesen, nach Brierwood zurückzukehren, bis abzuschätzen war, wie die Dinge in London standen. Sollte es irgendwelche Neuigkeiten geben, irgendeinen Hinweis auf Klatsch und Gerüchte oder eine Verunglimpfung von Jennys Namen, so war Nash bis jetzt nichts davon zu Ohren gekommen. Die Briefe von Edwina und Phaedra waren voller Fragen gewesen, hatten aber keine neuen Informationen enthalten. Doch hätten sie überhaupt etwas erfahren können, so isoliert, wie sie auf dem Lande lebten?

Er war überzeugt, dass sie auf jeden Fall davon gehört haben müssten. Lady Henslow verfügte über gute Beziehungen. Hätte sie davon Wind bekommen, dass man den Namen ihres Lieblingsneffen in irgendeiner Form in den Schmutz zog, dann wäre sie vermutlich sofort nach Brierwood geeilt. Tony war also vermutlich unbeschadet davongekommen. Nash hatte für sich aus diesem geschmacklosen kleinen Intermezzo eins gelernt: Es war an der Zeit, dass er aufhörte, den großen Bruder für einen Mann zu spielen, der von vornherein wahrscheinlich nie einen großen Bruder hatte haben wollen. Gott allein wusste, dass er Nash den Schmerz seiner Kindheit nicht leichter gemacht hatte. Und jetzt war Tonys Geheimnis – das Geheimnis, das für Nash niemals so geheim gewesen war – gelüftet worden, und sie hatten gemeinsam alle Peinlichkeiten durchgestanden.

Nash glaubte, dass er einen Teil seiner Schuldgefühle hatte kompensieren wollen, indem er versucht hatte, Tony ein guter Bruder zu sein. Schuldgefühle deshalb, weil er überlebt hatte – und Petar tot war. Nash hatte die Erinnerung an ihn nicht in Ehren gehalten. Vielleicht hatte er Tony ja sogar dadurch behindert, dass er sich ihm als Stütze angeboten hatte. Es war seltsam, wie klar er das alles jetzt sah.

Ja, es war an der Zeit, Anthony Hayden-Worth, schneidiger

Bonvivant und aufsteigendes Mitglied des Unterhauses, loszulassen, damit er sein Leben selbst in die Hand nahm. Und Tony, diesen Eindruck hatte Nash gewonnen, würde dazu fähig sein, einige schwere Entscheidungen zu treffen – Entscheidungen, die nötig waren, um seine politische Karriere fortsetzen zu können. Aber das war jetzt Tonys Sache. Einen blamierten, bisexuellen Stiefbruder zu haben war kein Hindernis für ein Leben, wie Nash es führte. Und was Phaedra und Phoebe anging, so konnte Nash ihnen immerhin eine große Mitgift mitgeben, die reichen würde, irgendwelche gesellschaftlichen Hindernisse aus dem Weg zu räumen.

Und genau das werde ich tun, beschloss Nash. Es war das Beste, was er mit den Spielgewinnen machen konnte. Weitaus besser, als Tony aus Schwierigkeiten freizukaufen. Nash neigte den Kopf gegen den feinen Regen und versuchte Freude über seine Heimkehr zu empfinden. Aber es war schwer. Sehr schwer.

Xanthia hörte kaum das Knarren der Tür, die hinter ihr geöffnet wurde. Sie stand am Fenster ihres Büros und sah der auflaufenden Flut zu. Dann fühlte sie eine feste, warme Hand sie am Arm berühren.

»Komm weg vom Fenster, Zee.« Gareth Lloyds Körper schien Hitze abzustrahlen. »Du kannst nicht in der Zugluft stehen bleiben. Du wirst dich noch erkälten. Das weißt du doch.«

»Nein«, sagte sie leise und hob die Hand, um die Fensterscheibe zu berühren. »Ich denke, ich habe mich daran gewöhnt – an die Kälte in England, meine ich. Mein Blut scheint endlich dicker geworden zu sein. Oder dünner. Was von beidem stimmt?«

Sanft legte er einen Arm um ihre Schultern, als wollte er

Xanthia zu sich umdrehen. »Ich weiß es nicht«, gab er zu. »Aber ich weiß, dass du krank werden wirst, wenn du hier stehen bleibst.«

»Warte, Gareth«, murmelte sie und deutete aus dem Fenster. »Schau – siehst du die Jacht dort? Die die Themse heraufkommt?«

Gareth beugte sich vor. »Die große mit dem Bugspriet? Ja. Warum?«

»Kannst du den Namen erkennen?«, fragte Xanthia voller Hoffnung.

Gareth spähte durch den Regen auf den Namen, als das Schiff näher kam. Langsam schüttelte er den Kopf. »Nein – tut mir leid. Nicht bei diesem Nieselregen.«

Die Antwort war seltsam niederschmetternd. Aber warum? Es war nur eine Jacht wie ein Dutzend andere, die heute vorbeigefahren waren. »Auch ich kann ihn nicht erkennen«, sagte sie wehmütig. »Einen Moment lang dachte ich, dass vielleicht ...«

Dieses Mal drehte Gareth sie vom Fenster weg. »Du dachtest, dass vielleicht was, meine Liebe?«

Ihr Lächeln war traurig, als sie zu ihm hochschaute. »Nichts.«

»Du frierst, Xanthia«, sagte er mit Gewissheit in seiner Stimme. »Ich werde Mr. Bakely bitten, Tee zu bringen.«

»Tee wäre schön«, murmelte Xanthia und setzte sich. »Vielen Dank.« Sie begann die Papiere auf ihrem Schreibtisch durchzusehen. »Hast du dich schon mit Captain Rangle getroffen?«, fragte sie geistesabwesend. »Ich brauche seine Ausgabenliste für die Reise. Sein Zahlmeister verspätet sich schon wieder.«

Gareth kehrte zu Xanthias Schreibtisch zurück, um die gesuchten Papiere aus der Unordnung herauszufischen. »Du hast Rangle gestern getroffen, Zee«, sagte er beunruhigt. »Er war hier, und ihr habt Höflichkeiten ausgetauscht. Er selbst hat dir die Liste gegeben. Erinnerst du dich nicht daran?«

Xanthia legte die Hand an die Stirn. »Ja, natürlich erinnere ich mich! Wirklich, Gareth, es gibt keinen Grund, sich aufzuregen.«

Gareth zog einen Stuhl an ihren Schreibtisch. »Xanthia, ich rege mich nicht auf«, sagte er und setzte sich rittlings auf den Stuhl. Er stützte die Arme auf die Rückenlehne und sah Xanthia prüfend an. »Ich meine das auf die allerfreundlichste Art, Zee, aber was ist mit dir los, zum Teufel?«, sagte er netter. »Seit einiger Zeit bist du nicht mehr du selbst, und es wird eher schlimmer, nicht besser. Gestern hast du sogar den armen alten Bakely angefaucht.«

»Ja, und ich habe mich dafür entschuldigt«, verteidigte sie sich.

»Das hast du tatsächlich.« Sein Ton klang besänftigend. »Zee, wir sind Freunde, wenn sonst schon nichts, nicht wahr? Ich sorge mich nicht um Neville's, ich sorge mich um dich. Warum machst du nicht mal Urlaub? Man sagt, Brighton sei ganz entzückend. Kieran soll dich dorthin bringen, und ich kümmer mich für zwei Wochen hier um alles, wirklich.«

Verdammt! Warum musste Gareth nur so freundlich sein? Xanthia stützte die Stirn auf die Handballen und konnte es nicht verhindern, dass ihr ein tiefer, zitternder Seufzer entwich.

»Oh Zee!«, flüsterte Gareth und beugte sich näher zu ihr.

Xanthia schloss die Augen und zwang sich, es nicht geschehen zu lassen. Aber es war zu spät. »Verdammt, Gareth«, schluchzte sie. »Sag ... sag einfach nichts.«

»Oh Zee.« Seine Stimme klang sanft und freundlich. »Es tut mir so leid. Bitte, meine Liebe, bitte weine nicht.«

»Ich weine n... nicht«, jammerte sie, aber die Tränen liefen ihr heiß und bitter über das Gesicht. »S... sei einfach n... nicht so n... nett, Gareth. H... hör auf d... damit.«

Gareth erhob sich, zog ein Taschentuch aus seiner Rocktasche und drehte seinen Stuhl herum. »Hier, setz dich aufrecht hin«, befahl er mit gespieltem Ernst. Nach einem Moment gehorchte Xanthia. Er trocknete ihr die Tränen und ließ seinen Blick über sie gleiten. Er versuchte streng auszusehen, was alles noch schlimmer machte. »Es geht um diesen Burschen Nash, nicht wahr, Zee? Der Kerl, der vor einigen Wochen hier gewesen ist?«

»N... nein«, sagte sie und griff nach dem Taschentuch, um sich heftig die Nase zu putzen. »Es ist nicht seinetwegen. Ich ... ich lasse mich nicht unterkriegen. Ich lasse es einfach nicht zu!«

»Ach, Xanthia!«, murmelte Gareth niedergeschlagen und stützte einen Ellbogen auf die Ecke ihres Schreibtisches. »Oh, meine Liebe. Hat dir das denn nie jemand gesagt?«

Sie trocknete sich die Augen. »Was?«, schniefte sie. »Was hat mir niemand gesagt?«

Gareth sah sie traurig an. »Wir können es nicht selbst entscheiden«, sagte er ruhig. »Niemand von uns kann das, nicht einmal du.« Er nahm ihre Hand und drückte sie fest. »Es tut mir leid, Zee. Es tut mir sehr, sehr leid.«

Lord Nashs Empfang in der Park Lane war warm – fast so warm wie das Badewasser, das Vernon unverdrossen die Treppen hinaufgeschleppt hatte. Swann steckte den Kopf durch die Tür, um zu sagen, dass er die Papierstapel auf Nashs Schreibtisch abgetragen hatte und er Nashs Geduld und Verständnis zu schätzen wisse. Monsieur René schickte ein Tablett mit blutigem Beefsteak und einer Portion *escaloped potatoes* hinauf, nach denen sich so manch einer alle zehn Finger geleckt hätte. Agnes stellte eine Vase mit frischen Blumen auf seinen Schreibtisch und überzog sein Bett mit frischer Wäsche. Und auch Gibbons verhielt sich wie in alten Zeiten – er klopfte alle zwölf Gehröcke aus statt nur die beiden, die Nash mit auf die Reise genommen hatte, und begann ein Ensemble herauszulegen, das für einen Nachmittagsbesuch in Whitehall angemessen war.

Alles in der Park Lane kehrte, um es kurz zu sagen, zur Normalität zurück. Es hätte Nash genügen können. Für einen Mann, der nichts so sehr liebte wie die Behaglichkeit seines Heims und sein Leben voll unkomplizierten Vergnügens wäre es ein Segen gewesen. Warum also empfand er … nichts? Oder etwas, was dem schmerzlich ähnelte?

Doch es gab keinen Grund, darüber nachzugrübeln. Was gewesen war, war vorbei, jetzt gab es Dinge, die wichtiger waren als er und sein eigenes Unglück. Dinge, die seine Aufmerksamkeit erforderten.

In kurzer Zeit war Nash angekleidet und für das Treffen bereit, das er gefürchtet hatte, seit er Frankreich verlassen hatte. »Sehr gut, Sir«, sagte Gibbons, während er über die Falten von Nashs Krawattentuch strich. »So, wie Ihr jetzt ausseht, würde niemand vermuten, dass Ihr Wochen bei diesen unzivilisierten *frogs* verbracht habt.«

Nash sah seinen Kammerdiener an. »Ihr hingegen habt Euch in den letzten Wochen recht zivilisiert verhalten, Gibbons«, sagte er. »Ihr habt Mitleid mit mir, nicht wahr?«

»Ja, aber das wird nicht so bleiben«, entgegnete Gibbons. »Gewöhnt Euch also nicht daran.«

Nash grinste und machte sich zu Fuß auf nach Whitehall. Ja, alles war dabei, sich zu beruhigen. In dieser Hinsicht zumindest war er froh über das Gefühl, dass sein Leben in die gewohnten Bahnen zurückfand. Andererseits ... nun, er könnte sich bis zur Besinnungslosigkeit betrinken, wenn diese leidige Sache mit de Vendenheim erledigt war.

Er hatte Glück, den Gentleman in einer Stimmung in seinem Büro anzutreffen, die nur als extreme Höflichkeit bezeichnet werden konnte – oder als gezügelte Wut. Nash vermochte das nicht zu entscheiden, und es kümmerte ihn auch reichlich wenig. In den letzten Wochen hatte er versucht seine Wut zu bezähmen, und zum größten Teil war ihm das auch gelungen. Jennys schändliches Treiben hatte ihn ungerechterweise in ein falsches Licht gerückt – aber wäre er an de Vendenheims Stelle gewesen, so hätte er wohl, Nash vermutete es zumindest, dieselben Schlüsse gezogen.

Er erzählte die Geschichte der Schmuggelaktivitäten der Comtesse de Montignac sowie von Jennys Komplizenschaft in knappen, ungeschminkten Worten. »Ich habe die Berichte des französischen Polizeikommissars mitgebracht, solltet Ihr meine Aufrichtigkeit anzweifeln«, schloss er seine Ausführungen und legte die Visitenkarte des Kommissars auf de Vendenheims Schreibtisch. »Aber ich kann mir denken, dass Eure Kontakte in unserer Botschaft in Paris Euch ständig auf dem Laufenden gehalten haben.«

De Vendenheim, der vor den Fenstern hin und her gegangen war, machte eine wegwerfende Geste mit der Hand. »Ja, ja, die Botschaft hat sich um alles gekümmert«, murmelte er wie zu sich selbst. »Aber dass zwei Frauen Waffen schmuggeln! Wie weit ist es nur mit der Welt gekommen?«

Nash lächelte matt. »Ihr scheint zu Eurer Zeit nur wenige Frauen gekannt zu haben, de Vendenheim«, erwiderte er. »Frauen können so kalt, kompetent und offenkundig grausam sein wie jeder Mann – wenn sie es denn wollen.«

»Und die Comtesse de Montignac – sie wird sterben?« De Vendenheim stellte die Frage fast hoffnungsvoll.

Nash nickte. »Sie hat keine Chance«, sagte er. »Ihre Krankheit ist schon recht weit fortgeschritten, und das *l'Hospice de Salpêtrière* ist berüchtigt für die hohe Ansteckungsgefahr, die dort besteht. Wenn die Syphilis die Comtesse nicht tötet, wird es vermutlich die Cholera tun.«

De Vendenheims Anspannung schien ein wenig nachzulassen. »Ich wünsche ihr nicht den Tod, aber zum Glück sind die Franzosen unsere Verbündeten«, sagte er, »und sind bereit, die Comtesse in Arrest zu halten.«

Nash lächelte verhalten. »Die Franzosen sind immer nur die Verbündeten der Franzosen, und das Schiff liegt beladen in einem ihrer Häfen – ein Beweis, der schwer zu ignorieren ist. Zudem geht es letztlich doch immer nur ums Geld, oder nicht?«

Der Vicomte stieß ein bitteres Lachen aus. »Oh, ganz gewiss, aber auf was im Besonderen bezieht Ihr Euch?«

Nash entspannte sich in de Vendenheims sehr bequemem Armstuhl. »Die Franzosen haben lukrative Handelsabkommen mit der Türkei laufen«, sagte er, »und französische Investoren stehen bis zu den Knien in türkischen Staatsanleihen. Keine davon wird auch nur noch einen Sou wert sein, wenn Russland die Türkei überrollt.«

De Vendenheim sah ihn abwägend an. »Ihr seid bemerkenswert gut informiert.«

»Von Zeit zu Zeit macht es sich bezahlt, ein Weltbürger zu sein«, erwiderte Nash, »und zu begreifen, dass diese Welt nicht nur aus England besteht. Aber irgendwie denke ich, dass ich Euch damit kaum etwas sage, dass Ihr nicht schon wisst.«

»Nein, das tut Ihr nicht«, bestätigte de Vendenheim. »Und, leider Gottes, muss ich jetzt eine weitaus delikatere Sache zur

Sprache bringen – die Verwicklung Eures Stiefbruders in diese Affäre.«

»Es gab keine Verwicklung«, sagte Nash rasch. »Anthony wusste von nichts. Haben Eure Kontakte in der Botschaft das nicht klargemacht?«

»Das haben sie … Aber ich war nicht sicher, ob ich ihnen glauben sollte.«

»Ihr könnt ihnen glauben«, sagte Nash. »Welche Schwächen mein Stiefbruder Tony auch haben mag, er ist ein glühender Patriot. Und was seine Frau angeht – nun, das will ich lieber vergessen.«

De Vendenheim sah ihn skeptisch an. »Wie konnte er nicht wissen, was sie treibt?«, fragte der Vicomte leicht herausfordernd. »Sie ist eine reiche Erbin, und er war ihr Ehemann. Was ihr gehörte, gehörte auch ihm.«

»Allein unser Familienbesitz garantiert Tony großzügige Geldmittel«, entgegnete Nash. »Jenny hat ihre Ausgaben zum Teil mit dem bestritten, was sie ihrem Vater abschwatzen konnte – das glaubten wir jedenfalls. Habt Ihr eine Ahnung, was es kostet, ein Mitglied des Unterhauses zu sein, de Vendenheim? Und ich spreche nicht nur von den Händen, die gewaschen werden müssen, sondern auch von dem Lebensstil, den man pflegen muss. Von den Wahlkampagnen. Den Kutschen. Der Kleidung. Tony hatte nur wenig finanzielle Mittel übrig – offensichtlich zu wenig, um seine Frau zufriedenzustellen.«

De Vendenheim hüstelte diskret. »Ich habe ein wenig mehr über ihre amerikanischen Beziehungen in Erfahrung gebracht. Carlow Arms produziert weiterhin. Und leider müssen wir Eure Schwägerin auch weiterhin verfolgen.«

Nash machte eine abweisende Handbewegung. »Das kann ich nicht zulassen«, sagte er kühl. »So gern, wie ich sie hängen sehen würde, de Vendenheim, die Karriere meines Stiefbruders ist ruiniert, wenn die Sache auffliegt.«

»Ich fürchte, Lord Nash, dass Ihr in dieser Angelegenheit wenig Einfluss haben werdet. Mrs. Hayden-Worth wird von Agenten der britischen Regierung festgenommen und verhört werden, sobald sie wieder einreist. Es tut mir leid.«

Nash lächelte matt. »Ihr könnt Euch Euer Mitgefühl sparen, de Vendenheim«, entgegnete er. »Ich habe Jenny mitsamt den Gewehren ihres Vaters zurück nach Boston geschickt. Sie wird nicht zurückkommen. Niemals. Und denkt nicht einmal an eine Auslieferung.«

De Vendenheim sah ernst aus. »Ihr hattet kein Recht zu intervenieren, Lord Nash. Aber unsere Regierung kann sehr viel Druck ausüben, wenn sie will.«

Nash lachte. »Wisst Ihr eigentlich, de Vendenheim, wie abhängig die amerikanische Regierung von ihren Waffenproduzenten ist?«, fragte er. »Carlows Waffenfabrik ist Teil von Amerikas Macht. Und wenn diese Frau ein Attentat auf den König verübt hätte, so würde es Euch trotzdem in diesem Leben nicht gelingen, sie zurück auf britischen Boden zu holen – und genauso wenig im nächsten Leben, so würde ich meinen.«

De Vendenheim verzog das Gesicht zu einem Lächeln. »Schachmatt, Lord Nash«, murmelte er. »Das war brillante Arbeit. Ich werde natürlich diskret eine Auslieferung und eine Verhaftung anstreben, aber vermutlich habt Ihr recht. Euer Stiefbruder wird versuchen sich von ihr scheiden zu lassen, nehme ich an?«

»Das kann er nicht«, sagte Nash. »Seine Karriere würde darunter leiden. Meine Stiefmutter wird verbreiten, dass Jenny an das Krankenbett ihres Vaters geeilt ist und bei ihm bleiben wird. Mr. Carlow hat vor Kurzem entdeckt, dass sein Herz langsam – sehr langsam – versagt. Ich gehe davon aus, dass es eine langwierige, schleichende Krankheit sein wird. Jenny wird glücklich sein, wieder in ihrer Heimat zu sein, und ich denke nicht, dass Tony wirklich merken wird, dass sie fort ist.«

Nash beendete das Gespräch, indem er die wenigen Dokumente vorlegte, die der *commissaire de police* ihn gebeten hatte, den englischen Behörden zugänglich zu machen. Die unerfreuliche Sache wurde damit abgeschlossen, dass de Vendenheim Nash ernste Vorhaltungen über seine Einmischung in Regierungsangelegenheiten machte. Doch Nash würde das letzte Wort haben – so dachte er jedenfalls.

»Ich bin ein Mitglied des Königreiches, de Vendenheim«, sagte er. »Wenn ich mich in die Angelegenheiten der Regierung einzumischen gedenke, dann werde ich ins Oberhaus gehen und mein Recht ausüben, indem ich genau das tue. Genau genommen, und so erschreckend sich das für Eure Ohren auch anhört, bin *ich* die Regierung.«

In de Vendenheims Augen flackerte wieder Empörung auf. »Und warum tut Ihr nicht genau das, Mylord?«, fragte er. »Wenn es Euch nicht passt, wie wir die Dinge regeln, habt Ihr das Recht, an Eurer Regierung zu partizipieren – beachtet, dass ich *Eurer* Regierung sagte, denn es ist Eure, sosehr Ihr sie auch verabscheuen mögt. Ihr seid englischer Bürger, ob es Euch gefällt oder nicht. Ihr habt diese Aufgabe am Hals, also erledigt sie auch.«

»Du meine Güte, wie verbittert Ihr klingt«, murmelte der Marquess.

»Das bin ich auch«, stimmte de Vendenheim ihm zu. »Ich kann nichts von diesen Dingen tun, Nash. Meine Regierung – mein Land, genauer gesagt – wurde vor meinen Augen zu Asche niedergebrannt. Mein klangvoller Titel ist nicht einmal mehr eine Schaufel Pferdeäpfel wert, und bei Gott, ja, ich ärgere mich, wenn ich sehe, wie Ihr englischen Lords Euer

Leben vergeudet. Auch der französische Adel isst eifrig den Kuchen und lässt dem Land nur die Krümel übrig, ein Schicksal, das die Engländer vermieden haben – bis jetzt.«

»Nun«, erwiderte Nash kalt, »ich werde daran denken, wenn das Spielen, das Trinken und die Frauen jemals anfangen mich zu langweilen – was ich bezweifle.«

De Vendenheims Zorn hatte sich noch nicht ganz gelegt. »Es gibt da noch etwas«, begann er, dann nahm er sich zusammen und biss sich auf die Zunge.

»Ja?«, fragte Nash. »Hört jetzt ja nicht auf, alter Bursche, Ihr seid gerade so schön in Fahrt.«

De Vendenheim ging wieder hin und her. »Es ist Miss Neville«, begann er. »Es geht mich natürlich nichts an, aber –«

»Richtig«, unterbrach ihn Nash, »es geht Euch nichts an.«

»– aber ich habe die arme Frau in diese Sache hineingezogen, wie Ihr vermutlich bereits vermutet habt.«

»Das habe ich in der Tat«, sagte Nash grimmig. »Und selbst wenn nicht, dann wäre der schuldbewusste Ausdruck auf ihrem Gesicht – und auf dem ihres Bruders – wohl ein eindeutiger Hinweis darauf gewesen.«

»Der Umstand erlegt mir eine Verpflichtung auf.«

»Tut er das?«, fragte Nash bitter. »Um was genau zu tun?«

»Die … Dinge zurechtzurücken, die in einem falschen Licht gesehen werden könnten«, sagte der Vicomte vage. »Falsche Eindrücke zu korrigieren, die Ihr hinsichtlich der Rolle, die Miss Neville in diesem elenden Chaos gespielt hat, gewonnen haben könnten.«

Nash erhob sich. »Oh, ich denke, ich habe einen recht deutlichen Eindruck von ihrer Verwicklung. Aber ich bin ein Gentleman – zumindest versuche ich mich wie einer zu benehmen.« Er nahm seinen Hut, den er auf dem Schreibtisch de Vendenheims abgelegt hatte. »Ich wünsche Euch einen angenehmen

Nachmittag. Überbringt dem Innenminister meine wärmsten Empfehlungen.«

Seine Hand lag auf dem Türknauf, als de Vendenheim wieder das Wort ergriff. »Sie hat an Euch geglaubt, Nash«, sagte er ruhig. »Als niemand sonst es getan hat, hat Miss Neville an Euch geglaubt und für Euch gekämpft. Selbst nach Eurem törichten Benehmen Lord Rothewell gegenüber auf Brierwood hat sie gekämpft, bis sie uns alle restlos überzeugt hatte.«

»Ich habe weder ein Interesse an dieser Geschichte, de Vendenheim« entgegnete Nash kühl, »noch glaube ich ein Wort davon. Aber es ist freundlich von Euch, die Frau in ein günstigeres Licht zu rücken.«

»Oh, so eine Mühe würde ich mir nicht machen«, sagte der Vicomte. »Ich habe kein derart großzügiges Wesen. Aber sagt mir eines, Nash, und ich werde das Thema fallen lassen – warum bin ich Euch nicht nach Frankreich gefolgt? Ihr glaubt doch gewiss nicht, dass ich Angst gehabt hätte?«

»Nein, Ihr scheint in der Tat bemerkenswert stur und rücksichtslos zu sein«, sagte der Marquess.

De Vendenheim lächelte leicht. »Mir wurde schon Schlimmeres nachgesagt, glaubt mir«, entgegnete er. »Aber ich bin nicht nach Frankreich gereist, weil Miss Neville mich von Eurer Unschuld überzeugen konnte.«

»Ich bin erstaunt, dass jemandem das gelungen sein soll.«

»Sie ist eine geschickte Verhandlerin, wenn sie etwas will«, sagte der Vicomte. »Es war Miss Neville, die den Beweis für die Verwicklung von Mrs. Hayden-Worth gefunden hat. Aber davon abgesehen hat sie uns schon Wochen vorher gesagt, dass Ihr Euch niemals auf eine solche Sache einlassen würdet. Deshalb beschloss ich, abzuwarten und von unserer Botschaft in Paris überwachen zu lassen, wie die Dinge sich entwickeln würden. Den Rest kennt Ihr. Es wäre ungerecht, Miss Neville und ihren Bruder zu beschuldigen. Wir sind an die beiden wegen der Reederei herangetreten, und sie haben nur versucht, sich zu verhalten, wie jeder Patriot sich verhalten würde – während sie die finanziellen Interessen ihres Unternehmens geschützt haben.«

»Der Plan war gut, das kann ich bestätigen«, sagte Nash. »Ich hatte mich schon gefragt, warum Sharpe mich zu jenem Ball eingeladen hatte. Aber dass Miss Neville mir auf die Terrasse folgte – nun, ich bin noch immer schockiert, dass ich darauf hereingefallen bin. Doch vermutlich haben wir alle unsere Momente der Naivität.«

De Vendenheim legte die Stirn in Falten. »Ich denke, da liegt ein Irrtum vor«, sagte er. »Ich habe Lord Rothewell erst einige Tage nach dem Ball angesprochen. Doch auf jeden Fall ist Miss Neville eine erstaunliche und sehr entschlossene junge Frau.«

»In der Tat«, murmelte Nash kühl. »Absolut erstaunlich. Nun, dann wünsche ich Euch einen guten Tag, de Vendenheim. Und mehr Glück, wenn Ihr das nächste Mal einen Verbrecher jagt.«

De Vendenheim sah ihn aus seinen nachtschwarzen Augen einen Moment lang durchdringend an. *»Non ci credo!«*, murmelte er und hob in offensichtlichem Widerwillen die Hände. Er öffnete eine Mappe, die in der Mitte des Schreibtischs lag, zog ein sorgfältig gefaltetes Papier heraus, ging durch das Zimmer und gab es Nash. »Ich weiß wirklich nicht, warum ich mich von Kemble zu diesem Unsinn habe überreden lassen, zum Teufel.«

Nash schaute auf das Papier. Es war ein Brief – eher eine kurze Nachricht –, geschrieben auf einem Briefbogen mit dem Briefkopf von Neville Shipping. Er überflog die Nachricht, dann schaute er auf das Datum. »Ich verstehe«, sagte er und gab de Vendenheim den Bogen zurück. »Miss Neville ist also von Schuldgefühlen überwältigt worden und hat Eure Kohorte fortgeschickt. Aber was ändert das?«

Wieder hob de Vendenheim die Hände. »Nichts?«, schlug er vor. »Alles? *Dio mio*, Nash, es liegt jetzt an Euch. Ich bin nur hier, um einen Job für Peel zu erledigen.«

»Oh, und den habt Ihr erledigt«, sagte Nash ein wenig bitter. »Nehmt die Anerkennung einer dankbaren Nation entgegen und strebt Eure nächste Inquisition an.«

Über de Vendenheims schmales ernstes Gesicht legte sich ein Schatten. »Es tut mir leid«, sagte er, nachdem einige Augenblicke verstrichen waren. »Die letzte Zeit ist die Hölle für Euch und Eure Familie gewesen, und nichts davon war Eure Schuld.«

Nash presste die Lippen zu einem dünnen Strich zusammen. »Entschuldigung angenommen.«

»Gut, aber seid nicht so schnell damit.« De Vendenheim sah plötzlich wieder unbehaglich drein. »Ehe Ihr geht – da ist noch eine allerletzte Sache.«

»Werde ich Euer Büro denn jemals wieder verlassen, de Vendenheim?«, fragte Nash trocken. »Ihr scheint voller Überraschungen zu stecken.«

De Vendenheim ging an seinen Schreibtisch zurück. »Nun, diese Überraschung dürfte Euch beträchtlich weniger gefallen als meine Verteidigung Miss Nevilles.«

Nash hatte sich langsam von der Tür abgewandt. De Vendenheim zog einen kleinen Schlüssel aus der Tasche seiner Weste und öffnete damit die oberste Schreibtischschublade. Er zog ein Papierbündel heraus, das von einem roten Band zusammengehalten wurde. Mit einem überaus beklommenen Gesichtsausdruck schob er es über den Schreibtisch.

Nash nahm das Bündel. »Was ist das?«

»Wenn ich ehrlich bin, ich weiß es nicht. Mein Mitarbeiter Mr. Kemble hat sie gefunden.«

»Kemble?«, sagte Nash. »Wo?«

»Nachdem wir von der Verhaftung der Comtesse erfahren hatten, bat Mr. Peel uns, ihr Haus in Belgravia diskret zu durchsuchen«, sagte der Vicomte. »Wir fanden keine Hinweise auf den Waffenschmuggel; die Comtesse war schlau genug, alles von ihrem Haus in Cherbourg aus zu organisieren. Doch Mr. Kemble stieß auf diese Briefe. Sie lagen in einem verschlossenen Schreibtisch in der Bibliothek.«

De Montignacs Bibliothek? Verdammte Hölle. Nash durchblätterte den Stapel mit wachsender Besorgnis. Briefe – vielleicht vier oder fünf – alle adressiert an de Montignac. In Tonys Handschrift. »Du lieber Gott«, murmelte er fast wie zu sich selbst.

»Ich habe sie nicht gelesen«, sagte de Vendenheim rasch. »Und vermutlich solltet Ihr es auch nicht tun. Mr. Kemble hat mir versichert, dass die Briefe nichts mit dem Schmuggel zu tun haben, sondern sehr … nun, sehr persönlicher Art sind.«

»Er hat sie gelesen?«, fragte Nash alarmiert. »Alle?«

»Er musste zumindest einen flüchtigen Blick auf jeden werfen, sonst hätte er seine Aufgabe missachtet«, rechtfertigte sich de Vendenheim. »Er hat sie gelesen, sie an sich genommen und mich angehalten, sie in meinem Schreibtisch so lange unter Verschluss zu halten, bis jemand käme, um sie abzuholen. Ich habe Eurem Stiefbruder einige Nachrichten hinterlassen, doch er ist nicht aufgetaucht. Offen gesagt will ich diese verdammten Dinger hier nicht haben, egal ob unter Verschluss oder nicht.«

»Tony war die ganze Zeit mit mir zusammen«, sagte Nash tonlos. »Er ist in Southampton an Land gegangen.«

»Dann versichert Mr. Hayden-Worth bitte, dass Kemble die Diskretion in Person ist.«

»Nun, das werden wir abwarten müssen, nicht wahr?«, murmelte Nash.

»Ihr müsst es abwarten«, sagte de Vendenheim. »Ich weiß es bereits. Welche persönlichen Informationen auch immer in diesen Briefen enthalten sind, man würde sie Kemble unter Folter abpressen müssen.«

»So aufrecht und ehrlich ist er also?«

»Nein«, entgegnete de Vendenheim langsam. »Das ist nicht im Mindesten. Er lebt einfach nur nach seinen eigenen Regeln – Ehre unter Dieben und all dem anderen Gesindel.«

»Wirklich? Ich mag ihn schon viel lieber.« Nash schwieg einen Moment und starrte auf die Briefe. »Meint Ihr, er hat alle gefunden?«

»Ich bin mir dessen sicher«, entgegnete de Vendenheim. »Kemble ist sehr gründlich. Er hat sogar die Teppiche aufrollen lassen, die Bodenbretter untersucht und die Spiegel von den Wänden genommen. Nichts in dem Haus hätten wir nicht gefunden.«

Nash empfand ein tiefes Gefühl der Erleichterung, als er die Briefe in seine Rocktasche steckte. Endlich. Er hatte sie alle.

»Wisst Ihr, Nash, eigentlich sind wir uns doch schrecklich ähnlich, Ihr und ich«, bemerkte de Vendenheim unvermittelt.

»Tatsächlich?« Nash hob den Blick von den Briefen. »In welcher Beziehung?«

De Vendenheim lächelte bitter. »Oh, ich denke, wir beide fühlen uns hier oft wie Außenseiter. Wir werden nie wirklich englisch sein, ich nicht trotz meiner Position in der Regierung, Ihr nicht trotz Eures vornehmen Titels oder des Namens

Eures Vaters. Die Gesellschaft wird uns immer als andersartig betrachten.«

»Letzteres macht mir nur wenig aus«, sagte Nash.

De Vendenheims Lächeln verschwand. »Wir sind uns auch noch auf eine andere Weise ähnlich«, fuhr er fort. »Wir sind arrogant und uns unserer Meinung zu sicher. Ich hoffe, Ihr werdet lange und gründlich nachdenken, Lord Nash, ehe Ihr irgendwelche Türen zuschlagt, die nicht wieder geöffnet werden können. Ich selbst war einmal sehr nah davor, das zu tun, vor einigen Jahren. Und jetzt danke ich Gott jeden Tag dafür, dass ich es nicht getan habe. Mein Leben ... es wäre ruiniert gewesen, das erkenne ich jetzt.«

Nash wusste nicht, was er darauf erwidern sollte. Nach einigen Abschiedsworten verbeugte er sich und verließ de Vendenheims Büro. Er fühlte sich dem Mann gegenüber weitaus milder gestimmt als zuvor. Während er langsam Richtung Mayfair schlenderte, gingen ihm unzählige Gedanken durch den Kopf.

Tony war in Sicherheit, und Jenny würde es niemals wieder wagen, sich in England blicken zu lassen. Die beiden Erkenntnisse waren eine große Erleichterung für Nash, doch das war nicht genug. Die Fragen, die Xanthia betrafen, quälten ihn noch immer.

Er hoffte, dass er vor de Vendenheim die Tiefe seiner Verzweiflung hatte verbergen können. Was Xanthia getan hatte, hatte ihn verletzt – tiefer, als er wünschte, dass es irgendjemand erfuhr. Aber ihr Brief, den de Vendenheim ihm gezeigt hatte, war Balsam für seine Wunden gewesen. Vielleicht hatte sie ihre Affäre ja aus den falschen Gründen begonnen, aber es schien, dass sie an ihn geglaubt hatte. Und das war doch etwas, oder etwa nicht?

Es war sogar eine ganze Menge. Ihr Brief an de Vendenheim war kalt und knapp gewesen. Sie wollte mit der Sache nichts mehr zu tun haben und verwies Mr. Kemble ihres Hauses. Nash dachte darüber nach. Hatte sie es ernst gemeint? Vermutlich ja; es gab nichts, was dagegensprach.

Nash erinnerte sich noch an etwas anderes, das de Vendenheim gesagt hatte – etwas, das von Nash in seinem Schmerz und seiner Wut zunächst nicht registriert worden war. Die Agenten des Home Office waren an Xanthia herangetreten – und an Rothewell –, aber erst nach dem Ball bei Lord Sharpe. Einige Tage danach, so hatte es de Vendenheim formuliert. Der leidenschaftliche Kuss zwischen ihnen war also keine Inszenierung gewesen. Vielleicht war das plötzliche Verlangen, das aufgeflammt war, genauso wahr gewesen, wie er einst geglaubt hatte.

Der Gedanke tröstete Nash auf unerklärliche Weise. Aber warum? Noch immer war es Tatsache, dass Xanthia ihn am Ende verraten hatte. Oder hatte sie das nicht getan? Nash schüttelte den Kopf und lief fast vor den Kutschwagen eines Bierbrauers, der von der Cockspur Street abbog. Der Karren rollte rasch vorbei und verfehlte Nash nur um wenige Zentimeter. Der stämmige, rotgesichtige Fahrer schüttelte drohend seine Faust.

Er war zurück auf den Bürgersteig gesprungen und atmete tief durch. Großer Gott. Hatte er ein gebrochenes Herz überlebt, eine Auseinandersetzung mit der französischen Polizei und zwei Wochen in und außerhalb des berüchtigsten Irrenhauses von Paris, nur um jetzt und hier unter den Rädern einer Bierkutsche zu sterben? Der Gedanke kam ihm seltsam abstrus vor. Und der alte Spruch stimmte: Das Leben konnte verdammt kurz sein.

Ja, das Leben war kurz – und für einen flüchtigen Moment war das seine süß und wunderbar gewesen. Würde es jemals wieder so sein? Würde er je wieder fühlen, wie sich in seinem Herzen die Hoffnung regte? Oder das flüchtige Gefühl, dass irgendwo eine vollkommene Freude existierte, die ihn für immer erfüllen konnte? Würde er je wieder wagen zu lieben?

Es könnte sich als schwierig gestalten, wenn er doch niemals damit aufgehört hatte. Nein, trotz seines Zorns liebte er Xanthia noch immer. Aber ihr Glück war nicht vollkommen gewesen, sondern brüchig, so wie auch das Leben an sich brüchig war. Brauchte er die Perfektion? War es das, was er geliebt hatte? Einen perfekten Traum? Eine Fantasie? Oder war es Xanthia, mit all ihren menschlichen Schwächen und widersprüchlichen Gefühlen?

Sie hat an Euch geglaubt.

De Vendenheim war mitfühlend gewesen. Und wirklich, was hatte Xanthia am Anfang denn schon über ihn gewusst? Nur zwei Dinge: dass er die Sorte Mann war, die sich schockierend intime Freiheiten Frauen gegenüber herausnahm, die sie kaum kannte. Und dass Nash arrogant genug war zu denken, man würde deshalb versuchen ihm eine Falle zu stellen und ihn in eine Ehe zu locken.

Ja, sogar damals hatte er sofort seine Schlüsse über ihren Charakter gezogen, während sie zurückhaltender mit ihrem Urteil gewesen war. Das Stärkste, was er je gesehen hatte, war ein leichter Ärger in ihren Augen gewesen – der von einem kleinen, wissenden Lächeln wieder zunichtegemacht worden war. An jenem Tag im Arbeitszimmer ihres Bruders hatte sie über seine Vermessenheit alles andere als gelacht, sie hatte ihn geneckt, ja, aber sie hatte ihm nie wirklich die Vorhaltungen gemacht, die er eigentlich verdiente.

Hätte sie aufgrund jenes einen Fehlers bereits über seinen Charakter geurteilt – jene wütende, arrogante Vermutung, zu der er sich so rasch hatte hinreißen lassen –, vielleicht würde sie dann jetzt nicht in diesem Chaos stecken. Er hätte sie nie wieder geküsst, hätte sie nie geliebt. Hätte niemals den Entschluss gefasst, sie zu heiraten.

Wie auch immer ihr Verdacht gewesen war, welchen Unsinn auch immer de Vendenheim ihr erzählt haben mochte, am Ende war sie sein gewesen. Sie hatte sich wirklich danach gesehnt, mit ihm zusammen zu sein, Nash war sich fast sicher. Und für gewöhnlich war er kein Mann, der sich Hirngespinsten oder falschen Hoffnungen hingab. Auch deshalb war er ein so verdammt guter Kartenspieler. Er konnte spüren, welches Wesen ein Mensch hatte und was er dachte.

Was denkt Xanthia jetzt?, fragte Nash sich. Sie bedauert alles, so vermutete er. So, wie die Dinge jetzt zwischen ihnen standen, würde ihre Abwesenheit jede kostbare kleine Freude von dem zunichtemachen, was sie miteinander geteilt hatten. Vielleicht würde er nicht einmal einen Splitter süßer Erinnerung behalten. Der Gedanke zerriss Nash fast das Herz.

In diesem Augenblick vernahm er, irgendwo über seinem Kopf, eine kleine Glocke, als wollte sie ihn an die Wirklichkeit erinnern. Zu Nashs Rechten trat ein Mann mit weißer Schürze aus seinem Tabakladen, um die Treppe zu fegen, während er Nash einen argwöhnischen Blick zuwarf. In diesem Moment wurde ihm bewusst, dass er noch immer am Ende der Cockspur Street stand. Die Leute machten auf ihrem Weg zum Abendessen oder in ein Café in der Nähe, während ihr Tag sich dem Ende näherte, um ihn einen Bogen. Der Tabakhändler klopfte seinen Besen kräftig an einer Treppenstufe aus, ging in den Laden zurück und drehte das GESCHLOSSEN-Schild nach außen, bevor er Nash durch die Fensterscheibe einen letzten misstrauischen Blick zuwarf.

Es war Zeit, den Heimweg anzutreten. Zeit, zu entscheiden, was getan werden musste und welches Opfer sein Stolz zu bringen gewillt war. Plötzlich schien es, als ginge es nur um ein sehr kleines Opfer. Nash ging nach Hause. Er fühlte sich ein wenig hoffnungsvoller, aber auch ungewöhnlich erschöpft und emotional ausgelaugt.

Gibbons begrüßte ihn mit einer Flasche *okhotnichya* und einem gekühlten Glas.

Mit einem bedauernden Lächeln lehnte Nash ab. »Welcher Tag ist heute, Gibbons?«, fragte er und ließ sich in einen Sessel fallen.

»Es ist Dienstag, Mylord«, sagte der Kammerdiener.

Nash rieb sich nachdenklich seinen einen Tag alten Bart. »Was bedeutet, dass morgen Mittwoch ist«, murmelte er.

»Ja, im Allgemeinen ist das so«, sagte Gibbons.

Nash bemerkte den Sarkasmus nicht einmal. »Wo ist Swann?«

»In der Bibliothek, Mylord. Soll ich ihn holen?«

»Ja, und lasst meine Kutsche vorfahren. Sagt Swann, dass wir eine kleine Fahrt in die City machen werden.«

»In die City, Sir?« Gibbons war schon auf halbem Wege zur Tür. »Um diese Zeit?«

»Ja, um meine Anwälte aufzusuchen.« Nashs Lächeln kehrte zurück. »Ich denke nicht, dass sie mir die Tür vor der Nase zuschlagen werden, wenn mein Fuß bereits dazwischensteht, oder?«

»In Anbetracht dessen, was Ihr ihnen zahlt, zweifle ich daran«, stimmte der Kammerdiener zu. »Soll ich Swann sagen, was der Grund ist?«

»Ja, ich habe eine neue Aufgabe für ihn«, sagte Nash nachdenklich. »Ich brauche bis morgen Abend einige wichtige Papiere.«

»Tatsächlich, Sir?«, sagte Gibbons. »Swann wird wissen wollen, welche Unterlagen er mitnehmen muss. Welche Art von Papieren benötigt Ihr?«

»Wenn ich das wüsste, würde ich Swann jetzt nicht benötigen, richtig, Gibbons?«, erwiderte Nash. »Und jetzt geht, bringt mir den Mann her und unterlasst Eure Neugierde. Wie Ihr so richtig sagtet, ist es schon spät am Tag.«

Der Kammerdiener schniefte übertrieben. »Also wirklich, Sir! Ich versuche doch nur zu helfen.«

»Oh, das bezweifle ich«, sagte Nash gleichmütig. »Vermutlich seid Ihr viel eher auf der Suche nach neuem Klatsch und Tratsch, um ihn heute beim Abendessen verbreiten zu können. Aber wenn Ihr tatsächlich helfen wollt, dann bürstet und bügelt meinen besten Abendanzug für morgen.«

»Morgen, Sir?«

»Ja, ich wünsche, dass er perfekt ist.«

»Ihr habt eine formelle Verabredung, Mylord?«, fragte der Kammerdiener erstaunt.

»Nein, Gibbons, ich will ihn tragen, wenn ich in Mother Lucys Hurenhaus gehe«, erwiderte er. »Aber ja, ich habe eine formelle Verabredung. Um genau zu sein, alter Knabe, werde ich zu *Almack's* gehen.«

Der Kammerdiener wand sich vor Entsetzen. »Zu … zu *Almack's*, Mylord?«

»So ist es«, sagte Nash mit milder Befriedigung. »Und mit ein wenig Glück werdet Ihr anschließend wirklich etwas zu tratschen haben.«

Kapitel 17

Ein Walzer in St. James's

Xanthia wartete bereits an einem der hohen Fenster der Halle, als Lord Sharpes Kutsche vor dem Haus vorfuhr. Da sie Lady Louisas Neigung kannte, zu spät zu kommen, hatte Xanthia auch dieses Mal mit einer verspäteten Ankunft gerechnet. In ihrem Lieblingsballkleid, einer duftigen Kreation aus eisblauem Satin, lief Xanthia eilig die breite Freitreppe hinunter, während ein Diener den Kutschenschlag öffnete. Als Xanthia in den Wagen stieg, fand sie die beiden vorderen Sitze besetzt.

»Oh!«, sagte sie mit einiger Überraschung. »Tante Olivia!«

Ihre Tante starrte sie herrisch durch ihre Lorgnette an. »Setz dich, Mädchen«, sagte sie. »Was ist das da an deinem Busen? Kuchenglasur und geschlagene Sahne?«

»Aber Großmutter, das sind Rüschen und Spitze«, erklärte Lady Louisa. »Ich finde, es sieht hinreißend aus.«

Xanthia ignorierte beide. Sie zankten sich jetzt bereits seit einem Monat, und jeder Tag, so vermutete Xanthia, würde der letzte ihrer Tante in London sein. Auch die Entscheidung, die zweite Hälfte der Saison hier zu verbringen, hatte nichts an Olivias hochmütiger Art geändert. Doch ihre Anwesenheit hatte Xanthia – gesellschaftlich betrachtet – bereits bei zahlreichen Gelegenheiten vom Haken gelassen.

»Ich dachte, du hattest geplant, heute nach Suffolk zurückzukehren, Tante?«, sagte sie, während sie ihre Röcke ordnete.

Tante Olivia schnaufte abschätzig, was ihre Diamantohrringe

zum Klirren brachte. »Und meine Aufgabe hier unerledigt lassen?«, antwortete sie. »Dieses Mädchen braucht einen Ehemann, und die Saison ist fast zu Ende.«

Es lag Xanthia auf der Zunge, sich zu empfehlen und wieder auszusteigen. Ohnehin wäre sie viel lieber zu Hause geblieben, um ihre Wunden zu lecken. Doch sie zögerte einen Augenblick zu lange. Die Stufen wurden hochgeklappt, die Tür zugeschlagen, und die Kutsche setzte sich unter dem Klingeln und Klirren des Pferdegeschirrs in Richtung St. James's in Bewegung.

»Nun, was für ein Vergnügen das doch ist«, brachte Xanthia fertig zu sagen und lehnte sich gegen das Samtpolster der Bank. »Ein Besuch bei *Almack's* mit meiner Lieblingscousine und meiner einzigen Tante.«

Die Fahrt nach St. James's war nur kurz, dem Himmel sei Dank, denn Olivia und Louisa hörten nicht auf, aufeinander einzuhacken. Als sie bei *Almack's* eintrafen, war die Luft im Ballsaal bereits stickig, und wäre die Limonade mit Eis gereicht worden, so wäre Letzteres schon vor langer Zeit geschmolzen und das schreckliche Getränk hätte noch fader geschmeckt als ohnehin schon.

Tante Olivia ließ den Blick durch ihre Lorgnette durch den Saal gleiten. »Wo steckt er denn?«, murmelte sie vor sich hin und stieß mit ihrem Gehstock auf den Boden. »Nun zeig dich schon, du feiger Dummkopf.«

»Mit wem sprichst du, Tante?«, fragte Xanthia. Louisa fächelte sich heftig Luft zu.

»Cartselles Junge«, knurrte Tante Olivia. »Das Mädchen will ihn – also soll sie ihn auch bekommen. Und zwar, bevor die Saison vorbei ist, das schwöre ich. Dann werde ich heimfahren.«

»Und wie willst du das anstellen?«, fragte Xanthia.

»Ich werde das grünäugige Ungeheuer von der Kette lassen«, sagte Tante Olivia und ließ die Lorgnette sinken. »Ah, dort drüben ist er ja, Louisa, bei den Fenstern! Komm mit. Ich möchte, dass du mit jedem hier anwesenden Gentleman tanzt, während ich mich mit Lady Cartselle unterhalte.«

Xanthia hielt sich zurück, fürchtete, was ihre Tante vorhaben könnte. Immerhin würde sie höchstwahrscheinlich ihr Ziel erreichen. Obwohl Lady Bledsoe die meiste Zeit nicht mehr in London verbrachte, war sie noch immer einer der großen Drachen der Gesellschaft, und nur wenige fanden den Mut, ihr zu widersprechen. Xanthia zuckte innerlich mit den Schultern und schaute sich nach anderweitigem Amüsement um – nun, vielleicht war *Amüsement* nicht gerade das passende Wort. Was sie brauchte, war etwas, was sie davon abhielt, in einem unpassenden Moment in Tränen auszubrechen – eine Gewohnheit, die sie in letzter Zeit entwickelt zu haben schien.

Lord Nash tauchte um genau Viertel nach zehn bei *Almack's* auf, angemessen spät und doch früh genug, um zu vermeiden, den Zorn der pingeligen Patronessen auf sich zu ziehen. So lässig wie möglich schlenderte er durch den Ballsaal, während er so tat, als bemerke er weder die Blicke noch das Flüstern, das ihn begleitete.

Er nickte den wenigen Gentlemen zu, die er kannte. Während er einen Platz gegenüber dem Orchester einnahm, schaute er sich im Saal um. Es brauchte einen Moment, bis er Lord Sharpes Tochter entdeckte. Sie tanzte die Quadrille mit einem noch sehr knabenhaft aussehenden Burschen, der einen zerzausten roten Haarschopf hatte. Ihr strahlendes Lächeln wirkte aufgesetzt und falsch, als sie mit ihrem Tanzpartner durch die komplizierte Schrittfolge des Tanzes knickste und hüpfte.

Also musste Xanthia auch hier sein. Nash war sich sicher. Obwohl er sie nirgendwo sah, konnte er ihre Anwesenheit spüren. Plötzlich war er dankbar, dass Swann die Einladung zu dieser kleinen Veranstaltung aufbewahrt hatte. Nash hatte sich schon darauf eingestellt, sich seinen Weg freiknüppeln zu müssen – wenn man sich denn an *Almack's* stahläugigen Gastgeberinnen überhaupt vorbeiknüppeln konnte. Aber der gute alte Swann, stets entschlossen, alles so zu tun, wie es sich gehörte, hatte ihm einmal mehr den Weg geebnet.

Und so war er nun hier – mehr als nur ein wenig nervös, auch wenn er das niemandem auf dieser Seite des Jenseits jemals gestanden hätte. Von seinem Unbehagen einmal abgesehen hatte Nash recht gründlich über das nachgedacht, was er vorhatte. Und würde er Xanthia endlich finden, würde die Nervosität vielleicht verschwinden und seine instinktive Selbstsicherheit zurückkehren.

Plötzlich bemerkte Nash die ältere Frau in der Nähe der Fenster, die sich auf einen Gehstock mit goldenem Knauf stützte, und ihm sank das Herz. Es war Lady Bledsoe, dessen war er sich absolut sicher, auch wenn er ihr in seiner Jugend nur zwei- oder dreimal begegnet war. Wenn sie an Louisas Seite war, so bedeutete das vermutlich, dass Xanthia nicht hier war.

Nein. Xanthia war hier. Jeder seiner Nerven vibrierte vor Gewissheit. Spontan ging er mit entschlossenen Schritten auf Lady Bledsoe zu. Die alte Hexe erblickte ihn und hob die juwelenbesetzte Lorgnette an ihre Augen.

»Lord Nash, nicht wahr?«, sagte sie und beäugte ihn hochmütig. »Oder täuschen mich meine Augen?«

»Wie geht es Euch, Ma'am?« Nash verbeugte sich steif. »Ich hoffe doch, gut?«

Die alte Lady schnaubte und senkte ihre Sehhilfe. »Gut genug, würde ich meinen«, erwiderte sie. »Ihr kennt Lady Cartselle, nicht wahr?«

Er beugte sich vor und sah Ihre Ladyschaft hinter Lady Bledsoe stehen. »Ich war Gast auf ihrem ergötzlichen Maskenball vor einigen Wochen.«

»Tatsächlich?«, sagte Lady Bledsoe.

»Wie geht es Euch, Lord Nash?«, zwitscherte Lady Cartselle.

»Was für eine Überraschung, Euch hier zu sehen«, sagte Lady Bledsoe, nachdem ihre Begleiterin sich wieder abgewandt hatte. »Und wie geht es Eurer törichten Mutter, mein Junge?«

»Ihr meint meine Stiefmutter, Ma'am?«

»Wie auch immer. Ist sie noch immer so zerstreut?«

»Edwina hat ihren ganz eigenen Charme«, erwiderte Nash, »und ich verehre sie außerordentlich.«

Lady Bledsoe räusperte sich. »Das kann ich mir denken«, sagte sie.

Nash wurde vor einer weiteren Bemerkung durch Sharpes Tochter gerettet, die am Arm ihres rothaarigen Partners atemlos neben ihrer Tante auftauchte.

»Ah, da bist du ja, mein Liebling«, sagte Lady Bledsoe ein wenig zu laut. »Mach deinen Knicks, Louisa, vor Lady Cartselle und Lord Nash.«

Louisa tat, wie ihr geheißen, während der rothaarige Bursche seine Entlassung mit Würde akzeptierte.

»Wer ist dein nächster Partner, mein Liebling?«, fragte Lady Bledsoe und griff nach der Tanzkarte ihrer Enkelin. »Oh, ausgezeichnet! Der Marquess of Langtrell! Was für ein reizender Mann!« Dann sagte sie in Richtung Lady Cartselle: »Wisst Ihr, Lady Louisa ist in dieser Saison für jeden Tanz engagiert worden. Ihre Gesellschaft ist sehr gefragt. Man kann kaum durch Sharpes Salon gehen, ohne über eine Vase mit Blumen zu stolpern oder über einen jungen Gentleman, der ihr seine Aufwartung machen will.«

»Tatsächlich?«, sagte Lady Cartselle. »Was für eine Unbequemlichkeit das sein muss.«

Lady Bledsoe lächelte. »Das sollte man meinen, aber ihr Papa ist entzückt.«

Lady Cartselle ließ einen kurzen Blick über das Mädchen schweifen. »Wie reizend Ihr heute Abend ausseht, meine Liebe«, sagte sie. »Ich hoffe doch sehr, dass Ihr auch einen Tanz für meinen Peter reserviert habt?«

Louisa machte große Augen. »Oh, ich fürchte, das habe ich nicht«, sagte sie fast automatisch. »Hätte ich es tun sollen?«

Ihre Großmutter tätschelte ihr die Hand. »Da siehst du es, liebes Kind«, sagte sie. »Der frühe Vogel fängt den Wurm, nicht wahr?«

Das Mädchen zog die Nase kraus. »Großmutter!«

Lady Cartselle öffnete den Mund, als wollte sie gegen das Versäumnis aufbegehren, aber genau in diesem Moment, wie Lady Bledsoe es prophezeit hatte, tauchte der nächste Tanzpartner ihrer Enkelin auf, um sie aufzufordern.

Mit einem flüchtigen, aber zufriedenen Lächeln wandte Lady Bledsoe ihren Blick aus schmalen Augen wieder auf Nash. »Und was ist mit Euch, mein Junge? Wenn die Gerüchte stimmen, dann seid Ihr ja ernsthaft auf Brautschau – nach einer Lady mit Klasse. Ich würde sehr sorgfältig vorgehen, wäre ich an Eurer Stelle.«

»Wie freundlich von Euch, mir zu raten«, entgegnete Nash trocken. »Ich habe so wenig Erfahrung damit.«

Die alte Frau lachte. »Meine Betonung lag auf *ernsthaft*«,

erinnerte sie ihn. »Und natürlich habt Ihr mehr Erfahrung, als mir gefallen könnte. Aber geht vorsichtig zu Werke, Nash. Manchmal ist das einzige Ding, das uns wirklich in Versuchung führt, das, was wir nicht haben können.«

»Du meine Güte, Ihr gebt ja wirklich kluge Ratschläge, Ma'am«, murmelte er und ließ den Blick über die Menge schweifen. »Aber ich denke, Ihr müsst Euch meinetwegen keine Sorgen machen.«

»Oh, das werde ich auch nicht«, versicherte sie ihm. »Aber die arme Edwina – nun, genau da liegt das Problem! Lady Henslow hat des Öfteren erwähnt, wie oft sich Eure Mutter grämt – Euretwegen, Nash. Ganz zu schweigen von Eurem reizenden Stiefbruder.«

Nash stieß einen kleinen erleichterten Seufzer aus. Lady Bledsoe hatte also Wind von einem Gerücht bekommen, wusste aber anscheinend nichts mit ihm anzufangen. Gott sei es gedankt, dass Edwinas Verwandte den Mund über das Debakel auf Brierwood gehalten hatten. Und niemand außer der engsten Familie wusste, dass Xanthia sich dort aufgehalten hatte – so hoffte er.

Nash nahm sich ein Glas mit dubiosem Inhalt vom Tablett eines vorbeigehenden Dieners und bedachte sorgsam seine nächsten Worte. »Ich denke, Edwina wird bald damit aufhören können, sich zu grämen, Ma'am«, murmelte er über den Rand des Glases hinweg. »Ich werde mein Bestes tun, um das zu gewährleisten.«

»Werdet Ihr das?« Die alte Lady sah ihn misstrauisch an. »Ich zweifle an Euren Worten, mein Junge. Und jetzt, da ich darüber nachdenke – was macht ein Mann wie Ihr überhaupt bei *Almack's*?«

Nash zögerte nur einen Augenblick. »Ich habe tatsächlich beschlossen, mich nach einer Ehefrau umzusehen, Lady Bledsoe«, erklärte er unverfroren. »Ist das nicht die richtige Örtlichkeit für ein solches Anliegen?«

»Seid nicht albern.« Sie klopfte mit der Lorgnette auf seinen Handrücken, sodass er fast sein Glas fallen gelassen hätte. »Ihr seid nicht der Typ, der heiratet.«

Nash sah sie an. »Ein Mann kann sich ändern, oder etwa nicht?«, murmelte er. »Sagt, Lady Bledsoe – welche Lady aus dieser hübschen Versammlung würdet Ihr mir empfehlen?«

»Keine!«, erwiderte sie. »Wenn Ihr heiraten müsst, Nash, so sucht Euch, um Gottes willen, eine Frau mit Erfahrung aus, wenn es denn so eine gibt. Eine Witwe. Oder eine Frau mit gesundem Menschenverstand. Ich schwöre, dass Ihr eine Debütantin zu Tode erschrecken würdet.«

»Dann stellt mich doch Eurer Nichte vor«, schlug Nash vor. »Ist Miss Neville denn hier?«

Lady Bledsoes Miene erstarrte. »Xanthia?«, sagte sie. »Gewiss scherzt Ihr.«

Nash zuckte mit den Schultern. »Ist sie nicht eine ungewöhnlich vernünftige Frau?«

Lady Bledsoe sah ihn fragend an. »Nun, ja, aber ...«

Nash lächelte. »Gewiss, Ma'am, macht Ihr Euch unnötig Gedanken«, sagte er. »Eine vernünftige Frau würde wohl kaum von einem Mann meines Rufes gewonnen werden.«

Die alte Frau lachte. »Nein, nicht Xanthia«, sagte sie. »Ihr habt ganz recht. Sie würde Euch noch nicht einmal die Uhrzeit verraten – und selbst, wenn sie es täte, muss man doch bedenken, wie lange sie schon eine alte Jungfer ist.«

»Eine kleine Wette also, Ma'am?«, schlug Nash vor. »Vielleicht zwanzig Pfund? Um Euren Sieg zu versüßen?«

Lady Bledsoe dachte darüber nach. »Also gut, Sie Emporkömmling«, sagte sie. »Zwanzig Pfund darauf, dass Xanthia nicht mit Euch tanzen wird.«

Lord Nash bot ihr die Hand. »Die Wette gilt, schlagt ein, Ma'am.«

Lady Bledsoe reckte die Nase in die Luft, hob ihre Lorgnette und ging trotz ihres Stockes mit festen Schritten durch den Ballsaal. In einer entfernten Ecke befand sich Xanthia in der Gesellschaft eines freundlich lächelnden Ehepaars mittleren Alters. Als sie ihre Tante mit Nash im Schlepptau auf sich zukommen sah, versteifte sie sich und errötete.

Rasch übernahm Lady Bledsoe die Vorstellung.

»Ich ... ja, danke, Tante«, stammelte Xanthia, »ich hatte bereits das Vergnügen der Bekanntschaft Lord Nashs.«

»Tatsächlich?« Ihre Tante schaute zwischen Xanthia und Nash hin und her. »Dann weißt du also bereits, dass man ihn für einen Schuft hält?«

»Nein.« Xanthias Kopf fuhr hoch. »Ich meine – nun, das habe ich nicht gewusst.«

»Nachdem Ihr das nun wisst, Miss Neville, nehme ich nicht an, dass Ihr mit mir tanzen würdet?«, warf Nash ein.

Ihre Augen wurden groß. »Ich denke nicht, Sir.«

»Nun, mein Junge, Ihr habt es gehört!« Lady Bledsoe lächelte. »Meine Nichte ist eine Frau von Verstand und Urteilsvermögen. Ihr könnt die zwanzig Pfund zur Grosvenor Street schicken, wenn es Euch nichts ausmacht.«

»So ist das Leben eines Spielers«, seufzte Nash. »Man gewinnt, und man verliert.«

Xanthia sah aus, als wollte sie am liebsten fortlaufen. »Ich habe keine Ahnung, dass es um eine Wette ging.«

Sanft umfasste Nash ihren Arm. »Miss Neville wird meinen Wettverlust ausgleichen, Lady Bledsoe«, sagte er. »Sie schuldet mir noch zwanzig Pfund aus einer früheren Wette.«

Xanthia zog die fein geschwungenen Augenbrauen hoch und befreite sich von seiner Hand. »Ihr müsst verrückt sein.«

Nash sah sie voller Ernst an. »Habt Ihr den Nachmittag vergessen, als ich Euch am Berkeley Square aufgesucht habe, um Euch den Hof zu machen?«

»Um mir – mir den Hof zu machen?«

»Um ihr den Hof zu machen?«, rief Lady Bledsoe.

Nash ignorierte Xanthias Tante und hielt Xanthias Blick stand, so gut er konnte. »Nun, um die Erlaubnis Eures Bruders zu erbitten, es zu tun«, korrigierte er sich. »Schon damals war ich halb in Euch verliebt. Und damals habt Ihr zwanzig Pfund darauf gewettet, dass – nun, wie habt Ihr Euch ausgedrückt? Ah ja! –, dass Ihr wettet, dass man einen Mann ›von meiner Sorte‹ bei *Almack's* nicht zur Tür hereinlassen würde.«

»Ich erinnere mich«, bestätigte sie kühl. »Also gut, ich werde bezahlen, aber bring ihn jetzt bitte wieder von hier weg, Tante.«

»Ich denke nicht, dass ich das tun werde«, sagte Lady Bledsoe. »Die Situation ist doch äußerst unterhaltsam.«

Nash ließ eine Hand unauffällig in seine Rocktasche gleiten, bevor er Xanthias Hände in seine nahm. »Ich werde also gehen, weil Ihr es wünscht«, sagte er ruhig, ohne den Blick von ihr zu wenden. »Die Verwirrung, die es zwischen uns gegeben hat, tut mir leid, Miss Neville – zutiefst leid.«

Xanthia war auf der Hut. »Auch mir tut es leid, Mylord«, murmelte sie.

Nash gab ihre Hände frei. »Dann wünsche ich Euch noch einen guten Abend.« Er wandte sich um und verbeugte sich. »Lady Bledsoe, meine Empfehlung.«

»Großer Gott, Mädchen«, hörte er im Weggehen Lady Bledsoe sagen. »Hast du diesen Teufel mit dem schwarzen Herzen etwa zur Strecke gebracht?«

Fünf Minuten nach Nashs Verabschiedung entschuldigte Xanthia sich und ging geradewegs in den Erfrischungsraum. Er war leer, Gott sei Dank. Sie öffnete ihr Retikül und zog die Nachricht heraus, die Nash ihr in die Hand gedrückt hatte. Das Herz klopfte ihr bis zum Hals, als sie die Zeilen las.

Wenn ich darauf hoffen darf, komm bitte heute Nacht in den Park am Berkeley Square. Ich werde dort auf dich warten.

Xanthias Knie begannen zu zittern. Wie blind tastete sie nach einem Stuhl und ließ sich auf ihn fallen. In diesem Moment trat Louisa durch die Tür. »Hier bist du also, Cousine Xanthia. Geht es dir gut?«

Xanthia hob den Blick und begegnete dem ihrer jungen Cousine. »Nein, genau genommen, bin ich … ich fühle mich nicht wohl.«

Louisa nickte wissend. »Ich habe Mama in dieser Woche schon drei Mal gesagt, dass du in letzter Zeit nicht du selbst zu sein scheinst. Hast du Kopfschmerzen?«

Xanthia presste die Fingerspitzen an ihre Schläfe. »Ja, Kopfschmerzen«, bestätigte sie. »Ich glaube, dass ich mir eine Droschke rufen lassen werde und zurück zum Berkeley Square fahre. Würde dir das sehr viel ausmachen, Louisa?«

»Natürlich wird es das.« Louisa kniete sich vor sie und umschloss ihre Hände. »Aber ich werde nach unserer Kutsche schicken lassen. Sie kann dann wieder zurückkommen, um Großmutter und mich abzuholen.«

Xanthia lächelte schwach. »Danke, meine Liebe. Ich bin dir sehr dankbar.«

Das Haus am Berkeley Square war dunkel. Xanthia wusste, dass Kieran heute Abend ausgegangen war. Sie ließ sich am

Vordereingang absetzen und wies den Kutscher an, nicht zu läuten. Dann schickte sie ihn, sehr zu seiner Bestürzung, fort.

»Bitte«, beharrte sie, »ich habe Kopfschmerzen und möchte ein wenig frische Luft schnappen. Ich werde noch ein paar Schritte gehen.«

Endlich zupfte der Diener an seiner Stirnlocke und kletterte wieder auf seinen Posten auf der Kutsche. Xanthia sah dem Gefährt nach, als es um die Ecke davonfuhr, zurück nach St. James'. Dann suchte sie in ihrem Retikül nach ihrem Schlüsselbund, an dem nur drei Schlüssel hingen – einer für das Haus, einer für Neville's und ein dritter, den sie nie benutzte, für den kleinen Park.

Ihre Hände zitterten, als sie die Straße überquerte und den Schlüssel in das Schloss steckte. Was bezweckte Nash mit einer solchen Nachricht? Durfte sie hoffen? Aber was zählte das schon? Sie hatte in letzter Zeit nichts anderes getan, als zu hoffen. Natürlich würde er noch nicht hier sein. Er würde sie später erwarten. Sie betete zu Gott, dass er kommen würde. Sie würde einfach warten, bis er erschien.

Oder vielleicht auch nicht, denn das Tor ließ sich nicht öffnen. »Verflixt!« Sie schlug mit der Hand gegen das Schmiedeeisen.

»Gib mir den Schlüssel, wenn du gestattest«, sagte eine tiefe Stimme aus der Finsternis.

Sie ließ den Schlüsselbund fallen und schaute auf. Nash stand auf der anderen Seite des Tores.

Mit einem entschlossenen Ruck zog er das Tor auf und trat einen Schritt zurück.

»Stefan«, fragte sie verblüfft. »Wie bist du hineingekommen?«

Im Schein der Gaslaternen konnte sie sein leichtes Lächeln sehen. »Es ist mir fast peinlich, es zu sagen«, erwiderte er. »Ich hatte vergessen, dass man einen Schlüssel braucht, um in den Park zu gelangen, deshalb bin ich in einem Akt purer Verzweiflung über das Tor geklettert.«

»Guter Gott.« Sie ging auf Nash zu und legte die Hand auf seinen Arm. »Ist mit dir alles in Ordnung?«

»Ja, ich habe es überlebt, meine Hosen allerdings nicht«, entgegnete er. »Ich fürchte, ich muss mir jetzt meinen Hut vor mein Hinterteil halten, wenn ich niemanden beleidigen will.«

Xanthia ließ die Arme sinken. »Ich habe dein Hinterteil schon gesehen.«

Sein Blick hielt ihren im Dämmerlicht gefangen. »Ja, ich erinnere mich«, sagte er. »Sehr lebhaft sogar.«

Einen langen Moment war nur das Rascheln der Blätter im Wind und das ferne Rumpeln des Verkehrs in den Straßen ein Stück entfernt zu hören. Xanthia verschlang Nash mit Blicken – die exotischen Augen, die harten, festen Konturen seines Gesichts und das Haar, das ihm in die Stirn fiel. Er war so schön. Noch schöner, als sie ihn in Erinnerung gehabt hatte.

»Ich schulde dir eine zutiefst empfundene Entschuldigung, Stefan«, flüsterte sie. »Was immer ... was immer auch deine Nachricht bedeuten mag – und ich bete, dass du es mir bald sagen wirst –, ich werde nie genügend Worte haben, um mich für das zu entschuldigen, was geschehen ist.«

Nash hob ihren Schlüsselbund aus dem Gras auf und schloss das Tor. »Lass uns in den Park gehen«, schlug er vor. »Dort stehen einige Bänke.«

Sie gestattete ihm, dass er sie weiter in den kleinen Park hineinführte, und nahm auf einer Bank Platz. Er setzte sich neben Xanthia und ergriff ihre Hand. »Warum, Xanthia?«, fragte er. »Wirst du mir nur sagen ... warum? Und dann ... nun, dann werden wir nie wieder darüber reden, wenn das dein Wunsch ist.«

Sie drückte seine Hand und wandte den Blick ab. »Es war einfach nur eine dumme Idee«, sagte sie gefasst. »Ich war ... so fasziniert von dir. Am Anfang war de Vendenheims Bitte nur ... ein Vorwand, um Zeit mit dir zu verbringen. Um meine kleine Fantasie weiterzuspinnen und mir zu sagen, alles, was ich tat, wäre – o Gott! – für eine gute Sache! Dass ich damit die Interessen von Neville Shipping schütze. Ist das nicht dumm?«

Er neigte den Kopf und schwieg.

»Es tut mir so leid«, beteuerte sie wieder. »Ich ... ich wollte dich. Von Anfang an. Ich hätte ... hätte es einfach sagen sollen. Ich habe nie geglaubt, dass du schuldig sein könntest, Stefan. Nicht, nachdem wir das erste Mal ... aber vergiss es. Es tut mir leid. Einfach nur schrecklich leid. Und doch werde ich das, was wir hatten, nicht aus meinen Erinnerungen verbannen, Stefan – nein, nicht für alles auf der Welt. Kannst du das verstehen?«

»Ich bin froh, Xanthia, dass du gute Erinnerungen hast«, sagte er schließlich. »Es war meine Schwägerin, die es getan hat, das weißt du. Und natürlich gab es noch andere, die ihr dabei geholfen haben. Aber in Anbetracht der Beweislage kann ich de Vendenheim vermutlich keinen Vorwurf machen, dass er mich verdächtigt hat.«

»Mr. Kemble hat uns vor einigen Tagen aufgesucht und uns im Vertrauen berichtet, was passiert ist«, sagte Xanthia. »Es tut mir leid, dass dieser Skandal deine Familie getroffen hat. Ich hoffe, es ist dir gelungen, ihn zu vertuschen?«

Wieder das leichte Lächeln. »Ich denke schon. Aber ich bin mir nicht sicher, ob mich das alles überhaupt noch kümmert.«

Xanthia beugte sich vor. Weit genug, um ihre Wange an seine zu legen. »Was kümmert dich dann, Stefan?«, murmelte sie. »Ich weiß, ich verdiene es nicht, aber bitte, bitte, sag, dass ich es bin.«

Er wandte den Kopf und legte seine Lippen an ihr Ohr. »Du bist es, Zee«, antwortete er. »Du bist es immer gewesen. Ich liebe dich mit jeder Faser meines Herzens. Und ich scheine damit nicht aufhören zu können.«

Sie ließ eine Hand seine Brust hinaufgleiten. »Ich bete darum, dass du niemals damit aufhörst«, sagte sie mit einem leichten Zittern in der Stimme. »Auch ich liebe dich. Ich liebe dich mehr als klug ist, das weiß ich. Aber es ist sinnlos, dagegen anzukämpfen. Sieh – jetzt ist es ausgesprochen. Ich kann ohne dich nicht leben. Bitte, Stefan, bitte sag, dass wir noch einmal anfangen können. Dass wir dort anknüpfen, wo wir aufgehört haben?«

»Bei einer heißen, heimlichen Affäre?«, murmelte er. »Nein, meine Liebe. Darunter ziehe ich einen Strich.«

Xanthia zog ihre Hand von seiner muskulösen Brust zurück. »Was ... was für einen Strich?«

»Einen sehr, sehr dicken«, sagte er ernst. »Xanthia, ich will nicht dahin zurück. Das kann ich nicht. Meine Liebe, ich befürchte sehr, dass ... nun, dass du mich heiraten musst.«

»Wie ... wie bitte?«

Er versuchte zu lächeln. »Ich bin es ein wenig leid, wegen meines guten Aussehens benutzt zu werden und wegen meines – nun, wegen anderer Talente, über die ich zusätzlich noch verfüge. Ja, Zee, ich wünsche mir eine Ehe.«

»Eine ... Ehe?«

Er legte den Kopf schief und betrachtete sie. Seine Augen wirkten besorgt. »Ich fürchte, das ist deine einzige Alternative«, sagte er ruhig. »Was denkst du darüber? Bin ich es wert? Wirst du zustimmen?«

Die Antwort schoss förmlich aus ihr heraus. »Ja!« Sie schlang die Arme um seinen Nacken, und ihre Lippen drückten sich auf sein Gesicht, bevor das Wort ganz ausgesprochen war. »Ja, ja, oh ja, Stefan! Tausendmal ja!«

Er lachte, dann schob er sie ein kleines Stück von sich weg und ließ den Blick über ihr Gesicht gleiten. Seine Miene war wieder ernst. »Bist du dir sicher, meine Liebe? Wir haben bis jetzt noch nicht über Neville's gesprochen. Und das müssen wir, wie du weißt.«

Sie senkte den Blick. »Ja, ich weiß. Aber ich liebe dich, Stefan, und ich – ich werde tun, was ich tun muss. Und ich weiß, es wäre unangemessen – vielleicht sogar skandalös – für mich, weiterzuarbeiten wie bisher, aber ich kann es nicht aufgeben. Bitte. Nicht ganz. Hilf mir, einen Weg zu finden. Bitte?«

Er schüttelte schon den Kopf. »Nun, ich werde zugeben, dass ich gehofft hatte, dich überreden zu können, stattdessen Brierwood für mich zu verwalten, aber ich werde –«

»Brierwood?«, unterbrach sie ihn.

Er sah sie vorsichtig an. »Ja, hast du das nicht vermutet?«, fragte er. »Deshalb habe ich dich doch dorthin eingeladen. Ich hatte gehofft ... aber nein, es wird nicht gehen. Ich sehe das jetzt ganz klar. Du bist durch und durch eine Neville, und die Reederei – das bist du.«

»Nun, die Firma wird dir gehören, wenn du mich heiratest«, sagte sie leise.

Nash schüttelte den Kopf. »Ich will sie nicht«, sagte er, ließ ihre rechte Hand los und zog einige Papiere aus seiner Rocktasche. Mit ernstem Gesicht reichte er sie Xanthia.

Sie sah ihn verständnislos an. »Was ist das?«

»Offizielle Dokumente«, sagte er. »Dokumente, in denen ich bei unserer Eheschließung auf mein Recht auf deinen Besitz verzichte.«

Überrascht faltete sie die Papiere auseinander. »Kann man … kann man denn so etwas tun?«

»Meine Anwälte sind sich nicht ganz sicher«, gab er zu. »Es kommt selten vor, aber es gibt wahrscheinlich Wege. Du wirst mit deinem Bruder darüber sprechen müssen, vielleicht auch die Dokumente deinen eigenen Anwälten vorlegen wollen. Sie können sie überarbeiten, falls sie es für erforderlich halten. Wenn du mich nur heiratest, Zee, werde ich alles unterschreiben, was du mir vorlegst – und ich würde enttäuscht sein, würdest du wünschen, die Leitung deines Unternehmens aufzugeben.«

Xanthia starrte auf die Papiere in ihrem Schoß. Selbst wenn es im Park hell genug gewesen wäre, hätte sie sie nicht lesen können, denn ihre Augen standen voller Tränen. »Du würdest es tatsächlich tun?«, fragte sie. »Du würdest mich heiraten … und mich weitermachen lassen wie bisher?«

Er legte seinen starken Arm um ihre Schultern, und sein vertrauter Geruch umhüllte sie, tröstete sie, wie er es immer getan hatte. »Ich habe mich in dich verliebt, Zee, so wie du bist. Warum sollte ich wünschen, etwas an dir zu ändern?«

Sie lachte, aber es klang mehr wie ein Schluchzen. »Aber man wird es für skandalös halten«, warnte sie. »Und was ist mit unseren Kindern? Du möchtest doch Kinder haben, oder nicht? Ich wünsche mir welche – sehr.«

»Oh, ich bin bereits daran gewöhnt, dass man mich und mein Handeln für skandalös hält«, gab er zurück. »Ich denke, es wird mir ein diebisches Vergnügen bereiten, das auch weiterhin zu sein. Und was Kinder betrifft, Zee, ja. Ich wünsche mir so viele, wie du dir wünschst und Gott überredet werden kann, uns zu schenken. Wir könnten Personal einstellen, um –«

»Nein«, unterbrach sie ihn, »meine Kinder werden nicht von Dienstboten aufgezogen.«

Er strich mit dem Mund über ihre Stirn. »Die meisten Kinder werden von Dienstboten aufgezogen, Zee«, sagte er sanft. »Niemand wird deshalb schlecht von dir denken.«

»Mich haben meine Brüder großgezogen«, entgegnete sie. »Sie haben Unternehmen geleitet und Plantagen geführt und waren selbst wenig älter als Kinder. Aber sie haben es geschafft.«

»Und das werden wir auch, Zee. Zusammen werden wir uns etwas einfallen lassen.«

Sie strich sich mit dem Handrücken über die Augen. »Also gut«, sagte sie, »du verpflichtest dich zu einem Leben mit einer Frau, die als *outré* gelten wird, und mit einem Haus voller Kinder, die unkonventionell aufgezogen werden. Habe ich das richtig verstanden?«

»Absolut, Miss Neville.« Nash beugte sich vor und küsste sie auf die Nasenspitze. »Ich würde nichts anderes wollen.«

Xanthia hob das Kinn und küsste ihn. Für einen Moment senkte sich Stille über den kleinen Park. Als sie sich schließlich voneinander lösten, sah sie Nash an und fragte: »Wann, Stefan? Bald, hoffe ich?«

Kleine Fältchen bildeten sich um seine Augen, als er lachte. »Was hast du morgen vor, meine Liebe?«

Ihre Augen strahlten vor Entzücken. »Das kannst du doch nicht ernst meinen?«

»Ich habe eine Sondergenehmigung in meiner Tasche. Also – morgen oder nächste Woche. Aber bitte nicht später als August, ich flehe dich an! Denn dann, Mylady, erwartet dich die *Dangerous Wager*.«

»Wirklich?«, wisperte sie. »Wohin fahren wir?«

»Wir machen unsere Hochzeitsreise, wenn du Zeit hast?« Es war eine Frage, kein Befehl. »Ich könnte mir vorstellen, dass wir um Italien herumsegeln und dann über die Adria nach Montenegro.«

Xanthia küsste ihn wieder. »Ich werde mir die Zeit nehmen«, versprach sie atemlos. »Für dich, Stefan, werde ich mir immer, immer Zeit nehmen.«

Epilog

Ein sicherer Hafen an der Themse

»Nein, keine grüne Seide.« Lady Phaedra Northhamptons Stimme klang gereizt. »Ich sage Euch, sie ist unpassend.«

»Aber ich habe eine Vision.« Mr. Kemble machte eine weit ausholende Geste, die den dunklen Raum umschloss. Er schien ihre Anwesenheit ignorieren zu wollen. »Dieses Zimmer muss einfach zu Lady Nashs Büro gegenüber passen.«

»Aber dies hier ist kein Zimmer, Mr. Kemble«, wandte Lady Phaedra ein. »Es ist ein Albtraum. Ein Höllenloch. Eine Zumutung.«

»Aber ich habe eine Vision«, wiederholte er, indem er beide Arme gen Himmel streckte. »Ich sehe Licht! Ich sehe Moiré-Seide! Ich sehe Kaskaden strahlender Farben!

»Und ich sehe einen Irren, der frei herumläuft.«

Mit einem leisen Seufzer der Verzweiflung erhob sich Xanthia hinter ihrem Schreibtisch. Sie hatte eine Hand auf ihren Bauch gelegt, die andere in den Rücken gepresst, der wie der Teufel schmerzte. »Meine liebe Phaedra«, sagte sie und ging über den Flur in die leere Kammer, die vor Kurzem noch ein Lagerraum gewesen war. »Müsst ihr zwei euch denn immer streiten? Können wir das nicht durch einen Kompromiss regeln?«

»Nicht alles im Leben ist eine geschäftliche Verhandlung, Zee«, klagte Lady Phaedra und stemmte beide Hände in die Hüften. »Mr. Kemble interessiert keine andere Meinung außer seiner eigenen. Er will die Wände mit grüner Seide bespannen.«

Kemble schritt auf den abgenutzten Dielenbrettern hin und her, sein Blick huschte durch das Zimmer. »Und dazu passende buttercremefarbene Vorhänge«, fuhr er fort und beschrieb mit den Händen in üppigen dramatischen Gesten die Draperien. »Ja, *toile de Jouy* – vielleicht bedruckt mit kleinen Kühen? Oder tanzenden Ponys?«

Lady Phaedra sah aus, als stünde sie kurz davor, sich die Haare zu raufen. »Mr. Kemble, das soll ein Kinderzimmer werden«, wandte sie ein. »Habt Ihr überhaupt eine Ahnung, was ein Kleinkind, das gerade zu laufen beginnt, mit Wänden aus grüner Seide alles anstellen kann?«

Mr. Kemble blieb abrupt stehen.

»Und mit buttercremefarbenem *toile?*«, fügte Phaedra hinzu.

Mr. Kembles Gesicht verzog sich.

»Kinder spucken und wischen sich überall am Stoff ihre schmutzigen kleinen Hände ab«, fuhr Phaedra fort. »Dann werden sie mit Kreide, Farbe und allem, was sie sonst noch in die Hände bekommen können, Bilder an die Wände malen. Stellt Euch nur Erdbeermarmelade vor, Mr. Kemble!«

Mr. Kemble richtete sich hochmütig auf. »Dann muss es ihnen einfach jemand erklären, dass es so nicht geht. Wir haben viel zu tun, wenn wir dieses schmutzige Loch in drei Monaten in ein elegantes Kinderzimmer verwandeln wollen. Aber es bringt wohl nichts, einigen *enfants terribles* einfach zu verbieten, die Wände zu ruinieren, oder?«

Lady Phaedra schüttelte den Kopf. »Mr. Kemble, wart Ihr denn niemals Kind?«

Der Gentleman legte einen Finger an die Wange, als dächte er über die Frage nach. »Genau genommen … nein.«

Als fühlte sie sich bestätigt, wandte sich Phaedra an ihre Schwägerin. »Verstehst du jetzt, Xanthia, womit ich mich hier herumplage?«

Xanthia legte die Hand wieder auf ihren Bauch und starrte beide an. »Meine Lieben, ich habe seit einer Woche nicht mehr richtig geschlafen«, sagte sie. »Ich habe Magendrücken. Ich habe drei Handelsschiffe, deren Ankunft überfällig ist, und im Hafen verrottet eine Ladung Zitronen, weil die Hälfte der Stauer wegen Grippe nicht arbeiten kann. Streicht das verdammte Zimmer gelb, legt irgendeinen Lappen auf die Bodendielen und hängt von mir aus schlichte Chintzvorhänge auf. Was alles andere angeht, so habt ihr freie Hand.«

»Gut!«, sagten Kemble und Phaedra wie aus einem Munde.

»Ich denke, wir haben unseren Marschbefehl«, fügte Phaedra hinzu. »Aber wirklich, Zee, einen Lappen?«

Kemble schüttelte den Kopf. »Man wird Euch nie mit der Duchess of Devonshire verwechseln, Lady Nash«, sagte er bedauernd. »Das ist gewiss.«

Xanthia musste lächeln. »Das wird wohl tatsächlich nie passieren«, stimmte sie zu und watschelte zurück an ihren Schreibtisch. »Ein Umstand, für den Eure Gnaden nur dankbar sein kann.«

In diesem Moment waren schwere Schritte auf der Treppe zu hören. Als Xanthia sich umwandte, sah sie ihren Mann auf dem oberen Treppenabsatz auftauchen, seine breiten Schultern füllten den Türrahmen. Er trug einen eleganten schwarzen Reitanzug, und seine hohen schwarzen Stiefel funkelten wie dunkles Glas. In einer Hand trug er seine Reithandschuhe, in der anderen einen kleinen Stapel Papiere. Auf seinem Gesicht breitete sich ein Lächeln aus, als er Xanthia sah.

»Meine Liebste, du siehst hinreißend aus!«, sagte er und ging zu ihr an den Schreibtisch. »Ich liebe diesen Rosaschimmer auf deinen Wangen.«

Xanthia lächelte, während er die Handschuhe und die Papiere auf dem Tisch ablegte. »Ich fürchte, dieser Schimmer ist der schieren Verzweiflung geschuldet«, sagte sie und nahm seine Hände in ihre. »Was für eine wunderbare Überraschung, Stefan. Wie geht es dir?«

»Gut – für einen Mann, der zu wenig Schlaf bekommen hat.« Nash beugte sich vor und küsste ihre Nasenspitze. »Du bist heute Morgen früh aus dem Haus gegangen, meine Liebe. Ich habe dich vermisst.«

»Ich hoffe, du hast das Essen gestern Abend mit Tony und seinen politischen Freunden genossen?«

»Ja, das habe ich«, erwiderte Nash und grinste. »Es ist wirklich ein wenig schockierend. Ich kann nicht sagen, dass die Politik eine Sache ist, für die ich bereitwillig mein Leben hingäbe – so, wie Tony es tut –, doch ich glaube, es gibt wichtige Regierungsarbeit zu leisten. Und de Vendenheim hatte recht mit dem, was er gesagt hat – dass man seinen Teil beitragen muss.«

»Hatte er das?«

Nash nickte. »Alles scheint mir auf einmal so klar.«

»Ist das so?« Sie sah ihn neugierig an. »Warum?«

»Weil wir ein Kind haben werden, Zee«, bekannte er ruhig. »Das ändert alles. Alles, was einem Mann etwas bedeutet. Alles, für das er bereit ist, Opfer zu bringen.«

Xanthia drückte seine Hand kurz und fest. »Ich bin so stolz auf dich, Stefan«, sagte sie innig. »Ganz egal, was du tust – oder nicht tust. Ich hoffe, das weißt du?«

»Das weiß ich. Und das ist einer der Gründe, Zee, warum ich dich so sehr liebe. Aber hier, ich habe dir die Morgenpost aus der Park Lane mitgebracht. Ich dachte, du könntest sie interessant finden.«

»Könnte ich das?« Sie betrachtete den Stapel Briefe. »Ist etwas Aufregendes dabei?«

Nash blätterte mit dem Zeigefinger durch den Stapel. »Ein Brief von Gareth«, sagte er und zog ihn aus dem Stapel.

»Ah!«, sagte Xanthia. »Wunderbar. Was schreibt er?«

Nash zwinkerte. »Es ist noch nicht meine Gewohnheit, deine Post zu öffnen, meine Liebe. Du musst den Brief schon selbst lesen. Aber erwarte nicht zu viel, Zee. Ich bezweifle eher, dass sich irgendetwas geändert hat.«

Xanthia schwieg lange. »Er wird nicht zurückkommen, nicht wahr?«, sagte sie schließlich.

Nash schüttelte den Kopf. »Nein, mein Liebes, das wird er nicht. Er kann nicht – und es wäre selbstsüchtig von uns, etwas anderes zu wünschen.«

Xanthia wandte sich ab und ging zum Fenster. »Ich wünsche ihm nur Glück, Stefan«, sagte sie, »doch ich vermisse ihn schrecklich. Und ich werde nicht so tun, als wäre es anders.«

Sie fühlte Nashs Wärme hinter sich und lehnte sich gegen ihn, als er seine Arme um ihre Taille legte. »Du musst dich mir gegenüber niemals verstellen, Zee«, murmelte er in ihr weiches Haar. »Außerdem vermisse auch ich ihn.«

»Du?«

»Nun, eigentlich vermisse ich meine Frau«, stellte Nash fest, »da sie jetzt zwei Jobs machen muss statt einem.«

Xanthia lachte. »Mr. Mitchell wird nächste Woche anfangen. Und wenn er auch sehr liebenswürdig und galant erscheint, so ist er doch außerordentlich fähig. Gib mir zwei Wochen, ihn einzuarbeiten, dann werde ich für eine Weile nur dir gehören.«

Ein Lachen ertönte tief aus Nashs Brust. »Ja, das hast du über den letzten Burschen auch gesagt. Und wie lange ist er geblieben?«

Xanthia seufzte. »Drei Monate?«

»Ja, ungefähr«, räumte ihr Mann ein. »Und jetzt muss ich dir sagen, dass es noch etwas Interessantes in diesem Stapel gibt – einen Brief, *den* ich bereits geöffnet habe.«

Xanthia wandte sich in seinen Armen zu ihm um, ihre Augen leuchteten. »Was?«

»Erinnerst du dich an die kleine Villa an der Adria, in die du dich seit unserer Hochzeitsreise zurücksehnst? Du wirst es nicht glauben – aber der Besitzer ist jetzt doch bereit, sie zu verkaufen.«

»Nein!« Xanthia packte ihn an den Armen. »Stefan, mein Gott! Machst du Witze?«

Nash neigte den Kopf und küsste sie auf die Stirn. »Ich komme soeben von der Bank, meine Liebe. Alles ist arrangiert. Vielleicht können wir schon im Sommer – vorausgesetzt, dein Mr. Mitchell hat die ersten Monate überlebt – das Kind auf einen langen Besuch dorthin mitnehmen?«

»Oh Stefan!« Xanthia musste die Tränen zurückhalten. »Was für wunderbare Neuigkeiten!«

Ein warmes, zufriedenes Lächeln breitete sich auf seinem Gesicht aus. »Ich werde sehr glücklich sein, wieder ein Heim in Montenegro zu haben«, sagte er. »Und noch glücklicher, weil ich es mit dir teilen kann.«

In diesem Moment steigerte sich die leise Unterhaltung im Lagerraum erneut zu einem Crescendo. Nash zog eine seiner schmalen schwarzen Augenbrauen hoch. »Darf ich fragen, wie es mit dem Kinderzimmer vorangeht?«

Xanthia zuckte zusammen. »Ich fürchte, unsere Dekorateure haben beide ein ausgeprägtes künstlerisches Temperament. Am Ende werden wir grüne Seide an den Wänden haben und am Fenster hübsche Vorhänge aus Frankreich mit tanzenden Kühen darauf.«

»Aha«, sagte Nash. »Und das ist es, was du dir wünschst?«

»Nein, aber ich weiß, wann ich geschlagen bin«, gab sie zu.

Nash warf den Kopf in den Nacken und lachte. »Dann ist George Kemble mehr Manns als ich«, gab er zu. »Ich finde dich absolut unerschütterlich. Aber ehrlich, Zee, du musst zugeben, dass er in deinem Büro Wunder vollbracht hat. Und der neue Anstrich in Melonenrosa und die türkischen Teppiche unten wirken bemerkenswert apart. Ist dir eigentlich aufgefallen, dass die Angestellten seitdem viel fröhlicher aussehen? Als ich eben hereinkam, habe ich den alten Bakely ›God Save the King‹ singen hören.«

Xanthia lachte und ließ den Kopf an die Schulter ihres Mannes sinken. Es war ihr egal, wie das neue Kinderzimmer gestaltet wurde. Sie dachte nur an das Kind, das bald darin leben würde – und an den Mann, der all das möglich gemacht hatte, der Mann, der nicht geringer von ihr dachte, weil sie das Beste beider Welten wollte, aber der entschlossen war, es ihr zu geben. Als ihre Arme um seine Taille glitten und die Wolle seines Rockes gegen ihre Wange rieb, füllte sich Xanthias Herz mit einem fast atemraubenden Glück.

»Oh, ich liebe dich, Stefan«, sagte sie leise. »Weißt du das, mein Liebling? Hast du eine Ahnung, wie tief meine Liebe ist?«

Er küsste sie auf den Scheitel. »So tief wie die sieben Weltmeere, denke ich«, murmelte er. »So tief wie meine Liebe zu dir – und einfach niemals endend. Du bist mein sicherer Hafen, Zee. Ich bin so froh, dass ich dich endlich gefunden habe.«

Er hielt sie eine Zeit lang fest, während sie einfach nur am Fenster standen, die Wolken über der Themse dahintrieben und das blasse Sonnenlicht des Winters durch das bunte, alte Fensterglas fiel. Inmitten des Friedens und der Freude, die sie umgaben, war nichts, was sie störte. Weder das Wortgeplänkel im Zimmer gegenüber noch die Tür unten im Haus, die unentwegt ging, noch der eifrige Handel auf dem Dock vor dem Fenster.

Nash küsste sie wieder und flüsterte dann: »Schau, meine Liebe.« Er drehte sie in seinen Armen herum, damit sie wieder aus dem Fenster sehen konnte. »Ist das nicht die *Mae Rose*, die da die Themse bei den Old Stairs von Wapping vorbeisegelt?«

Auf Xanthias Gesicht erschien ein Lächeln. »Oh, Gott sei Dank!«, stieß sie aus und presste eine Hand auf ihr Herz. »Endlich ist sie da! Sechs Wochen zu spät, aber endlich da! Wohlbehalten und sicher.«

»Wer ist ihr Kapitän?«

»Captain Stretton.«

Nash drückte ihre Schulter. »Dann lass uns hinuntergehen und ihn begrüßen, Zee. Lass uns zusammen auch die *Mae Rose* begrüßen, die ihren sicheren Hafen erreicht hat.«

Xanthia schaute zu dem Mann auf, den sie so sehr liebte, ergriff seine Hand und ging gemeinsam mit ihm die schmale Treppe hinunter und hinaus in den flirrenden Wechsel von Sonnenlicht und Schatten eines vollkommenen Nachmittags. Zusammen gingen sie ihrer Zukunft entgegen.

Nichts ist verführerischer als das Abenteuer der Liebe

Robyn DeHart
ZAUBERHAFTE
VERSUCHUNG
Roman
Aus dem amerikanischen
Englisch von
Ulrike Moreno
368 Seiten
ISBN 978-3-404-18761-4

Die Legende um die Büchse der Pandora übte seit jeher eine große Anziehungskraft auf die schöne, aber schüchterne Esme aus. Als sie die Büchse plötzlich in ihren zarten Händen hält, kann sie ihr Glück kaum fassen. Ein kurzer, verstohlener Blick hinein verändert ihr Leben von einer Sekunde auf die andere – aus dem stillen Bücherwurm wird eine Dame, die die Kunst der Verführung genau einzusetzen weiß. Für ihre neue Gabe findet sie schon bald Verwendung: Als der attraktive Gentleman Fielding sie aus einer äußerst gefährlichen Situation befreit, weiß sie ganz genau, wie sie ihm danken kann ...

Bastei Lübbe Taschenbuch

Werden Sie Teil der Bastei Lübbe Familie

- Lernen Sie Autoren, Verlagsmitarbeiter und andere Leser/innen kennen
- Lesen, hören und rezensieren Sie Bücher und Hörbücher noch vor Erscheinen
- Nehmen Sie an exklusiven Verlosungen teil und gewinnen Sie Buchpakete, signierte Exemplare oder ein Meet & Greet mit unseren Autoren

Willkommen in unserer Welt:

BASTEI LÜBBE – www.luebbe.de

www.facebook.com/BasteiLuebbe

twitter – www.twitter.com/bastei_luebbe

YouTube – www.youtube.com/BasteiLuebbe